读 诗 札 记

名家先贤的诗话人生　风云时代的追梦真情

源远流长的诗史文脉　读书阅世的良师益友

天 雨 流 芳

中国近现代百位名家诗话人生 上

乐美真 ◎ 著

中国文史出版社

图书在版编目（CIP）数据

天雨流芳：中国近现代百位名家诗话人生 / 乐美真著.
—北京：中国文史出版社，2022.8
ISBN 978-7-5205-3586-1

Ⅰ.①天… Ⅱ.①乐… Ⅲ.①诗歌评论—中国—近现代
Ⅳ.①I207.22

中国版本图书馆 CIP 数据核字（2022）第 132700 号

责任编辑：王文运　　　　　　　装帧设计：杨飞羊　王　琳

出版发行：中国文史出版社

社　　址：北京市海淀区西八里庄路 69 号　　邮编：100142
电　　话：010 - 81136606　81136602　81136603（发行部）
传　　真：010 - 81136655
印　　装：北京温林源印刷有限公司　　邮编：102445
经　　销：全国新华书店
开　　本：787mm×1092mm　1/16
印　　张：45.75
字　　数：676 千字
版　　次：2023 年 1 月北京第 1 版
印　　次：2023 年 1 月第 1 次印刷
定　　价：98.00 元（上、下）

序 | 天雨流芳读书去

聂震宁

　　乐美真是第十、十一届全国政协委员，曾在全国政协港澳台侨委员会办公室工作。我们在政协开会时应该碰到过，但彼此并不熟悉。记得几年前一次活动中我俩幸会，他说他一直关注我关于读书的文章，我发表在《人民政协报》上的文章他都做了剪报留存下来。我当时很感动，也很受鼓舞，知道他是一位热爱阅读的委员。他送给我他写的两本书，其中一本是《乘物游心——乐美真诗话散文选》。他将自己平时写的诗为引线，以诗话散文的形式，叙事忆往，畅怀联想，结集成册。我读后觉得颇有特点。

　　乐美真做文章有古意。

　　乐美真的文字并不古奥，干脆说，一篇篇文字文从句顺，简洁明了，既不用生僻古字，也不故作四六骈俪对仗，行文亲切有如面谈，娓娓道来。可是读过他新近出版的两部书，还是觉得有古意。究其原因，大概是文中内容使然，其人其文，多有考据之功，常怀历史敬意，对既往人事一直葆有发自内心的兴发感动；再就是，其书名起得有古风古味。当时读到他的书，看书名便觉得好。"乘物游心"出自庄子的《人间世》一文，原句为"乘物以游心"，意思是了解事物，顺应自然，获取自由。借这样的典故来命名诗话散文选集，既雅致又富于文采。眼下他又决心在认真读书的基础上，写出中国近现代100个人物的读诗札记。他告诉我，写书的初衷与我大力提倡全民读书是一致的。因此约我作序，书名是《天雨流芳》，多么富有古意的书名！我去过云南丽江，知道丽江古城木府旁一座牌坊上面写的四个大字就是"天雨流芳"。粗粗看去，觉得是一则光昌流丽的古文题匾，可陪同人告诉我们这是纳西族的音译语，意思是"读书去吧"，同行诸友顿时心领神会且莞尔一笑。乐美真竟能把这题匾采撷来做自己书房的名号和新书的书名，不仅算得上做文章有左右逢源的潇洒，更看得出他有很好的用心。其很好的用心在于，把赏好诗、讲良史称为"天雨流芳"，既有高古意境又有隽永文辞，而且可以涵盖所收文章，加上知道"天雨流芳"的本意却是"读书去吧"，于是觉得全书的内涵更深了一层。

我喜欢读诗话。

我喜欢诗话的诗意盎然而又明白晓畅，我喜欢诗话的自如挥洒而且亲切自然。诗话是中国传统文化的一绝，它具有相当鲜明的中国传统诗歌批评和鉴赏特色。中国诗歌批评和鉴赏的特色有两个说法，一是"诗无达诂"，再一个便是"知人论世"。"诗无达诂"意指诗歌没有通达的或一成不变的解释，因时因人而有歧义，故而读者尽可以从多种说法中选取自认为最贴切、最符合原意的那一种说法，体现出中国传统诗歌批评和鉴赏兼顾文本细读和作者原意索引的开放态度。而"知人论世"，则是对作者的尊重更上了一层，成为以作者为中心的一种解诗学，而诗话往往是以"知人论世"为主要内容的解诗文体。诗话评论诗歌、诗人、诗派并记录诗人故事，"诗话者，辨句法，备古今，纪盛德，录异事，正讹误也"（南宋许顗《彦周诗话》）。这一通要求，中间最重要的就是"备古今，纪盛德，录异事"。当然，倘若有人把"知人论世"的诗歌批评和鉴赏做成了高头讲章，那就不能称为诗话了，而只能敬而远之为诗学论著，诗学论著大都是近代以来的学术成果。传统诗话往往是随感性，通常不以系统、严密的理论分析取胜，而多以简短篇章解诗论诗，发表对作诗的心得和艺术规律问题的感悟和见解。诗话的价值通常就是在这些悟性和见解的阐述中体现出来的。著名美学家朱光潜先生对诗话的评价是："诗话大半是偶感随笔，信手拈来，片言中肯，简练亲切，是其所长。"（《〈诗论〉抗战版序》）古代欧阳修的《六一诗话》、严羽的《沧浪诗话》、袁枚的《随园诗话》都是这般风格的经典诗话。

我喜欢读乐美真的诗话。

诗话往往因为谈诗论词而显得华美，这是自然而然的因由，然而，也正因为此，诗话又往往容易显得轻浅，名士做派，故作潇洒，美而不真。而乐美真的诗话却是美而且真的。它的美并不在于叙述的华美、潇洒乃至于轻浅，恰恰相反，它的美是在于不华美、不潇洒而有真意，如此这般必然使得诗话更具大美。他的诗话内容里，既有一代革命领袖和革命志士的诗作赏析，也有世人较少得知的科学人文名家的诗词吟诵，还有纯粹诗人的力作鉴赏。这些赏析对象之间的历史地位并不在一个层次上，他们的诗作风格、气度、意境和趣味不仅相去甚远，甚至有的大相径庭，然而，在乐美真的这本书里，大体都得到了真诚平等的对待。客观平等真诚地对待一切美好的诗作，这是乐美真诗话最让我喜欢的地方。严羽在《沧浪诗话》中宣示："夫学诗者以识为主，入门须正，立志须高，以汉魏晋盛唐为师，不作开元天宝以下人物。"说的就是作诗以实为主，立志须高，"不作开元天宝以下人物"并不是不写"开元天宝以下人物"，而是不作开元天宝以下那种缠绵悱恻、气度过小的诗人。乐美真的读书札记正是以自家长期修为而成的识见来赏析一切人物，强调继承诗词传统的普遍性，显示出属于历史也属于其个人的洞见。

他赏析毛泽东诗词有史实有境界，同样赏析陈独秀诗词则是有境界有史实，体现出一种实事求是的历史主义态度和文本主义的研究方法。他赏析朱德的咏兰诗细致入微，吟诵陈毅的红色恋情诗丝丝入扣，揭示的均是开国元勋的英雄气概与儿女情长。他赏析陶铸赠曾志的诗和潘汉年赠董慧的诗，从中都能发现革命者的诗情不以处境顺逆而永在，既能因革命气度而感人，也能因爱情真挚而动人。他赏析领袖的诗作崇敬而认真，赏析徐志摩、戴望舒、舒婷等诗人的诗作也认真而崇敬。前者崇敬的是领袖与佳作，后者崇敬的是佳作与诗人。无论前者还是后者，在他这里一样受到认真的解读。他为各色人等不同历史际遇发出的人生绝唱让人读来感慨不已，而他从各种诗人的不同人生坎坷引发的人生哲思又让人读来感同身受，其兼容并包的赏析态度显示了"以汉魏晋盛唐为师"的不凡气度。

我之所以喜欢读乐美真的诗话和札记，不只在于作者的胸怀和气度，也不只在于作者的文学修养与解诗功夫，当然也不只在于作者洗练的文字和流畅的书写，还有一个重要的原因，而且是当下许多诗话所不具备的，那就是：作者的诗话有着史话的特点；反过来讲，他把史话做成了诗话。

史话是中国历史学写作的一大特点。把历史事件用讲故事的形式写成纪实文学作品，这便是史话。史学重历史真实，文学尚故事叙述，兼具二者长处而做成的史话，依据史实又不必拘泥于细节，追求故事性又不陷于杜撰的虚妄，给读者呈现丰富知识的同时还带来巨大的阅读快感。乐美真的诗话几乎都融汇着史话的笔触。赏析历史人物的诗篇他往往注重史实的考据和演绎，使得一些名篇佳作在史实中找到一种诠释，这是"知人论世"最有效果的做法，也是自然而然的解诗路数。在赏析当代人物的诗篇中，他也自然而然地对诗人身份和经历进行考据，从而增强了我们对赏析诗篇的亲切感。他对舒婷名作《致橡树》写作发表过程的叙述，自然而亲切。他对屠岸的诗作和诗论的讲述，兼带对屠岸的身世、经历的介绍，对诗人写作十四行诗背景的描述，亲切而自然。他为红军西路军将士的诗作撰写的《浴血西征，气壮山河》，分明就是一篇史话，却有诗作催泪。他最后写道："站在红军西路军纪念碑和红军坟面前，站在被炮火轰塌了一半、布满了密集的子弹孔的土墙面前，站在荒凉的戈壁滩和古老长城的断垣残壁面前，我要向河西走廊牺牲的烈士再次默哀、敬礼！你们的诗，字字句句用血肉写的；你们的诗，铸就了一座巍峨的丰碑。我不得不说，这篇文章是我流着眼泪写的……"他专文赏析外交大使诗篇的《持节四方，不辱国命》一文，则是诗史交融。文章从周南的名作《海外寄友》讲起，充分展示周南等大使们与其外交历程相伴而生的优秀诗篇，及至赏析到外交部原部长、曾任中国驻美国大使李肇星的诗，充分展现了独立自主的大国外交魅力。外交使节们的诗篇，不仅具有所有优秀诗人追求美好事物的共性，还特别凸显了他们"持节四方，不辱国命"的经历和忠诚，表达他们坚守"为人类谋和平，为祖国交朋友"的使命，全文极具史话的可读性和诗话的艺术性。还有《壶艺如诗——读布衣壶宗顾景舟》这一篇，作者从壶艺宗师顾景舟仅存的一首诗讲起，全文几乎就是顾景舟先生一生的史话，读来让人饶有兴味，作者用细腻的笔触描述顾景舟先生的高雅情操和艺术修养，让我们俨然读到了一则情绪饱满、意味无穷的诗话。

我喜欢乐美真先生诗话的程度，竟然达到读起来便一发而不可收的地步。由此想到，为了百篇诗话的写作，他该读过多少诗札典籍，这使我由衷地感动和钦佩。现在，面对他的百篇诗话，发现他不仅热爱阅读，还是一位读有所得、读有所思、读有所作的爱书者和勤于写作的人。古人说"不动笔墨不读书"，他是真正做到了。遂想到这篇序言的题目也就可以拟为《天雨流芳读书去》，还原本意就是"读书去吧读书去吧"，同义反复，形成催促读书的意趣；同时，这个题目还可以看成一个有意思的修辞——"天雨流芳"是比喻，比喻好诗篇多如天雨，美如大地流芳，而"读书去吧"就成了一种递进式的召唤，形成我们对这部新著和新著的作者的赞叹。而事实上，这部新著的作者乐美真就是如此这般面对天雨流芳而勤奋读书的饱读之士啊！

我对于读书，从不同角度写过文章。乐美真告诉我，他最欣赏的是我在《舍不得读完的书》中写过的一段话："值得一个高尚的人扑上去的书，应当是那种富有思想性、正义感、同情心、艺术性，新意盎然、古意浓郁、妙趣横生的高品质之作。什么时候，我们社会的功利性阅读减少得再少一些，而把阅读高品质之作当成全民阅读的主要内容，看成自己生活亲切的一部分、生命宝贵的一部分、高雅享受的一部分、岁月静好的一部分、人之所以为人的一部分，社会也就有可能成为比较和谐的社会、以人为本的社会。"看来，乐美真的读书写书确实是他对人生品质的一种追求。

是为序。

2018 年元月

（序者系第十、十一、十二届全国政协委员，中国作家协会全国委员会名誉委员，中国出版集团公司原总裁，现任韬奋基金会理事长、中国出版协会副理事长）

自 序

乐美真

这本书是我的读诗札记。

因诗,使我读了很多书。

诗词是我国传统文化的精髓,有悠久而丰厚的积淀。除我国古代源远流长、大放异彩的唐宋诗词外,中国近现代的仁人志士、精英巨匠亦留下了不朽的诗篇。中国近现代史是一部为中华民族争取自由解放、为民族复兴而前仆后继的奋斗史。我始终相信,当命运交响曲奏响的时候,应会闪现出英杰的灵魂华彩;当蹚过世事沧桑的大河之后,先辈可歌可泣的精神之火将会光照青史。他们的这些诗篇,倾注了那个时代的钟鸣,是伟大先贤的心灵流淌,也是中国文化诗词宝库的重要部分。

札记中所述诗歌的人物,都是近现代的先贤前辈,或是活跃在诗坛的佼佼者。他们中有名留青史的领袖和革命家,有为民族解放而牺牲的英烈,有无名英雄,有辛亥革命前后的先驱,有风雨同舟的民主人士,有学富五车的诗词大家,有外交家、理论家、宗教人士、科学家、教育家、作家、画家、书法家、翻译家、戏剧艺术家、法官、工匠、归侨、港台及海外人士,等等。

他们中多数并不是专业诗人,但中华文化已经深入他们的骨髓,他们在为之奋斗的事业中和各自的行业里,继承了中国深厚的文化传统,以诗言志抒情,反映出风云时代、跌宕历史,表达出五彩人生、情感世界。可以说，他们的诗是铁流之歌、慷慨之语，抑或是警世之声、怡神之曲。内有歌吟山河乡土的热恋情怀，也有怀念亲朋战友的心潮起伏；有大时代的觉醒呐喊、义无反顾，也有为了理想的悲欣交集、苦难辉煌。这些诗风格多样，精彩纷呈。

人的一生是很复杂的，书中人物的诗，当然有时代社会和家学影响，也有奋斗成长和彷徨；有感情起伏和纠葛，也有逆境痛苦的坚守；有与知交的悲欢离合，也有与山水自然的交融和对未来的美好寄托。尽管他们的诗作可能是短暂的有感而发，但若放在历史的洪流里，就是时代的交响，就是不朽的情操。我每每读它们，都沉浸在作者的精神田园里，都对他们无愧时代而油然景仰。

我们应该纪念这些百年先贤，但纪念不是钩沉故纸，而是照镜当下。今天我们捧读他们的诗，可使我们精神得到升华；他们诗中的曲折故事，会帮助我们找回历史记忆；他们诗中的文化人格魂魄，将长久地影响后世。品读这些作品，真是"诗心映鉴，真情斯见；虽隔千秋，欣如晤面"。品读这些作品，尤感他们背负"为天地立心，为生民立命，为往圣继绝学，为万世开太平"的神圣使命。清朝诗人沈德潜在《说诗语》里讲："有第一等襟抱，第一等学识，斯有第一等真诗。"诗出于人，诗如其人。诗、文往往是作者真情实感的自然流露，从中可以看出作者的思想境界、道德情操和艺术修养、知识水平。"士志于道"，人的高度就是诗的高度，因此诗也是信仰，也是追求真理和精神人格的表达。

将诗与近现代人物联系在一起，谈我读书的感受，是一种尝试。孟子云："诵其诗，读其书，不知其人，可乎？是以论其世也。是尚友也。"我理解，读诗，就要读人，读社会，读历史，读人生。人和诗是相联系的。人在时代历史的背景下活动，诗在人生长的环境和感情中产生。"文章千古事，得失寸心知"，首要的是要了解诗人所处的历史范围和场景，要了解诗人心底迸发火花的时代。我们常说，要历史地看一个人，因此也可以说，要历史地看人的艺术创作。只有全面深刻了解作者的时代环境，才有助于了解其作品，才能欣赏和感悟诗意。从这个意义上说，知人论世是打开这些诗词宝库的金钥匙。我们读一首诗，往往囿于有限文字的简单释义，就诗论诗，"诗无达诂"，难以理解作者在时代大潮中修炼积累的复杂情感和寓寄。单就诗而言，其技巧和修辞的"术"，是学习理解诗词的重要方面，但传承中国文化的"道"，可能更与他们的诗词息息相关。臧克家说："了解一个人的作品，必须了解他走过的道路，学习写作的全过程，这样才有一个较清晰的轮廓。"为此，读诗，我更看重诗词背后的故事。

人生在世，在享受物质生活的同时，应该思考：我是谁？生活在哪个时空？什么是"精神安顿"？什么是"生命安立"？近现代的先贤首先在时代风云中很好地继承了传统诗词，把唐宋以来的古诗融入自己的文化修养里，用优秀历史文化滋养"诗心"，在不断积淀的基础上以精练的文字话语抒发情志和胸臆。他们的诗既明白易懂，又寓意深邃。有些诗已经流传甚广，深入人心。有些诗或许我们不熟悉，但值得诵读重温，共同欣赏。他们的诗在历史的关键点上，迸发出时代精神的流光，闪耀着文化道德的火焰。如果串联起这些光点，或许可看到我们百多年来绵延不断的民族精神传承的一条光线，找到华夏文化的脉系。一位作家说："让每个国家乐于有其诗人，因为诗人代表着国土，代表着它所有伟大、甜美，以及人民为之奋斗、不能言传的遗产。"

我想，现在许多人可能无暇顾及读一些大部头的近现代人物的传记和他们的诗集，那么，读诗是一个切入点和缩略，或许可以提供一个读书的引子，一起走进近现代人物的内心世界，走进他们奋斗不息的难忘历史。希望从这一点星火光亮中，能寻到这些人物光辉的熊熊的生命烈火。在这本读诗札记里，有人物的简介，有对作品的介绍，读者可以循着这个脉络，进一步觅书阅读。在资料的取舍上，我尽可能提取正面的典型片段，聚焦对人有教育意义的场景，仅从诗词的角度来反映难忘的历史。

读近现代人物的诗，有一个深刻的感觉，就是他们无论从事什么工作和事业，都继承了我国优秀的文化传统，把从小学到的传统文化知识，融入血液里，在生命的浪潮中喷发出来，卷起千堆雪，各领风骚，这里面最宝贵的就是他们的时代精神和文化的代代传承。现在很多家长重视孩子对古诗词的学习，背诵唐宋诗词。这固然很好，但学习我们近现代先辈和大家的优秀诗词也不可或缺。我们有责任将他们积淀的宝贵文化遗产和财富，传承给下一代。顾毓琇说："上一世纪的成就，即为二十一世纪的基础，吾人应加以珍视。"莎士比亚说："凡是过去，皆为序章。"（What's past is prologue.）过去的积淀会拉开新时代继承开拓的序幕，会演出更为雄壮精彩的活剧。

"天意君须会，人间要好诗。"我们读人读诗，浸润在他们的心雨里，会更好地学好自己的语言，了解人文和史迹，享受精神的沐浴。这些先贤脚步不能丈量的地方，文字可以；眼睛到不了的地方，文字可以。沈从文说："万千人在历史中而动，或一时功名赫赫，或身边财富万千，存在的即俨然千载永保……但是，一通过时间，什么也不留下，过去了。……另外一些生死两寂寞的人，从文字保留下来的东东西西，却成了唯一连接历史沟通人我的工具。因之历史如相连续，为时空所阻隔的情感，千载之下百世之后还如相晤对。"我的读诗札记尝试以这种形式，寻求诗界推崇的唐诗宋词以来，到活跃在中国历史舞台上的近现代人物的绵绵文脉，试图找到它们之间的历史文化链接，能窥见不同时代的踪影，以印证诗如其人、诗化世界的传承美境和嘉言。通过这些近现代人物保留下来的诗情重温，打通历史和今天的血脉。在浑噩纷繁的历史长河中，拨开种种迷人乱心的虚妄和迷雾，还原本属于我们最宝贵的精神文化之魂，从而使当代人在自己的诗国里，坚定民族文化自信心，创造出呼应历史、无愧时代、奔向未来的灿烂诗篇，寻到推动我们继续思索和前行的方向。

云南丽江古城有一个牌坊，上书"天雨流芳"四字，这是纳西语，汉语的意思就是"读书去吧"。我将这四字作为书房的雅号，也借用此语作为本书的书名。过去人事喧嚣，书事寂寥，许多人物传记和经典书籍都无暇顾及，现在写文章，对读书是个鞭策。知识不够，学问不懂，就要读书。老来阅读，应是"悦读"，也就是希望自己真正有兴趣无压力地读点书。读书是静心听大师讲课，定要做笔记，交作业。我主要读人物传记及其诗选，读诗札记就是交作业。写出作业后再去读新的相关的书，常有新的思索和启发，对文章又有新的修改补充。如此往复的过程，是我自得其乐的读书之法。

我的读诗札记，有的是一诗引故事，有的是多诗看一人，有的是一人涉及一派，有的是一诗一人旁及多人。除历史、时代和人物概述外，还略带引述了他们的诗论，介绍了他们诗词创作道路的探索和主张，谈了一点诗词的形式和基本知识，希望这样的经验和普及，有助于推动和培养年轻人读书读诗，筑好国文基础。不可否认，就我个人来说，比较喜好和偏爱旧体诗，但我也不排斥新诗。在这本书里，虽绝大部分是近现代人物的旧体诗，但也客观介绍了若干新诗代表人物的作品。两种诗体并举，各有所长，彼此兼容，相互欣赏，读者自可以比较、学习、借鉴。

本书所选人物无一定之规，选诗也无名头之分，更无意他们诗学上高低排序。无论是庙堂之上还是江湖以远，是国学大师还是普通人，是先驱还是后来者，皆为读书时邂逅的近现代各界精英和代表，也是不同职业特点的人物，为的是方便找书读他们的传记和诗作而已。在书的编排上，为了读者阅读方便，依照人物的职业身份作了大体的归类（最后一类主要从新诗的角度）。对他们的五彩人生，我无力作全面的介绍，只是侧重他们的诗词片段，从一诗一事入手，窥豹一斑。文章不涉及对他们在历史上的政治评议和某些文学歧见。对选的人和诗，不一定有准确的代表性，表述和评说也是信马由缰，聊发一点我行我素的感悟和心得。引诗版本出处或有不同，资料的选择取舍也颇费斟酌，个人感想和体悟也会有时空的转换。札记难免一叶障目、治丝而棼，或许瑕瑜不辨，挂一漏万，盖因孤陋寡闻，读书学养不及也。抱着虚心学习的态度，抛砖引玉，欢迎指弊、争鸣和补充。

学界对中国韵文的当下称谓及正名问题，还未解决。有人用"当代诗词""中华诗词"，但对诗词形式的区分称谓尚不一致，本书用得较多的、约定俗成的是"旧诗""旧体诗""传统诗词"与"新诗""自由体诗""现代诗"等。明知在当代这种"新""旧"之分似乎不科学和不准确，但习惯如此，暂且也只能沿袭了。

在写这本书的时候，自知知识不够，需要恶补，于是频繁跑图书馆借书。碰到出版的许多问题，均得到许多挚友和同学的支持、鼓励和大力帮助。全国政协委员、中国出版集团公司原总裁聂震宁推动全民阅读活动不遗余力，他热情地为此书写序，给予鼓励，实在是莫大的荣幸。以上所有都谨记在心，在此鸣谢。

鲁迅曾对一个青年人讲，时代总的方向是前进。跟紧时代前进，就会对人类的幸福作出贡献。时代就是锻炼青年人的最好老师。我们希望现在的青年人，能够正确认识时代，跟着时代走出一条无愧人生的路来，留下与时代并驾齐驱的不朽诗篇。

文字总比生命活得长，这本书就留给后代子孙吧。

2017 年 12 月初稿
2022 年 5 月改定
于北京亦庄"天雨流芳"斋

目　录

千回百折的征程号角

——再读毛泽东《忆秦娥·娄山关》

> 西风烈，长空雁叫霜晨月。霜晨月，马蹄声碎，喇叭声咽。　雄关漫道真如铁，而今迈步从头越。从头越，苍山如海，残阳如血。

毛泽东诗词对我们这一代来说是再熟悉不过了。我年轻的时候，凡发表过的毛泽东诗词都能背诵，其中《忆秦娥·娄山关》一词是我十分钟爱的。"红海洋"时代，红卫兵战斗队好以"霜晨月""从头越"命名。"雄关漫道真如铁，而今迈步从头越"，成为那个时候激昂发言的引导语。

几十年过去了，这首词仍在我脑海里回荡。经历沧桑，沉淀下来，再来读这首词，已没有盲目的狂热，更多的是体会出诗词内声画情志的交相辉映，回味出戎马关山的史诗般的壮美。

网上看到毛泽东另版手迹《调寄忆秦娥》，在"西风烈"后面是"梧桐叶下黄花发"（手书中"雄关漫道真如铁"漏了一个"真"字），落款写1934年。而该词1957年在《诗刊》上发表的定稿落款是1935年2月，词牌后加了标题"娄山关"。可见是经过反复斟酌，最后才改为"长空雁叫霜晨月"。

1934年12月31日，红军顺利占领黔东重镇猴场，并召开了中共中央政治局会议。会上，再次否定了博古、李德的错误主张，重申了黎平会议的决议，决定红军抢渡乌江，攻占遵义；并明确把军事指挥权置于中央政治局的领导之下，从实际上解除了李德独断专行的军事指挥权。猴场会

遵义会议会址

议上承黎平会议，下启遵义会议，被周恩来称为"伟大转折的前夜"。有报道说毛泽东在猴场居住期间，写下的《忆秦娥》初稿，构思了词的内容，娄山关战斗后才改定。

红军长征，过湘江损失惨重。面对 40 万敌军的围追堵截，只剩 3 万人的红军将士，突破乌江，打下遵义，得以喘息。中共中央在遵义召开政治局扩大会议，总结了第五次反"围剿"失败和长征初期遭受严重损失的教训，明确回答了红军战略战术方面的是非问题，并对中央领导机构特别是军事领导进行了改组，增选毛泽东为中央政治局常委，取消了博古、李德的最高军事指挥权，解决了当时党内所面临的最迫切的军事和组织问题。遵义会议结束了"左"倾教条主义错误在中央的统治，事实上确立了毛泽东在党中央和红军的领导地位，在极端危急的历史关头，挽救了党，挽救了红军，挽救了中国革命。会议的一系列重大决策，是在与共产国际中断联系的情况下独立自主作出的，因此意义十分重大。长征至此也到了重要的转折时刻。

这里有一个插曲。2011 年，我陪全国政协副主席董建华访问贵州，栗战书同志当时任省委书记，他知道我岳父是伍修权后，问遵义会议是哪一天召开的？我给了他一本《伍修权回忆录》，说根据他的回忆，应是 1935

年 1 月 15 日召开的。现存遵义会议的文献只有陈云同志记的传达稿了。

毛泽东和红军一度计划在遵义地区建立革命根据地，但情况发生变化后，打算经过川南，渡江北上，直取成都，击灭刘湘，在川西建立根据地。土城一战失利后，在川滇黔"鸡鸣三省"的地方，中央政治局召开会议，决定红军立即二渡赤水，回师黔北，杀个回马枪。当年 2 月，攻打娄山关，重占遵义。大捷的军号声声，士气大振。此战成为红军长征后胜利的起点。红军避实就虚、声东击西，四渡赤水后扭转了自长征以来的被动局面。若干年后，英国陆军元帅蒙哥马利访问中国时，赞誉毛泽东指挥的辽沈、淮海、平津三大战役，可以与世界历史上任何伟大的战役相媲美。毛泽东却说："四渡赤水才是我的得意之笔。"

战火硝烟和关山的偶合，描绘出壮丽的画卷。征途的千回百折，排险克难，作者的心境也随着战斗胜利，逐步抛却了沉郁，露出了欢颜。反映征途上的诗也就自然随心而动，洋溢着苍凉豪迈的气概。毛泽东的长征代表诗作有五首，除了这首《忆秦娥·娄山关》，还有《十六字令三首》《七律·长征》《念奴娇·昆仑》《清平乐·六盘山》。毛泽东自己说："万里长征，千回百折，顺利少于困难不知有多少倍，心情是沉郁的。过了岷山，豁然开朗，转化到了反面，柳暗花明又一村了。"

词的起笔，"西风烈，长空雁叫霜晨月"，红军清晨出发，去攻打娄山关。我想到了宋朝大将宗泽的《早发》诗："繖幄垂垂马踏沙，水长山远路多花。眼中形势胸中策，缓步徐行静不哗。"前面就是鼓号齐鸣的激战，但队伍在将军的号令下，士兵们肃静不哗，纪律严明，沉稳有序地行进在晓风晨雾中。我想，红军战士为了一个目标，也是在默默地行军早发，"马蹄声碎，喇叭声咽"。战斗即将打响，纵然生死未卜，也义无反顾，一往无前。

"雄关漫道真如铁，而今迈步从头越"，是在一天的晓月夕阳、金戈铁马的烘托下，诗人发出的豪迈之声。这既是这首诗词的诗眼，又是不同于古代诗人的升华之处。我们知道，《忆秦娥》词牌本身就是大诗人李白所创。毛泽东填的词在韵脚和风格（尤其是上阕）上基本与李白的原创相同。李白的原词是：

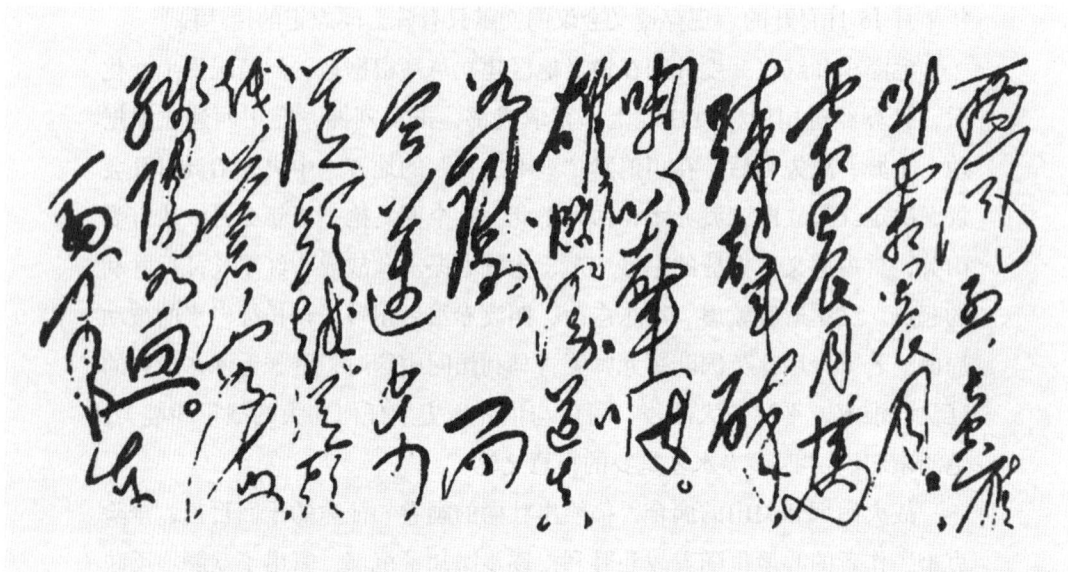

毛泽东《忆秦娥·娄山关》手迹

　　箫声咽，秦娥梦断秦楼月。秦楼月，年年柳色，灞陵伤
　　别。　　乐游原上清秋节，咸阳古道音尘绝。音尘绝，
　　西风残照，汉家陵阙。

　　但毛泽东的《忆秦娥·娄山关》，意境之辽阔，画面之壮美，远超古人。而"雄关漫道真如铁，而今迈步从头越"一句，绝不是伤别思幽怨之情所能比拟的，它是伟大军事战略指挥家藐视一切艰难险阻的誓言，是红军所向披靡的魂魄，是对事业充满信心、走向胜利的号角。每每读到此，无不激动人心，热血沸腾，诗词的感染力油然而生。

　　可惜，有人望文生义，对诗词里"漫道"理解有误。电视剧《雄关漫道》之名遭到批评。创作者强词夺理，认为"雄关漫道"就是雄伟的关口和漫长的道路，更可笑的是竟有人将"漫道"解释为"平缓的斜坡道路或阶梯"。其实，《辞源》和《辞海》里并没有"漫道"这个词，汉语用法和习惯上，也从没有这种简称。"漫道"不是指漫长的道路，在古汉语里是"别说""莫道""休言"的意思。赵朴初先生曾撰文说，"漫"和枉然的意思差不多，"漫道"就是北京话的"别说"，含有"说也枉然"的意思。全句解释为：别说雄关真像铁打的那样不可攻克，看我们红军就这样从容迈步，越过山头出发。王蒙也撰文说，此句"雄关"是主语，"漫道"是谓语，就是莫要或随意说的意思，"真如铁"是宾语或补语。他引用了古诗："漫道帝城天样远，天易见，见君难。""漫道而今无贺铸，尽肠断，满帘飞絮。""漫言不肖皆荣出，造衅开端实在宁。"我也在网上查到晏几道一首《南乡子》："新月又如眉，长笛谁教月下吹，楼倚暮云初见雁，南飞，漫道行人雁后归。"《沙家浜》里也有唱词："漫道是密雾浓云锁芦荡，遮不住……"这些均说明，"漫道"，只能是"莫说""休说""别说""枉然说""不屑一说"的意思，解释为"漫长的道路"是牵强附会，是不通的。难怪王蒙实在看不过去，长叹："悲哉汉语，不通漫道真如铁，而今我辈从头学。"

"苍山如海，残阳如血。"在崇山峻岭上，在夕阳西下时，战斗结束了，多么令人壮烈的回响，多么雄浑壮观的画面。叙事畅怀已毕，余音袅袅；红军班师即景，诗味无穷。全词只有46字，意境高远，词句如画，有英雄气，是悲壮美，读后使人身临其境，心潮澎湃。那晓风霜月、群山夕阳的画图，那金戈铁马的浴血牺牲，那豪迈热血的一发激情，那重新出发的劲健意志，都浓缩在这46字中。仅此一点，即印证了中国诗词魅力无穷，千古不朽。

中国古代诗词有豪放、婉约两种风格。豪放诗词创作视野较为广阔，其作品恢宏雄放，气度超拔，不受羁束，以壮词宏声组成雄阔的阵容抒写悲壮慷慨的高

娄山关战斗遗址纪念碑

1936 年，斯诺拍摄的
头戴红军帽的毛泽东

亢之调；婉约诗词苍凉优美，婉媚轻柔，情致缠绵，表现细腻，多用含蓄蕴藉的方法表现情绪。毛泽东认为"词有婉约、豪放两派，各有兴会，应当兼读"。他的兴趣"偏于豪迈，不废婉约"，"有时喜欢前者，有时喜欢后者"。他认为，"婉约派中的一味儿女情长，豪放派中的一味铜琶铁板，读久了，都令人厌倦的"，所以人的心情是复杂的，经常有对立的成分，婉约和豪放兼而有之也是常有的。

纵览毛泽东诗词，尤其是战争年代"在马背上哼成的"诗词，无疑是豪放的风格，气势磅礴的不在少数。我们的青年时代受其影响，也喜欢这种诗风。我们不否认在那个不读书的年代，有的年轻人古文根基未打好，不懂格律，文采不佳，模仿中带有空泛的成分。但总的来说，毛泽东诗词开拓了胸襟，提高了思想境界，影响了我们这一代人的诗风。我至今还记得上大学的时候，背过山东大学高亨教授的一首《水调歌头》。这首词在当时众多品评《毛主席诗词》的作品中卓然超群，拔得头筹：

掌上千秋史，胸中百万兵。眼底六洲风雨，笔下有雷声。唤醒蛰龙飞起，扫灭魔炎魅火，挥剑斩长鲸。春满人间世，日照大旗红。　　抒慷慨，写鏖战，记长征。天章云锦，织出革命之豪情。细检诗坛李杜，词苑苏辛佳什，未有此奇雄。携卷登山唱，流韵壮东风。

对艰苦战争状态下的诗词创作，后来毛泽东在赴莫斯科的火车上，曾对当时的苏联外交官费德林说："现在连我自己也搞不明白，当一个人处于极度考验，身心交瘁之时，当他不知道自己还能活几个小时甚至几分钟的时候，居然还有诗兴来表达这种严峻的现实。""恐怕谁也无法解释这种现象……当时处于生死存亡的关头，我倒写了几首歪诗，尽管写得不好，却是一片真诚的。"对于旧体诗，毛泽东不提倡在青年中推广，但他也说："求新并非弃旧，要吸收旧事物中经过考验的积极的东西。"

就我个人而言，我还是喜欢旧体诗。

今天再读《忆秦娥·娄山关》，又有了更深一层的体会。

九嶷山人

——毛泽东《答友人》诗的缘起

中国人民对毛泽东诗词太熟悉了。也可以说，我喜好学习诗词与那个时代风靡一时的毛泽东诗词是分不开的。文史界对毛泽东诗词的整理、考释，可谓方兴未艾。我收集了不少的此类文章。

近读《北京青年报》，一篇《毛泽东〈七律·答友人〉这位友人到底是谁》的文章引起我的兴趣。我们先欣赏这首大家熟悉的《七律·答友人》：

> 九嶷山上白云飞，帝子乘风下翠微。
> 斑竹一枝千滴泪，红霞万朵百重衣。
> 洞庭波涌连天雪，长岛人歌动地诗。
> 我欲因之梦寥廓，芙蓉国里尽朝晖。

毛泽东本人在主持编辑《毛主席诗词》时，在清样稿标题《答周世钊》后面先是加上"同学"二字，后又将五字圈掉，将标题改定为《答友人》。毛泽东答复外文出版局也说，《答友人》中的"友人"指周世钊。

然而，有人认为《答友人》的表述并未拘泥于"答周世钊一人"，亦有学者认为这首诗与"九嶷山人"乐天宇有关。

那么报纸称为"湮没在历史阡陌中的侧影"的乐天宇是什么人呢？

乐天宇，湖南宁远人，生于1900年。考入长沙第一中学后接受进步思想，出席过毛泽东召集长沙各校教职员和学生代表的联席会议，参加了毛泽东领导的"驱张"等爱国运动。后乐天宇与杨开智一起考入京师大学堂农业专门学校，是李大钊组织的共产主义运动的积极参与者，与从长沙来京的毛泽东有进一步的接触。该校成立社会主义青年团后，乐天宇任团支部书记，1924 年与陈毅一同转为中共党员。先后任北农大党支部书记、西郊区委书记、张家口地委农委书记。1926 年奉命回湖南在宁远搞农民运动。1927 年，农民运动遭镇压，乐天宇被捕，1930 年红军攻打长沙，乐天宇与难友冲出监狱，找到红三军团，在《红军日报》当记者。后因腿部负伤，藏身治病，辗转湖南、湖北、河南，最后到陕西。1938 年，党组织调他到西安做统战工作。1939 年冬赴延安，分配到边区政府建设厅工作。当时正是边区发展大生产的时候，乐天宇组织科技人员考察了边区 15 个县的土壤、气候、林相及分布情况，并发现离延安 80 公里处一个叫"烂泥洼"的地方有开垦价值。毛泽东、朱德听汇报后，乐天宇又三上"烂泥洼"考察。后总司令正式将地名改为"南泥湾"，开始了垦荒的大生产运动。乐天宇在延安任自然科学院农业科主任和边区林务局长期间，改良品种，推广种植棉花、水稻、种桑养蚕，防治病虫害，发展耕牛，还引进了西洋苹果乔木，在农场试栽成功。

在延安向毛泽东汇报"烂泥洼"时，两位湖南人谈了很多，不知怎的就谈到了九嶷山。乐天宇如数家珍，说九嶷山的确是个好地方，念了首何绍基的诗："生长月岩濂水间，老来才入九嶷山。消磨筋力知余几，踏遍人间五岳还。"毛泽东十分神往，背起了古人咏九嶷山的诗词。他说："我这个湖南人，全国也跑了不少地方，却没到过九嶷山。以后有机会，我一定去九嶷山看看，那是舜帝南巡的地方呵。"自此，毛泽东再见到乐天宇，每每称他为"九嶷山人"。

这个"九嶷山人"参加了具有建国意义的中国人民政治协商会议第一届全体会议，成为中华全国第一届自然科学工作者代表大会筹备委员会的正式代表。这时，北大、清华、华大的三个农学院合并，他成为北京农业大学校务委员会的主任委员、林业科学院一级研究员。《中华乐氏通谱》"科技精英"里专门介绍了乐天宇。

农大教学的一个重要学科是遗传学，但"现代农学"是孟德尔—摩尔根学派的经典遗传学体系，由回国执教的李景均教授执掌。而乐天宇完全

九嶷山三分石

援引苏联学术界观点，把米丘林思想称为"新遗传学"，将摩尔根体系称为"旧遗传学"，搞成两派对立，遭到李景均教授公开批评，并辞职出走。抗美援朝时，李受聘于美国匹兹堡大学，后被选为台湾"中央研究院"院士。为此，乐天宇受到批评，被撤销行政职务，党内受留党察看处分，调中科院工作。经过思考，乐天宇认为自己不适合做领导工作，与妻子到海南岛筹建华南热带植物研究所。他系统地调查研究橡胶林与其他物种的依存关系，为中国的橡胶业作出了开拓性的贡献。回北京后，他只是林科院林业研究所的研究员。此后他给毛主席写信，表示想进行森林与气候方面的研究。1962年，他带科考组来到九嶷山，发现树木被砍得七零八落，唯独成片的斑竹生长在深山腹地。当地瑶汉同胞生活困难，甚至也将竹林砍伐。他将三分石下的斑竹截成整齐的四段，一段送给李维汉，一段送给萧克，一段赠给毛泽东，另一段自己留作纪念。诗兴涌来，他写了一首《咏三分石》的七言古体诗，呈送毛主席，落款"九嶷山人"。诗是这样的：

> 三分石耸楚天极，大气磅礴驱舞龙。
>
> 南接三千罗浮秀，北压七二衡山雄。
>
> 西播都庞越城雨，东嘘大庾骑田虹。
>
> 我来瞻仰钦虞德，五风十雨惠无穷。
>
> 为谋山河添锦绣，访松问柏碣石枞。
>
> 瑶汉同胞殷古谊，长林共护紫霞红。
>
> 于兹风雨更调顺，大好景光盛世同。

据说，毛主席看过乐天宇的诗后，大笑说，乐天宇口气不小，九嶷山那么高呀？他把玩着那缀满点点泪痕的斑竹，心潮起伏，握笔伏案，写出了《七律·答友人》这首诗。

毛泽东曾嘱秘书将诗送郭沫若征求意见。郭时任中国科学院院长，乐天宇是他的下属。于是，郭沫若便将毛主席赠诗征求意见的事告诉他。乐天宇到郭老那里一看，吓了一跳，诗稿上写着《七律·答乐天宇同志》。他惶恐地说："我这个人办事莽撞。弄得不好，要给毛主席添麻烦。诗上最好不要写我的名字。"说着，当着郭老的面将"乐天宇"三个字划掉了。这首诗在收入《毛主席诗词》时，题目就改成了《七律·答友人》。

另据《毛泽东诗词传奇》一书，1961年乐天宇在九嶷山科学考察时，碰到也在湖南作社会调查的周世钊和李达，故乡遇故知，三人聚在一起。正好湖南宁远有人捎来九嶷山的斑竹，他们商定送纪念品给毛主席。周世钊送蔡邕文章的墨刻，李达送斑竹毛笔，写一首咏九嶷山的诗，乐天宇送有蔡邕《九嶷山铭》拓片，写一首七言古诗《九嶷山颂》（前录落款为"九嶷山人"的诗）。

据说，毛泽东收到礼物后非常高兴，在他68岁生日那天致信周世钊说惠书收到。又说："我甚好，无病，堪以告慰。'秋风万里芙蓉国，暮雨千家薜荔村。''西南云气来衡岳，日夜江声下洞庭。'同志，你处在这样的环境中，岂不妙哉？"信中附上了前面讲的这首七律。诗的最初题目是《答周世钊、李达、乐天宇》，乐天宇表示意见后，毛泽东同意将原诗题上三个人的名字改成《答友人》。写诗的时间由1962年变为1961年，个中原因不得而知。

毛泽东《答友人》诗发表后，一度引起猜测。有人说，诗人是号召广大干部像"帝子"下凡那样，乘浩荡东风，与工农结合，投身到火热斗争中去；有人说，"红霞万朵百重衣"是怀念霞姑杨开慧；有人说，"长岛"是"橘子洲"，至于臆测美国长岛而联想世界革命就更离谱了。事实是，毛泽东的这首答诗完全是读着"九嶷山人"的赠予，睹物思情，心驰神往，将满腔诗情倾于笔端。在诗人笔下，九嶷山白云暖嶷，联想舜帝南巡，道死苍梧；娥皇、女英千里寻夫，泪染斑竹。此情此景，使他神游

乐天宇

"芙蓉国"，遥祝三湘父老，寄托对故土的美好憧憬。

送礼和答诗均和"九嶷山"有关，上述说法孰对孰错？为何毛泽东答三人的诗，后又确认"答友人"指的是湖南第一师范的同学周世钊？乐天宇赠诗以及在历次运动中还有哪些难以申说的苦衷？此文都没有讲。

我们只知道，十一届三中全会后，乐天宇被平反，给他一级教授的住房，但他婉拒了。他带着平反所得的 6 万多元工资，住破庙，吃简食，为山区失学青少年服务，到九嶷山自费办起了九嶷山学院。1984 年，他因劳累过度突发脑出血去世。

"九嶷山人"最终回到了九嶷山。

现在，写诗和答诗的人都不在了，事实无法由当事人确认。我宁愿相信这个故事是真的，也触动我定要去湖南九嶷山看看九峰和三分石。"名流多少题丘壑，不及湘妃竹数行"，对九嶷山，对毛泽东和鲁迅都入诗的湘灵的传说，或许会有更深一步的体悟。

2015 年金秋，在老同学的安排下，我们一行 16 人，终于如愿以偿来到宁远九嶷山。我细问当地旅游局领导和导游，他们均异口同声，说确有乐天宇与毛泽东赠答诗词之事，还看到乐天宇与萧克将军为九嶷山办学及该校师生写信给胡锦涛的有关史料。湖南出的《九嶷山》一书也有专文记载。我也比对了书中乐天宇赠诗的原文。原委至此水落石出，我颇有感慨，回来后写下一首小诗：

九嶷腾浪万峰间，曾引诗情上笔端。
我到苍梧寻竹迹，三分石耸白云边。

大江歌罢掉头东

——读周恩来东渡诗

> 大江歌罢掉头东，邃密群科济世穷。
> 面壁十年图破壁，难酬蹈海亦英雄。

这首诗是周恩来 1917 年 9 月东渡留学前写的。1919 年周恩来回国时，在日本的南开同班同学张鸿诰为他饯行，周恩来将两年前的这首诗写成条幅相赠。直到 1977 年（周恩来总理已逝世），张鸿诰将这帧条幅的原件送给当时的中国革命历史博物馆，1978 年 1 月《光明日报》发表，我们才有缘读到周恩来的这首壮怀激烈的诗。

据报载，20 世纪 30 年代，周恩来从苏联返国途中，曾特别绕道东北，去探望过张鸿诰。1949 年后，张鸿诰到北京，在中南海见到昔日同窗知己，曾激动地提起仍保存上述墨宝。据张回忆，周恩来当时哈哈大笑，摆手让他别拿出来，说："我还不够资格，你收着吧。"可见，周恩来生前就知道此事。

如何解读这首诗？

首先，我们看周恩来挥毫录诗的诗后，写下"右诗乃吾十九岁东渡时所作"，还有"返国图他兴，整装待发，行别诸友""书此留为再别纪念"等字句。同时他还写明书赠此诗也是为了"自督"。东渡日本前夕，他还为同学郭思宁题写了"愿相会于中华腾飞世界时"，落款为"弟翔宇临别预言"。从这临别的题诗题句中，我们可以了解当时的背景，由此可以看出周恩来 19 岁时的鸿鹄之志，也从中反映了当时他由东渡到回国的抱负

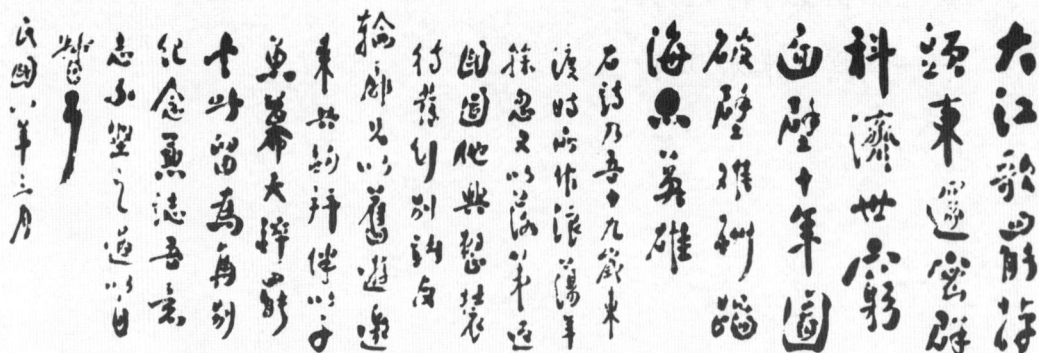

周恩来东渡诗手迹

和雄心。有一个细节，前述周恩来出国前写的诗最后一句是"不酬蹈海亦英雄"，回国时他将其改为"难酬蹈海亦英雄"。一字之改，更增添了诗的奋进意味。

此诗有两个地方有争论：

一是"邃密群科济世穷"句中的"群科"。多数报刊和统编高中语文教材都注释为"各种科学"或"社会学"。而有人认为应解释为"政治学"，理由是当时南开学校张伯苓倡导"德、智、体、群"四育，"群育"即指资产阶级民主政治。严复曾译过《群学肄言》，曾用"群科"来解释"政治学"。而周恩来在日本两次参加大学考试，均报考的是政治科系。持这种说法的人征求了张鸿诰的意见，张回信认为此解释符合周恩来当时的实际。

二是首句"大江歌罢掉头东"。是"掉头东"，还是"棹头东"？一些报刊书籍援引这首诗时，都作"掉头东"。根据是原件书法此字看上去是提手旁，应是"掉"字。并引杜甫诗"巢父掉头不肯住，东将入海随烟雾"，来说明"掉头东"是从杜诗里演化而来。但另一些报刊认为是"棹头东"，解释为"买船东去"。行书书法"木"字省略右边一点是特殊笔法，在大书法家的作品里常见。"棹"是划船的桨，代表船的意思。古诗里有"春歌弄明月，归棹落花前""征帆去棹残阳里"等，都是指的船。

"棹头东"就是船头一直向着日本驶去。而"掉头东",解读在唱罢"大江东去"之后,掉转身躯东渡,与这首诗的气质不相融,大煞风景。

本文文首录诗还是采用报纸上最初的"掉头东"。

我们知道,周恩来祖父为他起名为"大鸾",周恩来自己也用过"飞飞""翔宇"的名字。在沈阳上学回答老师提问时,就誓言:"为中华之崛起而读书!"无论是立志飞翔、沈阳习文、东渡求知,还是行别诸友的明志、"自督",都可以看出周恩来年轻时的宏大抱负。所以,这首写于19岁青年时期的诗,读起来大气磅礴。他用了鲁仲连义不帝秦、宁可蹈东海而死的典故,表达挽救国家危亡,冲破旧制禁锢,即使理想不能实现,投海殉国也是英雄的志向。诗僧苏曼殊也曾有诗:"蹈海鲁连不帝秦,茫茫烟水着浮身。国民孤愤英雄泪,洒上鲛绡赠故人。"同是用典,苏诗显然没有周诗气魄豪迈。周恩来在中学毕业的作文里就表明"以为背城借一之举,破釜沉舟之计","爱国热诚,似已达于沸点"。青年时代他就有"愿相会于中华腾飞世界时"的胸襟。"泛舟沧海,立马昆仑"正是他的座右铭。

1916年4月,周恩来以"飞飞"的笔名,在《敬业》第四期上发表了《送蓬仙兄返里有感三首》。诗题中的"蓬仙兄"是周恩来在天津南开学校的同窗好友张蓬仙。当得知张蓬仙要退学返回老家吉林时,周恩来十分不舍,临别赠诗。《敬业》是当时他们一起在南开学校组建的"敬业乐群会"会刊。其中一诗为:

> 相逢萍水亦前缘,负笈津门岂偶然。
> 扪虱倾谈惊四座,持螯下酒话当年。
> 险夷不变应尝胆,道义争担敢息肩。
> 待得归农功满日,他年预卜买邻钱。

此诗通过与好友共同生活的回顾,抒发了刻苦自励、期待他日为国建功立业的豪情。诗中所写"险夷不变应尝胆,道义争担敢息肩",可以看出周恩来在出国前就怀有救国救民的抱负。

周恩来（中）与留日同学在东京的合影

　　周恩来在日本留学一年半。他曾回忆说："我去日本不久，刚好十月革命就发生了，我回到中国不久，就爆发了五四运动。"他在日本学习观察，感到要另辟"新思想"，求"新学问"，做"新事情"。他把这比作"三宝"，并说"思想要自由，做事要实在，学问要真切"。他对日本早期的马克思主义思想传播者河上肇的《贫乏物语》、所编《社会问题研究》及幸德秋水的《社会主义神髓》情有独钟。他加入了新中学会，主张掌握"哲学的思想，科学的能力"。他的求新志向一开始并不是很清晰，正如他在京都写的《雨中岚山》那样："潇潇雨，雾蒙浓；/一线阳光穿云出，愈见姣妍。/人间的万象真理，愈求愈模糊；/——模糊中偶然见着一点光明，真愈觉姣妍。"后来他逐渐看到军国主义"有强权无公理"，把扩张领土视为最重要之事。由此他得出新的认识，"从前所想的'军国''贤人政治'这两种主义可以救中国的，现在想想实在是大错了"。

　　周恩来在日本留学期间，还为也在日本留学的南开中学同学王朴山录梁启超的一首七律。他在日本的日记中说，他晚间看梁任公的文集，当念到"十年以后当思我，举国犹狂欲语谁？世界无穷愿无尽，海天寥廓立多时"的最后几句时，"我的眼泪快要下来"。他还在日记中表示，他最恨那些阳面公，阴面私，最时兴争权夺利的人物。谈到立志，他说："一班青年，大半都是口头里'爱国''救国'的话说上许多，究竟将来人世能否如他所说的话去做，那是置之度外了。""中国要亡，也在他们手里。"他表示："来到这里求学，第一样事情，就得炼铁石心肠、钢硬志气，不为利动，不为势屈，才能有效。"他说，必须鼓足勇气，去面对困难，不能因为有挫折便灰心。"贯穿在人的漫长一生中的是自我牺牲精神，这种精神会使人更为光荣、出类拔萃！"周恩来借录梁启超诗赠友人，抒发了欲变更旧社会，甘愿为国献身的远大抱负。"坐着谈／何如起来行！"1922年，他为黄爱烈士写《生别死离》一诗，参透了生死，"用表吾意所向，兼示诸友"：

> 不用希望人家了，
> 生死的路，已放在各人前边，
> 飞向光明，尽由着你！
> 举起那黑铁的锄儿，
> 开辟那未耕耘的土地。
> 种子撒在人间，
> 血儿滴在地上。

我们还读到周恩来的自题联："与有肝胆人共事，从无字句处读书。"应该说，以上这些都是与他题赠张鸿诰诗的志向是一致的。他已经毅然决然为国家、为民族、为全人类担负起飞向光明的大任。

在充满理想的大时代里，吟诗不是无病呻吟，周恩来东渡诗反映出紧贴时代脉动、求索人生道路的豪情壮志。这首诗逸韵豪放、音律铿锵，读后使人受到感染和激励。周恩来留存的诗不多，这首格律诗发表后，引起轰动。音乐家傅庚辰为此诗谱曲。赵朴初当时还专门撰文，认为年轻的周恩来对于诗道不仅具备极高的天赋，对于以诗文言志抒情怀有浓厚的兴趣，并且下过很大的苦功。他在文中说，周总理在五四前写的传统旧体

五四运动时的周恩来

诗，风骨开张，才气横溢；五四后转向新体诗，也是卓有成就、不同凡响的。但以后四五十年中不再写诗，不再谈诗，偶尔挥毫，也是为事而发，不得不作，事过即忘，不留寸纸。赵朴老认为，周总理彻底领悟了生死的价值，摒弃了一切荣辱、毁誉的"自我"念头，是最高贵、最完美的人格。他作词道："持荐轩辕多少血！词华和梦都捐。岂期身后见遗篇？吉光留片羽，芳泽满人间。"工作人员回忆，周总理工作之余也挥毫写诗，他用毛笔写在信笺上，反复改，但写好后又撕成碎片，投入纸篓，宛如一群梦中的蝴蝶。《中国政协》杂志一篇文章透露，1958 年，周恩来曾"有一夜激于志愿军的感人战绩，又临纪念郑振铎、蔡树藩等遇难烈士大会前夕，思潮起伏，不能成寐"，写过一首四句七言诗，也曾送陈毅看，但很快决定不发表，"遂以告废"。从中可知，他对发表自己的作品极为谨慎，除按照党的决定和纪律所做的事外，他确实不愿再留下什么。前述他的东渡诗，也是在他身后发现而公之于世的。

在日本京都岚山有周恩来的诗碑，这成了人们凭吊的地方。冰心老人访问时，在诗碑下捡了几颗石子留作纪念，她望着盛开的樱花和奔流的大堰川，挥笔赋诗送给日本戏剧家："高歌直下大江东，力挽狂澜济世穷。仰首默吟低首拜，岚山一石一英雄。"（《参谒总理诗碑，谨步总理"大江歌罢掉头东"原韵》）最近读报，全国政协常委、回族女作家霍达再次来到京都岚山，写了一首《岚山》诗："登临不为岚山美，只为岚山有此碑。故土无坟何祭扫？他乡遗墨久凝眉。"表示重来此地，"拂去碑前落叶，揩净道旁标识，以表敬意"。我两次去京都，都要在岚山周恩来诗碑前静默良久。

在辽宁铁岭龙首山上，这首诗被镌刻在红色大理石板上，镶嵌到旗形的花岗岩石料中，诗碑背靠松林，面向广场，庄重坚实，使人肃然起敬。

日本京都岚山
周恩来诗碑

　　由此想到中华青年出国留学，人生应该有为国家为社会的远大抱负。孙中山早就提出："努力向学，蔚为国用。"当年李叔同东渡扶桑为国家寻求新路，填有《金缕曲》"留别祖国并呈同学诸子"，最后道："长夜凄风眠不得，度群生，那惜心肝剖！是祖国，忍孤负。"钱学森赴美求学，临别之时，他父亲从口袋里掏出一张纸塞到儿子手里，上面写道："人，生当有品：如哲、如仁、如义、如智、如忠、如悌、如教。吾儿此次西行，非其夙志，当青春然而归，灿烂然而返。"钱学森称父亲是他的第一位老师，父亲的留言家训对他的人生影响深远。向警予当年赴法国勤工俭学，写信训诫侄女，认为"亲师取友，问道求学，是创造环境改造自己的最好方法"，反对"一事不管，一毫不动，专门直管读死书"。杨振宁父亲在日内瓦与儿子团聚，临别时写字留言："每饭勿忘亲爱永，有生应感国恩宏。"当年周恩来东渡日本求学，赋诗慷慨壮怀，亦是表达天降大任、改造世界的豪情和义无反顾、破浪前行的决心。他在日记中表示："人要有志气""做一番事业""有大志向的人，便想去救国，尽力社会"。他们怀抱的"天下兴亡，匹夫有责"的志向和远大理想，不仅是那一代人的精神之源，也是当今青年应该仰慕和学习的。

　　我希望，中华青年现在出国留学，能否重温一下周恩来的这首诗，除渴求学到更多的知识外，可还有报国之志乎？

最从平淡见英雄

——朱德的诗

 2016年6月初，我到四川南充，专程去了朱德的家乡仪陇。驶过了盘山路，在树木葱茏中，在马鞍场琳琅山下，寻得了当年作为佃农出身的朱德祖屋和出生地。朱德祖籍是客家，在"湖广填四川"时从韶关迁移到这里，已经是第七代了。朱德从小就在多子女的大家庭里挑水、砍柴、种地。读书、教书后，从这里走出大山，踏上了寻求救国救民的征程。

 听说云南办新军，朱德从仪陇家中出发，立下"志士恨无穷，孤身走西东。投笔从戎去，刷新旧国风"的誓言，在成都与一位同学结伴，历时70多天，行程3000多里，一道走到昆明，隐去了四川籍贯，进了陆军讲武堂。朱德在此学习了近一年半，加入了同盟会。毕业后参加了云南重九起义，北上援川。在滇南边界打游击，参加护国讨袁之役。人说他命大，一次他们在一个山寨的房间里战斗，炮弹打来，房中间的人都被打死了，朱德在角落，只溅了一身泥巴。在泸州一场恶战中，衣服帽子都被打烂，马也被打死，但朱德竟未负伤。在护法战争中，朱德已升任靖国军旅长。

 受五四运动爱国意识的影响，朱德决心尽早摆脱滇军令人窒息的环境，去寻求救国救民之道。他和孙炳文到上海、北京，决心去"追随五四运动的领袖"，加入一年前成立的共产党。他在上海见到了陈独秀和孙中山，表达了自己的愿望。为寻求真理，他远赴万里，从法国转到德国，找到了"中共旅欧总支部"负责人周恩来，秘密加入了共产党。后被安排到莫斯科东方劳动大学学习，在郊外还参加了军事训练班。朱德经海参崴回国后，服从党的指派，回四川做杨森的工作，又到江西创办军官教育团，参加南昌起义，领导湘南起义，建立工农民主政权。在赣南千里转战后，率部与毛泽东的秋收起义部队在井冈山会师。

毛泽东曾说朱德"临大节而不辱"，他给抗大学员题词："向朱总司令学习，度量大如海，意志坚如钢。"在漫长的革命生涯里，朱德曾多次身陷逆境，但他忍辱负重，总能以坚忍不拔的意志和宽广博大的襟怀，化险为夷，化凶为吉。艰难曲折使他懂得顾全大局和革命队伍团结一心的重要。"朱毛"合作，共同创造了运动游击作战"十六字诀"。经过反"围剿"和长征血与火的考验，朱德成为中共领导抗战的总司令，毛泽东称他为"人民的光荣"。

朱德在公余之暇，喜欢读诗和写诗。他工精律诗，放歌大风，一生创作过 600 多首诗，其中有不少脍炙人口的名篇。他的诗作反映了各个时期的历史事件，堪称"史诗"。朱德早期的诗作，形式上偏旧体诗，讲究格律，对仗工整。中年以后基本上是新体诗的写作方法，摆脱了旧体诗词的许多限制。他认为，有意境的诗，才算好诗，押韵对偶是其次的。朱德经常触景生情，即兴赋诗。有时也颇伤神，辗转反侧地构思，一字一句地琢磨。他说自己时有所感，写上四句八句的，说诗不像诗，只是完成表现的欲望，但总写得不很满意。在享受写诗乐趣的同时，他还交了许多诗友。他对臧克家说："诗要表现战斗生活，为革命服务。不要写得太深奥，叫一般人看不懂，那样，就会失去它的作用。诗应该通俗化、群众化，意思、语言，要朴素、明朗，叫人看得懂，念出来，听得懂，这样群众自然会喜欢它，不仅仅限于少数知识分子的范围。"在陈毅建议的一次谈诗会上，朱德再次表示：诗歌要热情地歌颂社会主义前进方面涌现出来的动人的真实事件，要真情实感地说出心里的话。"我经常要拜郭老为师，当个徒弟，他就是不收。"满场哄堂大笑后，郭沫若忙站起来插话："元帅在上，老郭不敢谈诗。"

朱德在投笔从戎之前，是有着国学功底的青年学人，他早期的一些诗词，就体现了爱国者的心志和抱负。我们选两首诗。一首是他读邹容的《革命军》写的《顺庆府中学堂留别》，赠给同窗好友的：

骊歌一曲思无穷，今古存亡忆记中。

污吏岂知清似水，书生便应气如虹。

恨他狼虎贪心黑，叹我河山泣泪红。

祖国安危人有责，冲天壮志付飞鹏。

一首是护国战争时期，朱德随蔡锷参加反袁的护国战争。战斗间隙，写下了《古宋香水山芙蓉寺题诗》：

己饥己溺是吾忧，急济心怀几度秋。

铁柱幸胜家国任，铜驼慢着棘荆游。

千年朽索常虞坠，一息承肩总未休。

物色风尘谁作主，唯看砥柱正中流。

这两首诗反映了朱德早期立志弘毅的雄心。

众所周知，朱德爱兰。据说在战争年代的戎马倥偬间也遣兴培植欣赏兰花。进到北京后，他在院子里养了几千盆不同品种的兰花，盆盆体态优雅，气质出众，临风摇曳，婀娜多姿。一天工作劳累后，他会到自家的兰圃转转，认为"看上20分钟兰花，比休息两个钟头都好"。他精研《兰谱》，说起兰花，如数家珍。他得到或培养好的兰花品种，不为独赏，着眼繁殖推广。他说，兰花不像过去那样只供少数有钱人玩赏，要逐步走入寻常百姓家。他将名贵品种赠送福州西湖和华南热带植物园的兰圃，并亲自为北京中山公园建立的"兰室"题字。他还与日本松村谦三互赠兰花品种，"花为媒"，促进友谊，为中日建交开辟了途径。

在朱德留存的诸多诗篇中，记事、记游和纪念诗居多，咏物诗除咏兰外，我只在别人的回忆文章里读到一首《结园赏菊》："奇花独立树枝头，玉骨冰肌眼底收。切盼和平共处日，愿将菊酒解前仇。"说的是朱德在滇军时的房产，新中国成立后拨给幼儿园，这是朱德看望幼儿园的教师和儿童时题写的。咏物诗中写得最多的是兰花，他写下了近40首咏兰的诗词，大多即兴而作，不事修饰，情真意切。似乎兰花始终伴随他栉风沐雨，同

朱德向日本友人
松村谦三介绍兰花

甘共苦。

朱德经常诗赞国香。他参观北京中山公园兰展，写了三首兰花诗，其中一首是：

幽兰吐秀乔林下，仍自盘根众草傍。
纵使无人见欣赏，依然得地自含芳。

朱德曾赋《咏兰》一首，描写自己辛勤劳作中获得的乐趣：

幽兰奕奕待冬开，绿叶青葱映画台。
初放素英珠露坠，香迎十步出庭来。

朱德在庐山会议的间隙，曾到仙人洞采兰，题下七绝一首：

仙人洞下产兰花，觅得还依小道家。

采上新名三五棵，洞前小憩看红霞。

朱德曾向成都杜甫草堂赠送了名种兰花，从此园内植兰渐多。1963年他再赴草堂，兴致盎然，赋有《草堂春兴》10余首。其中一首思古颂兰，堪称绝唱：

幽兰出谷弱袅袅，移到草堂愿折腰。
通道芳姿不解意，陪同工部发新条。

朱德到广州越秀公园，也不忘咏兰：

越秀公园花木林，百花齐放各争春。
唯有兰花香正好，一时名贵五羊城。

朱德爱兰，尤爱井冈兰。他76岁重返井冈山，不顾年迈，在丛林深处亲自挖了数株"井冈兰"和泥土，表达深深的眷念之情，为此吟诵道：

井冈山上产幽兰，乔木林中共草蟠。
漫道林深知遇少，寻芳万里几回看。

其实，朱德自己的品格与兰草一样，质朴、坚韧、高洁，特别是他的坚贞刚毅、厚重真诚、艰苦朴素，寓伟大于平凡。这使人联想到他面对解冻绽放的春兰，托物言志，寄寓深情，写的另一首《春兰》诗：

东方解冻发新芽，芳蕊迎春见物华。
浅淡梳妆原国色，清芳谁得胜兰花。

我们常说空谷幽兰，是谓幽兰远离尘嚣，甘于寂寞。"我爱幽兰异众芳，不将颜色媚春阳"，它如山中隐士，慎独而不争名利，借风送香而不钧誉。兰在深山空谷中，吸日月精华，纳朝露暮雨，吐馥郁幽香，但香而不浓，绵绵缕缕，俯仰自如，潜幽逸远。可以说，兰是一种精神，是一种品德。唐朝儒者颜师古曾赋兰："惟奇卉之灵德，禀国香于自然。洒佳言而擅美，拟贞操以称贤。"朱德书法，笔锋独到，黄庭坚的碑帖《幽兰赋》是他喜爱的临帖之一。朱德爱兰，不如说他更看重兰花具有的质朴、高洁的品格和美德。元戎身居庙堂之上，心忧江湖以远；不矜战功之伟，永葆君子慎独。"德者，本也。"古人云：德者，事业之基。《荀子》曰："志意致修，德行致厚，智虑致明，是天子之所以取天下也。"楚辞《九章》有"秉德无私，参天地兮"之句。朱德爱兰，淡泊明志，空谷幽香，崇尚的是无私奉献、振风育德的人格襟抱和品行。朱德名"德"，崇德自勉，载仁报德，一生的追求和践行，恰是名副其实，德厚流光。

有人说，朱德一生酷爱兰花，其中也包含着对品格高洁、英勇就义的伍若兰的思念。朱德在上井冈山前，率南昌起义的部队打下耒阳，欢迎的队伍领头的就是耒阳女界联合会会长伍若兰。

伍若兰出身于耒阳城郊九眼塘的书香世家，毕业于衡阳第三女子师范，写得一手好毛笔字，是当地有名的"女秀才"。1925年加入共产党，被派回耒阳从事农民运动。她手使双枪、说话行事利索干练。她协助重建县委，率领耒阳农军，配合部队攻克县城，并发动全县妇女为部队打草鞋。伍若兰等五姐妹后调到司令部担任宣传工作。朱德称赞伍若兰能文能武，与她倾心交谈、相识相爱后，在驻地举行了简朴的婚礼。伍若兰对朱德说，自己脸上有麻子，配不上你。朱德说：

伍若兰烈士雕像

"麻子有啥关系，你是麻子，我是胡子，我俩马马虎虎地过吧。"部队宣传员编了顺口溜："胡子麻子成一对，马马虎虎一头睡。唯有英雄配英雄，各当各的总指挥。"结婚后，伍若兰给朱德做了一双布鞋，还赋诗道："莫以穿戴论英雄，为民甘愿受清贫。革命路长尘与土，有鞋才好赴征程。"她随朱德上了井冈山。伍若兰爱花，尤爱兰花。在紧张的战斗间隙，也不忘从山里顺手挖些兰花草种在屋檐下。

朱毛红军会师后，向赣南出击。在寻乌突围战斗中，23 岁的伍若兰率警卫班挡住敌人，自己身负重伤落入敌手。敌人对其施以酷刑，拷问她红军在哪里，她说在人民群众的心里。"要我同朱德脱离，只怕是日头从西边出，赣江水倒流！"敌人将她绑赴赣州，将她的头割下，吊在一个架子上，写上"共匪首领朱德妻子伍若兰"，沿江示众。最后还将头颅送到长沙，悬挂在城门上。她牺牲时已有四个月的身孕。据说，毛泽东将"伍若兰英勇就义于赣州"的报纸给朱德时说："她就像井冈山上的兰花一样，坚忍不拔。"朱德遥望着溶溶月色下山岩上盛开着的兰花，情不自禁地喊了一声："若兰，我的好妻子！……"我们读到"漫道林深知遇少，寻芳万里几回看"的诗句时，能隐隐感到这种深情。我去井冈山，在雕塑园里，找到了伍若兰烈士的雕像，向她深深地鞠躬。

后来与朱德共同生活了 47 年的康克清，江西万安人，曾送给罗家做"望郎媳"。毛泽东在《井冈山的斗争》一文中提到，"红军游击到万安"，"有八十个革命农民跟随到井冈山，组织万安赤卫队"，其中就有康克清。参加红军后，康克清见过并十分敬佩威武秀丽的伍若兰大姐，知道她是有名的神枪手。伍若兰牺牲后，曾志介绍康克清与朱德相识。以前她在家乡就听说"朱毛"无比神勇，后来才知道"朱毛"是两个人。康克清原名康桂秀，比朱德小 20 岁。在任红军连指导员时，领导一连男兵，觉得名字太女孩子气，改名为"康克勤"，但"勤"字笔画多，就改成"清"字。伍若兰牺牲后，朱军长确实需要一个共同生活的爱人。康克清默默同意了与朱德结婚。从此，他们共同战斗，同甘共苦，休戚与共，相爱一生。

朱德字玉阶，原名朱代珍，曾用名朱建德。他是开国十大元帅之首，长期担任全国人大常委会委员长。但直到现在，我们还习惯亲切地叫他朱

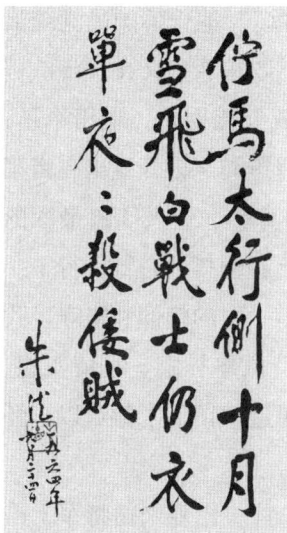

朱德手迹　　　　　　　　朱德在太行山上

总司令或朱老总，这个称呼丝毫没有高高在上的冷峻和威严。朱德最推崇霍去病的名言"匈奴未灭，臣无以家为"，在《三国志》眉批赞为"军人格言"。史沫特莱说朱德看起来完全是一副普通面貌，"很容易把他当作中国哪个村子里的老大爷"。一位外国记者在天安门城楼上问朱德："朱德元帅，您以为在您身后应该留下什么样的名声？"朱德回答："一个合格的老兵足矣！"

在人们的记忆中，他在艰苦的岁月里，布衣草鞋，犹如普通一兵。"朱德的扁担"挑粮上山的真实故事流传至今。我们的学生时代，列队行进，都会高唱：巍巍井冈山，养育着钢一连，毛代表就在我们的身边。朱军长走在连队的前面，嘿！走在前面。一二三四！在赣南战斗中，朱德手提机枪，身先士卒，掩护军部突围。在长征中，他爱兵如子，将马给伤病员骑，和战士们一起行军、扛枪，同甘共苦，享有"伙夫头"之称。过雪山宿营在半山腰，冻得战士们无法睡觉，他给大家讲故事。在四方面军，他忍辱负重，为促使红军三大主力会师作出了杰出贡献。在延安，他与抗大学员一起打球。在抗战前线，八路军总司令打着绑腿，穿着士兵衣服，指挥作战。他烽火中从容对弈，写下豪壮的诗句："北华收复赖群雄，猛士如云唱大风。自信挥戈能退日，河山依旧战旗红。"他告诉国民党统治区的蜀中父老："仗马太行侧，十月雪飞白。战士仍衣单，夜夜杀倭贼。"他首倡边区大生产，提出"南泥湾政策"，调三五九旅回防，屯田军垦，有时还光着膀子和战士们一起干。他手持铁锹，肩挎粪筐，开垦出三亩菜园。直到十三陵水库劳动，仍见元帅肩挑扁担的身影。让人印象最深的是，在周恩来灵床前，他老泪纵横，挺直身躯，抬起颤抖的右臂，行了一个军礼。这无言的动作，让人看到他加入共产党后一生的信仰和坚守。我捧读朱德 90 年生涯写的诗集，诗如其人。他的诗敦厚朴实、真情实感、直抒胸臆，反映了他毕生南征北战、业炳千秋的足迹，留下了他难以忘怀的"革命到底"的心路历程。

诗人杨朔 1939 年在太行前线为总司令写下一首《代寿朱德将军》是对朱老总人格风范的高度概括，兹重录这首诗，同时也借此深切怀念总司令的丰功伟绩和人格魅力：

抚循部曲亲如子，接遇乡农蔼如风。
谈笑雍容襟度阔，最从平淡见英雄。

董必武挽李克农诗

1965 年我入大学时，就知道李克农是"龙潭三杰"之一，是情报工作杰出的领导人，也是 1955 年授衔的唯一在秘密战线走出的开国上将。同学之间传抄了董必武 1962 年写的《挽李克农同志》：

> 三十年前事已赊，知君才调擅中华。
> 能谋颇似房仆射，用间差同李左车。
> 天不憖遗兹一老，人如可赎岂千家。
> 箕裘克绍芝兰秀，高举红旗障落霞。

董必武 30 年前在重庆时曾说："汉初之际有个李左车，唐初有个房仆射，最善使用反间计，我们的克公与他们相比，也毫不逊色！"李克农逝世后，董必武的挽诗又引用了这个典故。

李左车是秦汉之际的谋士。著有兵书《广武君》，论述用兵谋略，影响深远。秦末，六国并起，李左车辅佐赵王歇，立下赫赫战功，封为广武君。赵亡以后，李左车向韩信提出，以武力作威慑，以仁德服人心，恩威并举，迫使敌人归顺。他的"百战奇胜"的良策，使韩信收复燕、齐之地。李左车极具战略眼光，以奇谋建功立业。他给后世留下了"智者千虑，必有一失；愚者千虑，必有一得"的名言。李左车在《史记·淮阴侯列传》里有记载。有书将此典解之为张良，误也。我习惯新诗韵，初读董必武的这首诗，不理解"李左车"的"车"字为何与"华""家""霞"同韵，况且"车"也念"jū"，后查《佩文韵府》归韵表，果然都属"六麻"

29

董必武

韵。董老中过秀才，可见旧诗韵律是很严格的。

房仆射就是唐朝宰相房玄龄。仆射（púyè）为官职，"仆"是"主管"的意思，古代重武，主射者掌事，故诸官之长称仆射。房玄龄为左仆射前后达20年，"孜孜奉国，知无不为"，号称贤相。李世民称他有"筹谋帷幄，定社稷之功"。因宰相房玄龄善于谋划，而杜如晦长于决断，因此人称"房谋杜断"。后世史学家在评论唐代宰相时，无不首推房玄龄。

董老的挽诗中，"天不慭遗兹一老"中的"慭"读"yìn"，"慭遗"出自《诗经·小雅·十月之交》："不慭遗一老，俾守我王。""不慭"本为"宁不""何不"之意。后来多以"天不慭遗"为语，"慭遗"含有"遗留""保留"之意。《三国志》注引袁宏《汉纪》："天不慭遗一老，永保余一人。"也有文曰："天不慭遗，民将安仰。"所以董老的这句诗就是说，老天不愿把这一位人才留在人间，但千家万户悲痛哀悼，都宁愿为其赎命。尾联"箕裘克绍芝兰秀"的"箕裘克绍"，即成语"克绍箕裘"，比喻子孙继承祖业，后代能够继承先辈的事业。"芝兰"古时比喻德行的高尚或友情等，这里讲相信有志的后继者一定能继承你的未竟事业。

李克农确实是个"才调擅中华"的将才。

李克农，又名李泽田、峡公。祖籍安徽巢县，后随父母来到芜湖，从小与阿英（钱杏邨）在安徽公学附属小学读书，后考入圣雅阁书院。辗转到北京、上海、安庆、六安谋职，结识共产党人，阅读进步书籍，思想越来越倾向无产阶级革命。1925年回到芜湖，参加反教会学潮，组织五卅惨案后援会，办民生中学。1926年入党。国民革命时，他以国民党左派身份，任芜湖县党部宣传部部长，并奉命打入青帮。"四一二"后遭通缉，辗转到南京，被王振武所救。到上海与党组织取得联系后，被安排到文学团体太阳社，任沪中区委宣传委员。中央机关迁上海后，奉命与钱壮飞、胡底参加特科工作，打入国民党特务机构上海无线电管理局。钱壮飞任徐恩曾的秘书，在南京建立情报机构"长江通讯社"和"民智通讯社"。胡底在天津建立"长城通讯社"。李克农在上海任无线电管理局特务股长。三人由陈赓单线联系，李克农任组长。顾顺章叛变后，他们及时将情报通知党中央，党组织顺利转移。李克农到苏区后做保卫工作，长征时任中央纵队驻地卫戍司令，参加先遣工作团工作。到达陕北后，任中央联络局局长，做东北军、西北军的工作，建立抗日统一战线。他会见了高福源，代表中央与张学良、王以哲接触，陪同周恩来与张学良在延安教堂会谈，在西安建立秘密电台，还与国民党地方势力各领导人建立了关系。西安事变后，与周恩来一起处理东北军的善后事宜。抗战期间，他被派往上海、南京、武汉、桂林，建立办事处，解救被押人员，运送物资，建立秘密关系。撤回延安后，主持中央社会部和情报部工作，破译了阎锡山军队的密码，在上党战役中发挥了重要作用。参与领导创办《书报简讯》，组织班子收集各种报刊资料，从中获取有价值的公开情报，并使秘密情报与公开情报互相印证，在重庆谈判和抢占东北等方面发挥了情报的重要作用。解放战争中，多年安排在胡宗南身边的"闲棋冷子"熊向晖提供了重要情报，使中央在西北战场对敌军了如指掌，演出"空城计"。李克农任军调处执行部秘书长时，发展了一批国民党要害部门的情报人员。中央还利用北平情报组获得的情报，粉碎了国民党军偷袭石家庄的阴谋。三大战役和北平和平解放，李克农领导的情报工作起到了至关重要的作用，后又受命策动云南、西康及国民党舰队、"两航"起义，并在"和谈"中及时提供情报，使中共代表团一直处于主动。新中国成立后，李克农受命组建外交部和军委情报部，抱病投身朝鲜停战谈判，主抓日内瓦会议的准备，处理"克什米尔公主号事件"，参与万隆会议的保卫工作。1955年，任中央调查部部长，列席政治局和书记处的会议，被毛泽东指定为对台工作小组召集人。1962年，因病逝世。

董必武何以深知并高度评价李克农、写出挽李克农的诗？

董必武，原名董贤琮，字洁畲，号壁伍，湖北黄安（今红安）人。他是中共一大代表，政治家、法学家，给人的印象是一位忠厚长者，党内尊称"董老"。实际上他却是现代谍报大师，用间之术除周恩来、叶剑英外，中共党内无出其右者。董必武不是将军，但他是将将之人。他未带过兵，但能运筹帷幄，布阵联系的秘密关系个个当得 10 万兵。很多人大概不知道，董老是中共隐秘情报战线的杰出领导人。在中共长江局、南方局时期，董必武与周恩来共同战略谋划，参与了隐秘情报工作的部署。曾派遣中共党员谢和赓进入桂系，为配合他工作，董老和周恩来、叶剑英、李克农一起为谢和赓安排秘密交通员刘仲容，到白崇禧身边工作。在熊向晖打入胡宗南部后，董必武亲自接见他，指示熊按周恩来筹划，甘于做闲棋冷子，隐蔽党员身份，做白皮红心，在国民党里可以略骄，宁亢勿卑。要适应环境，同流不合污，出淤泥而不染。要谨慎但不畏缩，有勇不可鲁莽，善于随机应变，并送八字：不入虎穴，焉得虎子。熊向晖后来按董老指示，与陈忠经、申健、王石坚一起，为我军在西北战场的胜利作出了重大贡献。董必武还与其他领导人联络张克侠、何基沣，在所辖国民党军队中长期积蓄力量，后在淮海战役中率部起义一举成功。阎宝航也是直接受周恩来、董必武单线领导的秘密党员，他参与组建东北抗日总会，与国民党上层要员周旋，掩护中共的组织活动和干部转移，在住宅设秘密电台，获取了德国突袭苏联、日本偷袭珍珠港及日本关东军在东北的军事部署的情报。董必武还通过关系营救秘密党员鲁自诚，安排沈安娜联系朱家骅，到国民党中央党部做重要会议速记员，坚持潜伏 11 年，收集了大量重要情报。国共合作抗战期间，时任中共中央南方局常委的董必武单独与郭汝瑰会面，使他投入隐蔽的情报战线，在解放战争中提供了很有价值的军事情报，后率七十二军在宜宾起义。董必武与韩练成建立了秘密联系，使他在莱芜战役时放弃指挥，阵脚大乱，配合解放军全歼敌军。董必武还派人对国民党四艘小型军舰组织起义。1946 年，周恩来、董必武指示邵荃麟到香港开展工作，动员、组织和分批输送留港的民主人士和文化工作者秘密奔赴解放区。

由此，我们可知董必武与李克农相知相识，共处共事，亦是秘密工作的领导人之一。他对李克农深切哀挽，给予高度评价，也是顺理成章的。

他的挽诗充满了深意与寄托。

李克农

顺带一提的是,在董老与李克农经历的几次重大历史事件中,我的岳父伍修权都与此擦肩而过。西安事变后,中央派周恩来、秦邦宪和叶剑英组成中共代表团赴西安参与和平解决的工作,不久又指派李克农、伍修权和边章伍赴西安协助。伍修权、边章伍在西安等待布置新的任务,没有直接参加处理西安事变的工作。朝鲜停战谈判,李克农是幕后指挥者,但因环境差,工作劳累,哮喘病复发。中央决定让他回国休息治疗,由外交部副部长伍修权奉命接替。伍修权日夜兼程奔赴朝鲜后,李克农坚持"临阵不换将"。两人一起电告中央,最后同意仍由李克农主持工作,伍修权暂留(后返国)。另一件事是1945年旧金山联合国制宪会议,中共派董必武、伍修权参加中国代表团,但国民党方面借口伍修权患沙眼,加以阻挠限制,未能去成。(五年后,1950年伍修权奉命出席联合国大会,痛诉美国侵占我国台湾,这已是后话。)

回到董老挽李克农诗。董老对于中国古典诗词、书法和文化历史有很高的造诣。一生畅游于诗情王国,写了约1300首诗词,绝句、律诗为多。毛泽东曾说:"剑英善七律,董老善五律。学律诗,可向他们请教。"董必武中过秀才,留过学,平生好学深思,读书是他的一大嗜好。他有一首《清明后一日得孔原书却寄》:

小园芳草绿萋萋,寒食清明日又迷。
生活恰如鱼饮水,进修浑似燕衔泥。
心悬大局忧无补,绩著边隅喜可稽。
远念延安诸努力,奋飞不得亦思齐。

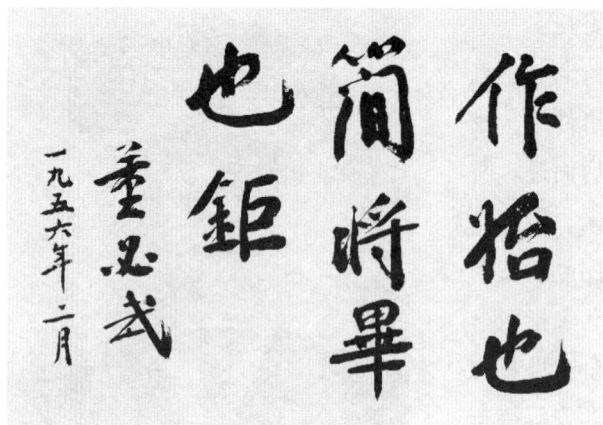

董必武为上海中共一大
会址纪念馆题词

　　他将此诗颔联自作警策之言。由于历史文化底蕴深厚，诗中用典，顺手拈来。他的诗词不涩，新语入诗，记述人物事件自然晓畅，是党内高级领导人中少有的擅写诗词大家。别人请题字，他一律题写"群言堂"。他引《庄子》之语，为上海中共一大会址纪念馆题词："作始也简，将毕也钜。"让人思之警策，意味深长。

　　《北京电视台》播出的《毛泽东遗物的故事》，说 1975 年 4 月，毛泽东得知董必武逝世后，一整天没有吃东西，关在房间反复听张元人《贺新郎·送胡邦衡待制赴新州》一词，击节咏叹，并将"更南浦，送君去"改成"君且去，休回顾"，表达对昔日战友诀别的痛悼之意。不久他对医生谈话，引用古诗"风云帐下奇儿在，鼓角灯前老泪多"表达自己晚年的心境。

心底无私天地宽

——读陶铸赠曾志诗

20 世纪 80 年代，陶铸的女儿陶斯亮写的《一封终于发出的信》在报纸上发表后，许多人流下了热泪。信中录有陶铸《赠曾志》诗，引起人们争相阅读传抄：

> 重上战场我亦难，感君情厚逼云端。
>
> 无情白发催寒暑，蒙垢余生抑苦酸。
>
> 病马也知嘶枥晚，枯葵更觉怯霜残。
>
> 如烟往事俱忘却，心底无私天地宽。

我也将此诗抄在笔记本上。这首诗代表了许多蒙受冤假错案的老同志的心声。陶铸初稿上写的"含垢"，后改成"蒙垢"。

还记得在我的中学课本里，就有陶铸写的《松树的风格》，我也读过他的《理想·情操·精神生活》，给我们留下了美好深刻的印象。陶铸在中南局和广东任职工作，包括我在内的许多年轻人对他都不熟悉。"文革"时陶铸调中央，任中央政治局常委、副总理、"中央文革小组"顾问，号称"第四号人物"，但不到一年就被打倒，说他是"叛徒""最大的保皇派"，与刘、邓并列，后被迫害致死。来去匆匆，不明不白，陶铸从此就离开了人们的视线。

一个中央政治局常委、国务院副总理，不经过党的任何会议，仅凭"文革小组"的几个人信口雌黄，就使黄埔五期生、南征北战的封疆大吏横遭囚禁迫害，癌症手术后仍强迫"疏散"到安徽，死后骨灰盒上只有"王河"两字。今天看来，这是极其荒谬和难以置信的，迫使陶铸61岁就离开人世的冤案而今真相大白，加在陶铸头上的完全是莫须有的罪名。

陶铸原名陶际华，字剑寒，号任陶，生于湖南祁阳。父亲参加过同盟会。陶铸自幼聪明好学，10岁即上山砍柴养家，13岁到芜湖木排行学徒，后到武汉白沙洲做事。16岁时到广州入伍，保送入黄埔五期。参加了南昌起义和广州起义，后回湖南做兵运工作。担任过福建省委、漳州特委、福州中心市委等领导职务，指挥厦门越狱成功，并先后建立了闽南工农红军游击总队和闽东地区的人民武装。1933年由于叛徒出卖，被捕入狱。国共合作期间，经周恩来、董必武和叶剑英交涉营救出狱后，派往湖北省委担任常委兼宣传部部长。董必武通过国民党政府的机构，用合法的名义在汤池办训练班。年仅29岁的陶铸化名陶剑寒，以共产党员的身份负责领导，办了四期训练班，培养了300多名知识青年干部，分配各地开展抗日宣传工作。他后来创建鄂中游击区，在那里恢复和建立了党组织，并任新四军鄂豫挺进支队政委。在大洪山打游击时，曾写下气壮山河的诗篇。1940年到延安后，任军委和总政秘书长。解放战争时期任辽宁、辽西、辽吉省委书记，东野七纵政委、东野政治部副主任。其间，在辽西两次遇险，最终粉碎了敌人的暗杀偷袭行动，聚歼了山里的土匪。解放军攻克沈阳后，我岳父伍修权与陶铸有过一段时期的搭档。他们都为军管会副主任，伍兼沈阳卫戍司令，陶兼任政委。平津战役中陶铸以解放军平津前线司令部代表身份与傅作义代表谈判，改编起义部队并领导南下工作团的工作，此后任中南局常务委员。1949年后，任广西省委代理书记、华南分局书记，后长期担任广东省委和中南局第一书记。

陶铸的夫人曾志是井冈山时期参加革命的老同志，曾写过《一个革命的幸存者》一书，回忆了她的戎马生涯和与陶铸结为革命伴侣的经历。在"百战归来认此身"一节，曾志回忆，1937年她与陶铸在武汉重逢，有一次陶铸半夜回来额头上多了一个大包。事情的原委是：陶铸到长江局向周恩来汇报工作，急着往楼上跑时，被一人喝住。他不理睬，继续上楼，被那人打了一拳。陶铸顺手给了那人一巴掌，那人眼镜也落地摔碎。两人扭作一团，从楼梯打到楼下，仍不歇手。周恩来闻声出来喝住，那人气呼呼地说："不知什么人，硬要上楼。"周恩来一看，一个是陶铸，一个是李克农。两人还不服气，一个说："是他不报姓名!"一个说："是他先动手打人!"两个血气方刚的高级干部，多少年后见面谈起这段"三岔口"，仍笑得合不拢嘴。

读回忆录，我们知道曾志一生历经磨难，六次受到"左"倾迫害，前两位革命伴侣先后牺牲，三个儿子送人抚养。与陶铸结婚，怀孕后

陶　铸

摔落马下，女儿出生时掉到地上。无论是在闽东打游击、到延安，还是与陶铸一同被派到东北，她都"开怀天下事，不言身与家"，随时服从需要，准备牺牲。但就在"文革"开始后，陶铸被迫害，女儿被遣送，自己被揪斗。非但如此，陶铸得癌症后还被疏散到安徽合肥，这使曾志在分别时悲痛莫名。陶铸在冤案中十分怀念旧时岁月，在旧报纸上写道："一室相离隔万重，遥怜灯下忆初衷。井冈晓日延河月，莫叹相逢是梦中。"他也十分想念家乡湖南祁阳的浯溪："东风吹暖碧潇湘，闻道浯溪水亦香。最忆故园秋色里，满山枫叶艳惊霜。"在监禁时仍用毛笔写下："性质纵已定，还将心肝掏。苌弘血化碧，哀痛总能消。"陶铸此时已病重，知道自己来日无多，他仍劝曾志与女儿在一起，分别时拿出一张纸说："这是我最后送给你的一点纪念。"上面就是用钢笔写的这首《赠曾志》诗。

陶铸的这首诗，悲愤哀鸣之极、心酸苦痛莫名，字里行间流淌着血泪。他感怀妻子的深情厚谊，渴望冤屈能申，坚信自己戎马一生是光明磊落、日月可鉴。"如烟往事俱忘却，心底无私天地宽"，是全诗的高潮，熔铸了铮铮铁汉在逆境中的崇高品德和襟抱，堪称经典名句。女儿陶斯亮在《一封终于发出的信》里说："爸，这哪是一首诗，这是一个痛苦而坚强的心灵的跳动。"陶铸的这首诗之所以引起了很多人的情感共鸣，是因为人们从心底里呼唤拨乱反正，呼唤政治文明，必须推倒"十年动乱"中一切冤假错案。陶铸的这首诗也就成了特定时代的代表作。

古代有很多别离诗，如"穷途唯有泪，还望独潸然""秋风一送别，江上黯消魂""此地生涯晚，遥悲水国秋"等，无论长亭折柳、横塘晓月，都是凄凉萧索，断肠悲泪。陶铸的这首诗里有对亲人的挚爱，有对命途多舛的冤鸣，有对激情岁月的回望，但内心的磊落坦荡、刚正不屈的品质表露无遗。上述内含的情感都汇聚在这首诗里，五味杂陈，情不自禁，给人以无尽的遐思。

陶铸沉冤终于昭雪了。他的骨灰被埋于广州白云山松树林下。他生前常登白云山凝望松林的地方，竖立了刻有"松风"二字的巨石。诗刊社从陶铸的遗稿中选出59首诗词，出版了《陶铸诗词选》。我们知道，在革命战争年代，陶铸于戎马倥偬中就写下不少诗篇。有一首1938年写的《冬夜进军石板河》："寇深日亟已无家，策马洪山踏日斜。风自寒人人自暖，拼将赤血灌春花。"抒写了军队前进的豪情。1942年他写的《悼左权将军二首》也很动情：其一，"闻道将军血战死，倾眶热泪湿衣裳。成仁有志花应碧，杀敌流红土亦香。外患仍殷怀砥柱，内忧未艾叹萧墙。招魂五月三湘雨，举国同仇挽太行"。其二，"死有鸿毛与泰岳，几人赤血换炉香？敢诩韬谋惊管乐，素持操节仰彭方。燕云愁绝星摇落，延水悲深夜渺茫。此日三军同痛哭，河

1959年，陶铸全家在庐山的合影

山誓死逐强梁"。

1965 年春，时任中南局第一书记的陶铸，到湖南郴州检查工作，看到了苏仙岭上的三绝碑（秦观写的《踏莎行·郴州旅舍》，苏轼题跋，米芾书写词和跋语。后人将"淮海词，东坡语，元章笔"尊奉为"三绝"。南宋时，郴州知军邹恭命工匠将其镌刻于此处白鹿洞石壁上，使得"三绝碑"这一宋代艺术瑰宝保存至今）不禁文思泉涌，依韵而作一阕："翠滴田畴，绿漫溪渡，桃源今在寻常处。英雄便是活神仙，高歌唱出花千树。

1967 年，陶铸写在旧报纸上的《赠曾志》一诗

桥跃飞虹，渠飘练素，山川新意无重数。郴江北向莫辞劳，风光载得京华去。"表示"以资读该词者作今昔之对比"。胡乔木读后十分赞赏，将"渠飘练素"改成"渠飘束素"，以求与前句更为相对。

从以上这些诗词可以看出，陶铸很有文学功底。

然而，这样一位有才华的革命家却在"文革"中遭受冤案，满腔的冤屈和悲愤向谁诉呢？他的很多诗写在了落难时的旧报纸上，今天捧读这些诗词，感慨万千。

世事沧桑，天地明鉴："好在历史是人民写的。"

"心底无私天地宽"，陶铸的诗句回荡在神州大地！

满目青山夕照明

——叶剑英的诗怀

叶剑英戎马一生，在近90年的生命历程中，关键时刻，挺身而出，拯救危局，也改变了国家的命运。他吟诗道："人生贵有胸中竹，经得艰难考验时。"

毛泽东送给叶剑英两句话："诸葛一生唯谨慎，吕端大事不糊涂。"

吕端何人？他是宋朝名相，为官40年，为相四年，宋太宗、宋真宗两朝重臣。使其声名远扬的是两个著名的典故，即"小事糊涂，大事不糊涂""宰相肚里能撑船"。毛泽东借吕端评价叶剑英，主要是指他能够在大关节处看清要害，做事情从大局出发，能够在关键时刻发挥重要作用。1986年叶剑英逝世，中共中央的悼词称他"在重大的历史转折关头，敢于挺身而出，毫不犹豫地做出正确的决断"。这里面，既有过草地时的忠心表现，又有粉碎"四人帮"的大勇担当。素有"儒将""参座"称谓的叶帅，其过人之处就是每临大事有静气，胸中有数且从容应对，能在历史的重大关键时刻明断是非，果敢抉择。因此有人赋诗称颂他："诸葛吕端集一身，每临大节见精神。长征万里摧逆旅，京门一策定乾坤。"毛泽东曾在生前最后一次政治局会议上，点名让叶剑英背诵辛弃疾的《南乡子·登京口北固亭有怀》，并感叹："天下英雄谁敌手？曹刘。当今惜无孙仲谋。"称道叶剑英才兼文武，在对待林彪集团的关节点上，头脑清醒，立场坚定。

长征中过草地时，红一、红四方面军到达川西，在懋功会师。在两河口会议上，张国焘勉强同意北上的决定，但随即主张南下。叶剑英在关键时刻，反对张国焘企图危害中央和中央红军的阴谋，冒着危险及时将张国焘的企图报告给毛泽东。对于这段历史，虽有"草地电报"之争，但已有多数领导人证实当时的危险情况。毛泽东后来曾多次称赞叶剑英在关键时刻"救了党，救了红军"，周恩来也曾用"疾风知劲草，板荡识诚臣"两句古语赞扬叶剑英这一重大历史功绩。

"十年动乱"里，一向沉默的叶帅坚持"天下不能乱，长城不能毁"。在处境困难时，他为陈毅书《虞美人》词，坦荡地承认保护了萧华，在会议上盛怒之下拍了桌子，使右手掌骨远端骨折。在逆境中，叶帅冷静坚毅，告诫子女"挺起胸膛走路，夹着尾巴做人"，他书写"祸患常积于忽微，智勇多困于所溺"与孩子共赏警勉。他到新华印刷厂"蹲点"学习劳动，被疏散"流放"湖南，仍忍辱负重，坚守理念。他遥望汨罗江，凭吊屈原："泽畔行吟放屈原，为伊太息有婵娟。行廉志洁泥无滓，一读骚经一肃然。"林彪事件后，叶帅受命于危难之际，主持军委工作，大力整顿军队，加强训练与战备，指挥西沙之战。陈毅病床前，他传达毛泽东为所谓"二月逆流"平反的话，泪流语塞。他称陈毅"君子坦荡荡，于人曰浩然"，赋诗希望"老英雄定能战胜顽疾"："斯人有斯疾，闻道可闻禅。信回天有力，前路共巨艰。"在周恩来病重的日子里，他心情沉重，除看望汇报外，还写信表示："国步艰难，千万为党珍重，为国珍重。"他曾亲自乘车去天安门广场观看群众悼念周总理的活动，派人抄录诗词，悄悄地去看望邓小平。

毛泽东逝世后，叶帅运筹帷幄，"众智积力"，与华国锋交谈，和老同志保持联系，酝酿消除党内隐患。虽然表面悠闲自在，垂钓背诗，但关键时刻，他支持华国锋，当机立断，"以快打慢"，制伏妖孽，山河重光。"电闪鬼狐惊，将军一怒平"，叶剑英在非常之时起了决定性的作用。事后叶剑英说，后人想问党的这段历史，可以用一句话回告："无限风光在险峰！"第二年，他豪迈地写了一首《八十书怀》：

八十毋劳论废兴，长征接力有来人。

导师创业垂千古，侪辈跟随愧望尘。

　　　　　　亿万愚公齐破立，五洲权霸共沉沦。

　　　　　　老夫喜作黄昏颂，满目青山夕照明。

　　这首诗充分表达了他对我们事业继往开来的寄托，对前途充满了坚定的信心，"满目青山夕照明"，是80岁老人的黄昏颂，是叶帅的诗怀，也是他一生奋斗对未来美好的憧憬。对自己过去的功绩，叶帅非常低调，他引用晏几道的词句表明心迹："学道深山空自老，留名千载不干身。"晚年他仍写下这样的诗句"应向青年寻后继""老骥仍将万里行"，表达了催马前行、奋斗不息的精神。读他的诗词《远望集》，可使人感受元帅的宏图远志和文采风流。

　　用在关键时刻的两件事来谈叶帅，来读他一生的诗章，实在是太简单了。我们知道，叶剑英，字沧白，广东梅县人。族谱记载，祖先是宋朝南迁的汉人，即客家人。叶剑英7岁读"诗云子曰"的私塾，后转到怀新学堂、三堡学堂就读。后来他回忆当年向老师请教《诗经》的情景，还曾写下"说部我输李煮梦，小戎离黍出诙谐"。就读东山中学后，他酷爱古典诗词，对名篇能背诵如流，对梅县名人诗文潜心习诵。老师曾批其作文"奇峰突起"。他常邀友野游议政，在当时讨袁声浪中，他吟诗题壁："放眼高歌气吐虹，也曾拔剑角群雄。我来无限兴亡感，慰祝苍生乐大同。"

　　年轻的叶剑英曾漂泊南洋、习武云南，立志追求真理、救国救民。他说，天下混乱，乃英雄吐气之时。他曾与讲武堂同学聚会写下《夜宴》一诗抒怀：

　　　　　　月满危楼花满园，花前月下宴王孙。

　　　　　　频移杯影浑忘醉，几次琼香对笑论。

　　　　　　兴爽春衣沾露湿，情高秋思落诗魂。

　　　　　　更怜良夜嫌更促，把剑长歌气压轩。

　　毕业后，他坚持返粤追随孙中山做革命军人，1920年加入国民党。他投身于孙中山领导的民主主义革命，征讨桂系军阀，抗击陈炯明叛军，护卫蒙难的孙中山脱险，驰骋东征和北伐战场，成为国民革命军的名将。孙中山实行"三大政策"后，决定创办黄埔军校，他参与筹建，任教授部副主任。北伐出任"铁军"参谋长。1927年，在蒋介石和汪精卫相继背叛革命、大批共产党人惨遭杀害的严峻时刻，他毅然通电反蒋，由周恩来介绍秘密加入共产党。南昌起义前，他在九江觉察到汪精卫、张发奎策划以庐山开会为名，将贺龙、叶挺等扣留，并调兵解决

叶剑英

其部队。他连夜通知贺龙、叶挺等去南昌。张发奎的第二方面军"清共"，又是他及时通告恽代英、廖乾吾等脱离险境。他参加了广州起义，后赴莫斯科学习。叶剑英一生除在各地做统一战线工作外，绝大部分时间任军事参谋。在北伐四军、中央军委总参谋部、红一方面军、十八集团军、解放战争时期都任参谋长。抗战期间，他在西安、南京、武汉、长沙、南岳、重庆等地参加党的领导工作。皖南事变后，他回到延安，在中央军委协助战略研究和作战指挥，全军上下亲切称他为"叶参座"。他参加重庆全国参谋长会议，针对国民党攻击我"游而不击"，舌战群儒，用事实说明真相，受到中央高度评价。解放战争时期，他在晋西北领导中央后方委员会的工作，保证了党中央和毛泽东同志转战陕北、指挥全军作战。他为北平的和平解放和接管做了大量工作。他指挥解放广东和海南岛的战役，夺取华南战场的最后胜利。中华人民共和国成立后，任广东省人民政府主席，中央军委副主席兼秘书长、国防部部长，最后任中央副主席。叶剑英戎马一生，英勇善战，为中国革命的胜利和国防建设，建立了不朽的历史功勋。广州红花岗的碑文上，称这位开国元勋"盛德若愚，雄才经纶，谦虚谨慎，风范长存"，称他"矢志共产宏图业，为花欣作落泥红"。在梅州叶剑英元帅纪念园里，一副嵌名联准确地评价了他的功绩和品格："剑气凌

云精忠社稷叱咤风云铁马啸；英才盖世满腹经纶匡扶政局国基安。"

我的岳父伍修权在苏区红军学校、保安中央联络局、西安事变后参与筹建联合司令部、延安军委一局、任东北军区参谋长，以及"军事调处执行部"的工作，都是在叶剑英的直接领导下进行的。粉碎"四人帮"后，也是叶剑英提议将伍修权调回军队，任总参二部部长、副总参谋长。我们周末回家，常听岳父夸赞叶帅。岳父去东北执行紧急任务时，叶剑英派人将其夫人、子女安全送到东北，关怀备至。岳父回忆这件事，感念不已，对叶帅十分敬重。

1979 年 1 月，叶剑英领导的全国人大常委会通过发表了《告台湾同胞书》，1981 年，又发表了叶剑英"九条"对台方针政策。记得我在对台办工作时，是我到西花厅从邓颖超手中取回经叶剑英亲自修改的九条对台方针政策定稿，交新闻单位公布的。叶剑英的"九条"在两岸产生了巨大影响。叶帅一直珍藏着张学良在"西安事变"时送给他的照片，与海外归来的故旧袍泽促膝谈心，亲切接见李汉魂、商震、李默庵、蔡文治、孙连仲等，为促进祖国统一做了大量工作。

2010 年，我与伍家子女一起到军科 2 号楼，拜访了叶帅的夫人、叶向真的母亲吴博阿姨。据告，我们坐的这间简朴的客厅就是当年叶帅谋划粉碎"四人帮"的地方，而且这个小楼当年叶帅曾题诗："翠柏围深院，红枫傍小楼。书丛藏醉叶，留下一年秋。""文革"中小女儿被迫离京，叶帅写信安慰："二号楼前果木多，一间古庙一头陀；女儿有假归来看，你的窝儿照样呵！"我们围着双目几乎失明的吴博阿姨照相，此情此景，使我们更加缅怀叶帅。

叶剑英一生戎马倥偬，常以诗抒怀，有许多名篇流传。叶帅的诗，我也非常喜爱读诵，常抄录在笔记本上。抗日战争时期，叶剑英协助周恩来处理西安事变，"西安捉蒋翻危局，内战吟成抗日诗"。他辗转奔波，参与国共谈判，营救西路军战友和"政治犯"。他为南岳游击干部训练班授课，写下豪迈诗句："四顾渺无际，天风吹我衣。听涛起雄心，誓荡扶桑儿。"在重庆他读到方志敏的手书，异常激动。在方志敏大义凛然的照片上题诗："血染东南半壁红，忍将奇迹作奇功。文山去后南朝月，又照秦淮一叶枫。"据记载，文天祥被俘后押往北方，路经金陵，写下《念奴娇·驿中言别友人》，有"伴人无寐，秦淮应是孤月"之句。叶剑英借用词意，寄托了对方志敏的崇敬和怀念。周恩来在南方局和八办讲述气节，讲到方志敏时，当场背诵了叶剑英的这首诗。在场的青年都把这首诗抄在自己的小本上，用于自勉。皖南事变后，他

晚年的叶剑英

回延安重返军委参谋部，运筹谋划持久抗战。其间，他还积极支持和参加"怀安诗社"，与诗坛诸老唱和，以诗言志抒怀。1965 年在抗战胜利 20 周年时，叶帅心潮起伏，写下一首《重读〈论持久战〉》：

> 百万倭奴压海陬，神州沉陆使人愁。
> 内行内战资强虏，敌后敌前费运筹。
> 唱罢凯歌来灞上，集中全力破石头。
> 一篇持久重新读，眼底吴钩看不休。

　　1964 年叶帅在大连开会，有感于国际形势的动荡和苏联的演变，吟成一首七律《远望》。这首诗毛泽东看后十分欣赏，熟记在心，一次当场默写给毛岸青夫妇。毛泽东推崇古代诗词大家，很少评论当代诗人，对叶剑英却是例外。他称赞叶诗"醇醇劲爽，形象亲切，律对精严"。在给陈毅的谈诗信中，说"剑英善七律，董老善五律，你要学律诗，可向他们请教"。叶帅也有了"诗帅"的美誉。

　　其实，叶帅的绝句也写得好。我去肇庆七星岩，抄得刻在石壁上他的诗："借得西湖水一圜，更移阳朔七堆山。堤边添上丝丝柳，画幅长留天

地间。"借景写景，十分生动。叶帅的《梅》《松园》《题画竹》《羊石杂咏》都是我喜读的精品。叶帅晚年一直记得启蒙老师李煮梦，背诵李诗"调高泣风雨，笔健走雷霆""剑气纵横盘北斗，箫声凄咽拂南天"等佳句。粉碎"四人帮"期间，他反复念着李煮梦的集句诗："浪写风怀浪赋诗，吟成尽作断肠辞。国仇家恨填胸臆，那有闲情哭古人。"秘书张燕帮他找到诗集后，叶高兴地题写："廊间正是无寥赖，燕子衔泥慰故人。"还特为张燕写了一首五绝。

对待中国文化，叶帅认为要"厚今薄古"。他说过："观今宜鉴古，无古不成今。"两者关系要摆正，博古是为了通今，否则就会返古。1954年"隐居"在青岛养病的叶剑英写了一首《青岛浴感》："小楼明一角，深隐绿丛中。海阔天如盖，山遥岛似熊。轻波垂钓叟，旭日弄潮童。忽忆刘亭长，苍凉唱大风。"诗中引用"刘亭长"典故，劝谏领导要继续保持革命战争年代联系群众、团结同志的好作风，巩固新生政权。他写的其他诗，也引据屈原、孔明等历史之典，联系当时政坛风云，意味深长。读诗阅史，后之视今，亦犹今之视昔。

《叶剑英诗词选》收录了182首诗。诗中展现的鸿才睿智、嘉言懿行，无不震古烁今，垂范后世。如结合叶剑英的一生足迹来读，可以充分感受他在苦难危亡的征程中和中兴伟业的时代画卷里，所挥洒展示出的一个战略家的博大情怀。

贺龙难忘的诗

贺龙是开国元帅，是功勋赫赫的武将。

从其女儿贺捷生的回忆文章里，我们知道，贺龙原名贺文常，字云卿，6岁发蒙，但性情粗放，胆大悍勇，厌倦寒窗苦读，没念几天书，便独自外出拜师习武。13岁做了骡子客，穿行在湘鄂川黔崎岖难行的山道上，再没回到学堂。他曾登高一呼，带领几个兄弟，用两把柴刀砍了芭茅溪盐局税卡，夺得13支毛瑟枪，此后投身革命，东征西讨，南征北战。他常感叹没有读好书，对有学问的人很是尊重。贺龙戎马一生流传的故事不少，但我们不曾见他写诗谈诗。

却有一首诗使他刻骨铭心，终生难忘。

有一次，贺龙同家人谈起他与周恩来的患难之交，突然提到，他记得民国时期的一位老师叫张皞如，有学问，有骨气。当时他是河北省参议员，受聘张伯苓创办的南开学校任语文教师。而少年周恩来正在南开中学读书，品学兼优，向往光明和自由，是张皞如的学生，两人有师生之谊。

当时针对张勋复辟帝制，张皞如公开在报端发表一首诗，叫《伤时事》。这首诗登在1916年天津出版的《敬业》杂志上：

> 太平希望付烟云，误国人才何足云；
> 孤客天涯空有泪，伤心最怕读新闻。

学生周恩来呼应老师，也写了一首《次皞如夫子〈伤时事〉原韵》：

茫茫大陆起风云，举国昏沉岂足云；
最是伤心秋又到，虫声唧唧不堪闻。

　　周恩来的这首诗与老师的《伤时事》心灵相通，都表达了对反动军阀逆历史而动的满腔义愤。在写这首诗的时候，他在全校大会演说，大声疾呼青年同学"兴鸡鸣起舞之意，天下兴亡匹夫有责之念"。

　　贺龙让女儿从图书馆里查到了周恩来的诗，讲述了由这首诗引起的一段传奇。

　　当年，贺龙是国民革命军第二十军军长，他率部到达九江时，南昌起义负责人找他谈话：共产党人要在南昌举行武装暴动，希望你率二十军一起行动。贺龙当即表示："感谢党中央对我的信任。我只有一句话，赞成！"他对所属部队团以上军官说："国民党已经叛变了革命，只有跟着共产党走中国才有希望。"于是，他率上万人的部队参加南昌起义，任总指挥，公开倒向共产党。起义失败后，一路恶战。部队死的死，伤的伤，散的散，贺龙几乎成了光杆司令。起义军退却时，贺龙将 30 支步枪和 9000 发子弹送给揭阳县委，语重心长地说："愿南昌起义的枪，在各地都能打响。"在普宁县境的流沙镇，领导人决定分开行动，对善后工作作了安排。周恩来怕贺龙承受不了这种打击，对革命失去信心，主动与他推心置腹，谈起了自己对革命的追随过程。在这次谈话中，周恩来提到了他在南开读书时与老师张皞如的那次诗词唱和，念完诗后，周恩来说，失败是暂时的，部队没有了，我们可以重新去招兵买马。国民党右派把国家治理得一片昏暗，让天下百姓看不到希望，但他们不过是几只唧唧秋虫而已，在寒露中哀哀鸣叫，严冬一到就没了声息。中国那么大一个国家，那么多的人，怎么能让反动势力一手遮天？因此，我们必须站出来挽救国家危亡，继续战斗下去，担起重整山河的重任。

　　这次话别，周恩来的诚恳和对中国未来的冷静分析，给贺龙留下了刻骨铭心的记忆，周恩来在南开的诗也就铭记在贺龙的脑子里。也恰在这最险恶的关头，经中共前委批准，他在瑞金的一所学校里办理了入党手续，用他自己的话说，从此脑壳就是党的了。

贺龙辗转到上海后，放弃组织上安排去苏联学习的机会，决心回湘西，重整旗鼓。别人担心一路会遇到危险。他说，沿长江，走水路，我叫贺龙，龙归水嘛！他对一直跟随自己闹革命的堂弟贺锦斋（原名贺文秀）说："秀弟，党我找到了，你先回湘西去，把部队打散回到老家的官兵收拢起来，我随后就到。"他和入党介绍人周逸群一起，经洪湖回到故乡桑植的邻县石首桃花山地区，与贺锦斋短短几个月组织的游击队会合，举行"年关暴动"，一举攻占了桑植城。之后以这支农民武装为基础，与澧水流域的党组织和革命同志一起，开辟了湘鄂西革命根据地。在湘西桑植，亲友说，你当过镇守使，当过军长，现在脱下皮鞋穿草鞋，你图的是什么？贺龙说："我贺龙找真理，找了半辈子，现在总算找到了。就是把我脑壳砍了，我也要跟共产党走到底。我要的是国家民族和劳苦大众的前程。"贺锦斋叫贺龙为"常兄"，非常佩服他敢作敢为。他比贺龙多读了几年书，曾写诗："黑夜茫茫风雨狂，跟随常兄赴疆场。流血身死何所惧，刀剑丛中斩豺狼。"

贺龙就这样重新拉起队伍，浴血奋斗，忠诚革命，至死不渝。他率领的红三军虽两年多与中央失去联系，但经过艰难苦斗，终于与任弼时、萧克、王震率领的红六军团胜利会合，恢复了红二军团的番号。贺龙为军团长，任弼时为政委，关向应为副政委，统一领导和指挥红二、红六军团。贺龙与任弼时互相尊重，配合默契，两个军团在他们团结榜样的带领下亲如兄弟，胜似一家。

解放战争时期，中央决定将陕甘宁晋绥联防司令员贺龙所属的野战部队，由彭德怀统一指挥。为了大局，他甘当配角，并教导各纵队领导："军队是党的军队，不是哪个人的，要听党的调动。我带过的部队，别人

贺 龙

贺龙与夫人薛明

也能指挥。如果别人不能指挥，那就说明我贺龙党性不强。"贺龙负责的晋绥后方，想方设法调粮运粮，补充军需和兵员，为保证西北战场的胜利立下了不朽的功勋，被毛泽东称赞为"守卫边区后方的'萧何'"。就这样，他南征北战，服从党的调动，一直到走向最后的胜利。

1949 年的开国大典，作为开国元勋的贺龙登临天安门城楼，参加盛大的阅兵式。这时，他忽然想起了什么，径直走到周恩来身边，认真地对周恩来说："恩来，你还记得 1927 年潮汕失败时，你给我念过的那首诗吗？"周恩来两眼放光，望着贺龙说："贺胡子，连你都记得那首小诗，我怎么会不记得呢？"贺龙扶着栏杆，望着所向无敌的阅兵队伍，大声对周恩来说："哈哈，如今的反动派，真是'虫声唧唧不堪闻'了。"周恩来听贺龙吟出他 33 年前的诗句，也报以大笑。

这真是一段特殊的烽火诗坛佳话。一首令将军难忘的诗，揭示了共产党人改天换地的信仰，使革命者百折不挠，勇往直前。他们坚信，任何貌似强大的黑暗逆动势力，最终都是"虫声唧唧不堪闻"，都要灭亡。

贺龙和周恩来的患难之交，真理令大将折服，由一首诗便可窥见。他们以后的交往甚多，情谊真挚，那是后话。

你还记得那个情景镜头吗？

周恩来多次亲自指挥唱《洪湖水浪打浪》。

周恩来抱病出席贺龙的追悼会，连说："我来晚了，我来晚了。"他走到话筒前，慢慢拿出悼词，一句："同志们……"嘴唇颤抖，声音哽咽，尤显苍老嘶哑。他在贺龙遗像前悲泪如雨，一连鞠了七个躬。

芳 影 如 生

——陈毅的爱情诗

　　我出过一本《乘物游心——乐美真诗话散文选》，里面专写了一篇《将军本色是诗人》，回忆了悼念陈毅的岁月，同时也概括地谈到了读陈毅诗的体会。

　　毛主席曾评价陈毅"上马能打仗，下马能赋诗"。

　　陈毅原名陈世俊，其老师取朱熹"士不可不弘毅，任重而道远"之意，为其改名"毅"，字"仲弘"。陈毅的诗，大气、坦荡、豁达通脱、直抒胸臆，"为人如此，为诗如此"。他融汇古今，把古典与民歌结合起来，加以创造和发展。他五言、七言、长短句自由运用，不拘一格，独辟蹊径，绝不因形害义，束缚思想。在用韵上大体整齐，但韵脚放宽，平仄通融。在用词上掇古诵今，质朴精练，亲切动人，极为本色。读起来俊逸自然，未有轻靡之声；铿锵有力，又不落斧凿之痕。我们应倡导这样的诗风。陈毅的诗广为流布，足以证明其受众人喜爱。

　　陈毅逝世后，张茜编辑出版了一本《陈毅诗词选集》。这是我最早买到而喜读的。后来知道中央文献出版社出版的《陈毅诗词集》收入陈毅诗作355首，除气魄雄浑的铁马征程和萦怀旧事、抒发豪情的诗作外，还有几首情意绵绵的爱情诗，是我以前没有见到的。我在图书馆借到一本《陈毅传》，其中难得记载了陈毅在武汉军校黄鹤楼会女友胡兰畦的情景，也详细记述了他在江西井冈山时期的革命活动，但唯独没有两位妻子牺牲的事情。因此，当读到戎马关山的陈毅早期写的爱情诗以及后来写给张茜的诗时，觉得尤为珍贵。

一首是陈毅挥泪赋《悼亡》，诗前有题注：

余妻肖菊英，不幸牺牲，草草送葬，夜来为诗，语无伦次，哀哉。

泉山渺渺汝何之？检点遗篇几首诗。

芳影如生随处在，依稀门角见玉姿。

检点遗篇几首诗，几回读罢几回痴。

人间总比天堂好，宿愿能偿连理枝。

依稀门角见玉姿，定睛知误强自支。

送葬归来凉月夜，泉山渺渺汝何之。

革命生涯都说好，军前效力死还高。

艰难困苦平常事，丧偶中年泪更滔。

北京电视台播出的陈毅《悼亡》，只有下面几句：

依稀门角见玉姿，定睛知误强自支。

昔日汝言生者好，我今体味死去高。

艰难困苦几人负，丧侣中年泪更滔。

这首痛悼爱妻肖菊英的诗读来情真意切。题注和诗中句子有不同版本，不知作者是否后来改过。

1927年，朱德、陈毅率南昌起义的余部进驻江西信丰。陈毅骑马去处理战士抢劫当铺的事情，让战士列队训话。信丰县妇女解放协会主席肖菊英年仅15岁，美丽端庄，对陈毅风流倜傥的英姿和谈吐留下了深刻印象。陈毅任红二十二军军长后，在当地办起干部学校，肖菊英是第一批学员。她学习刻苦，奋发好强，政军训练成绩优秀，还是文娱骨干，后分到军部参谋处担任秘书工作。红军到达泰和县后，陈毅和肖菊英结婚。婚后第二天向吉安进军，他们的蜜月就是在攻打吉安的行军和作战途中度过的。陈毅担任赣西南特委书记后，肖菊英任特委机要秘书兼妇女部部长。他们住在兴国李家祠堂后边的绣花楼上，二人互相信任，互相支持，同甘共苦，坚定地战斗在一起。

　　陈毅对当时抓 "AB团" 的错误做法十分不满，同肃反负责人有过激烈争吵。他奉命去于都参加紧急会议时，暗忖此行凶多吉少，临行对肖菊英说："我去开会了，三天不回来，你就快走，到你老家信丰藏起来。如果我没事，就会派人把你接回来。" 陈毅到于都后，才知是开地方工作会议，部署苏区第三次反 "围剿" 准备，同时作出停止肃反的决定，虚惊一场。陈毅回途中遭靖卫团袭击，白马被打死，只好与警卫员步行，回兴国县城已是第四天下午。而到了约定的第三天，迟迟不见陈毅平安归来，肖菊英坐卧不安。据《梅岭往事》的作者记述，这天晚上月黑风高，肖菊英听得外面有动静，想是陈毅回来，喜出望外，忙去开门，心急火燎之中一脚踏空，不慎跌落院内古井，溺水而亡。但据肖菊英的表妹回忆，是在第三次反 "围剿" 将要胜利的时候，一次陈毅外出开会未归，驻地遭到敌人突然袭击，肖菊英与战友奋勇抵抗，身上多处负伤，因寡不敌众，毅然跳井殉节。不久，是陈毅化装到信丰岳父母家报告肖菊英壮烈牺牲的噩耗。两种说法，待考证。

　　陈毅开会回家后，白花已挂厅堂，肖菊英湿淋淋地躺在门板上。陈毅送葬归来一夜无眠，含泪写了上面的诗。

　　肖菊英去世后，陈毅一直生活在感情的阴影下。后由李富春、蔡畅的牵线搭桥，时任江西省军区司令的陈毅与江西少共儿童局干事、18岁的兴国石村人赖月明结了婚。赖月明品貌端庄，能文能武。他们婚后互相勉励，幸福和美。但由于陈毅在前线，赖月明在后方，两人聚少离多。第五次反 "围剿" 时，陈毅率军在招远、新丰前线作战。战斗中陈毅右胯骨被敌弹击中，血流如注。赖月明连夜赶到医院，看护负重伤的陈毅前后两个多月，这是他们夫妻较长时间的一次团聚。红军主力转移后，陈毅任中央政府办事处主任。在大兵压境的形势下，陈毅动员自己妻子回兴国老家，一路派人护送。夫妻分别后，投入了三年游击战争。

　　第二次国共合作时，陈毅的游击队已编入新四军。他到兴国肖菊英墓前凭吊，又几次派人寻找赖月明，均无消息。听说她被捕入狱，到监狱里查找也没有下落，又说赖月明在躲避国民党追捕时跳崖牺牲了。陈毅得到消息后如五雷轰顶，回想赖月明的音容笑貌，心中充满无限的怀念与苍凉，禁不住泪流满面，在破旧的旅舍里，面对孤灯，提笔写下《兴国旅舍》一诗：

> 兴城旅夜倍凄清，破纸窗前透月明。
> 战斗艰难还剩我，阿蒙愧负故人情。

这是一首哀思妻子赖月明的诗，表达了对亲人牺牲的悲愤和内疚。

据北京电视台播出的《档案：陈毅的红色恋情》说，赖月明与党组织失散后，为躲避敌人的追捕，四处流浪。中间被当保长的父亲抓回去卖给了一个鞋匠。当陈毅派人问到她家时，赖月明已从鞋匠那里跑出来，颠沛流离。在流浪中听说陈毅被反动派挖了心肝，已经牺牲了。她悲痛欲绝，心灰意冷，几年后嫁给了一个因重伤回乡务农的红军战士。1959 年赖月明看到报纸上陈毅的照片，才知他还活着。沧海桑田，分离已 25 年，想想身边的丈夫和女儿，她已经不能去见他了。1972 年，赖月明从村里的大喇叭里听到了陈毅逝世的消息，悲伤中她燃香悼念。当她后来读到《兴国旅舍》时，泪如雨下。1989 年，74 岁的赖月明接受了记者的采访，人们才知道陈毅这段红色往事，而陈毅直到逝世都不知道他的"月明"还在人间。

才女胡兰畦和陈毅都是四川人，陈毅从法国回来后任《新蜀报》主笔，抨击时政，激浊扬清。胡兰畦受文章鼓舞，到报社找到陈毅，两人结下友谊。他们于 1927 年在武汉军校见面，在黄鹤楼吃饭交往。10 年后两人在南昌重逢，彻夜倾谈，心意相通，遂定白首之盟。但组织不同意，怕暴露胡兰畦的秘密党员的身份。两人遂痛苦而别。陈毅致信胡兰畦，"马革裹尸是壮烈牺牲，从容就义是沉默牺牲，为了革命我们就喝下这杯苦酒吧"。1947 年，胡兰畦看到国民党报纸登载"陈毅阵亡"，十分悲伤，变卖自己在成都的田园房产赡养陈毅的父母，让二老认她做女儿。胡兰畦咽下苦酒一生，终身未嫁。后来陈毅在新四军与张茜相爱后，还有人调侃："将军为何多憔悴？半为兰畦半为茜。"

陈毅与张茜的爱情诗不止一首，以前也未见到。

抗战时期，周恩来、叶挺来皖南视察，新四军战地服务团在军部演出话剧，陈毅看了演出。演员张茜柔姿盈盈，风采动人，陈毅对她一见钟情。服务团与部队联欢，战士起哄让陈司令出节目，陈毅用法语唱《马赛曲》，让年轻的服务团团员惊讶不已。后陈毅得知张茜出身船员家庭，是独生女，乳名春兰（学名张掌珠，后改为张茜，自己解释：茜就是红色，茜草的根可做红色染料）。魂牵梦绕中陈毅写了一首《赞春兰》的诗：

> 小箭含胎初生岗，似是欲绽蕊吐黄。
> 娇艳高雅世难受，万紫千红妒幽香。

当年战地服务团组织小分队到江南指挥部水西村演出，缺少道具，张茜找陈毅借军服，陈毅当即脱下身上的军装给张茜，但忘了《赞春兰》的诗稿还在口袋里。张茜回到驻地发现军装里有东西，掏出来一看是首情诗，读后满脸绯红。此后陈毅多次写信给张茜，后又与张茜见面，敞开心扉向她讲了自己的革命经历和两次婚

陈毅与夫人张茜

姻的悲剧，陈毅磊落的胸怀也打动了张茜的心。不久，张茜又收到了陈毅的信和求爱诗：

> 春光照眼意如痴，愧我江南统锐师。
> 豪情廿载今何在？输与红芳不自知。

有情人终成眷属，39岁的陈毅和18岁的张茜在溧阳水西村结婚，当

陈毅手书《大雪压青松》诗

晚陈毅满怀甜蜜之情写下题为《佳期》
的诗：

> 烛影摇红喜可知，催妆为赋小乔诗。
> 同心能偿浑疑梦，注目相看不语时。
> 一笑艰难成往事，共盟奋勉记佳期。
> 百年一吻叮咛后，明月来窥夜正迟。

　　戎马战将也有铁骨柔情，读惯了
陈毅《梅岭三章》《赣南游击词》，再
读《佳期》，为其真挚的爱情所感染。
　　陈毅的爱透着深沉气魄，张茜的
爱洋溢着青春激情，他们的爱历经战
火考验，"我行访塞北，君留守淮南。
彼此单形影，独自料温寒"。虽聚少离
多，彼此诗信惦念。一直到后来风雨病困中仍如影随形，相伴终老。1972
年陈毅去世，两年后，张茜抱病编成陈毅诗词集后，留下一首感人的诗：

> 同病堪悲惟自勉，理君遗作见生平。
> 持枪跃马经殊死，秉笔勤书记战程。
> 波漾流溪冬月影，风回碣石夏潮声。
> 残躯何幸逾寒暑，一卷编成慰我情。

　　诗集编成不久，张茜也随他而去。
　　"皓月无幽意，清风有激情"（董必武挽陈毅诗句），我想，陈毅在九
泉下见诗如见芳影，定会含笑了。

廖承志身陷囹圄的诗

廖承志体胖，母亲叫他"肥仔"。

他是个天生的乐天派。

他一生坐过七次半监狱。邓小平曾对陈香梅说，"肥仔"是"坐牢的专家"。

廖承志在"文革"中写过一个材料《我的缧绁生涯》，详述了他坐牢的情况。他在日本几次被拘，从事革命宣传被荷兰、德国拘留驱逐。

1933年，廖承志在上海任全国总工会宣传部部长、海员总工会党团书记，在参加了莫斯科职工国际代表大会后回国。这时上海党组织几乎全部被破坏，他典当了自己的全部东西，在处理完海员总工会机关后，被叛徒指认逮捕，与全总党团书记罗登贤和陈赓等关在一起。同在狱中的陈赓出主意，要尽快让他母亲何香凝知道，把事情闹大，有利于斗争。于是廖承志表示可带路找人，他将特务汽车直接带到法租界何香凝住处，何香凝看见廖承志戴着手铐，顿时大嚷。特务知道上当将其毒打带回，何香凝立即发出《致全国军事政治长官电》，将廖承志被捕事通告全国，呼吁援救。她不顾重病，让人用藤椅抬上汽车，去找吴铁城交涉。宋子文、蒋介石怕事情闹大，不好收场，终将廖承志释放。有史料表明，在陈赓、廖承志被捕后，是宋庆龄巧借视察监狱之机，将党组织给狱中同志指示的纸条扔在地上，接通了他们与党组织的联系。廖承志获释后，宋庆龄秘密到廖家，明示自己是共产国际代表，让廖汇报了上海秘密工作情况并写出叛徒名单，转交了共产国际。

廖承志获释后，通过姐夫李少石接上组织关系。他提出到江西苏区去，但由于中央苏区交通已断，就被派到川陕苏区红四方面军去。离沪前，他留致柳亚子书，忍痛离别母亲。信尾说："也许将来，中国的孩子们不必这样地离开他们的母亲吧。能这样，很多人的死便不是徒然的了。"

在川陕苏区，廖承志被委任川陕苏区省委常委、工会宣传部部长，后担任红四方面军总政治部秘书长。但张国焘在四方面军大搞宗派主义和肃反，镇压、杀害与他有不同意见的干部。他诬称廖承志是蒋介石派来的侦探，与罗世文同志一起逮捕关押，"开除"党籍。

廖承志戴铐长征行，白天被押着行军，晚上画宣传画。他缧绁在颈，忍受肉体之折磨、精神之痛苦，以坚强的意志走完长征。在长征路上，廖承志写了一首诗：

> 莫蹉跎，岁月多。
> 世事浑如此，何独此风波。
> 缠索戴枷行万里，天涯海角任销磨。
> 休叹友朋遮面过，黄花飘落不知所。
> 呜呼，躯壳任它沟壑填，腐骨任它荒郊播。
> 宇宙宽，恒星夥，
> 地球还有亿万年，百岁人生一瞬过。
> 笑，笑，笑，何须怒目不平叫？
> 心透神明脑自通，坦怀莞尔心光照；
> 绳套刀环不在手，百年自有人照料。

诗中写出，廖承志虽遭诬陷、受冤屈，但仍以乐观主义精神和潇洒的豪风侠骨面对现实，襟怀坦荡，置生死于度外。全诗不拘一格，自由驰骋，读后令人感动。原诗没有题目，编者加了《戴枷行万里》，收进《廖承志文集》里。

1941 年皖南事变后，中央指示将在香港的进步文化和民主人士转移到安全的地方，廖承志时任八路军驻香港办事处主任。他亲自指挥，在东江纵队的配合下，历时半年，行程万里，将包括何香凝在内的 800 余人

廖承志

抢救出来。完成任务后，廖承志自己在乐昌被叛徒出卖，再次被捕。在江西泰和集中营里，特务审讯，他大骂："没什么可谈的，你们用刀子也罢，手枪也罢，白天黑夜，我都等着!"他托人带信给胡公（周恩来代号）："希望你相信，小廖到死没有辱没光荣的传统!"特务拿来要他看的书，廖承志都扔到窗外去。没有书读，就唱《国际歌》。他在狱中写诗作画，漫画自己，还手舞足蹈指挥蚂蚁搬饭粒。廖承志做好了牺牲的准备，写了几首诀别诗，其中有一首《拜别慈母》：

半生教养非徒劳，未辱双亲自足豪。
碧痕他夕留播众，不负今晨血溅刀。

廖承志是有名的孝子，几次为了革命，忍痛离别慈母，但他更知肩负的使命，随时准备牺牲。这首《拜别慈母》诗豪气冲天，忠孝尽在其中。

国民党后来将廖承志投进渣滓洞，蒋介石趁毛主席到重庆，想说服他，他却认为道不同不相为谋，说："没有什么可谈的了，我洗干净脖子等着!"

"文革"动乱，在劫难逃，廖承志又一次被"关"起来（所谓"半次"），虽然周恩来设法尽力保护，他仍失去了工作和自由。"绕壁徘徊

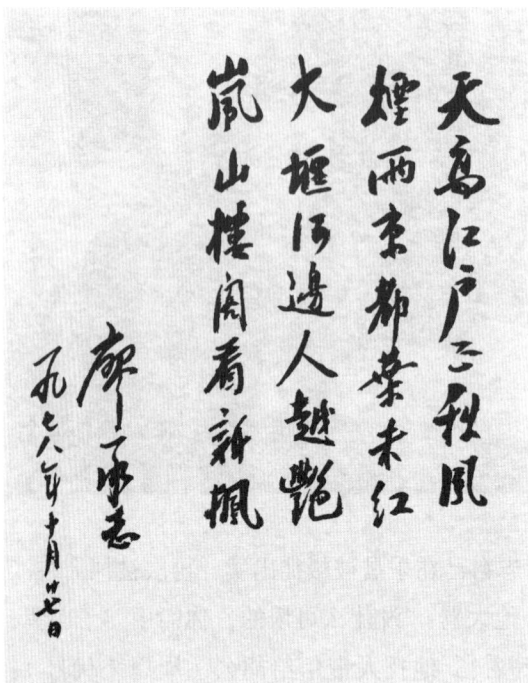

廖承志手迹

无立处，仰头隐约有云霄"，他只能写诗排遣心中的寂寥和对亲人的思念。"梦中忘却靠边站，还向旌旗笑手招"，仍保持其乐观的精神和奋斗不息的信念。

20世纪80年代初，廖承志任中央对台工作领导小组副组长，我在办公室工作，开会经常见面。他见面总是伸手要烟，然后摸摸这个脑袋，碰碰那个鼻子，与人开玩笑。在会下，我们问廖公坐牢的经历，他却轻描淡写地说："那只不过是住七等招待所。"开会时他一边听一边在纸上画小人。我至今还保留一张他在会上画的蒋经国头像，两边写："两眼视力不行，双腿软弱无力。"让人看了一笑。在起草《廖承志致蒋经国先生信》时，我们不知如何下笔。廖承志考虑了一晚，亲笔写下："咫尺之隔，竟成海天之遥。南京匆匆一晤，瞬逾三十六载。幼时同袍，苏京把晤，往事历历在目……"该信由情入理，使我们的起草工作一下子找到了切入点。信中晓以大义，却又声情并茂，其中劝国民党三思的话，后来不幸而言中，可谓字字珠玑。

可惜的是，那时没有读到廖承志的诗，否则可以当面请教他许多诗的背景和故事。《廖承志文集》后来收纳的诗词有46首，仔细读后发现，许多诗都是在监狱写的。在难得留存的廖承志江西坐牢的漫画中，有一张画引人注意：他自己坐在桌前，旁边放着一本《随园诗话》，脑袋周围、铁窗前缭绕着全是诗韵符号。这明白告诉别人，他虽身陷囹圄，但仍在乐观地吟诗、顽强地生活。

也不知廖承志何时有写诗的历练，但他的诗颇有古文功底。五言、七言、绝句、律诗、填词皆能挥洒，据说还是"快枪手"，偶或题词，落笔成诗。其诗风朴素，不刻意雕琢，诗行间却感情充盈，志存高远。廖承志没有学过画，但他的画很有几分神韵，常在母亲的山水画上添画人物。

过去，乱世烽火，生离死别，身陷囹圄，万里征战，但我们从廖承志在特殊环境写的诗里，可以看到老一代革命者追求真理、乐天循道、至死不渝的精神世界。读他的诗，会更理解其中所表达的真情实感，会更敬佩他们一辈苦斗不屈、改天换地的信念和力量。

诗如其人，读廖承志身陷囹圄的诗即可感知其情志。

上引两首诗，我们不妨再读一遍。

一川星影听潮生

——胡乔木诗词随感

胡乔木，被称为"中共中央第一支笔"。

毛泽东说"靠乔木有饭吃，不会误事"。庐山会议后说他是一介书生。他在毛泽东身边25年，除去病假5年，也有20年的秘书生涯。从校对编辑《六大以来》《六大以前》《两条路线》三本书开始，他记录整理了毛泽东《在延安文艺座谈会上的讲话》、在张思德追悼会上的讲话（《毛选》定名《为人民服务》），参与起草《关于若干历史问题的决议》，写了80篇文稿。他以毛泽东秘书的身份同赴重庆，参与了《双十协定》的起草工作。解放战争时期，为打赢舆论战，他撰写了大量社论和编辑发稿毛泽东新闻作品。随毛主席转战陕北时，他说自己心无二意，文思敏捷，下笔千言，倚马可待。从那时起，他参与起草了我党重要的决议文稿，计有七届二中全会公报、政协《共同纲领》《人民日报》抗美援朝的重要社论、第一部简明党史、第一部宪法、八大文件，执笔若干重要文章。粉碎"四人帮"后，他领导起草小组完成了十一届三中全会的公报和《关于建国以来党的若干历史问题的决议》。他最早协助毛泽东编辑《毛泽东选集》，后又领导第二版的修订工作。他主持编辑出版《邓小平文选》第一、第二卷，以及周恩来、刘少奇、朱德、任弼时、陈云、张闻天等文选。起草党的十二大报告及若干领导讲话，以至于后来各中央领导的重要文稿都要送他过目。周恩来说，许多文件只有经乔木看过，发下去才放心；经乔木修改，就成熟了。我在中央台湾工作办公室工作时也有体会。1986年，我们起草新华社评论员的重要文章，因涉及祖国统一大业和两岸关系，文稿还是送到胡乔木那里。胡乔木作了修改，并将"一国两制"实现统一的好处，借用"四美具，二难并"句式论述出来，顿使文章增添新义和华采。由此例推断，经胡乔木之手审阅、修改、润色的文章，已数不胜数。他过去的文章几乎都不署名，有时用笔名"赤子"。后来写出《中国为什么犯二十年"左"倾错误》正式发表，也是他对曲折历史的深刻反思。

中国革命史上有两个"乔木"——胡乔木和乔冠华，皆

胡乔木一家

为苏北盐城人，是同乡又是同学。胡乔木原名胡鼎新，取自成语"革故鼎新"。到延安与李桂英结婚的时候，依照《诗经·小雅·伐木》中"出自幽谷，迁于乔木"，改名"乔木"，夫人改成"谷羽"。胡乔木后成了毛泽东的政治秘书，写社论，起草文件。而乔冠华留学德国后，抗战时在香港，在《时事晚报》用笔名"乔木"撰写国际评论。一时两个乔木，好在一北一南，一个延安，一个香港，参商不相见。重庆谈判期间，胡乔木随毛泽东到重庆，与时在八路军办事处外事组工作的乔冠华相聚，同住一楼，且都在《新华日报》发表文章。"乔木"典出《诗经》，寓意高大、挺直，两人皆不愿改动。据说是毛泽东问明是胡乔木先用"乔木"真姓胡，盼望名字上加个"胡"字。而乔冠华本姓乔，可仍用原名。"二乔"自此有了区别。断名后还有续闻：1965年人大会议期间，毛泽东宴请工农代表，见到董加耕，得知他是盐城人，便说："你们盐城有'二乔'，你知道吗？"董加耕不知所云，竟答"西门登瀛桥，东门朝阳桥"。毛泽东笑道："我不是说桥，是说人。盐城'二乔'是胡乔木、乔冠华。"

胡乔木父亲胡启东是盐城名流，清朝的末届秀才，他喜欢写诗，自费

印行《鞍湖诗集》。胡乔木与诗书结交，喜爱文史诗词，是受父亲的熏陶和影响。胡乔木青年时代就写了不少诗，延安时期还经常发表诗作，但那时多写新诗。他自编的诗集《人比月亮更美丽》里，有新诗 26 首，后补编 20 首，但大部分是 20 世纪 80 年代后所作，遗憾的是一首《延安颂》始终未能找到，早年的佳作有的已难以觅得。现发现 1934 年在浙江大学校刊上，胡乔木译过英国诗人西蒙士的诗五首，其中《渔媪》一篇意境高远，最为他所爱，抄录如下：

> 寒空压沧海，渔艇去还回；风急浪衔雨，白鸥声正悲。
> 伊人何所望？风雨空相催；年衰生意尽，水陆复奚为！
> 迢遥见天末，浪里破帆飞；千帆万帆过，所期终不归。

胡乔木说，译诗于"信、达、雅"三者皆有未尽，该诗云"所期"者，盖象征人生某种失而不可复得之憧憬也。另据我大学同学杭三八告，在浙大时，胡乔木与她母亲陈怀白还翻译过陈递教授的诗《假如生命是棵树》。

1961 年，由于长期的劳累紧张，胡乔木神经衰弱症加剧，无法正常工作。毛泽东让他迁地疗养，随气候转移，从事游山玩水，专看闲书，不看正书。他到了杭州西子湖畔，每天清晨骑自行车，有时爬山、散步。他原本写诗，也喜欢读诗，他研究辛弃疾、苏东坡的词，自称"苏辛之徒"，写信与夏承焘探讨。他看到郭小川的《厦门风姿》长诗，致函陈毅等，"可注意的是一百六十行通体都用对仗（隔句对和当句对，略似骈赋）调平仄，每句押韵，章法严谨"，"用白话写新式的律诗，究为诗史上的创举"。1964 年 10 月，他填了第一首词《六州歌头·国庆》。后一发不可收，对填词入了迷，一连写了七首。他说："以前我没有写过词，这次发表的是我初次的习作。""试写旧体诗词，坦白地说，是由于一时的风尚。"胡乔木所说的风尚，就是指当时毛泽东的诗词在群众中的流传。他将这些处女作寄给了一些诗词大家和老同志，当然也寄给了他跟随多年的毛泽东。没想到对诗词偏爱的毛泽东对其习作终日把玩推敲，悉心修改。他在胡词上写了旁注："有些地方还有些晦涩，中学生读不懂。唐、五代、北宋诸家及南宋每些人写的词，大都是易懂的。"

1965年元旦，胡乔木写了一首《沁园春·杭州感事》，《人民日报》在《词十六首》总题下刊载。我上大学时抄过这首词：

> 穆穆秋山，娓娓秋湖，荡荡秋江。正一年好景，莲舟采月；四方佳气，桂国飘香。玉绽棉铃，金翻稻浪，秋意偏于陇亩长。最堪喜，有射潮人健，不怕澜狂。　　天堂，一向宣扬，笑今古云泥怎比量！算繁华千载，长埋碧血；工农此际，初试锋芒。土偶欺山，妖骸祸水，西子羞污半面妆。谁共我，舞倚天长剑，扫此荒唐！

这首词与同时发表的《水调歌头·国庆夜记事》等诗词，当时皆被大众欣赏、被诗家前辈奖誉。后来胡乔木受贬赋闲期间，他又填《水调歌头》，上阕是："平生太湖上，短棹几经过。而今重到，何事愁与水云多。拟把匣中长剑，换取扁舟一叶，归去老渔蓑。银艾非吾事，丘壑已蹉跎。"时过境迁，他心情大变，已无当年"扫此荒唐"句，想韬晦遁世了。大概过于孤独落寞，这首词在《胡乔木诗词集》里也就没有选入了。

胡乔木在20世纪60年代前和80年代后，写了很多新诗。他说："海浪可以给诗人很大的灵感"，"因为海浪此起彼伏，奔腾澎湃，象征着生命的激烈冲击。"他

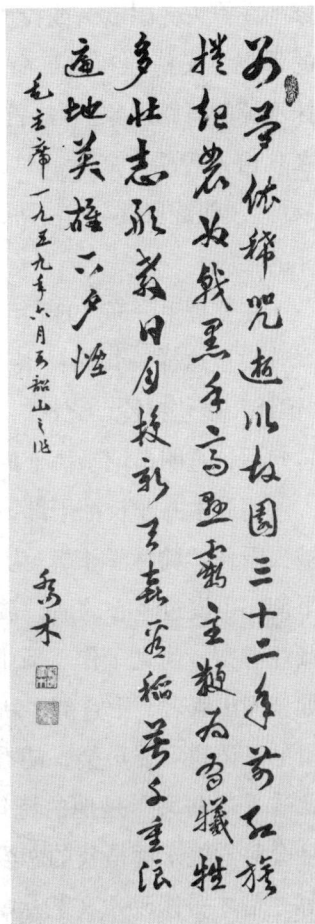

胡乔木手迹

具有诗人的本色，有"不能自已的公民激情"。读他的《人比月光更美丽》《仙鹤》《希望》等诗，可以感受到他的信念和激情。他在《仙鹤》里咏道：……你娴静，又欣然舞翩跹，你沉默，又俄然飞鸣震天。除了避敌，你行止常闲，除了孵卵，你直立不蜷。不猛不怯，你温良而庄严，不骄不媚，你入世而超然。勇毅啊，你不顾远道无援，忠信啊，你每年春北秋南。傅庚辰欲给《希望》一诗谱曲，在胡乔木家朗诵起来。当念到"心和心相连，敲起了腰鼓，烧起了篝火，跳起了圈舞"，胡乔木的儿子胡石英开玩笑说："爸，你还打腰鼓哪，人家现在都跳迪斯科了。"一片笑声后，胡乔木说："我们在战争年代，在艰苦的行军路上，夜晚烧起了篝火，大家围在篝火旁唱歌，或拉成一圈跳舞、打腰鼓，充满了同志的友爱、革命的乐观主义精神和对革命胜利的信心和希望，所以打腰鼓永远是我心中抹不掉的舞蹈形象。"这首诗最后写道："波浪在奔跃，海没有倦时；生命在代谢，舞没有断时。纵然海知道，天会有暗时，希望告诉心，云必有散时。"他逐段逐句作了深入细致地讲述，最后说：我是为我的理想而奋斗的!

在整理毛泽东 1938 年在鲁艺讲话的记录稿时，有一句原话是："徐志摩曾说过这样一句话：'诗要如银针之响于幽谷。'"胡乔木审阅后，怀疑"银针"是"银铃"之误。后果然从鲁迅文章里发现有"银铃之响于幽谷"这句话，查明了记录稿上的一个讹误。

胡乔木并非长征干部，也非封疆大吏，虽后来是政治局委员，但依然被人看作"翰林学士"。为与中央保持一致，在"士"和"仕"之间求得平衡，也说过违心的话，被人误解。但他有深厚的修养，在自己的范围内倾注心力，为党工作。新中国成立后，所有涉及文笔和意识形态的单位，如新闻出版署、中宣部、新华社、人民日报、社会科学院，甚至文字改革里的汉语拼音委员会，胡乔木都担任过领导职务。"挥将日月长明笔，写就雷霆不朽文"是他的诗句，他大有"一片振兴学术之心"，他还说过：社会科学院永远是我的恋爱对象。也因为如此，他与知识分子联系较多，尊才惜才，修改"文艺从属于政治"的提法，发表不再提"文艺为政治服务"的讲话。他关心《读书》复刊；为姚雪垠写《李自成》给毛主席转信；积极支持筹建现代文学馆；在上海拜访写出《唐诗百话》的施蛰存教授；亲自支持钱锺书《管锥编》等书的出版；为费孝通落实政策，请他重建社会学；解决钱伟长到上海工大任职；亲自探视解决沈从文、邵荃麟夫人和顾颉刚助手的住房和工作条件；读王蒙小说赋诗以赠，与陈祖芬通信谈修辞，听取茹志鹃关于文艺方面的意见；赞杨绛的《干校六记》"怨而不怒，哀而不伤，缠绵悱恻，句句真话"；为聂绀弩诗集写序并托人买药、解决亲戚户口来照顾老人；临终前一天还亲笔为巴金祝寿。胡乔木与许多大家都有文字交往，时请郭沫若、赵朴初、钱锺书、夏承焘等修改和探讨诗词。吕叔湘称他是正直知识分子的知心朋友。

1982年胡乔木70岁，此时他在玉泉山准备党的十二大文件，反复修改，累极了，一个人仰卧在草地上，幽默地说："我有能源危机，要接点地气！"他写了四首七律《有所思》，对人说：我作旧诗总是没有把握，因此要请锺书给我看一看。不料钱锺书给他改了很多，一时不知怎么办。尴尬中，李慎之充当"说客"，到钱锺书家里说，乔木同志一生是个革命家，有他必须守定的信条，像"红墙有幸亲风雨，青史何迟辨爱憎""铺路许输头作石，攀天甘献骨为梯"等句，是他的精魂所系，一个字也动不得的。你不能像编《宋诗选注》，嫌《正气歌》太道学气就不收。钱锺书绝顶聪明，立刻想到孟子所谓"志"，庄子所谓"随"。他说，胡是仁人志士，我只能充个文士，目光限于雕章琢句。他的改动"以辞害志"，违反了英国诗人蒲柏的箴言："A perfect judge will read each work of wit / With the same spirit that its author writ."（优秀的评论应该领会到作品中的智慧，体现出与作者一致的创作精神。）后来他们恢复了原文，只改了几个不妥的字。这也算一段佳话吧。钱锺书夫妇收到胡乔木的诗集《人比月光更美丽》，读后点出近20首，说"皆尤心赏"。

上面说到的四首七律，实际上是胡乔木的自寿诗，收入诗集时改题为《有思》，针对"诗中有不易看懂之处"，他致信邓颖超，说诗"未能做到明白晓畅为愧"。在此，我选其中一首连带他自己作的说明，一并阅读如下：

少年投笔依长剑，	长剑指革命事业。
书剑无成众志成。	个人虽无所成就（项羽学书学剑皆不成），但所献身的革命事业却胜利了。
帐里檄传云外信，	帐指指挥机关。檄传云外信（转用南唐李璟"青鸟不传云外信"句），指讨敌的檄文通过电传发到远处，也包括转发远处发来的斗争消息。
心头光影案前灯。	表示自己只做了案头的工作。
红墙有幸亲风雨，	红墙指中南海。风雨由"春风风人，春雨雨人"脱出，指中央各领导同志。
青史何迟辨爱憎。	指毛主席晚年所造成的一系列冤案直到三中全会至六中全会才得到澄清，林、江两案直到八〇年才得到解决。
往事如烟更如火，	往事使人心情激动伤痛，故云如火。
一川星影听潮生。	去世的人留在记忆里，仿佛一天星影映在河水里，并引起心潮的激荡。

（引自《百年潮》1997 年第 2 期）

胡乔木在给钱锺书的信中，再次解释了最后一句："一川星影听潮生，仍存听字，此因星影潮头，本在内心，非可外观。又看潮则潮已至，影已乱，听则尚未逼近，尚有时空之距离也。"

我反复咀嚼作者"一川星影听潮生"这句的朦胧诗意，其中有他风雨案头、笔底乾坤的复杂情感，也有他忆旧履新、爱痛交织的激荡心潮。"江山是处勾魂梦，弦急琴摧志亦酬"，这四首诗是他一生奋斗的总结，也是面对新时代的再出发。我觉得"一川星影"里似乎也包含他呕心沥血写出的为历史留下见证的浩瀚文字，包含他"终生用笔来为人民服务"的矢志誓愿。体味到此，我觉得用这句诗来概括他一生的情怀还是挺合适的。

萧华的《铁流之歌》

1955 年，39 岁的萧华被授予上将军衔。

这个开国上将、解放军总政治部主任的名字在我们这一代的记忆里，是和气势磅礴的《长征组歌——红军不怕远征难》连在一起的。

《长征组歌》"过雪山草地"一节是贾世骏演唱的，我们那时人人会唱，大学宿舍的洗衣房、楼道里经常传来：

> 雪皑皑，野茫茫。
>
> 高原寒，炊断粮。
>
> 红军都是钢铁汉，千锤百炼不怕难。
>
> 雪山低头迎远客，草毯泥毡扎营盘。
>
> 风雨侵衣骨更硬，野菜充饥志越坚。
>
> 官兵一致同甘苦，革命理想高于天。

我们知道，《长征组歌》是由萧华上将写的《长征组诗》改编而成的。在北京正式公演后，成为 20 世纪的红色经典。组歌高亢嘹亮，声情并茂，激发了豪情壮志，曾感动了无数人。40 多年经久不衰，演出超过 1000 场。

萧华，江西兴国人，出身于一个贫苦的泥瓦匠家庭。自幼聪颖好学，喜欢唐诗，爱好广泛，会踏风琴、吹小号，擅长演讲，爱唱歌。在风起云涌的大革命时代，受地下党员校长、教员的影响，接受了早期的革命启蒙教育。他在 11 岁时的作文里就写道："国家兴亡，匹夫有责。多少民族的英灵曾为国家的兴盛以身报国，血沃中华。将来的我要以这些英烈为师，献身革命，为天下劳苦大众的新生活奋斗一生。"

北伐军攻克南昌、赣州，直下兴国后，萧华全家都参加了工会、农会。1928 年底，被反动派骂为"赤崽"的萧华参加了兴国暴动，12 岁加入中国共产主义青年团，被编入党支部参加活动。1929 年底，13 岁的萧华任县团委书记。毛泽东率红四军两次到兴国后，曾单独找萧华谈话六次，将其调入红四军，任青年政治委员，在红四军建立团组织。萧华善作战地动员和战前演讲，很快调任红军总政治部青年部部长。在第五次反"围剿"前，萧华组织扩红，向党中央建议组建"少共国际师"，后 17 岁的萧华成为少共国际师政委。他平时和战士打成一片，总是背辎重，挑给养，行进在队伍中，给战士讲故事、唱山歌，在各连组织宣传队、演剧队，建立列宁室、俱乐部，并组织各种军体活动和文艺晚会，以出色的政工才华，鼓舞着少共国际师的士气。在数次战斗中，少共国际师打得慷慨悲壮，击退敌人多次进攻。长征"湘江战役"中，少共国际师担任后卫，掩护中央军委和机关过江。全师官兵同仇敌忾，军服成血衣，肌肤成黑炭，几天几夜浴血奋战，打退了敌人无数次进攻。遵义会议后，少共国际师撤销番号，编入各红军部队。萧华调任红一军团政治部组织部部长、二师政委，在指挥部队抢渡乌江、大渡河，过彝族区，以及直罗镇战役中都功不可没。长征中曾调一个战士当他的警卫员，一问年龄，比萧华还大一岁。抗日战争时，他任一一五师政治部主任兼山东军区政治部主任，参加了平型关战役。22 岁任东进抗日挺进纵队司令兼政委，冀鲁边区人称八路军"娃娃司令"。在鲁西军区、山东军区以及后来入东北在辽东军区、南满军区、东野，都立下赫赫战功。

1949 年后，萧华担任空军政委、总政治部主任。他最后担任了全国政协副主席，成为党和国家领导人之一。

1964 年 9 月，时任解放军总政治部主任的萧华因病在杭州西湖疗养。他给自己制定了一个"休息"方案，就是读书、练字，晚上写点想写的东西。利用这个时间，酷爱诗词的萧华先是修改部队队列行进歌曲的歌词，后开始创作以红军长征为主题的诗词。当时是中央红军夜渡于都河 30 周年，为纪念长征，全军各部队都在准备筹办一些主题纪念活动。萧华是长

1955 年国庆节，（右起）陈赓、粟裕、萧华、洪学智等将军在天安门城楼上

征的亲历者，对于讴歌长征早有冲动。经过一番思考，他先集中阅读了一些唐宋名家的诗词，后确定用组诗的形式来表现，考虑到搬上舞台的通俗性，他定下创作原则：有一定格律，但不囿于格律。他把自己关在小楼里，重温了毛泽东的著作和长征诗词，阅读了刘伯承等老同志回忆长征的文章，丰富了创作素材。几经摸索，最后确定用"三七句，四八开"的格式，即每段诗用四个三字句，八个七字句，共 12 行，68 个字组成，一诗一韵。随后萧华根据长征的进程，选取了 11 个典型事件。经过近 10 次修改，作曲家谱曲，战友文工团最佳阵容排练，《长征组歌》正式上演，大获成功。后来《长征组歌》谱曲之一的晨耕说："萧华同志的写作是含着眼泪、蘸着心血的，我拿到底稿时发现，上面满是泪痕……把 30 年前的场景都回忆起来了。"

周恩来生前痴迷《长征组歌》，他说："只有经过了长征的人才会写出《长征组歌》。只有激情的人才会写出《长征组歌》。"他 17 次看演出，提出指导意见，能唱出组歌中的每段歌曲，弥留之际念念不忘"官兵一致同甘苦，革命理想高于天"的歌词，还要再听一遍《长征组歌》的实况录音。

萧华将军多才多艺，他女儿告诉我：没有人教他，他会弹钢琴，能唱的歌他都能弹出来。萧华留下了200多首诗。无论是在战争年代，还是在建设时期，抑或是在身陷囹圄七年之久后奔赴祖国大西北工作期间，他都写下了壮丽的诗篇。萧华为他的诗集取名《铁流之歌》，聂荣臻元帅作序，胡耀邦题写书名。《铁流之歌》录斗争之风雨，书革命之情怀，既是过去戎马生涯、烽烟血火中雄浑悲壮的记录，又是他一生肝胆襟怀的写照。上述《长征组歌》也收录进此书。

"前尘回首气如山"，捧读将军的《铁流之歌》，我们从萧华《忆少共国际师》的诗中，仿佛又看到当年一万虎犊的英武气概：

> 少年有志报神州，一万虎犊带吴钩。
> 浴血闽赣锐无敌，长征路上显身手。
> 卷地狂飙不畏死，几战蒋军落旄头。

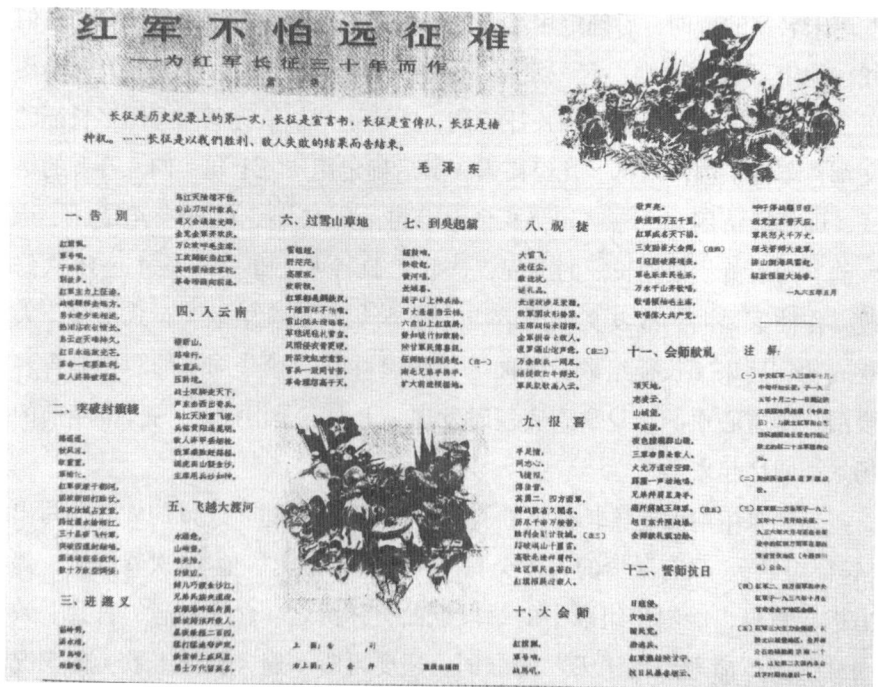

1965年7月，《解放军报》《解放军画报》先后全文刊发了萧华的《红军不怕远征难》组诗

长忆英勇少共师，对对新兵看不休。

《铁流之歌》里有一首《黄河之夜》，是萧华在 1936 年东渡黄河时写的，他将战斗的情景和过程、意境和激情交织在一起，静若处子，跃如猛虎，有铺垫，有爆发，写得有声有色。我们不妨读读这首军人写的夜战诗：

> 星光寥寥，
> 河水低吟，
> 沉静的大地漆黑一片，
> 夜幕隐蔽着我们秘密的行动。
> 水手们抬着新船，放荡河中去
> ——声儿轻轻；
> 战士们荷枪实弹，跃入船中
> ——心儿怦怦。
> 鸟语，歇了，
> 犬吠，住了，
> 有谁知，万籁俱寂中
> 凝聚着万钧雷霆。
> 你听，号角吹响了，
> 霎时，火光冲天，冰水交涌，
> 夜在怒吼，
> 夜在沸腾，
> 渡河的英雄，
> 打垮了几十倍的敌人，
> 三百里敌堡，
> 化成了齑粉，
> 敌人凭险负隅的黄河天堑，
> 今夜被我们英雄的红军扫清！

1976 年，《长征组歌》演出剧照

　　将军的诗，工夫在诗外，诗所透露出的气质、襟抱、情怀是和诗人枪林弹雨的历练紧密联系在一起的。曾任总政文化部部长的陈沂少将说："对萧华同志，我们很难说，到底是诗以人传，还是人以诗传。因为诗品和人品是统一的。"萧华抱病写《长征组歌》时，沉浸在激情燃烧的亲身征战中。他回忆起长征中艰苦卓绝的生活、牺牲的无数战友，夜不能寐，常常半夜从床上爬起来奋笔疾书。写到《告别》《进遵义》《过雪山草地》和《报喜》时，一边流泪一边写，激情和泪水湿透纸背。萧华《铁流之歌》的诗，既有古风格律诗，也有自由体诗，不拘一格，直抒胸臆，任意驰骋。

　　诗，应有各种风格；军人的诗，尤以叱咤风云、直情径行为要。"风尘三尺剑，社稷一戎衣"，萧华所代表的一批军人的诗，上马仗剑，下马赋诗，气吞万里如虎，彪炳战史，闪耀军魂，反映的就是这种风格。

抓住心中回荡的思绪

——记无衔将军陈漫远晚年吟诗

陈漫远，是我国众多优秀的军事指挥员之一，但因各种原因，与军衔擦肩而过。

他出生在广西蒙山，1926年入团，1927年转党，在梧州开展革命活动。四一二反革命政变后，蒋、桂沆瀣一气，"清党"反共，陈漫远被捕，在监狱里关押两年，坚贞不屈。蒋桂战争后获释出狱，受党组织派遣任黄埔军校南宁分校的政治教官。参加百色起义，随红七军经桂、湘、粤、赣，血战三役，进入中央革命根据地。任团政委、粤赣军区政治部主任，参加第三、四、五次反"围剿"。长征时在中央纵队任师政治部主任，他率先遣队与徐海东红十五军团接上关系。后调回红一军团任敌工部长，参加直罗镇战役。到陕北后，任十五军团七十三师政委，率部投入东征战役。抗战后任一一五师三四四旅参谋长，参加平型关战役。为开辟晋察冀，他任第三军分区司令，出击平汉路，发动破袭战，参加百团大战。后奉调回延安，任军委作战室主任、二局代局长。1942年贺龙点将，调他任一二〇师暨晋西北军区司令部参谋处长，后任晋绥军区副参谋长兼直属军分区司令员。他组织武装工作队，袭扰敌人，以机动作战部队歼灭敌军有生力量，粉碎敌人的大规模"扫荡"。1945年他作为晋察冀军区代表团的正式代表出席党的"七大"。在晋绥军区，他领导参谋、情报工作和军工生产，保障野战军的作战需要。解放战争时期，他兼任陕甘宁晋绥联防军河防司令员，指挥黄河两岸守备部队，护送中央工作委员会领导、中央及军委机关渡过黄河。1948年，他任晋绥军区司令员，安排接待和护送

陈漫远

毛泽东、周恩来、任弼时等与中央机关由陕北经晋绥到达河北西柏坡。华北野战军组建后，他任一兵团参谋长，军委统一编序番号后，一兵团编为第十八兵团，他任副司令兼参谋长，参加解放太原的战役。十八兵团又配合一野向西北、西南进军。在革命战争年代，陈漫远出生入死，浴血奋战，经历了他终生难忘的军旅生涯，从百色起义的连指导员成长为指挥大兵团作战的军事将领。

中华人民共和国成立时，他参加政协第一届全体会议和开国大典，当选为全国政协委员。

广西的人民政权诞生后，陈漫远出任广西省委副书记、桂林军管会主任。他领导当地调配干部，接收城市，维持治安，恢复交通和生产，并筹集粮饷，保障解放大军追歼溃敌和"剿匪"。在广西期间，先后任省委副书记、第二书记、第一书记，省政府副主席、代主席，广西军区第一书记、第一政委。他领导土地改革，清剿匪霸，恢复生产，落实党的民族政策，实现广西民族区域自治，并支持越南抗法、抗美的正义斗争，保障了南疆的安宁，在八桂大地上留下了浓墨重彩的一笔。

1955 年评军衔时上报授上将，但正值我国援越抗法，进行奠边府战役。胡志明主动对毛主席说，打奠边府的解放军首长应该评上将。陈漫远知道后主动提出不参加评衔，让出上将衔指标，放弃了授衔的机会。与他同期在一一五师和晋察冀军分区的陈士榘、王平、黄永胜、杨成武、邓华等都被授予了上将军衔。陈漫远淡泊名利主动让衔，体现了他不为名利、顾全大局的高风亮节。鉴于他在军队几十年浴血奋战的功绩和贡献，经中央军委批准，仍将他收录进《中国人民解放军高级将领传》《中国军事百科全书》和解放军著名参谋长《智囊之首》等书。

遵照中共中央的安排，1957 年，陈漫远离开广西，到中央党校学习深造。1960 年，他服从国家需要，出任北京农业大学校长兼党委书记。1963 年，根据中央的安排他又调任农垦部代部长、党委书记，主持农垦部工作，为全国各垦区和国营农场的建设和发展呕心沥血。

"文革"后，他重回军队，任军事科学院顾问，在军事研究上，对亲历的主要战争的典型战例作了认真的总结和论述。任后勤学院院长后，他狠抓班子，培养师资，编好教材，促进科研，为后勤学院的重建和发展作出了重大贡献。1981 年底，开国老将军退出现役，仍壮心不已。他回到家乡，晚年决心读诗写书。

纵观陈漫远的一生，他身经百战，战功赫赫，却随时服从党的需要，无论在什么岗位，从军从政，都全身心地做好工作，在本职岗位上干出成绩。既能戎马亮剑，研究战争，亦能修文著书，驾驭文武之道。晚年潜心在文学的道路上砥砺探索，诗文抒怀，留下了宝贵的反映历史足迹的篇章。其老骥伏枥、晚岁斯文的精神，让人肃然起敬。

读《陈漫远传》我们知道，陈漫远的父亲从小就教他吟唱《三字经》《百家姓》《千字文》，并要求他边读边记边练字。五六岁时，开始学习《幼学琼林》《四书》《五经》等，上小学时，他已经熟读了以往私塾的课本，还背会了不少唐诗宋词。受进步老师的影响，读了一些进步书籍。他早年喜好文学，常和一些爱好文学的同学一起吟诗作对，并在当时的报刊上发表过一些作品。参加革命后，戎马倥偬，政事纷纭，没有时间去实现自己的愿望。自从他退居二线后，有了时间，开始读诗书，写小说。他表示要用最大的毅力，写出几本书来，可以窥见中国革命历史的过程。在漓江边，他想起了苏东坡的词："山下兰芽短浸溪，松间沙路净无泥。潇潇暮雨子规啼。　谁道人生无再少？门前流水尚能西。休将白发唱黄鸡。"他远离京城，在漓江边住下来，与老友一起爬山。他欣赏别人的一句话："年轻就是资本，年老就是财富。"但他认为，要想使年老变为财富成为现实，再造人生的辉煌，还需要老有所为，用智慧的头脑去拼搏。将自己的生命变得更富有、更充盈。他也吟出了自己的心境："青山绿水泆河溪，花桥沃园燕衔泥。初阳艳艳鸟轻啼。　永葆青春年若少，休嗟鬓白日平西。其闻子夜报更鸡！"最能反映陈漫远心志的，是他的一首《浣溪沙·玉林赠友》：

> 又逐轻车碾旧尘，清秋重作岭南行，玉林小憩喜逢君。
> 卅年征程劳战马，卅年从政苦耕耘，还将晚岁属斯文。

他将这首词写进诗集《萍迹诗踪》的序中。

在回到广西的日子里，他晚年除写出长篇小说《春雷》等外，还寄情诗词。他旧地重游，一边辛勤地作诗赋词，一边努力收集旧作，推敲定稿，编成《鞍马蹄声》《耕耘剪影》《晚岁斯文》三组诗词，分别收录了新中国成立前后的军旅生涯，以及从政时期和离休后的作品，共140首。出版了记载着他60多年革命历程的诗集《萍迹诗踪》。可惜的是，仍有一些浴血奋战岁月中所作极为珍贵的诗词，散失于战火之中。

我们选几首陈漫远的诗来读一下：

开国大典，他登上天安门城楼，心潮澎湃，难以入眠，不禁想起战争年代的情景，奋笔写下一首《浪淘沙·战太原》："赤帜出燕幽，激荡洪流，惊呼昼夜蒋阎愁。草木皆兵魂丧也，枉拟貔貅。　脱手掷吴钩，猛士同仇。红旗插上晋祠头，明日旌头何处指？底定神州！"

在农垦部工作的时候，在垦区的路上，他写过《新疆农场四首》，讴歌屯垦戍边的兵团战士，其一是："场员本是远征人，解却盔鍪也是兵。伏虎擒龙舒巨手，拴来春色满边城。"

"文革"后，他参加了中央工作会议和十一届三中全会。上电梯遇见杨成武、杨得志，两位杨将军马上止步让陈漫远先上，说："陈老是老上级，在中央苏区时他是师政委，我们才是一个小小的排长呢。"陈漫远哈哈大笑："那都是过去的历史啰。"他对十一届三中全会这个党的历史上具有深远意义的转折，感慨万千，吟出《三中全会喜赋》："十载阴霾扫，春华极目晴。四凶如蔡拔，多士尽葵倾。峰峻群情勇，旗红众手擎。骐骥休伏枥，鞍辔再长征！"

陈漫远是广西蒙山人，旧地重游，在梧州听风雨，一首《捣练子》"风飒飒，雨蒙蒙，酷暑全收挟海风。只有乡情关不住，穿将风雨出帘梳！"多么浓厚的乡情啊。他登上蜿蜒盘桓、气势磅礴的梧州白云山，写了一首五绝："绝顶树葱茏，登临八面风。诗潮随水远，汩汩颂英雄。"同是蒙山人的梁羽生回乡路过梧州，读了陈漫远的诗，思绪万千，也口占一首《重回故园》："四十二年回故里，白云犹是汉时秋。历劫沧桑人事改，江山无恙我重游。"

家乡解放后，陈漫远回家与母亲20年久别重逢，他写了一首情深意切、感人肺腑的诗："轻骑特特叩湄滨，媪嫂来迎话别情。廿载远离春梦重，一宵长话布衾轻。山楂涩似慈亲泪，茶露甜如游子心。旋里何须衣锦绣，乃郎犹是草鞋兵。"

陈漫远的诗集里还有一些缅怀先烈、悼念战友的诗，读之感人至深，催人泪下。他喜欢诗词，他说在革命队伍中成长，"由于环境的刺激，斗争的需要，同志的促进，都时时促使我拿起诗笔，或振臂高呼，或慢声低诉，或嬉笑怒骂，新旧体杂用，写下了最初的作品"。摆脱了第一线的繁忙工作后，"这些当年的作品，也就同老友一样，一首一首地被找了出来"，"这些旧作陈章，前尘影事，一起浮上心头"。他称自己这个"华发新兵"，是"在习作四十余年之后向诗坛正式报了到"。

陈漫远在我军高级将领中，兴趣广泛，军事、党政管理、文化教育、农业经营管理、历史研究、小说、诗词、散文、哲学等无不涉猎，均有建树。他自己认为能从事多种多样的工作，是多么幸福！他对身边的工作人员说：

《萍迹诗踪》书影

> 搞军事，是因为党和民族的召唤。
> 搞管理，为党工作，为人民服务。
> 搞农业，是为国计民生而奋斗。

学哲学，是因为要创造理想生活。

写小说，为的是要对得起出生入死在枪林弹雨中倒下和闯过来的战友、同志。

写散文，为的是记下沸腾过随即凝聚的往事。

做研究，为的是对得起身边的历史。

写诗词，为抓住心灵中回荡的思绪……

陈漫远的诗集中，有一首《江城子·酬儿辈诗书见寄》最能反映其追求不止的进取精神：

老夫新近学诗章。习宫商，步元唐，风雨吟哦，日夕对轩窗。不是缪斯迟爱我，追时代，赶儿郎。　　儿曹娇憨意偏长。索诗行，考文章，屡寄鱼书，羁旅忽盈箱。岂是乃翁名利动？惜余热，秉烛光。

学诗不怕晚，其一生的沧桑经历和理想襟抱是最重要的基础，加上学习、读书、悟性、积累，自能吟出浸润理想的诗篇。年老是财富，陈漫远老有所为，一生立德、立功、立言，是我们学习的榜样。

陈漫远晚年写诗，抓住心中回荡的思绪，就是一例。

高筑神州风雨楼

——李大钊诗的理想

"铁肩担道义，妙手著文章。"

明代杨继盛抗御强暴、反对权奸严嵩，惨遭杀害前写的名联"铁肩担道义，辣手著文章"，李大钊改了一个字，为朋友之请，奋笔疾书了这十个大字，后也作为他编辑的《晨钟报》上的警语。此联也可看出李大钊的志向和追求。"道义"就是为国为民的理想；"文章"就是毕生用更多更好的作品来传播他信仰的主义。

李大钊曾经说过："历史的事件与人物，是只过一趟的，是只演一回的。""我们只有随着这有进无退时的流转，郑重地过这一趟，演这一回。"李大钊恰恰以自己的一生，"郑重"地在中国现代史上演出了极其壮丽的一幕。

李大钊出生在河北乐亭大黑坨村。幼年丧失父母，由祖父母抚养。三岁就随祖父认字读书，背人家的门心、对联。后在私塾和书馆刻苦学习。去考秀才时，正赶上废科举而考入永平府中学。他眼见日俄战争和民族的灾难，决心以救国救民为己任，矢志不渝，为"索我理想之中华"而

李大钊手迹

奋斗。他将自己"李耆年，字寿昌"改为"李大钊，字守常"。正如他后来说的："钊自束发受书，即矢志努力于民族解放之事业，实践其所信，励行其所知，为功为罪，所不暇计。"

李大钊考入天津北洋法政专门学校，学习了政治、法律、经济诸科以及英语、日语，他能诗善文，被誉为"北洋二杰"之一。他以战国时期高渐离以筑击秦始皇的故事，将"筑声剑影楼"作为自用的斋名，19岁写出两首感慨悲歌的七律，其一为："感慨韶华似水流，湖山对我不胜愁。惊闻北塞驰胡马，空著南冠泣楚囚。家国十年多隐恨，英雄千载几荒丘。海天寥落闲云去，泪洒西风独倚楼。"在校期间，辛亥革命爆发，京畿之地有滦州起义，他受同盟会革命党人影响，奔走家乡一带从事联络活动。孙中山就任临时大总统，他为之兴奋而欢呼，挥笔作诗："江山依旧是，风景已全非。""何当驱漠北，遍树汉家旗。"但很快"危机万状"，他困惑失望，写下《隐忧篇》《大哀篇》，加入了社会党。在友人的资助下，他怀着"去国徒深屈子恨"的心情，东渡日本，进入早稻田大学，就读政治经济学。这期间李大钊组织了留日学生总会，主编《民彝》。1916年春在他送友人回国时，口占一绝，这就是我中学课本学过的这首至今都忘不了的诗：

壮别天涯未许愁，尽将离恨付东流。
何当痛饮黄龙府，高筑神州风雨楼。

当时的中国正是"风雨如磐"，时局动荡。袁世凯废除了共和，登基称帝，其倒行逆施激起了人民的强烈反对。保卫共和、反对帝制的浪潮在全国各地蓬勃兴起。当年云南宣布独立，都督蔡锷组织护国军讨伐袁世凯，点燃了护国战争的烈火。正在日本留学的李大钊闻讯深受鼓舞，放弃学业考试，立即回国，准备参加讨袁护国运动。但他回到上海不久，袁世凯就被迫取消了帝制，于是李大钊又返回日本。当他到了日本江户时，恰逢他的挚友幼蘅准备回国。他在送行时，口占这首绝句，抒发了对中国政局黑暗腐败的愤激不满的爱国主义思想，表现了他为重建神州而矢志奋斗的坚定信念。

这首诗原题为："丙辰春，再至江户。幼蘅将返国，同人招至神田酒家小饮，风雨一楼，互有酬答。辞间均见风雨楼三字，相约再造神州后，筑高楼以作纪念，应名为神州风雨楼。遂本此意，口占一绝，并送幼蘅云。"幼蘅是崇安人朱尔英，字幼蘅。后回国，其子朱宗汉后来为崇安地下党城工部支部书记。

今天再读这首诗，尤感立意深邃，感情激越，气势雄浑。头两句写离情。"壮别天涯未许愁"句中的

李大钊

"壮"字，写出了革命者的离别和英雄气概。李大钊送挚友回国，天涯作别，各自一方，然而为了实现救国大计，则又觉得不应有任何忧愁。"尽将离恨付东流"中的"尽"字，将作者抛弃个人离愁别恨的豪情和为实现理想而奋斗的决心表现得淋漓尽致。后两句着重写作者对革命胜利的憧憬。"何当痛饮黄龙府"，借用了民族英雄岳飞抗击金兵的典故，"黄龙府"是金国的京城，岳飞为抗击金兵对部将说："直捣黄龙府，与诸君痛饮。"李大钊借用来喻指消灭了窃国大盗袁世凯，大家痛饮祝捷，欢庆胜利。"高筑神州风雨楼"句中的"风雨楼"喻指"理想之中华"的创建和预祝革命成功。

与这首绝句相映衬的是，在这之前，李大钊为讨袁事宜，由日本横滨乘船回上海，在船上写过一首五言诗《太平洋舟中咏感》，表明了他以革命推翻专制势力的思想：

> 浩淼水东流，客心空太息。
> 神州悲板荡，丧乱安所极？
> 八表正同昏，一夫终窃国。

> 黯黯五彩旗，自兹少颜色。
>
> 逆贼稽征讨，机势今已熟。
>
> 义声起云南，鼓鼙动河北。
>
> 绝域逢知交，慷慨道胸臆。
>
> 中宵出江户，明月临幽黑。
>
> 鹏鸟将图南，扶摇始张翼。
>
> 一翔直冲天，彼何畏荆棘？
>
> 相期吾少年，匡时宜努力。
>
> 男儿尚雄飞，机失不可得。

这一前一后、一去一来的诗，可以看出当时不足 17 岁的李大钊所抱定的理想和志向。正如他后来所说："留东三年，益感再造中国之不可缓。"

回国后，在南京，李大钊见到同学白坚武。白坚武对李大钊"为人品洁学粹"，拒绝做官，十分佩服，认为是灵性光明"赖以仅存"之人，写诗送别："海内儒冠尽，神州已陆沉。文章千古事，赤血铸丹心。"

李大钊到北京后任《晨钟报》总编辑，他撰文切望"亿万同胞要发愤为雄，以雪耻辱"。在创建"青春中华"的道路上，"惟知跃进，惟知雄飞"。他在《新青年》上发表《青春》一文，激励青年"冲决过去历史之网罗，破除陈旧学说之囹圄"，"前进而勿后顾，背黑暗而向光明"，坚信中华民族一定会得到"回春再造"。陈独秀称赞此文："洋洋洒洒七千余字，充斥着浩然正气。"

经介绍，李大钊进入红楼北京大学任图书馆主任，其间组织了马克思学说研究会（会屋称"亢慕义斋"，即共产主义小室。购得的图书都盖有"亢慕义斋"戳记），发起少年中国学会，参与编辑《新青年》，与陈独秀创办《每周评论》，主编《晨报副刊》。毛泽东来北京生活贫困，李大钊安排他在图书馆任助理员，并帮助拆看公文和信件。周恩来在天津成立觉悟社，李大钊前去演讲和座谈。在他的帮助下，北京、天津的进步五团体在陶然亭慈悲庵举行会议。从文化思想、社团组织以及历史记载来说，李大钊实际是领导五四运动的主将。

在共产国际的帮助下，他直接参与了共产党的筹建，是党的创始人之一。在党的二大后的西湖会议上，讨论国共合作问题，李大钊为建立国民革命统一战线起了重要作用。他受党的委托会见了孙中山，安排见了苏联代表越飞，促使国民党一大实行了三大政策。他举荐优秀青年和共产党员进入黄埔军校，领导北方党组织进行了一系列反帝反段祺瑞政权的斗争。孙中山逝世后，他参加国民党党务遗嘱的草定，送了214字的最长挽联。

奉军进入北京后，逮捕了李大钊等。行刑时他大义凛然，英勇不屈，第一个走上绞架，从容就义，时年不足38周岁。为了理想，他早就做好了牺牲的准备，"平凡的发展，有时不如壮烈的牺牲足以延长生命的音响和光华"。他曾撰文说："绝美的风景，多在奇险的山川。绝壮的音乐，多是悲凉的韵调。高尚的生活，常在壮烈的牺牲中。"李大钊的灵柩安葬时，中共北方党组织为他送了墓碑，上刻有镰刀斧头和碑文，迫于当时情势，只能与他同埋于地下。有人吟"有碑未可明处立，同埋地下听大潮"，以记此事。曾是邓颖超老师的白眉初，与李大钊是挚友，交往甚密，他盛赞"守常文思如泉，气魄如虹，有笔扫千军之力，经天纬地之才"。李大钊被害后，白眉初与夫人出钱出面料理了其后事，并致挽联："杀身成仁，舍生取义；大道之行，天下为公。"鲁迅先生亲为《守常文集》题记，称李大钊的遗文是"先驱者的遗产、革命史上的丰碑"，文章结尾写道："以过去和现在的铁铸一般的事实来测将来，洞若观火！"

李大钊是中国最早的马克思主义者。他不仅剑及履及，躬行实践了革命，而且在真理的论述和传播上卓有贡献。他在北大还兼任政治学系教授，讲授《社会主义和社会运动》，在史学系开设"唯物史观研究"和"史学思想史"，还在女子高等师范学校国文部教课。他撰写了《我的马克思主义观》，介绍了马克思的唯物史观、阶级斗争学说和剩余价值学说。

在昌黎五峰山避难时，他写了批驳胡适的信。他与胡适曾都在《新青年》发表文章，两人在宣传新思想、新文化，对旧思想、旧文化进行批判方面曾并肩战斗。他对胡适很尊重，受其倡导白话文的影响，很快舍弃了驾轻就熟的"温文醇懿"的古文，改用白话文写作。但他们不同的是，李大钊十分注重政治，思想中有赞成革命的倾向，而胡适热衷于思想文化，

北京西城文华胡同李大钊故居

反对革命，赞成改良；李大钊从各种思想吸收营养，重视俄国文明价值，探索新的救国救民的理论。胡适接受杜威实用主义哲学，崇尚美国式的自由主义。李大钊针对胡适的《多研究些问题，少谈些主义》谈了他的看法，他认为：我们的社会运动，一方面固然要研究实际问题，另一方面要宣传理想的主义。"现代的社会主义，包含着许多把他的精神变作实际的形式使合于现在需要的企图"之意，这与强调用主义、学理解决问题的观点毫不相悖。

李大钊在近百年前掌握了辩证唯物主义和历史唯物主义，对理论问题的看法和探索，直到今天仍有现实意义。他的"离于众庶，则无英雄"的观点，我多次在对台研究的文章里引用。他的为实现崇高理想"勇往奋进以赴之""殚精瘁力以成之""断头流血以从之"的精神，他的"不驰于空想，不骛于虚声，而惟以求真的态度作踏实的功夫"的作风，永远是我们后代学习的榜样。他的"高筑神州风雨楼"的崇高理想与《国际歌》里唱的"英特纳雄耐尔"一样，终会实现。共产党不能忘了"南陈北李"，不能忘了牺牲奋斗的先驱。是他们"登高一呼群山应，从此神州不陆沉"
（林伯渠诗句）。

李大钊的诗作散失不少，现存 25 首，旧诗占多数，内容都是感于情
怀，抒写对时代和祖国的关切，以及寻求真理的忧思。读他的诗要结合他
的奋斗经历和思想来体悟。在《新青年》上，也有他的白话诗，代表作应
是《山中即景》。李大钊爱山，"云飞人自还，尚有青山在"，青山独立不
移是他崇拜的性格。现存的九首白话诗，有七首都是在五峰山创作的。我
相信李大钊的诗还不止这些，或许还有些诗散落在给友人的通信中。

当年北京朝阳门驶出一辆带篷的骡车，李大钊护送陈独秀至天津，途
中两人酝酿商谈，分别做建党的准备工作。这就是广为流传的"南陈北
李，相约建党"的佳话。中国共产党成立后，陈独秀和瞿秋白秘密到苏
联，路过北京，都是李大钊照料安排的，使他们安抵中苏边界。后来陈独
秀再次被捕，出狱回到北京。李大钊为此写了一首自由体的长诗《欢迎陈
独秀出狱》，表达了理想必胜的信心，其中几句是：

> 可是你不必感慨，不必叹息，
> 我们现在有了很多的化身，同时奋起；
> 好像花草的种子，
> 被风吹散在遍地……

陈独秀狱中诗

——读《金粉泪》及其他

陈独秀，谱名陈庆同，字仲甫，号实庵，安徽怀宁（现属安庆）人，家乡不远处有一座独秀山，他写文章曾用"独秀山民"，可证其名与该山有关。

这位新文化运动的领袖、五四运动的总司令、创建共产党的先驱，作为《新青年》的创办者，被毛泽东誉为"思想界的明星"，终其一生"好像俄国的普列汉诺夫"。他也是一位学者、诗人。南陈（独秀）北李（大钊）虽未亲临中共一大，但公认在创党上功不可没。至今虽已推翻了加在陈独秀头上的诬陷，对其贡献和错误仍有争论，但有一点可以肯定，陈独秀始终秉持独立之思想，决不放弃在道义基础上的人格尊严，决不向以力压人的强势力屈服。鲁迅评价陈独秀为人时说："假如将韬略比作一间仓库罢，独秀先生的是外面竖一面大旗，大书道：'内皆武器，来者小心！'但那门却开着的，里面有几支枪，几把刀，一目了然，用不着提防。"蔡元培先生回应对陈独秀的攻击时说："近代学者人格之美，莫过于陈独秀。"

陈独秀一生五次被捕入狱。他曾撰文，认为世界文明发源地一是科学研究室，二是监狱。他要"立志出了研究室就入监狱，出了监狱就入研究室，这才是人生最高尚优美的生活"。法庭上，检察官问他为何要打倒国民党政府？他答：这是事实，不否认。并列出三条理由，慷慨陈词。章士钊律师为他辩护，煞费苦心为他开脱，说他鼓吹共产主义与三民主义不冲突，两者是好朋友云云。陈独秀却起立大声道："律师所云惟其本人观点而已。吾人之政治主张，以吾本人之辩护状为准。"国民党当局欲劝降他，宋美龄等来探望，后来朱家骅等人应允出钱出人让他组党，参加国民参政会，均遭他严词拒绝。听闻西安事变，他托人买酒，第一杯转身倒在凳子周围，说：大革命以来，为共产主义而牺牲的烈士，请受奠一杯。第二杯他声音哽塞，说：为了延年、乔年儿，为父的为你们爵上这一杯。在监狱里，何应钦请他题字，他提笔："三军可夺帅也，匹夫不可夺志也。"刘海粟探监，他题联："行无愧怍心常坦，身处艰难气若虹。"日本飞机

陈独秀

轰炸南京，监狱震塌，一帮名人保释他出狱，但条件是要他本人具结悔过书。他怒不可遏："我宁愿炸死狱中，实无过可悔。"

　　在狱中，他有雄心勃勃的写作计划。他潜心研究文字学、音韵学，写《实庵自传》。同时，也在斗室中写诗，"啸歌慷慨，议论纵横，推到一世之智勇，开拓万古在心胸"，最有代表性的是他写下56首七言绝句《金粉泪》。诗中针对国民党不顾日本侵华失地，在南京"六朝金粉"之地歌舞升平，并借搞新生活运动和尊孔读经活动，愚弄人民，加强法西斯统治，使百姓生活痛苦不堪、血泪和流。陈独秀感时伤事，以诗来抒发自己忧国忧民的情志，闪现了他壮志未酬的不屈精神。

　　我们选取其中两首诗读一下：

放弃燕云战马豪，胡儿醉梦倚天骄。
此身犹未成衰骨，梦里寒霜夜渡辽。

作者借五代石敬瑭割燕云给契丹的历史教训，揭露国民党政权断送东

北河山的不抵抗政策。国家兴亡，匹夫有责，自己不服老，梦里还要踏过辽河的冰霜去抗日。这自然使我们想起陆游的诗："僵卧孤村不自哀，尚思为国戍轮台。夜阑卧听风吹雨，铁马冰河入梦来。"两诗异曲同工，陈独秀的诗多了直言揭露，所以更为深刻。

《金粉泪》组诗最后一首与开篇相呼应：

> 自来亡国多妖孽，一世兴衰照眼明。
> 幸有艰难能炼骨，依然白发老书生。

如果说《金粉泪》是个整体，那么作者在最后表达了历劫不磨的铮铮风骨，抒发了爱国情怀。他坚信，总有一天会扫除妖孽。艰难险阻只能磨炼自己的意志，虽然身陷囹圄，但报国之志，不改初衷。

《金粉泪》是以汉诗七绝形式的大型组诗，首开五四后杂文诗的风气。每首都针砭时弊，诉说民情。集结起来就是表达抗日反蒋、忧国忧民的主题。也可以说，《金粉泪》是研究陈独秀狱中思想的重要资料。全诗由友人带出监狱，现存上海中共一大会址纪念馆。

我们知道，陈独秀父亲早亡，过继给四叔为嗣子。受叔父的养育，幼年熟读四书五经，中过秀才，考取过举人。叔父书画造诣很深，在东北为官时，带他做过文案，教他练过字。后来陈独秀数次东渡日本，结识了张继、邹容、章士钊、苏曼殊、蔡元培等，"居国外时，雅好吟咏，往往有佳什流布文坛"。后来说他在杭州任教时，能背诵杜诗全集。

早期的陈独秀血气方刚，气魄雄大，曾在日本因愤恨学监姚昱的奴颜媚骨，闯进其居室，张继抱腰，邹容捧头，陈独秀执剪，剪去长辫。他痛斥袁世凯政府"外无以御侮，内无以保民"，在章士钊的刊物上正话反说，言屈原"愤世忧国，至于自沉"，老聃"了达世谛，骑牛而逝"，"二者俱无，国必不国"，呼唤爱国自觉之心。那时陈办报、演讲，组织爱国会，也试制炸药，歃血宣誓参加暗杀团。其间陈也风流倜傥，与妻同父异母的妹妹双宿双飞，与友人徜徉湖光山色。

陈独秀办《新青年》杂志，反对封建思想，倡导民主和科学。同时

发起提倡新文化、反对旧文化、以白
话文代替文言文的文学革命。封建文
学主要是八股文，科举考试命题限制
在四书五经范围内，僵死的文言文统
治着文学界。陈独秀与在国外的胡适
通信，声援鼓吹文学革命。对胡适提
出文学改革的不用典、不用陈词套语、
不讲对仗、不嫌以白话作诗等加以肯
定，视之为中国文学界的雷声。但比
胡适高出一筹的是，他主张将文学革
命和政治革命、思想革命结合起来，
以德、赛两先生启迪民智，改造国民
性。"要拥护德先生又要拥护赛先生，
便不得不反对国粹和旧文学。"陈独
秀欣赏鲁迅的白话小说，主张以白话文
为比较统一的国语，易解且亲切。《新
青年》刊登了不少白话诗，旨在开创
白话写作的文风，作为僵死的文言文
的对立面，使人耳目一新。陈独秀和
钱玄同（自名疑古玄同）支持胡适提
倡白话文，以大众文化形式传承启蒙
精神，掀起进步的文学革命。可以说，

1916 年 9 月 3 日《申报》刊登的
《新青年》杂志广告

新文化运动的思想意义远超单纯的文体，因此有人说五四新文化运动是一
次最为壮丽的精神日出。

陈独秀是白话诗的有力倡导者，他主编的《新青年》，实为中国白话
诗最早的试验园地。但他也指出，在提倡白话文的同时，也不要绝对排斥
文言文的一些优美的字、词、句，"多多夹入稍稍同行的文雅字眼"，"俗
话中常用的文话，更是应当尽量采用"。要"文求近于语，语求近于文"，
主张文言一致的白话文。事实上，陈独秀对寄来的文言文也刊用，不强求

一律。蔡元培也主张兼容并包，新旧并立。对新诗话题，看法各异。有人主张"形式宜旧，理想宜新"，有人认为胡适是"革尽古今中外诗人命"，对其诗不屑一顾。胡适鼓动急先锋陈独秀作白话诗，引陆游诗"斜阳徙倚空长叹，尝试成功自古无"，主张"自古成功在尝试"。陈独秀自己写白话诗不多，已见发表的《丁巳除夕歌》《答半农的〈D—!〉诗》较有代表性。陈独秀一直主张用白话文代替文言文，但对诗歌应采用白话还是文言，颇犯踌躇。后来在监狱中经过思考，认为白话诗还不能证明它已建立起来，可以取古体诗而代之。

陈独秀的诗作绝大部分是旧体诗。但向无结集，散失较多，能辑录到的有 140 多首诗（《陈独秀诗存》补充收集了译诗、白话诗、对联共 200 余首）。前人盛赞陈诗"雅洁豪放，均正宗也"。作为被称为"文化宗师"的陈独秀，其国学功底、文化修养是不言而喻的。当然也是与他早期读书交友和研究中国文化分不开的。

陈独秀一登上文化舞台，就以诗来展现自己的志向和抱负，他喜以旧体诗言其新志向和新思想。早期一首《咏鹤》一反林逋梅妻鹤子的隐逸之趣，而抒发自己不甘寂寞，欲飘摇追攀的冲天壮志。"沧溟何辽阔，龙性岂易驯？"透出了自己放荡不羁、自行其是的性格。辛亥革命前夕，他的诗里表达了"英雄第一伤心事，不赴沙场为国亡""男子立身唯一剑，不知事败与功成"等不计成败的仗剑救国之志。

在日本，他雅好吟咏，与一批诗友以诗歌酬答，写诗最多。苏曼殊擅写绝句，陈赞其字里行间别有洞天。据说苏曼殊原来平仄押韵都不懂，学诗还是陈独秀教的。他曾帮苏曼殊将中国古诗译成英文，把英国拜伦、雪莱的诗作译成五言、七言旧诗。他与苏曼殊还互相唱和，刚柔互补，称为诗坛佳话。和诗中有句"相逢不及相思好，万境妍于未到时"，被称为是富有哲理性的名句，可与宋人"美酒饮到微醉处，好花看在半开时"媲美。当年他的诗尤为革命青年喜爱，他的《存殁六绝句》，周恩来在 50 年代尚能一字不误地背诵。陈独秀早年诗酒豪情，曾集联"坐起忽惊诗在眼，醉归每见月沉楼"书赠台静农。其诗句"酒旗风暖少年狂""笔底寒潮撼星斗"，读来也颇有气魄。1921 年后他即弃旧诗不作，李大钊十分理解，说："仲甫生平为诗，意境本高，今乃'大匠傍观，缩手袖间'，盖欲专心致志于革命实践，遂不免蚁视雕虫小技耳。"晚年陈独秀僻居江津，垂老凄凉，贫病交加，在那样的处境中还写出了不少诗词佳什，一首《寒夜醉成》仍散发出其孤傲的人格魅力：

> 孤桑好勇独撑风，乱叶颠狂舞太空。
> 寒幸万家蚕缩茧，暖偷一室雀趋丛。
> 纵横谈以忘形健，衰飒心因得句雄。
> 自得酒兵鏖百战，醉乡老子是元戎。

陈独秀的旧体诗，辞句较浓艳，偶有壮语，寓意沉郁，有深远寄托。胡适说他是学的宋诗，章士钊说他"思旧迈苏程"。时人评他"思想绝高，胎息亦厚"，"皆忧时感世之作"，标举汉魏风骨，指斥时弊，风格高昂清峻，有陈子昂、阮籍之遗。

陈独秀认为，诗歌是一种美的语言和文字，恐不能用普通语言来表达。诗有诗的意境、诗的情怀、诗的幻想、诗的腔调等，需要琢磨，着意雕刻，绝不是把要说的话一字不留地写出来就是诗。今人吟诗应有今日风格，诗歌究竟不同于散文，它要有情趣，要读之铿锵作声，要使读者有同情之心，生悠然之感。"诗是一种美文，白话难以写出美诗。"不仅对诗的内容有严格的要求，诗的形式也很有讲究，只有二者的统一，才是好诗。他晚年说："我反对诗不像诗，文不像文，不费推敲，小儿学语式地乱写。须知唐宋名家诗词，是费尽心血，才能达到美的意境。"他认为传统诗词要营造美的意境，讲究韵味含蓄深婉，就需比兴、用典，而非一泻无余的大白话；要有音乐美，就不能废除格律。长短不齐、漫无韵律的白话诗达不到吟诵不厌的艺术效果。他认为白话诗还不能证明它已建立起来，可以取古体诗而代之。但他又认为，古诗讲究音韵格律，青年搞这一套太浪费时日，音韵格律是写诗一大障碍，有人穷毕生之力，也不能运用自如。要么严守格律，写出东西来毫无生气；要么破律放韵，仅求一句之得，据此而求千古绝唱，难矣。他说，可以美的语言美的文字结合起来写诗，但

陈独秀手迹

主要的还是美的意境，青年人想写诗，最好先读读《诗经》、楚辞、唐诗、宋词，了解一些诗味，然后动笔，想来会有进益的。他说："有才力能做旧诗的人，我以为也可以自由去做；但也仍以不要像李、杜、苏、黄或任何人为条件。……就实际上说来，做旧诗实在是能不能的问题，并不是该不该的问题。希腊拉丁文是欧洲的死文字了，但是有才力的诗人如法国波特来耳、英国的斯温朋，也能够运用了做他们自己的诗。"陈独秀在《寄沈尹默绝句四首》中，谈道："论诗气韵推天宝，无那心情属晚唐。百艺穷通偕世变，非因才力薄苏黄。"诗艺诗章不在诗人的才情，乃时势使然，要随世事形势而通达变化。评论界认为这是一条可贵的美学原则。陈独秀的旧体诗正是这样，"一代有一代之文学"，主张的仍是诗的自由，不模仿古人，独出心裁，则无论古体、近体，皆可写出真意诗情。

从安徽教育出版社出版的《陈独秀诗存》里，还可读到他用旧体翻译的外文诗，他翻译过拜伦的《留别雅典女郎》。泰戈尔的《赞歌》他用五言古体译出。美国诗人的《亚美利加》用离骚体译出，让我们欣赏：

爱吾土兮自由乡，祖宗之所埋骨，先民之所夸张。
颂声作兮邦家光，群山之隈相低昂，自由之歌声抑扬。

前面已述，陈独秀在监狱潜心著述，《实庵自传》只写了两章——《没有父亲的孩子》和《从选学妖孽到康梁派》，却用大量精力写出了《中国古代语音有复声母说》《连语类编》《古音阴阳入互用例表》《〈荀子〉

韵表及考释》《屈宋韵表及考释》《晋吕静韵集目》《广韵东冬钟江中之古韵考》等音韵学著作，也写出了《实庵字说》《干支为字母说》《识字初阶》等文字学著作。从中可以看出，陈独秀十分尊重古代人民的社会创造，坚持科学的态度，发展主张渐进。他的《金粉泪》等诗，依然遵循了古代音律，但在语言上更贴近了社会大众。

遗憾的是，至今对陈独秀政治研究较多，对其文学方面，尤其是文字学、音韵学方面的研究，还十分阙如。对他的诗和诗的见解也重视研究不够。《文人陈独秀》一书，对此有所侧重，颇值得一读。陈独秀晚年贫病交加时，周恩来和朱蕴山曾亲去江津看望过他。他执意做点学问，不去延安。在重庆购到江津前清进士杨鲁丞的《群经大义》和研究小学（文字学）的手稿，便住到其江津石墙院的故居，翻阅和整理其藏书和遗著，写出《甲戌随笔》《小学识字教本》（"小学"指声音训诂、说文考据）。他告诉友人书稿千万不要遗失，并说："学者以文立身，《小学识字教本》是学理研究，对中国文字学意义重大。"读陈独秀的诗，不能不联系他在这方面所作出的贡献。

陈独秀生前说，我们生存在这大海中之一的努力，与其说是过渡，不如说是造桥。他认为人类的追求没有止境，那么努力造桥也就永无休止。他给友人写过一副对联，今日读之，恰是他自己的写照：

　　　　此骨非饥寒所困，
　　　　一身为人类之桥。

江南第一燕

——读瞿秋白的诗

　　常州是瞿秋白的家乡，旧居觅渡桥畔现已地处闹市，建有瞿秋白纪念馆，公交车在此有一站。我三次去参观纪念馆，曾一遍又一遍地默读已刻在墙上、选入中学课本的《觅渡》碑文，梁衡的这篇大情大理的散文触动了我。在纪念馆，我买了《瞿秋白传》和诗文选，走入了他的世界……

　　缓步在纪念馆里，映入眼帘的一首诗的展板吸引和打动了我，品读再三：

> 万郊怒绿斗寒潮，检点新泥筑旧巢。
>
> 我是江南第一燕，为衔春色上云梢。

　　读传记才知道，这首在瞿秋白牺牲后被引申为革命先声的诗句，原来是一首情诗。

　　瞿秋白的第一任妻子王剑虹酷爱文学诗词，在上海大学学习时，王剑虹对极富文学修养的哲学老师瞿秋白倾慕于心。王剑虹与丁玲同住，瞿秋白课后来到她们的房间，讲希腊、罗马，讲文艺复兴和各种文学思潮，也讲中国的唐宋元明以至当代的作家作品，并教她们读普希金的诗。王剑虹暗恋老师，后由丁玲牵线，将王剑虹垫被下写的情诗和一张相片放在瞿秋白的桌上：他 / 回自新气的俄乡，/ 本有的潇洒更增新的气质，/ 渊博的才华载回异邦艺术之仓。/ 他的学识、气度、形象，谁不钦美敬重，/ 但只能偷偷在心底收藏！诗使他们结缘了，结婚了。婚后瞿秋白忙碌一天后回到家里，仍兴致勃勃与爱妻谈诗、写诗，谈李白、杜甫、韩愈、苏轼、李后主、陆游、王渔洋、郑板桥。他写给王剑虹的诗"一本又一本"，且将最喜爱的诗句刻在小石头上。王剑虹也天天写诗，夫唱妇和。即使瞿秋白在广州参加国民党"一大"期间，也是几乎每天在五彩布纹纸上写信，夹带诗。上引《江南第一燕》诗就是瞿秋白在信中夹诗，写给王剑虹的。只可惜王剑虹红颜薄命，婚后半年，因病去世。他们之间来往这么多诗本，仅留下了这首诗。这个诗词联姻的爱情这么短暂，自称"爱的囚奴"的瞿秋白，铭心不舍，大呼："梦可！梦可!"（法语"我的心"音译）他刻了两枚印章，一为"梦可"，一为"宿心"，以纪念王剑虹。有人说，缘分是本书，翻得不经意会错过，读得太认真会流泪。瞿王以诗结缘的真情，让人感叹。

诗，都是以情言志的，这首婚恋中的《江南第一燕》，丝毫没有凄婉缠绵。他自比报春的云燕，神采飞扬，明快自如，冒着料峭春寒，衔泥结草，整窝筑巢，迎接生机盎然的早春。燕子追逐春天，营造春色，是温暖、吉祥和幸福的象征，也是青春、理想和奋斗的寓意。难怪后人将此诗理解成：革命先驱为了劳苦大众的翻身解放，为了自身的幸福生活，扶摇腾飞直上云霄，衔来新时代的春色。诗虽然是寄给王剑虹的，但或许也是瞿秋白在广州促成国共合作，看到国民革命的春天就要降临而兴之所至，有感而发吧。

这真是一首好诗！它以其高昂豪迈的境界、生动活泼的比拟，一语双关，志存高远，使人回肠荡气，心窍大开。

瞿秋白一生奔走于革命事业，参加五四运动，赴苏俄采访，两次见过列宁，负责中共中央机关刊物，参加三大起草党纲，当选过中央常委、共产国际执行委员，主持八七会议，发起武装斗争。受诬陷打击后，领导左翼文化运动，写出500万字的文学作品。到苏区后负责教育工作。红军长征后，他任中央分局委员兼宣传部部长，主编《红色中华报》，领导红色戏剧，依旧努力工作，表示对党对革命还是忠心耿耿，"此心可表天日"。纵观其一生，无论做什么，他总是思如泉涌，笔耕不辍，是思想、理论和宣传的大家。他的笔、他的诗，也在革命的洪流里驰骋激荡。

瞿秋白烈士雕像

瞿秋白从事革命活动后，写过鼓舞无产者的诗篇。《赤潮曲》和《铁花》应是代表作。我在纪念革命先烈的文章里曾引用过《赤潮曲》的起始诗句："赤潮澎湃，晓霞飞涌，惊醒了，五千余年的沉梦。"这首诗很早就收入《革命烈士诗抄》里了。

瞿秋白优秀的文笔，与他从小打下的国学基础是分不开的。他从小学堂毕业后，曾辍学在家自修。后入常州府中学堂，即省立五中。除国文、算学、英语外，还有修身、讲经、地理、历史、博物、兵操等课。令我惊讶的是，那时的学校还有丰富多彩的课外文化活动。校方用节余的学生膳费设置游艺部，内设图画、篆刻、昆曲、军乐、柔术、标本、园艺、测量、摄影、演说等项目。瞿秋白平时学习侧重文史，大量阅读经史子集和诗词。课余时间，他与同学组织类似诗社的"班会"，从咏物开始，相约学诗填词，交流切磋。他在精通音律的国语教员的指导下学习昆剧，在念唱间体会其中的韵味情趣。他还学吹洞箫，又改学篆刻。他还与同学游红梅阁，吟诵先贤的诗句。这样的环境和琴书诗画的熏陶，瞿秋白后来回忆，"大家不期然而然同时'名士化'，始而研究诗古文词，继而讨究经籍；大家还以'性灵'相尚，友谊的结合无形之中得一种旁面的训育"。这些训育，为他打下了深广的国学基础。在后来的自述里，瞿秋白自认是"读书种子"，一介"文人"。

瞿秋白从 14 岁的学子试笔到他 36 岁英勇就义前的绝唱，累计仅留下了 82 首诗词作品，可分旧体诗词、新诗、歌谣说唱和译诗。实际上，他大量的诗词没有留存。中学时瞿秋白就与另两位同学从咏物开始，学作诗词，各自写了二三百首，抄录成册。他在赴苏俄前夕，还将旧时诗文整理出来，留给父亲作为纪念，可惜今天已无处寻觅了。瞿秋白回国恋爱结婚后，风流倜傥，诗情勃发，几乎每天写诗。再与杨之华结婚后，也寄送长诗。可惜这一时段多发的情诗爱词也没有留下，现读到的七绝《江南第一燕》也仅存孤品了。瞿秋白在上海与鲁迅交往颇深，曾四次避难居住在鲁迅家。两人相谈甚欢，鲁迅曾将清人何瓦琴联句书赠给瞿秋白："人生得一知己足矣，斯世当以同怀视之。"瞿秋白也剖解自我，袒露心迹，将旧作写成条幅相赠："雪意凄其心惘然，江南旧梦已如烟。天寒沽酒长安市，犹折梅花伴醉眠。"他们文以载道，视如知己，相互支持，但迄今尚未见到唱和诗迹。瞿秋白和作家蒋光慈在莫斯科相识，先后参加共产党，又同在上海大学教书，一起读诗论文。蒋光慈也曾献诗于秋白，但迄今也未见到他们之间交流的诗词。据回忆，在江西苏区，瞿秋白和毛泽东同是宗派主义的打击对象，两人情感相通，有时坐在树荫下或草坪上，背靠背，互相吟咏酬唱，表达忧郁心情，但这些唱和诗全没有留下来。我们现在见到流传在世的瞿诗，多是他早年在苏俄期间和被捕后所写的。

瞿秋白早期的诗，或吟咏怀抱，或凄婉蕴藉，或低吟直抒，都是寄情遣兴，表现自我，一吐为快，无追求社会功利。其政治诗多是为宣传鼓动民众的急就章，简洁明畅，有大众化的风味。其大量的哲理诗，追求形象与逻辑相得益彰，诗美与思辨熔于一炉。瞿秋白认为：要突出个性，印取自己的思潮，多放点出来真心热情。"风雷疾转，泉漏铿锵，固然已经怡神心会，最动人处却在抑扬迢递间写得人心弦上的言语。""网罗宇宙的诗意"和"贯彻金石的灵光"，都应该是"天地间真挚的心性"的自然感召和表现。他反对矫揉造作，主张诗人像在"坦荡的大道"上"大踏步地前去"。他认为写"爱诗"，也应写"人"的爱，而不应写"神"的爱、用爱感和"甜吻"来说谎。他强调，"诗的主要形式就是节奏和韵脚"，善于节奏组织，创作出真正优美、好读、好唱、易听、易记的诗的语言。我们在欣赏瞿诗时，不妨也了解一下他的诗学观。

瞿秋白在就义之前，写了《多余的话》，"文革"中被"讨瞿"者诬为叛徒自白，是"晚节不忠"。其实仔细读后，虽被认为"情绪消沉"，但也发现瞿秋白在当时囚禁的环境下，以"病人"之形象，用曲笔隐晦的手

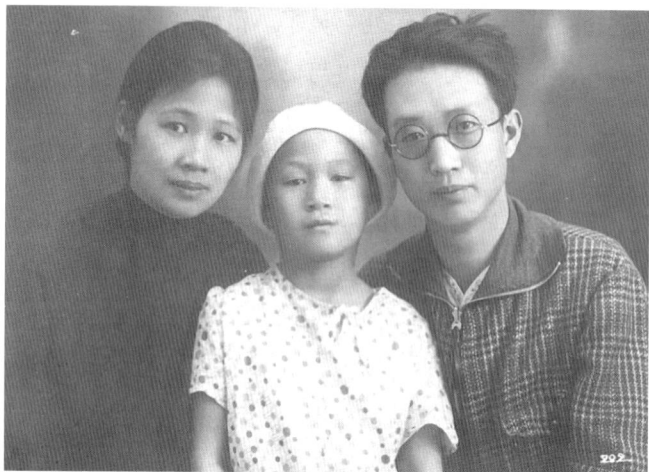

1929年9月，瞿秋
白与夫人杨之华、女儿
瞿独伊在莫斯科

法，坦露心迹，淘洗心灵，近乎思想自传。其言而未尽，别有心曲的部分，让人反思极左路线的悲剧，告诉人们他不可能背弃自己的革命选择。当他高唱自己亲手翻译的国际歌，在罗汉岭下盘膝而坐，微笑点头道"此地很好！"时，他早已将灵魂和躯壳看透，视死如归了。

瞿秋白曾刻了两方印章，一枚是"秋之白华"，将他与杨之华的名字"融合"一起，交予心爱的人；另一枚是在狱中刻的"义无反顾"，留给了前来劝降的国民党高官。他原计划在狱中写《读者言》《痕迹》，"与人串事"，拟了若干目录，与《多余的话》构成"三部曲"，但未来得及写出。他思念杨之华母女，写了集唐人句《狱中忆内》："夜思千重恋旧游，他生未卜此生休。行人莫问当年事，海燕飞时独倚楼。"这四句分别是唐代李端、李商隐、许浑和戴叔伦的诗句。

从最后思念生命伴侣，祝愿亲人如海燕奋飞，让我又想到了最初的"江南一燕"。

云燕高飞，自由天际，先驱者以报春为己任。牺牲的前一晚，他做了一个梦，"梦行小径中，夕阳明灭，寒流幽咽，如置仙境"。莫非他已准备飞了？秋白曾狱中言志："眼底烟云过尽时，正我逍遥处。""我意斯文外，别有天地宽。"革命者不要"秋气满毫端"，不应萧瑟、悲酸，应到革命的熔炉中去冶炼，他早就喊过：

——我是江南第一燕！

他牺牲了。鲁迅悲愤填膺，说就凭瞿秋白能够翻译《死魂灵》这一条，杀他的人就应该判死罪。他抱病为秋白收集遗著，编校《海上述林》。"我把他的作品出版，是一个纪念，也是一个抗议，一个示威……人给杀掉了，作品是不能给杀掉的，也是杀不掉的。"对这部书稿，鲁迅付出极大的心血，他说："我的精神用在里面。"瞿霜是瞿秋白另外一个名字，茅盾后来说："左翼文坛两领导，瞿霜鲁迅各千秋。"

今天我们捧读秋白的诗作，万里云霄中，似乎仍能听到那一遍一遍散不去的豪迈之声和回鸣：

——我是江南第一燕！

——我是江南第一燕！

……

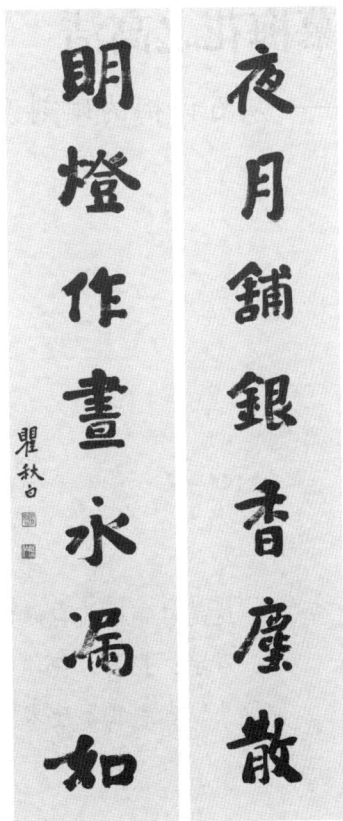

瞿秋白手迹

慕梅花之高洁

——从石评梅的碑刻谈起

> 我是宝剑，我是火花。
>
> 我愿生如闪电之耀亮，
>
> 我愿死如彗星之迅忽。
>
> 这是君宇生前自题像片的几句话，死后我替他刊在碑上。
>
> 君宇，我无力挽住你迅忽如彗星之生命，我只有把剩下的泪流到你坟头，直到我不能来看你的时候。
>
> 评梅

以上文字是石评梅为悼念高君宇写的碑文，镌刻在北京陶然亭高君宇的墓碑上。

现在大概很多年轻人不知道石评梅悼念的高君宇是何人。

高君宇，原名尚德，字锡三，号君宇，山西静乐人。他是中国共产党早期的革命活动家。五四运动时为北京大学学生会负责人，1920年组织马克思学说研究会，为北京共产党早期组织成员，北京社会主义青年团成立后的首任书记，1921年中国共产党成立时的第一批党员，社会主义青年团第一届中央执行委员，中共二大任中央执行委员。参与了实行第一次国共合作的决策和京汉铁路大罢工。三大任中共北京区执行委员会委员、宣传部主任，任《向导》《政治生活》编辑。1924年国民党一大后，受中共的委托，担任孙中山的秘书。广州商团叛乱时，高君宇的指挥车被叛军子弹击穿，他负伤再战，协助孙中山迅速平定了叛乱。后他随孙中山北上，因肺病在北京治疗。受中共的指派，任国民党北京市党部总务股主任。在中共四大上，他与周恩来相识，交谈甚深。周恩来委托他返京时路过天津，去看望邓颖超，转交其求爱手书。他成了周恩来、邓颖超相爱的"红娘"。

石评梅，山西平定人。原名石汝璧，因慕梅花之高洁，取笔名评梅。自幼得家学滋养，有深厚的国文功底，亦喜书画音乐，誉为才女。12岁入山西女子师范，五四后考入

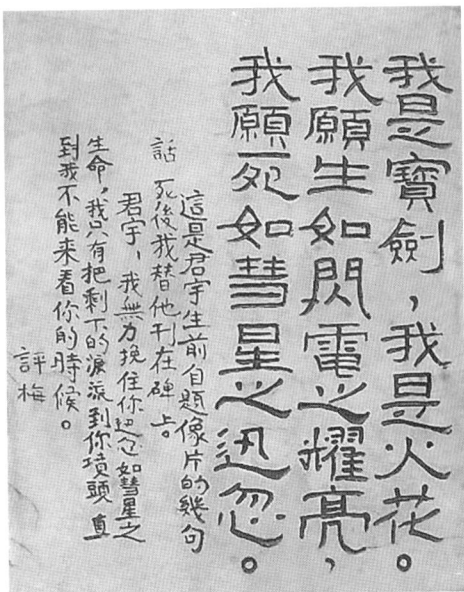

高君宇墓碑

北京女子高等师范学校，有幸成了李大钊的学生。她认真听讲，刻苦攻读，参加了李大钊、邓中夏组建的马克思学说研究会，成为第一批会员，也是唯一的女性。石评梅在山西同乡会上结识高君宇，经常通信，交流思想，两人志同道合，播下了爱情火种。石评梅却因前情所伤，抱持独身主义，未允高君宇红叶题诗的爱情要求。不幸的是，高君宇英年早逝，这使石评梅悔恨交加，悲痛万分。遵照高君宇的遗愿，将之安葬于陶然亭公园。石评梅在墓上题了碑记，这就是文首录的文字。

对"文革"中高石之墓遭到破坏，周恩来十分痛心，病重还惦记此事，委托邓颖超妥善处理，明确指示保存，认为"革命与恋爱没有矛盾"，对青年人有教育。邓颖超曾六次来园悼念这对革命情侣，她说："我和恩来同志对高君宇和石评梅女士的相爱非常仰慕，但他们没有实现结婚的愿望，却以君宇同志不幸逝世的悲剧告终，深表同情。"她撰文表示"缅怀之思，至今犹存"。

石评梅是我国早期的民主革命家、思想家。她十分崇敬革命英雄，曾南下拜谒秋瑾的墓，称"秋瑾是女界的英雄"。她与陆晶清参与编辑《世

界日报》文学副刊，发表了大量的诗歌、散文、游记、小说，尤以诗歌见长，时有"北京著名女诗人"之誉。她十分敬仰李大钊，李大钊去高师讲课，她每场必到。李大钊被杀害后，石评梅写了悼诗《断头台畔》，其中两段是：

> 红灯熄了希望之星陨坠于苍海中，
> 瞭望着闪烁的火花沉在海心飞迸；
> 怕那鲜血已沐浴了千万人的灵魂，
> 烧不尽斩不断你墓头的芳草如茵。

> 胜利之惨笑敌不住那无言的哀悼，
> 是叛徒是英雄这只有上帝才知道！
> "死"并不能伤害你精神如云散烟消，
> 你永在人的心上又何须招魂迢迢？

悼诗在李大钊不屈就义 18 天后发表，表达了她坚定信念、继承遗志的决心。"三一八"惨案，枪杀了石评梅的好友刘和珍。石评梅十分愤怒地在报上发表散文《痛哭和珍》。周年祭时，她又写了《深夜絮语》，赞颂刘和珍是"永远存在的灵魂"，是"不灭的精神"，鼓舞世人与反动势力进行搏斗。她预言："觉醒解放的女子，都欢呼着追悼你们先导者的精神和热血，把鲜艳的花朵撒满你们的茔圹，把光荣胜利的旗帜插在你们的碑上。"对革命伴侣高君宇，她也写下了《痛哭英雄》的诗篇，把高君宇和共产党人引为自己的楷模，她高亢地表白："我扬着你爱的红旗，站在高峰上招展唤你！"

石评梅是我国女权运动的先驱。她为妇女解放，一年间在《妇女周刊》撰写了 40 多篇文章。她认为争取女子平等权利，解决宪法上对女子的歧视，给女子应有的教育权、经济权、参政权，是妇女解放运动的治本之计。石评梅呼吁妇女解放的战斗文章，得到了鲁迅先生的关注，他多次为《妇女周刊》撰稿，直接支持石评梅的行动。

石评梅也是颇有才华的青年
文学家。她是女性文学群体中的
杰出代表。在短暂的七年文学生
涯中，她以评梅、波微、漱雪、
心珠等笔名，陆续发表了诗歌、
散文、小说及剧本、游记、评论
等作品数十万字。其作品站在新
文学的潮头，揭社会之沉痛，呼
妇女之不平，或述心志之追求，
歌英雄之伟烈，文辞绚丽，意境
隽美，情感凄切，给读者留下深
刻印象。

在石评梅的文学作品中，除
呼吁妇女投入革命洪流外，还留
下了大量回忆和反思的爱情文

北京陶然亭公园内的高君宇与石评梅雕像

字。她结识高君宇后，为他身上作为一个革命家的远大抱负和诗人的豪放
热情所感染，愿意以事业为伴共度此生，保持"冰雪友谊"。她深情地回
顾高君宇曾赠红叶："满山秋色关不住，一片红叶寄相思。"她却在红叶的
反面写："枯萎的花篮不敢承受这鲜红的叶儿。"高君宇逝世后，在其桌中
发现他写给石评梅的信，信中道："你的生命灿烂辉煌，……现在，我毫
无依恋，我的心永远是平静的大海。请你珍重。"石评梅非常后悔，她说
现在"只剩下这一片志恨千古的红叶，依然无恙地伴着我"。石评梅在居
室放着高君宇的遗像，手上戴着高君宇赠的象牙戒指，一面整理高君宇的
著述，结集出版；一面把自己对高君宇的爱、悔恨与自责行诸诗文。她表
示："生前未能相依共处，愿死后得并葬荒丘。"

"天长地久有时尽，此恨绵绵无绝期。"她几乎每周日都要到陶然亭哭
高君宇。大雪天，她带来一束红梅，放在墓碑前落满厚厚白雪的正中，朝
那白雪红梅的坟茔深深地鞠了三个躬。清明时，她在陶然亭写下缠绵悱恻
又深刻隽永、如泣如诉的《墓畔哀歌》：

……我由冬的残梦里惊醒，春正吻着我的睡靥低吟！晨曦照上了窗纱，望见往日令我醺醉的朝霞，我想让丹彩的云流，再认认我当年的颜色。……愿此恨吐向青空将天地包。它纠结围绕着我的心，像一堆枯黄的蔓草，我爱，我待你用宝剑来挥扫，我待你用火花来焚烧。……我爱，这一杯苦酒细细斟，邀残月与孤星和泪共饮，不管黄昏，不论夜深，醉卧在你墓碑旁，任霜露侵凌吧！我再不醒。

在高君宇死后的三年多里，她用这种方式来凭吊这生而不能相守的爱人。由于悲伤过度，三年后她便随恋人而去。人们在她的追悼会上挂"天丧斯文"幅，葬于高君宇墓旁，碑基刻篆书"春风青冢"四字。

石评梅喜欢秀逸多姿、清雅浓郁的梅花。在山西，看到同学母亲在除夕叠红纸，剪出红梅窗花，她说，这梅花多好啊。说着，研墨铺纸，写下那首宋代古诗："有梅无雪不精神，有雪无诗俗了人。日暮诗成天又雪，与梅并作十分春。"后她又工笔重彩画了四条梅屏。在北京她的住处称"梅窠"，信笺印有"春风一梦无桃李，留得梅花共岁寒"的诗句。这，就是她性格的写照吧。为纪念石评梅，现山西在其故居立石碑，上刻"梅香如故"。

我们还是选取石评梅的一首诗吧，这是她当年亲笔写在横幅白布上的悼高君宇的挽词，原件已失落不明，此为抄件：

梦魂儿环绕着山崖海滨，
红花篮、青锋剑都莫些儿踪影。
我细细寻认地上的鞋痕，
把草里的虫儿都惊醒。
我低低唤着你的名字，
只有树叶儿被风吹着答应。
想变只燕儿展翅向虹桥四眺，
听听哪里有马哀嘶；
听听哪里有人悲啸。
你是否在崇峻的山峰，

你是否在浓深的树林。

呵！刹那间月冷风凄，

我伏在神帐下忏悔。

为了往日的冷落，

才感到世界的枯寂。

只有明月吻着我的散发，

和你在时一样；

只有惠风吹着我的襟角，

和你在时一样。

红花枯萎，宝剑埋葬，你的宇宙被马蹄儿踏碎。

只剩了这颗血泪淹浸的心，交付给谁？

只剩了这腔怨恨交织的琴，交付给谁？

听清脆的鸡声，唱到天明，

雁群在云天里哀鸣。

这时候，君宇，君宇，你听谁在唤你；

这时候，凄凄惨惨，你听谁在唤你。

2015年初冬，我踏着满地的银杏黄叶漫步在陶然亭。"陶然"取自白居易诗"更待菊黄家酿熟，共君一醉一陶然"。其庙宇慈悲庵西厢原建一亭，取名"陶然亭"，后撤亭建轩。林则徐、龚自珍等都在此留下诗联。慈悲庵有个展览，看后方知康有为、梁启超、谭嗣同曾在这里计议变法。毛泽东、邓中夏等也在此聚会研究湖南的"驱张"运动。李大钊、周恩来、邓颖超等五团体20多位代表召开过重要会议。慈悲庵是建党前后中共的秘密集会地。从慈悲庵出来，我沿湖散步。公园游人稀少，很安静。在清洁工人的指点下，我在西湖之滨、中央岛西北山麓的丛林中找到了"高石之墓"和他们的雕像。墓前仍有鲜花，一对锥形墓碑犹如一双出鞘的鸳鸯"宝剑"。我默默肃立，"未知生，焉知死"，他们短暂的一生映出了人生的感悟。"我是宝剑，我是火花……"我又一遍默诵了碑刻上这段生死之恋写下的感动天地的诗文。

再世当为天下雄

——读熊亨瀚烈士的诗

> 大地春如海，男儿国是家。
>
> 龙灯花鼓夜，长剑走天涯。

这是熊亨瀚烈士写的《客中过上元节》诗，流传甚广。

我们离家在外求学奔波，写信回家，都要抄录这首诗。

熊亨瀚，号骥才，湖南桃江人，1926年加入中国共产党。辛亥革命前后，受民主革命影响，成为一个进步青年，参与同盟会的秘密活动，组织剪辫队，参加援鄂敢死队。在日本留学，入东京神田法政学院，归国后担任过北京的报纸编辑和护国军第三路军总司令部秘书。1922年以后，先后在湖南的长郡、育才和湘江等中学任国文教员，曾三是他的学生。

大革命时期他曾担任国民党湖南省党部执行委员会常委兼青年部部长、《湖南通俗日报》馆长，是湖南反帝大同盟、湖南省雪耻会、湖南人民反英讨吴委员会等革命群众组织的负责人之一。实际参加"驱张"（军阀张敬尧）、五卅（反帝国主义）和"反吴"（军阀吴佩孚）等革命活动。

加入中国共产党后，他辞掉教务，成为一个职业革命者。曾担任省会各团体反英讨吴委员会的宣传部主任、湖南临时人民委员会委员。又和夏曦等多次赴衡阳，争取已有"反北附南"趋向的唐生智早日参加北伐。唐生智宣布参加国民革命，成立湖南省临时政府时，熊亨瀚被委任为电话总局局长兼军法处长。北伐军进长沙，他辞官不做，担任湖南各界救护慰劳团团长。在国民党湖南省第二次代表大会后，任湖南通俗教育馆馆长。

为保持共产党在国民党湖南省党部中的领导地位，当时中共湖南区委还特意公布了一个熊亨瀚与谢觉哉退出共产党的通知。以后，他按照省委指示，在国民党党内进行艰苦曲折的工作，大量发行《湖南通俗日报》，并与谢觉哉主持《湖南民报》，进行宣传工作。1927年春，他还担任省民会议筹备委员会执行委员（后补选为党务委员），参与制定湖南行政大纲，又任湖南人民收回海关主权运动委员会委员和中国济难会湖南分会执行委员兼交际部主任。

熊亨瀚烈士

1927年蒋介石发动反革命政变后，在白色恐怖中，他仍来回奔走。"昨夜洞庭月，今宵汉口风。明朝何处去？豪唱大江东！"马日事变后，在党的领导下，他在武汉、九江等处工作。面对敌人的血腥镇压，他毫不畏惧，诗吟："忧国耻为睁眼瞎，挺身甘上断头台。一舟风雨寻常事，曾自枪林闯阵来。"

向警予等著名共产党人先后在武汉被捕就义后，熊亨瀚在武汉鹦鹉洲渡江处被敌人逮捕。在狱中他遭受严刑逼供、残酷拷打，但熊亨瀚坚贞不屈，不怕牺牲，给妻子詹月如写了《绝命遗书》，"人生自古谁无死，余之死，非匪，非盗，非奸，非拐，非杀人放火，非贪赃枉法，实系为国家社会含冤负屈而死。扪心自问，尚属光明，公道未泯，终可昭雪"，并自挽道：

　　　十余载劳苦奔波，秉春秋笔，执教士鞭，仗剑从军，矢忠护党，有志未曾伸，此生空热心中血；

　　　一家人悲伤哭泣，求父母恕，劝弟妹忍，温语慰妻，负荷嘱子，含冤终可白，再世当为天下雄！

次日晨，熊亨瀚在大批匪兵押解下，神态自若，昂首挺胸，向识字岭刑场走去。当他看到二弟熊熙才夹在人群中哭泣时，他沉重而清晰地说道："三伢子，好好保养父母，我去了！"他走到刑场，站在一株大树下，厉声地说："就在这里动手吧！"在连续的枪声中，熊亨瀚倒在了血泊中，时年34岁。

熊亨瀚牺牲后，师友们集资收殓了他的遗体，运回老家，亲友们用泪水和挽联为他送葬。痛失爱子的老父亲题联挽子："蜡烛有心还惜别，鹦鹉前头不敢言。"中华人民共和国成立后，家乡的人民两次为烈士整修陵墓，并撰写了墓联，生动地描写了烈士革命一生的风采和精神：

发轫忆当年，洞庭月，汉口风，长剑走天涯，功垂九域春如海；
举头思志士，睢阳齿，常山舌，丹心昭宇内，血溅三湘鬼亦雄。

熊亨瀚是千千万万牺牲的烈士之一。他遗留的诗是在为革命奔波的途中写的，充满了对革命事业必然胜利的信心。

我手头一部1962年出版的《革命烈士诗抄》，里面收录了熊亨瀚烈士诗五首。这本诗抄已跟随了我50多年，纸已泛黄（那时定价才一元一角五分）。从青年到老年，我不时从书架上取下来翻阅，许多烈士不朽的诗篇至今回荡在脑海里。夏明翰烈士留下"砍头不要紧，只要主义真"的诗句从容就义。恽代英烈士的《狱中诗》"已摈忧患寻常事，留得豪情作楚囚"是我们中学课本的背诵诗词。刘伯坚烈士"带镣长街行，志气愈轩昂"、杨匏安烈士"慷慨登车去，临难节独全。余生无足恋，大敌正当前"的诗句大义凛然、威武不屈。吉鸿昌烈士用树枝在地上写下遗诗："恨不抗日死，留作今日羞。国破

《革命烈士诗抄》书影

人民英雄纪念碑及碑文

尚如此，我何惜此头。"坚持不跪正面对枪就义。年仅 19 岁的金方昌烈
士被敌人打断了胳膊，他用手指蘸血写道："严刑利诱奈我何，颔首流泪
非丈夫！"叶挺、邓中夏、陈然、方志敏、周文雍等烈士的诗，读后都使
人热血沸腾，激动不已。烈士的诗，绝非寻章摘句的轻靡之音。他们的
诗"是用生命和血写成的"，他们的诗就是他们自己的人格、意志、理
想和无坚不摧的力量。他们都是真正伟大的诗人，"任脚下响着沉重的
铁镣，任你把皮鞭举得高高，我不需要什么自由，哪怕胸口对着带血的
刺刀……"陈然烈士的诗代表了烈士们坚定的信仰、远大的志向，充满
了人生豪迈。陈辉烈士的诗写道："人民就是上帝！/而我的歌呀，/它

111

将是／伊甸园门前守卫者的枪支！"这是战斗的诗人，唱出庄严而隆重的歌。方志敏烈士在狱中写下最后一首诗《死！——共产主义的殉道者的记述》："敌人只能砍下我们的头颅，／决不能动摇我们的信仰！／因为我们信仰的主义，／乃是宇宙的真理……"

烈士们的诗是正义凛然、视死如归的宣示，是献身壮丽事业的黄钟大吕般的洪声。正如谢觉哉所言：句句是诗，字字是血……烈士的歌声长存，人民的心头永热。

在那个崇尚英雄的年代，一部《革命烈士诗抄》就是我们心中光芒万丈的纪念碑，就是我们最丰富的精神食粮。每首诗都是大时代乐章的一个音节，他们用生命和鲜血合奏了中国最壮丽的英雄交响曲。我们不能忘记，在三年、三十年人民解放战争和人民革命中牺牲的人民英雄。毛泽东为人民英雄纪念碑写的碑铭最后一段说："由此上溯到一千八百四十年，从那时起，为了反对内外敌人，争取民族独立和人民自由幸福，在历次斗争中牺牲的人民英雄们永垂不朽！"周恩来为此碑铭写了 40 多遍，其中他最满意的篇幅，被庄重地镌刻在人民英雄纪念碑上，献给祖国自鸦片战争以来近现代的英烈们。我至今仍记得朱德缅怀先烈的话："你们活在我们的记忆中，我们活在你们的事业中。"

青年们，读诗做人，人民英雄和革命烈士的诗不可不读啊！

莫将血恨付秋风

——从任锐的《示儿诗》说起

任锐何人？这个被毛泽东称为"妈妈同志"的人，很多人不熟悉，她是革命先烈孙炳文的妻子，孙宁世（孙泱）、孙维世的母亲。

任锐又名任纬坤，河南新蔡人。19岁在北京女子师范学校读书时，就参加同盟会，参加反清活动，革命党人刺杀摄政王载沣，她负责运送炸药。后结识了孙炳文，投入革命。两人志同道合，共同度过了14年革命夫妻生涯。孙炳文，字浚明，四川南溪人。曾考入京师大学堂，接受了资产阶级民主革命思想，加入同盟会，并任《民国日报》总编辑。辛亥革命失败后，他在四川泸州结识了时为滇军将领的朱德，成为挚友。两人经常一起阅读《新青年》《每周评论》等传播新思想和介绍俄国十月革命的报道。相约携手寻找共产党，并共赴德国考察学习。在柏林，由中共旅欧组织负责人周恩来介绍，加入共产党。孙炳文回国后先后担任黄埔军校政治教官、国民革命军总政治部秘书长。北伐时任总政治部后方留守主任。1927年，蒋介石发动四一二反革命政变，大批捕杀共产党人。孙炳文对蒋介石策划的反革命政变阴谋活动进行了揭露和斗争。当年4月16日，他在取道上海前往武汉时，由于叛徒出卖，被国民党反动派逮捕。他坚贞不屈，四天后在上海龙华被腰斩，壮烈牺牲。时在南昌率军官教育团的朱德，得知同生死共患难的孙炳文牺牲后，在给任锐的信中说："鉴闻浚明凶耗传来，肝脑皆裂，顿失知觉。死者已矣，我辈责任更加。德本日出发抚州，誓与此贼辈战，取得蒋逆头，以报浚明。"

孙炳文牺牲后，任锐悲愤莫名，后来在给延安女儿的信中写下著名的悲壮磅礴的《示儿诗》：

> 尔父临刑曾大呼："我今就义亦从容。"
> 寄语天涯小儿女，莫将血恨付秋风！

　　在后来的十年里，痛失丈夫的任锐失去了与党组织的联系。她颠沛流离，四处漂泊，一方面躲避国民党的追捕，另一方面抚养几个子女。同时，只要有机会，她就千方百计寻找党组织。迫于生计，她不得不把孩子们托付给别人抚养。直到1938年2月，她才与丈夫的挚友、时任八路军总司令的朱德取得联系，回到延安。

　　在延安，任锐先后在抗大和马列学院学习。这时她才知道，自己的妹妹任均、大女儿孙维世也在延安。团聚兴奋之余，她一边工作，一边学习。因为她的年纪很大，又和女儿孙维世是同学，同学们便亲切地称她为"妈妈同志"，以至于后来毛泽东在给她写信中也这样称呼她。任锐被分配到重庆八路军办事处和四川璧山儿童保育院工作，回到延安后任边区政府监印。任锐1949年病逝，周恩来亲自为其墓碑写了"任锐同志之墓"。

　　孙炳文与任锐共生下五个孩子。孙炳文在上海遇难时，老大孙宁世（后改名为孙泱）才12岁。因为与党组织失去联系，任锐只好带着几个孩子到处流浪。1937年，抗日战争全面爆发后，周恩来被任命为国民政府军事委员会政治部副部长，住武汉"八办"。任锐得悉后，让孙宁世带着16岁的妹妹去找周叔叔。他们从上海乘难民船来到武汉，22岁的孙宁世被批准去延安，从此走上了革命的道路。到延安后，朱德把他留在身边担任秘书。1939年朱德在给友人的一封信中写道："浚明亡后，其全家均能继续革命。孙泱即宁世现在我处工作，有父风而颇过之，无不及。继（济）世在河南亦是干才。维世亦聪明绝顶。后生可畏，革命必期成功在此。"中华人民共和国成立后，孙宁世任中国人民大学副校长。然而，"文革"期间被诬为特务，受尽折磨，被迫害致死，年仅52岁。

　　孙维世，又叫小兰，是任锐的大女儿，父亲遇难时她才6岁。在兄妹五人当中，孙维世聪明漂亮且有艺术天赋。迫于生计，任锐将她送到上海

20 世纪 30 年代，任锐（左）、任均（右）与孙维世合影

党所领导的进步艺术团体学习工作。其间，她化名李琳，登上舞台，出演电影，扮演各种角色。

抗日战争爆发后，任锐将小妹送人，让维世和哥哥去武汉。在武汉"八办"，哥哥被留下，孙维世因年龄小而被拒收，急得在道旁哇哇大哭，恰巧周恩来回到办事处，问后才知是孙炳文烈士的女儿。他和邓颖超收留了烈士遗孤做义女，后来又把孙维世送到了延安。

孙维世在抗大学习，入了党，又到党校和马列学院学习，两度"母女同窗"。她和鲁艺的同志一起排练话剧，参加演出。后周恩来因坠马伤臂赴苏联治疗，孙维世去机场送行，也想一起去。周恩来严肃地拒绝道："我去苏联治病，是党中央决定、毛主席批准的，你怎么能说去就去呢？"这时，一起送行的党校校长邓发半开玩笑地说："维世呀，想和爸爸妈妈去苏联，你现在骑我的马去找毛主席，恐怕还来得及。"孙维世一听，一把拉过缰绳，飞身上马，径直来到毛泽东的住处闯了进去。她喘着粗气说明来意后，毛泽东笑着提笔写下"同意孙维世去苏联"几个字，然后又吸了一口烟，嘴里嘀咕道："同意你去苏联干什么呢……"心急火燎的孙维世脱口而出："学习，去苏联学习。"毛泽东开心地笑了，提笔在"苏联"后加上"学习"二字。孙维世接过字条，急忙骑马返回机场，就这样登上了飞机。

在苏联七年期间，孙维世先后就读于莫斯科东方大学，后考入莫斯科国立戏剧学院，完成了全部学业。回到延安后，她背起背包深入农村最基层，参加土改。调到华北联合大学文艺学院后，参加了解放太原的战役。又编入联大文工团，做宣传文艺工作。在随毛泽东访苏担任翻译组长后，她到中国青年艺术剧院、中央实验话剧院任总导演、副院长。导演了话剧《保尔·柯察金》《万尼亚舅舅》《西望长安》《叶尔绍夫兄弟》，编导童话剧《小白兔》，并译出《一仆二主》等。孙维世与金山的爱情也擦出了火花，他们在北京青年宫举行了婚礼。周恩来夫妇作为长辈，送了一本刚刚颁布的《中华人民共和国婚姻法》。孙维世接受了周恩来的建议，去东北大庆落户，编导了话剧《初升的太阳》。

但这样一个有才华的烈士女儿，在"文革"浩劫中被批斗逮捕，被定为"关死对象"，惨死在狱中。1975 年，金山回家遍寻遗迹，读到维世过去写的赠诗，提笔写道："情深意长，绞我心室，再读，彻夜涟涟，遂步韵：亲人永别离，生死两捱分。非属魑魅辈，唯有赤子心。猝然离尘世，忠魂不离京。鉴鉴穿山岳，浩浩胜湘君。魂兮依我影，魂兮和我声。岂独相思苦，长痛业未成。一门多忠烈，向党献至诚。"后来国家话剧院出了一本纪念孙维世的书，书名就叫《唯有赤子心》。

任锐的三子孙名世，后来也从国统区转到了延安，与母亲相聚月余。任锐听说前方更需要人，将他送去前线，被派到牡丹江炮兵部队。临行前，任锐心绪起伏，写下了《送儿上前线》一诗：

> 送儿上前线，气壮情亦怆。
>
> 五龄父罹难，家贫缺衣粮。
>
> 十四入行伍，母心常凄伤。
>
> 烽火遍华夏，音信两渺茫。
>
> 昔别儿尚幼，犹著童子装。
>
> 今日儿归来，长成父模样。
>
> 相见泪沾襟，往事安能忘?

父志儿能继，辞母上前方。

任锐将子女全部送进革命队伍。后来任锐再没有见到小儿子。1946年秋，孙名世牺牲在东北战场。孙维世在延安见到母亲时，弟弟孙名世已送去参军了。她将母亲的这首《送儿上前线》的诗抄下来，有空就念一念，以此激励自己。可以说，孙炳文、任锐的"天涯小儿女"，没有辜负牺牲烈士的期望，他们走上了革命的道路，在各自的事业上作出了贡献，经起了历史的考验。

顺便说一下，翻阅资料，读到刘心武的文章，才知刘心武的祖父和孙炳文是好友，刘、孙两家是世交。当年朱德、孙炳文赴德国留学前在北京就住在刘家。孙炳文、任锐的小女儿送到任锐的大姐处抚养，因生在广州，取名黄粤生，后嫁给了贫农子弟李宗昌。李宗昌癌症去世后，黄粤生恢复了孙新世的名字。姐姐孙维世去世后，她来照顾姐夫金山，后两人结婚，相依为命。刘心武的文章还透露，孙炳文、任锐的二子孙济世曾是北京绒线胡同四川饭店的经理，后在成都任职。

任锐这位"妈妈同志"，一门忠烈，有太多可以传颂的故事。也许很多人不知道任锐的父亲任芝铭也是位革命老人。任芝铭是前清举人，早年参加同盟会，矢志救亡图存。后在家乡办学，输送了许多青年参加革命。他曾访问延安，是毛泽东的座上客。解放后曾任第三届全国政协委员。任芝铭有六个孩子，任锐（任纬坤）是他的二女儿。三女儿叫任载坤，又名任坤，是哲学家冯友兰的夫人。1962年全国政协开会，周恩来向毛泽东介绍，冯友兰与岳父任芝铭，任芝铭的外孙女孙维世，是三代同堂共商国是。毛泽东听后欣慰地笑了。此事冯友兰专门写了一首诗："怀仁堂后百花

位于北京万安公墓的任锐同志之墓

香，浩荡春风感众芳。旧史新编劳询问，发言短语谢平章。一门亲属传佳话，两派史论待衡量。不向尊前悲老大，愿随日月得余光。"冯友兰的这句"一门亲属传佳话"，正应对了这个家庭的百年传奇。

我们从孙炳文牺牲后，任锐写的《示儿诗》中，可以看出任锐这位"妈妈同志"是有激情和诗才的。在延安，任锐还与柳亚子对诗。柳亚子写了一首《寄毛主席延安兼柬林伯渠、吴玉章、徐特立、董必武、张曙时诸公》："弓剑桥陵寂不哗，万年枝上挺奇花。云天倘许同忧国，粤海难忘共品茶。杜断房谋劳午夜，江毫丘锦各名家。商山诸老欣能健，头白相期莫夏华。"任锐读到后，用一首《和柳亚子诗》表达自己的心境和志向：

> 律毁黄钟静不哗，寒梅独放一枝花。
> 天涯同是忧时客，世味还如苦口茶。
> 锦绣山河沦半壁，凄凉烽火忆吾家。
> 未能执戟心多恨，览镜萧疏满鬓华。

资料记载，胡宗南进攻延安时，任锐在晋绥边区土改，后得了重病，转送到天津医院。就在全国解放前夕，也就是在她去世之前，她写了一首《午夜》的诗，坚信革命一定会胜利。这里我将全诗抄录下来，作为对这位坚贞的"妈妈同志"的缅怀和纪念：

> 午夜滹沱河的流水，
> 更清晰地发出响声；
> 一会又吹起了大风，风声、水声，汇成巨音，
> 使人不能安寝。
> ……
> 我不去回忆儿父的惨死，
> 也不去回忆夫妇偎依、儿女绕膝的情景；
> 更不去想象战场上幼子的吉凶，
> 一心盼望着明天！

残酷的法西斯，万恶的敌人，
它的残暴，它的横行，
使母亲们鬓上增添了多少白发，
额上添加了多少皱纹！

现在已是黎明时分，正经历着残酷的斗争，
多少英勇青年，前仆后继壮烈牺牲！
我认识的朋友中，有的已成了烈士的母亲；
我也可能是其中的一人！

真理正义止住了，母亲们疼痛的心，
我们更奋勇前进！

为了劳苦大众的幸福，为了儿孙后代的安宁，
为了全世界人类永远的太平，
我们毫不犹豫地，鼓舞自己的孩子们，
抛开亲人，离别家庭；
英勇奔赴神圣的，人民解放战争！
……
滹沱河的水，继续发着响声；
它是在奏着胜利的赞美曲，
在迎接中国的黎明！

浴血西征，气壮山河

——西路军将士的诗

西路军的历程，是一段泣血的悲壮历程。

西路军将士，是血火烽烟中不可湮没的英雄，他们可歌可泣的英魂，将永远刻在中国革命的史诗纪念碑上。

1936 年 10 月 11 日，中共中央制定了《十月份作战纲领》，决定由当时红军总数五分之二的红四方面军主力 21800 人组成西路军，下辖红五、红九、红三十军，西渡黄河作战，占领甘肃和宁夏，控制陕甘宁同河西走廊连接苏联的陆地生命线，打通苏联军援的西北通道。

然而，西路军面临黄河西岸的敌人有 12 万人，包括国民党的嫡系中央军及封建军阀马步青、马步芳正规军，还有马鸿逵、马鸿宾部队及青、甘保安民团。在敌众我寡的形势下，西路军将士英勇作战，经历大小 80 多次战斗，消灭马家军 25000 余人，有力地策应了河东红军，对争取西安事变的和平解决，推动全国抗日民族统一战线的形成，有着不可磨灭的贡献。但由于西路军装备落后，没有群众基础，且作战目标不一，战线过长，兵力分散，补给困难，地形不利，经过五个月浴血奋战，最终惨遭失败，只有李先念等率领的西路军 400 多人进入新疆。

这段历史和惨痛的失败教训，已有当时的电报依据和亲历者徐向前、李先念、陈云等生前留下回忆资料，得出了比较清晰的看法。本着实事求是的精神，《毛泽东选集》新版注释、《大百科全书·军事卷》、红四方面军战史及徐帅逝世讣告、生平，都明确指出西路军过河和转战河西均奉中央和军委的命令。

本文不是为还原公正历史、为西路军蒙难蒙冤而昭雪，而是在这段历史教训和悲壮历程中，高歌纪念和回忆将士们英勇无畏、惨烈拼搏、宁死不屈的气概和精神，以及他们所带给我们的省思。

西路军整建制在河西走廊全军覆没。战死者 7000 多人，被俘 12000 多人，有一半人惨遭杀害，经营救回到延安者 4500 多人，流

矗立在星星峡的"西路军魂"纪念雕塑

落西北各地者 1000 多人，仅有 400 多人抵达新疆。当年西路军总指挥徐向前对兵败祁连山表示"愧悔交加，余痛在心"，是一生军事生涯中最大的挫折。西路军军政委员会主席陈昌浩扛下了全部责任，亲笔写下《兵败抒怀》："耿耿怀大义，凛凛报国心。不求垂青史，愿作铺路尘。"两万精兵喋血大漠，他说："每当我想到这些血洒荒丘的英灵，悲痛之情犹如万箭穿心！"

最悲壮的是在宁都起义的董振堂和他率领的红五军将士，他们一举攻占了甘肃高台县城，但被敌军 2 万余人包围，经过九天九夜的激战，高台失陷。由于没有带电台，与西路军总部联系不上，加上缺少弹药，红五军战士虽英勇奋战，打退敌人数次进攻，最终寡不敌众，全军覆灭。董振堂和 3000 多名红军将士全部壮烈殉难。军长董振堂和政治部主任杨克明牺牲后，被敌人分尸斩首，头颅挂在高台城门上示众。

王泉媛是西路军妇女先锋团团长。她是江西泰和县人，在扩红时参加妇女工作团，随总卫生部长征。在遵义驻扎时与王首道订婚。在少数民族

地区，王任党的特委书记，她任团特委书记，共同生活了一个月。在两河口，他们见了最后一面，王首道随毛泽东和中央纵队先行北上。王泉媛所在左支队北上又南下，在川西北滞留一年。组织派她去接应红二、红六军团，会合后第三次过草地，终于在甘肃会宁会师。1300多体检合格的长征女战士组成的妇女先锋团过黄河，直属西路军总部领导，一路苦战。张勇手执导的电影《祁连山的回声》，再现了当年妇女独立团的战斗场景。她们和红九军在梨园口阻击敌人，在优势敌人进攻下，红九军政委、二十五师政委及妇女先锋团40多名指战员牺牲。西路军弹尽粮绝，困住荒山雪岭。王泉媛在出山时被捕，与妇女先锋团先后被俘的100余名女战士被关押在凉州监狱。敌人强迫她们做妻妾，经过一番扭咬厮打，终因寡不敌众，被抢走30多名女战士。王泉媛被人供出了身份，被押到敌工兵团团长住地，准备逃跑时被抓住，遭受三次毒打。她趁敌人换防，不能带家眷，做通用人的工作，翻墙逃跑。经过千辛万苦，找到兰州八路军办事处，办事处给了她五块银圆，她泪如雨下，希望转达组织：说王泉媛永远是党的人！无奈之下，她流浪社会，经云南、贵州回到老家江西。一直到1962年，康克清陪朱德回井冈山问到王泉媛，才找到她。王泉媛在乡村敬老院护理孤寡老人，收养了六个孤儿。1981年全国妇联邀她上北京，见到王首道，两人眼圈都红了。王泉媛说："别的我什么都不说了，我只想问你一句话：当年我从河西跑到兰州，是不是你不要我的？"王首道摇头："不是。我在延安等了你三年，一直不见你回来，才又重找的。——我不信那些说你不好的流言蜚语……"王首道对妇联同志说："王泉媛是位好同志啊！就她的资格、她的经历，提多少要求都不过分。可她没有……"

王定国，四川营山人，原名乙香。长征中许世友的红九军打到营山，成立县苏维埃政府，王定国担任内务委员，加入共产党。为保卫新生政权，她任妇女独立团营长，支援红军，配合作战。后党派她到巴中的川陕苏维埃学校学习，结识红军女将领张琴秋。红军强渡嘉陵江后，她调到红四方面军政治部的前进剧社，参加长征。红四方面军三过雪山草地，她的一根脚趾冻掉。在会宁会师后，王定国所在前进剧社随西路军西征。她们在慰问突围出来的红九军时，与马步芳部队遭遇，苦战一天后弹尽粮绝，大部牺牲，她和余下 30 多人在拼刺刀后被俘。在疯狂屠杀、活埋红军战俘后，马步芳认为"剧社有用，留着不杀"，强迫剧社人员为他们演出。在张掖敌旅部，他们秘密组织党支部，团结同志、传递消息、等待时机。为营救西路军失散人员，党中央在兰州建立了八路军办事处，谢觉哉出任党代表。谢老通过关系委托传教士高金城医生在张掖开设福音医院，并出面借王定国等七人到医院当护士，秘密开展营救活动。后在地下党组织和高金城的安排下，化装逃出张掖，辗转到兰州，留在"八办"工作。王定国后来还与伍修权一起，跑遍河西走廊，救助西路军流散人员，并给中央写了报告。

江西兴国人胡嘉宾，1927 年参加革命，曾任区苏维埃主席、红军独立五师政委、瑞金县委书记。长征时任红一军团地方工作部部长，与邓小平轮流骑一匹马。在懋功与红四方面军会师后，合编成立红军大学，他在政治部主任刘少奇领导下任地方工作组组长。过草地时左脚中毒，毒伤发作掉队。他骑过毛泽东、刘少奇和王首道的马，遇敌射击后，红四方面军的战士将他背回。组织上安置他在甘肃通渭百姓家。红二、红四方面军会师北上经过时，胡嘉宾伤愈归队三十一军，参加了西路军，任政治部地方工作部科长。在通向新疆要道的高台，董振堂率领的红五军全军壮烈牺牲。在形势无法挽回时，西路军领导委任胡嘉宾为直属残废营政委，留在祁连山打游击。后兵败被俘，流浪在河西走廊，靠缝衣服的手艺，转到缝衣工厂，经王定国结识高金城院长，最后辗转回到延安。

西路军全军覆没，幸存者颠沛流离，少数人回到延安。他们对这段历史大多不谈，留下的记载和史料极少。我想寻找亲历者写的诗，更是难觅。一次同学聚会时，刘晓华、胡复生夫妇见到我，意外谈到西路军，没想到胡嘉宾就是胡复生的父亲，他们给了我一些资料，内有胡嘉宾后来写的长诗。我抄录如下（略有删节）：

长征史无前，吾行三万里。

革命曲折路，艰苦堪称奇。

挂彩留通渭，不意去河西。

山丹被敌困，枪炮加飞机。

浴血倪家营，高台苦战激。

偷渡黑山河，落马险溺毙。

被俘落虎口，弹尽粮绝际。

患难同甘苦，喻杰在一起。

兰州遇谢老，败因深剖析。

辗转去延安，富春是上级。

走访王首道，难忘让马骑。

党校见罗迈，百感热泪起。

红军指战员，情谊多亲密。

往昔峥嵘事，代代莫忘记。

年老甘让贤，革命有后继。

中华得振兴，共同庆胜利。

这首诗朴实无华，没有任何沮丧。"革命曲折路，艰苦堪称奇"，是活下来的西路军将士发自内心的痛苦体验，他们历尽千难万险，不忘初心，是光明的信念让他们九死而不悔，勇往直前！

刘琦，原在苏区国家保卫局，随红一方面军长征，在军委侦察科调查敌情、绘制地图，后抽调到红四方面军，三过草地，作为西路军的情报科长随红三十军从梨园口进山。他与曾传六、黄火青先行探路，解决粮食和向导。他们艰难爬上一座山顶辨别路线。山上狂风怒号，卵石滚飞，寒光照单衣，气短腹中饥。这就是海拔5500米的祁连山最高峰，脚下山岭如巨大的银蛇亘卧南北，山的北面就是肃州（酒泉）。他们找到西进之路，通过了疏勒河，一路与敌激战，突围的同志沿公路走向新疆与甘肃交界的星星峡，终于与陈云派出的接应人员会合。刘琦同志曾用诗记下了他们奋战到最后的艰苦征战的情景：

重围突出到巅峰，义勇三军血染红。

斗大卵石随风舞，狂飙如刀割面容。

银柱高挂南北倾，肃州密结东西岭。

何当重扫敌骑净，立马中原气贯虹。

当年西路军将士，血战河西走廊，饮恨祁连山下，是长征后我军最悲壮惨烈的一幕。幸存的且能记录文字的亲历者已经难觅。翻遍回忆资料，我只读到原红二方面军老战士、南京军区的陈靖将军，重走长征路，在河西走廊写下的纪念的诗："远征未停步，大河急渡。迷离坎坷茫茫路，险关恶岭万千里，孤军深入。面对死亡途，全然不顾。她像暗夜一支烛，燃尽自身耀四方，心在全局。"这是对西路军将士悲壮征程的真实写照，也是对他们不屈精神的赞颂和怀念。

今天，站在红军西路军纪念碑和红军坟面前，站在被炮火轰塌了一半、布满了密集的子弹孔的土墙面前，站在荒凉的戈壁滩和古老长城的断垣残壁面前，我要向河西走廊牺牲的烈士再次默哀、敬礼！你们的诗，字字句句是用血肉写的；你们的诗，铸就了一座巍峨的丰碑。

我不得不说，这篇文章是我流着泪写的……

凭将一掬丹心在

——读吴石将军的绝笔诗

还是在学生时代，遭逢"十年动乱"，各方面事业受到破坏，社会上传闻我党在台湾潜伏的最大人物暴露，惨遭杀害。

随着社会发展，许多档案解密，历史真相逐渐明晰，吴石烈士的事迹大白于天下。他于 1950 年 6 月 10 日在台北英勇就义，临刑前从容写下绝笔诗：

> 天意茫茫未可窥，悠悠世事更难知。
>
> 平生殚力唯忠善，如此收场亦太悲。
>
> 五十七年一梦中，声名志业总成空。
>
> 凭将一掬丹心在，泉下嗟堪对我翁。

吴石，按家谱叫吴萃文，字虞薰，号湛然，福建闽侯县螺洲人。17岁就参加了福建北伐学生军，获赠"祈战死"大旗，高唱"生平自愿，为国牺牲，头颅一掷轻"，赴南京护卫孙中山。后到武昌预备军校、保定军校学习（与白崇禧、张治中同期），又东渡入日本陆军大学，其年终考和毕业考总是名列第一，轰动中日两国军界。他被同学称为"十二能人"（能文能武、能诗能词、能书能画、能英语能日语、能骑能射、能驾能泳）。从日本回国后，吴石进入国民党军队参谋本部，负责对日情报工作，并兼陆大教官，写出许多军事专著。所编《兵学词典》被蒋介石称为"最优良之军学参考"。（他译著的《警察学纲要》还被中国政法大学选为近代法学译丛。）但吴石这样的军事才干一直不受重用，未有兵权。抗战期间，他对日主战，调桂林行营，指挥昆仑关战役。后任张发奎的第四战区参谋长，参加桂柳保卫战，他建议的防守计划，却没有给战区派一兵一卒，致使国民党军溃退，百姓逃难，吴石为此痛心不已。抗战末期，他升任重庆军政部部长办公室中将主任，曾帮助地下党人吴仲禧在国民党内谋求职位。抗战胜利后，吴石任国防部史政局局长。他爱国，廉洁，反独裁，不随波逐流。他看到蒋介石重用嫡系，国民党官员接收上海时中饱私囊，贪污腐败，渐对国民党失望。他认识到水能载舟亦能覆舟。1948年吴石访日，认为国民党政府毫无希望，失败的原因是太不认识人民。他转向中共，反对内战，表示"不给蒋介石集团出一谋一策"，"国民党不亡，是无天理"。

在吴仲禧的介绍下，吴石正式开始为党工作，接受地下党员何遂的领导。吴石与何遂是同乡，又同为保定军官学校和陆军大学的教官，他们志同道合，经常在一起交谈，成为莫逆之交。何遂反对内战，与周恩来、叶剑英、博古、李克农关系密切。他有四个儿子，均为中共地下党员，被称为情报世家。吴石请何遂帮助与中共联系。1947年4月，吴石与中共上海局三位领导见面密谈，确定了工作关系，将上海豫园路何遂家作为联络站。1947年，吴石为特别党员吴仲禧谋到国防部监察局重要职位，并写亲笔信介绍吴仲禧去"徐州剿总"，获重要情报，为淮海战役部署起了重要作用。吴石还积极协助中共劝说国民党海防第二舰队司令林遵率部起义，策动俞渤等空军和民航局20多架飞机起义。1949年3月，吴石将《长江江防兵力部署图》绝密情报送到我党，图上标明部队番号竟细致到团，为渡江战役的胜利作出重大贡献。

台湾"二二八事件"后，局势动荡，国民党拟派吴石任台湾警备局局长，但遭到否决。吴石任福州绥靖公署副主任时，将史政局运到台湾的军事机要档案留在福州，并通过中共特派员谢筱迺将国民党全国军备部署图、沪宁沿线军事部署图等重要情报转给党中央。他还设法拖延修筑福州防御工事，使福州城区免遭战争劫难。

在蒋介石集团凭借台湾海峡固守台湾岛后，吴石调台湾任职。他本可

1949年，吴石与夫人王碧奎、小儿子吴健成摄于台北

接受吴仲禧暗示，留下转赴解放区。但吴石表示自己的决心下得太晚了，为人民做的事太少了，个人的风险算不了什么。"别亲离子而赴水火，易面事敌而求大同"，毅然作出了甘冒斧钺的危险选择。为了避免嫌疑，他还携夫人和一对小儿女一同赴台，留下大儿子和大女儿在大陆。

吴石赴台后，利用任"国防部参谋次长"的条件，将《台湾战区战略防御图》，新绘制的舟山群岛和大、小金门《海防前线阵地兵力、火器配备图》，台湾海峡、台湾海区海流资料，台湾岛各个战略登陆点的地理资料分析，海军基地舰队部署、分布情况，空军机场并机群种类、飞机架数以及《大陆失陷后组织全国性游击武装的应变计划》等，通过地下工作者朱枫经香港送到华东局情报局。毛泽东看到呈送的绝密军事情报后，即嘱有关方面："一定要给他们记上一功哟！"

由于中共台湾省工作委员会书记蔡孝乾被捕后叛变，导致中共在台地下组织被严重破坏，吴石、朱枫在内的大批共产党人和进步人士被捕入狱。在此之前，吴石冒险签发《特别通行证》，送朱枫乘机飞往舟山。吴石被捕后受尽酷刑，狱中写下遗书，遗书最后即前面所引绝笔诗。临刑前，吴石再次提笔写下这首诗后，从容就义。

吴石的绝笔诗，四句后换了一次韵，但语意是连贯的，隐约表达自己没有什么可遗憾的，只感叹未能看到他所憧憬的胜利的到来。"凭将一掬丹心在，泉下嗟堪对我翁。"这是无畏的表白！这是超越生死、超越名利的绝唱！

吴石出身于福州闽侯一个"累世寒儒"的家庭，从小读书诵经，酷爱中国古典诗词书画，常把习作寄至父亲批改。无论是在开智学堂，还是在格致书院就读，学习都非常优秀。保定陆军军官学校同届 800 学子以第一名毕业。在日本苦读六年，回国写出了许多军事理论著作。从军后仍使用"戎马书生"印章。吴石 30 岁时，"经族人介绍，跟从在京的闽籍诗词大家何振岱学习，开始喜好词章"，也曾向末代"帝师"陈宝琛求教写诗画松。

我相信吴石将军应该留有诗作。果然后来在他的遗存文稿里，发现《东游甲乙稿》诗集，收诗 254 首。诗稿是吴石在日本学习时的诗作，他在"弁言"里称"予萍梗四方，情之所感颇寄于诗"，"余有呕心而不悔者，正以有耿耿难消者也"。细读诗集，造诣很高，很多是借景抒情，借物言志，透出忧国忧民的情怀。如："常怀蹙国悲，谁洒新亭泪。忧心如怒潮，欲遏转澎湃。开眸望曙窗，高枝战寒吹。"九一八事变后，在日留学的吴石愤然写下《神州》《时事》《闻北警感赋》等爱国诗篇。吴石恪守中国传统美德，酷爱梅兰松菊，倾慕"餐荐夕英，杯迎朝露，长年修洁，寒花作伴"的心灵境界。所以何振岱先生说吴石"诗骨清而语洁，览物写景皆有会心，而跃马横戈，悲歌慷慨，尤不胜其故国河山之感"，"读君诗亦可知其志矣"。

联系到吴石将军的绝笔诗，今更觉悲歌慷慨，一以贯之，诗如其人，忠魂可鉴。由此建议有关方面在追念吴石业绩的同时，亦可将其以往诗稿收集整理、注释出版，以飨后人。

吴石牺牲时仅 57 岁，1973 年被追认为革命烈士。他和夫人的墓现在北京福田公墓，墓碑后有简短的碑文。1984 年吴石在大陆的儿子吴韶成赴美看望 80 岁的母亲，带回了父亲的绝笔："我素不事资产，生活亦俭朴，手边有钱均已购书与援助戚友，望儿辈体会我一生清廉，应知自立为善人，坚守吾家清廉节俭家风，则吾意足矣。"

2010 年冬，我和夫人应邀访问台湾，曾专程到台北英雄就义的马场町，以鞠躬默哀无言的方式，表达我们对吴石等烈士最大的敬仰和怀念。当年在福州联系吴石将军的中共特派员谢筱迺之子谢庆出资，在福州螺洲镇吴石故居前竖立了一尊雕像，镇政府也为故居修建了纪念设施，现已成为福州市一处爱国主义教育基地。

2013 年 10 月，无名英雄纪念广场在北京西山森林公园落成，我和夫人专程前往。拾级而上，在吴石、朱枫、陈宝仓、聂曦雕像前伫立良久。"英雄走险路，壮士耻知名。"无名英雄的精神是崇高的，纪念他们当之无愧。少先队员已来过，雕像前有他们献的花。英雄的目光向着太阳升起的东方。毛泽东的诗句被刻在巨大的山墙上："惊涛拍孤岛，碧波映天晓。虎穴藏忠魂，曙光迎来早。"

2015 年 9 月，我们 50 年前入学的同学聚在一起，再次来到山腰的英雄广场，默读了纪念碑上镌刻的主碑文：

夫天下有大勇者，智不能测，刚不能制，猝然临之而不惊，无朕加之而不怒，此其志甚远，所怀甚大也。所怀者何？天下有饥者，如己之饥；天下有溺者，如己之溺耳。民族危急，别亲离子而赴水火，易面事敌而求大同。风萧水寒，旌霜履血，或成或败，或囚或殁，人不知之，乃至陨后无名。

铭曰：呜呼！大音希声，大象无形。来兮精魂，安兮英灵。长河为咽，青山为证；岂曰无声？河山即名！

人有所忘，史有所轻。一统可期，民族将兴。肃之嘉石，沐手勒铭。噫我子孙，代代永旌。

隐形将军笔底风云

——读韩练成的诗

1947 年，华东野战军隐蔽北进，在新泰、莱芜两侧集结，发起莱芜战役，一举歼灭李仙洲部七个师。陈毅诗赞大捷："淄博莱芜战血红，我军又猎泰山东。百千万众擒群虎，七十二崮志伟功。鲁中霁雪明飞帜，渤海洪波唱大风。堪笑顽酋成面缚，叩头认罪詈元凶。"

莱芜战役速胜，与蛰伏在敌营 20 余年的敌整编第四十六师师长韩练成有关。韩练成 16 岁入伍，在军队中受刘志丹教诲，后由周恩来、董必武亲自介绍并联络，加入中共情报系统，官至国民党师长、军长、"委员长"侍从室参谋，成为布局在蒋介石身边的秘密棋子。莱芜战役时，他与我军秘密联络，提供军事情报，约定按兵不动，拖延时间，并离开了指挥位置。结果使底下的两个旅贻误战机，诱使敌军陷入圈套，配合华野取得莱芜战役的胜利。

在前线战地，韩练成与陈毅匆匆会面，写诗相赠：

> 下民之子好心肠，解把战场作道场。
> 前代史无今战例，后人谁说此新章。
> 高谋一着潜渊府，决胜连年验远方。
> 一割功成唯善用，还将胜利庆中央。

诗中"高谋一着"就是指抗战时期，韩练成与周恩来秘密联络，提出去延安的要求，周认为韩留国民党内对革命作用更大。韩诗赞周为"高

韩练成

谋"。诗中"一割"是韩自谦为才能薄如"一把铅刀",若尽所能未尝不可一用。"善用"者是周恩来。"铅刀一割",最早见于魏晋左思的诗句:"铅刀贵一割,梦想骋良图。"赵朴初悼周恩来诗也用此典:"我惭驽骀姿,期效铅刀用。"查韩练成原诗手稿,此句原是"我欲贺君君祝我,还将胜利庆中央!"后来改成"一割功成唯善用"。莱芜战役胜利后,陈毅让他留在解放区,他认为大谋之极,亦无可形,说:"只要能为人民有所贡献,个人安危非所计也。"毅然回到南京虎穴。1962 年,陈毅在上海对韩练成说:"遗憾,当时你的工作还在秘密状态,我连和诗都没写一首。"

韩练成的儿子韩兢,曾与我在台湾工作办公室共事。他为弄清父亲的传奇人生,提前退休,遍访其父故交和幸存者,历时 20 年,写出《隐形将军》一书。

读此书知道,韩练成出生于宁夏同心,成长于古城固原。他自幼聪慧,读私塾拜在贡生赵生新门下,在赵家一边侍奉先生,一边读书。他勤奋好学,博闻强记,读了不少书,写得一手好字。先生教的古文,很快就能熟记于心,背诵如流。先生称赞他"练必有成",韩练成名字由此而来。他 15 岁离开私塾,放过羊,当过店铺学徒。后冒名顶替,借用省立二中韩圭璋的毕业文凭,报考军校被录取,入军官教导队。他在西北军一直用"韩圭璋"的名字,从军后随冯玉祥西北军赴西安解围,参加北伐战争。因作战勇敢,屡立战功,由排长一路升到团长。民国的《固原县志》载:"从戎北伐,积功任团长,入陆军大学。"在北伐战争中,所在部队任政治处处长的刘志丹与韩练成结识,刘志丹启发他救国为民的革命思想。在参加政治训练班期间,教官刘伯坚与他谈话,还派人具体指导和帮助他。在蒋、冯、阎的中原大战中,韩练成率部冒死突入商丘车站,急救被包围的总司令列车行营，救了蒋介石一命。蒋介石"赏穿黄马褂"，特许其黄埔军校三期学生身份。后来有人怀疑他"通共"，被南京军校拘禁。蒋介石念"救驾之恩"，臭骂军校军官，让他脱离马鸿逵，令江苏省主席陈果夫任用，在南京安家。在江苏，他做过省保安处副处长、独立十一旅少将旅长和镇江警备司令。就在这时，他弃用了借来八年的名字"韩圭璋"，开始用本名韩练成。1935年经蒋介石特批，他进陆军大学深造，经介绍进入桂系，出任李宗仁的高级参谋和与各方联络的军事代表，陪同白崇禧会晤在南京参加国防会议的周恩来等。武汉沦陷后，周恩来在去长沙的途中，因白崇禧汽车出现故障，他与周恩来相遇并同车而行，谈得比较投机。在桂林他结识夏衍，经李克农报周恩来，批准他为中共秘密党员。他与夫人汪萍经常从物资、住宿、交通等方面帮助李克农、潘汉年及其介绍寻求帮助的朋友。韩练成后来经国防研究院深造后，进入国民党军事委员会委员长侍从室任高级参谋、参军处参军。

在重庆，他通过朋友联系，终于受到周恩来的单独秘密会见，促膝而谈。周恩来认真听了他叙说的经历和对时局的看法，认为他在国民党内部工作意义更为重大，要在战役、战略的层面上为党起作用。谈话中，周恩来向他打听北伐在西北军干过的韩圭璋。韩练成说："韩圭璋就是我啊！"周恩来知道原委后也哈哈大笑，说他是从刘志丹那里知道韩圭璋这个人的。韩练成听说刘志丹牺牲了，掉下了眼泪。周恩来要韩练成继续留在国民党和蒋介石身边，"隐蔽待机"。要他放弃原来接触的横的方面的关系，保留纵的联系方式。确定了与共产党的正式关系，约定在周恩来直接领导下工作，联系时，只说是"胡公"派来找七哥的。30多年后，韩练成在悼念周恩来的一首诗中写道："当年结识风尘际，正是民忧水火深。指点迷途归大道，相携同步见知音。"

抗战后期，他以国民党十六集团军副总司令、第四十六军军长的身份，率部抗击日军于昆仑关、桂林、雷州半岛等地。抗战胜利后，受命赴海口接受日本投降，暗中协助琼崖纵队。部队北调山东时，在上海秘密会见董必武，约定以"洪为济"为联络暗号，与华东野战军取得联系。由此，中共中央发了一封密电，把他与陈毅将军紧紧地连在一起。本文开头说的莱芜战役期间，他"明修栈道，暗度陈仓"，将蒋介石作战意图和计划、详细部署和具体指令，向陈毅秘密通报，导致国民党军6万人装进华东野战军的口袋而覆没，一举扭转了华东战局。朱德元帅称他"有奇功，功不可没"。周恩来后来回顾这位隐形将军波谲云诡的潜伏生涯时说："他的行动是对党最忠诚的誓言。"

1948年10月，他毅然脱离国民党军队，经香港辗转前往西柏坡，在社会部驻地东黄坭归队。周恩来、朱德、毛泽东陆续看望和接见了他。中央军委任命他为解放军一野副参谋长。1950年5月加入中国共产党。1955年授衔时，按起义"国军"军长及贡献，可考虑授上将军衔。但他坚持按入党时间和当时职务接受中将军衔，且对发给按起义将领对待的奖金，连看都没看就一次性地交了党费。周恩来称赞他"要党员不要上将"。韩练成先后任兰州军区副司令、解放军训练总监部科学和条令部副部长、军事科学院战史研究部部长、甘肃省副省长。

和解放军高级将领一样，韩练成也经历了各种运动，受到过在军事科学院的批判和"文革"的冲击，但他坚信乌云一定会散去。他在受批判时，坚持"行所当行"、嘲笑巧言令色；他在赋闲时，洞若观火，隐喻赋诗；他在尊敬的周总理、陈老总去世时，哀挽谒墓，流涕长潸。

韩兢还送了我一本《韩练成诗词选》，我认真读了里面的40余首诗。秋风掩卷，月夜长思，我为这位当年的"隐形将军"的襟怀和诗情所感动。一个有理想有抱负的人，深潜敌营，以待时机，在中国两种命运交战的关键时刻，毅然选择人间正道。在动乱浩劫、颠倒是非的特殊岁月，仍能风雨观竹、大雪看松，认清时局，坚定信仰。韩练成的诗和其他将军的诗不一样，他有很深的文学功底，平仄、用典、隐喻、比兴运用自如；他笔底风云，记录沧桑时代，抒发胸中块垒，是少数能与叶剑英、陈毅媲美的将军诗人。

《韩练成诗词选》中，有一首《春日别金陵》，是他在国民党高层所写诗词收录的唯一一首，很有代表性：

高柳参差云影低，几家阁楼望中迷。

> 房蜂分户成新蜜，檐燕营巢堕旧泥。
>
> 有恨风飘花艳艳，无言人去草萋萋。
>
> 春情如此谁关得，箫鼓才停日又西。

这首诗由春日景象入诗，引出蜜蜂和燕子来说明应改换环境，去开辟新的生活。在去留的抉择时刻，心绪波澜起伏，"有恨"和"无言"交织在一起。眼前依旧春花艳艳，芳草萋萋，深宫高墙关不住春天的气息。"箫鼓才停日又西"，时间不等人，他已决心离开国民党。这首诗反映了韩练成在那一刻的处境和心态。

1956 年叶剑英点将，韩练成离开兰州军区，到解放军训练总监部任职，在赴南京修订教材后，陪刘伯承在杭州小住，西湖游兴后，写下《四照阁》：

> 桂子飘香花满袖，得闲且喜试闲泉。
>
> 小舟结阵张鳞网，孤雾冲飞破晓烟。
>
> 四照岩光山入阁，倒收云影水浮天。
>
> 西园确比双堤好，硬是今贤胜古贤。

西湖水鸟戏水而过，山色岩光映衬入阁，此时的心境舒畅悠然。

韩练成与兰州军区共事的老搭档彭绍辉合作相处融洽，还写出了几十万字的军事论著。

韩练成一直不忘过去一同从事地下工作的老朋友，经常回忆山清水秀的桂林、江水环绕的重庆和鸡犬相闻的平山西柏坡东黄坭。在历史风云中，夫人汪萍多少次为当年的李经理（李克农）的情报工作提供经费、安排食宿和交通方便。他与李克农的真诚交往难以忘怀。李克农来看他，他写道：

> 桂林重庆东黄坭，隐形至今未足奇。
>
> 夫人再设后勤部，上将仍作李经理。

　　他也怀念曾帮助过他的潘汉年。"文革"时期，他得知潘汉年的处境时，写下《怀友人》诗：

> 十年生死两茫茫，谁知"小开"在何方！
> 如是"特务"堪罕见，犹记当年过香港。

　　"文革"十年中，周恩来、叶剑英打招呼对他保护，化险为夷。他在闲居中对风云变幻洞若观火，写下大量的隐喻诗词。进入花甲之年时，他将人生的经历和胸中的块垒叠加在一起，迸发了一首《六十感言》：

> 日月人间短，倏忽六十年。
> 纷纷兴废事，历历在目前。
> 头颅不欺世，行止无愧天。
> 当年负壮气，向晚依真诠。
> 白发催人老，红心拱日边。
> 赤舌任烧城，物尽或余烟。
> 常理信难没，会当辨忠奸。
> 功名可不为，坚贞心所安。
> 慷慨动悲歌，遐想成诗篇。
> 风雪度甲子，迎春花满川。

　　他的诗集佳作不少，因篇幅关系，本文难以一一详录。

　　韩练成"文革"丧妻后孤身被疏散到陕西临潼，在干休所庭前摆上一块石头，栽下一蓬马兰、一丛细竹，吟诗寄怀：

　　"一兰一石一竹，有节有香有骨。"他观风雨竹，有怀"二月逆流"诸老同志：

> 满园红黄紫白残，数茎青翠壮危栏。
> 亭亭更著风和雨，抱节何妨共岁寒。

这首诗让我想起了清人郑板桥，他一生只画兰、竹、石三样，所画的是"四时不谢之兰，百节长青之竹，万古不败之石"，以成为"千秋不变之人"。这寓意着一种精神，不管遇到任何风雨，都要有坚定的信念。人的一生，经历虽各有不同，但每个人活在世上应该"有节有香有骨"——韩练成将军在逆境中的诗给我们展现了这样的心怀和精神。

纵观韩练成一生，志向高远而又低调淡泊，他赋诗："高谋一着潜渊府，淡泊半生掩吴钩。"他答复叶帅希望他复出："早惊白发羞看剑，肯为浮名斗巧妆。"体现了他在特殊年代的贡献和隐退一生虚名的高贵品质。

我读了《隐形将军》和《韩练成诗词选》，十分敬佩那个时代"潜渊府而隐形"的英雄，写过一篇《于无声处有英豪》的散文，内有一首随感五律《读韩兢〈隐形将军〉》，权且附在本文之后：

掩卷心潮涌，丰功泣鬼神。

无声春化雨，有蘖气凌云。

忍隐丹枫色，骋怀雪柏魂。

青山曾记否？国共两将军。

潘汉年写给董慧的诗

潘汉年，江苏宜兴人，早期从事左翼文化工作，后被调入中央特科任情报科长，曾机智勇敢地保护中央机关的安全，参与营救共产国际牛兰夫妇及许多共产党员。到赣南苏区后任中央局宣传部部长，参与十九路军发动的福建事变，奉命与粤军将领谈判，使红军从赣粤边境顺利突围。长征时任红军总政治部宣传部部长。遵义会议后，化装经贵阳、上海辗转赴莫斯科，重新沟通与共产国际的联系，将密码带到陕北。又奉命回上海重整党组织，并作为中共代表与国民党当局秘密谈判，为促成国共第二次合作与西安事变的和平解决发挥了重要作用。抗日战争时期，潘汉年来往于莫斯科、上海、香港、西安、保安之间，频繁会见各方人士，并建立情报组织和地下电台，多次深入虎穴，打入敌人内部，及时将日伪重要情报报送中央。他以周恩来助手的身份，参加第二次国共合作的谈判。因工作需要，潘汉年经常西装革履出入各个场合，朋友戏称他为"小开"，以至于后来他在自己的文章和给中央的文书上也署名"小K"。

潘汉年在家庭书香遗风的熏染下，打下了良好的旧学根底，自幼爱好文学，演过戏剧。他当过老师，在中华书局和创造社出版部工作过，编辑多种杂志，曾写诗写杂文，步入文途。可能很多人不知道，他在参加特科、从事情报工作之前，还领导过左翼文化运动，曾任中央文委书记，召集上海的党员作家和进步文学工作者停止对鲁迅、茅盾的批判，并多次登门拜访鲁迅先生，亲自操笔办刊物发表文章。虽然以后革命工作变故，很少公开撰文，但他的诗文仍有相当大的功力。

就是这样一个对党的情报工作有巨大功绩的人，1943年奉江苏省委书记刘晓之命，潜回上海，利用汪伪特工头子李士群的关系，力争尽快获取日伪对淮南解放区扫荡的准确情报。但在当时艰难万分、瞬息万变的情势下举措失当，进了李士群的圈套，被挟持去见汪精卫。此事被国民党侦知，大肆攻击中共，因延安方

潘汉年与夫人董慧

面毫不知情，郑重辟谣。而潘汉年几次错过汇报的机会，拖延了十年，致使他在上海市副市长任内、在北京参加党代会时，自己将当年实情和盘托出，却因"内奸"问题被捕判刑。先后在功德林、秦城、团河农场囚禁20余年，直至病故。这段历史是一个时代的悲剧，读后引出很多反思。中央已为潘汉年平反昭雪、恢复名誉，法院也宣布撤销原判。他的功过是非大白，"自古功名亦苦辛"，其中潘汉年与其妻子董慧在凄风苦雨中相濡以沫的感情故事在他遗留的诗词中可窥一斑。

潘汉年和董慧的结合及经历具有传奇色彩。董慧生于香港，父亲是香港道亨银行董事长、香港商会会长，是著名的实业家、爱国人士。董慧在北平报考大学时，因卢沟桥事变考学不成，随流亡学生到西安，在抗日爱国的激情感召下奔赴延安，在马列学院学习，被选调到潘汉年举办的情报干部训练班，与恋人终成眷属。他们奉命回香港从事情报工作，董慧以银行职员身份为掩护，负责传递情报、筹措经费。

由于在特殊的情报战线工作，潘汉年和董慧经常分离，四处漂泊，靠通信交流思想感情，诗也成了他们互相表达思念的形式。潘汉年在淮南新四军时期，写了不少诗词，其中一首《得信》，反映那时接到书信的心情：

国难风尘夜未央，天涯遥隔倍神伤。
常思苦茶心更苦，回忆香江梦亦香。

> 荏苒西风音信绝，驰驱苏淮戎骑忙。
> 偷闲欲寄河满曲，忽到雁书喜欲狂。

　　相聚又分手，在淮南根据地，他送董慧跨过封锁线去上海，依依不舍，回军部写了《寒风曲》："寒风吹晓月，大道锁青霜。马蹄声声得，方寸益惶惶。此别伤心处，无言泪几行。"董慧离去的第二天，他独自饮酒难眠，写下《别后》：

> 别后贪杯且抑情，醉乡岂可托浮生。
> 星残月落天将晓，烛烬樽空泪有痕。
> 脉脉相思难入梦，凄凄久别最伤神。
> 恩怨满腹难分说，不必千言苦字真。

　　诗中难得的真情实意表露无遗。
　　潘汉年被捕落难后，在功德林难熬的时光，诗也成了他精神的寄托、心灵的慰藉。他怀念妻子，怀念他们共同度过的战斗生涯。1958 年除夕，他写了一首《岁暮念妻》：

> 纵然废弃在人间，塑料原材岂等闲。
> 千里相思知何处，几年隔绝梦巫山。
> 黄昏人影伶仃瘦，夜半铁窗风雪寒。
> 又是一年终岁暮，难忘往事走延安。

　　他在另一首《给董慧》的诗中写道：

> 千里驰书一片心，巫山遥隔白云深。
> 朝思暮念夜成梦，月黯花愁空断魂。
> 纵死不辞称所爱，此生何时复相亲。
> 天摇地动倒流水，但愿冬寒化异春。

潘汉年被捕一个多月后，董慧也被逮捕，关在一地，但咫尺天涯，不得相见。八年后，他们被安排到北京团河农场劳动，夫妻再次团聚，真有隔世之感。在董慧关押期间，有人劝她与潘汉年离婚，可恢复党籍和职位。董慧冷笑道："为了荣华？为了富贵？我连生命也视若等闲了。"董慧的亲人要将她接回香港，她拒绝了，说："我为中国人民的解放富强回到祖国，那时才16岁，今年60岁！老潘的问题没弄清楚，我不能走，我不能让他沉冤莫白，有污一世英名呀！"坚定的信念、真挚的爱情，没有谁能把他们分开。"文革"中他们再次被关进秦城，受尽折磨，直到1975年都被送到湖南茶陵洣江茶场，夫妇再次重逢，相依为命。董慧的日常生活大多由潘汉年照顾。他每天打回饭菜、冷热水。推着轮椅上的董慧一起饭后散步，一起到场部大楼的坪地看电影。潘汉年阅读报纸、书籍，董慧静静地陪坐一旁。更多的时间，两人在平房里轻轻絮语，回首延安往事。他们在茶场度过了最后的岁月。临终前她到处写信，泣血呼吁为丈夫平反，董慧在潘汉年去世后坚定地说："他将来会复活的。"

当年谢觉哉在奉命办潘汉年案的时候，引王勃的《滕王阁序》："屈贾谊于长沙，非无圣主；窜梁鸿于海曲，岂乏明时。"他背诵了文徵明的《满江红》后说："我只是想说明一点：在一定历史时期发生的事情，都有它的时代背景和特殊原因，不是无缘无故的。"当时的法院也是无奈的。

我不想再追溯那不堪回首年代的是非曲直。当年李克农提出的五大反证材料就已说明，从1939年到1948年潘汉年与中央来往电报和有关记录文件中，中央对打入日军内部、利用李士群等都有记载和报告，也有指示。对潘汉年提供的苏德战争、太平洋战争的决策情报等给予高度肯定。组织机密未泄露，重要关系都还起着绝密的现实作用。李克农曾顶住压力，建议拍摄电影《永不消

《潘汉年的情报生涯》书影

逝的电波》，而原型李白烈士正是潘汉年领导下的情报工作者。好在陈云、廖承志等呼吁后，中央重新审查，已有昭雪结论。我们从潘汉年跨越三四十年的诗中，看到了支撑他们共同生命和信念的精神力量。潘汉年写给董慧的诗，见证了他们走过的道路，也是在不幸冤案的血泪里开放出的爱的鲜花。当潘汉年的老友李一氓得知他们夫妇在湖南相继去世，悲愤地写下一首悼念诗："电闪雷鸣五十春，空弹瑶琴韵难成。湘灵已自无消息，何处更寻倩女魂。"

我曾专门寻到江苏宜兴陆平村的潘汉年故居，在内设纪念馆里，有我岳父伍修权的题字："日月不淹，春秋作序。"我向潘汉年的雕像三鞠躬，感而写了两首诗："曾过洣江欲断魂，访寻今至陆平村。风云谍海谁评鉴，日月不淹天有论。""英年海上笔生风，暗战无声闪影踪。一掬丹心勋业在，虚名早付五湖中。"

我看了28集电视连续剧《潘汉年》，剧中唯一用了1943年潘汉年道出心志的夜雨吟诗，我抄录下来：

> 岁月蹉跎万事空，廿年落魄信心穷。
> 辛酸世味应尝遍，荣辱何妨一笑中。

周恩来曾经要求情报人员：有苦不说，有气不叫；顾全大局，任劳任怨。这是对地下情报人员的品格考验。在今天，我们应对这些经受考验的人以公正的评价。潘汉年蒙冤历时28年，虽最终获得平反，但也不能不说是一个沉痛的历史教训。潘汉年事件应该告诉人们：在险象环生的复杂环境中，由于从事的特殊工作性质，决定了他们不能以通常的规则伦理来约束规范。一个特殊的情报人员，深入虎穴是革命事业的需要，是大智大勇的无名英雄，需要的是对信仰和组织的——"忠诚"；而这个事业的领导者，要对他们的安危高度负责，是无名英雄的直接证人，需要的是对他们奉献的——"信任"。两者缺一不可啊。

驰驱不为世流芳

——关露的秦城诗草

> 戎马从来喜战场，驰驱不为世流芳。
> 文章兴祸成冤狱，犹恋风流纸墨香。

　　这是"文革"期间关露在秦城监狱的诗作，表达她重新写作的渴望。虽为旧体诗，却将自己一生对革命和诗歌的深情直抒笔端。她的诗歌都鲜明地刻下了诗与政治联姻的印记。她乱世红颜的特工生涯，使她背负了43年的汉奸骂名，两陷囹圄，在坎坷和误解中走完一生。关露事在真相大白以后，她为国家民族需要而牺牲自己的精神（毁掉自己的名誉），为革命事业而矢志不渝的坚守，将激励和鼓舞无数的人。人们不能忘记这位谍海才女在特殊时期发挥的特殊作用。

　　关露，20世纪30年代著名的才女、作家，与潘柳黛、张爱玲、苏青并称为"民国四大才女"。她文思泉涌，倚马千言，写了许多散文和新诗，曾在中国诗歌会创办的《新诗歌》月刊任编辑，诗作《太平洋上的歌声》蜚声当时上海文坛。有"女诗人关露"之称。电影《十字街头》主题曲《春天里》的歌词就是关露写的。她原名胡寿楣，又名胡楣（父亲引古谚"生女亦可壮门楣"，寿字辈加一个"楣"），原籍北京延庆，生于山西右玉。受母亲影响，立志摆脱封建旧俗，她自学完中学课程，先后在上海法科大学和南京中央大学文学系学习，掌握多门语言。关露自幼喜欢读古诗，欣赏朱淑真和李清照。进大学后迷上新诗，希望能装载生活情调，写自由新颖的词句，而不是那些限字限韵的旧东西。1930年初，发表了第

关 露

一篇短篇小说《她的故乡》。其间，她结识了张天翼、欧阳山、胡风等进步作家，为他们办的刊物写散文和小说。关露在成为女作家的时候，写过长篇小说《新旧时代》，还翻译了高尔基的《海燕》《邓肯自传》。九一八事变后，她参加上海妇女抗日反帝大同盟，投入沪西工人运动。1932年加入中国共产党。加入"左联"后，她组织了中国诗歌会，为抗日诗刊撰稿。她以教员为职业，向青年介绍新的文艺作品。她热情投入大众化诗歌运动，写了许多爱国诗篇，曾写下"宁为祖国战斗死，不做民族未亡人"的诗句，而赢得"民族之妻"的称号。她还纪念鲁迅，写过《鲁迅底故事》朗诵诗。

1939年秋，关露到香港，受廖承志、潘汉年的派遣，利用其妹胡绣枫照顾过李士群夫人叶吉卿的关系和自己失业为名，打入在上海极司菲尔路76号的汪伪政权特工总部。（这项任务本来是派关露的妹妹胡绣枫执行，无奈她另有任务，便把姐姐介绍给组织。）关露陪官太太打麻将、逛商店，在李士群身边获取其思想动向和情报，并及时汇报给潘汉年。后她又受命打入日本领事馆与日本海军报道部合办的《女声》月刊杂志，联络日本左翼人士。关露在该刊任编辑，负责读者信箱。她在该刊发表长篇小说《黎明》，登载进步人士用笔名写的文章，同时以此作掩护，利用赴日本参加东京第二届"大东亚文学者大会"之机，转信给日本帝国大学秋田教授，并将在东京收集的动向交给地下党组织。由于关露在日伪机关和东京抛头露面，混迹于纸醉金迷的生活，引起民众反感，报纸上也斥其变节、自甘堕落，说她是"畸形下生长起来的无耻女作家"。名噪一时的才女被人看成了汉奸。但关露记住组织的交代，始终坚持"我不辩白"。关露曾写信要求到"爸爸妈妈"（指解放区、延安）身边去，但为了工作需要，上级仍要她留在上海。"戎马从来喜战场，驰驱不为世流芳。"关露忍受着莫大的痛苦和误解，不能做她喜欢的事，而为党收集日伪机密情报，积极组织策反。她成为共产党优秀的"红色间谍"。

抗战胜利后，国民党将她列入锄奸名单。关露被转移到苏北新四军根据地。经历失恋和审查的双重打击，关露神情恍惚。病愈后，被分配到苏北建设大学文学系任教。从1947年秋到1951年秋，先后在大连苏联新闻局、《关东日报》社、华北大学三部文学创作组和电影局剧本创作所工作。但考虑到其名声，上级不同意用关露之名发表文章。1955年，因裹挟在潘汉年案里，两次入狱，达十年之久。这样一个为地下工作而牺牲名节的女子，无人证护，反受冤屈，忍辱负重，内心的凄苦是难以想象的。

在报纸连篇报道谍海才女关露的故事后，我更关心关露遗留的诗，因为只有诗是她心底的涟漪、坚守的贞魂。

她的诗集《太平洋上的歌声》，我至今也没有读到。我们现在看到关露的诗大多是在秦城监狱写的。摘录以下几首，括弧里的字是关露写在诗前的说明：

感　慨

罪衣幽室夕阳迟，玉洁金真只自知。

锦绣江山谁是主？战场悲彻马声嘶！

（一九六七年入狱，闻外面批斗"走资派"，甚为感慨。）

云　沉

云沉日落雁声哀，疑有惊风暴雨来。

换得江山春色好，丹心不怯断头台。

（久不提审，疑有不测风云。）

水　管

铁门紧锁冬无尽，雪压坚贞一片心。

钢管无情持正义，为人申诉到天明。

（狱室水管坏了，通宵放水，声如泣诉，令人不能安眠。）

闲　坐

从来鞍辔骋前沿，汗马风尘未伫鞭。

忍见春光流水逝，落花飞絮一年年。

（监中闲坐，空耗春光，不胜惋惜。）

岁 暮 放 风

漫步庭院不敢前，羡它霜叶舞翩跹。

萦回好梦无音信，风雪愁怀又一年。

冰

冰草无眠秋夜长，凄风寥送落花香。

只须皓月明千古，不怕阴霾锁铁窗。

无　题

莫道浮生若梦乡，且看史册写诗行。

强教落叶潇潇雨，夺取林园红粉妆。

以上这些凄切沉哀的诗，是关露在没有纸笔的监狱里默想出来的，直到背诵为止，出狱后再写到纸上。我是从关露签名送给朋友的《秦城诗草》里摘录的，个别字句似与传抄的有改动。诗草还附录了关露在新四军时写的两首诗。诗草最后关露写了两句："不愁老圃秋容淡，为有黄花晚节香。"查这两句诗应是引自宋朝韩琦的七律诗《九日水阁》的颔联。原诗句为："虽惭老圃秋容淡，且看黄花晚节香。"关露联系自己的身世和心境，改了前面两字，使诗意顿有矢志不渝、丹心不泯的意味，这与她狱中诗句"只须皓月明千古，不怕阴霾锁铁窗"的意思一样，坚信总有一天会水落石出，还自己的名节和清白。

关露第一次被捕在监狱和医院里，还学步毛泽东《沁园春·长沙》原韵，写过一首《热爱祖国》，后在词前加了一段，说："1955 年春，我因潘（汉年）案被捕审查。在审查中，组织怀疑我与反革命有关，作《沁园春》

一首，用以表白。"词曰：

> 壮志千秋，登高眺远，春吻山头。看欢耕大地，翻身骏
> 马；良田盈野，灌溉争流。鹏鸟高飞，青云直上，万象
> 矜骄幸自由。憎奴役，恨随风柳絮，逐势飘浮！　明
> 时文武繁游，为绿化江山锦树稠。正祖国年芳，花红叶
> 茂；林园春晓，雨露方道。榜挂功臣，旗彰模范，牛鬼
> 蛇神万世侯！冬去也，望蓬莱仙景，疾驶飞舟。

粉碎"四人帮"后，关露特别高兴，一连说了四个"太好！"她计划将自传体小说《新旧时代》修改成《不屈的人们》。她还写了一首激动悲壮的诗《人民的呼声》歌颂张志新，但被退了稿。

读关露的狱中诗草，在坚守自己的丹心不泯外，我们仍能隐约感受到她的痛苦和不平。两次冤狱，十年岁月，"汉奸"骂名，爱痛撕裂，她把所有的委屈都藏在了心底，一句话也没说。"红色特工"是现在冤案平反后迟来的称号，过去历史的教训确实值得深思。

名节、美丽、爱情的失去，对于一个诗人来说，还有什么值得留念呢！平反迟了但还是来了，关露终于等到了这一天。1982年12月5日，在香山那10平方米没有桌子的小房己里，关露写完回忆录和纪念潘汉年的文章，整理好自己的床铺，整好自己的妆容，从容地从口袋里掏出一瓶安眠药倒入口中，然后平躺在那张小木板床上，陪伴她的是玩具店里买来的大塑料娃娃。

她睡了，两手叠放在胸前，再没有醒来。

思念台湾的泣血呼唤

——读丘逢甲的《春愁》及其他

丘逢甲是我国近代杰出的爱国诗人、教育家，抗日护台的民族英雄。

要了解台湾的历史，不能不读丘逢甲；要了解近代的"诗界革命"，不能不读丘逢甲。

我从事对台工作，最早也是从丘逢甲的诗开始接触甲午风云后的台湾历史真相、了解台湾人民悲情的根源。

丘逢甲，1864年生于台湾苗栗。原名秉渊，字仙根，号蛰仙、仓海，别署"海东遗民""南武山人"。他的远祖原居河南卫辉府封丘县，经数十代辗转迁播，最后由福建迁粤，他的祖家是广东蕉岭。他的启蒙教育是由父亲完成的，"以父为之师，读书同一堂"。他天资聪颖，"六岁能诗，七岁能文"，九岁写诗就描绘出学堂前菊花盛开的景色。父亲为检测孩子的文思才气，命其以《万寿菊》为题，用"冬"韵再写一首。丘逢甲提笔写道："采见南山岁几重，古色古香艳秋容；爱花合为渊明寿，酒浸黄英晋万盅。"他曾中举人，登进士，授任工部主事。但他无意在京为官，返回台湾任台中衡文书院主讲，又在台南和嘉义教授新学。

甲午战争失败，清政府与日本签订《马关条约》，割让台湾。消息传来，台湾绅民"鸣锣罢市"，痛哭泣陈。丘逢甲怒不可遏，联合台绅，数次刺血上书，表示"桑梓之地，义与存亡"，要求"抗倭守土"，废约再战。后毁家纾难，组织义军反抗，与日本侵略者血战20余个昼夜，进行了大小20多场战斗，终因"饷尽弹尽，死伤过重"而失败，丘逢甲携带家眷内渡广东嘉应。丘逢甲之后虽有名将刘永福率领黑旗军诸多民间义勇

军奋起反抗，但终被日军攻入大本营台
南，台湾沦陷。

丘逢甲一生最有争议的一段历史，
就是创建"台湾民主国"。为了反割台斗
争，救亡图存，丘逢甲受唐景崧之邀，
赴台任副将，成为智囊。他们的初衷是
维系人心，稳定局势，"自主保台"，含
有"台民自主"之意，是不得已号令台
湾人民投入"保卫乡土战争"的仓促权
宜之计。成立"台湾民主国"后，他们
还致电清廷"台湾士民，义不臣倭，愿
为岛国，永戴圣清"，以示台湾永属中

丘逢甲

国。这在割台之势不免之时，台湾不得已宣布自主，胜于不战而亡，表现
的是中华民族的精神，这与当今"台独"分子在 1945 年台湾光复、回归
祖国后，滥觞"台独建国"完全是不相及的。我们读丘逢甲的诗作，就可
以对这段历史得出公正的评价。

丘逢甲作为一个土生土长的台湾知识分子，将他对华夏祖国的认同和
使命感，将他的英雄肝胆和对思念台湾乡土的泣血呼唤，完全融入了他无
限深情的诗章。

丘逢甲最著名的一首诗《春愁》，以"台湾之遗民"自署，这首诗只四
句，却"字字血，声声泪"，流传甚广，写出了宝岛无辜被割让的锥心之痛：

> 春愁难遣强看山，往事惊心泪欲潸。
>
> 四百万人同一哭，去年今日割台湾。

甲午割台，是中国的奇耻大辱。有血性的文士皆创巨痛深，赋诗感
发。台湾最后一位进士汪春源在《马关条约》签订后赴京参加会试，与
众举人上书，其中一句"与其生为降虏，不如死为义民"，令人动容。谭
嗣同赋诗："世间无物抵春愁，合向苍冥一哭休。四万万人齐下泪，天涯

何处是神州。"康有为乘船到日本，曾落笔写下"千古伤心过马关"的诗句。梁启超 1911 年赴台旅行，与林献堂、连雅堂等吟诗唱和，感慨割台之痛，追怀刘铭传治台事功。船近基隆港，写下："明知此是伤心地，亦到维舟首重回。十七年中多少事，春帆楼下晚涛哀。"黄遵宪写《台湾行》长诗，开头即呼："城头逢逢雷大鼓，苍天苍天泪如雨，倭人竟割台湾去……""春愁"成了中国人心中抹不去的痛，也成了不忘马关之耻的代名词。从此，台湾同胞的抗日运动前仆后继，绵延达半个世纪之久。

> 宰相有权能割地，孤臣无力可回天。
> 扁舟去作鸱夷子，回首河山意黯然。

这是丘逢甲离台诗其中一首，诗中"鸱夷子"即范蠡，他辅助勾践复国灭吴后，化名鸱夷子皮，浮海至齐。丘化用此典，痛说割台后他的愤懑悲痛的心情。同时，他仍希望在祖国的支持下收复失地：

> 卷土重来未可知，江山亦要伟人持。
> 成名竖子知多少，海上谁来建义旗？

丘逢甲还有一首《天涯》：

> 天涯雁断少书还，梦入虚无缥缈间。
> 兵火余生心易碎，愁人未老鬓先斑。
> 没蕃亲故沦沧海，归汉郎官遁故山。
> 已分生离同死别，不堪挥涕说台湾。

此诗写出了虽曾与敌寇奋战的豪迈伤心的回忆，又感叹两鬓霜染壮志蒿莱的晚景。自己有家不能回，只能遁迹在祖籍山中。每每提到台湾，挥泪痛哭，难以自持。

实际上，丘逢甲回到大陆十几年内，并未沉沦，他祈盼光复台湾的心愿一直没有破灭。"十年如不死，卷土定重来。"他支持康梁变法，追随中山革命，尽瘁教育救国，无一日等闲度过。他广兴新学，以图强国。他不忘"复土雪耻"的历史重任，赋诗抒怀："乾坤苍莽正风尘，力挽狂澜仗要人。岂有桃源堪避世？不妨蔬水且安贫。天阍辽阻愁呵壁，时局艰危痛厝薪。只恐南阳难隐卧，中原戎马待纶巾。"他在《元夕无月》一诗中道："三年此夕月无光，明月多应在故乡。欲向海天寻月去，五更飞梦渡鲲洋。"其爱国爱台的赤子之心，油然而生。他的念台诗情，感慨时事，哀虑家国，动人心旌。丘逢甲 1912 年去世，年仅 48 岁。弥留之际，他嘱咐家人道："葬须南向，吾不忘台湾也！"他命儿子丘琮叫念台。他告诉丘念台，不要忘记台湾，一定要恢复台湾省，复还祖国。七七事变后，丘念台和李友邦等台胞都投入了抗日活动。丘逢甲辞世 34 年后，台湾光复。"王师北定中原日，家祭无忘告乃翁。"丘念台回到梅县蕉岭故乡，趁春节祭祀，自撰祭文，告慰父亲在天之灵。

作为诗人的丘逢甲，诗歌成就斐然。据介绍，《丘逢甲集》收录诗歌韵文 2559 首、文章 102 篇，堪称他诗文作品的总汇。他的诗集有《柏庄诗草》《岭云海日楼诗钞》等。关于他的诗学成就，梁启超、柳亚子都有评述，学界大多认为，近代"诗界革命"的旗手当推黄公度，紧随其后又显示"诗界革命"的实绩者，则是诗作甚丰的丘逢甲。梁启超称"公度、穗卿、观云为近世诗家三杰"，称丘是"诗界革命一巨子"。黄遵宪称丘诗"真天下健者"。学界也都充分肯定丘逢甲在近代"诗界革命"中的地位。丘逢甲的诗作影响了很多人，当时的南社社员、五四热血青年以至于抗日战争的忧国有识之士，都对丘逢甲的诗作所表达的爱国情怀和苍凉而不失雄健的诗风所感染。叶剑英在中学读书时，就非常喜爱丘逢甲的诗词。"茫茫天水气相吞，大海中浮独岛尊""铁马金戈成底事""十年忧国鬓霜添"……他对丘逢甲的这些诗句，都能习诵如流。叶剑英家乡梅县丘氏家族，许多人早年已移民到台湾。叶剑英与许多台湾同胞熟识，他与台中名家林祖密的儿子林正亨就有过密切的交往。台盟秘书长徐萌山回忆，叶帅在接见台湾同胞时曾说："你们认识丘逢甲吗？我认识他，同他有交往，我现在还保留他著的一本诗集。"抗战期间，丘念台考察陕北，还是叶剑英引荐他见到毛泽东、周恩来等领导。

丘逢甲的诗有鲜明浓烈的"台湾情结"。"我亦思乡更思国，倚栏同看夜潮生""飘零剩有乡心在，夜半骑鲸梦渡台"，无论书怀、赠答、旅游，还是怀古、送别，都表达咏台、怆台、怀台、念台、决心雪耻复土和强国复台的悲情壮志。也有吁请国人认清形势、救亡图存和针砭时弊、抨击权奸显贵卖国求荣、吏治苛虐黑暗的内容。他有相当数量的怀古咏史诗，也有的诗同情农民疾苦，探求社会病根。其现存的2000多首诗作中，有不少山水诗和咏物诗，他借景抒情，吟咏秋雁、野菊、云雨、山川、木棉、日月等，来寄寓自己的抱负和理想。文朋诗友的酬唱也占了一定比例。总起来说，他的诗，悲壮雄健，沉郁苍凉，英气过人。柳亚子在《论诗六绝句》中评论说："时流竞说黄公度，英气终输仓海君；战血台澎心未死，寒笳残角海东云。"他的"英气"，就是以天下为己任，执干戈卫社稷。"戎马书生豪气在"，他的拳拳家国的感人诗作、郁勃激越之情，强劲炽烈，给人以精神上的振奋和激励。他的诗，有直抒胸臆，有借景抒情，有比喻象征，也巧用典故。体裁上丰富多彩，七言诗成就尤为凸显。后人评价他的诗：苍凉慷慨，有渔阳参挝之声，又如飞兔腰袅、绝足奔放。平日执干戈、卫社稷之气概，皆腾跃纸上。故诗人之名，震动一时。

丘逢甲的诗有很深厚的学养，除从小及科举打下的基础外，还与当时的文化活动有关。据说，丘逢甲经常在台湾参加焚香"诗钟"游戏。诗钟原本是福建塾学中训练学生写对句和对偶诗联的教学方法。在清初称为"改诗"，后变化称"作碎""折枝"传入他省，成为文字游戏，才有诗钟之称。说是林则徐等戏作于前，张之洞等推动于后，民国初年北京等大城市皆有诗钟热。五四新文化运动后，胡适等提出"文必废骈，诗必废律"，诗钟遭"池鱼之殃"而衰落。而台湾在日本统治之下，受五四新文化运动影响不大。日本有意削弱中华文化传统对台湾的影响，连横等爱国知识分子采取抗衡行动，创办《中华诗荟》，刊载过诗钟作品。诗钟是文字游戏，文人乐于吟作，日人难以禁止，所以在大陆诗钟活动衰落的情况下，台湾的诗钟作为传统诗的旁枝，登上诗坛，保留了福建早期作品并有研究文章。诗钟运用传统文学积累的对偶、比喻修辞的技巧，发掘汉语文的特色，玩花样，逞才智，有很深的文化内涵。既可以当作写诗写联的练笔，也可当作文化休闲活动。丘逢甲还参加了唐景崧组织的斐亭钟聚，我们不妨举例欣赏：

《门·夜》二唱：当众翻书拈出一平一仄两字（门·夜）要求嵌于上下联的第二字的位置。唐景崧写出："公门桃李皆名士，子夜笙歌半美人。"

《笔·鸦片烟》分咏：要求用七言对偶联分别写出毫不相干的两个事物，丘逢甲写出："千秋斑管仙才少，一榻昏灯鬼趣多。"

《长生乐》鼎峙格：限定长、生、乐三字分散嵌于上下联等腰三角形的三个顶点。连横写出："生涯淡泊书堪乐，禅味深长酒可亲。"

由此可见，丘逢甲在台湾的文士中也是颇有造诣的，台湾还一直保留这样的文化传统活动。

丘逢甲的诗论也很值得重视。他主张诗歌创作要万流奔放、广拓题材，不能独尊一家。对古今名家可学而不可袭，各种流派应共存并荣，取长补短。他写道："迩来诗界唱革命，谁果独尊吾未逢。流尽玄黄笔头血，茫茫词海战群龙。"他主张放开眼界，不可孤守一隅。"直开前古不到境，笔力横绝东西球。"诗贵真，丘逢甲强调务求本真，反对雕琢刻削，"诗之真者，诗中有人在焉"。他反对泥古复古，但也力主勤奋学习。他说：其为诗，神明变化，不离规矩。规矩者，学从所入，亦学从所出者也。他在一首诗里说得好："诗无古今真为贵，学有中西汇乃通。君自运筹并运笔，一时双管下春风。"丘逢甲认为，艺术创作须刚柔相济，遵循内在规律。诗人负有"传忠义""表古迹""重回故国春"的社会义务，强调诗作的思想性、目的性，这与他坚持抗敌保台、强国复台的爱国思想和不甘沉沦、积极进取的人生观是密切相关的。

两岸都在纪念丘逢甲。大陆有丘逢甲故居（陈列室、纪念亭和塑像）、逢甲学校、逢甲大桥。台湾有逢甲大学、逢甲医院、丘逢甲誓师抗日碑等。台北一家公园内建立了仓海亭，亭联为于右任题："耿耿孤忠，民族复兴斗士；铮铮大笔，诗坛崛起人豪。"

丘逢甲的英名和爱国精神与中国历史共存！丘逢甲的诗，理应在近代文学史上占有一席之地。

我自横刀向天笑

——读谭嗣同绝命诗

望门投止思张俭，忍死须臾待杜根。

我自横刀向天笑，去留肝胆两昆仑。

"戊戌六君子"之一谭嗣同这首大义凛然的诗流传甚广，许多人耳熟能详。

由这首诗我们可以重温"公车上书""百日维新"等历史事件。

清朝戊戌年，湖南浏阳人谭嗣同和密友唐才常等在长沙创立南学会，主办《湘报》，定期集会演讲，痛陈变法维新、救亡图存。他们在长沙办时务学堂，请梁启超任总教习。此前的1895年5月，康有为、梁启超同各省举人云集北京参加会试。其间，传来签订《马关条约》的消息，各省举人大为震惊。先后到都察院请愿，反对签约。康有为起草了上皇帝万言书，联合18省在京会试的举人1300多人签名，提出拒约、迁都、变法三项主张，史称"公车上书"。康有为还发起成立保国会，号召变法维新，为国家寻求新的生路。

1898年6月11日，光绪皇帝下"明定国是"诏书，变法图存，推行新政。根据维新派人物的建议，颁布几十条改革的诏令。但以慈禧太后为首的保守派扼杀改革，"帝党"与"后党"斗争日趋激烈。谭嗣同夜访袁世凯，力劝袁拥护光绪，杀死"后党"荣禄，兵围颐和园。与此同时，慈禧太后在颐和园看到御史杨崇伊通过庆亲王奕劻呈上的《吁恳皇太后即日训政折》。折中罗织罪名，特别提到来华观光的日本前首相伊藤博文，可

谭嗣同

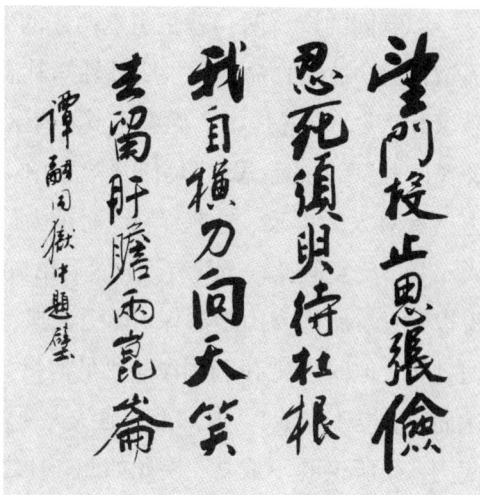

谭嗣同狱中题壁

能会留京参政的传闻。就在伊藤博文觐见光绪帝前，由康有为起草、以御史杨深秀名义呈送的奏折递到光绪手中，提出与英、美、日三国"合邦"之策，建议聘请英国牧师李提摩太、东瀛名相伊藤博文为顾问官。杨深秀此折，引起慈禧担心"祖宗所传天下，不啻拱手让人"，堪称压垮戊戌变法的"最后一根稻草"。9月21日，慈禧太后发动政变，再次训政，历时103天的戊戌变法失败（史称"百日维新"）。

当时，谭嗣同住在北京北半截胡同的浏阳会馆。会馆前院西屋被其命名为"莽苍苍斋"，上有他手书门联："视尔梦梦，天胡此醉；于时处处，人亦有言。"此时，友人力劝谭嗣同东渡避难，谭嗣同却一脸凛然，将手掌朝脖颈一抹，掷地有声地说："各国变法无不从流血而成。今中国未闻有因变法而流血者，此国之所以不昌者也。有之，请自嗣同始！"他召来大刀王五、通臂猿胡七等数十名江湖侠客，密谋攻打瀛台，救出光绪，然行动尚未开始，谭嗣同一干维新志士即遭逮捕。被捕后，他在狱壁上题了本文开头所引的诗，成为他生命的绝唱。

谭嗣同被捕后，狱卒送饭，暗传一信。他拆开一看，是大刀王五所书："月黑风高，夜半出手，十日为限，静候佳音。"谭嗣同忙将密信送入嘴中，细嚼肚内。他不觉忆起东汉末年的两位贤人——张俭和杜根。

谭嗣同的诗首两句就是引这两人的典故。朝臣张俭,因弹劾宦官侯览而遭诬陷,被迫亡命遁走。然百姓知其忠良,"望门投止,莫不重其名行,破家相客"。也就是说人们看重其声望,冒险接纳他。望门投止的"止",即作"趾",足的意思。谭引此典意为不愿亡命,贻累亲友。郎中杜根,因上书反对太后摄政、外戚弄权,而被太后赐死。然武士恪守大义,将其装入布袋,反复假摔,让其装死,然后出城掩埋,放其逃生。杜根忍死须臾,得以免死,后逃为山中酒保。谭引此典,认为上书慈禧直谏无济于事,有愧杜根。他叹道:"苟利国家,死足何惜。然皇上被囚,志士星散,变法半途而废,岂不痛哉!"既如此,他认为新党既不宜逃,又不宜谏,只有诉诸武力,今所谋既不成功,视死如归,甘之如饴。其中是非得失,留待后人评说。

梁启超对这首诗最后一句批注为"盖念南海也"(想念康有为),但有人认为是误释。谭嗣同在北京时身边有通臂猿胡七、大刀王五两位挚友,他们所练武功同属昆仑派。二人结拜18名身怀绝技的弟兄,拟推谭为大哥。政变后谭曾想靠这批"侠客"营救光绪出险,但一时无从下手。慈禧下令搜捕康梁余党时,二人曾劝谭从浏阳会馆一起速逃,后来策划劫法场,均未成。所以谭诗里的"两昆仑",有人认为是胡、王二人,梁启超解释为康有为和王五。后来人们基本接受这样的解释:诗中的"去"是指出走的康有为、梁启超,他们的生存是为了承担今后变革的重任,"留"是指谭嗣同等为唤醒后人,准备留下为变法而牺牲。去和留的人都肝胆赤诚,如同巍巍昆仑。这样解释,与诗的第一、第二句引用的典故相吻合。

据当时的小说《康梁绣像演义》记载,同为六君子之一的林旭,在伏法前吟出的两首诗,其一是:"望门投止怜张俭,直谏陈书愧杜根。手执欧刀仰天笑,留将公罪后人论。"此诗与谭嗣同的绝命诗十分相像,所以有人说这首诗是被梁启超修改过的,亦说是谭、梁共同创作的诗篇。直到1998年,人们在历史档案中发现了谭嗣同就义时在刑部任职的官员唐烜写的《留庵日钞》,才确定诗是谭嗣同所作。谭嗣同就义仅十多天后,唐烜就在自己的日记中抄下了这首诗。他记的诗与流传的仅有两字不同,一是"怜张俭",不是"思张俭";二是"仰天笑",不是"向天笑",但诗的意思没有改变，诗的真实性是没有疑问的。据说一同被捕的杨深秀也在狱中赋诗三首，诗句中有"缧绁到头真不怨，未知谁能请长缨"。

北京菜市口，谭嗣同与同伴杨锐、林旭、刘光第、康广仁、杨深秀昂首挺胸，一副视死如归之态。谭嗣同长啸一声："有心杀贼，无力回天，死得其所，快哉快哉！"遂身首异处，血溅刑场。不管怎样，谭嗣同等表达了变法先行者大无畏的牺牲精神，他的诗是不怕艰难险阻的英雄悲壮的诗篇。戊戌变法失败，邹容把谭嗣同的画像置于他的桌侧，提笔写下《题谭嗣同遗像》一诗，表达自己步其后尘的决心："赫赫谭君故，湖湘士气衰。唯冀后来者，继起志勿灰。"侠客王五不顾安危赶到刑场伏尸大哭，涤尽烈士身上血污，收尸装殓，后送湖南浏阳安葬。

今天我们再读谭嗣同的这首绝命诗，仍感诗如肝胆，气贯长虹。坊间和史书也流传和记载了不少谭嗣同的诗词佳话，其才华和诗肠，果然不凡。

谭嗣同，字复生，号壮飞，湖南浏阳人，出生于北京。父亲是湖北巡抚，"谭嗣同随侍府中，因少年才俊而知名于官绅之间"。生母徐氏对其教育甚严，谭嗣同从小性格就坚强、自立、倔强。一次乘船远行，至江心风浪大作，船上下颠簸在波峰浪谷间，同船人失声失色。谭却镇定自若，眼望岸边亭台楼阁，口占二绝，其一云："波揉浪簸一舟轻，呼吸之间辨死生。十二年来无此险，布帆重挂武昌城。"其父读后，赞其气度不凡，日后或许能成事业。谭嗣同少年博览群籍，后来读书，不局限于传统儒学，他鄙薄八股文，喜谈经世略，致力于诸子百家，诗词歌赋，兵书战策，王霸经世之道。他骑马舞剑，游侠任性，苦练技击。12 岁即与胡七、王五义结金兰，成为生死兄弟。他曾仗剑游西北，豪气赋诗："我愿将身化明月，照君车马渡关河。"

谭父居官甘肃，谭嗣同时去探亲；而王五开设镖局，走镖西北，二人便结伴而行。一路切磋武艺，探幽访胜，每有登临，必赋诗以志。他们到了北临黄河、南接太华山的潼关，谭嗣同吟出《潼关》一诗：

终古高云簇此城，秋风吹散马蹄声。

河流大野犹嫌束，山入潼关不解平。

此诗写出潼关地处要冲，盘纡高耸，形势险要。金戈铁马之声，早已消失在萧瑟秋风之中。云来云去，簇拥潼关，黄河奔来，一泻千里，令万古荒野犹显逼仄；太华山连绵起伏，直逼潼关，似不知沃土平原何在。人言此诗溯古观今，高亢沉雄，一腔冲决罗网、涤荡旧物的豪情壮志。谭嗣同将诗呈给父亲，其父半晌无语，不相信17岁的儿子写出如此好诗。于是手指窗外的崆峒山，命燃香，并以此山为题，赋七律一首。谭嗣同双眉紧锁，来回踱步，遂放声吟哦：

斗星高被众峰吞，莽荡山河剑气昏。
隔断尘寰云似海，划开天路岭为门。
松拏霄汉来龙斗，石负苔衣挟兽奔。
四望桃花红满谷，不应仍问武陵源。

声落香熄，《崆峒》一诗，应时而成。从崆峒山的雄奇险峻，导入政治抱负，人生追求。显现大气磅礴，高蹈超拔。父亲含笑以示嘉许。

他和王五投宿灞桥小店，见壁上有字，遂细读："柳色黄于陌上尘，秋来长是翠眉颦。一弯月更黄于柳，愁煞桥南系马人。"此诗虽未署名，谭嗣同认为属新乐府，难在取声繁促，而浅易直白；命意曲深，而遣词宽缓。此诗融二难于一体，浑然天成。他急命取来笔墨，奋笔题书《论艺绝句》一诗：

意思幽深节奏谐，朱弦寥落久成灰。
灞桥两岸萧萧柳，曾听贞元乐府来。

据说多少年后，人们才知这首未署名的新乐府，为清末民初晚唐派诗人、署理两江总督樊增祥之作。樊平生有诗三万首，然可读之诗，寥寥无几。此题壁诗，能传之久远，非谭嗣同高评，恐早已湮没。

我曾读到谭嗣同在兰州读书时写的一首《夜成》，很是喜欢，现抄录如下：

> 苦月霜林微有阴，灯寒欲雪夜钟深。
>
> 此时危坐管宁榻，抱膝乃为梁父吟。
>
> 斗酒纵横天下事，名山风雨百年心。
>
> 摊书兀兀了无睡，起听五更孤角沉。

谭嗣同有近 200 首诗，不少篇章，仍如日月般闪烁着光芒。他毕竟是 19 世纪末叶的中国启蒙思想家，有强烈的爱国主义思想，他以自己的鲜血，宣布了改良主义运动的破产。其 34 岁的生命，由他这首"我自横刀向天笑"的绝命诗的流布，撼天动地，激励后人。

这里再作一个补记。著名爱国民主人士贾亦斌先生（曾任民革中央名誉副主席，全国政协常委、港澳台侨委员会副主任）的夫人谭吟瑞女士就是谭嗣同的孙女。贾亦斌晚年时，我常去看他。他回忆，当年还是蒋经国为他们主婚。据查，谭嗣同之子名为谭兰生，兰州出生，但不幸一岁多就夭折了。谭嗣同长兄谭嗣襄就把儿子谭传炜过继给谭嗣同之妻李闰。谭吟瑞即谭传炜之女。她于 2015 年去世，享年 95 岁。贾亦斌夫妇生前曾多次应邀到湖南等地参加纪念谭嗣同的活动。

一代教育家的民族担当

——浅述蔡元培的诗

蔡元培是我国著名的一代教育家。周恩来曾这样概括蔡元培：

从排满到抗日战争，先生之志在民族革命；

从五四到人权同盟，先生之行在民主自由。

蔡元培做过教育总长和中央研究院院长，但最被称颂的，是他做北京大学校长时倡导的办学理念和作为。

1916 年冬，蔡元培出任北京大学校长。他力主"兼容并包，思想自由"原则（北大师生笑称他是"古今中外派"），聘请陈独秀、李大钊、鲁迅、胡适等新派教授授课。高举科学和民主的大旗，将原来以入仕为目的的"京师大学堂"，"在静水中投下知识革命之石"，力图开辟"大学应以研究学术独立为己任"的道路。他说：大学教育的目的是育人而非制器。他向学生明确指出："大学生当以研究学术为天职，不当以大学为升官发财之阶梯。"把一个原

蔡元培任命状

来的"官僚养成所"改造成中国青年的"精神圣地","为国家种下了读书、爱国、革命的种子"。他说:"大学者,囊括大典,网罗众家之学府也。"他求贤若渴,聘请教师唯才是举,不拘一格。梁漱溟当时只有 24 岁,没有上过大学,对印度佛学有研究,被聘为哲学系讲师。他顶住压力,辞退了一批不称职的中外教授。他废除北大学长制,推选出教务长代替学长。他发起成立"进德会","私德不修,祸及社会",在会员中制定不同戒约,培养高尚道德,挽救颓风。

蔡元培

他倡导白话文,采用新标点,创作新诗。他让北大"课堂公开",不管有无学籍,都可以来听课。他首开女禁,招收女生,聘请女教师。他推动改变入学限制,推进平民教育。他主张"德、智、体、美"四育并进,率先提议选科制。他认为"科学是探究事物的真伪,道德是探究其善恶,美育则在于判断美丑"。他一生的座右铭为"学不厌,教不倦"。他三度旅欧,精研西方哲学,在巴黎访晤过居里夫人,在德国访晤过爱因斯坦,不讳言其毕生奋斗的最高理想是"以美育取代宗教"。他破格请吴梅任教,开创曲学课程,并带领北大师生到戏馆、茶园去看演出,实践其国学美育思想。他读书治学有"四诀":宏、约、深、美。"宏"指知识结构要博大宏伟,兼收并蓄,了解互相的联系,融会贯通;"约"指由博到约,精于一门,选择适合自己的专长;"深"就是精通、发展、创造,重点突破、究本穷源,有所发现;"美"指达到治学的最高精神境界。他亲自为商务印书馆的《读书指导》撰述"荐书语"。他曾在天安门两次演说,向光明奋进。他认为五四是学生爱国运动,不忍制止;他营救被捕学生,表示"一切由我负责"。"读书不忘救国,救国不忘读书"是他的口号和理念。一位北大同学让他向蒋介石推荐去某省政府任职,他回电只一句:"我不长朕即国家者之焰。"蔡元培在北大的教育探索、实践和担当,史中得鉴

1920 年 3 月，蒋梦麟、蔡元培、胡适、李大钊（从左至右）摄于西山卧佛寺

藏思，至今仍有启迪。

梁漱溟撰文称蔡先生一生的成就不在学问，不在事功，而只在开出一种风气，酿成一大潮流，影响到全国，收果于后世。他认为蔡先生的兼容并包，尽管复杂，却维系得住。——这方是真器局、真度量。

鲁迅密友许寿裳写的诗或许是对其中肯的评价："教改方针意独长，莘莘童子露晨光。发皇美育更宗教，神圣劳工戒逸荒。大学原来先格物，真才罗致毕登堂。护持思想自由者，共拜先生德泽章。"蔡元培在学习西方文化时，主张"择其善者而从之"，反对守旧和盲从。学者称他"凝结中国固有文化的精英、采撷西方文化的优美"，推崇他"萃中土文教之精华于身内，泛西方哲思之蔓衍于物外"。他是中国知识界的卓越先驱。

作为一代教育家，蔡元培自己写诗吗？回答是肯定的。我们知道，蔡元培，字鹤卿，号孑民。浙江绍兴人。少年时曾在绍兴古越藏书楼校书，得以博览群书。22 岁中举人，三年后补殿试，24 岁中进士，授翰林院庶吉士。甲午战争后，开始接触西学，同情维新，后回到绍兴，任绍兴中西学堂监督，提倡新学。曾赴上海出任南洋公学教习。发起成立中国教育会，呼吁提倡教育，"就是出于改造中国的政治目的，是为在中国建立民主共和的国家而办教育"。后来独立办学，成立爱国学社，以灌输民主主义思想为己任，重振精神教育。他主编《警钟日报》，从《诗经》的"周余黎民，靡有孑遗"两句中各取一字，改号"孑民"，自写对联"都无做官意，惟有读书声"。他一生投身教育，文学方面也有涉猎，写过小说《新年梦》，有时也有感赋诗，以其翰林学士"年少通经，文极古藻"的学养，诗文写作的能力不言而喻。

蔡元培对家乡有感情，他浏览同乡送来的《越州名胜图》，欣然题诗："故乡尽是好湖山，八载常萦魂梦间。最美卧游君有术，十篇妙绘若循环。"他也写诗称赞雁荡山的瀑布："天台之瀑一大胜，雁荡之瀑长者优。天下之瀑十有九，最好唯有大龙湫。"

蔡元培清廉高洁，嘉言懿行。古稀之年，两袖清风，亦未置产，身后连医药费也无法给付。他曾写下赞美包公的诗："洁身自好或非鲜，嫉恶如仇得见难。棘手文章资启发，相期立懦挽狂澜。"

蔡元培结过三次婚。第三位夫人周峻，爱国女校毕业，比蔡先生小20岁，婚宴上，蔡元培落落大方讲述恋爱经过，并吟诗一首："忘年新结闺中契，劝学将为海外游。鲽泳鹣飞常互且，相期各自有千秋。"周峻相夫教子之余攻读西洋美术，蔡元培为夫人画的肖像画题诗："我相迁流每刹那，随人写照泂殊科。惟卿第一能知我，留取心痕永不磨。"

但蔡元培生活的年代，是在动荡纷乱、山河破碎的战争浩劫中，这常使他惆然孤愤，引为己忧。"华北之大，竟容不下一张安静的书桌。"他的教育理想随着日本的侵略和战乱而破灭，大敌当前，使蔡元培投入了爱国救亡的洪流之中。毋庸讳言，蔡元培过去在国民党会议上歧化革命，为"清党"反共举旗呐喊，站在了革命的对立面。但形势的发展使他逐步认清了蒋介石新军阀专制独裁的真面目，尤其在民族危亡的关头，他走上了反蒋和同情革命的道路。他与宋庆龄等国民党左派一起，成立了中国民权保障同盟，痛悼杨杏佛，随灵执绋，参加葬礼；营救牛兰、陈独秀、廖承志、陈赓、胡也频等。他为淞沪抗战阵亡的十九路军公墓撰写墓志铭，曰："淞沪一役，顽寇逞凶。洸洸武士，来摧其锋。忠贯日月，气挟云龙。

攻坚陷阵，决脰洞胸。谁能无死，死国从容。谁不慕义，义战肃雍。顽廉懦立，响应风从。王黑冢高，苌虹血滢。千秋万古，英爽如逢。"

他对蒋介石"攘外必先安内"不抵抗政策悲愤无奈，十分郁闷，将两首旧诗书赠鲁迅：

养兵千日知何用，大敌当前暗不声。
汝辈尚容说威信，十重颜甲对苍生。

几多恩怨争牛李，有数人才走越胡。
顾犬补牢犹未晚，只今谁是蔺相如？

他曾在一次晚餐中表示，"只要我们抵抗，中国一定有出路"。他应邀对青岛高初中学生发表演说，要求同学们毋忘国耻、国难。他为柳子谷所绘民族英雄戚继光画像题诗："日蹙国百里，毋谓秦无人。此典型人物，万古常如新。"

他创作了诸多抗战诗歌，如《咏红叶》之三："枫叶荻花瑟瑟秋，江州司马感牢愁。而今痛苦何时已，白骨皑皑战血流。"《咏红叶》之四："半江红树卖鲈鱼，记得真州好景无？斗笠绿蓑风雨里，淮南一例哭穷途。"

他读仲仁先生（张一麔）《八一三纪事诗》，题诗："世号诗史杜工部，亘古男儿陆渭南。不作楚囚相对态，时闻谔谔展雄谈。"

写诗离不开风云际会、心波激荡的时代。蔡元培后期的诗笔，指向了伟大的民族救亡运动，显然把握了时代的脉搏，凸显了教育者的精神本色和民族担当。

当年毛泽东到北京商谈赴法勤工俭学，留京生活困难，曾为到校内做清洁工托人致信蔡元培。蔡先生欣赏毛刻苦自励，写信给李大钊安排了图书馆职位。毛泽东十分敬佩蔡校长，每封信都称"夫子大人"。到了1936年9月，也就是"西安事变"之前，自认是蔡先生弟子的中共领导人毛泽东，在陕北亲笔给蔡元培写了一封声情并茂、文采飞扬的信。在信中，毛泽东先叙旧日北大旁听师生之谊，再叙抗战救国之大义。声言"寇深祸急，率尔进言，愿闻明教"。信中说：在"民族国家存亡绝续之日"，"盗入门而不拒，虎噬人而不斗，率通国而入麻木不仁窒息待死之绝境"，"所谓亡国灭种者，旷古旷世无与伦比"。信中重申了建立抗日民族统一战线和再次准备国共合作的政策，肯定"我敬爱之孑民先生""同情抗日救国事业"，希望"百尺竿头，更进一步，持此大义，起而率先"，"当民族危亡之顷，作狂澜逆挽之谋，不但坐言，而且起行，不但同情，而且倡导"，希望促成国共两党合作，实现抗日救国的伟大事业。毛泽东原信较长，但读来酣畅淋漓。史料里没有看到蔡元培是否回信，但至少说明，在争取民族解放和推进民主政治中，中共已将他视为朋友。年近古稀的蔡元培

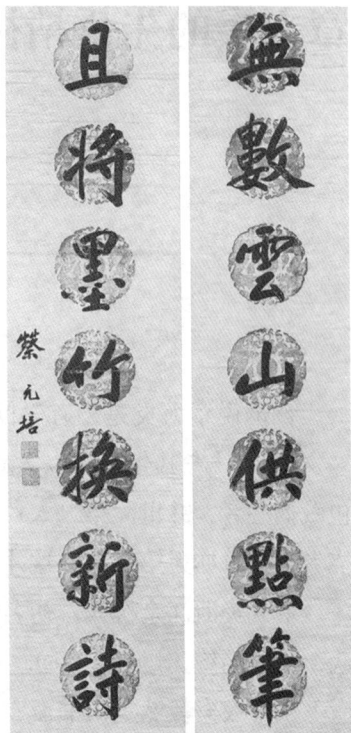

蔡元培手迹

赴南京，绝食三天，逼蒋答复红军改编，开赴抗日前线。他撰文，赞扬墨子的反侵略精神。在香港见到吴玉章时表示，国共能重新合作，"共赴国难，为国家民族之大幸"。

蔡元培晚年到香港，化名周子余。仍笔耕不辍，为熊希龄写墓碑文。他任鲁迅治丧委员会主任，为《鲁迅全集》作序，尊鲁迅为"新文学的开山"。被国际反侵略运动大会中国分会推选为名誉主席后，他用《满江红》词牌为大会作会歌。词中曰："我中华，决泱国。爱和平，御强敌。""文化同肩维护任，武装合组抵抗术。""独立宁辞经百战，众擎无愧参全责。与友邦共奏凯旋歌，显成绩。"表达了抗战到底的坚定信念。

蔡元培74岁在香港逝世后，毛泽东"谨电驰唁"，称孑民先生为"学界泰斗，人世楷模"。

章太炎的先哲精神和诗作

    鲁迅说章太炎是"有学问的革命家"。他在《关于太炎先生二三事》一文中说:"考其生平,以大勋章作扇坠,临总统府之门,大诟袁世凯的包藏祸心者,并世无第二人;七被追捕,三次牢狱,而革命之志,终不屈挠者,并世亦无第二人:这才是先哲的精神,后生的楷范。"

    章太炎浙江余杭人。初名学乘,改名炳麟,字枚叔,因仰慕昆山顾炎武,又改名绛(顾原名绛),号太炎。甲午战争后,在民族危机深重的刺激下,章太炎毅然走出书斋,来到上海,担任《时务报》撰述。他因倡导和参加维新运动被通缉,避地台湾,对戊戌六君子的惨遭杀戮深表愤慨。后流亡日本,他与蔡元培等合作,发起光复会。后因发表《驳康有为论革命书》并为邹容《革命军》作序,触怒清廷,被捕入狱。出狱后,孙中山迎其至日本,参加同盟会,主编《民报》,与改良派展开论战。针对既反清又主张光绪复辟的论调,他感而写诗:"万岁山边老树秋,瀛台今复见尧囚。群公辛苦怀忠愤,尚忆扬州十日否?"1911年光复后章太炎回国,任孙中山总统府枢密顾问。宋教仁被刺后赴北京讨袁,被禁锢,袁死后被释放。后脱离孙中山改组的国民党。晚年严厉抨击国民党政府的不抵抗政策,通电要求组织民众抗战,收复失地。后在苏州讲学,传播民族文化,以保全其救亡之志。

    从民国史来讲,孙(中山)、黄(兴)、章(太炎)是中华民国的开国元勋。纪念辛亥革命75周年时,邮电部以"辛亥革命著名领导人物"为题,发行了1套3枚邮票。章太炎又是大学问家,少游朴学大师俞樾之门,兼从黄以周问大义,尽通文字器数之奥。他读《说文解字》72遍,

9000 多个汉字音形义了然在心。在小学（音韵、文字、训诂之学）、经学、佛学、医学和政论、哲学、文学、史学以及书法等学术方面，有独特的造诣，是公认的国学大师。他的学术称为"章学"。本文关注他的诗词，自然也应了解他在文学方面的主张。

章太炎倡导的"文学复古"，是欧洲"文艺复兴"一词的中译，是辛亥革命前勃兴的近代民族文化运动。它不是无病呻吟，不是抱残守缺，中心就是反对重形式、轻内容的旧习气，反对雕琢、浮华、颓败、陈腐的旧文风，而要求树立形式与内容统一的新风尚，树立立诚、质朴、抒情、新鲜的新文风。在文化领域里进行全面的变革。他认为，魏晋古文及五言古诗最能适应"文学复古"的需要。他大力鼓吹提倡，且身体力行，在自己的创作实践中加以贯彻，以诗文鼓吹革命。他早期的文章具有秦汉以至唐宋时文风。后期的大量政论、时评文章，以广博深厚的学识为基础，词锋锐利，风格瑰丽。诗作多为五言，一些古体诗取法汉魏乐府而文辞古奥。他与弟子曹聚仁也曾在书信中争辩"无韵诗"的问题。

章太炎留下的诗作并不多，以五言为主，也有少量四言、七言。韵文作品总共不过数十篇（首），除去古体诗，他还写了一批赞、颂、赋、铭、哀辞、祭文。他的诗作是在备尝艰难险阻的过程中写出的，正如他在《韵文集自叙》里说的"既壹郁无与语，时假声韵以寄悲愤"。这类诗作最有代表性的就是《狱中赠邹容》《狱中闻沈禹希见杀》《绝命词三首》。

章太炎和邹容在上海爱国学社结识，成为莫逆之交。他力挺邹容写的《革命军》，在《苏报》刊载文章，将该书称为"义师先声"，"诚今日国民教育之第一教科书"；并介绍该书"其宗旨专在驱除满族，光复中国，笔极犀利，文极沉痛。若能以此书普及四万万人之脑海，中国当兴也勃焉"。章文还对康有为的保皇谬论痛加批驳，直呼皇帝无能，并说"流血从我起"。章太炎因此被捕，《苏报》被封闭，他因此被人称为"民国祢衡、疯子傲世"。邹容虽已躲避，但后来不愿置身事外，自投捕房，誓与章太炎共患难。章太炎在审讯后押回捕房的路上，还当即吟诵"风吹枷锁满城香，街市争看员外郎"，傲举不屈。

邹容入狱后，章太炎鼓励他练笔写诗。邹容也热爱这种"笔墨不多，

章太炎

邹 容

而能完整地表达感情"的文体，在狱中写了七绝《涂山》。为了鼓励邹容的精神和意志，章太炎在第二次审判结束后不久，写了一首《狱中赠送邹容》的诗：

> 邹容吾小弟，被发下瀛洲。
> 快剪刀除辫，干牛肉作糇。
> 英雄一入狱，天地亦悲秋。
> 临命须掺手，乾坤只两头。

邹容读后，立即写了一首和诗《狱中答西狩》：

> 我兄章枚叔，忧国心如焚。
> 并世无知己，吾生苦不文。
> 一朝沦地狱，何日扫妖氛？
> 昨夜梦和尔，同兴革命军。

两人在狱中赋诗明志，互相砥砺，表达了他们临危不惧、勇于献身的高尚情操和英雄气概。

章太炎还写过一首《狱中闻沈禹希见杀》的五律。诗题中的沈禹希是清末维新派，曾在日本留学，回国参加自立会，在湖北组织自立军。事败，潜往北京，秘密进行反清活动，抨击帝俄侵略和清廷卖国。章太炎听闻沈禹希遇害，满腔悲愤写了这首诗：

> 不见沈生久，江湖知隐沦。
>
> 萧萧悲壮士，今在易京门。
>
> 魑魅羞争焰，文章总断魂。
>
> 中阴当待我，南北几新坟。

诗中魑魅句的用典，是说嵇康在灯下弹琴，在面前出现了一个鬼怪，嵇康凝视片刻，把灯吹灭，说："耻与魑魅争光。""中阴"是佛教术语阴魂，这首诗歌颂了烈士的斗争精神，也表达了自己随时为革命献身的决心。

章太炎和邹容还联句吟成两首绝命诗（绝命诗联句而成，可以说是旷古未闻）：

> 击石何须博浪椎？（邹）群儿甘自作湘累。（章）
>
> 要离祠墓今何在？（章）愿借先生土一坯。（邹）
>
> 平生御寇御风志，（邹）近死之心不复阳。（章）
>
> 愿力能生千猛士，（邹）补牢未必恨亡羊。（章）

章太炎还独吟了一首绝命诗：

> 句东前辈张玄著，天盖遗民吕晦公。
>
> 兵解神仙儒发冢，我来地水火风空。

章太炎和邹容朝夕相处，患难与共。他们一道服苦役，切磋学问，讨论革命问题，盼望着出狱后一道从事反清革命事业。但这个被人誉为"革命军中马前卒"的年仅20岁的邹容，却在刑期将满之时，病倒后离开了人世。章太炎手抚邹容的冰冷尸体，泪如泉涌，悲恸不能出声。迫于舆论的强大压力，租界当局担心章太炎再有个三长两短，会引起更大的社会风潮，不得不稍许改善其在狱中的待遇。章太炎后来曾十分感慨地说："余之生，威之死为之也。"章太炎后来作《邹容传》，到四川巴县邹容祠堂祭奠。他望着邹容画像，回首自己自邹容死后十多年来所经历的风雨，不禁老泪纵横，泣不成声。后来，章太炎又去邹容墓凭吊，写下了《赠大将军邹君墓表》一文，并赋诗一首：

> 落魄江湖久不归，故人生死总相违。
> 今日重过威丹墓，尚伴刘三醉一围。

诗中刘三，即刘季平，上海华泾人，是南社早期的成员。是以侠义见称的革命志士。邹容不幸瘐死狱中，邹的友好远避嫌疑，不愿或不敢出面收殓。独刘三暗中将邹容的遗体运回华泾故里安葬，其革命侠义精神受到世人赞许。章太炎与于右任至沪凭吊时，以诗词颂扬其事。据章太炎弟子回忆，晚年在苏州，他家中亦挂邹容遗像，为其上香。

章太炎的七言绝句，有一首读后印象深刻，那是他赴京前写的。袁世凯派人刺杀宋教仁，镇压"二次革命"，其倒行逆施让章太炎忍无可忍："我决定要去面质包藏祸心的袁世凯，明知是虎穴，可是不入虎穴，焉得虎子？"临行前，他留诗一首：

> 时危挺剑入长安，流血先争五步看。
> 谁道江南徐骑省，不容卧榻有人鼾？

此诗内含两个典故。前两句出自《战国策》，谋士唐雎受安陵君所托，孤身赴秦，结果不辱使命，迫使秦王放弃侵犯野心。后两句出自北宋旧事《类说》，赵匡胤兵临南唐都城，后主李煜派徐铉求和。赵匡胤拔剑厉声道："卧榻之侧，岂容他人酣睡！"举兵进攻，南唐遂亡。章作此诗，显然是欲仿效唐雎，挺剑入京，不管他袁世凯是霸道之秦王还是强悍之赵匡胤，皆决心以"伏尸二人，流血五步"的实际行动，来警醒世人，践履自己民主共和之理想。人说章太炎一生孤鲠，半世佯狂，其胆色才情是一般书生难以望其项背的。孙中山曾盛赞章太炎这一时期为"革命先觉，民国伟人"。

这里要特别记述和强调的是，鲁迅的思想和文风受章太炎影响颇深。在日本，鲁迅与许寿裳等经常去听太炎先生讲授《说文》，认真做笔记。鲁迅称"太炎先生是革命的先觉，小学的大师"。每逢提起（太炎），总严肃地称他"太炎先生"或呼"章师""章先生"。日本著名学者岛田虔次称太炎是鲁迅"思想上第一个革命的师"。鲁迅曾说："我的知道中国有太炎先生，并非因为他的经学和小学，是为了他驳斥康有为和作邹容的《革命军》序，竟被监禁于

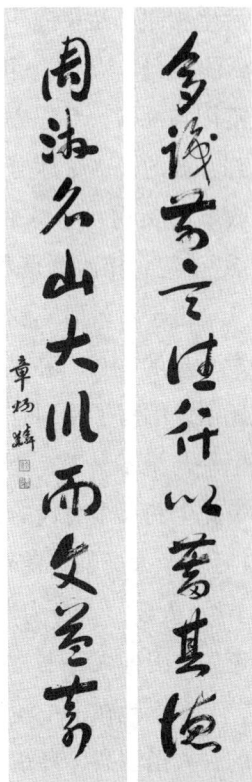

章太炎手书"多识前言往行以蓄其德，周游名山大川而文益寿"

上海的西牢。"章太炎因于西牢所作《狱中赠邹容》等四首诗，"最为鲁迅所爱诵"。鲁迅日记里有七次探望囚禁中的老师的记录。鲁迅在临终前十日，扶病写下《关于太炎先生二三事》，将章太炎狱中诗全文录入文内，并深情写道："太炎先生狱中诗，卅年前事，如在眼前。"鲁迅在给许寿裳的信中说，这几首诗"使我感动，也至今并没有忘记"。"太炎先生狱中诗……等，实为贵重文献，似应乘收藏者多在北平之便，汇印成册，以示天下，以遗将来。"针对一些丛书刊落太炎先生的斗争文章和"所引的诗两首，亦不见于'诗录'中"，鲁迅认为，章太炎"战斗的文章，乃是先生一生中最大、最久的业绩"，"我认为是应该一一辑录，校印，使先生和

后生相印，活在战斗者的心中的"。

2017 年 8 月，我到浙江舟山参加活动，回程经宁波、诸暨、桐庐、富阳到杭州，专程去参观了西湖南屏山下的章太炎纪念馆。该馆是重新修葺开放的，三个厅分别介绍了章太炎生平、家族、革命一生、国学成就及收藏的文物。周恩来评价他为"学问与革命业绩赫然，是浙江人民的骄傲"。纪念馆西侧是章太炎生前仰慕的张苍水祠墓。

由于对台研究的关系，我认识了上海东亚研究所的章念驰所长，他是章太炎的嫡孙。在上海交通大学的研讨会上，他说自己已经 75 岁了，要还债，编写了系列有关祖父的书。回到北京后我就收到他寄来的《章太炎生平与学术》上、下集和《我所知道的祖父章太炎》。读了书，才明了太炎先生和那个时代的苦难与奋斗，才感悟什么叫鲁迅先生称颂的"先哲精神"。章太炎临终前写下遗嘱，嘱儿辈"不得因富贵而骄矜，因贫困而屈节"，人要"立身为贵"。"肩头伊尹谁能任；脚底鸥夷未了心。"这是章太炎先生引他人诗书写的一副对联，也映射了他自己的抱负和雄心。

章念驰在书中写的《我的祖母》一文，读后令人爱不释手。太炎先生的夫人汤国梨，乌镇人，是女校的高才生，才华横溢，诗词驰誉文坛。章太炎赴京遭袁世凯软禁时（距新婚仅一月余，一别竟三年），汤国梨填了《菩萨蛮》："蓬窗悄倚愁如织，绿杨万树无情碧。只解舞东风，何曾系玉骢？ 夜深还独坐，辗转愁无奈，别绪满河梁，月圆人断肠。"表达忧愤和思念之情。张勋复辟，章太炎不辞而别，又随孙中山登舰南下，赴广州成立护法军政府，汤国梨感慨："他真是有国无家！"又担心丈夫的安危，写下《夜静闻轮船汽笛》："夜静涛声递远空，江轮汽笛挟悲风。悬知一片征帆里，多少离魂在梦中。"汤国梨活到 98 岁，晚年还写下很有生气的诗词。上摘两首，也从一个侧面反映和衬托了章太炎"天下兴亡，匹夫有责"的爱国情操和"先哲精神"。

梁启超的"诗界革命"

　　梁启超的《少年中国说》，一直到现在还在传诵。这篇宏文洋洋几千字论述后说："故今日之责任，不在他人，而全在我少年。"他把少年的智、富、强、独立、自由、进步和胜雄，与国家、世界联系起来，寄予无限的希望。接下来写了一段让人心旌摇曳的美文：

　　　　红日初升，其道大光。河出伏流，一泻汪洋。
　　　　潜龙腾渊，鳞爪飞扬。乳虎啸谷，百兽震惶。
　　　　鹰隼试翼，风尘翕张。奇花初胎，矞矞皇皇。
　　　　干将发硎，有作其芒。天戴其苍，地履其黄。
　　　　纵有千古，横有八荒。前途似海，来日方长。
　　　　美哉我少年中国，与天不老！
　　　　壮哉我中国少年，与国无疆！

　　这难道不是诗吗？
　　这段美文有《诗经》之风，有音韵顿挫之美。电视台的诗词节目里，专挑这一段来朗诵，可见其诗意盎然，韵律动人。梁启超的学生吴其昌曾逐一点评了当时文坛的代表作家，说到梁启超之文，是"雷鸣潮吼，恣肆淋漓，叱咤风云，震骇心魄，时或哀感曼鸣，长歌当哭，湘兰汉月，血沸神销，以饱带情感之笔，写流利畅达之文，洋洋万言，雅俗共赏，读时则摄魂忘疲，读竟或怒发冲冠，或热泪湿纸"。这个评价颂扬已经够足了。
　　有一本书叫《读懂梁启超》，确实难读。他与康有为联手又分开，与

孙中山合作又对立，既拥袁又反袁。说他"善变""屡变"，但又褒扬他光明磊落的人格。他两次入阁当政失败悔恨自责，他一生的成就，独在他迎接新世运，开出新潮流，文满天下，震动全国人心。

梁启超，字卓如，号任公，又号饮冰室主人，广东新会人。学历史知道他是"戊戌维新变法"运动的主要领导人之一，与康有为并称"康梁"。

梁启超从小聪慧过人，博闻强记，9 岁时即能写出洋洋洒洒的千字文章，在当地赢得"神童"的美誉。12 岁通过了童试，成为秀才。15 岁独自到广东最高学府之一的学海堂求学。治学也由八股文转为辞章、训诂，打下坚实的汉学基础。17 岁乡试中举，主考官刑部侍郎赏识其年少才高，特将堂妹李蕙仙许配之。在进京会试回乡途经上海时，购读了介绍世界各国风土人情为主的《瀛环志略》一书，眼界大开。听同学讲起康有为请求变法之事，拜访了康有为。两人长时间交谈后，梁启超毅然退出学海堂，问学康门。他在康有为开办的万木草堂学习四年，再次入京赴试，结交了许多社会名流。

1895 年春，他与康有为相约入京，参加会试。虽不再热衷科举，但也希望借此进入政府部门,掌握实权,实现变法维新。到京后,惊闻甲午之战惨败,北洋水师覆没,后《马关条约》的签订,应试举人立即沸腾,联名上书,敦促朝廷拒绝和议,着手改革,史称"公车上书"。之后梁启超日日执笔,在各地报刊宣传维新变法。在长沙担任时务学堂总教习,与谭嗣同、唐才常十分投契,与黄遵宪一起倡行新政,参与南学会,出版《湘报》。梁启超还带病进京,主持保国会会务并演讲。百日维新期间,光绪帝破例召见,可惜梁启超不会说官话,一口广东话让光绪听得一头雾水,只赏了他六品顶戴。以慈禧太后为首的顽固派发动政变,光绪帝被囚禁,"戊戌六君子"血洒菜市口,仅 103 天的变法宣告失败。政变当天,梁启超正与谭嗣同商议事情,闻讯二人抱头痛哭。谭嗣同决定一死以殉变法事业,梁启超本也抱定一死,但他还是奔到日本大使馆,请其设法营救光绪帝和康有为。日驻华公使劝他不要做无谓牺牲,帮他去往日本避难。离开时谭嗣同将其所著诗文词稿及家书托付于他。为了完成朋友的遗愿,实现自己的理想抱负,他在船上挥笔写下慷慨沉郁的《去国行》:"……君恩友仇两未报,死于贼手冊乃非英雄。割慈忍泪出国门,掉头不顾吾其东……守此松筠涉严冬,坐待春回终当有东风。"

梁启超在日本,与孙中山等往来,企图"武装勤王",又转向启发民智,伸张民权,在民间传播新思想。他提出"吾爱孔子,吾尤爱真理;吾爱先辈,吾尤爱国家;吾爱故人,吾尤爱自由",反对康有为的"尊孔保教"学说。他办刊撰文,发起了"史界革命""文界革命""诗界革命",提倡"新文体",令人耳目一新。据说 16 岁的毛泽东拿到《新民丛报》爱不释手,"读了又读,直到可以背出来"。在就读湖南一师初期,常模仿梁启超的新文体风格。梁启超流亡日本,虽与康有为渐行渐远,但在到美洲游历后,又由激进转为保守,主张君主立宪过渡到民主宪政,与孙中山、陈天华、章太炎、宋教仁等革命共和派激烈论战。这时国内请愿和保路运动对清朝造成强烈冲击,武昌起义终于结束封建帝制,开创了民主共和的新纪元。梁启超虽是保皇的代表,但在清末民初可称为财政金融改革的首席,他的《欧洲战役史论》手稿被人以 500 万元拍回。他的启人觉醒、革新思想界的"梁氏之笔"仍不可抹杀。梁启超最早提出"中华民族"一词，包括了中国境内的所有民族。他给复旦大学年刊题词："人能弘道，非道弘人。"胡适在日记中说："近人诗'文字收功日，全球革命时'，此二语唯梁氏可以当之无愧。"

梁启超专注学术，写出了大量思想美文。本文十分关注梁启超提出的文学革新。"诗界革命"是他最早提出的。他赞评龚自珍的诗作，发表《饮冰室诗话》，大力表扬黄遵宪等新派诗人，详细阐发"诗界革命"理论。龚自珍把深刻的思想和时代的呼唤，有机地植入诗歌创作中。黄遵宪进一步推动了诗歌革新，提出："我手写我口，古岂能拘牵。"他明确指出，诗歌中必须有"我"，"要不失乎为我之诗"，诗歌也必须被用于表现诗人的情感和思想，诗歌的主体必须在场。梁启超与黄遵宪是忘年之交，他认为黄公度之诗独辟境界，其精神雄壮活泼、沉沦深远，"诗界革命之能事至斯而极矣"。他评价黄："近世诗人能熔铸新理想以入旧风格者，当推黄公度。"在"公车上书"期间，梁启超与谭嗣同、夏曾佑常一起谈论新学、新诗，试图通过诗歌的形式去表现他们接触到的西方学术和政治思想，但写出的标新立异的"新诗"较为刻意，与世人隔阂，诗歌更显艰涩。

戊戌变法失败后，梁启超东渡日本，重新把"诗界革命"的事业做了起来。他创办了《清议报》，开辟了《诗文辞随录》专栏，刊发改良派同人的诗作，宣传的功效凸显出来。后来在去夏威夷的客轮上，他对诗歌的改良作了总结，正式提出了"诗界革命"这一说法。他肯定了诗歌的宣传作用，"诗歌音乐为精神教育之一要件"，倡导用诗歌来改造和重塑"国民之品质"。他主张"诗不一体"，把"民间流行最俗最不经之语"用到诗歌之中。可以说"诗界革命"对诗歌注重形式、言之无物，盲目模仿古人的痼疾发出了挑战，力图打破传统格律的束缚，让新的、通俗的语言进入诗歌。这在当时，具有明显的进步意义，虽尚存时代的局限，但毕竟中国诗歌开始了华丽的转身。梁启超在自己的创作中也努力实践新的诗歌理论，虽诗作留存不多，但用语通俗自由，诗风流畅。辛亥革命前，他应林献堂之邀到台湾，住在雾峰林家莱园五桂楼，写下 12 首绝句。在台湾，他听到当地民歌也深受感动，将其整理改写成《台湾竹枝词》。

年轻时的周恩来十分欣赏梁启超的《自励》诗二首，还录下送给同学。《自励》诗是梁启超在戊戌变法失败、被迫流亡海外时写的。为了总结变法教训，自勉自励，他仍对国家民族的前途十分关注，表示要继续努力探求真理和改革社会。我录其第二首诗：

> 献身甘作万矢的，著论求为百世师。
> 誓起民权移旧俗，更研哲理牖新知。
> 十年以后当思我，举国犹狂欲语谁？
> 世界无穷愿无尽，海天寥廓立多时。

诗人追求伟大理想、愿为之献身的精神，使全诗慷慨激昂，感情炽热，读来令人感奋。

梁启超的《读陆放翁集》四首之一也广为流传，认为是呼唤尚武尚力之作：

> 诗界千年靡靡风，兵魂销尽国魂空。
> 集中什九从军乐，亘古男儿一放翁。

他还有一首诗，我记得年轻时就读过，今又跳脱眼前：

> 猛忆中原事可哀，苍黄天地入蒿莱。
> 何心更作喁喁语，起趁鸡声舞一回。

我们读梁启超的诗，不能不与他提出的"诗界革命"联系起来。同时，我们也看到他对传统文化非常重视。他引老子和墨子之典，将他青年时代一句诗的录句题赠学生："万事祸为福所倚，百年力与命相持。"他说，一部历史，就是人类力命相斗的历史，所以才有今天的文明。他平生行事，遇到任何逆境，是个乐观主义者。他信奉这两句话，也许就得力于此，希望青年人从古人的哲语中汲取力量。对以《离骚》为代表的楚辞，他说："吾以为凡为中国人者，须获有欣赏楚辞之能力，乃为不虚生此国。"他给清华学子作的题为"君子"演讲，最早引用了《周易》乾坤二卦的卦辞，今天我们所见清华大学"自强不息，厚德载物"的校训，又见他"无负今日"的赠言，再诵他的《少年中国说》，仍感到耳目一新，热血沸腾。

梁启超人到晚年，亲人离世，知交零落。亲家、好友林长民遇难，他担心梁思成、林徽因受打击，不断写信安慰。康有为逝世，他含悲写祭文。好友王国维自沉昆明湖，他奔回清华料理后事。弟子范静生病逝，他受刺激住院，元气大伤。他小便带血，吃中药有好转，医生劝告他安心养病，他不以为然，说："战士死疆场，学者死讲堂，死得其所，何惜之有！"他在协和医院手术，被误割好肾，但说法记载不一，成为一段公案。在病中，梁启超决定编一部《辛稼轩年谱》，一边服药一边写作。几

梁启超怀抱2岁的女儿梁思庄，身旁是3岁的儿子梁思忠（1910年摄于日本）

日后病逝，这部未完的著作成了绝笔。他在生命的最后时刻，录下辛稼轩悼朱熹的几句话："所不朽者，垂万世名。孰谓公死，凛凛如生。"

梁启超作为一代翘楚，学富五车，以文醒世。梁家九个子女，一门三院士，九子皆才俊：长女思顺，诗词研究专家，中央文史研究馆馆员；长子思成，著名建筑学家，中央研究院院士，中国科学院学部委员；次子思永，著名考古学家，中央研究院院士，曾任中国科学院考古研究所副所长；三子思忠，西点军校毕业，参加

"一·二八"淞沪抗战；次女思庄，著名图书馆学家，曾任北京大学图书馆副馆长；四子思达，著名经济学家，参与合著《中国近代经济史》；三女思懿，著名社会活动家，曾任中国红十字会国际联络部主任；四女思宁，早年就读南开大学，后参加新四军；五子思礼，火箭控制系统专家，中国科学院院士。

　　梁启超在日常生活中给孩子们讲历史，给予知识和心智上的启迪。他用曾文正的两句话教育子女："莫问收获，但问耕耘。"对子女不强求成绩，不干涉兴趣，最看重品行。他一生写过 400 多封家书。教育子女："人必真有爱国心，然后可以用大事。不可骄盈自慢，不可怯弱自馁，尽自己的能力去做，对于社会亦总有多少贡献。"我们在读他诗文的时候，有暇再读一读《梁启超家书选》，或许能领略他与子女的相处中，其独特的育子心得和家教方式。

马前趋拜敢称雄

——读黄兴的诗

湖南省博物馆藏有黄兴的一件"七律诗书轴"。其诗云：

> 卅九年知四十非，大风歌好不如归。
>
> 惊人事业随流水，爱我园林想落晖。
>
> 入夜鱼龙都寂寂，故山猿鹤正依依。
>
> 苍茫独立无端感，时有清风振我衣。

这个书轴是"二次革命"的次年，黄兴身居日本横滨时写的。

1912 年 9 月，黄兴应北京政府电邀与袁世凯会商，以期调和南北歧见。袁世凯表面上热情接待，暗中派人监视。会谈中企图以高官厚禄来笼络，但黄兴已察觉到袁世凯奸险狡诈，不为其甜言蜜语所动。他回到上海后曾对人说："彼人（指袁）阴险狠鸷，他日必怀异志。万不料十余年来，吾同胞志士牺牲无数，头颅颈血，仅换取伪共和也，恐中原从此多事，则二次、三次之革命无已时也。"他在南京稍事勾留，乘"楚同舰"到达武汉，与黎元洪共商国是。随后乘该舰返回阔别八年的长沙。适逢 39 岁生日，大江夜航，感而有赋。黄兴抵长沙后，受到家乡数万人欢迎，学生集体高歌："晾秋时节黄花黄，大好英雄返故乡。一手缔造共和国，洞庭衡岳生荣光。"

这首《卅九初度》七律诗，黄兴引刘邦讨伐英布叛乱后回师途中，路经家乡与乡亲们欢聚时自唱"大风歌"且翩翩起舞的典故，抒发自己返乡

1912 年 2 月 15 日，孙中山率文武官员祭祀明孝陵（左四为陆军总长黄兴）

的感受。他眼见辛亥革命所取得的革命政权，被袁世凯唾手篡夺，抚今追昔，遂有功成身退、归隐家山之意。但一念及为革命捐躯的烈士，内心又百感交集。他已识破袁世凯的野心，准备重整征衣，随时杀贼，再次革命。黄兴家乡吟诗到横滨书轴仅一年多，其间发生了袁世凯派人暗杀宋教仁惨案和"二次革命"的失败，时局的变化证实了黄兴赋诗时对形势的准确估计，在书跋中有"殆有先觉欤"。此诗充分反映了黄兴对辛亥革命后政权旁落的结局所产生的忧时爱国的沉痛心情。

黄兴工诗善书，世以儒将目之。诗翰双绝，诗宗苏轼，书法眉山，间亦作六朝北魏体。诗不多见，偶得一二。上题书轴，为行家所珍。

黄兴的家乡是湖南善化县，后并入长沙县。黄兴，原名轸，字廑午，出生这天是二十八星宿"轸星"值位。他在日本学习归来后，决心救亡图强，剪去辫子，改名"兴"，号"克强"。他自己说：我的名号，就是我革命终极的目的——兴我中华，兴我民族，克服强暴。

黄兴少年时代，勤奋耐劳，父亲教书为业，对他严格的教育，打下了传统文化的坚实基础。私塾时学习诸子百家，因家庭变故，也曾失学在家，他自订《自勉规例》，坚持自学和习武。后进长沙城南书院，考中秀才。他用心研究经世致用之学。在诗文上不计较章句文辞的修饰，不拘泥于唐宋之争上，注重真情实感，写出的诗文大多雄浑洒脱。当时维新变法运动已策动，他已无心思考取功名，在《别母应试感怀》诗中说："一第岂能酬我志，此行聊慰白头亲。"两年后他被保送到武昌两湖书院。他如饥似渴地读书，并练习军操，学会骑马和实弹射击。大考时他成绩名列前茅，被张之洞相中，后被选派赴日本入东京弘文学院师范科学习。他喜好军事，课余曾请人讲授军事课程，每日清晨练习骑马、射击。在日本他参加了拒俄运动，组织军国民教育会，培养尚武好勇精神，振兴民族自信自强。他领导的200余名会员，后来绝大多数加入同盟会。此时的黄兴踌躇满志，壮怀激烈，他写《咏鹰诗》浇心中块垒："独立雄无敌，长空万里风。可怜此豪杰，岂肯困樊笼？一去渡沧海，高扬摩碧穹。秋深霜气肃，木落万山空。"他应人所请，书写一副对联："古人却向书中见，男儿要为天下奇。"

黄兴回国后即投入革命，与同是湖南人的宋教仁共同筹建华兴会。华兴会成立后，他与宋教仁、刘揆一、陈天华、章士钊等人以庆生为名，召开秘密会议，筹划长沙起义。几次不成后，黄兴被捕，辗转出狱后再次到日本。在宫崎寅藏介绍下，与孙中山见面。两人彼此赏识，志向相投，决定集合革命力量，正式成立了中国同盟会，孙中山被推为总理，黄兴为执行部庶务。在两人通力合作的大局下，革命派和改良派通过激烈笔战，使更多的人认识到唯独革命才是救国之路。他与蔡锷等创办了《游学译编》杂志，发起组织"湖南编译社"，大量从事译述，介绍西方资产阶级科学文化及他们的社会、政治学说和革命历史，宣传民主革命和民族独立。在同盟会发生分歧时，甚至出现"倒孙风潮"时，黄兴尽自己所能维护团结，他说"名不必自我成，功不必自我立"，因此成为同盟会重要的桥梁人物。

黄兴以军事领导才能和英勇善战著称，他将精力都放在策动和领导武

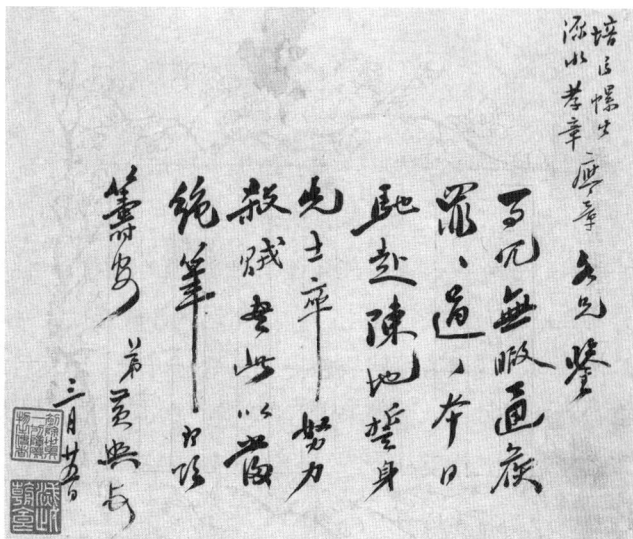

1911 年 4 月 27 日黄花岗起义前，黄兴写给战友的绝笔信

装起义上。先是在湖南策动起义，但起义计划被官府探悉，革命党人机关被抄，领导人刘道一遇害，黄兴闻讯后伤心欲绝，挥笔写下《挽道一弟作》，诗云：

英雄无命哭刘郎，惨澹中原侠骨香。
我未吞胡恢汉业，君先悬首看吴荒。
啾啾赤子天何意，猎猎黄旗日有光。
眼底人才思国士，万方多难立苍茫。

刘道一是他湖南同乡，天资聪慧，风流倜傥，精通日语、英语。黄兴对刘道一格外器重，期以"将来外交绝好人物"。刘道一从日本回家乡组织萍浏醴武装起义，不幸被捕，就义于长沙。噩耗传至日本，黄兴与其胞兄刘揆一相抱痛哭，乃挥毫泼墨，诗以志哀。孙中山也以同题写《挽刘道一》诗：

半壁东南三楚雄，刘郎死去霸图空。
尚余遗业艰难甚，谁与斯人慷慨同！

> 塞上秋风悲战马，神州落日泣哀鸿。
>
> 几时痛饮黄龙酒，横揽江流一奠公。

孙、黄同时题诗挽一人，堪为近代革命诗史上的双璧。

长沙起义失败后，黄兴决定将武装起义放在两广地区。他组织发动钦州起义，领导攻占镇南关，还亲自在炮台上射击。他率领同盟会员和越南华侨200余人，绕道越南，在钦州地区连战连捷，并在广东钦州、廉州和广西上思一带与清军转战相持。云南河口起义爆发后，黄兴临危受命，即率革命军100多人，会同河口会党，拿下河口，但未乘胜追击，致使清军重新集结三路反扑，起义失败。黄兴深刻总结反思了边境地区失败的教训，又与同盟会南方支部策动了广州新军起义，激烈战斗中，领导起义的领导人倪映典牺牲，弹药供应不足，惨烈失败。黄兴给孙中山复信，提出了重画军事蓝图的宝贵意见，决心集中全部人力财力，破釜沉舟，发动孙中山所称"吾党第十次武装起义"的广州起义。

黄兴在各地奔波后回到广州，立刻投身起义准备工作。他组建了敢死队，还让19岁的儿子黄一欧参战。虽起义计划泄露，但箭在弦上，他进行了激情昂扬的动员，决一死战。起义战斗打响后，黄兴率领林觉民、方声洞等敢死队攻打总督衙门，与战士一同冲锋陷阵。黄兴右手中弹，两指第一节被打断，鲜血直流，但他忍住剧痛，用断指的第二节扳枪机继续射击。他们坚守战场到第二天早上，在撤出时遭到巡防营的堵击，许多革命党人牺牲，虽经英勇战斗，终因力量悬殊而失败了。此役牺牲的烈士遗骸被收殓后，葬于广州红花岗（后改黄花岗）。对牺牲的烈士，黄兴作为起义的总指挥，痛不欲生，一直无法释怀，他填《蝶恋花·辛亥秋哭黄花岗诸烈士》词一阕：

> 转眼黄花看发处，为嘱西风，暂把香笼住。待酿满枝清
> 艳露，和风吹上无情墓。　　回首羊城三月暮，血肉纷
> 飞，气直吞狂虏。事败垂成原鼠子，英雄地下长无语。

七十二侠士枉洒青春热血，大业尚未竟，英雄已长眠，幸存者还得继续奋斗，转战四方，只好嘱托西风，抱一束花香，掬几回艳露，聊慰英灵。但对于导致英烈饮恨的革命队伍中的"鼠子"（内奸和胆怯之辈），除了诅咒和鄙夷，夫复何言。

> 破碎神州几劫灰，群雄角逐不胜哀。
> 何当一假云中守，拟绝天骄牧马来。

黄兴 1909 年初夏写的这首绝句，太息家国不幸，呼唤救国雄才。三年后他会见烈士方声洞遗孀王颖，将这首绝句书于绢幅相赠。诗中"云中守"指西汉云中郡守、抗击匈奴的名将魏尚。"天骄"是匈奴自称，这里指清朝统治者。他重书这首诗，不仅怀念黄花岗七十二烈士，也激励后人奋起，继承遗志，努力杀贼！

中华民国成立后，他为黄花岗烈士写了挽联：

> 七十二健儿酣战春云湛碧血；
> 四百兆国子愁看秋雨湿黄花。

广州起义后，黄兴养伤期间，各地反抗清政府的斗争高涨，爆发了保路运动，各组织在汉口开会。当黄兴得知武汉新军准备起义时，他按捺不住激动的心情，写了一首七律：

> 怀锥不遇粤途穷，露布飞传蜀道通。
> 吴楚英雄戈指日，江湖侠气剑如虹。
> 能争汉上为先著，此复神州第一功。
> 愧我年来频败北，马前趋拜敢称雄。

武昌起义爆发后，黄兴赶到武汉，作为革命军战时总司令，率民军在汉阳前线与清军激战。此时儿子黄一欧也在上海参加攻打江南制造局的战

黄 兴

斗。汉阳失陷后，黄兴辞职赴沪，策划北伐。南京临时政府成立，黄兴任陆军部总长兼参谋总长。袁世凯在北京称帝后，宋教仁被枪杀，"二次革命"爆发，黄兴继李烈钧江西独立后，迫使江苏都督宣布独立，自己任江苏讨袁总司令。

"二次革命"失败后，孙中山、黄兴再度亡命日本。两人在组党问题上意见不合，黄兴没有参加中华革命党，于次年赴美休养。孙中山集古句赠别："安危他日终须仗；甘苦来时要共尝。"在美国，黄兴变卖收藏字画维持生活，到各地演讲，宣传革命，阻止美国政府借钱给袁世凯。他望月思国，吟诗道："天上有明月，万里游子心。清华愈皎洁，相对倍思亲。"他一直关注国内的事态发展，让长子一欧去日本，联络留守同志秘密回国，与蔡锷取得联系，他在美国筹款，支持讨袁。他给孙中山写信表示："如有所命，极愿效力。"黄兴的确做到了"安危相仗，甘苦同尝"，其风度颇值得称赞。

1916 年春，黄兴抵达日本，与孙中山合作讨袁。他一登陆即发表《致全国各界讨袁通电》。黄兴回国在上海受到热烈欢迎。他关心重开的国会，强调革命党人要加强团结，要制定宪法，国会要依法发挥作用。但回国不久，黄兴超负荷工作，终于呕血病重，42 岁去世。

孙中山在黄兴病重时，一直在黄兴身边。黄兴临死前对儿女说："吾死汝勿泣，须留此一副眼泪，为他苍生哭，则吾有子矣。"孙中山告别这位驰骋沙场的战友，极为悲痛地写下一副挽联：

> 常恨随陆无武，绛灌无文，纵九等论交到古人，此才不易；
> 试问夷惠谁贤，彭殇谁寿，只十载同盟有今日，后死何堪！

该联讲，常恨汉初的随何、陆贾能文不能武，周勃、灌婴能武不能文，纵然按九等论交，像你这样文武全才的，在古人中也是不可多得。试问伯夷与柳下惠谁个更贤？长寿的彭祖和夭折之人又有什么区别？我们为革命事业 10 年才有今天，今天你先离世，叫我们后死之人多么悲痛难忍啊！

黄兴有"中国革命之拿破仑"之称。而人们把"孙黄"比喻为"孙（中山）是一面旗，黄（兴）是一把剑"。章太炎这样挽黄兴："无公则无民国，有史必有斯人。"胡适曾在当时写《黄克强先生哀辞》："当年曾见将军之家书，字迹娟逸似大苏。书中之言竟何如？'一欧爱儿，努力杀贼！'——八个大字，读之使人慷慨奋发而爱国。呜呼将军，何可多得！"生前跟随黄兴的李书城概括了黄兴的品质："黄克强总是个最平实的人，做事有功不居，光明磊落；作战身先士卒，爱护袍泽；做人推诚务实，容忍谦恭；受谤不言诠，受害不怨尤，不道人之短，不说己之长。"

黄兴有八个子女，五个儿子分别命名欧、中、美、球、寰，女儿的名字都有一个"华"字。有"面向世界，振兴中华"的寓意。我在全国政协曾多次参加过纪念辛亥革命的重大活动，国内的黄兴亲属以黄乃为代表，而邀请的海外亲属则是黄兴的三女黄德华及女婿薛君度。薛君度为美国多所大学教授，设立黄兴基金会，对辛亥革命有深入研究。在接待他的时候，他多次向我谈到，国内辛亥革命的研究"扬孙抑黄"，对黄兴研究不够。顺便提到，外交部龚澎的父亲龚镇洲，辛亥革命时是革命军旅长，任虎门要塞司令。黄兴很欣赏他，将夫人的堂妹许配给他。说起来，黄兴还是龚澎的姨夫。

纵观黄兴的一生，他文武双全，行胜于言，为践行自己的理想，一直冲锋在第一线，愈挫愈勇，百折不挠。被称为"八指将军"的黄兴，辛亥一场，轰轰烈烈，名留青史。但世人不知，他的诗词书法一流，潇洒柔情，尽显豪杰风流。他留存的有限的诗大多为牺牲的志士所作，读后悲壮毅勇，振羽鸣雄，"万方多难立苍茫""时有清风振我衣"的诗句，剑锋所指，催人奋进，让人不忘使命，随时披征衣跨战马，前仆后继，勇往直前！

漫云女子不英雄

——鉴湖女侠秋瑾的诗

不惜千金买宝刀，貂裘换酒也堪豪。

一腔热血勤珍重，洒去犹能化碧涛。

这首秋瑾的《对酒》诗是我年轻时就能够背诵的，那时就在我的脑海里留下了英雄豪侠的气势和风格雄浑的印记。她被捕严刑后从容就义前，只书一句"秋风秋雨愁煞人"，壮志未酬，雪愤莫名，慷慨悲壮，给世人留下了千古的回响和夺魄的悲歌。

秋瑾，浙江山阴县（今绍兴市）人，生于福建南部。原名闺瑾，乳名玉姑。留学日本时易名瑾，字竞雄，自号鉴湖女侠。幼与兄妹同读家塾，天资颖慧，过目成诵。11岁已习作诗，常读杜甫诗和辛弃疾、李清照词，吟哦不已。后随祖父到绍兴，短期随父居台湾。她博览群书，讨厌脂粉，说自己是"好吟词赋作书痴"。秋瑾19岁嫁给湖南湘乡豪富王黻臣之子王廷钧，但婆母暴戾专横，丈夫是纨绔子弟。秋瑾常感婚姻不幸，所嫁非偶，知音难遇。她作《满江红》抒发心志，下阕道："身不得，男儿列；心却比，男儿烈。算平生肝胆，因人常热，俗子胸襟谁识我？英雄末路当磨折。莽红尘、何处觅知音？青衫湿！"

秋瑾后结识京官廉泉妻子吴芝瑛。吴思想开明，倾向维新，文学书法皆好。两人义结金兰，认为知己。秋瑾决定脱离封建家庭，变卖首饰，赴日留学。在东渡的轮船上，她吟道：

漫云女子不英雄，万里乘风独向东。

诗思一帆海空阔，梦魂三岛月玲珑。

铜驼已陷悲回首，汗马终惭未有功。

如许伤心家国恨，那堪客里度春风。

　　秋瑾到日本，即入留学生会馆补习日文，受留学生爱国运动的影响，她在横滨参加了以"推翻满清、恢复中华"为宗旨的三合会。参加了"戊戌六君子"纪念会，并发表演说。在留学生会馆重组共爱会。她交游广泛，结识了众多志在反清的革命青年。其间曾回国会见蔡元培、徐锡麟，参加了光复会。二次东渡后，秋瑾入日本青山实践女学附设师范班学习，她读了一学期，选了九门功课。在校经常身穿和服，手持刀剑，练习体操、剑击和射击技术，还跟人学习制造炸药。秋瑾参加了留日学生欢迎孙中山大会，后参加洪门，加入同盟会，任浙江分会主盟人。旅日期间，她有感甲午之耻、辛丑之败，风雨飘摇，清廷腐败，神州陆沉，写了一首《鹧鸪天》：

　　祖国沉沦感不禁，闲来海外觅知音。金瓯已缺总须补，为国牺牲敢惜身！　　嗟险阻，叹飘零，关山万里作雄行。休言女子非英物，夜夜龙泉壁上鸣。

　　这首词中，秋瑾的器宇襟抱表露无遗。词的原稿后来在秋瑾被捕时为清廷搜去，作为"罪状"公布。但恰是这一举措，为后人留下了秋瑾宝贵的诗篇。

　　在回国前的集会上，秋瑾从马靴中取出倭刀插在台上，说："如有人回到祖国，投向清廷卖友求荣，吃我一刀！"日本之行，使秋瑾坚定了革命信念，她说，男子之死于谋光复者，不乏其人，而女子则无闻焉。愿与诸君交勉之。她抱定决心：中国妇女为革命流血，自我秋瑾开始吧！

　　秋瑾回国后，在湖州南浔镇浔溪女学任教员，结识了女学校长徐自华，成为莫逆之交。秋瑾的学生吴珉自愿跟随参加光复会，掌管大通学校

秋 瑾

和光复军的机密文件。秋瑾还到上海联系会党首领，试制炸药，筹创《中国女报》，抨击封建旧礼教，宣传妇女解放。其间着手光复会的组织发展，为起义准备了大批军事干部。秋瑾在大通学校主持校务后，将浙江光复会联络点移至大通，在徐锡麟去安庆后，实际担任领导。她联络地方官吏，掩盖革命面貌。并利用大通学校校董的身份，屡往沪杭和浙江十余县，筹集经费，运动军界、学界，发动会党。她还在绍兴设立一个体育会，自任会长，招各府会党头目习兵操。她也经常在和畅堂客厅会见光复会同志，统一力量，组建光复军，拟定了"军制"和起义路线，起草推翻清王朝的檄文，为武装起义做准备。

由于龙华会保密不严，走漏风声，清兵搜查出党人名簿，以此牵连大通学校。这时安庆起义失败，徐锡麟英勇就义。秋瑾得知后悲痛异常，坐泣于室，抱定"革命未成死不休"的决心，当夜写绝命词。为掩护浙江万余名义军，保存实力，她镇定指挥大通师生掩藏武器，焚毁名册，疏散学生，转移信札文件。其间有人几次劝秋瑾离开，她神色自若，一直留在学校。清军包围大通学校，秋瑾等人力战被捕。

当年绍兴知府不敢审讯秋瑾，命山阴县令提审，秋瑾坚不吐供，只书一个"秋"字就停下了，让她继续写，乃顺笔写成"秋风秋雨愁煞人"。山阴县令无计可施，只得仿造供词，强捺指印结案。秋瑾英勇就义于绍兴古轩亭口，时年32岁。山阴县令被命处死秋瑾后，未去刑场，天天拿着秋瑾的遗墨"秋风秋雨愁煞人"七字注视默诵，每至涕下，三个月后悬梁自缢。批准处死秋瑾的绍兴知府及浙江巡抚，在舆论压力下被撤职调往他地，但各地各界拒绝其赴任，最终下场可悲。秋瑾慷慨赴死，其浩气已威震天地。

2015年是秋瑾140周年诞辰。这位"女中豪杰"当年以鲜血唤醒昏睡的同胞，以生命激发了历史不朽的荣光。两个结拜姐妹徐自华、吴芝瑛在她就义后，哀痛欲绝，遵以前定下的"西泠埋骨之盟"，将秋瑾灵柩落葬于杭州西泠桥畔。前后历经风雨，湘浙争葬，来回迁移，有"十葬秋瑾"之说，最终仍葬于西泠桥畔。现在人们还能在这里凭吊这位不能忘却的"中国历史上妇女的伟大代表人物"。

徐自华也是诗人。她与秋瑾一见如故，经常剪烛谈心，倚窗唱和，评论诗文。两人情趣高洁，不慕势利。她们都喜梅花，留下许多咏梅诗。秋瑾为国殒身后，徐自华痛哭致疾，写下《哭鉴湖女侠》十二章，又撰祭文，回忆她们"文字之契，相知之沉"。在杭州致祭时赋诗：……风雨成孤坟，雷霆激寸衷。莫抛儿女泪，继起是英雄。据报载，当年秋瑾变卖首饰收养的童养媳、后来浔溪女校的学生吴珉（为纪念秋瑾改名吴惠秋），一直追随秋瑾成为革命伙伴。秋瑾牺牲后，她辗转求学、与光复会联络、战地救护、到竞雄女学任教员。后她一直隐姓埋名，以秋师洒血轩亭、视死如归的精神激励自己，生命不息。每年去西湖之畔祭吊秋瑾，从未间断。最后发现她在上海提篮桥小菜场以卖咸菜度日，1957年受聘为上海市文史研究馆馆员，1977年去世，终年91岁。

秋瑾是近代最为出色的抒情诗人，其诗词已列入琳琅满目的经典作品。秋瑾的诗风和人格是融为一体的，她的人格也成就了她伟大的诗篇。秋瑾的诗词已有很多人研究，说她的诗词：颇有渐离击筑之风，音调高亢，文辞雄丽；又如引吭作燕赵之悲歌，慷慨悲壮，一唱三叹；再如公孙大娘舞剑，光芒灿然，不可逼视。正如蔡元培说，纪念秋瑾，人们不禁会"咏其诗，想见其为人，流连凭吊，情不自已"。现在我们能见到的秋瑾诗词有240多首，惜有许多未及时收集而遗失。

试读她深夜拟妥起义计划后写下的名篇《秋风曲》，全诗以"秋"字一贯到底，把秋风、秋月、秋霜、秋思里的意象推送出来，如马蹄飞溅，浪激拍岸，狂风卷云，魅力四射，超凡脱俗，将自己的声音和思绪，推送在秋天的一个个意象里，融化在不可遏制的激情之中。《秋风曲》全诗是：

秋风起兮百草黄，秋风之性劲且刚。
能使群花皆缩首，助他秋菊傲秋霜。
秋菊枝枝本黄种，重楼叠瓣风云涌。
秋月如镜照江明，一派清波敢摇动？
昨夜风风雨雨秋，秋霜秋露尽含愁。
青青有叶畏摇落，胡鸟悲鸣绕树头。
自是秋来最萧瑟，汉塞唐关秋思发。
塞外秋高马正肥，将军怒索黄金甲。
金甲披来战胡狗，胡奴百万回头走。
将军大笑呼汉儿，痛饮黄龙自由酒。

　　她的诗词质朴自然、清新流畅。大部分是旧体，但注入了新的革命内容。她的七古，写得很有气势，汪洋恣肆，一泻千里。在七言中杂有四言、五言，以至十言、十二言的长句，读起来跌宕回旋，有一种起伏错落的节奏感，表现了自由新诗的倾向。虽然后期的诗词有的是急就章，但仍铿锵谐和，豪情四射。

　　前面提到当她得知徐锡麟身死的消息后，当夜写下的《致徐小淑绝命词》：

痛同胞之醉梦犹昏，悲祖国之陆沉谁挽？
日暮途穷，徒下新亭之泪：
残山剩水，谁招志士之魂？
不须三尺孤坟，祖国已无干净土；
好持一杯鲁酒，他年共唱摆仑歌。
虽死犹生，牺牲尽我责任；
即此永别，风潮取彼头颅。
壮志犹虚，雄心未渝，中原回首肠堪断。

　　这首词可看出秋瑾关键时刻的"豪杰"人格，即"挺身而出，以担当世运，或舍身而去，以自求其志"。愿以自己的牺牲，唤起民众的觉醒，体现了她自平地而起，拔乎流俗之上的精神，单纯且高贵。

秋瑾的诗词一扫过去女子文学春愁秋怨的凄凉与伤感，以及纤细哀婉的格调，以她参加的革命思想内容和积极浪漫主义的艺术风格立足于近代诗坛。她早期写过不少咏物诗，以梅兰菊水仙等，表达其喜爱素雅，反对粉饰雕琢的情愫。她也写了不少秋景，抒发内心的哀愁和知己难觅的孤独。她歌颂秦良玉、沈云英和花木兰，对祖逖闻鸡起舞、周瑜火烧赤壁、屈原九死未悔，皆入诗抒怀。她刻一方"读书击剑"玉印自勉，写诗道："但得有心能自奋，何愁他日不雄飞？"投身民主革命后，她写了一系列宝刀宝剑诗，如"神剑虽挂

秋瑾手迹

壁，锋芒世已惊。中夜发长啸，烈烈如枭鸣"。其英雄气概，壮怀激烈，跃然纸上。秋瑾不但擅长诗词，文章也属白话上品，"工诗文词、著作甚美"。她还写过弹词《精卫石》，以民间说唱的形式，宣扬妇女解放，抨击封建制度，关心祖国危亡，抒发爱国深情。前面提到秋瑾东渡日本时已写出"漫云女子不英雄"的豪迈诗篇，待她二次归国途中，闻日俄之战、践踏东北，即在船上奋笔：

> 万里乘风去复来，只身东海挟春雷。
> 忍看图画移颜色，肯使江山付劫灰。
> 浊酒不销忧国泪，救时应仗出群才。
> 拼将十万头颅血，须把乾坤力挽回。

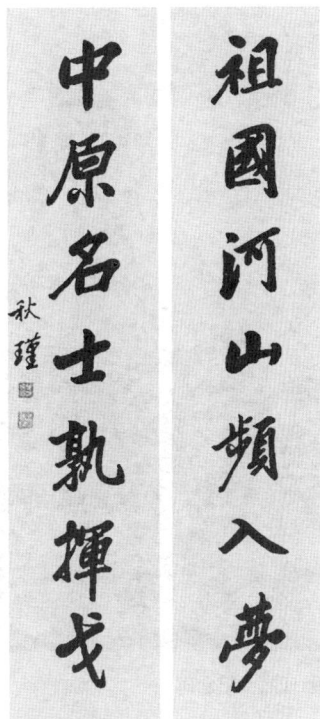

秋瑾烈士纪念碑

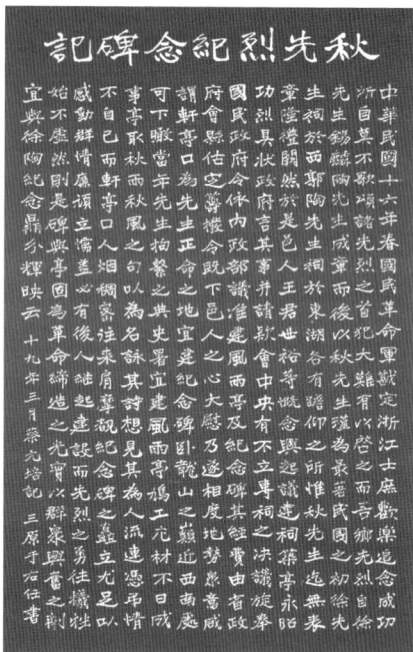

于右任书《秋瑾墓志铭》

这一去一回的两首诗的对比中，我们已领略了其浓烈的反帝爱国的精神。

秋瑾遇难，只留下"秋风秋雨愁煞人"的诗句。最近读《悠悠我心——中国经典诗人传奇》一书，说1964年发现了秋瑾最后的绝命诗，据载：秋瑾得悉清兵渡过钱塘江，要围攻大通学堂的消息……抄小路直奔大通学堂，路过卧病在床的光复会会员许一飞家，秋瑾探望后随手在一本书衬底背面写了诗一首：

大好时光一刹过，雄心未遂恨如何？

投鞭沧海横流断，倚剑重霄对月磨。

函谷无泥累铁马，洛阳有泪泣铜驼。

粉身碎骨寻常事，但愿牺牲保家国。

这一首诗名《失题》和记载，以前都未见过，是不是秋瑾的绝命诗，录此，待证。

2010年春，我专程去了绍兴，在秋瑾故居细看文物，在和畅堂和花园水井边驻足良久。孙中山为秋瑾亲书"巾帼英雄"四字，撰联："江户矢丹忱，多君首赞同盟会；轩亭洒碧血，恨我今招侠女魂。"周恩来题词："勿忘鉴湖女侠之遗风，望为我越东女儿争光。"我拍下这些手迹照片，想起了鲁迅小说《药》里夏瑜坟上的花环寓意，心里涌现出鉴湖女侠一首首超逸雄豪的诗篇，情不自禁地会吟出她的《咏梅》诗：

> 开遍江南品最高，数枝庚岭占花朝。
> 清香犹有名人赏，不与夭桃一例娇。

将我巾帼裳，换你征衣去

——读何香凝勖励将士诗

1932年1月28日，日军向上海大举进攻。十九路军在淞沪孤军抗战。

淞沪战斗爆发当夜，何香凝召集组织各方面赴前线慰问和战地救护。从前线回来后，她发起捐献棉衣运动，在租界设难民收容所，分发救济品。她还给海外华侨拍去求援电报，号召捐钱捐物，支援抗战。为解决医护人员不足的问题，她办伤兵医院，办妇女救护训练班。她说：我愿意闻抗日伤兵的血腥臭味，不愿闻腐化官僚的臭味！她对蒋介石按兵不动，破坏阻挠抗战十分愤慨，带病去南京面见蒋，为十九路军抗日求援。对蒋介石"攘外必先安内"的政策进行了严厉的谴责，说到气处，激动得流下眼泪。

何香凝把原来盖在廖仲恺灵柩上的一条裙子寄给蒋介石，并附一首诗，原题为《为中日事赠蒋介石及中国军人的女服有感而咏》：

> 枉自称男儿，甘受倭奴气。
> 不战送山河，万世同羞耻。
> 吾侪妇女们，愿赴沙场死。
> 将我巾帼裳，换你征衣去！

张治中率第五军由南京到上海参战时，何香凝还把这首诗附在致张治中的信里。并送去女服一件，请他转达"黄埔学生的将领"奋起抗敌。

黄埔健儿对廖师母寄诗军中，血脉偾张，一些将领通电请战。何香凝激动流泪道：中国不缺热血男儿呀！她为鼓励军人抗战，又赠诗孙元良转属下各部："君流血，我流泪，锦绣江山被人取，增你勇气，快到沙场去，恢复我失地，好男儿，救国不怕死，死亦留名于万世。"

十九路军被迫撤到常熟一线时，何香凝亲率慰问团赴常熟慰问抗日将士，当即慷慨赋诗："倭奴侵略，野心未死。既据我东北三省，复占我申江土地；叹我大好河山，今非昔比。焚毁我多少城市？残杀我

何香凝

多少同胞？强奸我多少妇女？耻！你等血性军人，怎能咽得这口气！"

1933 年，二十九军以"宁为战死鬼，不作亡国奴"的精神，在长城与日寇血战，夜间以大刀冲入敌营。何香凝为此写下《颂祁光远团长》和《大刀赞》诗，其中有"边关连日风雨恶，赢得英雄热泪多""警尔扶桑木屐儿，再来刀下情不饶"，这些诗句鼓舞了士气，表达了无畏的抗敌气概。

1937 年七七事变后，何香凝仍写诗《勖励将士》："妇女手中线，征人身上衣。针针含敌忾，勉子杀敌夷。""八一三"淞沪抗战，她赶往前线，向苏州河南岸坚守四行仓库的八百壮士挥手致意，当晚致信慰勉，称赞勇士们英雄豪壮的气概和仰俯无愧的牺牲精神，并送去救伤药品和食品。女作家谢冰莹不愿在后方过宁静的生活，组织战地服务团，毅然赴前线为伤兵服务。她在给丈夫的戎装照上题字："不灭倭寇，誓不生还。"何香凝为她的爱国精神感动，亲笔题诗给她："征衣穿上到军中，巾帼英雄武士风。锦绣江山惨遭祸，深闺娘子要从军。"

相信任何一个不甘做亡国奴的中华男儿读了这位伟大女性的诗后，都会热血沸腾。这首诗强烈地鞭挞和讽刺了妥协投降行径，极大地激励了中

国军人抗日到底的决心。打仗是男人的事，面对日军的侵略，只能义无反顾，血染沙场，拼死卫国。

何香凝，原名瑞谏，号双清楼主，广东南海县人（现已划归广州）。她出身于香港一个富商家庭，但少年时代就追求新知识，坚持去"女馆"读书，拒绝缠足。与廖仲恺结婚后，将兄嫂家屋顶晒台上的破屋作为"新房"，白天他们研读诗文、谈论时事，夜晚皎洁月光给斗室洒下一片清辉。何香凝触景生情，曾写下了"愿年年此夜，人月双清"的诗句，把爱巢命名为"双清楼"。何香凝还变卖家具嫁妆首饰，凑钱供丈夫留学日本。1909 年，夫妻惜别时，何香凝写了一首七言绝句相赠：

> 国仇未报心难死，忍作寻常泣别声。
> 劝君莫惜头颅贵，留取中华史上名！

何香凝东渡后，在日本结识孙中山，参加中国同盟会。随同孙中山从事革命活动。"二次革命"失败后，举家再次赴日。在东京加入中华革命党，积极参加讨袁和护法运动。之后当选为国民党中央执委、妇女部部长、广东省政府委员，主持广东妇女工作，支援北伐战争。1924 年孙中山提出新三民主义革命纲领，在改组中国国民党和国共合作的重要抉择时，她和廖仲恺是最积极的支持者。

这位刚烈的女性，无论是为革命事业，还是为妻为母，在那个时代大潮中，不惧艰难竭蹶、颠沛流离，表现出浩气凛然、坚韧不拔的巾帼英雄气概。

廖仲恺被叛变的陈炯明抓捕后，何香凝冒着倾盆大雨只身上白云山，闯进军事会议的会场，将一杯白兰地一饮而尽，义正词严地向陈炯明交涉，终使廖仲恺虎口逃生。廖仲恺曾给她写过一首诀别诗："后事凭君独任劳，莫教辜负女中豪。"三年后廖仲恺被国民党右派杀害，何香凝在粤军的追悼会上，以大无畏的气概宣告："苟利于国，则吾举家以殉，亦在所不辞。"她在挽联中表示：

致命本预期，只国难党纷，赞理正需人，一瞑能无遗痛憾？
先灵应勉慰，使完功继事，同魂齐奋力，举家何惜供牺牲！

蒋介石叛变革命后，何香凝拒绝参加反苏反共的"国民党特别委员会"，拒绝做蒋介石、宋美龄的证婚人，毅然辞去国民党中央执行委员，声明抛弃南京国民党政府给她的一切职务，不拿他们的一分钱薪俸。日本占领香港后，她长途跋涉到桂林，在城郊养鸡种菜，靠绘画帮补生计。蒋介石派人送钱和信件，她坚拒不受，将支票和信件退回，并在信封上写下两句诗："闲来写画营生活，不用人间造孽钱。"

何香凝的儿子廖承志当时 25 岁，任全国海员总工会党团书记。在上海被捕，被叛徒指认。同在狱中的陈赓出主意，要尽快让他母亲何香凝知道，把事情闹大，有利于斗争。于是廖承志表示要带路去破获共产党机关，他将汽车直接带到法租界何香凝住处，何香凝看见廖承志戴着手铐，顿时大嚷，特务知道上当将廖承志毒打带回。何香凝立即发出《致全国军事政治长官电》，将廖承志被捕事通告全国，呼吁援救。她不顾重病，让人用藤椅抬上汽车，去找吴铁城交涉。宋子文、蒋介石怕事情闹大，不好收场，将廖承志释放。何香凝又掩护其逃出上海，支持儿子到川陕苏区。

皖南事变后，中央指示将在香港的进步文化和民主人士转移到安全的地方。八路军驻香港办事处主任廖承志亲自指挥，在东江纵队的配合下，历时半年，行程万里，将包括何香凝在内的 800 余人抢救出来。完成任务后，廖承志自己却被叛徒出卖再次被捕。何香凝在韶关得知消息后，愤恨之极，立即赶往乐昌营救。通过各种渠道，奔波达一年之久。

在抗战中，何香凝组织"战地服务团"奔赴各地。积极协助配合宋庆龄"保卫中国同盟"的工作，女儿廖梦醒任宋庆龄秘书、"保盟"办公室主任。为抗战捐饰献金，输送药品，她还挥毫作画，义卖筹款，支援前方将士。汪精卫发出卖国求荣的"艳电"后，她拍桌子直斥汪精卫是无耻汉奸、民族败类。皖南事变后她发表宣言，严斥蒋介石策动内战的阴谋，并在各地作抗日救亡的演讲。民主人士聚会，她挥笔写下："坚决实行三大政策，每饭不忘！"她强忍女婿李少石被杀害的悲痛，呼吁停止内战。她参与筹组中国国民党革命委员会。她坚信蒋介石"卖国求荣霸业"必将崩溃，她赋诗"香江遥向中原望，力可回天尚有人"，寄希望于中国共产党人兴邦治国。何香凝以铁一般的信念，火一般的热情，以文章、讲演、信函、谈话、绘画、咏诗、募捐、献金等方式，在抗战中宣传、发动、组织群众，作出了重大的贡献。她一个女子，在国家大义前，坚守气节，傲骨铮铮。毛泽东称她："先生一流人继承孙先生传统，苦斗不屈，为中华民族树立模范，景仰奋兴者有全国民众，不独泽东等少数人而已。"

在上述这些过程中，何香凝写了许多流传后世的诗文。

何香凝《狮图》

我们知道，何香凝曾在日本本乡女子美术学校毕业，画得一手好画，无论是在"苦斗不屈"的年代，还是在新中国成立后她担任高职的时候，都留下了大量的美术作品。我在对台办工作的时候，曾协助侨务办公室出版了她的《双清书画集》。她画的雄狮，让我们想到了民族的觉醒；她与人合作的岁寒三友图，让我们看到了傲雪的风骨。她的画，引起众多名人如赵朴初、陈毅、郭沫若、于右任、柳亚子题诗，留下了许多诗画佳话。她的画，如她的诗的风格一样，看不出任何娇媚婉约，可谓铁骨铮铮，豪迈雄奇。她的诗，没有任何脂粉气，其诗风固然与她"诗如其人"的性格有关，更是她一生所系跌宕起伏、苦斗不屈的大时代使然。本文一开始引的勋励抗日将士的诗句，足可展现一个真正的"女汉子"和巾帼英杰在国家危亡的关头，挺身而出、敢说敢为的浩然之气。

雪端百札自千秋

——黄炎培的诗话

　　我在全国政协工作，闻之曰之最多的就是"民主"二字，政协职能就有"民主监督"一项。这使人不得不想起当年黄炎培在延安与毛泽东的"窑洞对"。

　　1945年在延安，毛泽东问黄炎培来延安考察几天有什么感想。黄炎培坦率地说："我生六十多年，耳闻的不说，所亲眼看到的，真所谓'其

1945年7月，毛泽东等到机场迎接来延安访问的国民参政会参政员黄炎培等一行六人。右起：毛泽东、黄炎培、褚辅成、章伯钧、冷遹、傅斯年、左舜生、朱德、周恩来、王若飞

兴也淳焉，其亡也忽焉'，一人，一家，一团体，一地方，乃至一国，不少不少单位都没有能跳出这周期率的支配力。大凡初时聚精会神，没有一事不用心，没有一人不卖力，也许那时艰难困苦，只有从万死中觅取一生，既而环境渐渐好转了，精神也就渐渐放下了。有的因为历时长久，自然地惰性发作，由少数演为多数，到风气养成；虽有大力，无法扭转，并且无法补救，也有为了区域一步步扩大了，它的扩大，有的出于自然发展，有的为功业欲所驱使，强求发展，到干部人才渐见竭蹶、艰于应付的时候，环境倒越加复杂起来了，控制力不免趋于薄弱了。一部历史，'政怠宦成'的也有，'人亡政息'的也有，'求荣取辱'的也有，总之没有能跳出这周期率。"他说："中共诸君从过去到现在，我略略了解的了。就是希望找出一条新路，来跳出这周期率的支配。"

听了黄炎培的这番见解后，毛泽东对他说："我们已经找到新路，我们能跳出这周期率。这条新路，就是民主。只有让人民来监督政府，政府才不敢松懈。只有人人起来负责，才不会人亡政息。"黄炎培认为："这话是对的。""只有大政方针决之于公众，个人功业欲才不会发生。只有把每一地方的事，公之于每一地方的人，才能使地地得人，人人得事。把民主来打破这周期率，怕是有效的。"

《延安归来》书影

"窑洞对"有简繁不同版本，最早出自黄炎培写的《延安归来》。以上引自中央文献出版社出版的《毛泽东传》一书里的原文，应是核对过的。回顾走过的坎坷经历，现在人们深刻地认识到，毛泽东和黄炎培在"窑洞对"达成的共识——民主和监督，在国家政治生活中是多么重要。其中关于周期率的一段对话，对执政党都是鞭策和警示。至今学者对周期"率"还是"律"进行争论，各有坚持。1945年9月，毛泽东到重庆谈判，三顾特园拜访张澜，还对在场的黄炎培说，他在延安畅谈国是的话,"何曾敢于忘怀!""今天我能聚会在'民主之家',我们共同努力,日后生活在'民主之国'。"1949年毛泽东在香山双清别墅邀请做客的民主人士,还对黄炎培重提"兴亡周期"的问题。据说开国大典那天,毛泽东暗暗地流泪。毛岸英问他为何,他说想起了与黄炎培的谈话。这段逸事有人解读,这泪是"为跳出周期率之难而流"。在这之前的8月26日,毛泽东还曾致信黄炎培说:"民建办事采用民主方式亦是很好的,很必要的。此种方式,看似缓慢,实则迅速,大家思想弄通了,一致了,以后的事情就好办了。"经过"文革"的沉重灾难,回顾这段历史,后一辈人在思考:民主的问题,依然是克服兴亡周期率所必须解决的新历史难题。

黄炎培,号楚南,字任之,生于上海浦东川沙。是被毛泽东称为老师(徐特立)的老师的教育家。他的字"任之",自己解释道:一是需要我承担的事,对人民大众有利的事,就当仁不让,任之任之;二是做的事对国家和人民有利,我行我素,笑骂由他,任之任之。他21岁就在松江府试中以第一名的成绩考中秀才,娶亲成家后辞去塾师的营生,到上海南洋公学读书。江南乡试中了举人。此后回到家乡,兴办小学、女学,传播新思想。他是辛亥革命元老,两次拒绝出任教育总长。他创办了职教社,开创了我国职业教育。他亲赴日本考察,呼吁防范日本侵略。抗战中,他创办救国研究会和上海市民地方维持会。他曾六下南洋,向东南亚各国的华侨商贾化缘来大笔资产,援助抗战。他创建了民建、民盟两个政党,并首任主席(主委)。他终生从事教育,不愿为官。1949年周恩来劝说他为人民做事,才出任政务院副总理兼轻工业部部长。

黄炎培著作等身,对诗词可谓情有独钟,出版过四部诗集,一生所作诗词联达3000余首。许多未收集的还散见于报刊和日记之中。他自述开蒙时读了《唐诗三百首》。9岁时老师出题"家在江南黄叶村",命演绎成四句,首二句写出"处士家何在,江南第几村",得到老师褒奖。某长辈出一联"相对一庭花,久而生厌",立对出"纵谈千古事,快也何如"。夸奖之下,黄炎培对诗特别感兴趣。入人家的书斋,必乱翻、借阅诗集。14岁时,老师指示学诗须从整饬凝练下手,到后来功夫成熟,转入自然;若舍难图易,清空变为浮滑,病将无法矫正。命他读温飞卿、李义山一派的诗，他还说："后来，走上了奇艰极险的世路，家国的忧危，身世的悲哀，越积越丰富，越激烈，情感涌发，无所宣泄，一齐写入诗里来。"新中国成立后，友人常索讨新诗，他忙毕工作后说："咱们先公后'诗'吧！"上述黄炎培延安之行，他在大街小巷自由行走，样样觉新鲜，晚在窗月下、枕上朦胧中吟成七律《留别延安诸友》一首：

> 飞下延安城外山，万家陶穴白云闲。
> 相忘鸡犬闻声里，小试旌旗变色还。
> 在昔边功成后乐，即今铃语诉民瘝。
> 鄜州月色巴山雨，都在天高地厚间。

黄在此诗后注：延安城宋范仲淹筑以防西夏者。鄜（fū）州，即延州。这首诗有不同版本，可能是作者在不断斟酌而修改。据黄炎培日记，此诗后四句是："在昔边功成后乐，即今铃语诉时艰。鄜州月色巴山雨，一为苍生泪欲潸。"当时延安"怀安诗社"的林伯渠读后曾写《和黄炎培先生留别延安诗》，本文选择了步韵的一版："手御飞车下万山，眷怀斯世未能闲。十年戎马关河瘦，四海波涛日月还。斗望足当天下事，慈航可渡众生瘝？蜀云深处一昂首，为听潮音侧耳间。"

黄炎培因诗，也留下不少诗话。一次黄炎培在参观沈钧儒之子画展时，针对红军过茅台镇的传讹，为所画茅台酒题写一诗。董必武将诗画买下来送到了延安，据说还挂在延安杨家岭的会客室里。题诗是：

> 喧传有客过茅台，酿酒池中洗脚来。
> 是假是真吾不管，天寒且饮两三杯。

1945 年 7 月，黄炎培等六位国民参议员赴延安访问。得知消息的陈毅就专程前来看望。隔日，毛泽东宴请黄炎培，桌上摆着茅台酒，周恩来、陈毅作陪。席间，陈毅提议饮酒联句，大家赞同。毛泽东率先作曰"赤水河畔清泉水"，周恩来续道"琼浆玉液酒之最"，黄炎培接句"天涯此时共举杯",陈毅举杯一饮而尽,收句曰"惟有茅台喜相随"。吟罢,众人不禁相视拊掌大笑。

写诗的人,最喜知音,唱和乃是最好的交流。1942年在重庆,黄炎培看了历史剧《屈原》,为之感慨不已,吟诗表达心情。郭沫若读后,情难自禁,写和诗若干。两人相互唱和,引发重庆各界步韵唱和者甚众,成为一时之快事。

1952年冬,黄炎培到南方视察,陈毅特地以茅台酒来欢迎。席间,提到了那首《茅台》诗,感慨曰:"当年在延安,读任之先生《茅台》一诗时,十分感动。在那时我们艰难困苦,能为共产党说话的可谓空谷足音,能有几人!"两人端起茅台酒,赋诗唱和,传为佳话。

黄炎培原配过世后,他与姚维钧一见倾心,书信往来百余封,通信中互赠诗作。黄在婚礼时的告亲友书中说,此是"佳人易得,同志难求",并称姚为自己的"吟侣"。两人经常在葡萄架下,坐在藤椅上谈诗品诗,或时有唱和,可谓夫唱妇随,伉俪情深。

此外,他与柳亚子也多有游园唱和。

毛泽东曾亲笔给黄书函60余封,数度晤谈。两人亦有诗交。1949年在香山双清别墅,毛泽东就向黄索要他写的《五斗诗》。后又索要黄的《苞桑集》及《苞桑集后诗存》,手书诗册一直放在身边。他对黄说:"人民喜欢你的新诗,我却喜欢你的旧诗。"黄则撰文云:"先生尝评我诗'有情有志',此示我辈做诗兼做人之方也。"毛泽东还亲笔书写将自己的诗作回赠。黄炎培的三子黄万里被打成右派,但其诗仍被毛夸赞,说他的词《贺新郎》写得好,我爱读。

写诗的人,亦爱撰联,对联亦对写律诗有帮助。《黄炎培诗集》里,为人为己写过不少对联,如他自题书斋,成为家训:"毋忘孤苦出身,看诸儿绕膝相依,已较我少年有福;切莫奢侈过分,闻到处向隅而泣,试问你独乐何心。"再如:"当仁而不让;时至然后言。"他的集清真词句联:"阑干倚处,行人更在春山外;秋千影里,双燕归来细雨中。"都颇有功夫。

对诗,黄炎培有自己的看法。他说,诗有两个名贵的条件,或说有两

黄炎培

个心愿，一是作诗歌须与唱合，二是诗歌与唱，须与话合。他认为诗是天然具备这条件的，古时有所谓"依咏""和声"。所谓诗与话合，就是诗的辞句必须通俗，使一般人都能了解。他说，自60岁那年起，一时意兴有所触发，决心试写一般民众能读的诗，称为解放体或半解放体诗。但他又说，凡学过规律的，回头学解放体，反而为难，难在既要白话，又要有诗味。对诗集里的创格，黄炎培说："不拘曲调，直写情怀，意在去典就俗而无伤于雅。"他拿酒作比喻：黄酒、白酒虽有分别，没有酒母，不成为酒的。他说："我所爱的，是有诗味的诗，虽然承认非规律而合于白话的为合理，却并没有菲薄过规律的。""不薄今人爱古人"，他坚持按这样的路子写诗。

最有资格评论黄的诗词的应是其夫人姚维钧。她认为，五四运动后，虽高唱文学革命，然而至今没有找到一条新的途径，旧诗既难合时代的要求，新诗又乏易于遵循的轨道。她说黄炎培的诗"虽然是试作，它的形式和精神，尚近于时代的要求"。他的《天长集》"其中除自感自惕的诗词外，颇多应酬作品，他的忠勇和真挚，横溢于字里行间，为公为私，都是热情的发舒，敏感的流露。由此知凡有感而发，因情而抒写的文艺，总不失为佳作"。

黄炎培的知交江问渔为其诗集写序，评论黄的诗："思力沉厚，趣味隽永，音调铿锵。""写景能体物入微，剪裁精妙，抒情能一唱三叹，意味深长。用思则神识超越，一空拘滞。用笔则流转爽利，左右逢源。且时有奇句警语，令人读之神移心动。其为古体长篇，则浑涵汪洋，千汇万状。律诗绝句，更是笔势遒峭，不落恒蹊。殆真能取唐宋诸家之长而自成一种新制者。"

黄炎培从来"惜时如金"，年逾古稀时，做事终日忙碌，仍精神饱满，忙里偷闲的唯一自娱方法就是作诗。他也颇好游览，兴到笔落，吟成后随手记在日记本上。但先生并不是专以作诗为事的一个诗人，纯粹是以工作的余时余力，遇到感兴，偶一为之耳。

黄炎培的儿子黄方毅说，1949 年后，随着一场一场的政治运动，他所写诗词难免有表态、应景的色彩，较少读到早年的情感奔放与人性激情之作。但即使如此，也有值得玩味之诗。他举 1961 年写的《京郊秋游五绝句》第五首，原诗注：颐和园介寿堂前梅，晤仲勋副总理。

> 湖风吹船化龙骧，得工行节曲曲廊。
> 多感秾情赠红叶，开门一握习襄阳。

此诗典出东晋名士习凿齿，襄阳人，著有《汉晋春秋》。黄炎培先祖春申君黄歇（曾率众开发黄浦江乃有今日之上海）与习凿齿都是荆楚豪族。而当今黄炎培与习仲勋都是坚持正义不趋炎附势，在颐和园介寿堂前梅树下晤谈，忆及先人，故有"习襄阳"之称。后来习仲勋代表中央出席黄炎培诞辰的纪念大会，他称黄：敢讲话，讲真话。黄炎培是少有的"敢谏""直谏"的诤友，他见到习仲勋，脱口一句"开门一握习襄阳"，成为抚今追昔的妙句。

顺便提一下，黄炎培六个儿子都是高学历和各方面的学者专家。曾任全国工商联主席的黄孟复是黄炎培的孙子，即黄炎培二子黄竞武的次子。黄竞武在解放前夕被国民党特务抓去杀害。三子黄万里是著名的水利专家，其女婿是数学家杨乐。六子黄方毅是全国政协委员，我们彼此认识，多有交往。我也读过他不少回忆文章。

黄炎培立身处世有八句座右铭："事闲勿荒，事繁勿慌。有言必信，无欲则刚。和若春风，肃若秋霜。取象于钱，外圆内方。"他于 1965 年12 月去世，在他人生谢幕时，写下最后一诗，最后两句是："双捧赤心输党国，雪端百札自千秋。"不久"文革"开始，他意想不到的事情发生了。这首诗让人读后颇为感慨。他不在了，但诗留人间，意蕴千秋。

白头吟望中原路

——于右任的怀乡诗

葬我于高山之上兮，望我大陆；

大陆不可见兮，只有痛哭。

葬我于高山之上兮，望我故乡；

故乡不可见兮，永不能忘！

天苍苍，野茫茫，

山之上，国有殇！

"这是多么震撼中华民族的词句！"

此诗，凄切、深沉、悲愤、苍凉，饱含海峡两岸分离之痛，摧肝裂胆，读之泪下。

此诗，是 1962 年 1 月国民党元老于右任身体不适，彻夜难眠，伏案在日记本上写的。之前他在日记中写道："我百年后，愿葬于玉山或阿里山树木多的高处，可以时时望大陆（旁注：山要最高者，树要大者）。我之故乡，是中国大陆。"后来他又一晚不眠，吟咏不止，天明时用毛笔重新书写。原诗无题，有不同版本，名曰《望大陆》（又名《望故乡》或《国殇》）。"台湾中央社"发表时，将"国有殇"误作"有国殇"。据病中陪侍者说，于右任病重时曾试写遗嘱，因心绪不宁，写了撕，撕了写，结果一字也未留下。鉴此，《国殇》被视作遗嘱。

于右任，出生在陕西三原，祖籍泾阳。原名伯循，字诱人，晚号"太平老人"。诱人典出"夫子循循善诱人"（《四书》），谐音自称"右衽"。

"衽"即衣襟，中原地区的人往往以"左衽"为受异族统治的代词，于右任反其道而行之。"任"又是"衽"的谐音。

于右任家世微寒，父亲 12 岁入川当学徒，母亲为甘肃逃荒到陕西的难民。他两岁丧母，由伯母房氏抚养，舅父关照。他小时放羊，后常以"牧羊儿"自称。在村马王庙学塾启蒙，常到鞭炮作坊卷纸炮赚钱买盐。他 16 岁中秀才，23 岁中举人。八国联军攻占北京，他抗议清廷行径，散发以明心志，写出对子："换太平以颈血，爱自由如发妻。"流亡上海时，他同马相伯等人改造震旦公学，以"复旦"命名，有复兴中华之意。他早年结识孙中山，加入同盟会。坚持办报，屡挫屡创，赢得"先生一支笔，胜过十万毛瑟枪"的美誉。曾任"护法运动"陕西靖国军总司令。辛亥革命成功后，他任交通部次长，代理部务。他曾受李大钊之托赴苏联，敦请冯玉祥回国进军西北，出兵潼关，策应北伐。后来身居国民政府监察院院长等要职。他肃贪、赈灾、办学，布衣粗食，两袖清风。成名后，他不忘家乡和恩人，将房氏当生母供养，并寻找有恩的舅父，声称"陕为吾父，甘为吾母，中国是我的家"。陕西大旱三年时，饥民挖掘房氏坟墓，企望变卖殉葬品。于右任得知悲痛万分，但复电"不要追究"，只饮泪作诗："发冢原情亦可怜，报恩无计慰黄泉。关西赤地人相食，白首孤儿哭墓年。"

于右任擅歌赋，长诗词，仅问世的诗词就有 1000 多首。抗战期间，

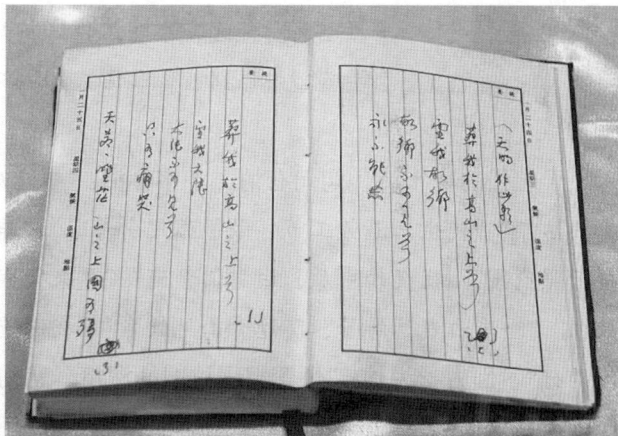

于右任《望大陆》日记手稿

他在兰州游兴隆山，谒成吉思汗陵，写下慷慨激昂的一首小令："兴隆山上高歌，曾瞻无敌金戈。遗诏焚香读过，大王问我：几时收复山河？"重庆谈判时，于右任宴会上与毛泽东谈诗论政，认为毛泽东《沁园春·雪》气势不凡，"数风流人物，还看今朝"是"激励后进之佳句"。毛泽东笑而答曰："怎抵得上先生'大王问我：几时收复山河'之神来之笔。"两位拊掌大笑，举座皆欢，乃诗坛佳话。

1949 年于右任被迫去了台湾。孤岛一隅，垂暮之年，他睹物怀旧，触景伤情，无时无刻不在怀念关中桑梓，思念家乡亲人。"风雨一樽酒，江山万里心"，每至重阳，他必邀请飘零到台湾的诗人老友，登高北望，赋词吟诗，道不尽对家乡的思念：

> 年年置酒迎重九，今日黄花映白头。
> 海上无风又无雨，高吟容易见神州。

于右任最怕过生日，他实在想家呀！在大陆有他熟悉的三秦大地，有他年迈的妻子和心爱的女儿，有他办校培养的莘莘学子，有殷切盼望他早日归来的长安父老。但无奈形势使然，他只能用诗来忧思泣诉：

> 嫩绿新芽次第栽，名园曳杖且徘徊。
> 人间佳种知多少，天上晴云自去来。
> 老屋翻新村径远，小畦尽艳好花开。
> 白头吟望中原路，待我归来寿一杯。

于右任的晚年诗，句句有情，字字含泪："难忘床前挥涕语""每翻迁史泪沾襟""我生三遇劳工节，做炮孤儿念母时""昨宵梦入中原路，马首祥云照庶民""夜夜梦中原，白首泪频滴""更来太武山头望，雨湿神州望故乡""垂垂白发悲游子，隐隐青山见故乡""夜深重读牧儿记，梦绕神州泪两行"。邵力子说他："怀念祖国故旧的深情，悲伤零落的忧思，情见乎于词矣！"

于右任

　　他尤其思念在大陆的妻子，常常夜不能寐，中宵披衣而起，漫步庭院，遥望北方，泪湿衣衫。他想到他们结婚快 60 周年了，从柜子里取出夫人从西安辗转送来的布鞋、布袜，抚视良久，老泪纵横。提笔写下《忆内子高仲林》："两戒河山一枝箫，凄风吹断咸阳桥。白头夫妇白头泪，留待金婚第一宵。"夫人 80 岁寿辰时，于右任感到他不在大陆，夫人一定会很冷落。周恩来闻讯，即派其女婿屈武携外孙专程去西安为于老夫人祝寿，并予医疗照顾和生活补助。周恩来说："只要于先生高兴，我们也就心安了。"祝寿情况和家书要寄到台湾去，屈武要让岳父知道周恩来的关心，不知如何署名，邵力子告，写《爱莲说》的周敦颐在庐山莲花峰下的小溪上筑室讲学，以故乡的濂溪为其命名，人称周敦颐为濂溪先生，当年于右任谈到周恩来，都是隐称为濂溪先生，其他人不知这个秘密。信安全转到于右任手中，老先生很激动，连连拱手，说濂溪先生如此之忙，却没忘了他，要来人转达他诚挚的谢悃。而每当于右任有诗传过来，周恩来亦很激动，他说："于右任先生是位公正的人，有民族气节。"他曾当众吟诵于右任写的《南山》一诗。我从国家图书馆借到了《于右任诗词选》，查到了这首诗：

南山云接北山云，变化无端昔自今。

为待雨来频怅望，欲寻诗去一沉吟。

百年岁月羞看剑，一代风雷荡此心。

莫把彩毫轻掷去，飞花和泪满衣襟。

纵观于右任所有诗篇，具有时代内容和史诗价值。柳亚子为《右任诗存》题诗有句："卅年家国兴亡恨，付与先生一卷诗。"他的诗忧国忧民，沉郁豪放，劲直雄浑，苍凉悲壮。有人说"持节求民瘼，寻诗访战场"二语殆于诗全部精神之写照。

于右任被迫到台湾已是古稀之年，晚年愈感老迈，"争说先生年八十，牧羊孩子已成翁"。抚今追昔，更加感叹。他记起孙中山辞临时大总统后在上海宴客摄影，当年34人仅存他一人，他题照："不信青春唤不回，不容青史尽成灰。低回海上成功宴，万里江山酒一杯。"1961年，他又将此诗题赠忘年之交袁希光。此诗前两句我曾经引用，成为同学聚会回忆往事、撰写忆文留住历史的警语。若干年后，海峡两岸"两会"终于见面握手，台湾客人将于诗改为："不信天星挽不回，不堪回首劫余灰。江山幸有新机遇，共尽樽前酒一杯。"

于右任诗词与书法"双峰并峙"。他的书法，称"于草"，有"旷代草圣"的美誉。他第一个将魏碑和小草书打通成一片，开创碑学新境界。他将篆、隶、草法入行楷，独辟蹊径。他编定了《标准草书》千字文，成立草书研究社，收藏石刻200多块，主张"易识、易写、准确、美丽"，为"一字万同"之"标准草书"创立一套形式美的法则，使千古无定之草书定型，使后世能于平易中得草书妙理。早年他背一个褡裢，里面仅有两枚印章，有人求字，提笔就写，拿印便盖，从不收钱。他每日临帖不辍，书写的条幅、对联等数以万计，"取会风骚之意"，"本乎天地之心"，进入写意、抒情的艺术境界。据说毛泽东曾让田家英收集和欣赏他的书法作品。他题得最多的是"为万世开太平"。蒋经国办公室挂着他题写的"计利当计天下利，求名应求万世名"的条幅。《廖承志致蒋经国先生信》曾引用了此联。坊间流传他醉酒后为人写下一幅"不可随处小便"，得者尴尬。

后重新拆开装裱，变成"小处不可随便"的中堂警句，令人意外叫绝。

写了大量诗篇的于右任对诗有自己的看法。他认为诗词应当：一发扬时代的精神；二便利大众的欣赏。他说："诗是大众言志的工具，而不是一部分人的怡情玩具。""诗的体裁，必须解放。伟大的天才、伟大的思想，决非格律所能限制的。""诗应化难为易，便于大众欣赏。"他主张："作旧诗的，也宜有兼容并包的襟怀，择善而从的雅度。取旧诗之所长，补新诗之所短。融会贯通、截长补短，以收调节折中之效。"他专门写了一首《诗变》：

> 诗体岂有常，诗变数无方；
> 何以明其然？时代自堂堂。
> 风起台海峡，诗老太平洋；
> 可乎曰不可，哲人知其详。
> 饮不渴之源，骋无穷之路；
> 涵天下之变，尽万物之数。
> 人生即是诗，时吐惊人句；
> 不必薄唐宋，人人有所遇。

1964年，于右任86岁与世长辞。他没有留下任何遗言，重病昏迷不能言语，他伸出一个指头，过了一会儿又伸出三个指头，不知何意。后人猜测：将来中国统一了，将他的灵柩运回大陆，归葬于陕西三原县故里。人们发现他生前不让别人随便打开的铁箱中，有他逝世前两年的日记。日记中即有本文开篇所述的话语。

"三间老屋一古槐，落落乾坤大布衣。"这是人们对先生的评价。大陆三原故居和那株300多年的古槐，也始终不忘这位被周总理称作"有民族气节"的人。台湾也举办纪念活动，推崇他在"监察院院长"任内，以身作则，家无恒财，倡风良序，澄清吏治。洪秀柱还引用文天祥的《正气歌》来追思他："哲人日以远，典刑在夙昔，风檐展书读，古道照颜色。"

"轩辕中原在，子孙识所归。"是于右任题为《断魂》的诗句。他辞世

于右任与家人在台北

后，根据其遗愿，被安葬在台北阳明山主峰，墓碑正对着西北方向。在海拔3997米的玉山顶峰，竖立起一座他面向大陆的半身铜像。有联："海气百重开，终古有灵飞太华；国殇高处葬，此山不语看中原。"顾毓琇曾写《越调天净沙》三首，其一曰："春秋八六沧桑，玉峰雪白山苍，一代中原令望，万人钦仰，白头长卧花香。"

于右任终于了却了登高远眺故土的心愿。《望大陆》一诗，不仅被人们看成了他的遗嘱，也是他们这一代人对两岸复归统一望眼欲穿的期盼。

冯玉祥的"丘八诗"

　　回忆往事，我在全国政协港澳台侨委员会办公室工作的时候，冯玉祥的女儿冯理达是该委员会的委员，经常到政协参加会见台湾来的各界人士。有时她一身海军戎装来我办公室坐坐，谈谈她学习理论和对传统医学的看法。由此我也经常想到我20岁时登泰山，经过冯玉祥墓时的情景。

　　冯玉祥原名冯基善，字焕章。原籍安徽巢湖，生在河北沧州。少时家境困窘，哥哥冯基道读私塾时，补上骑兵之缺，学业中止，但学费不退，冯玉祥去替学。闲时他就向说书人和父亲营中的同僚学文化。他只读了一年零三个月私塾就辍学了。11岁时，父亲在淮军为他补上一名兵额，以便领取一份"恩饷"，贴补家用。填写姓名时，管带不知道他的名字，随手写了"冯玉祥"三字，这是他当兵易名的来由。14岁正式入营当兵，军中叫他"冯大个子"。

　　从军后，他生活俭朴，不改平民本色，人称"布衣将军"。

　　辛亥革命爆发后他参加滦州起义，张勋复辟时率部入京击溃张部。后任第十一师师长、陕西督军。1924年直奉战争期间，隶属吴佩孚的冯玉祥倒戈张作霖，脱离直系，发动北京政变，推翻直系曹锟的北京政府，驱逐清王室溥仪出宫。将所部改称为国民军，任总司令兼第一军军长，电请孙中山北上主持大计。1926年在直奉联军进攻下通电辞职，赴苏联考察，同年加入中国国民党。与李德全结婚后，他与张克侠成了国共两党的传奇连襟。1926年7月，北伐战争开始。国民军在南口败退。危难之时，李大钊先后三次电请冯玉祥回国，希望他收拾残局，整理旧部，配合南方的国民军北伐。冯玉祥慨然接受李大钊的建议，在绥远五原誓师，遂进军西北，解围西安，率领西北军出潼关参加北伐战争。因军队编遣等问题与蒋发生利害冲突，发生了蒋冯战争，后又与阎锡山组成讨蒋联军，爆发蒋冯阎中原大战，失败后所部被蒋收编。隐居山西汾阳峪，后隐居泰山。1933年5月，在察哈尔组织民众抗日同盟军，任总司令。失败后他再次隐居泰山读书，并邀请了一些共产党人和左派民主人士讲学，共同分析世界形势，评论国内政局，同时，加强与各地抗日爱国力量的联系。

抗战胜利后，冯玉祥不愿打内战，以考察水利的名义到美国。出国前还写了一首诗："这次远去美利加，时刻不忘我国家，德智群体都研究，回来建设新中华。"在美国，他谴责蒋介石腐败政府发动内战，出卖国家利益，换取美国军援，致使美援大幅削减。1948年中共中央发出召开新的政治协商会议，筹备民主联合政府的号召，冯玉祥立即写下遗嘱，冒险踏上归国之路。但所乘客轮失火，冯玉祥及小女儿罹难。李德全抱着他的骨灰回到了哈尔滨。根据其生前意愿，葬于泰山西麓。周恩来在贺冯玉祥60岁寿辰的文章中，曾这样概括他："……先生的丰功伟业，已举世闻名。自滦州起义起，中经反对帝制，讨伐张勋，推翻贿选，首都革命，五原誓师，参加北伐，直至张垣抗战，坚持御侮，在在表现出先生的革命精神。其中尤以杀李彦青，赶走溥仪，骂汪精卫，反对投降，呼吁团结，致力联苏，更为人所不敢为，说人所不敢说。这正是先生的伟大处，也正是先生的成功处。"他逝世后，毛泽东罕见地两次题写挽联，称他"置身民主，功在国家"。

冯玉祥不仅是一位爱国将领，也是一位激情满腔的爱国诗人。他从小读书不多，文化不高，但他知道嗜酒狂赌的害处，便在军营里用心读书、学写字，因为穷，就用细竹筒缠上麻丝，蘸着黄泥在铁片上练字。他一生辗转坎坷，但好学不辍，即使在戎马倥偬中仍手不释卷。最早读《封神演义》《施公案》等书。在借看《三国演义》的时候，还下决心将此书抄下来。他怕影响别人睡觉，就"凿壁藏光"：在靠近铺位的墙上凿了个方洞，把油灯放在洞里，探头进去看书。他后来在《我的读书生活》中总结说：读书，好像是吃甘蔗，越往下吃越甜。冯玉祥很尊重知识分子，隐居泰山时，特别聘请了陶行知为他讲授哲学，李达讲授辩证唯物论，邓初民讲授《资本论》，陈豹隐讲授政治经济学，范明枢等讲授历史，赵望云讲授书法美术。吴组缃在清华读研究生，经济拮据，冯玉祥就聘他做国文教师。每周两节国文课，每次冯玉祥都到大门口迎接，并双手奉茶，上课从来不接待客人，恭恭敬敬地听讲，写好作文也是双手捧给老师说："吴先生，请你帮我改一改。"冯已是50多岁声名赫赫的大将军，对才20多岁的吴先生执弟子礼这样恭敬，让人感动。抗战开始后吴先生在冯玉祥身边做了12年的秘书。1940年冯玉祥居重庆，请翦伯赞给他讲"中国史"，并与他成为亦师亦友的知己。

杂书读多了，就爱写诗。冯玉祥自谦地说，他的诗粗而且俗，和雅人们的雅诗不可相提并论，自称所写的诗为"丘八诗"。他说，我是一介武夫，是个大兵，丘八，即兵字上下拆开，意为当兵的人写的诗。冯玉祥将军一生共创作诗1400多首，出诗集10多部，其中大多数是在重庆创作的，仅1939年就写了140多首。他赴鄂西督察防务一月，现场作诗50余首。诗泉不断，墨涌笔尖，他走到哪儿诗就写到哪儿，先后写出《小南海》《开会》《鼓掌》《医院》《训练所》《福音堂》《被服厂》等。到国立九中，写出反映学生生活清苦的《午饭》。他还将许多节约献金的典型人物写成了诗，如《于翔女士》《肖县长》《凌先生》《甘江》《县长夫人郑玉清》《号兵李泽金》《李治帮》《老太婆》《四位先生》等。

他的诗，都是有感而发，针砭时弊，爱憎分明，质朴如话，不拘一格，是亦诗亦史的口语诗体。既具有唐代大家白居易的遗风，又有著名的民间诗人张打油的风格，反映了他的政治经历与生活，抒发了他的爱国爱民情怀，表达了他对真理的追求。

他写自己的军旅生活：

> 一个军床一马鞍，一件棉袍一条毡；
> 笔墨纸张书两套，努力革命家伙全。

又如：

> 玉祥本是一平民，世间苦乐知最真。
>
> 一切衣食与住行，宁俭不奢誓终身。

隐居山西汾阳山村，他写《晨起有感》描述自己的困顿生活：

> 黎明即起下山走，走到泉边先洗手。
>
> 两杯凉水三千步，一盘咸菜两碗粥。

孙中山先生提倡植树造林，冯玉祥身体力行，每到一处，都大量植树，对驻地森林也倍加维护。在常德驻防种植树木 5 万棵。在徐州驻防时，一边练兵，一边大力种树。他写了一首诗作为告示："老冯驻徐州，大树绿油油。谁砍我的树，我砍谁的头。"抗战胜利后，他为反对内战而避居美国。仍关注祖国的绿化，打电报要家乡的父老乡亲多植树，并作《森林》一诗："森林密层层，独自慢慢行；红叶和绿叶，天然画图成。"

中原大战后，冯玉祥遭遇军政上最大的挫折，他在山西的一座古庙里，反复朗诵文天祥的《正气歌》，提笔写诗：

> 革命从来坎坷多，洒尽热血为山河。
>
> 屡挫屡败终必胜，挑灯夜读《正气歌》。

他自己最满意的两首诗是《生死》和《献身》，他将《生死》诗看作是他的座右铭：

> 人人都有死，何必论早迟。
>
> 只要为大众，虽然早死亦永生。

抗战时期，冯玉祥出面主持中华全国文艺界抗敌协会，以"丘八诗人"资格当选理事。自己出资创办"三户图书印刷社"，合办一批抗战通俗刊物，刊登广为传播的大鼓词、韵文、地方戏曲等。皖南事变后，"三户"接盘了受困的"生活书店"，仍竭力出版进步文艺作品，如艾青的

《诗论》，田汉的《秋声赋》，臧克家的《向祖国》等。

冯玉祥对蒋介石有一个认识过程，后来他悔恨与蒋结盟，促使宁汉合流，参加清党。在抗日讨蒋的过程中，看清了蒋汪的卖国嘴脸，秘密与共产党联系。上海"一·二八"事件，他建议增援十九路军，遭到拒绝。他苦叹道："国破山河在，人民饥寒中。国势危如累卵，民众忧心如焚。锦绣河山，宁送友邦，不与家奴。"他曾以请辞国民政府军事委员会副委员长，相劝蒋介石同意红军编三个师参加抗战。1941年，冯玉祥60岁寿辰收到一封信，内有一颗子弹，警告他不要与共产党来往。他知道此是戴笠所为，将信原样封好转送蒋介石，蒋打开一看，内写："收到一封奇信，我不敢一人独赏，特奉献给贤弟一阅。"1942年，他受周恩来的委托，营救过在广西被捕的胡志明。抗战胜利后，他坚决反对内战，在重庆亲自宴请毛泽东，笑谈溥仪送回来如何处置。他还不顾安危面见蒋介石直言道："日本都无条件投降了，你是要做什么？罗斯福大总统在百忙中常去钓鱼，我希望你也找一个地方钓几个月鱼去。我也要写我的丘八诗，画我的丘八画。你千万别听坏小子们的话，什么这有问题、那有问题。"在美国，他演讲称蒋介石是"屠宰公司的总经理"，并发表公开信让蒋下野，"把所有的交还人民"！

冯玉祥和李大钊共同参加滦州起义，李大钊在几次关键时刻都为他出谋划策。他们彼此信任，堪称师友。李大钊牺牲后，他含泪诵读自己写的诗《吊李大钊等二十位同志》，将诗刻碑立在潼关，称他是"中国自五四运动以来新思想界的泰斗"，并下令全军戴孝出征，将士悲愤杀敌。

抗战在武汉，他与周恩来晤谈，赞其"极精明细密，殊可敬可佩也"，回来在墙壁上写了隶书八字"吃饭太多，读书太少"以自剖。茅盾称冯将军以业余诗人说到做到，作品适于"下乡"和"入伍"，令人不胜钦佩。老舍经常修改冯玉祥的"丘八诗"，他们同行督查，一路写诗痛斥汪精卫叛国投敌，写出名诗《菜花黄》。路上见到新兵病死，他开追悼会，写出《祭新兵王玉金》。在重庆北碚，他骑马视察民情，看到农民屋檐下挂满一排排苞谷，欣然吟咏道：

一群鸭，在桥下；

游着水，叫咖咖。

稻穗已秀茂，肥鸭田作家。

大雨时常落，农民不害怕。

房下悬苞谷，色黄如金杆。

一排复一排，使我手足舞。

有此好收成，抗日少痛苦。

"文协"举办纪念鲁迅大会，他讲话赞鲁迅精神一是真、二是硬、三是韧，发表了《纪念鲁迅》七言诗，开头几句是：

纪念忌辰怀鲁迅，须学鲁迅好精神。

鲁迅精神安何在？战斗要诀一个"韧"！

韧性战斗莫屈挠，再接再厉再振奋。

我们方当抗战时，正须如此求生存。

1941年，冯玉祥还作过一首《悼白求恩大夫》的诗词，洋洋洒洒共68句：一位外国人，名叫白求恩。来自加拿大，不辞苦与辛。为我独立战，矢志献其身……

冯玉祥在回国的"胜利"号轮船上写给李济深的五言长诗《小燕》：海洋深蓝色，雪浪花正翻。云淡时将午，风清船不偏。……这182句诗，是他一生中最后的文字。

冯玉祥的这些诗，情感真挚，用词朴实，通俗易懂，不拘形式。喜乐哀怒均成诗，并迅速流传到民间。他所谓的丘八诗，是口语话诗体，朴实，真挚，直率，爽快，上口，爱憎分明，雅俗兼备。他的诗品同他的人品交相辉映。在泰山期间，他吟诗、练字、学画。吟诗是吟抗日救国为民的丘八诗，练字是练隶书和魏碑体，学画是画抗日救国和农村农民画。这些诗画被刻成48块石碑，立于泰山。老舍曾评论"泰山石刻"："那些诗既不以风花雪月为题，自然用不着雕词镂句；他老是歉意地名之为'丘八诗'。其实句句是真，自具苦心也。"周恩来这样说："丘八诗体为先生所倡。兴会所到，嬉笑怒骂，都成文章。"郭沫若题诗中赞扬冯玉祥"丘八诗章石点头，气塞苍溟歌益壮"。很少题联的邓颖超也赞他："写诗写文章，亦庄亦谐如口出；反帝反封建，不屈不挠见襟明。"

冯玉祥

冯玉祥还经常用隶书写对联。宣传抗战他写得最多的是："要想着收咱失地，别忘了还我河山。"他住室的墙壁上题："救民安有息肩日，革命方为绝顶人"，用以自勉。儿子出国留学，临别时写了一副对联："欲除烦恼须无我，历尽艰难好做人。"有一张冯玉祥的照片，背后有一副他书的对联"纸糊三阁老，泥塑六尚书"，是明朝人讽刺不说话不做事的大臣的两句话。

我现在还想到冯玉祥的泰山陵墓看看。据说"文革"时期，泰山许多神庙墓碑都被砸了，当地农民却将他的墓地保护得完好如初。清明时，我们似乎还能听见前来扫墓的学生们齐声朗诵他的自题诗《我》：

平民生，平民活，
不讲美，不讲阔。
只求为民，只求为国。
奋斗不懈，守诚守拙。
此志不移，誓死抗倭。
尽心尽力，我写我说。
咬紧牙关，我便是我。
努力努力，一点不错。

柳亚子与南社

我知道柳亚子这个名字，缘起于背诵两首毛泽东诗词。一首是《七律·和柳亚子先生》，针对柳诗"分湖便是子陵滩"，毛泽东吟出"莫道昆明池水浅，观鱼胜过富春江"。另一首是《浣溪沙·和柳亚子先生》，在1950年国庆观新疆等少数民族歌舞晚会上，毛泽东步韵奉和，即兴道："诗人兴会更无前。"

由和诗又读近代史。当年中共领导人在纪念辛亥革命的讲话中，将陈去病、柳亚子等列为辛亥革命著名的风云人物。由此知道，这些风云人物和他们创办的南社，在中国近代民主革命和知识分子运动中，写下了浓墨重彩的一页。

柳亚子，初名慰高，字安如，更名弃疾，江苏吴江黎里镇人。曾从名士徐山民的女儿徐凡如读书，《诗经》《唐诗三百首》都能熟练背诵。幼受母教，喜读古诗。以贾岛"十年磨一剑，霜刃未曾试"的诗意为书斋起名"磨剑室"。15岁读卢梭的《民约论》，改字为"亚卢"。16岁去吴江县城，又经府道两级考试，中了秀才。他结交文人墨客，府上高朋满座，客厅挂着苏东坡集句联："古来画师非俗士，此间风物属诗人。"17岁至上海，入爱国学社，参加同盟会，为蔡元培、章太炎弟子，始谈革命。柳亚子与高天梅、陈去病经常饮酒作诗，"约为结社之举"。据说高天梅在酒后建议柳改号叫亚子，说："唐有个李亚子，是个武人，且很风流，能填小词。我别号剑公，你叫亚子，子和公正好顺对，既是革命同志，又是作诗的搭档。"后朋友中就以"亚子"称之。

1909年11月，这个"三巨头"本着"钟仪操南音不忘本也"，重视诗文的作用，发起创立了清末文学团体——南社。命名南社，含有反抗北庭的意义，具有浓厚的反满色彩，会员多为同盟会员。他们先后在上海、杭州等地举行多次雅集，每次结集出版一部诗文集，共印了 22 集，汇为《南社丛刻》。会员入会填表都有编号。第一次结集在苏州虎丘张公祠，到会 17 人，两桌船菜，通过了《南社条例》，选举了职员。酒兴正浓时，还讨论了诗词问题。原只订定"品行文学两优，得社友介绍者，即可入社"，后改为"本社以研究文学、提倡气节为宗旨"。

柳亚子

南社社友的作品，与同代文人相较，大多富有政治热情和革命斗争性。一般说来，"诗唱唐音，不尚西江，文喜挨藻，亦非桐城，无一定宗派。有一派则喜效龚自珍之体。"词则推重苏轼、辛弃疾的一派。他们感慨乱世亡国之痛，以激发民族精神；反对形式主义、拟古主义，与当时的同光体诗人颇多斗争。清末"同光体"、常州词派盛行，作品以宋代江西诗派为主，常州词派是张惠言所创，推崇南宋词人吴梦窗，提出"意内言外""比兴寄托"说，标举温庭筠词为典范。柳亚子不认此说，认为学诗应学唐，学词当宗五代、北宋。他说南宋词"除了李清照是女子外，论男性只有辛弃疾是可儿。吴梦窗作品最多，无非是七宝楼台，拆下来不成个片段，何足道也"。有人不同意柳的说法，干起口水仗来，后来有人作《虎丘雅集》纪事长歌，有"众客酬酢一客欹"，就是指"宗唐宗宋"之争。

这里有一个插曲，我因钟爱江南水乡，曾游历乌镇、西塘、南浔、周庄等地。在西塘特地住了一夜，看了西园南社陈列室，误以为南社就在西塘。而游历周庄，因躲避游客如潮，晚上游览，匆匆而过，不及细看。后知柳亚子等人虽多次到西塘，住在西园并与西塘南社社友摄影留念，但他与周庄的渊源更深。南社成立后，柳亚子等就涉足古镇水乡周庄。他鼓励南社成员创办乡镇小报，并解囊相助。周庄有一座小楼，是寡妇阿金妹开的小酒店，生意兴隆。柳亚子、陈去病等到周庄，常在小酒店举行各种诗会、酒会，有时通宵达旦。于是传出桃色新闻，柳亚子夫人责问："你是不是被她们母女俩迷住了？"柳亚子笑曰："正是，正是。不过是被那酒楼给迷住了。"于是，柳亚子便给小楼取名"迷楼"。在这个时期，柳亚子的诗，追怀民族英雄，悼念革命烈士，揭露清王朝的腐朽黑暗，抒发革命的怀抱和理想。在"南社诗人点将录"中，柳亚子以梁山泊上的小旋风柴进自命，敢于以"诗坛草寇"为已然。人说他是"一个以诗歌为武器的政治诗人"。他17岁就诗讽慈禧，在《论诗六绝句》中，抨击当时的各色腐朽诗派。他写下《孤愤》，怒斥袁世凯窃国。后来他赴周庄，以文会友，访叶楚伧、王大觉，赋诗韵曲，以诗文叙革命友情，著有《南湖草堂夜集》诗，同时与王大觉切磋研讨苏曼殊的诗文，将苏曼殊遗诗辑刊为《燕子龛遗诗》，柳亚子作序记其事，并资助付梓。他在《浙游杂诗》里有一首写苏曼殊："名场画虎惜行严，孤愤佯狂有太炎。更忆图圄陈仲子，曼殊朋旧定谁贤？"若干年后，有一次他抵周庄居七日，与友人四次畅饮于周庄镇贞丰桥的迷楼酒家，觥筹交错之际，创作了大量诗歌，并将诗作编成《迷楼集》和《迷楼续集》，刻印出版。柳亚子写了数十首诗，大多是赞颂文友之间的友谊和周庄的清丽景色的，也有一些诗表达了对当时黑暗现实的不满，抒发了爱国情怀，其中《迷楼曲》长达78句。周庄迷楼从此因南社成名。

南社成立后，山鸣谷应，各地文化团体和支部相继成立。南社兴盛时期，文经武纬，名流荟萃，人才济济。政界有黄兴、宋教仁、胡汉民、汪精卫、居正、戴季陶、于右任等，军界有柏文蔚、陈其美、范鸿先等，报界有叶楚伧、邵力子、邵元冲等，教育界有蔡元培、马叙伦，司法界有沈钧儒，艺术界有黄宾虹，佛教界有李叔同、苏曼殊等各界翘楚，几乎囊括了当时的主要文化精英，不少是辛亥革命的风云人物。在这个过程中，柳亚子和一些文化前辈发挥了重要作用。

应该说，南社是一个在中国近现代史上有过重要影响的文化团体，受孙中山领导的同盟会的影响，他们以报刊为阵地，诗歌为武器，鼓吹民主革命，反对清王朝的腐朽统治，提倡民族气节，"唤醒中华睡狮"，为辛亥革命做了非常重要的舆论准备，被称为同盟会的宣传部，有"武有黄埔，文有南社"的赞誉。南社这些结社的仁人志士和社员曾达到1188人。但辛亥革命后，南社成员泥沙俱下，鱼龙混杂，有

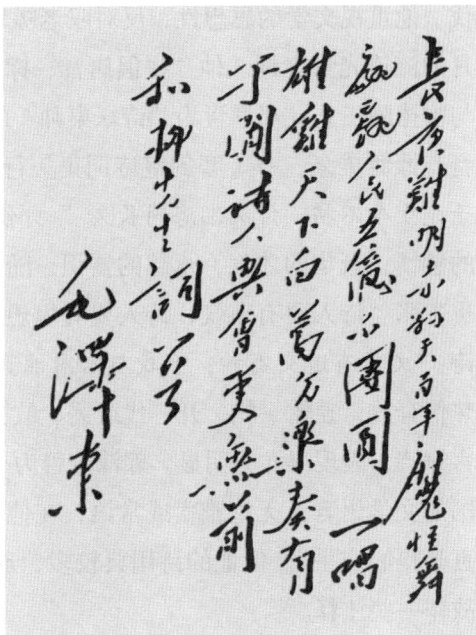

毛泽东《浣溪沙·和柳亚子先生》手迹

人沉默，有人投靠军阀，有人替蒋介石当帮凶。像柳亚子那样在反共的鼓噪中昂然高唱解放和光明，确实是凤毛麟角了。后来南社发生内讧，一蹶不振，南社编辑出版了《南社丛刻》22集后，曲终人散。对南社的分化，鲁迅早就精辟分析："即如清末的南社，便是鼓吹革命的文学团体，他们叹汉族的被压制，愤满人的凶横，渴望着'光复旧物'。但民国成立以后，倒寂然无声了。我想，这是因为他们的理想，是在革命以后，'重见汉官威仪'，峨冠博带。而事实并不这样，所以反而索然无味，不想执笔了。"五四运动以后，文学踏入了一个新阶段，柳亚子顺应潮流，又组织了新南社，着力进行国学整理和思想介绍。柳亚子被推为会长，每年两次雅集。新文化运动兴起时，柳亚子曾反对白话文和白话诗。发起成立新南社后，他转变思想，与时俱进，拥护白话诗，说："旧诗会入博物馆，新诗好置飞机场。"认为旧南社以诗为浪漫，新南社以散文白话文为主，正所谓后来居上。《新南社社刊》都是白话文，也有少量的诗歌。

在诗词上，柳亚子是反清的，对清朝遗老尤其是"同光体"大加挞

伐。他重视文学的思想性，反对叹老嗟卑的个人主题吟咏，也反对批风抹月的流连光景之词。他"提倡唐音、标榜布衣之诗"，坚持"申唐黜宋"，与吹捧陈三立、郑孝胥为"诗坛渠帅"的人展开笔战。柳亚子的诗力主唐音，慷慨雄豪，有《磨剑室诗词集》行世。郭沫若在祝寿长诗中写："亚子先生今不朽，诗文湖海同长久。"评价他"是一位典型的诗人，有热烈的感情，豪华的才气，卓越的器识，随着时代的进步而进步"。柳亚子一贯主张"诗人要有节气，诗人要有思想"。他重友情，为何香凝松菊图题诗："文章有道交有神，唯我与君同性真。"他的诗感慨豪宕、沉郁深婉，热情奔放，独树一帜，开一代敢哭、敢笑、敢怒、敢骂的革命诗风。其七言律诗，表现得尤为明显。郭沫若曾为《柳亚子诗词选》写序，认为"中国的文学语言，无论雅言或常语，在他的笔下就像是雕塑家手里的软泥，真是得心应手"。但他的诗用典较多，现在年轻人来读，要对一些历史典故作一些注释。

我最早读到的介绍柳亚子的书，是其三个子女柳无忌、柳无非、柳无垢写的《我们的父亲柳亚子》。

柳亚子与鲁迅有几次握手。鲁迅曾将自己影印的德国青年的木刻赠给他，还应柳亚子之请，泼墨挥毫写了"横眉冷对千夫指，俯首甘为孺子牛"的那首七律。柳亚子也应鲁迅先生要求，写诗相赠。后来他撰文，特别强调鲁迅的诗是中国诗坛上"不可多得的瑰宝"。他甚至在遗嘱中表示：我生平极服膺鲁迅先生也，希望死后埋葬在鲁迅先生附近。

柳亚子早就认识毛泽东，1926 年在广州国民党二届二中全会上初次晤面，后鱼雁往来。1929 年，柳亚子在白色恐怖下，不怕杀头，仍歌颂共产党人领导的革命斗争："神烈峰头墓草青，湘南赤帜正纵横。人间毁誉原休问，并世支那两列宁。"诗原注"两列宁"为孙中山、毛泽东，一生一死，故诗名《存殁口号》。他在另诗写道："十万大军凭掌握，登坛旗鼓看毛郎。"

抗日战争时，他写诗《寄毛主席延安，兼柬林伯渠、吴玉章、徐特立、董必武、张曙时诸公》：

弓剑桥陵寂不哗，万年枝上挺奇花。

云天倘许同忧国，粤海难忘共品茶。

杜断房谋劳午夜，江毫丘锦各名家。

商山诸老欣能健，头白相期奠夏华。

　　顺便提一句，柳亚子的儿子柳无忌才华横溢，用英文写过《苏曼殊》一书。女儿柳无非、柳无垢都是翻译家，合编有《柳亚子诗词选》。柳无垢学生时代曾在美国秘密保存辗转寄来的瞿秋白的遗物，后为宋庆龄的秘书，翻译了宋的文集和信件等。

　　1937 年 6 月，毛泽东收到何香凝寄赠的画集，内有柳亚子为何香凝画作的题词，便致信何香凝并询问柳的情况："看了柳亚子先生题画，如见其人，便时乞为致意。像这样有骨气的旧文人，可惜太少。得一二个拿句老话说叫做人中麟凤，只不知他现时的政治意见如何？时事渐有转机，想先生亦为之慰，但光明中域，尚须作甚大努力方能达到。"1944 年 11 月，毛泽东亲笔致信柳亚子："广州别后，十八年中，你的灾难也受得够了，但是没有把你压倒，还是屹然独立的，为你并为中国人民庆贺！"

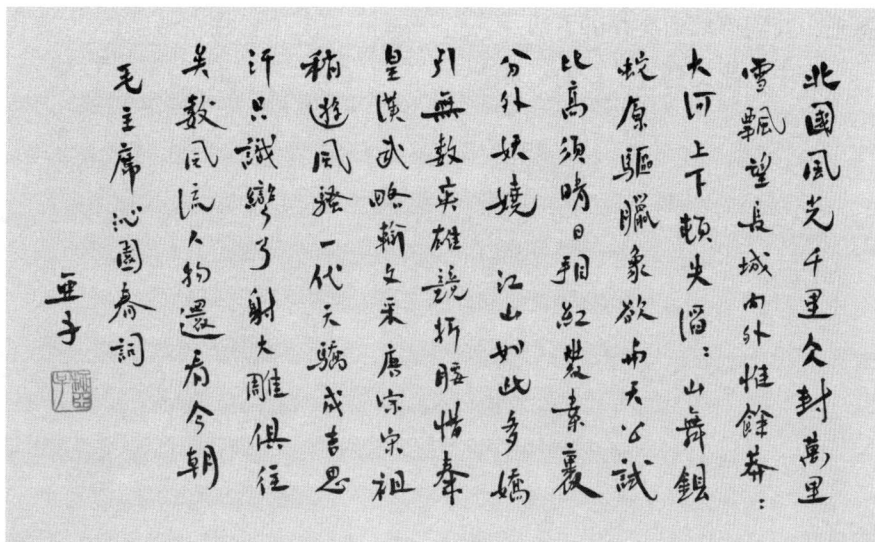

柳亚子手书毛泽东《沁园春·雪》

1945年毛泽东赴重庆谈判期间，与柳亚子等民主人士多次晤面。柳亚子写了多首诗寄给毛泽东，其中有句："得坐光风霁月中，矜平躁释百忧空。与君一席肺腑语，胜我十年萤雪功。"毛泽东致信赞扬柳诗写得慷慨豪壮："先生诗慨当以慷，卑视陆游陈亮，读之使人感发兴起。可惜我只能读，不能做。但是万千读者中多我一个读者，也不算辱没先生，我又引以自豪了。"在重庆，毛泽东将《沁园春·雪》题赠柳亚子，并附信说"似于先生诗格略近"。柳亚子读后拍案赞赏之极，认为格调之高，气势之大，胸襟之阔，简直是前无古人，"虽苏、辛犹未能抗手，况余之乎"。吴祖光得词校对后首先登报，引发山城轰动。据说蒋介石问过陈布雷，感觉如何？陈布雷唏嘘道："盖世精品，怕是千古难得一见。"

回到文始，毛泽东、柳亚子以后也用诗回顾了他们长久的交往，柳诗说："珠江粤海惊初见，巴县渝州别一时。""阔别羊城十九秋，重逢握手喜渝州。"毛泽东诗也回忆："饮茶粤海未能忘，索句渝州叶正黄。三十一年还旧国，落花时节读华章。"柳亚子从与共产党人的真诚交往中，感觉他们对人尊重，代表着光明，能赢得天下。"霖雨苍生新建国，云雷青史旧同舟。"他愿意接受共产党的领导，合作共事。1949年4月16日他从香港到北平后，在中山公园主持了最后一次南社、新南社的临时雅集，周恩来、叶剑英都到会并讲了话。

历史从此又翻开了新的一页。

捧着一颗心来，不带半根草去

——陶行知：以诗的真善美来办教育

陶行知，生于安徽歙县一个贫寒的教师之家。陶氏先祖 500 多年前由浙江绍兴迁居徽州。

陶行知从小随父识字，临摹厅堂对联，邻村秀才为其开蒙，后入家乡蒙童馆、歙县基督教办的崇一学堂读书。17 岁时考入了杭州广济医学堂，因教会学校歧视非入教学生，入学仅三天，愤而退学。后考入南京汇文书院，次年转入金陵大学文科。读大学期间，受辛亥革命影响，在校积极参加爱国活动，主编《金陵光》学报，号召全校同学努力学习和工作，发出自己的光和热，报效祖国，"使中华放大光明于世界"。辛亥革命爆发时，他曾回乡投身革命运动。

陶行知以总分第一名的成绩毕业后赴美留学，当时江苏教育司长黄炎培赞叹："真乃秀绝金陵之学子！"毕业论文中写："人民贫，非教育莫与富之；人民愚，非教育莫与智之。"已显现出有志教育事业的端倪。陶行知赴美先在伊利诺伊大学读市政学，半年后转入哥伦比亚大学师范学院，师从杜威等美国教育家。杜威主张的"教育即生活""教育即经验的改造和改组""学校即社会""以儿童为中心""从做中学"等对他有极大的吸引力。下课后他到车站、码头、饭店打工，维持生活、赚取学费。天黑一头钻进图书馆看书学习。

陶行知毕业回国后任南京高等师范学校、国立东南大学教授、教务主任等职，开始富于创意而又充满艰辛的教育生涯。他研究西方教育思想并结合中国国情，提出了"生活即教育，社会即学校，教学做合一"等教育理论。他推行"即知即传"的"小先生制"来扫盲识字。他特别重视农村的教育,认为在三亿多农民中普及教育至关重要。他与蔡元培等人发起成立中华教育改进社,毅然辞去大学的职位,亲自到工厂、军队、监狱,甚至到寺庙宣讲,并在芜湖、南昌、九江、武汉等地发动平民教育大游行,编写《平民千字课》,广泛办平民夜校、识字班和平民读书处。他当校长做农民,提出:教育是立国的根本,必须使教育下乡。他一生不遗余力推动平民教育,先后创办南京晓庄试验乡村师范(后改名晓庄学校)、上海山海工学团、重庆育才学校和社会大学。他四处"化缘"办学,自己写诗做教材,提倡趣味诗教,为普通民众和学生所称道。晓庄招生广告上写:"小名士、书呆子、文凭迷,最好不要来。"他说,我们的教育是为种田汉而办的教育,学校犁宫(大礼堂)前的对联曰:"和马牛羊鸡犬豕做朋友;对稻粱菽麦黍稷下功夫"。陶行知创立的即知即传"小先生制""小孩教小孩、小孩教成人",为当时社会扫盲普教、治愚治穷探索了新路。后他在伦敦介绍"小先生制",备受欢迎。他还创作了《小先生歌》歌词,经赵元任谱曲后广泛流传。陶行知去世后,宋庆龄在上海儿童福利站全面推行"小先生制",取得了丰硕的成果。

陶行知原名陶文濬,大学时对王阳明的"知行合一"论深为倾慕,将自己的名字改为"陶知行"。他留学回国后,一直从事教育事业,奉行"教、学、做"合一的教学主张。后来在教育实践中,发现这种教学主张不如"做、学、教"理论来得完整合理,他将"知是行之始"改为"行而后知,不行便不知"。他欣然接受晓庄师范的同事们的建议,将名字改为"行知"。他说:要把学问从私人的荷包里解放出来。"行是知之始,知是行之成",是教人从源头上去追求真理。他赋诗:行动是老子,知识是儿子,创造是孙子。有行动之勇敢,才有真知的收获。他解释:"要有孙子,非先有老子不可。"他后来在重庆,创造了一个"行知"合写的字,作为笔名。就是说要从行动中获得知识,再用知识去引导行动。行、知、行不断循环往复,只有这样,才能推动社会不断进步。他说求友不如求手,"天给我手必有用,精神全在'做'字上。"他主张"手脑并用","劳力上劳心",两者相长,他写诗、贺绿汀谱曲,定为校歌:"人生两个宝,双

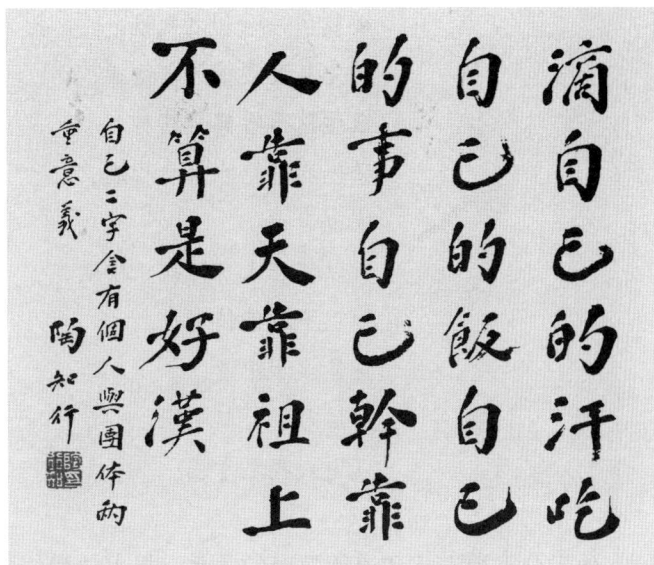

陶行知手迹

手与大脑。用脑不用手，快要被打倒。用手不用脑，饭也吃不饱。手脑都会用，才算是开天辟地的大好佬。"他在南开中学演讲《学做一个人》，主张自立立人："滴自己的汗，吃自己的饭，自己的事自己干。靠人、靠天、靠祖上，不算是好汉！"

　　陶行知和胡适是安徽老乡，在美国留学都是杜威的学生，彼此也是要好的朋友。但两人对当时抗日救亡和中国教育的看法截然不同。胡适认为中国的民族性是贫、愚、弱、私、乱，中国教育必须从这五方面下手。陶行知不同意他的看法，认为主因是帝国主义。胡适 40 岁生日时，他写诗嘲笑："明于考古，昧于知今。捉着五个小鬼，放走了一个大妖精！"在诗后他写道："流落他乡客，围炉谈适之。各凭不烂舌，吹毛而求疵。彼今四十岁，我当进寿辞。不遑论功罪，献此逆耳诗。"胡适见后，以《秋柳》为题，作诗反嘲之："但见萧萧万叶摧，尚余垂柳拂人来。西风莫笑长条弱，待向西风舞一回。"陶行知看后，立即又答了一首："这是先生自写照，诬我献舞亦奇哉。君不见吾鞭但一指，任尔东风西风都滚开。"陶行知认为，中国教育最主要的是对学生和广大人民进行反帝爱国教育。

　　在教育中，陶行知十分重视"德"的培育。他说：

> 欲载岳岳千仞之气概，
>
> 必先具谡谡松风之德操；
>
> 欲运落落雪鹤之精神，
>
> 必先养皑皑冰雪之心志。
>
> 德也者，
>
> 所以使吾人身体揆于中道，
>
> 知识不致偏倚者也。
>
> 身体揆于中道，
>
> 而后乃能行其学识，
>
> 以造人我之幸福。

　　他十分重视人才和道德教育的关系，提出"智仁勇兼修"，在道德上建起"人格长城"。他说道德教育的最高境界是：平时要"仁者不忧，智者不惑，勇者不惧，达者不恶"；有事则"富贵不能淫，贫贱不能移，威武不能屈，美人不能动"。他说：有了这些德行，无论过着什么关口，也会胜利的通过。

　　抗战时期，陶行知经过湖北宜昌，应邀到一所小学讲演。谈到日本入侵时，他深入浅出地把抗日战争的前途比作一个"春"字，解释道："'春'字上面是'三'和'人'，三人为众；'春'字下面是个'日'，众人压日，日本侵略者定会透不过气来，所以春天最终属于英勇抗日的人民大众！"陶行知巧妙地运用拆字法，说明团结抗日的重要性，博得热烈掌声。在重庆北碚，他写诗宣传抗战，在《诗人》一诗中写道：有人说我是诗人，/我可不懂，唱破了喉咙，/无非是打仗的号筒，/只叫斗士向前冲。

　　陶行知注重"启发式"教育。在武汉大学讲台上，他抓出一只大公鸡，强按鸡头吃米，鸡不吃。松开它，鸡自由了，便自行啄食了。他解释说：教育就跟喂鸡一样，强迫学生学习，把知识硬灌给他，是不情愿的，即使学，也是食而不化。如果让他自由地学习，充分发挥他的主观能动性，则效果会好得多！

　　陶行知的儿子没有正规学历，想进无线电制造厂，背着父亲索取了一张晓庄师范的毕业文凭。陶行知得知后，即电告儿子将文凭寄回，教育他弃虚务实，"宁为真白丁，不做假秀才"。

陶行知和唐纳还是好朋友。唐纳和蓝苹因婚姻纠纷，企图自杀，陶行知写诗开导他，其中说：为个人而活，活得不高兴；/ 为个人而死，死得不干净。/ 只有那民族解放的大革命，才值得我们去拼命。

谁都知道陶行知是平民教育家，但很多人可能不知道白求恩来中国是他推荐介绍的。1937 年，日本加紧侵略中国，国难日深，陶行知参与组织救国会，并担任"国民外交使节"，出国宣传抗日。为发动华侨及广泛联合国际进步人士支持国内抗战，他自筹经费奔走香港和欧、美、亚、非等 20 多个地区和国家。在美国他应邀参加洛杉矶医友晚餐会，遇见了白求恩，向他介绍了七七事变后中国面临的严峻形势以及他此行的目的。白求恩当场表示："如果需要，我愿意到中国去。"白求恩返回加拿大后，迅速组建一支医疗队，按照与陶行知的约定，不远万里来到中国。陶行知还将演讲得来的钱，买了医药器材通过宋庆龄转给白求恩。在伦敦，他和吴玉章瞻仰马克思墓，写下一首诗："光明照万世，宏论醒天下。'24748'，小坟葬伟大。"（"24748"是马克思墓的墓号）陶行知回国后，积极与共产党联系，与周恩来、邓颖超建立了深厚的友谊，在通信中表示很羡慕延安自由天地里从事教育，写过这样的诗句："延安一片弹丸地，全国人心之所寄。"

陶行知很爱诗。对于诗，他总是和教育连在一起思考，平时主张用诗歌创作和朗诵来传达他的"平民教育"理念。他说："要把育才办成一个诗的学校，要以诗的真善美来办教育"，使大家都过着诗的生活。他认为艰难困苦的"诗化"，可使人达观乐天。他说："困难诗化，所以有趣；痛苦诗化，所以可乐；危险诗化，所以心安；生死关头诗化，所以无畏。这是建设的达观主义，也可以说是创造的乐天主义。"陶行知从事平民教育，面向农村老百姓，他深知古代就有《三字经》《增广贤文》等诗教，所以他也身体力行，以诗育人，对青少年用朗朗上口的诗教，寓理于趣，寓教于悦。"慧眼观人长处，正心慎我独时。"他以诗励人，在信中把《自勉并勉同志》一诗抄给小朋友：

> 人生天地间，各自有禀赋。
>
> 为一大事来，做一大事去。
>
> 多少白发翁，蹉跎悔歧路。
>
> 寄语少年人，莫将少年误。

　　学生接信后把诗传给同学看，一传十，十传百，此诗便流传开来。他的趣味诗教，真是独领风骚。

　　陶行知的诗自然受新文学运动影响，在提倡白话、不避俗字俗语的风气下，最大特点是浅切平易、通俗易懂。所以他说："文章好不好？要问老妈子。老妈高兴听，可以卖稿子，老妈听不懂，就算是废纸。"这使我想起唐朝诗人白居易，他主张：诗歌须写得真实可信，浅显易懂，便于入乐歌唱，才算达到极致。后人评白诗"如山东父老课农桑，言言皆实"。唐宣宗李忱也说他的诗："童子解吟长恨曲，胡儿能唱琵琶篇。"作诗"老妪能解"、百姓传诵、"一语天然万古新"，反而不是一件容易的事。

　　陶行知诗，平浅中见奇特，质朴中见精神，易学易懂，易记易诵。"老妪能解"，儿童上口，是一大特色。但陶行知认为："世界上诗做得多，好的少，就是因为做诗的人，不能把生命放在诗里，不能把诗放在生命里，不能把诗和生命合而为一。换句话说：'没有诗的生命，决做不出生命的诗。'"陶行知自己在艰苦的条件下，在重庆创办战时第一所难童学校——育才学校。遇到问题，他就去向周恩来请教，一起商讨。"去时腹空虚，回时力无穷"，每次都受到教育和鼓舞。在育才学校，他写了《荷叶舞歌》，共9段81行，让师生朗诵，音乐组学生谱曲，音乐组和戏剧组共同编舞，"教学做合一"，在露天舞台演出。其中几段是：

> 若问我来历，
>
> 敦颐最先言。
>
> 但开君子花，
>
> 流芳千万年。
>
> 仍旧是，

出身污泥，
污泥不能染。

若问我前程，
义山笔传神。
笑语止凶暴，
潇湘贤主人。
同记取，
留得残荷，
可以听雨声。

舞罢力不支，
葬我周子池。
甘心情愿事，
魂魄入污泥。
待来年，
翠盖复展，
玉立报相知。

陶行知雕像

　　诗中敦颐、周子，都是指写《爱莲说》的周敦颐，义山指李商隐，潇湘贤主人指《红楼梦》潇湘馆的林黛玉，他说："我最不喜欢李义山的诗，只喜欢他这一句：留得残荷听雨声。"陶行知借这首歌勉励师生在腐朽的社会，出淤泥而不染，不向恶势力低头，"但开君子花"。

　　陶行知说："千教万教，教人求真；千学万学，学做真人。""捧着一颗心来，不带半根草去。"他为教育事业贡献了全部心力。他55岁因脑溢血去世了，但他的躬行，他的诗教，他的精神，长留天地！他不愧是中国真正的人民教育家，正如董必武诗题："敬爱陶夫子，当今一圣人。"

何当共渡桑田水，痛饮黄龙践故乡

——张学良诗托春秋家国梦

电视剧《少帅》播出，镜头之一：张学良拟离家去东北陆军讲武堂之前，对于凤至说，"男儿不展风之志，空负天生八尺躯"。可看出一个年轻人不甘囿于军阀家庭，渴望有一番作为的心态和抱负。

张学良是辽宁海城人，后来他说是在路上大车上出生。上学时，当地名流给他正式取名学良，意为学习西汉开国大臣张良，臣者卿也，取字为汉卿，寓意长大成为国家的栋梁。他是长男，叫他"小六子"，是张作霖算命得来。张学良号毅庵，别署同泽馆主。北平顺承郡王府客厅有块"定远斋"篆额是他的手迹，是他的斋名。

这让我回忆起一件事。张作霖在世时在北京购得顺承郡王府，民国年间一度为大帅府和张学良到京时的临时行辕。解放后为政府购得，作为全国政协办公地。1994 年，我到全国政协工作，正遇上修建新楼，将这座铁帽子王府第一次整体异地复建至朝阳公园。后来张学良在美国的儿子张闾琳访京，阎明复宴请时说顺承郡王府还留有张学良应分得的一笔钱。我查后得知，当年政府购买时，将张作霖和六个太太及他们的子女分割成23 份钱，22 份都已取走，确实唯有张学良一份还存在政协。我从财会取出后交给了张闾琳。这件事也算与张学良有关吧。

我最早触到张学良和那段历史的时候，还是从流传甚广的马君武的诗开始的，其《哀沈阳》之一曰："赵四风流朱五狂，翩翩胡蝶最当行。温柔乡是英雄家，哪管东师入沈阳。"这是讥讽张学良与赵四（赵一荻）、朱五（朱湄筠）、胡蝶等人的暧昧关系，当然后来知道不是事实，有失公允。

但这也引出后来史学界研究的张学良十大谜团之一的"不抵抗政策"和东三省沦陷的责任。近读作家出版社出版的《张学良身后十大谜团》及文史资料，事实才较为清晰。

张学良

九一八事变之前，张学良得了伤寒重病，在协和医院治疗。事变当天，他大病初愈，因招待宋哲元等将领，在前门外中和戏院看梅兰芳为赈灾义演《宇宙锋》。副官报告日军进攻北大营，驻军猛烈抵抗，伤亡严重，他即出席记者会通告。1990年张学良在获得自由状态下，数次接受采访说，他承认当时对九一八事变误判，认为是日本人军事挑衅，借故生事，没认清他们的侵略意图。据当时跟随张学良的机要室主任回忆：当时张学良即召集重要将领开会说明，避免冲突，不予抵抗，主要希望这个事件能和平解决，勿使事态扩大，以免兵连祸结。我们既已听命于中央，所有军事、外交均系全国整个问题，只应速报中央，听候指示。他说，我们是主张抗战的，但须全国抗战，如能全国抗战，东北军在最前线作战，是义不容辞的。据何柱国将军回忆，9月12日，蒋介石召张学良在石家庄火车上密谈。张学良向何柱国转达，蒋说："获得可靠情报，日军在东北要动手，我们力量不足，不能打，只有请国际联盟主持正义，和平解决。"其实，蒋介石的不抵抗政策，执意所谓先安内后攘外，在西安事变之前已是众所周知的。热河失陷后，他慑于全国人民要求抗战的呼声，让张学良背负不抵抗的骂名，迫使其下野出国，推脱自己的责任，已很能说明问题了。台湾现还存有蒋介石不抵抗命令的电文档案。

千秋功罪，后人来评说，都不应脱离当时客观历史背景。"皇姑屯"事件后，27岁的张学良主政东北，毅然易帜统一。九一八事变听命中央，忍辱负重。幡然悔悟后，出资支持抗日义勇军，梦想收复失地。在西北眼看"剿共"失利，派人秘密送信与中共接触，并赠送棉粮枪械，解决红军的困难。但蒋介石却顽固坚持"攘外必先安内"，强令"围剿"红军。虽然张学良多次哭谏停止"剿共"，联手抗日，却被置之不理。杨虎城将军提出"挟天子以令诸侯"，进行"兵谏"。蒋介石到西安向张、杨摊牌，要么"剿共"，要么让出陕甘，已无妥协余地。可以说"兵谏"是被逼出来的，西安事变爆发了，其最重要的意义，是停止了内战、促成了抗日民族统一战线的初步形成。

可悲的是，张学良不听劝阻，"好汉做事好汉当"，执意送蒋返宁，结果身陷囹圄，无力回天。以一人牺牲承担换取了全国抗日局面。他事后感叹："我自己的人生，只到36岁，以后就没有了！"事后客观评论，当时"如果不依照蒋先生处置西安事变的善后办法，则和平解决就不可能，兵连祸结不知要闹到何种地步，必然给日本一个绝好的侵略机会，中国也许因此亡国"。毛泽东对史沫特莱这段谈话，也从另一面说明了张送蒋返宁、拥蒋抗日是有一定意义的。历史学家认为对张学良伟大的历史功绩来说，是小我之失也。

西安事变已经过去80多年了，当年张学良与周恩来肤施夜谈，因缘际会，一见如知己。在西安事变和平解决的过程中，彼此为大义结下友谊。多少年后，即便是蒋介石余恨未消，逼迫幽禁的张学良写悔过回忆录，张仍写周"为人谦和，伶俐机敏"。面对记者的追问，他能简则简，浅尝辄止。后来他终于突破禁忌，说周恩来"是我佩服的一个人"。在中共方面，始终忘不了这位侠肝义胆的朋友。毛泽东称他"令中共抱憾的民族功臣"。周恩来曾追到机场感慨："汉卿是看连环套中了迷，他这是摆队送天霸啊！"他说："不论张学良将军死活，我们中国共产党评张学良将军为'民族英雄、千古功臣'。"在周恩来总理临去世前，躺在病床上还嘱咐道："不要忘了曾经帮助过我们的老朋友啊！"

很难想象，36岁的张学良在以后漫长的岁月里是怎么度过的。我们从他在不同场合留下的诗意里，似乎仍能读到其为世风骨和难以掩饰的桑梓情怀。

在大陆囚禁期间，张学良一度想自杀。南京秦淮河桨声灯影依旧，他只唱《四郎探母》："我好比笼中鸟有翅难展。"何柱国到溪口拜见张学良时，张要何暗中转告部下："我为国家牺牲一切，交了一个朋友，希望各袍泽今后维护此一友谊。"他还背着看守，写了亲笔密信给周恩来，称："红军同人种种举措，使人更加钦佩。"表示自己"凡有利于国者，一本初衷，决不顾及个人利害"，希望"如有密便，盼有教我"。

1938年张学良被押送至湘西沅陵凤凰山古寺里，想到一个职业军人面对强敌大举入侵，却不能挥戈杀敌，心里极其痛苦，他在书房的墙壁上写下："万里碧空孤影远，故人行程路漫漫。少年鬓发渐渐老，惟有春风今又还。"叹息岁月蹉跎、无所事事的无奈。在郴州，有时爬上山巅，仰天长啸，向身边的于凤至念上几句古人和自己的诗词。望着天际滚滚浮云和滔滔东去的郴江，他记起北宋词人秦观那首凄绝千古的《踏莎行》："雾失楼台，月迷津渡，桃源望断无寻处。可堪孤馆闭春寒，杜鹃声里斜阳暮。　　驿寄梅花，鱼传尺素，砌成此恨无重数。郴江幸自绕郴山，为谁流下潇湘去？"说着，两行热泪夺眶而出。回到住所，提笔在墙上大书："恨天低，大鹏有翅愁难展！"1941年，他在贵州黔灵山，当地名流作诗慰勉，张学良悲愤地吟道："犯上已是祸当头，作乱原非愿所求。心存广宇壮山河，意挽中流助君舟。春秋褒贬分内事，明史鞭策固所由。龙场愿学王阳明，权把贵州当荆州。"诗中引王阳明贬谪龙场三年后当归述职的典故，暗指仍希望出山领兵抗战。"荆州"之句是言刘备暂作栖身之处，贵州亦非久留之地。他仍"心存广宇"，犹思国家民族。私下对莫德惠表示，总希望在抗日战争期间能让他为祖国尽一点力气。于凤至赴美治病时，他曾暗地向于透露了许多真实的情况。

近读资料，得知张学良囚禁在贵州时，读了鲁迅著作，他说这是孤寂生活中的"维他命"和"人生永远的必需品"。说鲁迅"他不怕一切，大声疾呼，敢说敢写"，"他是为了想救中国大众'出水火，登衽席'"。"这正是鲁迅先生的伟大地方，也就是值得我们学习的处所。"在日记中他写道："读何凝①编的《鲁迅杂感选集》，感觉有些生气，同时感觉着鲁迅死

---

① 瞿秋白的笔名。——编者注

得太可惜了！可是他的文字，活气生生的，活跃于纸上，字字句句，侵入你的骨髓，振荡你的神精；我从来不惧怕什么的，可是在鲁迅文字之前，我有点发抖了，一方面是惭愧，一方面是热血沸升，好像鲁迅枯脸，显于我的面前。那末，可以说——确是得说他是永生。"1993 年张学良将私人藏书送给台湾东海大学，人们发现在《鲁迅全集》首册书名页上有他写的研究纲要："鲁迅是每一个不愿做奴隶的中国人的鲁迅。学习、研究、发扬他的学术作品和为人而战斗的精神，这也是每个不愿做奴隶的中国人的权利和义务。"对鲁迅的诗，张学良也颇佩服，他认为自己的诗只不过发点牢骚，论含蓄泼辣，则不及鲁迅万一也。

抗战 14 年终于胜利，1946 年张在收到周恩来捎来的信后，又复信："别来十年，时为想念，（兄）当有同感。现日寇已经驱出，实（为）最快心之事。尔来兄又奔走国事，再作红娘，愿天相（助），早成佳果，此良所视想（者）也。"

1946 年 11 月张学良被秘密押送至台湾。长期含冤抱屈，无处申诉，只在见到熟人后，将苦难、幽怨和辛酸倾诉出来："山居幽处境，旧雨引心寒。辗转眠不得，枕上泪难干。"张治中不顾风险带全家看望他。畅聊后，他赠诗一首："总府远来义气深，山居何敢动佳宾。不堪酒贱酬知己，惟有清茗对此心。"在台湾新竹井上温泉，他心情极差，写文说："世事沧桑，兴亡鼎沸，举目不胜浩叹！回念祖国，抗日军兴，举国同胞，浴血抗拒，前仆后继，具有家仇国难的我，反则朝饔夕餮，坐糜廪粟，未能血溅日寇，为我终身的遗憾。……每一思来，为之黯然。"他仿贾长江写诗一首：

> 客舍台湾已十霜，忧心日夜忆辽阳。
> 何当共渡桑田水，痛饮黄龙践故乡？

我查到了贾岛《渡桑干》的诗："客舍并州已十霜，归心日夜忆咸阳。无端更渡桑干水，却望并州是故乡。"再仔细对照，张诗"何当……"两句末尾标点的一个"？"，让人读之悲戚。写此诗时，他已被幽禁了 20 年了。在这种情况下，蒋介石还逼他写西安事变经过（并被更名《忏悔录》），岁月苦短，精神折磨，使他焦虑、烦躁、怨气，有时脾气爆发，不吃饭。平静下来后在日记中写："昨夜一阵潇潇雨，狂风吹去满天云。"1957年，他被从新竹山中转到可观海的高雄，他吟道："沧海在望，莫测高深；涛怒岳撼，静浪如茵；轮航万里，筏济渔人；鱼龙凭跃，江汉归心。"1958年，他向初次见面的蒋经国表达："富贵于我如浮云，唯一想再一践故土尔。"

大陆朋友始终没有忘记他。在张学良被囚奉化之初，周恩来就通过莫德惠、何柱国捎过信件。1961年，周恩来巧妙地托在海外的朱湄筠将密信送到仍没有自由的张学良手中，全信无署名，无收信人姓名，只毛笔写下的16个字寄语："为国珍重，善自养心；前途有望，后会可期。"

1979年中秋，蒋经国邀张学良、赵一荻到阳明山赏月。少帅触景伤情，当场挥毫写下李商隐"来是空言去绝踪"这首《无题》诗，当写到"刘郎已恨蓬山远，更隔蓬山一万重"时，悲怀难抑，掷笔长吁，思乡怀远之情痛彻心扉。一年后，他到了金门，通过高倍望远镜，贪看对岸。后在一信中，他引于右任《望大陆》诗表达自己生不能团圆，死不能安息故土的悲情。据说张学良后来自己观看了大陆1981年首拍的《西安事变》时，未看完已老泪纵横了。

1990年，张学良被幽禁45年后，恢复自由。经邓小平提议，中央即决定派吕正操携邓颖超信去美国探望，张、吕两人在美三次会面，诗词唱和，世人已尽知。邓颖超在信中至诚邀访，有续前缘之语："数十年海天遥隔，想望之情，历久弥浓。恩来生前每念及先生，辄慨叹怆然。"邓颖超又致电深挚祝贺张学良90寿辰，再次肯定他的爱国赤子之忱，电文说他"去台之后，虽遭长期不公正之待遇，然淡于荣利，为国筹思，赢得人们景仰。恩来在时，每念及先生则必云：先生乃千古功臣"。张学良回函称北京为"中枢诸公"，表示说"对良之深厚关怀，实深感戴。良寄居台湾，遐首云天，无日不有怀乡之感。一有机缘，定当踏上故土"。他数次面对媒体，表露对周恩来的敬慕之情，邓颖超病殁时，他心情很悲痛，电嘱香港的侄女以少帅夫妻的名义敬献一只花篮，以志哀悼。

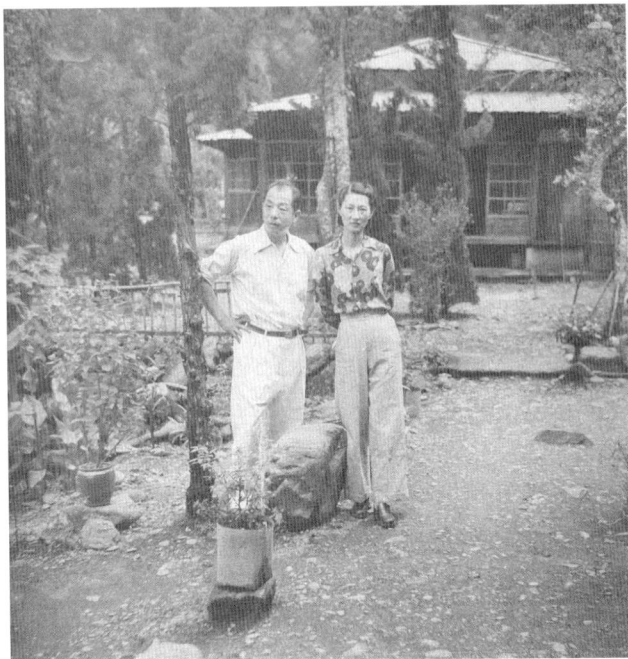

幽居在台湾新竹井上
温泉的张学良和赵一荻

张学良为表达心志，曾写过一首拜谒郑成功祠的诗："孽子孤臣一稚儒，填膺大义抗强胡。丰功岂在尊明朔，确保台湾入版图。"1990年他特书这首旧作给大陆，表示如有机会，一定为国效力。其用意显然指台湾的局势，暗含反对分裂、希望台湾大陆复归统一的爱国情怀。他多次引"要问山下路，须问过来人"这句话，请人三复斯言。后来他在台北首次会见大陆记者，记者问："两岸大多数人民都希望统一，您的看法呢？"张学良答："我也是大多数人之一。"在台北圆山饭店庆祝90华诞时，张学良提出要听《思乡曲》。当马思聪的《思乡曲》的温婉旋律响起的时候，张学良潸然低首，哽咽无语；周围的人们无不默默流泪。后来他作《九十抒怀》诗来表明情志：

不怕死，不爱钱，丈夫绝不受人怜。
顶天立地男子汉，磊落光明度余年。

1991 年，美国旧金山侨界为张学良祝寿，将军旧日挚友阎宝航的女儿阎明光从大陆赶来祝贺。他与吕正操谈话中引用"鹤有还巢梦，云无出岫心"两句，暗示自己想回来看看又不愿过分张扬的心情。1992 年，大陆 18 位记者访台，首次集体采访了张学良。谢晋导演也赴台拜访了他，当场唱了《松花江上》，张学良掩面落泪。1993 年，李维康、耿其昌赴台演出，他一连看了五场，见面后还问起家乡的奉天大鼓和蹦蹦戏。1994 年在夏威夷新春联欢会上，94 岁的老人讲故事、说笑话、写字、吟诗，众人齐声欢笑。五弟张学森担心他过于劳累，说："大哥，咱们回家吧!"他听了，沉思片刻，突然问道："家在哪儿啊?"

因台湾当政者不松口和其他种种原因，历史最终让张学良没有回到故土。他在进不能顺利返回东北故乡而偿夙愿，退不愿死守台岛颐养天年的情况下，选择了第三地——美国夏威夷。1993 年，他托人出售了北投住宅，馈赠家具，拍卖了收藏的字画文物，此一举动含蓄宣布并暗示台湾当局，他从此不会回来了。

一个世纪行过的老人还能说什么呢?

他说过："不求见谅于人，但求无愧于心。"他托侄女张闾蘅给大陆亲朋带来摘自陶渊明的诗来表达心境:

> 采菊东篱下，悠然见南山。
> 此中有真意，欲辨已无言。

谁都知道，他改了一字。"欲辨已忘言"的"忘"，改为"无"。

悲夫，这一字之改，却使我沉思良久。一个铁血将军，不能效死疆场;漫漫长夜，被囚禁 45 年;志不能伸，家不能回;真言何在? 公理何在? 他只能在幽禁中用诗借古喻今，含蓄隐喻，语出双关。即使他恢复自由身后，一吐心中之话，也不愿涉及敏感之事。心连广宇，英雄垂泪，欲辨无言，一切尽埋在他心中了。

王国维与《人间词话》

　　我到过浙江海宁，也慕名去参观过海宁盐关镇的王国维故居和纪念馆。经过修葺的粉墙黛瓦前，有王国维的中年雕像，故居前厅中是郭沫若题写的对联："发前人所未能发，言腐儒所不敢言。"褒扬了他卓越的见识和雄才胆略。

　　王国维，原名王国桢，字静安，号观堂。清末秀才，早年就读杭州崇文书院，后绝意科场，走上独学之路。清朝末年曾任上海《时务报》书记、在罗振玉办的东文学社学习日文。东渡日本物理学校留学，因脚疾中途归国，编译杂志，在几所师范学校教学，后北上谋职，被荐任学部总务司行走、图书编译局编译。辛亥革命后流寓日本，专心治学，五年后回国，局促上海哈同花园编学术刊物。北京大学几番邀请后，允应聘通讯导师。北大辞职后"奉诏"进京，被举荐任溥仪南书房行走，食五品俸，后"赐紫禁城骑马"。冯玉祥将溥仪赶出紫禁城，他侍行左右，未敢稍离。后经胡适鼎力推荐，应聘入清华国学研究院授业。在清华他仍穿长袍马褂，脑后拖着一根大辫子。他上课有一说一，认真求实，从不迟到早退，风雨无阻。

　　1927年，王国维写下遗书："五十之年，只欠一死。经此世变，义无再辱。"他向别人借了五元钱，雇车往颐和园，在排云殿鱼藻轩前，临流独立，吸足一支烟，自沉于昆明湖。其离世死因众说纷纭，"殉清""南书房外故国梦""在水里将遗老生活结束"是主要说法；丧子、家庭变故抑或有因，但陈寅恪等却认为王国维坚守"独立自由之意志"，是文化殉道者，是以死为中国传统文化招魂。王国维自沉前在扇面上题写了唐朝韩偓的诗句："万古离怀憎物色，几生愁绪溺风光。废城沃土肥春草，野渡空船荡夕阳。倚道向人多脉脉，为情因酒易怅怅。宦途弃掷须甘分，回避红尘是所长。"或许已"兴起悲哀之念"，书此绝笔。

论起来，王国维应是陈寅恪叔父一代的人物。当年就是王国维介绍陈寅恪拜访法国汉学家伯希和。在清华他们同是国学研究院的导师，一起去琉璃厂买书、逛古董店，一起散步、畅谈学术。他们共同研究蒙古史、西域学和敦煌

王国维

学。王国维在思想上一直认同自己为清王朝的遗民，陈寅恪是清朝督抚之后，也被时人视为遗少。从中西学术到清朝的特殊家世，使他们联系在一起，所以陈寅恪说"与先生识趣特契"。王国维投湖后，陈"咸怀思不能自已"，行三叩九拜大礼，亲自书写纪念碑铭，其中云："树兹石于讲舍，系哀思而不忘。表哲人之奇节，诉真宰之茫茫。"称他："惟此独立之精神，自由之思想，历千万祀，与天壤而同久，共三光而永光。"前清遗老、写过《雪桥诗话》的杨钟羲还为王国维撰写了墓志铭。

王国维曾沉迷于哲学和美学，尤喜欢和研究康德、叔本华等哲学。他最早运用西方哲学、美学、文学观点和方法来研究中国古代文学，留下了《人间词话》等名作。30岁后他转向研究古代文学、戏曲史。35岁后专心研究古文字学和古史学，他的甲骨文研究考证论文，堪称惊世名作。晚年担任清华国学院导师。他是多个领域的大师级人物，一生著述60余种，批校古籍超过200种。鲁迅谈王国维："要谈国学，他才可算一个研究国学的人物。"陈寅恪说："先生之学博矣精矣，几若无崖岸之可望、辙迹之可寻。"郭沫若评价他为新史学的开山，"平生学无专师，自辟户牖，成就卓越，贡献突出，在教育、哲学、文学、戏曲、美学、史学、古文学等方面均有深诣和创新，为中华民族文化宝库留下了广博精深的学术遗产。""那好像一座

崔嵬的楼阁，在几千年的旧学城垒上，灿然放出了一段异样的光辉。"

王国维工诗擅词，一生写了192首诗歌，填词115阕。其诗清虚高古、精丽深湛。我读到的不多。其诗涉及史典，不太好懂。王国维在东文书院学习时就写过《咏史》诗20首，其中一首写在同学的扇面上：

> 西域纵横尽百城，张陈远略逊甘英。
> 千秋壮观君知否？黑海东头望大秦。

当年西域都护班超的掾吏甘英"穷西海而还"，直达西亚、欧洲，比敦煌太守张珰、陈忠只顾西域诸城"守在四夷"目光远大。他站在黑海的东头眺望着大秦国（古罗马帝国），是千秋以来多么雄伟壮观的景象。王国维诗咏甘英西行远略，足见其文史功底和学养。该诗被伯乐罗振玉读到，觉得颇有气魄，大为赏识。当今王蒙在演讲时也引过此诗，说王国维的志趣不仅仅是考证一下文字，或者是写写词话什么的，他有极高的才华，志存高远，充满了治国平天下的情结。

王国维赋诗填词以追求抒发感情为第一要义，借幽美的形象来抒发哲理、寄托情感。他的诗，基本上奠基在叔本华哲学的悲观论上，悲为诗调，"苦"为诗眼。如"侧身天地苦拘孪""强颜入世苦支离""脑中妄念苦难除""金、焦在眼苦难攀""苦忆罗浮山下住""苦求乐土向尘寰""苦觉秋风欺病骨"等诗句，都体现出他的忧生孤苦心境，吐出"人生苦局促，俯仰多悲悸"的悲凉，如他自己所说，"体素羸弱，性复忧郁，人生之问题，日往复于胸臆。"

他填词不仰人鼻息，自创一家词风。其词集以"人间"命名。由于家庭屡遭不幸，他的《人间词》"忧生""忧世"，弥漫着生活痛苦、苍凉悲寂的味道。试读他的《浣溪沙》：

> 山寺微茫背夕曛，鸟飞不到半山昏，上方孤磬定行云。
> 试上高峰窥皓月，偶开天眼觑红尘，可怜身是眼中人。

　　叶嘉莹解读这首词说，王国维"写的是对人生哲理的一点体悟"。西天落照，寺庙背着斜晖，半山昏暗，微茫看不清楚，但上面传来孤磬的声音留住彩云，使人动心。他从地面转升到天空，以俯视的角度鸟瞰人世间。垂眼一觑，当欲登上高峰看明月时，偶然睁开眼睛看见人间世。"可怜身是眼中人"，顿时发现自己原本就是红尘里芸芸众生的一员。思想超前而现实滞后，雄才睿智得不到发挥，表现了作者出世不能的尴尬和无奈。叶嘉莹联系自己的身世感受，专写了一篇文稿，来解说静安先生悲观寂寞的心境。

　　王国维的词作多摆脱了抒写离情别绪、宠辱得失的俗套，重在着墨宇宙悠悠、人生飘忽、悲欢无据之意境，展现个体的人在苍茫宇宙中的悲剧命运，是对生命与灵魂的考问。诗词中因此常常流露出清冷、苍凉、命运多舛的哀伤气息。如《采桑子》中言："人生只似风前絮，欢也零星，悲也零星，都作连江点点萍。"他对妻子莫氏的思念和悼亡，也留下了许多发自肺腑的哀歌。因此，也有人认为，发现人间的苦难，是与因循守旧、知足常乐的人生相对立的境界，是人的觉醒。王国维在文学创作和文学理论上最著名的是其《人间词》与《人间词话》，两者构成了互相印证的关系。他是中国最早运用西方哲学、美学、文学观点和方法剖析评论中国古

海宁王国维故居

典文学的开风气者。他的词超越了伦理的范畴，赋予了新的内涵，表达的是一种哲学境界。

值得特别重视的是，王国维的《人间词话》被称为"绝世美文"。其"境界说"统领沟通其全部文艺思想，视为创作原则，文艺批评的标准。从此出发，评价词人的得失，作品的优劣，词品的高低。他提出的"古今之成大事业、大学问者，必经过三种之境界"，成为不朽的经典论述："昨夜西风凋碧树，独上高楼，望尽天涯路"，此第一境也。"衣带渐宽终不悔，为伊消得人憔悴"，此第二境也。"众里寻他千百度，蓦然回首，那人却在灯火阑珊处"，此第三境也。

第一境界是说：做学问成大事业者首先应该登高望远，鸟瞰路径，志向远大，看准方向，"望尽天涯路"。第二境界是说：做学问成大事业不是轻而易举的，必须经过一番呕心沥血、勤苦劳动的过程。"为伊消得人憔悴"，就是说要像渴望恋人那样，废寝忘食，孜孜不倦，即使人消瘦憔悴也不后悔。第三境界是说：经过反复追寻、研究、付出，终会取得成功。不要急功近利，要坚持不懈，耐得住寂寞。在经历了第一境界和第二境界之后，自己所追寻的东西往往会在不经意的时候、没想到的地方出现。"山重水复疑无路，柳暗花明又一村"。只要功夫精神用到，自然会豁然开朗，有所发现，有所发明，因此第三境界为最终最高境界。

中国词的美感特质往往蕴含着一种言外的情致，能够给人留下联想回味的空间。常州词派的张惠言把读者的这种联想都指成作者有心的用意，过于拘执狭隘。王国维不赞成张惠言，他特借词喻事，与文学赏析已无交涉，王国维早已先自表明，吾人可以无劳纠葛。叶嘉莹曾专著《人间词话七讲》，她认为王国维从诗词里看到成大事业大学问的境界，是一种"兴"的联想，这种联想与原词的主题显然不同。词作者不一定有这样的用心，但可以有这种感发的"兴"引起的哲理联想。辛弃疾词的意图原不在写景，而是为了反衬"灯火阑珊处"的那个人与众不同。梁启超谓"自怜幽独，伤心人别有怀抱"。认为此词有寄托，可谓知音。元夕之夜灯火辉煌，游人如云，而恰在这时出现一位不慕荣华，甘守寂寞的美人，成为寄托着作者理想人格的化身。"众里寻他千百度，蓦然回首，那人却在灯火阑珊处。"王国维把这种描述化为成大事业、大学问者的最高境界（在王国维"前期的手稿"里写："成就一切事，罔不历三种境界。"）把治学三境界抽象上升为化人度世的普遍规律和哲理，确是一代思想家和学术巨擘的真知灼见。

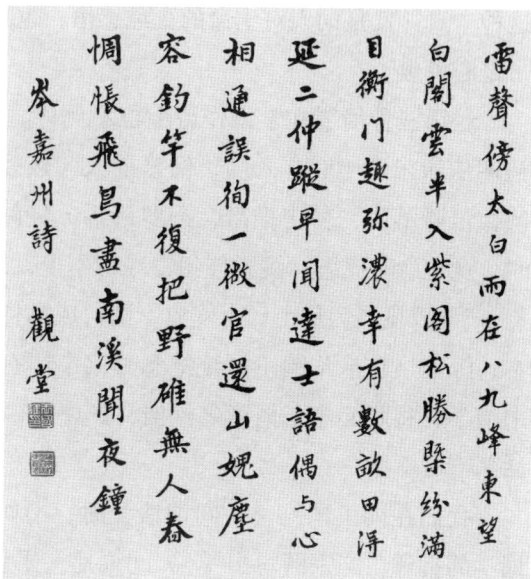

王国维手迹

单就学写诗词来讲，《人间词话》也是一部具有极高审美价值的词学论著。它以"境界说"为核心，提出"有我之境"和"无我之境"、"优美"和"宏壮"、"隔"与"不隔"等几对美学命题；也提出了"造境"与"写境"，即理想与写实、浪漫与现实的关系，构成了清晰圆合的词学体系。王国维认为，前人的"气格"和"神韵"是道面目，他的"境界说"为探其本。前者是一阕词的审美特征，是词的表象面目，后者来源于词人的生命感悟，上升到词的境界高度，才是所谓的"词魂"。"境界具，而二者随之矣。"过去文艺学中习惯用宽泛的"形象"，作为文学作品的基本特征。李泽厚提出了"意境"（也称作"境界"）是比"形象"更高级的美学范畴。朱光潜以"情景交融"来说明"境界"。宗白华曾专论"境界"，主张"虚实相生"，提出"艺术境界主于美"。叶嘉莹也将人的鲜明真切的实际体验，解释为"有境界"。由此来看，他们在中国美学的探求上，均认同王国维的主张。

王国维说："一切境界，无不为诗人设，世无诗人，即无此境界。"他认为，"夫境界之呈于吾心而见于外物者，皆须臾之物，唯诗人能以此须臾之物，镌诸不朽之文字，使读者自得之。"他又说，"境非独谓景物也。喜怒哀乐，亦人心中之一境界。故能写真景物，真感情者，谓之有境界"。

这种"真"就是词人对生命的真纯感悟，也是王国维所推崇的"不失其赤子之心者也"。

经历三种境界在学诗作诗上也不例外。我自己走过的道路也有体会。初期从唐宋诗100首入门，仰慕前人，热爱其道，摸索诗体。后秉烛夜读，苦吟笔耕，梦中推敲，搜罗诗话，经阅世积累，渐入正途。平常心时，竟也忽有灵感，跳脱佳句，寻诗不得，诗却找人来也。

"词以境界为最上。有境界，则自成高格，自有名句。"治学以脱俗为本，陈寅恪在清华园王国维纪念碑铭中还有一句非常有名的话："士之读书治学盖将脱心志于俗谛之桎梏，真理因得以发扬。"王国维的《人间词话》不可不读。

我们在读王国维《人间词话》时，不妨也了解一下饶宗颐先生对其词学的批评。饶宗颐写出《〈人间词话〉平议》，认为王国维取境界论词，"虽有得易简之趣，而不免伤于质直，与意内言外之旨，辄复相乖"。意思就是说，"境界"论词，简单浅易，层次较低，与词本为"意内言外"之旨不一致。他认为，王国维以不隔为胜，以隔为劣，是"有见于秀，而无见于隐"，是没有弄清词的本质所致。"词之言近旨远，缠绵跌宕，感人至深"，正在于"词者，意内而言外，以隐胜，不以显胜。寓意于景，而非见意于景"。饶宗颐认为，"词之病，不在于隔而在于晦。"对王国维批评姜夔的词"隔"，未能有境界。饶公说他遍和清真词127章，又和姜白石词，有亲切的体认，所以独标异议，可用"风骨"二字来评白石，提出"词之妙用，正在于'隔'。"不仅不会掩饰词美，反而更能彰显。饶公认同王国维的"造境与写境"，"造境"是对作者心中理想世界的表现；"写境"则是对现实自然世界的描写，是作品反映虚实内容的呈现。但饶公不满足于此，另又提出创境之说，"创境者，谓空所依傍，别开生面"。两人对词学的研究，可以说极为有益，有待于我们进一步思考。

不管怎样，王国维的《人间词话》西学中用，为中国古典诗词的现代化研究起了开天辟地的作用。读此目的，也是希望年轻的诗人们认准道路，用心治学，成就一番事业，写出当代自成高格而有境界的诗篇。

月 印 千 江

——李叔同诗境赏析

> 长亭外，古道边，芳草碧连天。晚风拂柳笛声残，夕阳
> 山外山。　　天之涯，地之角，知交半零落。一壶浊酒
> 尽余欢，今宵别梦寒……

这首《送别》是李叔同作词配曲，其曲是美国人所作，曲名原叫《梦见家和母亲》。日本作词家曾采用它的调子，谱写了《旅愁》。李叔同在日本留学，改谱《送别》。《送别》与《旅愁》词意相近，词曲珠联璧合，曲以词美，词以曲传。《送别》诗中，长亭饮酒、古道相送、折柳赠别、夕阳挥手、芳草离情，都是继承中国古典送别诗常用的意象。有人说是为其"天涯五友"之一离别而作，也有人解读它无所明指，既是朋友间挥手相送的骊歌，抑或是作者感悟人生、弃世出家的"前奏曲"。《送别》问世后风靡海内，经久传唱不衰，已成经典。许多影视剧均选作插曲或主题歌。

人说李叔同是开创中国现代文化新时代的先驱之一，经历才子名士、艺术教育家、高僧三大时期，每个时期都给世人留下丰富的话题。他当年挥毫写的"放下"行书小品，于今拍卖以470多万元成交。引起世人关注的焦点在：李叔同——弘一法师，半世风流半世僧，何以他既对诗词文章、书画篆刻、音乐戏剧造诣精深，又将西方绘画、音乐、话剧、钢琴引进中国，却毅然皈依佛门，芒鞋锡杖，一肩梵典，成为佛学大师，演绎出人生"绚烂之极归于平淡"的千古绝唱？有人称其为"世纪之谜"。以至于有人提出以出世的精神做入世的事业，建构"弘学"体系，研究他

李叔同

传奇的一生。

李叔同祖籍浙江平湖，出生在天津。幼名成蹊，学名文涛，又名息霜、岸、婴等，别号漱筒，母亲去世后改笔名李哀。父亲是盐商巨富，家门挂"进士第"匾额。李叔同幼时父亲去世，跟二哥学厅堂门柱上的字词联句，学《玉历钞传》《百孝图》《格言联璧》《文选》等，能琅琅成诵。九岁后接受老式正规教育。读《唐诗》《千家诗》《古文观止》《说文解字》等，也细读了史汉精华和《左传》等史籍，临摹过碑帖。小小年纪作诗就写出"人生犹似西山日，富贵终如草上霜"。他曾考入辅仁书院，学习八股文。又请人教授算学、读洋文。进入姚氏家馆，学习诗词文章，由唐入宋，通读两代名家名作。又从书印名家学习书画金石。其间，他风流倜傥，与津门名流时相过从，品赏诗词文章，探讨金石书画。结婚成家后，热衷于唱京戏，出入梨园，粉墨登场，倾慕名伶。奉母迁居上海时，入南洋公学，参加沪学会。也与当地名士结为金兰之好，自称"天涯五友"，不时杯酒唱和。他走马章台，与名妓来往，刻印"三郎沉醉打球回"，赋诗流露忧时愤世和对风尘人物的同情爱怜。

他东渡扶桑留学，离别祖国，一首《金缕曲》呈同学诸子，抒发自己的抱负，一派豪气：

> 披发佯狂走。莽中原、暮鸦啼彻，几枝衰柳。破碎河山谁收拾？零落西风依旧。便惹得、离人消瘦。行矣临流重太息，说相思、刻骨双红豆。愁黯黯，浓于酒。
> 漾情不断淞波溜。恨年年、絮飘萍泊，总难回首。二十文章惊海内，毕竟空谈何有。听匣底、苍龙狂吼。长夜凄风眠不得，度群生、那惜心肝剖。是祖国，忍孤负。

多少年后，李叔同在剃度前夕，与丰子恺夜谈，将这阕词的手卷留赠予他。

在日本，李叔同主攻美术，兼习音乐。曾用新技法谱成《祖国歌》，首次用五线谱谱成民族乐歌。他创办《音乐小杂志》，撰文介绍贝多芬，请国内友人代为发行。他学习油画水彩，画裸体（后与模特儿成婚），对中国油画的开拓有筚路蓝缕之功。他演话剧《茶花女》《黑奴吁天录》。他参加"随鸥吟社"，用李息霜或李哀之名发表新咏旧作，一首《朝游不忍池》写出了自己在异国的孤寂惆怅：

> 凤泊鸾飘有所思，出门怅惘欲何之？
> 晓星三五明到眼，残月一痕纤似眉。
> 秋草黄枯菡苕国，紫薇红湿水仙祠。
> 小桥独立了无语，瞥见林梢升曙曦。

这位风流才子曾以"二十文章惊海内"之诩，也被人以"酒酣诗思涌如泉，直把杜陵呼小友"称誉，东渡前也曾慷慨激昂："男儿若论收场好，不是将军也断头。"他擅长油画、音乐、戏剧、书法，回国后到上海，入南社，发表诗词文章，与柳亚子等创办"文美会"。后到杭州，任教于浙江第一师范学校教音乐和图画。（丰子恺、刘质平是他培养的高足。丰子恺后来也皈依佛门，成为居士，用46年完成老师嘱托的六集《护生画集》。）弘一法师与夏丏尊相交，初识于浙江一师，两人秉性相投，乐交倾赏，相见恨晚。在教育观念上，两人心如赤子，提倡以德化人，以仁人爱物的心怀，播植睿智，培英毓秀。在李叔同遁入空门之前，留下令人欣赏吟咏的诗篇是最多的。他出家弘法后，夏丏尊与众人捐资修建"晚晴山房"，供他来此小住。旧友重逢，与夏丏尊为中心的"白马湖作家群"时有晤遇，足慰平生。两人从此邮简往复，他们待友之诚，交契之深，令人倾慕。

李叔同39岁出家归入佛门，在西湖虎跑寺剃度后，法名演音，号弘一，别号晚晴老人。深研华严经，严格持戒，筚路蓝缕，以启山林。诗词

歌赋等诸般艺事，他大都弃而不作。他说：事忌全美，人忌全盛。他创作
了《清凉歌集》，追求佛的境界。"绚烂之极，归于平淡。"他撰写了许多
佛家偈句联语，如"涵容以待人，恬淡以处世""事能知足心常惬，人到
无求品自高"等。他在泉州承天寺为学僧讲课，采用谈话的方式，引龚自
珍诗作为临别赠言：

> 未济终焉心缥缈，万事都从缺陷好。
> 吟到夕阳山外山，古今谁免余情绕。

　　龚诗"未济"出自《周易》："物不可穷也，故受之以'未济'，终
焉。"诗的第二句龚诗原为"百事翻从缺陷好"。有"缺陷"才有相因相反
的变化发展。最后两句，是说人到晚年，难免会有种种人间的情怀所萦系
缠绕。弘一法师演讲说，所做的事大半支离破碎不能圆满，这个也是分所
当然。他引此诗，既是说高僧大德修持如何超拔，也不可能完全涤净人间
一切情怀；也是说自己尚有"余情"俗念，还要精进不懈地继续修持。如
何解读弘一法师引诗初衷和苦心，确是值得用心琢磨。晚年李叔同自称
"二一老人"，引古诗"一事无成人渐老"和吴梅村绝命词中一句"一钱不
值何消说"，用来做自己的名字，似乎已放空自己，去成就功德。

　　弘一法师初修净土宗，后修律宗，自律之严，是常人难以企及的。他
与人分享 50 年的做人心得：虚心、慎独、宽厚、吃亏、寡言、不说人过、
不文己过、不覆己过、闻谤不辩、不嗔。他说："识不足则多虑，威不足
则多怒，信不足则多言。"主张读书长见识，修炼德行，讲诚信。他的格
言："以冰霜之操自励，则品日清高；以穹隆之量容人，则德日广大；以
切磋之谊取友，则学问日精；以慎重之行利生，则道风日远。"他说，有
才而性缓，定属大才。有智而气和，斯为大智。抗日战争爆发后，弘一法
师提出"共纾国难""念佛不忘救国"，他引古人诗意："莫嫌老圃秋容淡，
犹有黄花晚节香。"写下"殉教"横幅以明其志。

　　弘一法师临终前有遗书与夏丏尊赋偈相诀："君子之交，其淡如水。
执象而求，咫尺千里。问余何适，廓尔忘言。华枝春满，天心月圆。""悲

李叔同手迹

"欣交集"四字为其绝笔。这里面包含了命运的开合跌宕，精神的扬弃升华，人生的经历了悟。正如法师弥留之际所言："若见余眼中流泪，此乃悲欣交集所感，非是他故。"他从世俗的绚烂喧嚣归于平淡静谧，算是人生的至高境界了。夏丏尊失去挚友，百感交集，撰《挽弘一大师》联："垂涅槃赋偈相诀，旧雨难忘，热情应啸溪虎；许婆娑乘愿再来，伊人宛在，长空但观夕阳。"在泉州清源山弘一大师的灵塔前，刻有大师亲撰的楹联："万古是非浑短梦，一句弥陀坐大舟。"

对于李叔同入佛的原因和社会背景，专家学者已有专著。（有说李叔同出家、王国维沉湖、周作人投敌，为现代文学艺术史上三大谜团。）在这里，我只是从文学的角度，在了解他的身世经历后，试图欣赏和体悟他诗词的意境和智慧。有时间我们可以去读李叔同不同时期的全部诗词作品。如果我们将繁华声歌到顿入寂寥空门前后串联起来，仅从以上列举的歌词、诗、联和演讲引诗，似乎也早有人生如梦、灵魂寄托的佛缘脉络可循。他的书法，人称"弘体"，并非"拙稚"，而是"骨重神清"，难得空灵。鲁迅得其手书，称"朴拙圆满，浑若天成"。他自己说是平淡、恬静、冲逸之致，与他认真抄经不无关系。

李叔同曾在旧学与西学浸泡精深，但他在通信中说，"至于白话诗，向不能作。今勉强为之。初作时，稍觉吃力。以后即妙思泉涌，信手挥就，即可成就"。一段时间，大师作诗摘句，弟子丰子恺作画。在《护生画集》里，大师的白话诗比比皆是。如"倘使羊识字，泪珠落如雨。口虽不能言，心中暗叫苦"（《倘使羊识字》）；"小草出墙腰，亦复能佳致。我为勤灌溉，欣欣有生意"（《生机》）。其诗画，他主张"盖以艺术作方便，人道主义为宗趣"。丰子恺曾画两只在天空飞翔的鸟，一只中箭惨叫，名为《诀别之音》，弘一为此诗书："落花辞枝，夕阳欲沉。裂帛一声，凄入秋心。"

李叔同的诗句里，描写最多的是"月"，如"明月一弯夜三更""一帘月影黄昏后，疏林掩映梅花瘦""清凉月，月到天心，光明殊皎洁""最高楼上月""一弯眉月懒窥人""慈云渺天末，明月下南楼""纤云四卷银河静，梧叶萧疏摇月影""露华如珠月如水，十五十六清光圆"等。他将自刻的五方印赠予老友夏丏尊，其中一方是"胜月"。他还以《月》为名专门写过一首歌：

> 仰望空明明，朗月悬太清。
> 瞰下界扰扰，尘欲迷中道！
> 惟愿灵光普万方，荡涤垢滓扬芬芳。
> 虚渺无极，圣洁神秘，灵光常仰望！

如果说，他过去曾把艺术看成是心灵寄托的深谷，后来仰望天空一轮明月，醒悟到另一境界，有了超现实的想望。借"月"把心灵寄托于与尘世截然有别的彼岸，希冀能有一种超自然的佛的境界助他一臂之力，得以安宁，得以超脱。我猜，这是法师对"月"的理解。

一个翩翩公子为学、为师、求道、求佛，每变"认真"。赵朴初先生很好地概括了弘一法师的这种转化：

> 深悲早现茶花女，胜愿终成苦行僧。
> 无数奇珍供世眼，一轮明月耀天心。

赵朴老后又在杭州虎跑梦泉山李叔同纪念馆题联，改了最后两句中的两个字："无尽奇珍供世眼，一轮圆月耀天心。"

月如佛性，人心如江。月印千江水，千江月不同。弘一法师作为高僧，他的品行功德如一轮明月，普辉众生，映照千江。所谓"坐刹分身不可量，譬如一月印千江"。

月印千江——就是智慧度人的美妙境界，也是到达彼岸的圣洁灵光。"惟愿灵光普万方，荡涤垢滓扬芬芳。"——这是法师如月的心愿。

红尘孤旅

——诗僧苏曼殊

春雨楼头尺八箫，何时归看浙江潮。

芒鞋破钵无人识，踏过樱花第几桥？

这是我第一次读到的苏曼殊《本事诗》的一首。

此诗创造了一种凄婉迷茫的雨中境界：迷蒙细雨中诗人倚靠在日本民居的小楼上，正听着其所钟爱的女子用尺八箫吹奏《春雨》曲，现实中的春景雨丝和箫声所吹曲名化合在一起。箫声引起他对故国无尽的思念，亦挂念着当时国内的革命思潮。"芒鞋破钵无人识"，点出诗人自身的僧家身份，又暗含自己的凄楚身世。"踏过樱花第几桥"，日本的樱花绚丽而短暂，诗人在漫天的樱花飘洒中踽踽独行，亦是一断鸿飘零，不知归往何处。苏曼殊以一种梦幻般的空灵、超脱之境，表达了他的乡愁和对生命的感喟。既是本事诗，原有"本事"（真实的事迹），所以，此诗被认为是苏曼殊的自画像。

直到很久以后，我读了有关的传记，才了解这位诗僧、画僧、情僧、革命僧的复杂跌宕、错综交融的经历和情感。

苏曼殊，中日混血的奇才，广东香山（今中山）人，出生在日本横滨。曾三次剃度为僧。原名苏戬，字子谷，小字三郎。后改名玄瑛，曼殊为其法号。中国父亲一妻三妾，其中一妾为日本人河合仙，曼殊视为亲生母亲。（据考证，真正的生母是河合仙的妹妹河合叶子，曼殊生下来三个月送到乡下，由河合仙抚养。）

苏曼殊

柳无忌用英文写了一本《苏曼殊传》，称他是一位爱国的、革命的、有热忱和抱负的，却不幸多病早逝的浪漫诗人。

他在日本留学时，受爱国革命志士的影响，参加过留日学生革命团体青年会，进入培养军官的预科成城学校学习军事，投身拒俄义勇队（后改名中国学生军），参加秘密的国民教育会，最后加入大联合的中国同盟会。

苏曼殊回国后结交排满兴华的革命文人，参加辛亥革命的宣传鼓动和武装起义的准备，企图刺杀保皇党党魁康有为，撰文描述历史上亡国之痛。但随着政局的黑暗，苏曼殊情绪低落，悲观厌世。辛亥革命的胜利曾使他欣喜若狂，"二次革命"和讨袁也一度进出闪烁的光芒，但他入佛、飘零、颓废。在他病入膏肓时，知孙中山北伐，仍表示希望"早日归粤，尽吾天职，吾深悔前此之虚度也"。

苏曼殊 12 岁时因受婶娘的冷视，无家的感觉而随新会慧龙寺的初赞大师化缘，在广州的六榕寺祝发为僧。但很快因食鸽肉被逐出寺院。第二次在日本情殇后到广州蒲涧寺剃度入空门，但很快又离开了蒲涧寺，返日本读早稻田大学预科。章太炎、邹容"苏报案"后，苏曼殊受到刺激，再度远离政治，到广东海云寺出家，但很快又不堪为僧之苦，窃得师兄之度牒而走。就这样他亦僧亦俗，标榜以出世之身做入世的事业，信誓旦旦"一俟国家需要，弟子必勇猛精进，奋力报效"。但他又托钵飘零，云游交友，佯狂玩世，天马行空，我行我素。日本留学期间，他与陈独秀、章士钊合租一屋，因断炊让他拿几件衣服典当后换点吃的，午夜回来他却换回一本书在读。他馋吃糖果，又戏称"糖僧"，他抽雪茄、饮冰、嗜酒、暴食，涉足烟花柳巷。在东京穷困时，孙中山还送钱接济他。另外，他为僧受戒西行，曾在佛教学校（南京祗垣精舍）教书，精研梵文，编写出版

《梵文典》，读印度古诗《摩诃婆罗多》。他曾告之"支那"一词在梵文中的意思是"智巧"，而不是起源"秦"的转音。若不是旅费的问题，他早就计划去印度漫游。

哀愁、孤独、感情脆弱的多重性又造就了一个诗人。他念念不忘养他的母亲，频繁来往中日之间；他一腔热血，郑成功是他心目中崇拜的人物；他工于绘画，翻译《悲惨世界》，对拜伦、雪莱的作品尤为热衷；他结交了很多朋友，章太炎、陈独秀、刘三及南社的同人与他交谊颇深，关键时刻皆出手相助；他也邂逅了一些情意绵绵的女人，虽入佛门，情根未断。一半佛心，一半情心。自叹："以情求道，是以忧耳。""契阔死生君莫问，行云流水一孤僧"，浪漫"情僧"和云游"诗僧"的交相辉映，极其典型地描摹出了他的形象，浓缩了他颠沛流离的一生。

苏曼殊虽学习过英文、法文，懂日文，但汉文程度不高，心有诗情，却不谙韵律，曾向章太炎、陈独秀学诗。经陈独秀指点、润饰，自己颖悟、揣摩、发愤，渐渐写出好诗，并与陈独秀作唱和诗十首。"二次革命"爆发，他还和陈独秀上海小酌话别，互赠诗作。他翻译雨果的《悲惨世界》，经陈独秀整理、润色和续译，最终合译完成。他在南京陆军学堂任教时，结识青年革命家赵声，常一起饮酒赋诗。他为赵声画了一幅《饮马荒城图》，题诗："绝域从军计惘然，东南幽恨满词笺。一箫一剑平生意，负尽狂名十五年。"

我们还是读一读他的几首代表性的诗吧。

苏曼殊欲投身革命时，充满血性，最能表现其志向的是在他离开日本时写的两首诗：

> 蹈海鲁连不帝秦，茫茫烟水着浮身。
> 国民孤愤英雄泪，洒上鲛绡赠故人。

> 海天龙战血玄黄，披发长歌览大荒。
> 易水萧萧人去也，一天明月白如霜。

两首诗都赞颂自我牺牲精神，明示反清之志，把自己比作鲁连和刺秦王的荆轲，向朋友告别，去做最后的复仇和搏斗。

或许有相同的血缘身世，他崇拜郑成功，在经过日本平户郑成功的诞生地时，他为当代中国缺少英雄人物而忧伤：

> 行人遥指郑公石，沙白松青夕照边。
> 极目神州余子尽，袈裟和泪伏碑前。

他喜欢雪莱和拜伦，说拜伦的诗"像是一种使人兴奋的酒"。他翻译《拜伦诗选》，评价他"以诗人去国之忧，寄之吟咏，谋人家国，功成不居，虽与日月争光，可也！"他在赴爪哇途中，为西班牙女诗人赠《拜伦遗集》题诗一首，可谓情也悠悠，韵也悠悠：

> 秋风海上已黄昏，独向遗编吊拜伦。
> 词客飘蓬君与我，可能异域为招魂！

在中西诗歌互译的《文学因缘》一书中，他详述了梵文和梵语文学的优美，特别提到诗圣迦梨陀娑的《沙恭达罗》，歌德为此写了赞美诗，曼殊又中译，译诗那样优美、庄严：

> 春花瑰丽，亦扬其芬；
> 秋实盈衍，亦蕴其珍。
> 悠悠天隅，恢恢地轮，
> 彼美一人，沙恭达纶。

苏曼殊从来没有缺少诗酒与爱情的浪漫，写得最多的诗是给女人的。

河合氏是曼殊的养母，时刻惦记曼殊，她用中文诗写道："月离中天云逐风，雁影凄凉落照中。""我望东海寄归信，儿到灵山第几重？"母子团聚后，曼殊感到极大的温暖，他以往的诗都是悲苦之语，只有母爱使他

充盈着欢悦和活力:

> 孤村隐隐起微烟,处处秧歌竞种田。
> 羸马未须愁远道,桃花红欲上吟鞭。

从他的诗中,我们仿佛看到一个骑马吟风的诗人,徜徉在飘满歌声缀满桃花的原野上。

他也被追随他的许多女子所缠绕。他在秦淮河畔寻找思念的旧识不果,悲吟道:"玉砌孤行夜有声,美人泪眼尚分明。莫愁此夕情何限,指点荒烟锁石城。"

他在《本事诗》里描述对调筝女怜香惜玉,又碍于出家为僧,诗中蕴含了无奈与哀婉:"乌舍凌波肌似雪,亲持红叶索题诗。还卿一钵无情泪,恨不相逢未剃时!"

他模仿唐人诗句"还君明珠双泪垂,恨不相逢未嫁时",偏把泪说成是无情,相逢却留下了恨的遗憾,构成了他恋爱中的二重心律。同样千回百转的哀情还有:"碧玉莫愁身世贱,同乡仙子独销魂。袈裟点点疑樱瓣,半是脂痕半泪痕!"

"痴情"与"绝情"的挣扎,宗教与爱情的冲突,集苏曼殊于一身。但他最终还是在佛教里找到精神安慰,完成对宗教的归顺:

> 禅心一任蛾眉妒,佛说原来怨是亲。
> 雨笠烟蓑归去也,与人无爱亦无嗔。

最近看到明代文人读书的一段话:"读史宜映雪,以莹玄鉴;读子宜伴月,以寄远神;读佛书宜对美人,以挽堕空。"我想,这最后一句用在苏曼殊身上倒颇合适。"读佛书"是"出世";"对美人"是"入世"。走入佛书中,易生遁空心,身边伴美人,把心神拉回来。人既能从繁芜冗杂的俗世跳脱而出,又能在清寒空旷里回看入世庸常,寻找生活的可爱和情趣。这样理解苏诗或许也是一种视点。

苏曼殊画作

苏曼殊写过"无题诗"300首，可惜多已失传，现存101首，绝大部分为七绝。总起来说，苏曼殊的诗清艳明秀，有李商隐的风格。柳亚子说："他的诗好在思想的轻灵，文辞的自然，音节的和谐。最好在他自然地流露。"他的诗以自由翱翔的想象力，诗风幽怨凄恻，使各种不同的心境、引人回忆的事物，以及酸甜苦辣的人生体验，都带上一种浪漫主义的魅力。他的诗很少用典，所用少数典故也格调浅显自然。周作人认为苏曼殊的诗文"还有些真气和风致"。读苏曼殊的诗，这位才情横溢、浪漫奇幻、集亢奋与忧郁于一身的青年俊秀就定格在脑海之中。只可惜天不假俊杰以时间，苏曼殊只在人间度过了35个春秋，便在贫病中辞世。他在画中题诗概括了自己的身世和情感："花柳有愁春正苦，江山无主月自圆。"他以绚烂的生命浇灌出中国近现代文坛的一朵奇葩。柳亚子仰慕其诗才，赋诗称他为"鬓丝禅榻寻常死，凄绝南朝第一僧"。苏曼殊去世10年时，有好事者在苏墓旁冒名鲁迅题诗："我来君寂居，唤醒谁民魂？飘萍山林迹，待到他年随公去。"鲁迅撰文称："那首诗不太高明，不必说了……'去'呢，自然总有一天要'去'的，然而去'随'曼殊，却连我自己也梦里都没有想到过。"

苏曼殊的诗文在文学史上应有一席之地。老舍先生曾用苏曼殊的四句诗来向齐白石求画，可见其诗在文坛流传甚广。据说他的作品对当时的年青一代还有"不幸的影响"。他年仅16岁的侄女与老师谈恋爱，与父母争

吵，在日本神户自杀，枕畔还放着曼殊的作品，小小年纪还写过纪念曼殊
的诗：

> 诗人，飘零的诗人，
> 我，你的小侄女，仿佛见着你，
> 穿着"芒鞋"，托着"破钵"，
> 在"樱花桥畔"徘徊着。
> 诗人，飘零的诗人，
> 我又仿佛见着你，
> 穿着袈裟，拿着诗卷，
> 在孤山上吟哦着。
> 寂寞的孤山啊，
> 只有曼殊配作你的伴侣。

这首"不幸影响"的诗多么凄婉啊。

……

同样是诗僧的李叔同临终前留下"悲欣交集"四个大字后，沐浴更
衣，安详圆寂。而苏曼殊在弥留之际为这个世界留下了八字遗言——"一
切有情，都无挂碍"。耐人咀嚼寻味。两位诗僧的临终之言，让我想起辛
弃疾的词："千古兴亡，百年悲笑，一时登览。"亦是给人无尽的感慨。

苏曼殊，诗易懂，人难读。

他的歌吟，行云流水，自然流露，不晦涩造作，使人觉得感情丰沛，
文笔优美；而他的身世行迹，理不清，剪还乱，学贯中西，依违僧俗，断
鸿零雁，浪迹天涯，却不是几句话可以捕捉、可以懂得的。

也许诗情和人生经世的互读，是读诗释诗的法门？

怅望千秋意未平

——陈寅恪的悲情诗

陈寅恪，江西修水人，生于长沙。他是"维新四公子"、散原老人陈三立的第三子。他没有各阶学位，却在 36 岁成为"清华国学研究院"导师。在教学和研究中，融合中西、学贯古今，有"教授的教授"之美誉。一生求学，教书，著述。奉行独立之精神，自由之思想。虽屡遭国难家仇，中年失明，晚年膑足，仍志存高洁，特立独行，从无曲学阿世。傅斯年评他"近三百年来一人而已"。

然而，这样一位不可多得的博学大师和通儒，其一生却是在磨难苦痛中度过的，可谓颠沛流离，恓惶辛酸。他幼逢劫难。祖父湖南巡抚陈宝箴、父亲陈三立因支持维新派而被慈禧太后下令革职惩处。没有官职俸禄，陈氏父子带着家眷前往南昌，途中父亲身患重病，第二年祖父病逝。幼年的陈寅恪在这个贵胄世家的变故中备尝艰辛与苦涩，也不得不承受了这种凄凉遭遇。陈寅恪后来在英国治眼疾听读小说，当读到戊戌年间一节时，不禁内心感慨，随口吟出一首七律：

> 沉沉夜漏绝尘哗，听读佉卢百感加。
> 故国华胥犹记梦，旧时王谢早无家。
> 文章瀛海娱衰病，消息神州竞鼓笳，
> 万里乾坤迷去住，词人终古泣天涯。

虽然幼年遭受重大家庭变故，但陈寅恪学业优异，从小能背四书五经，广读史哲典籍。13 岁与哥哥陈师曾赴日，与鲁迅在弘文学院同宿舍朝夕相处。鲁迅到仙台后，他回国考取官费，再次赴日学习。其间身体抱恙回国休养一年，又考入上海复旦公学。该校用英文上课，他又学习了英、法、德等语言。毕业后考入德国柏林大学。因旧疾复发，离开德国休养，经挪威，转入瑞士，在苏黎世大学就读。这时国内局势动荡，陈家逃难到上海，陈寅恪担心家人安危，学费所剩无几，返回上海。面对辛亥革命的巨变，自幼受封建文化浸

陈寅恪

染的他亦有无尽沧桑感慨，吟诗发悲怆之声。他筹措费用，再次赶往欧洲，在法国巴黎高等政治学校系统地学习了西方政治经济学。再次回国后曾担任蔡锷的秘书，与时在教育局上班的鲁迅仍有交往。1918 年，他计划去德国深造，因第一次世界大战的余波未成，到美国进入哈佛大学，学习巴利文和梵文。陈寅恪的欧美游学也是反复坎坷，但也正是在这种动荡之中，使他广学博览中西语言文化，砥砺精进，成为璀璨的文化巨星。

　　陈寅恪在欧美游学数年，能阅读蒙、藏、满和日、梵、巴利、波斯、突厥、西夏、英、法、德、拉丁等 13 种语言，却无任何文凭和学位。在吴宓和梁启超力荐下，陈寅恪被聘任清华国学院导师。一次清华老师请教他，有好友家里挂着一幅字，署名"南注生"为何人？他张口说道："此人必灌阳唐景崧之孙女也。"希望能有幸拜访。果然这女子就是唐景崧孙女唐篔，因缘使两人终结为夫妻。在清华，他的同事王国维自沉昆明湖，他哀痛欲绝，出殡时换长袍马褂，向其学术上的知交三叩首。他写的挽联、挽词及序是自己真情的流露。挽诗辞理并茂："风义平生师友间，招魂哀愤满人寰。他年清史求忠迹，一吊前朝万寿山。"

　　卢沟桥事变后，北平沦陷。陈寅恪父亲绝食，拒绝服药，最后呼喊"杀日本人"，愤然长逝。他为父亲治丧后，带着家人仓皇南奔长沙，一路

陈寅恪一家

恓惶和辛酸。国破山河碎，能逃出来已经不易了。战火又烧到长沙，他们一家跟着逃难队伍向云南前进，辗转经广西到达香港。在香港他拒领日军面粉，拒绝去上海办学授课，独自辗转回内地任教，回到云南蒙自的西南联合大学。在工作环境极度恶劣、身体抱恙的情况下，坚持学术研究。他对一些无骨气的文人吹捧蒋介石也十分不屑，写诗讽刺。在西南联大任教时，陈寅恪身体极度虚弱，右眼失明，上课之后回到家中，仍在昏暗的灯光下用唯一的左眼紧张地备课和研究学术。因物价飞涨，陈家柴米不济，生活艰难，夫人唐筼时常犯心脏病，可谓饥病交迫。在此种情形中，他也不忘三尺讲台，仍身穿长衫，夹着包袱到教室上课。英国牛津大学聘他任汉学教授，因时局之变使他返回中国。因生活困苦，营养不济，导致他左眼视网膜剥离加重，虽在成都和英国动了手术，但终致双眼失明。他曾写下《目疾久不愈书恨》，内心十分凄楚：

> 天其废我是耶非，叹息长弘强欲违。
> 著述自惭甘毁弃，妻儿何托任寒饥。
> 西浮瀛海言空许，北望幽燕骨待归。
> 弹指八年多少恨，蔡威唯有血沾衣。

诗中的"西浮瀛海言空许"句，就是指几次欲赴英讲学而未成行。"北望幽燕骨待归"，是指陈父灵柩暂厝北平，待归葬西湖。最后"蔡威"典出《说苑·权谋》。蔡，即春秋时一小国下蔡，后为楚国所灭。"下蔡威公闭门而哭，泣尽而继以血。"后他另诗"临老三回值乱离，蔡威泪尽血犹垂"句，也用此典。

国民党政府大陆溃败，陈寅恪拒绝前往台湾，而留广州任教。那时他双目几乎没有多少视力了，虽然如此，他不向命运低头，讲课从不"偷工减料"，反而备课更加认真，对讲课涉及的史料，作了严谨的校勘与考证。他在学术上坚持"独立之精神，自由之思想"。他从不趋炎附势，"闭户高眠辞贺客，任他嗤笑任他嗔"。他以坚毅的精神，在失明的晚年完成了《柳如是别传》。他最放松的时候是与妻子唐筼手挽手散步。晚年这位看不见的老人喜欢听戏，每次听完戏后都会写一首诗，京剧演员新谷莺成了他晚年的倾诉对象。然而在他继续为学术事业奋斗的时候，"文化大革命"爆发了，他与妻子受到了悲惨的批斗与折磨，珍藏的大量书籍、诗文稿几乎散失殆尽，一生挚爱的妻子生命垂危。陈寅恪默默流泪，为妻子写下了泣血的挽联：

> 涕泣对牛衣，卅载都成肠断史；
> 废残难豹隐，九泉稍待眼枯人。

"牛衣对泣"比喻夫妻共守穷困。"废残难豹隐"道尽人生的无奈。如今有人写他最后呻吟、流泪、哀鸣和衔冤负屈而去的文字，我实在不忍卒读。呜呼，悲哉！千古文章未尽才，世间再无陈寅恪。生前未写成《中国通史》及《中国历史的教训》两部恢宏巨著，是他的悲剧，也是民族的悲剧。

陈寅恪是一位精通中西新旧的史学家，并不以诗著名，但网上《陈寅恪诗集》已炒高价。他对旧体诗驾轻就熟，以史释诗，以诗证史，沟通文史两科的内在联系。通过述作和歌诗来表达忧国忧民之思、悲天悯人之怀；通过诗的兴观群怨，还原他的文化心境和生命情调。其诗凄清精丽、雅健雄深，读后总有一种悲情力量。

　　俞大维与陈寅恪是表兄弟，又是陈的妹夫，他们曾在美、德同学七年。据俞大维撰文回忆，对于诗，陈寅恪"佩服陶、杜，虽好李白及李义山诗，但不认为是上品。他特别喜好平民化的诗，故最推崇白香山。"陈寅恪在清华和后来的成都燕京大学，均兼历史和中文两系教授。他在中文系除开设中国文化史等外，还开设《元白诗》《元白刘诗》等课程，并撰写《元白诗笺证稿》。他凭借精深的文学功底和丰厚的史学素养，把史学与唐代诗文融会贯通，诗史观照。从《琵琶行》里"江州司马青衫湿"一句，考释了青衫的典故，细论了唐代官品服色。陈寅恪曾受国文系主任刘文典委托代拟入学国文考试试题：除作文《梦游清华园记》，还有对对子小题若干，有"孙行者""少小离家老大回""人比黄花瘦""莫等闲白了少年头""关关雎鸠，在河之洲""清华大学，水木清华"等求对下联。"对对子"苦了考生，为之哗然。有人认为与白话文运动背道而驰，直斥"复古"。但陈寅恪自认试题不出中文基础知识范畴，符合命题原理。希望通过"对对子"的形式来有效测试学生的中文程度，检阅考生的古文基础和国学修养。"对对子"所对不逾十字，最能表现中国文字特点，与文法最有关系，且研究诗词等美的文学，实为基础知识（包括词类之分辨、四声之了解、生字及读书多少、思想条理如何等）。中国文学最特异之点，则为骈词骊语与音韵平仄之配合。对对子可以启发人不少的美感，增加生活无穷的乐趣。

　　在明清文化史的研究上，他的代表专著是《论再生缘》和《柳如是别传》。他研究了《再生缘》作者陈瑞生的身世、文学修养和社会背景，联系自己的身世和经历，对书中情节有感而发写诗两首。对"从古才人易沦落，悔教夫婿觅封侯"之句，他自道："文章我自甘沦落，不觅封侯但觅诗。"

　　在分析他的诗的特点的论述中，有人发现他有柳苏情结，晚年神游柳如是、苏东坡。他的许多诗都"用东坡韵"，用同一韵脚和苏诗有十几首之多，或可说明他的很多感触心境都是与苏东坡相通。他推崇苏轼，不仅是因为其父是清末宋诗派的代表人物，耳濡目染，受其影响，还因为苏轼的遭遇与自己最后 20 年的境遇也颇为类似。其情感都是在经历了颠沛流离之后才愈觉其味的人生体验。陈寅恪"用东坡韵"的两首诗，其一是东坡被贬黄州所作的《正月三日点灯会客》："江上东风浪接天，苦寒无赖破春妍。试开云梦羔儿酒，快泻钱塘药王船。蚕市光阴非故国，马行灯火记当年。冷烟湿雪梅花在，留得新春作上元。"苏轼被贬黄州起于乌台诗案，此诗流露被贬心境，政治环境风涛险恶、苦寒逼人。"蚕市光阴非故国，马行灯火记当年"中，"蚕市"是家乡蜀中春月风俗，"马行"指汴京商贾云集的繁华之地，追忆当年京城往事，有无限的怅惘迷茫之感。只有在冷烟湿雪中梅花独傲，才是自己的人格和寄托。陈寅恪受苏轼诗的这种情绪感染，八年内写了十首和其韵的七律。因篇幅关系，我选其中一首：

> 万里烽烟惨澹天，照人明月为谁妍。
> 观兵已抉城门目，求药空回海国船。
> 阶上鱼龙迷戏舞，词中梅柳泣华年。
> 旧京节物承平梦，未忍匆匆过上元。

这首诗是1947年写的，时值内战爆发，"城门目"用了伍子胥屡谏吴王不从被赐自杀，死前愿将眼睛挖出悬于城门，以观越军入吴。暗指蒋家挑起战火终将失败。"求药"句当指去英国治眼未愈。颈联"鱼龙舞"指幼时元夕娱乐。"梅柳"，作者自注：元夕时"先母授以姜白石词'柳悭梅小未教知'之句"。往事回忆，不禁有人生历历之感。最后的"承平梦"是清末的追怀，有人评为有旧时的遗老遗少气息，但作为知识分子当然"承平"比战乱动荡要渴望。纵观他十首依韵和诗，与东坡诗怀旧幻想、惆怅迷茫的基调基本一致，记录了他晚年心境之一斑。

陈寅恪一生跨越两个世纪、经历三种社会变革转换（晚清、民国、新中国），走遍四大洋。一生的遭遇和他的思想文化价值取向在如此复杂巨大的历史转换中，使其诗作平添了许多悲剧色彩。这样一位蜚声中外的史学大师，他的诗用典较多，要有丰富的历史文学知识，才能懂其深意。

陈寅恪的许多诗能够留存下来，都是诗友吴宓抄存的。他们坚持诗词往返，互相奉和，以诗述意。吴宓去广州看他，陈赠诗，自述生存环境：

位于庐山植物
园的陈寅恪墓

五羊重见九回肠，虽住罗浮别有乡。

留命任教加白眼，著书唯剩颂红妆。

钟君点鬼行将及，汤子抛人转更忙。

为口东坡还自笑，老来事业未荒唐。

吴宓辞行，陈寅恪很难受，赠诗"暮年一晤非容易，应作生离死别看"。这折人肝肠的诗句，不久成为"文革"不幸言中的谶语。

不管怎样，陈寅恪坚持中体西用的思想，不从时俗。做学问遵守朴学实事求是的学风，同时吸收西方近代科学的研究方法。他只求学问，不求学位；学贯中西，不求闻达；启迪民智，无心名利。这就是大师，一个时代的良心和风骨。

著名学者余世存对陈寅恪的评价，我十分赞同。他说：今天最值得谈论的，不是陈寅恪的记忆力、学识和传奇，而是他在一个成功环伺的环境中坚持了道理，让大道学问成了他人格的象征。因此，我们不难理解为什么他的悲情力量，能成为一种后人不可企及的传奇高标。

"云山苍苍，江水泱泱，先生之风，山高水长。"

莫负人生大自然

——张伯驹的诗词楹联

    2013年秋，朋友邀约去张伯驹故居。在后海南沿，银锭桥西，绿树丛中，隐现着一个灰色院落，26号绛红色门旁已标示"张伯驹潘素故居纪念馆"。进院后，南屋布置有张伯驹的简介展板，北屋还住着他女儿张传綵。我们在院中的月墙交谈照相，追思纪念这位文化巨星。

    在去故居之前，我只知张伯驹是文物鉴定和收藏大家。他从1932年开始，先后收藏了数百件文物珍品。1956年，国家发行公债，张伯驹夫妇无私地将所藏晋陆机《平复帖》卷，唐杜牧《张好好诗》卷、宋范仲淹《道服赞》卷、蔡襄《自书诗册》、黄庭坚《诸上座帖》草书卷，宋徽宗《雪江归棹图》等珍贵书画文物珍品陆续捐献国家，受到褒奖，传为美谈。其中《平复帖》被世人称为"天下第一帖"，是现今传世墨宝中的"开山鼻祖"，比《兰亭序》的书写时间还早79年。他还将变卖宅院购得的隋代展子虔《游春图》让与故宫。将稀世珍品李白的《上阳台帖》转呈毛泽东，毛观赏数日，后转交故宫博物院珍藏。在吉林期间，他还将南宋班婕好的《百花图卷》捐给博物馆。这些珍品都是张伯驹慧眼识宝，不惜黄金散尽购得。"黄金易得，国宝无二"，他说自己醉心于收藏的初衷："故予所收蓄，不必终予身为予有，但使永存吾土，世传有绪。"许多名人都在建博物馆，有人问他是否考虑。他答："我的东西都在故宫里，不用操心了。"张伯驹倾其私产保护国宝，其无私风骨让人感慨万千，以至于后人评说："为人不识张伯驹，踏遍故宫也枉然。"

    在西单图书大厦，我一口气买了《回忆张伯驹》《张伯驹身世钩沉》

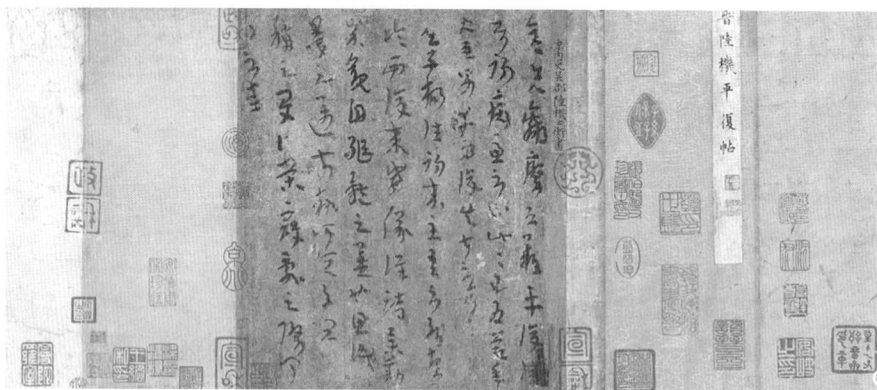

陆机《平复帖》卷

李白《上阳台帖》卷

和《张伯驹传》，读书后才更进一步了解了他的一生。

张伯驹，字家骐，号丛碧，河南项城人。世出名门，生父张锦芳，诗作造诣很高，有诗集《修竹斋引玉咏》。张伯驹6岁时过继给叔父张镇芳。张镇芳中进士后一路升迁为二品京堂、直隶总督兼北洋大臣、河南都督。他将张伯驹带入家中，延师课读。张伯驹朝夕诵读，过目不忘，9岁即能作诗。后与袁世凯诸子同入新学书院。除规定课程外，自己研读《楚辞》《宋元名家词》《苏堂诗拾》等，20岁时通读《二十四史》，熟背《古文观止》，细说《资治通鉴》，舞文弄墨，沉醉于书画世界。他还有从军的经历，18岁入袁克定为团长的混成模范团的骑科，毕业后到陕西、安徽督军署任职，任过长江巡阅使署咨议、河南暂编第一师参谋等，正是"宝马金鞭，雕冠剑佩，年少英姿，意气横豪"。但他虽身栖军旅，心在营外。不顾亲友反对，解甲从商，在盐业银行任职。

张伯驹乐于与文人学士结交。他与袁克文、溥侗、张学良交往，传为"民国四公子"，这从张伯驹的一首诗里证实了这个说法："公子齐名海上闻，辽东红豆两将军。中州更有双词客，粉墨登场号二云。""两将军"中"辽东"指张学良，"红豆"指溥侗，他别号"红豆馆主"，世袭镇国将军。"双词客"是袁克文和张伯驹，二人都喜好填词，又是痴迷戏曲的票友。袁克文号"寒云"，张伯驹别号"冻云楼主"，故曰"双词客""号二云"。张伯驹与袁克文是表兄弟，袁克文满腹诗文，喜唱戏，疏离政治，长叹："绝怜高处多风雨，莫到琼楼最上层。"溥侗，皇族，爱好琴棋书画，喜篆刻碑帖，精通戏曲音乐。张学良曾与在东北被封闲职的张伯驹朝夕相伴，抵足而眠，谈诗论画。四人都对文物收藏和鉴赏有兴趣，过从甚密。

人说张伯驹三痴——鉴定古文物字画、写诗词作画、爱好戏剧。收藏鉴定文物字画当然必研诗文，张伯驹诗词功力与此绝对有关。但鲜有人知道，张伯驹成为词家与戏曲有密切联系，倚声填词与氍毹戏文有一段因缘。张伯驹 30 岁开始学诗词，31 岁开始学京剧。我们知道，京剧本身就是耐人寻味、韵味醇厚的舞台艺术，在文学、表演、音乐、唱腔、锣鼓、脸谱等方面都有一套相得益彰的格律化和规范化的程式，以达到"以形传神、形神兼备"的艺术境界。文学艺术的门类其内涵是相通的，张伯驹从小听戏，后学戏，使他渐渐理解京剧和文学的内在通融。他学习过昆曲，向余叔岩学老生戏，并成为知己。十年学戏，使张伯驹了解了身段、念白、神情的功夫和音韵、五声念法、三段韵的运用。他与四大名旦等许多京剧名角合作演堂会戏，留下许多梨园佳话。不仅如此，他还与梅兰芳、余叔岩等发起组织"北平国剧学会"，编印剧谱，出版刊物，进行京剧评论和研究。他与余叔岩研究京剧音韵学，把京剧唱念的音韵，包括十三辙、四声、尖团、上口等京剧的"梨园家法"加以美化和理论化，最后出版了《京剧音韵》一书。他还发表了《宋词韵与京剧韵》《佛学与戏剧》等文章。与此同时，大凡伶工，文化水平都不深，也在唱段新词上多请文士名家，而精通诗词音律的张伯驹常润色改词，使之朗朗上口。可以说他与戏剧的结合真是绝配。因为痴迷戏剧，他著有《红毹纪梦诗注》（红毹，舞台上的红地毯），以七言绝句 177 首（补注绝句 22 首）抒写自己参与京剧活动的往事。今天来读这本诗集，即可理解戏剧与张伯驹诗词的建树是相关的。两者的相辅相成，对他以后的书画填词生涯也产生了深远的影响。

张伯驹工于填词，号丛碧词人，著有《丛碧词》《春游词》《丛碧词话》。他的情词只写给夫人，每每潘素生日，均以词记之。他在《水调歌头》下片写道："当时事，浮云去，尚依然。年少一双璧玉，人望若神仙。经惯桑田沧海，踏遍千山万水，壮采入毫端。白眼看人世，梁孟日随肩。"即使在 1941 年被绑架，孤独卧病，生死未卜，他还赋词不误，写了四首词给钟情的潘素。周汝昌对张伯驹词评价甚高，他说：伯驹先生的词，风致高而不俗、气味醇而不薄。更得一个"整"字。何谓整？本是人工填作也，而竟似天成。"此盖天赋与工力，至厚至深，故非扭捏堆垛、败阕百出者所能望其万一。"我们随意选一首《浣溪沙·渝州春阴》赏读：

> 客里芳春已半休，冻桐时节似凉秋，恼人天气在渝州。
>
> 花片散为千点泪，雨丝织得几多愁，半江烟水上层楼。

张伯驹的词守律并不严格，他不愿意受词律束缚，认为"情之所到，失律也无妨"。他晚年获安排中央文史研究馆馆员后，心情愉快，第二年去西安女儿处治老年白内障。旧地重游，"情来兴至，更复为词"，吟出300 多阕词，结集为《雾中词》《无名词》。晚年还与人合编《清词选》。

张伯驹的诗更是信手拈来。其诗海里有两首诗我感受颇深。张伯驹被打成右派后，领导勒令其检查，他枯坐半天，无字写出，随手画得飘逸、清雅的兰花，灵感所至，《楚泽流芳》题诗在上：

> 湖波渺渺怨灵均，翠竹黄陵伴梦温。
>
> 独抱孤芳空谷里，任他桃李自成春。

"灵均"是屈原的字,他想到了屈原,自比孤芳空谷里的兰草,任凭政治风云变幻,任凭他人争奇斗艳去吧。

张伯驹当年一掷千金,购得传世珍品献于国家。"文革"中却被退职,去吉林下乡又被拒绝接收,只好流落京城。亲友接济三五斤粮票,马上记在本上"笔札相谢"。对比之下,使人鼻酸。有一次他偶见肆间有喜爱的小盆梅花,无钱购买,作有一首《渭城曲》:

> 肆间初见小梅姿,风韵依然似旧时。
> 画图愿买折枝写,无奈囊空惟剩诗。

张伯驹爱海棠,少年英气,"只替春愁不自愁",拿一卷诗书留影于海棠树下。卢沟桥事变避居关中,回到北京看到海棠,吟出:"只今倾城倾国事,不是名花与美人。"后来他住展春园,更有20多株海棠"值雨流光红湿,一片迷蒙"。搬到银锭桥南,每年去邻居家赏花,流连忘返。20世纪70年代后,他年年去天津看海棠,与词家联吟其下,自记:"……风来落英满地,如铺锦茵,余愿长眠于此,亦海棠癫也。"

年轻时的张伯驹

张伯驹一生与诗词结缘,倾力呼吁诗词研究。1957年就致书周总理希望成立诗词研究社,弘扬诗词曲赋。"文革"结束后,他再次草拟倡议上书,约人筹组韵文学会,设计《韵文学刊》创刊号。遗憾他生前未能如愿。张伯驹晚年仍诗思敏捷。他说,系裤带比作诗难,五分钟能作首好诗,但五分钟系不好裤带。他鼓励年轻人学词,要多看、多想、多写，日后必有迅境。

张伯驹对诗词格律极有造诣，也是"打诗钟"的奇才。诗钟是比对联还要精巧的一种艺术种类。一般来说，限七言，每联诗 14 字，不得增减；上下联各写各的主题和独立意境，但又要求情事相关、上下照应；用典和白描可不拘，但不能一句用典，一句白描；对仗要讲究属对匀整，浑然天成；平仄必须严格合律。"打诗钟"先抓两个纸团，获两字，要求嵌入七言联的第几字，称为"几唱"，必须在规定的时间里完成。如张伯驹在一次打诗钟里，抓到"魂、象，六唱"，他吟出："天末风来群象动，梦边秋入一魂凉"。又如"唐、水，二唱"："高唐有梦曾为雨，洛水无波只剩尘"。"打诗钟"的"分咏"难度更大，要将毫不相干的一"人"一"物"纸团随意抓取，将"人"和"物"分别刻画，要合理连贯，前后搭配。如张伯驹抓到"不倒翁""结婚"分咏，他道来："比貌疑为长老乐，同心好为后来人"。再如抓到"状元""聋子"，他成联："一朝选在君王侧，终岁不闻丝竹声"。使人称奇的是，这都是白居易的诗句，上联采自《长恨歌》，下联采自《琵琶行》。张伯驹瞬间拈来，显示出深厚的文学修养和敏捷的思维能力。有此功力，他的楹联、嵌名联十分了得，堪称诗句珍品，且著有《素月楼联语》一书。

张伯驹与齐白石有忘年之谊，诗词楹联方面经常切磋。齐白石书邓石如"海为龙世界，天是鹤家乡"联送毛主席，将"天"书为"云"字，颇为紧张。张伯驹却说："云"比"天"字好啊。上联若是"地"，那么下联"天"字不可动；可上联却是"海"字，恰与"云"字相对，我们不必拘于成格，改动古人成句自古有之。他又说："鹤"与"云"并举的词句不少，如"闲云野鹤"，刘禹锡的"晴空一鹤排云上，便引诗情到碧霄"诗句更为世人熟知。齐白石无意写错旧联，张伯驹独具慧心点出新意掌故，一直在文坛传为佳话。

张伯驹的楹联，堪称大家。有两副值得推崇：一是"十年动乱"结束后，梅兰芳夫人福芝芳做东，因心情愉快，张伯驹饮酒微醉回家，一觉醒来，提笔为福女士成联：

> 并气同芳，入室芝兰成眷属；
>
> 还珠合镜，升天梅福是神仙。

上下联将梅兰芳、福芝芳二人名六个字嵌入，妙手天成。只是对联写好后，福芝芳去世，"梅福"都是"神仙"，张伯驹一联成谶。

张伯驹一生结交艺术大家无数，但不攀官府，唯与陈毅交往例外。新中国成立初，张伯驹在上海见到柳亚子，两人交流诗词，柳谈及与陈毅熟识。陈毅的诗"后死诸君多努力，捷报飞来当纸钱""此去泉台招旧部，旌旗十万斩阎罗"，张伯驹都曾读过，对陈心仪已久，于是托柳亚子将自己的词集转呈给陈毅。不久陈毅回信，并在上海、北京家中两次邀饭，谈诗作词，对张的词亦大加赞赏，认为"情采可观，不可多得"。陈毅曾说过，当今中国的词人，他最喜欢两人作品：一是毛主席的词，博大宏远，气势磅礴，不拘成格；另一个便是张伯驹，说他的词有北宋风度，言近旨远，音韵铿锵，字字功夫。张伯驹被打成右派后，陈毅曾对章士钊讲，张某是个读书人，何必给他戴帽子。张伯驹去吉林前，陈毅邀宴，赠亲笔诗作，并说会写信给吉林省对其照顾。"文革"中张伯驹被撤职、抄家，两次写信给陈毅。1971年他又亲笔写信给周总理，信中还提到"党内老辈，我唯识陈毅先生"，"陈先生知我为泽"，"闻其身体欠安，每以为念"。陈毅临终前嘱张茜将自己心爱之物玉质围棋送与他，并说："棋盘分为两块，一块就是我们共产党；另一块好比民主党派、党外人士，只有我们合在一起，才能成为一个棋盘。"陈毅逝世后，张伯驹异常悲痛，"遗言犹感激，老泪忽纵横"，写下悼诗挽联：

> 仗剑从云，作干城，忠心不易。军声在淮海，遗爱在江南，万庶尽衔哀。回望大好河山，永离赤县；
>
> 挥戈挽日，接樽俎，豪气犹存。无愧于平生，有功于天下，九原应含笑。伫看重新世界，遍树红旗。

该上下联首句均用典，"干城"的"干"指盾牌，干和城都比喻捍卫

张伯驹与夫人潘素

者，语出《诗经·周南·兔罝》。"挥戈挽日"亦作"扨戈反日"，赞扬勇士顽强战斗精神，语出《淮南子·览冥训》。"樽俎"指古代盛酒肉的器皿，"接樽俎"从"折冲樽俎"化来，指在会盟的席上战胜对方，后泛指外交谈判，语出《国策·齐策王》。

众多出彩的楹联中仅举上述两联，可品味张伯驹诗词与戏剧之爱、布衣与元帅之交的掌故。

张伯驹于 1982 年故去了。有人称他是"当代文化高原上一座寂寞的孤峰"，"堪称京华老名士，艺苑真学人"。他生前风流倜傥，千金散尽，历经磨难，壮志未酬，唯有他的诗词"物我同春"，长留人世间。捧读其诗，梅香如故，感慨万千。人言"自成高格，自有名句"，暮年他踏雪填词有句"天地与心同一白"，词的境界与词人情怀已融为一体了，此乃让人击节的警句啊！

张伯驹病居医院，临终写给张大千一首七律，诗末呼之"莫负人生大自然"。我认为，这句神来之笔，不仅是劝大千回归的召唤之语，也应是张伯驹本人一生的释结和感怀。有人说，幸福之人并非拥有一切，而是充分享受生活的赐予。体味再三，张伯驹这句诗对人对己，至今仍醒梦策励、意味深长。

开继宗风一代尊

——夏承焘与词学

> 词林大业忆彊邨，开继宗风一代尊。
>
> 西子湖边留教泽，永嘉山水与招魂。

这是叶嘉莹挽夏承焘的诗，说他继承了词学前辈朱彊邨的传统，开拓了中国现代词学，也概括了这位词学宗师教书育人的一生。

夏承焘是浙江温州永嘉人，字瞿禅，晚年改字瞿髯，别号谢邻、梦栩生，室名月轮楼、天风阁、玉邻堂、朝阳楼。永嘉山水灵秀，龙湫雁荡雄奇，有谢灵运得句的春草池等胜迹，先生别号"谢邻"，也是对这位山水诗人的倾慕。他出身贫寒，童年与郑振铎共读私塾。晚年怀念塾师和家乡，写的《减字木兰花》词里有"峥嵘头角，犹记儿时初放学。池草飞霞，梦路还应绕永嘉"之句。诗句屡屡提到家乡："人世几番华屋感，秋山满眼谢家诗。""我有客怀谁解得，水心祠下数山青。"他说自号瞿禅，是因为长得清瘦，双目瞿瞿，而禅并不一定是佛法，禅在圣贤书和诗词文章中，更在日常生活之中。

他由浙江省立第九中学转之江大学任教，走上了大学讲坛。曾任浙江大学教授、中国科学院文学研究所兼任研究员，毕生致力于词学研究和教学，成为著名的教育家、学者和诗人，是现代词学的开拓者和奠基人。

让我感兴趣的是他的学词经历和治学之路。他没有上过大学。为了支持他读书，其兄放弃求学，随父经商。他从七八岁上学起，几十年来，除了生大病，没有一天离开过书本。14岁考进温州师范学校，但很早就

夏承焘

偏科，绝大部分自修时间读经史子集。他的学问全靠自学。他说自己天资很低，因此促使自己奋发苦学，努力读书。一部《十三经》除《尔雅》外，都一卷一卷背过。后来他任教的九中有个藏书楼，每天上完课，他就一头扎进书籍的海洋，阅读了大量的有关唐宋词人行迹的笔记小说，披沙拣金，探海见宝。他说："笨是我治学的本钱。""笨"字很有趣，头上顶着竹册（册是串好的竹简，是古代的书籍），就是教人要用功。用功是人的根本，所以"笨"字从"竹"从"本"。读书没有捷径，不能取巧，只有下笨功夫才能取得成就。老师对他说："为诗学力须厚，学力厚然后性灵出。"他买不起书，除了依靠图书馆，就是借和抄，计日程功。读诗时，他一首一首抄录下来，朝夕咏诵。没有名师指点，他就前往南京暑期学校旁听。自学过程就是找不会说话的老师。他在书中效法前人榜样，学习抱天下志的大丈夫气概，坚持写日记，锻炼自己的意志力。他参加了当地的诗社组织，慎社写诗，瓯社填词，与乡里名家、同学朋友结伴访胜，分韵题诗。为了提高，他与近代词学大师朱彊邨通信，将论词文稿请大师审阅。他还外出访师问友，登门求教，相互切磋。

夏承焘说，重要的是多读，"读书千遍，其义自见"。但又说，既要多读书，又要力忌贪多不精。他做读书笔记的"笨"功夫有"小、少、了"三字诀："小"，就是本子要小，一事一记，如卡片便于整理。苏东坡诗："作诗火急追亡逋，清景一失后难摹。"创作和写心得体会也是如此，不要让有用的知识逃走。"少"：就是笔记要勤，务求精简，但条数要记得多，许多条汇拢来，即可成为一个专题。"了"：就是透彻了解，完全领悟，有所批评与创见。让所学到的东西，经过思考，成为头脑里"会发酵"的知识。因此他说"案头书要少，心头书要多"。对于作诗做文章，他说："第一要培养对万事万物的关注，能关注才会有灵感。诗文看似信手拈来，其实灵感早在酝酿之中。比如'松间数语风吹去，明日寻来尽是诗'，看去多么自然，但也得细心去'寻'呀。"

积累了丰富的知识，经过摸索，夏承焘确定了专攻词学："拟以四五年功夫，专精学词，尽集古今各家词评，汇为一编。再尽阅古今名家词集，进退引申之。"他30岁时，认为中国词中，风花雪月，滴粉搓酥，词风卑靡尘下。而东坡之大，白石之高，稼轩之豪，才是词中胜境。平时作诗词，专喜豪亢一派。词学大师龙榆生说他作词专从气象方面落笔，琢句稍欠婉丽，或习性使然，建议他多读清真词以药之（周邦彦号清真居士，宋词的集大成者，其词作被称为"清真词"）。他为此深省，曾作诗自警："落笔长鲸跋浪开，生无豪意岂高才。作诗也似人修道，第一工夫养气来。"几番探索后，他觉得，好驱使豪语，断不能效苏、辛；清真词风云月露，甚觉厌人。他不以尊体自限，而是兼收并蓄，另辟新境，再造新体。他决心熔稼轩、白石（姜夔）、草窗（周密）、竹山（蒋捷）为一炉，"欲合唐诗宋词为一体"，成为今后作词的努力方向。

他曾在家乡教书，又到西北五年壮游，汉唐故都的雄伟，华岳莲峰的高寒，打开并改变了他的眼界。军阀内战对民族带来的灾难，改变了他的诗笔和词风，"足下千行来白雁，马头一线挂黄河"，留下了格调悲凉慷慨的登高望远之作：

> 吟鞭西指，满眼兴亡事。一派商声笳外起，阵阵关河兵气。　　马头十丈尘沙，江南无数风花。塞雁得无离恨，年年队队天涯。

教学时，他对学生讲，人不要强求名利，吟诗并不是出世之想，而是要有入世的定力。他不强求学生都学作旧体诗词，但认为有志于研究古典诗词的人，倒有必要学学作诗填词，为此他总是多方鼓励，不厌其烦地为他们改诗。学生读《红楼梦》作诗："红楼一读一沾巾，底事干卿强效颦？夜夜联床同说梦，世间尔我是痴人。"夏先生改为"世间儿女几痴人。"那时，他的学生都会背他的词：

> 短策暂辞奔竟场，同来此地乞清凉。若能杯水如名淡，应信村茶比酒香。　　无一语，答秋光，愁边征雁忽成行。中年只有看山感，西北阑干半夕阳。

他早年爱南宋的白石（姜夔）、梦窗（吴文英）词，晚清的水云（蒋春霖）、莲生（项廷纪）词。抗战时，他痛心祖国河山的沦陷，目击志士的奋起搏杀，一些高谈阔论以名节自诩的人，却投向汪伪政权。现实的形势激发了他的爱国热情，词风逐渐激越苍凉，他作《洞仙歌》一词，借东坡的出峡铜琶，指斥那些不顾两河沦陷，四野哀鸿的无病呻吟之作：

> 词流百辈，望惊尘喘汗。回首高寒一轮满。料海山、今夕伴唱钧天，笑下界、无限筝繁筑乱。　　竹枝三两曲，出峡铜琶，打作新腔满江汉。忍听大江声，四野哀鸿，盼天外、斗横参转。但羽氅、黄楼几时归，怕腰笛重吹，梦游都换。

新中国成立后，词人经历过旧社会的颠沛流离，觉得用旧体诗表现新现实，困难很大。夏承焘花了很大气力，探索一条新的诗词创作道路，力争在诗词中创造出新的意境。陈毅过往看望，他赋《玉楼春·陈毅同志枉顾沪寓谈词》：

> 君家姓氏能惊座，吟上层楼谁敢和？辛陈望气已心降，温李传歌防胆破。　　渡江往事灯前过，十万旌旗红似火。海疆小丑敢跳梁，囊底阎罗头一颗。

夏承焘讲课，曾赠学生一副对子："要修到神仙眷属，须做得柴米夫妻。"他说这就是爱情的道德责任。他钟情陆放翁的爱情故事，吟道："得失荣枯门外事，囊中一卷放翁诗。"他填过《菩萨蛮》，上片为："酒边记得相逢地，人间却没重逢事。辛苦说相思，年年笛一枝。"据说是与邻家妹子的初恋。后来在词集里自注："此首假托情词，谴责失节朋友。"他自己的婚姻却算美满。妻子游柔庄去世后，晚年遇颇有文采和国学基础的吴无闻女士，婚后有词："一点浮云人似旧，换下长庚斟大斗，双江阁上梦词仙。人虽瘦，眉仍秀，玉镜冰心同耐久。"临终时，多次让无闻低声吟唱他年轻时的得意之作《浪淘沙·过七里泷》：

> 万象挂空明，秋欲三更，短篷摇梦过江城。可惜层楼无铁笛，负我诗成。　　杯酒劝长庚，高咏谁听？当头河汉却相迎。一雁不飞钟未动，只有滩声。

词下阕一句"当头河汉却相迎"，又为"当头河汉任纵横"，晚年他改为"此间无地著浮名"，可看出词人心境的变化。

在词学研究上，夏承焘最大的成就在于开创词人谱牒之学。无论是词学考订、词学论述，或者是词的创作，先生都有独特的建树。早年夏先生即专心致力于词人研究，他旁搜远绍，精心考辨，匡谬决疑，积年累月而成《唐宋词人年谱》十种十二家，由此唐宋词人生平事迹若绳贯珠联，清晰可辨，信实可靠，部分难解作品亦得到妥帖的诠释。十种年谱问世以后，在学术界引起极大反响，誉之为"空前之作"，盛赞"十种并行，可代一部词史"。日本学者撰文指出："今日研究词学，此必为重要参考书之一。"

我学诗作诗较多，却鲜少填词。坦率地讲，我们这一代读词学词，还是受毛泽东词的普及影响，所谓"一时风尚"，对词学的源流研究和吟诵极其不够。近读与夏承焘有过交往的龙榆生著《词曲概论》和有关词书简介，有了初步的了解。

词是和音乐曲调紧密结合的特殊诗歌形式，是沿着"由乐定词"的道路向前发展的。词和曲都是先有了调子，再按它的节拍，配上歌词来唱的。"宋、元之间，词与曲一也。以文写之则为词，以声度之则为曲。"宋词、元曲名称的由来，是从乐府诗的别名，逐渐扩展成为一种新兴文学形式的总名。词，兴于微言，小词大雅。叶嘉莹说，词叫作词的缘故，非常简单，词就是歌词的意思，英文就是 song words，是配合音乐来歌唱的歌词。词，一般说，萌芽于隋，初见于唐，兴盛于宋，传沿至今。词是诗与音乐结合的产物。最初，绝句和律诗配以乐曲即成为词，如李白的《清平调》、皇甫松的《怨回纥》。晚唐重歌，倚声填词，入乐歌唱，一时风靡。后来词的格式演变越多，与律绝的区别也越明显，诗与词开始分途。词，还称曲子词、诗余、琴趣、长短句等，但总起来说，词仍然是一种律化的诗歌形式。本来是依照歌曲的音律节拍写作，配合器乐来歌唱的。后歌曲的乐谱逐渐失传，词慢慢脱离音乐，终成为一种独特的文学体裁。南宋以来，词的创作也渐有脱离音乐的趋势。文人聚集的词社活动增加，分韵写作，词作为社交的功能增强，人们更重视文词，更重视意蕴和境界，而并不完全介意音乐。

随着词乐慢慢失传，词的规范，主要体现在格律上。所以有人说，词律之严，有过于诗律者。从明代开始，多种词谱之作问世，建立规范，"要填词按谱"。有的词人不按旧谱填词，而自编曲调，称"自度曲"。《词律》问世后，填词的人，始兢兢于守律。有人说，诗之境阔，词之言长；诗显而词隐，诗直而词婉。但一部文学史告诉我们，无论诗或词的创作，都应以意为主，守律与达意两者兼得，方为完美的作品。是否有益于意的传达、情的表现，在于作者的调度得当。一味守律，以至害意，便不可取。词韵不像诗韵那样具有权威性，也不被严格遵守。诗是科举考试的项目，诗韵是官定的，不准出韵。词不是科举考试的内容，突破了诗韵的限制，有的按诗韵可以通押，有的可平仄互押。词界普遍认可的《词林正韵》，可作为规范，但也有名作并不合于词韵。

对词的流派，词界认为，大体有二，一婉约，词情蕴藉；二豪放，气象恢宏。前者在沿《花间》之遗，后者为苏黄脱去音律之束缚。词学还有雅俗之辨，学词作词者要有尚雅趣味。周颐《蕙风词话》里讲：学填词，先学读词。抑扬顿挫，心领神会，日久，胸次郁勃，信手拈来，自然丰神谐畅矣。

王国维的《人间词话》，是近代词学"批评之学"的代表作。俞平伯在大学开设"词课"，写过若干论词著作，他坚持词的本体批评，批评牵强的"比兴说"、迂阔的"理法说"和附会的"考据"。尊重读者对作品的多义理解，并由这种理解构成的审美境界。

以上这些看法及一些前人词话，我们在欣赏和学词过程中可慢慢体会。

当年，我和许多年轻人一样，初期不懂词谱，完全套用曲牌的字数、模仿诗韵，来凑成一词。后来掌握了平仄声调之后，也学会按谱填词。进入老年之后，尤觉学习实践不够。读别人的词作，和有心人切磋，尤其是

夏承焘书《醉翁亭记》

受夏承焘先生肯下"笨"功夫的治学启发，觉得自己有了写格律诗的基础，还是可以多练练填词。历代流传下来的词牌有 1000 余种，现今经常使用的也有 100 多种，填词时查阅词谱简编，熟记若干首著名词人佳作的格式，也是写作按谱的捷径。初期可先"小令"，再"中调""长调"。从比较简单的词谱如《捣练子》《渔歌子》《忆江南》《如梦令》等短平快练起，继而可练《浣溪沙》《菩萨蛮》《卜算子》《鹧鸪天》《忆秦娥》等，熟悉各类词谱，意犹未尽之后，可再依字数较多的词谱填词。这是根据我自己的情况要走的诗词之路，也是我老有所学的内容之一吧。

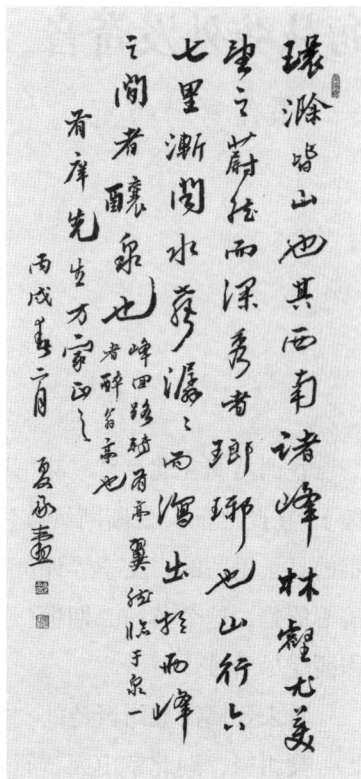

每从弦外发奇音

——聂绀弩诗披览

我偶然间在北京"三味书屋"买到上、中、下三册《聂绀弩旧体诗全编》。在此之前，也断断续续读过聂绀弩的若干诗。他的诗许多都是在苦难的日子里写的，文学界评价很高，称他的旧体诗是一座奇峰。但我一直搞不清楚，这个黄埔二期生、被周恩来称为"妹夫"的人，究竟是什么原因而受尽磨难。

看来要搞清聂绀弩诗的"本事"和"新典"，必须了解他一生的经历。

聂绀弩，湖北京山人，原名聂国棪，笔名绀弩、耳耶等。少年时代就开始写诗，曾考入上海高等英文学校。参加过国民党和共产党。在国民党时期考入黄埔军校，参加东征。后入苏联莫斯科中山大学，与邓小平、伍修权、蒋经国同学。四一二反革命政变发生后被遣送回国，在国民党中央党务学校、中央通讯社任职，兼编辑报纸副刊《雨花》。其间与周之芹结为连理。周之芹是周恩来等组织的天津"觉悟社"成员周之廉的妹妹，因敬佩邓颖超，改名周颖，住过邓母家，得到关爱，故他们叫周颖"阿妹"，也开玩笑地称聂为"妹夫"。聂夫妇后来到日本，由胡风介绍参与日本左翼文化运动，被捕入狱，驱逐回国。在上海他参加"左联"的活动，创办文学副刊《动向》，为鲁迅发表过众多文章。由特科的同志介绍其加入共产党。入党后，冯雪峰让他护送丁玲到西安。后他们从西安到延安，毛主席还请他和丁玲等吃饭。延安之行后他到皖南新四军工作，据说还为陈毅捎带情书给张茜，促成姻缘。其后仍由周恩来关心，他到桂林、重庆与周颖团聚，编辑文艺刊物，出版著作，并接上组织关系。后聂绀弩被中共派到香港，担任《文汇报》主编。在香港先后出版散文集、诗集、剧本小说集、短篇小说集等。调到北平后，应邀参加中华全国文学艺术工作者代表大会，参加开国大典。聂绀弩先后任中国作家协会理事兼古典文学研究部副部长，人民文学出版社副总编辑兼古典部主任等职。

聂因"胡风反革命集团"受牵连，定位"有严重的政治历史问题"。"反右运动"中因替周颖改稿，被划为右派分子，到北大荒"劳动改造"。因厨房烧火不慎烧着房子，成了未定案的"纵火犯"，坐牢一年。结束劳改后被安排到全国政协任文史专员，潜心研究古代小说。"文革"中，聂绀弩因与胡风联系，自己未曾发表过的文字被公安机关截获。诗词稿中有为胡风、丁玲"鸣冤叫屈"的内容，说他"恶毒攻击"中央领导人，以"现行反革命"被捕，后更判为无期徒刑。中央宽大释放原国民党县团以上党政军特人员，他以曾任国民党中央通讯社副主任为由，顶替一人（上报名单中病死未销）被"特赦"。"文革"后获平反，任人民文学出版社顾问、全国政协委员。

聂绀弩

就是在这样颠沛流离、磨难坎坷的日子里，聂绀弩写下了大量文艺作品，包括语言文字、古典小说评论、散文、小说、杂文和新旧体诗等著作31种。有人说，杂文、旧诗、中国古典小说，是绀弩三绝。别的姑且不论，仅就横贯近50年的聂绀弩旧体诗而言（现今注解集评的有653首），新奇而不失韵味、幽默而满含辛酸，被称作"独具一格的散宜生体"。所谓"散宜生"，他自解就是"无用（散）终天年"（适宜于生存）。文怀沙却说，这是他故意把话扯远了，他的解释是：我将永远生意盎然，有诗为证，其奈我何！他的悼诗这样写："危坐读君通塞诗，游天戏海有余思。从来大德生为用，百遍重寻绎散宜。"不管怎样，聂绀弩身系逆境，忧天痛史，涌血成诗，被认为是世相的大悲写照。聂绀弩自己却说："忧患之类，不一定直接成诗，诗亦不必直接写忧患。有了忧患，才更深地激动感情，才想到作诗，才读人诗较易感受，才容易发抒一点哪怕与忧患本身相隔遥遥的东西。"

聂绀弩的诗，原有香港出版的旧体诗集《三草》。内《北荒草》是写北大荒的生活，其诗在动乱中荡然无存，幸已抄寄海外而归之。《赠答草》顾名思义是赠答朋友的诗。《南山草》是聂从北大荒回来后所写，指京城对面的终南山，多是感事而发的诗。后增加了《第四草》，均是悼诗。复又增加了四草的拾遗。2009 年，由侯井天句解、详注、集评的《聂绀弩旧体诗全编注解集评》出版。

写北大荒的劳动生活是聂诗的特色。诗题上就可看出劳动的繁忙：搓草绳、锄草、刨冻菜、挑水、放马、削土豆种、推磨、放牛、清厕、拾穗、排水、伐木、割草、背草、赶车、夜战等。聂绀弩将其一一入诗。他自己说：古人是看别人劳动，我却是自己劳动，与别人一起劳动。不是同情，而是歌颂。诗家已引锄草、挑水、推磨纵谈其佳句诗味，我却更喜欢他一首放马的诗《马逸》：

> 脱缰赢马也难追，赛跑浑如兔与龟。
> 无谔无嘉无喊话，越追越远越心灰。
> 苍茫暮色迷奔影，斑白老军叹逝骓。
> 今夕塞翁真失马，倘非马会自行归。

放马马跑了，即使瘦弱的马，也难追上它。"谔""嘉"都是叱马声。天渐黑了，头发斑白的老年人哀叹马已无影了，只能寄望运气，盼马能自己回来。全诗写得有声有色，从脱缰到急追、渐远、哀叹、后果、期望，丝丝入扣，情状活现。口语典故连接、雅俗浑然妙合。

聂绀弩怀念、寄赠朋友的诗也占了相当大的比重，他赠狱友，答文人，挽先贤，念亲朋。他有一首《中秋寄高旅》（高旅是他朋友，丹丹是他养女），俗而不伤其雅，对仗极工。在困难时期，自嘲自乐，读后令人笑中带泪：

丹丹久盼过中秋，香港捎来两罐头。

万里友朋仁义重，一家大小圣贤愁。

红烧肉带三分瘦，黄豆芽烹半碗油。

此腹今宵方不负，剔牙正喜月当头。

此诗两处用典。"圣贤愁"出自《笑林广记》，意谓白吃者圣贤也无可奈何。"不负此腹"出自《古今谈概》，食饱者曰"我不负汝"。聂诗信手拈来，出口合律，通俗谐趣，非一日之功也。

在聂绀弩"特赦"前一个月，他们唯一的女儿海燕深感人生无望而自杀。聂绀弩热泪湿枕，连夜给妻子周颖写下一首《惊闻海燕之变后又赠》：

愿君越老越年轻，路越崎岖越坦平。

膝下全虚空母爱，心中不痛岂人情。

方今世面多风雨，何止一家损罐瓶。

稀古妪翁相慰乐，非鳏未寡且偕行。

诗是为真情而发。面对不幸的现实，他在诗中饱含泪水而内心翻滚，痛彻骨髓却相互扶持。王蒙说："屈原的《离骚》当然绮丽繁华，忧愤沉郁，但没有聂的芜杂中的真挚，俚俗中的古雅，纷纷世相的真切刻骨，荒唐经历的难信堪惊。""他的诗如怪石，如荆棘，如黑云，如刺刀，如泄洪，如号哭，如骷髅造型，如古树参天，如碾压，如旋风，如断了线的风筝，不知将冲破几重灵霄宝殿。"

聂绀弩落拓无拘、潇洒如流，周恩来曾戏语此"妹夫"是"大自由主义者"。他在重庆交了女友，以后还不忘旧情，自写诗：

几年才见两三回，欲语还停但举杯。

君果何心偷泪去，我如不死寄诗来。

一冬白雪无消息，此夜梅花孰主栽？

怕听收音机里唱，梁山伯与祝英台。

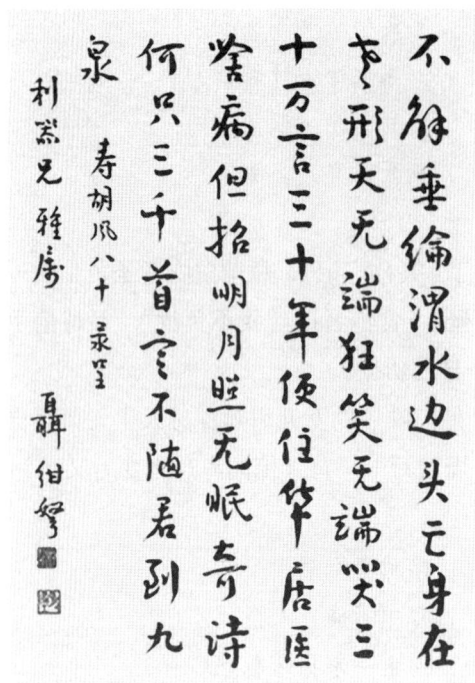

聂绀弩手迹

舒芜读其诗说：最后两句这个情深啊！

诗如其人，熔古今中外、雅言俗语于一炉，庄谐并用，笑骂兼施，风骨嶙峋，慷慨悲凉，沉郁屈辱中又隐含人格。这个"以热血和微笑留给我们的一株奇花"，对在旧体诗中创出了新风格的诗派，有人归为"杂文诗"，有人说是"打油诗的变体"，有人说是现代的"变风变雅"，亦有人名之为"开一派诗风"的"绀弩体"。"绀弩体"脱前人窠臼，独具新声，高古新奇，不是什么人都可以学的，也不是专走嬉笑怒骂一路的诗风。学作诗先要学做人，工夫在诗外，聂绀弩在沧桑历史的翻云覆雨中，荷戟彷徨，腕底春秋；在特殊经历的生命之舟上，俯仰吟哦，剖心见性。崎岖赴远道，颠沛逐喧尘，风霜炼筋骨，艰危见韧性。自古以来，"心志倘不苦，焉得作诗人"，正是这样的磨砺，使他未颓丧和沉沦，"在苦难中生乐趣，于平凡处见奇虹"。歌也有思，哭也有怀，练就通达洒脱、信手拈来、涉笔成趣的功夫，成为驾驭语言的大师。

当然"绀弩体"诗也是有迹可循的。博古通今和诗海积累自不待言，聂作诗，自认为"是一种不须惊动别人而自得其乐的文娱活动"。在漫长的日夜里，作诗就是身心放松，神思灵动的法门。聂绀弩的诗把情感放在第一位，而把技巧手法放到次要的位置上。他重格律音韵，认为旧诗须确守。但有时也不受束缚，"从心所欲矩先逾"。他觉得最有趣的是对对子，所以他喜欢作律诗。例如，诗联"文章信口雌黄易，思想锥心坦白难""英雄巨像千尊少，皇帝新衣半件多"，工对巧思有哲理；"日之夕矣归何处，天有头乎想什么""桃花红矣同春色，空谷跫然互足音"，文言虚词妙对其间。聂过去以杂文知名，后来写新诗，20世纪五六十年代开始写旧体，觉诗意较含蓄，可能符合彼时时势环境。

聂绀弩在北大荒吟诗聊以自慰时，正值民歌疯狂，上级突然指示人人都要作诗，农场长炕上挑灯夜战，苦煞众人。聂却正中下怀，一晚交出七言古风长诗，领导按四句一算，宣布他作了32首，真是啼笑皆非。

在聂绀弩的佚诗中有一首《赠送朱静芳大姐》："急人之急女朱家，两度河汾走飞车。刀笔纵横光闪闪，化杨枝水洒枯花。"是说山西原法院的朱大姐两度到临汾营救，终让监狱"现管"刀笔一挥，将聂补入特赦人员之中，这在当时也是胆大包天了。聂诗感恩，记载了这段心酸曲折的历史。细读聂绀弩的每首诗，可能都有一段难忘的故事。聂绀弩的200余首诗都是从监狱的刑事档案里获得的。当时的罪名就是"大量书写反动诗词"，一经人诠释，黑白颠倒，影射攻击，欲加之罪，何况有辞。诗无达诂，最怕人解。难怪后来聂绀弩反对注诗，说："诗不能注，一注就错。"他给舒芜的信说："我实感作诗就是犯案，注诗就是破案或揭发什么的。""语涩心艰辨者稀"，有其苦衷。被诗界反复引用的他的诗句"文章信口雌黄易，思想锥心坦白难"。真是刻骨铭心啊！

聂绀弩出狱后，一直躺在床上，但仍写诗作文。他始于杂文，终于旧诗，83岁去世。他一生不事权贵，胡乔木却主动看他，为其诗集作序，称"它的特色也许是过去、现在、将来的诗史上独一无二的"。

诗界纷纷悼念他，启功写道：

> 革命抱忠心，何意门中遭毒手；
> 吟诗惊绝调，每从弦外发奇音。

呜呼！读诗念人，本文权将启功的最后一句作为题目，为聂诗点睛吧。

赤子佛心无尽意

——赵朴初的行愿与诗境

　　赵朴初是全国政协副主席，是国家的领导人，但他总是微笑谦和，亲切慈祥。人们更习惯称"面如菩萨"的他为赵朴老，或简称朴老。毛泽东曾问他："赵朴初，即非赵朴初，是名赵朴初，佛教有这么一个公式吗?"他答："有这么一个公式。"问："怎么? 先肯定，后否定?"他答："是同时肯定，同时否定。"

　　朴老是居士，但熟读佛经。他给人题字"行愿无尽"，落款用"无尽意居士"，他书斋的名字叫"无尽意斋"，日常用的信笺和印章也是"无尽意"。朴老解释，佛教有《无尽意菩萨经》讲"行愿，意无尽"，在《妙法莲华经》中，有一位菩萨因行愿无尽，故号无尽意。朴老认为这个名字很好，一个人报众生恩、报国家恩的心愿无穷尽。他十分欣赏苏东坡的两句诗："短篱寻丈间，寄我无穷境。"说他顿悟宇宙无穷尽，能将有限的人生寄托于诗境的无穷之中，表明诗境无穷，其精神也无穷。正因为如此，他才写出了"我如镜中物，镜坏我不坏"的千古佳句。经朴老解悟，我们了解了他喜用"无尽意"的深刻含义。

　　我是在中学最后一年读到《某公三哭》，这三首回击和戏谑反华人物（三尼）的散曲，据说是有人推荐给毛主席而发表的，从此知道了赵朴初这个名字。"文革"结束后，读书热兴，洛阳纸贵，排了长队我才买到赵朴初的《片石集》，有机会读到他的诗。没想到十几年以后，我调到全国政协机关工作，近距离接触到朴老。我接待过朴老熟识的悟明长老和了中法师等台湾佛教人士，同事陪台湾居士去医院看望朴老，意外带回他的墨宝:"不为自己求安乐,但愿众生得离苦。"朴老逝世后,我从民族宗教委员会得到一本《赤子佛心赵朴初》,读此书后,由衷敬仰朴老,他一生善行,其品行是高儒大德的典范。

赵朴初,生于安徽安庆,后随父母回到安徽太湖县祖居,早年就学于苏州东吴大学,只读了年余即因肺病辍学。养病期间探索了佛教的教义,在文学上也广泛涉猎。抗日战争爆发后,他作为佛教协会的主任秘书,参加上海慈善团体联合救灾会(慈联会),负责上海战区难民收容工作,集中青壮年、少年,予以文化和抗日救亡教育,部分参加淞沪抗战部队。国军西撤后,遣送优秀者及收容干部到皖南参加新四军。他有一首《黄浦江头送行》诗,记述当时的情景:

> 挥手汽笛鸣,极目楼船远。
> 谈笑忆群英,怡怡薪与胆。
> 雄风舞大旗,万流归浩汗。
> 同弯射日弓,待看乾坤转。

这里有一个插曲。据朴老回忆,1941年临近春节时,一位衣衫褴褛、头发很长的青年,突然走进他家,上前作一大揖,激动地说:"赵先生,我终于找到您了!"来者名叫朱诚基,他是当年由赵朴初组织安排用船送到温州,再辗转到皖南参加新四军的。朱在皖南事变中被俘,押至江西境内逃出虎口,沿途乞讨回上海,坚信找到赵朴初一定会得到帮助。果然朴老帮他接上关系,登上轮船直驶苏北,重新回到新四军军部。事情怎么就这么巧,就是这个朱诚基,早年在上海生活无着,就在我父亲的上海世界语协会学徒打杂,每天在我家吃两顿饭,解决饿肚子的问题。后来作为难民由朴老安排去新四军,才有了后面这一段。记得后来朱诚基在总参三部和浙江省军区任职,我姐姐还去拜访过他。

难民工作结束后,赵朴初担任上海净业教善院院长,收养孤儿,掩护了皖南事变后近百名新四军的小同志。

赵朴老还是中国民主促进会的创始人,他长期担任民进中央和全国

赵朴初

政协的领导职务。他也是宗教界的领袖，强调"宗教是一门文化"，是一个非常重要的观点。他把佛教教义圆融于当代的事业中，身体力行爱教爱国，贯彻落实宗教政策，致力于对外交流，心系祖国统一。"无尽意"是他一生的追求，朴老曾写下《九十抒怀诗》：

九十犹期日日新，读书万卷欲通神。
耳聋不畏迅雷震，言笑能教远客亲。
曾助新军旗鼓振，力摧谬论海天清。
千年盲圣敦邦谊，往事差堪启后生。

诗中第五句即上面所讲将优秀难民1200多名送去参加新四军。第六句讲在印度参加纪念泰戈尔大会时，即席驳斥印文化部部长的反华发言。第七句推动中日佛教交流，共同举办纪念鉴真逝世1200周年活动，为推动中日邦交正常化起了重大作用。这首诗概括了他一生做过的大事和贡献，当然远不止这些。朴老19次东渡扶桑，善用佛教纽带缘结五洲。他弘扬慈忍精神，主张"解行并重""人成佛成"，倡导人间佛教思想，提出发扬农禅并重、注重学术研究和国际友好交流三个优良传统。提出庄严国土、圆融时代、利乐众生。他长期担任中国红十字会的领导职务，为人道主义和慈善救助作出贡献。他诗词怀咏，翰墨平生，文以化人。他扶困救灾，兴学助教，提携后人等，其济世善举皆为人称颂。

若论诗词，朴老更是大家。他一生临池，写诗不辍。他说，读古典诗词，写古典诗词，是我个人的一大爱好。他写过的诗词曲不计其数，即席口占，信手拈来，各种形式运用自如，在诗词曲和书法方面都达到了很高的造诣。"松香扑鼻严霜后，梅讯开眉大雪先。"朴老的许多诗作，探其书外之境，情外之理，弦外之音，见发见情，相互交融，别有一番味道。他的诗词曲作品结集为《滴水集》《片石集》，不少名篇广泛传诵。

　　朴老幼年就读古诗词，受到感染。一次母亲带他去寺庙烧香，说起儿子会对对子。先觉师父指着庙中火神殿出上联："火神殿火神菩萨掌管人间灾祸"，赵朴初想了想道："观音阁观音大佛保佑黎民平安。"师父笑说："这孩子将来必成大器。"后来他自己说："年龄稍长，渐懂世事，用诗歌语言表达内心感受的愿望不禁油然而生。"他对所谓新旧两种诗体都作过若干尝试，逐渐倾向采用我国诗歌的传统形式，即五、七言的"诗"，长短句的"词"和元明以后盛行过一时的"南北曲"。在中日诗词文化交流中，由他创作和定型的"汉俳"，也为人称道。

　　赵朴初对中国古典文学有着精湛深入的研究。在《片石集》前言里，他说，诗歌要求有节奏，有韵律，这个语言特征是人民大众在社会生活发展过程中自然形成的。用人民已熟悉的传统诗体，先解决群众的需要，进而提高人们对诗歌语言的欣赏水平。"旧瓶新酒"符合"古为今用"，也是一种"推陈出新"。一般群众对五言诗、七言诗熟悉，它们易懂、易学。而"词"是长短句交错，突破整齐单调的框框，圆转流利。缺点是篇幅句型固定，似宽实严。由于牌调数量极大，选择余地很宽，亦可选择使用。"曲"来自民歌，流行市井，后脱离音乐舞蹈成为一种文学品种。它刻画人情世态，模拟各种人物神气、口吻，更加尖新、刻露、俚俗、泼辣，表现手法更自由。其中"散曲"，有一调独立的"小令"和数调组合的"套数"。朴老还尝试自定调式调名的"自度曲"新诗体，因不"制腔"配乐，可称无"律"之曲，非"曲"之曲。在继承诗歌遗产上，他认为，所谓"平仄"，指的是字音的平衍与升降，舒徐与疾促，是汉语语音上的重要特点，是大众的语言习惯，既非强加，更不神秘。其排列能产生一定的和谐，起到抑扬顿挫、升降起伏的作用。汉语语音特点不变，"平仄"不能不管。至于"韵脚"，有了韵就易于顺口，易于背诵，诗歌本身不可少。他主张依得到较广承认的相近音读，划出一个大体范围，容许小有出入，或同时定出"宽""严"两套韵脚，自由选用。他自己倾向依京剧广泛流行的"十三辙"，减少韵部数目，放宽选韵范围，使多数人容易接受。

　　朴老自己一生谦虚好学，晚年住院，难得清闲，他用来读书，自述："读书可千卷，但观其大意。引睡山谷诗，陶情东坡集。"他向古人、伟人、名人和佛学大师学，抄录他们的格言自律，并撰联自儆："俭不期骄禄不期侈，食不求饱居毋求安。"他从日本金泽市政府抄录的嘉言"进不求名，退不避罪，唯民是保"挂在家里自勉。他喜欢欣赏画，优劣主要看是否传神。他引石涛的话说："书画图章本一体，精雄老丑贵传神。"他也喜书法，题字千万，一钱不收。一张整纸裁剪下来的零碎边角另存一边，闲暇时在上面写极精的警句，关乎修为，有益人生。别人求墨宝，随手相赠。人称这些"巴掌"大小的书法为"惜福书法"。他捐助 240 余万元，自己长斋茹素，两袖清风，穿着补丁袜子。吃饭两小菜一清汤，吃不完的下餐再吃。剥皮煮鸡蛋掉在地上，自洗一下即吃。打的开水喝不完，洗脚再冲厕所，一水多用。一个旧信封，裱糊后重新使用。他常讲莆田圆拙法师自己庙里汽车不坐，步行到莆田市的故事。他 83 岁时在九华山坚持不坐轿子。任全国政协副主席后，一不换住房，二不要警卫员，三不换汽车。清廉节俭，一生自律，为高官者不多也。

朴老 13 岁在外求学，时刻不忘报父母恩。母亲（笔名"拜石"）去世后，他以米芾参拜奇石的典故写了一首《拜石赞》，92 岁写下《报母恩》。忆及当年母亲教诗词文史，家传有《青灯课儿图》，写出《自度曲》："自古来，寸草春晖，永远有说不尽的恩情话。问何处是天堂，它就在母亲膝下。"坊间盛传的《宽心谣》其实不是朴老所作，但他也不想阻止歌谣的流传，认为有人喜欢，就随它去吧。他被人称为"太湖的儿子"，心系故土。故乡遭受洪灾，他放声痛哭，带头捐款；故乡教育滞后，他节衣缩食，拿出积蓄设立奖学基金。但当亲戚受到不公正待遇，故居被湖水淹没时，他却告诉自己"不教往事惹思量"，只想到"问还余几多光热，报我乡邦？"太湖有人带来家乡天华谷尖茶叶，他高兴地题诗："深情细味故乡茶，莫道云踪不忆家。品遍锡兰和宇治，清芬独赏我天华。"朴老长年茹素，绝不饮酒，但一次酒厂笔墨恭候，他微笑提笔"香醇般若汤"。地方政府宴请疏忽，尽是荤食，他宽慰说，给他上一小份素食就可以，笑说咱们"一桌两制"。应机随缘，不让人家下不了台。朴老有一句格言："天道无亲常予善，人才非正不能奇。"周总理逝世，朴老写了多首诗词，他说，父母之丧三年，而周总理的病逝留在我心里的忆念是永久的。大家都热爱周总理，心心相通之故。他有一首五言挽诗，情真意切，流传甚广，其中有诗句"无私功自高，不矜威益重。云鹏自风抟，蓬雀徒目送"，概括了总理伟大的人格，诗最后写道："长思教诲恩，恒居惟自讼。非敢哭其私，直为天下恸。"他为陈毅写的《清平乐·围棋》也是我喜欢的。

朴老生前立下遗嘱，他的遗体凡可以移作救治伤病者，请医师尽量取用。他的遗嘱诗，尤显大士超然胸襟！

生固欣然，死亦无憾。
花落还开，水流不断。
我今何有，谁欤安息。
明月清风，不劳寻觅。

我反复读他的遗嘱诗，体悟他的诗境，"高山安可仰，徒此揖清芬"。他在明月下，他在清风里。思怀朴老行愿立德、济世利民的人格，绵绵无尽思、无尽意也！

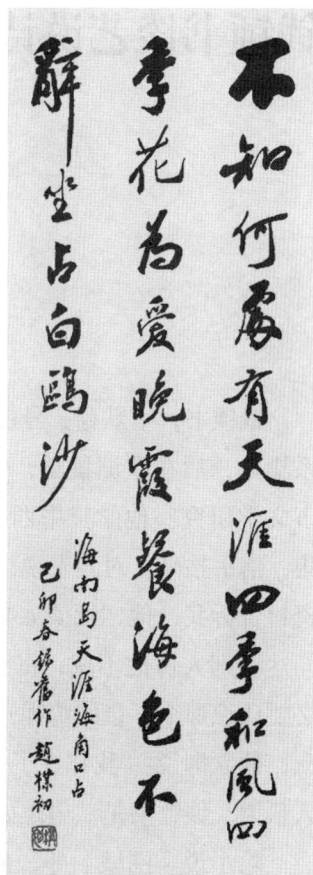

赵朴初书自作诗

钱锺书谈艺说诗

    钱锺书，字默存，号槐聚，笔名中书君，出生在无锡。清华大学外文系毕业，后在欧洲留学，曾在几所高校教书，后在社科院文学研究所从事文学研究。他学贯中西，过目不忘，健谈善辩；他腹有诗书，经史子集，信手拈来。对我来说，他一直是个神秘而富有魅力的人物。但看到的资料告诉我，他"恬淡如菊，落花无言"；他独来独往，淡泊自守，不求闻达。别人访他不成，得到回答："假如你吃了一个鸡蛋觉得不错，又何必要认识那个下蛋的鸡呢？"电视台要拍"中华文化名人录"，说有可观报酬，他立即说："我都姓了一辈子的钱，还在乎钱吗？"但同他经常交往的人认为，钱锺书是"望之如云，近之如春"。

    除小说《围城》外，他的《谈艺录》《管锥编》《宋诗选注》，使人倾倒。人称"当代第一博学鸿儒""文化昆仑"，引《老子》说："古之善为士者，微妙玄通，深不可识。"以至于学者专研"钱学"，"见钱眼开"成为文化人心目中的偶像。正如钱锺书赞赏的歌德诗句："万峰之巅，群动皆息。"

    钱锺书早年就写出《谈艺录》，自己称为"虽赏析之作，而实忧患之书也"。他论述了古代诗人诗作，尤对千年来争论纷纭的李商隐的《锦瑟》有精到的分析。他认为此诗冠于李诗集之首，是用"锦瑟"来喻诗歌。首联是言华年虽逝，诗篇犹存，开卷而忆，平时的悲欢都在此中。颔联是讲作诗之法，庄周梦蝶，醒来时蝶变庄周，用来说明诗歌借象喻理和丰富的想象，深文隐旨，故为"迷"。传说中的望帝化为杜鹃，声音凄苦，举事寄意，故为"托"。颈联言诗成之风格或境界。传说中鲛人"眼能泣珠"，

说诗歌虽凝珠圆，仍含泪热，全是真情流露、生气宛在。"蓝田日暖"言诗的境界的凄迷，戴叔伦语："诗家之景，如蓝田日暖、良玉生烟，可望而不可置于眉睫之前也。"尾联是与首联呼应，言回首往事，枨触万端，感慨系之。钱锺书上述的赏析，解决前人各种说法的不能自圆处，被周振甫称为"鉴赏诗的典范"。

1962 年，钱锺书发表了论文《通感》，揭示了包括诗在内的文学中一种共有的艺术方法和规律，即"通感"，也叫"感觉移借"。就是说人的视觉、听觉、触觉、嗅觉、味觉可以互通或交通。这种方法在艺术上可以使原来很平淡的事物更能被人们所感受、所体味。例如，王维诗"山路元无雨，空翠湿人衣"，"翠"色的视觉，给人以"湿人衣"的触觉，使人更能感受这翠的色泽与清爽。再如宋祁的"红杏枝头春意闹"，红杏色彩鲜亮，着一"闹"字就把视觉沟通到听觉，如闻其声，呼之欲出，让人体味到这千古名句在艺术上的独到之处。通感的理论，使文学上许多看似"不通"的问题迎刃而解。朱光潜曾推荐此文，认为是"不可不读之作"。

"文革"中，钱锺书住在文学所的办公室，"偷"时间写出百万余字的巨著《管锥编》。该书沟通古今中外、打通一切文学体裁界限的传统。有人评该书"识小而大通，管锥而天地，由此出发，上层楼以穷千里目"。

在此书中，他把上述通感的观念更为扩展。他认为通感本于神经系统的结构，从而组成"感受之共产"，五官感觉即视、味、触、嗅、听觉可以互通。他打了一个有趣的比喻：五蕴异趣而可同调，分床而亦通梦，此官所接，若与他官共，故"声"能具"形"，17 世纪英国诗人戏喻以数夫共一妇者也。由此，钱锺书认为，寻常感官，时复"互用"，心理学命曰"通感"，征之诗人赋咏，不乏其例。他又补充举例，如陆机"哀响馥若兰"、莎士比亚《暴风雨》剧中"昂鼻嗅音乐"、杨万里"犹吹花片作红声"、严遂成"风随柳转声皆绿"，这些可以说是对道家"耳视目听"，佛家"非鼻闻香""耳中见色"的注脚。钱锺书把这个西方术语引入中国诗词，赋予了新的含义。实际上，"通感"（synesthesia）这个词来自古希腊，原义是"同时察觉，同时领悟"，引申为感觉的混合，是十分常见的修辞手段。

钱锺书提倡对复杂的文学现象进行研究，对诗文里的心理状态进行分析。如《诗经》中"萧萧马鸣，悠悠旆旌"一句，他先后引意境相似的句子如"蝉噪林逾静，鸟鸣山更幽""落日照大旗，马鸣风萧萧"以及雪莱诗"啄木鸟声不能破松林之寂，转而幽静更甚"等，解释说，这是心理学中"同时反衬现象"，眼耳诸识，莫不有是；诗人体物，早具会心。寂静之幽深者，每以得声音衬托而愈觉其深；虚空之辽广者，每以有事物点缀而愈见其广。钱锺书还以独特的视角评价过两位诗人："放翁（陆游）善写景，而诚斋（杨万里）善写生。放翁如图画之工笔，诚斋则如摄影之快镜。"

钱锺书还阐述了比喻的"二柄"与"多边"。同一事物来比喻，可褒可贬，可示喜可示恶。他以月"形圆而体明"来说"多边"，镜子比月，兼取圆、明二义；茶团、香饼比月，独取圆义；女子花容月貌，只能取明洁之义。

说到诗，钱锺书曾受前辈诗人陈衍的赏识、指导。陈是"同光体"的代表人物（"同光"指清代"同治""光绪"两个年号，郑孝胥、陈衍开始标榜此诗派之名，宣称指"同、光以来诗人不墨守盛唐者"，主要特点是主体学宋，同时也学唐，但趋向于中唐的韩愈、孟郊、柳宗元，而不是盛唐的李白、杜甫）。陈衍喜爱宋诗，钱锺书读过其《宋诗精华录》，编

《宋诗选注》时亦作参考。钱锺书编辑《宋诗选注》耗费了大量的心血，他提出自己的"六不选"原则，诗注具有特色。不仅注出用典、字词，更着重在诗注的品藻、鉴赏、穷源、溯流等，开拓了诗歌注解的新途径。为该书写的序，是他多年研究宋诗心得的经验总结，其中如辨唐宋诗之分，南学北学之别；对"风格即人"的论证，对理趣胜理语等，都独辟蹊径，思辨精微。

说到诗，人评钱诗奇警超拔、婉曲峭健。因用典较多，又无注释，较为难懂。他自己却说"字字有出处而不尚用典"。早期他的《牛津公园感秋》（四首之一），入景见诗心：

> 绿水疏林影静涵，秋容秀野似江南。
> 乡愁触拨干何事，忽向风前皱一潭。

1957年，钱锺书完成了《宋诗选注》，去武汉探父，写《赴鄂道中》诗。其一为：

> 晨书暝写细评论，诗律伤严敢市恩。
> 碧海掣鲸闲此手，只教疏凿别清浑。

诗后注：《宋诗选注》脱稿付印。此诗后两句用典，杜甫诗云："或看翡翠兰苕上，未掣鲸鱼碧海中。"翡翠兰苕，赏玩翡翠于花枝上，指研揣声病、寻章摘句之小巧。掣鲸碧海，指浑涵汪洋、千汇万状之大手笔、大才力。元好问论诗有句："谁是诗中疏凿手？暂教泾渭各清浑。"指评论前人之诗，分辨其流派、风格及优劣。钱锺书诗中用一"闲"一"别"，似乎感叹其志趣并不在论诗，更希望怀有"掣鲸"之志，在诗歌创作上大显身手。

他认为诗分唐宋，唐诗擅长丰神情韵，宋诗则以筋骨思理见长。对于自己的学诗经历和师承，他说："归国以来，一变旧格，炼意炼格，尤所经意……所作亦与为同光体以入西江者迥异。倘于宋贤有几微之似，毋

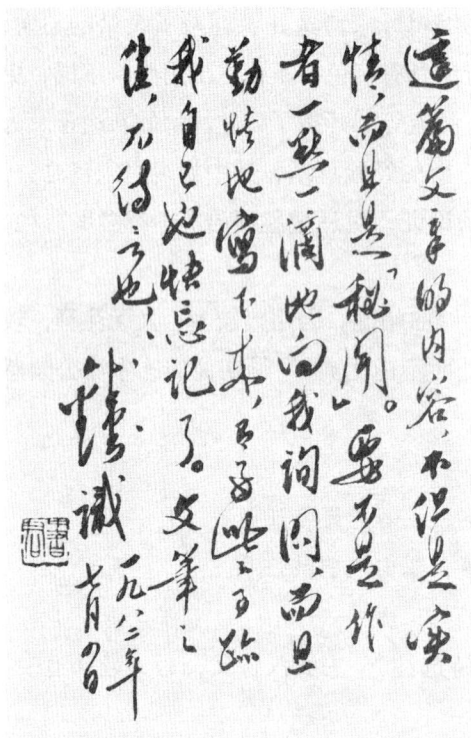

钱锺书为杨绛《记钱锺书与〈围城〉》所写附识手稿

亦曰唯其有之耳。自谓于少陵、东野、柳州、东坡、荆公、山谷、简斋、遗山、仲则诸集，用力较勤。"对自己的诗，他则说："少时作诗，惹人爱怜，今则用思渐细入，运笔稍老到，或者病吾诗一'紧'字，是亦知言。"

钱先生自幼好读旧诗，也不废浏览新诗。但他诗歌创作只吟旧诗，不写新诗。别人将新诗寄他斧正，他回信："大作拜读，情感洋溢。我不懂新诗，不知道艺术上是否成熟，请就正于行家。原稿奉还。"他对新诗的观点似乎通过《围城》曲折表达："只有作旧诗的人敢说不看新诗，作新诗的人从不肯说不懂旧诗的。"小说中方鸿渐对唐晓芙说："我对新诗不感兴趣，为你表姐的缘故而对新诗发生兴趣，我觉得犯不着。"另一人物提起陈散原说新诗中"还算徐志摩的诗有点意思，可是只相当于明初杨基那些人的境界，太可怜了。"人们在《围城》里读到的一首苏文纨的诗："难道我监禁你？还是你霸占我？你闯进我的心，关上门又扭上锁。丢了锁上的钥匙，是我，也许你自己。从此无法开门，永远，你关在我心里。"这首诗，方鸿渐说是从德国十五六世纪的民歌偷来的，实际也如此。钱先生请杨绛翻译，并嘱不要翻译得好，一般就行。小说中另一首人物的新诗，可能是钱先生自作，但也是以文为戏，意在嘲讽。上述钱先生是否借他人之口，述自己之意，不好猜测。但他毕竟未作新诗。

对于词曲，他似也从未作过，但在他著作中征引称赏之处俯拾皆是。

依声按谱，亦是苦事，先生之不为，不知何故。

1973年，钱锺书在翻译《毛泽东诗词》之余，也谈诗论文，他寄给诗人王辛笛的旧作《谈艺三章》中就表达了他对诗歌的美学观点。如：

> 七情万象强牢笼，研秘安容刻划穷。
> 声欲宣心词体物，筛教盛水网罗风。
> 微茫未许言诠落，活泼终看捉搦空。
> 才竭只堪耽好句，绣鞶错彩赌精工。

钱锺书认为，诗歌写心赋物，不应当一味写实刻画，或堆砌辞藻、镂金错彩，而应当如筛盛水、网罗风一样既实又虚。具体来说，诗要富有意境，微茫而又不落言诠，活泼空灵，能感知而又不能捉搦，这才是诗歌的美。他在最后两句自谦不能达到这样的境界。

> 出门一笑对长江，心事惊涛尔许狂。
> 滂沛挥刀流不断，奔腾就范隘而妨。
> 敛思入句谐钟律，凝水成冰截璐方。
> 参取逐波随浪句，观河吟鬓赚来苍。

钱锺书在上面的诗里讨论了诗歌的思想内容与艺术形式的关系。他认为人的内心世界、感情世界正如长江惊涛一样磅礴不断、奔腾不息。而诗歌的形式、格律偏偏是限死的框框。既要合诗律，又要把感情不欠不余、恰如其分地表达出来，就要敛思入句，使符合格律，更要凝水成冰，使内容精练。

辛笛是新旧诗都能写的诗人，他认为新诗易写难工，旧诗难写易工。钱锺书主要写七律，少写七绝，他寄给辛笛的《谈艺三章》里还有一首《寻诗》，不妨也录在此：

> 寻诗争似诗寻我，伫兴追逋事不同。

巫峡猿声山吐月，灞桥驴背雪因风。

药通得处宜三上，酒热钩来复一中。

五合可参虞礼谱，偶然欲作最能工。

钱先生在《管锥编》中，"打通"中外，寻找不同文化之间共同的大厦基石。其中曾谈到"诗"与"史"的关系：其一，史必征实，诗可凿空。其二，诗具史笔，史蕴诗心。前者是"诗"与"史"的差别，后者是二者的联系。他提出诗歌反映历史真实，可概括为写实、寄意、怀古。在诗歌反映历史真实的同时更注重诗歌艺术想象与审美创造的能动作用。他善于从心理学角度阐释古典诗文，其文艺理论，都是通过"诗心""文心"寻找"人心"，可谓新意迭出。

对翻译诗，钱锺书同意罗伯特·弗洛斯特的话："诗是在翻译中失掉的东西。"他说，无色玻璃般的翻译会得罪诗，而有色玻璃般的翻译又会得罪译，只好把这看作是一个两害相权择其轻的问题。

值得重视的是，钱锺书早在 1945 年的一篇演讲稿《谈中国诗》，从中西方诗的比较和交流出发，讲述了中国诗的特征。他认为中国诗没有史诗，抒情诗早熟，社交诗多。其田园诗"不是浪漫主义神秘地恋爱自然，而是古典主义的逍遥林下"。诗讲求篇幅短小，"诗体"适配"诗心"的需要。长诗比西方也只是"轻鸢剪掠"。中国诗富于暗示性，有悠远的意味，使人从"易尽"里望见了"无垠"。中国诗是一种"怀孕的静默"，"问而不答，以问为答。给你一个回肠荡气的没有下落，吞言咽理的没有下文……余下的只是深挚于涕泪和叹息的静默"。中国诗笔力轻淡，词气安和。中西方诗在内容和风格上无甚差别，也"往往暗合"。这篇节译的演讲稿我读了好几遍，做了详细的笔记。

1980 年钱锺书在日本的演讲稿改成的文章《诗可以怨》，非常值得一读。他旁征博引，横贯中西，彼此系连、交互渗透。让钟嵘和弗洛伊德相识对话，将韩愈的"不平"和司马迁的"发愤"细腻比较，说明"诗可以怨"是中国古代的文学主张，说明人类的心理体验、情感机制有共同的基础，批评"无病而吟""为文造情"。也对传统的诗歌命题进行了分析，灌

注了新意。

钱锺书不喜欢陈寅恪意气用事的考证，认为这样的考证掩盖文学的思想艺术光芒。但他晚年非常欣赏陈寅恪的诗。有人发现陈的诗稿有缺字、漏字，请钱锺书校订。他非常认真，反复吟咏品味，既顾及文字的贴切精美，又考虑意思的相融相合，偶得佳字，手舞足蹈。最近看到一篇《钱锺书为胡乔木改诗》一文，讲胡乔木发表诗词之前请钱老斟酌修改。钱复函云："尊诗情挚意深，且有警句；惟意有未达，字有未稳。君于修词最讲究，故即（以）君之道律君之作。"函中提出："尽可能遵守而利用旧诗格律；求能达尊意而仍涵蕴，用比兴，不浅露，不乖'风人'之旨；无闲字闲句。"这个诗词原则，我以为切中要旨，十分赞同。钱锺书还为年轻人题赠韩退之语："业精于勤荒于嬉，行成于思毁于随。"他说：韩愈的话还是有现实意义的，我们现在就习惯于"随"。谈到作家的使命，他说，作家要能抵制任何诱惑，要有铁肩膀，概括说就是：头脑、笔、骨气。

三联书店曾出了一本钱锺书《槐聚诗存》，近200首繁体无标点诗，读来困难。后购到简体字及标点版，方便阅读，当有暇细品。他的诗文爱用典故，哲学使他擅长思辨，心理学使他曲体文心、以意逆志。没有一定的文学修养和基础，较难读懂和理解他的诗。王蒙说他的诗古雅，如："弈棋转烛事多端，饮水差知登暖寒。如膜妄心应褪净，夜来无梦过邯郸。"此诗作于1957年，钱先生看得透彻，不愿跟风攀附。我读了《钱锺书传》，全面了解了这位"钟情于书"的大学者的简历，再读诗应会有帮助。

钱锺书有这样的成就，也是如中国许多学者一样，与甘饴寂寞、淡泊自守，不务虚名的读书研究精神分不开的。他说："大抵学问是荒江野老屋中，二三素心人商量培养之事。"读书人实乃"生平寒士，冷板凳命运"。一个大家风范的真正学者

《槐聚诗存》书影

钱锺书（邓伟摄）

面对俗世，情操如涧中清泉，冷静如松间明月，绝不染指浮华与喧嚣。钱锺书当年横扫图书馆，"博及群书，宋以后集部殆无不过目"。青年时代，他读书认真思考，敢于挑战权威著作的看法。他对周作人把"诗言志"和"文载道"视为两个对立派别，表示不同看法。他以桐城派姚鼐的诗和刘熙载的《艺概》为例，说明"言志"和"载道"从来是并行不悖、相互为用的。文学的"革命"和"遵命"其实是辩证统一的。

据杨绛回忆，钱锺书和她"常常一同背诗玩儿，并发现如果两人同把诗句中的某一个字忘了，怎么也凑不合适，那个字准是全诗中最欠贴切的字"。在英国，钱将牛津大学图书馆译作"饱蠹楼"，视读书是人生朵颐、快乐饕餮，终日泡在里边。在西南联大，钱住地"屋小如舟"，取名"冷屋"，仍写出系列妙文，辑为"冷屋随笔"。他还经常抱读辞典，攻读不辍。"惯看浮云知世事，懒从今雨数交游。"他是真正踏实做学问的"中书君"，用他自己的话说："人谓我狂，不识我之实狷。"真正接触过他的人，知道他为人谦和宽厚，望之如云，近之如春。针对有的人有知识而缺"精神"和学术上的市侩化倾向，他特别强调职业道德，认为"崇高的理想，凝重的节操和博大精深的科学、超凡脱俗的艺术，均具有非商业化的特质"。他呼吁："纠正'市侩化'的短视和浅见，大家都要做有高尚品格的人，做有文化的人，做实在而聪敏的君子。"

以上也是我读《钱锺书传》，尤其是重点读了他谈艺说诗所做的读书笔记。钱锺书说过："中国有两个'宝'，一个'宝'是长城，一个'宝'是短诗。"短诗是汉学之美与魂。他的说诗见解使我豁然开朗、贯通有悟，尤其是"通感"论，移情于物，既是写诗的诀窍，又增写诗的趣味，对今后读诗学诗大有裨益。

我手写我口

——启功诗的性情与睿智

启功先生一贯提倡黄遵宪提出的"我手写我口"的诗词创作原则，即要表达诗人的真性情、真思想。不管是充满创新精神的嘲戏幽默诗，还是继承传统的典雅与寄托诗，都能以诗人审美的心态看透宦海沉浮、世态炎凉、人情冷暖，都能享受顺境的安乐，化解逆境的苦难。他所推崇的真性情，是自然的喷发，是以四两拨千斤的方式表达诗词的精髓和魅力，是真正有智慧的品德修养。

启功，字元白，满族人，属正蓝旗，是家道式微的末代王孙，应为雍正九代孙，但他说族而不皇，拒称爱新觉罗，尊祖训也不姓金，认为姓启好，大禹的儿子就叫"启"，有闲章"功在禹下"。他三岁就由祖父送到雍和宫当小喇嘛，但很快还了俗。他说从佛教和师父那里，学到了人应该以慈悲为怀，悲天悯人，关切众生；以博爱为怀，与人为善，宽宏大量；以超脱为怀，面对现世，脱离苦难。他每年大年初一都要到雍和宫拜佛。

启功从小在祖父的膝上，听祖父手轻轻地打着节拍，摇头晃脑地吟诵。启功回忆道："（诗）抑扬顿挫的音节征服了我，像听一首最美丽、最动人的音乐一样。"这使启功对诗产生了浓厚的兴趣，他说："诗词优美的韵律率先引领我走进了这座圣殿。"

启功12岁才入正规的小学，从四年级第二学期插班。因为孤儿寡母，境遇艰难，所以努力苦学，谦恭礼让。启功小学毕业后直入汇文中学初二，因对英语不感兴趣，中学肄业。在中学他随戴绥之先生学习古文，用朱笔点《古文辞类纂》、读《文选》和22种子书，还听老师讲音韵学、文

启　功

字等，打下了古典文学的基础。

启功曾登门求教溥心畬先生，溥先生把诗歌修养看作艺术的灵魂，认为搞艺术，特别是书画艺术当以诗为先，诗作好了书画自然就好了。"书画奠基于诗文，诗文源于立品。"他论诗主"空灵"，让读王（维）、孟（浩然）、韦（应物）、柳（宗元）四家集，启功认为溥先生写的诗音调摇曳，外壳像唐诗，内在感情寄托空泛朦胧。启功自幼就背下海量的诗，溥心畬早年出版过诗集，稿本大多遗失，但启功却能凭记忆完整地默写溥心畬四首七律《落叶》，使之得以保存。启功去日本访问，有人提及其祖上的世交陈曾寿的诗，他马上背诵出陈老先生的《泪》。

那时，溥心畬的"萃锦园"和溥雪斋的"松风草堂"常有文人雅集。来人签名后，拈一小纸卷，上面只注一字，是赋诗所限的韵，有当场作的，也有回去补的。有时还做"押诗条"（也称"诗谜""敲诗""打诗宝"）的游戏，就是把古人的一句诗写在一张长条纸上，诗隐去其中一字，与另外四字写在旁边，猜的人五字选一字，选中为胜。更复杂的还有不但出一句，而且出一首，每句都可押一字或一词。启功回忆道，直到20世纪50年代，他和溥雪斋、王世襄还在张伯驹家里玩过这种游戏。这对练习琢磨古人如何用字遣词是很有帮助的。启功还向齐白石老先生求教过，他喜欢齐先生那些充满童趣和乡土气息的诗作。

启功先生三进辅仁任教，院系调整后又到北京师范大学教书。他视陈垣校长为自己的恩人，向他学习做人做学问。启先生经历了贫穷和战乱，经历了反右风波、"文革"运动。尽管生活艰辛，不受重用，运动受冲击，蜗居小乘巷，老伴先逝，启先生仍能在苦难中处之泰然。

北京师范大学出版了一本《启功自传》，此书详述了启功的家族、童年和求学之路、在辅仁和师大的经历以及他的学艺回顾。因是启功亲自口述，最能反映他本人的真实历史和思想。

读此书后，知道启功在出版的《启功韵语》《启功絮语》《启功赘语》中（后合并到《启功丛稿》"诗词卷"，北师大又出版合卷的注释本《启功韵语集》），共有700多首诗，佳作纷呈，很难选出他的一二首诗作为其代表作来赏析。启功自传中的"诗词创作"一节，已是一篇难得的经验之谈，对古诗的学习和写作，有很大的启发和裨益。

启功称，他正式创作是在溥心畬等人举办的分题限韵的笔会上。受其影响，也喜作"空唐诗"，力求格调圆美，文笔流畅，词汇优雅。后感到这种诗没有个人情志，就紧扣自己的生活来写，笔调逐渐放开，形成嬉笑诙谐、杂以嘲戏的风格。20世纪八九十年代是他诗词创作高峰，包括奉答友人、题跋书画、论诗论艺、生活随感、题咏时事、记录旅迹等。晚年趋于风格多样，框框更少，"渐老渐熟"，更加随意。

启功诗词创作的体会概括起来有四点：

首先，他认为古典诗词的优点和特色首先体现在优美的格律上（韵律包括协韵和平仄），体现在汉语诗歌的音乐性。中国诗歌始终是一种音乐文学，最初的诗三百、乐府，以及后来的宋词、元曲都是可唱的。许多唐诗也是可唱的，称为"声诗"，而其他的诗也是可以吟诵的。汉语的音节多以元音结尾，舒展悠扬，押韵效果强，其声调本身带有高低起伏、抑扬顿挫的变化，这样组合语言，以达到美诵和美听的效果。今天写古诗，一定要坚持这些固有的原则。

随着时代的发展，诗词创作在技术上可作调整。简言之就是"平仄须严守，押韵可放宽"。严守平仄就是按音调去排列组合才好听。现普通话已无入声，读古诗时，入声派到平声的须按古音读，或读成降调，这样才能读出韵律之美。押韵的大趋势是逐渐由苛细到宽简。古代文人平时作诗也不会严格遵循它。他认为，"韵"本身就带有平均、和谐、顺溜的意思，只要念着顺口，听着顺耳，就是合辙押韵。

其次，他认为反映现实、表现生活的诗词创作应有多种形式。就事论事、直抒胸臆是一种方式；寄托、比兴也是一种方式。两种方式因人因事

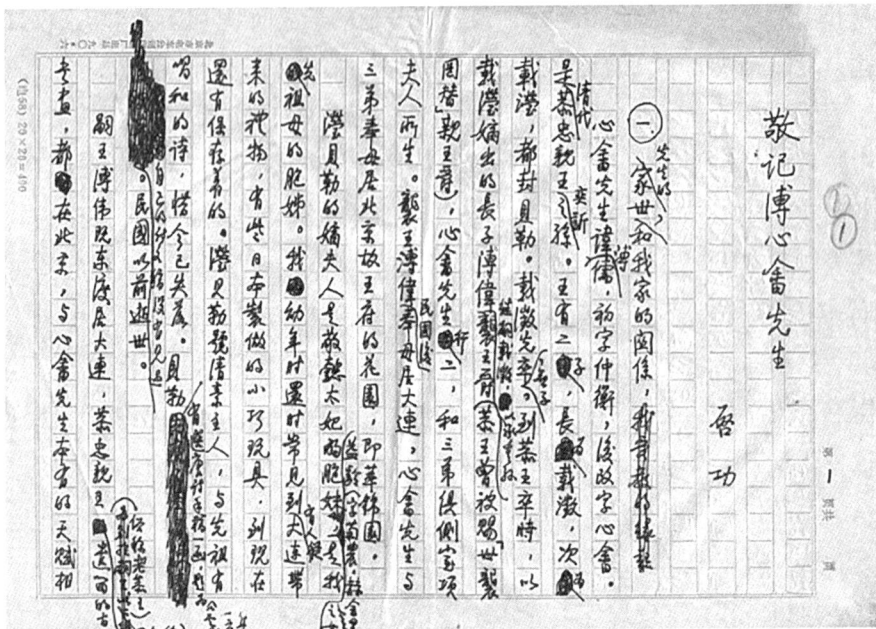

启功《敬记溥心畬先生》手稿首页

而异。启先生认为不应太就事论事，要化作一种生活感受和思想情绪加以抒发，更多地采取寄托、象征的手法，也即借助写景咏物来委婉含蓄地加以表现。

再者，他主张"我手写我口"，一定要写出真性情、真我。诗的最高境界是："佳者出常情，句句适人意。终篇过眼前，不觉纸有字。"要做到诗中有我，让读者不必在文字上费工夫就能领略作者的情意。他写悼念老伴的《痛心篇》20 首，都是"掏心窝子"的话，肺腑中有天籁的流溢。另外，启先生喜"开哄"，诗中常有雅言俚语，"杂以嘲戏"，拿自己的病和不幸经历来调侃，把自己的个性表现出来，本色做人，坦荡磊落。我认为代表作应是他的《自撰墓志铭》：

> 中学生，副教授。博不精，专不透。
>
> 名虽扬，实不够。高不成，低不就。
>
> 瘫趋左，派曾右。面微圆，皮欠厚。

妻已亡，并无 ██
六十六，非不寿。██ 照旧。
计平生，谥曰陋。身与 ██ 衰。

人称这类诗是"启功体"或"元白体"。最能反 ██ ██ 的个性。"我手写我口"的意思，就是发出"心之原声"，也就是启先 ██ ██ "我手写我心。"

最后，他主张古典诗词创作应该把继承传统和勇于创新结合起来。旧体诗词从形式到神韵须有古典的味道，做到这些，要掌握一大批生动精练、仍有生命力的古典词汇、典故，建立丰富的古典语库，使创作富有古色古香的书卷气。同时，当代人要写出当代气息，又要巧妙而恰当地使用现代词汇和现代典故。要深入浅出，字新意奇，善于用浅显语写深意境，在古色古香的旧体形式上体现出新思想、新情感。力求立意新颖和深刻，是要努力追求的。

启功学术著作颇丰，有专著《古代字体论稿》《诗文声律论稿》等。《诗文声律论稿》是研究有关四声部与诗词曲骈文句式音节规律的论著，指出古体诗以至《诗经》《楚辞》，到骈文、散文，都是符合平仄相间的习惯。他发明"竹竿"理论，把平平仄仄无限延长排成长竹竿，格律诗就是从这竹竿挨着排往下截。在这个基础上，搞清律诗有首句入韵和不入韵的区别，以及律诗的粘对关系，律诗的基本格律问题就解决了。此书在汉语构成规律的探索中，另辟蹊径。对中国诗歌史的发展，启功先生总结说：唐以前的诗是长出来的，生长出来的；唐人的诗是嚷出来的，真情的流露；宋人的诗是想出来的；明清以后的诗是仿出来的。长、嚷、想、仿，四字概括生动形象。他还写过《汉语想象论丛》，研究八股文，从八股的源流、技巧、韵律说到试帖诗。他研究写的《创造性的新诗子弟书》，认为子弟书能听就是它的优点，可与唐诗、宋词、元曲、明传奇"四种杰出的文艺相媲美"，是"雅俗共赏"的"新体诗"，从子弟书可以看到新诗的希望。

人称嘲戏与幽默，典雅与寄托，性情与智慧，是启功先生诗词的三大妻已亡，并无后。丧犹新，病照旧。

六十六，非不寿。八宝山，渐相凑。

计平生，谥曰陋。身与名，一齐臭。

人称这类诗是"启功体"或"元白体"。最能反映作者的个性。"我手写我口"的意思，就是发出"心之原声"，也就是启先生所说："我手写我心。"

最后，他主张古典诗词创作应该把继承传统和勇于创新结合起来。旧体诗词从形式到神韵须有古典的味道，做到这些，要掌握一大批生动精练、仍有生命力的古典词汇、典故，建立丰富的古典语库，使创作富有古色古香的书卷气。同时，当代人要写出当代气息，又要巧妙而恰当地使用现代词汇和现代典故。要深入浅出，字新意奇，善于用浅显语写深意境，在古色古香的旧体形式上体现出新思想、新情感。力求立意新颖和深刻，是要努力追求的。

启功学术著作颇丰，有专著《古代字体论稿》《诗文声律论稿》等。《诗文声律论稿》是研究有关四声部与诗词曲骈文句式音节规律的论著，指出古体诗以至《诗经》《楚辞》，到骈文、散文，都是符合平仄相间的习惯。他发明"竹竿"理论，把平平仄仄无限延长排成长竹竿，格律诗就是从这竹竿挨着排往下截。在这个基础上，搞清律诗有首句入韵和不入韵的区别，以及律诗的粘对关系，律诗的基本格律问题就解决了。此书在汉语构成规律的探索中，另辟蹊径。对中国诗歌史的发展，启功先生总结说：唐以前的诗是长出来的，生长出来的；唐人的诗是嚷出来的，真情的流露；宋人的诗是想出来的；明清以后的诗是仿出来的。长、嚷、想、仿，四字概括生动形象。他还写过《汉语想象论丛》，研究八股文，从八股的源流、技巧、韵律说到试帖诗。他研究写的《创造性的新诗子弟书》，认为子弟书能听就是它的优点，可与唐诗、宋词、元曲、明传奇"四种杰出的文艺相媲美"，是"雅俗共赏"的"新体诗"，从子弟书可以看到新诗的希望。

人称嘲戏与幽默，典雅与寄托，性情与智慧，是启功先生诗词的三大特色。启功诗文、言谈中常常嘲戏，多为自嘲，其实背后是世事洞明、人情练达。"大人者，不失其赤子之心者也。"明代人高启曰："诗之要，有曰格、曰意、曰趣而已。格以辨其体，意以达其情，趣以臻其妙也。"启功的诗人说是流出来的，可谓格、意、趣三者俱备，信手拈来，皆成妙趣。坊间也有许多启功的妙语。世上风靡启功的书法，但他最不以"书法家"为然。别人问是什么体？他说是"大字报体"。别人将市场上出售的他的字给他看，他说："比我写得好。"有人问怎样分辨启功书法的真伪？他说："写得好的是假的，写得不好的是真的！"启功先生曾担任中国书法家协会主席，他说是被"缺席审判"。其作品成为领导人出访的国礼，他称自己是"礼品制作公司"。他认为书（法）是"技"，不是"道"，终究是一种工具。启功书名盖过诗名，诗名超过画名，以至于很多人不知他是学画出身。他的画"山水兰竹，清逸绝伦"。我在岳父伍修权家里看到他画的朱竹，相当有功底。有人问："为什么喜画朱竹？"他说："省得别人说是'黑画'。"这是幽默，其实对用朱笔，他已题诗："密节疏香满一林，珍丛滋长藉春荫。娱闲每弄丹铅笔，犹见平生可告心。"对自己的诗集，

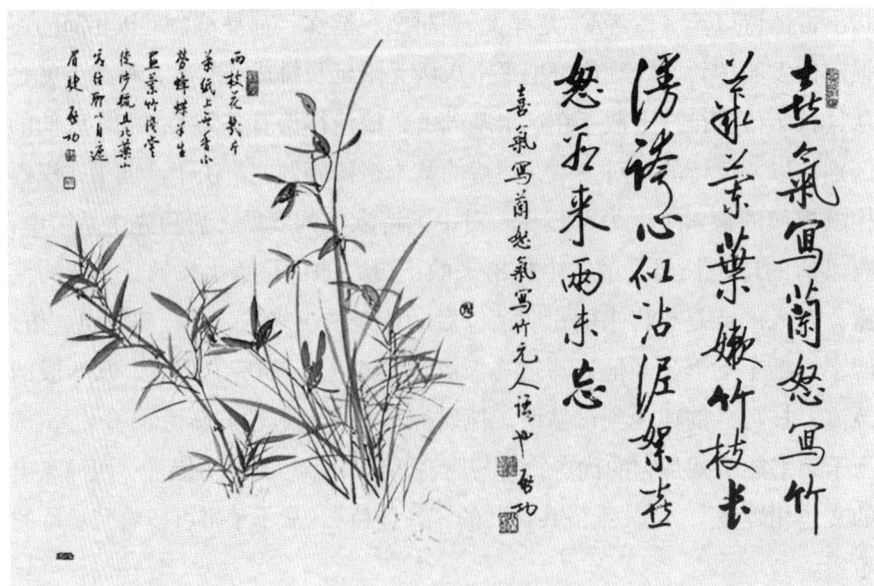

启功书法

他调侃说："我们这族人在古代曾被广义地称为'胡人'，胡人后裔所说，当然不愧为胡说。即使特别优待称之为诗，也只是胡说的诗。"文字学家问他：诗词讲求四声，拗字常在第五等问题，何以不讲？启功说这类问题众说纷纭，素多争论，勉强申述，必会像捅马蜂窝一样，惹得蜂群倾巢而出，招架不了。有人问他近来身体如何，他答道："我鸟乎了。"旁人不解其意，他解释道："差一点就'乌'乎了。"幽默是才智的闪光、是心灵的洒脱，这些都反映在他的诗作中。

玩笑归玩笑，启先生从满族后裔走到当代，已成岁月孤本；其诗、书、画、书画鉴定、学术著作堪称大家，确是文苑国宝。他将在香港卖的字画钱设立奖学金，以恩师陈垣的斋名"励耘"命名，资助贫困学子。启先生多次题书提倡："行文简浅显，做事诚平恒。"他为人处世，是真正做到了"学为人师，行为世范"。

世好妍华，我耽拙朴

——王世襄的诗及押诗条

> 名士风流天下闻，方言苍泳寄情深。
>
> 少年燕市称玩主，老大京华辑逸文。

著名翻译家杨宪益曾经为挚友王世襄赋诗一首。短短四句，道出了他最精髓的人生故事。

画家黄苗子曾评价王世襄是"玩物成家"，启功则评价他为"研物立志"，王世襄自己更喜欢后者。他与夫人袁荃猷相濡以沫，琴瑟和鸣，一生坚守自珍，规规矩矩、堂堂正正做人。言及收藏，大都掇拾于摊肆，访寻于旧家，人舍我取，敝帚自珍，他出书起名《自珍集》。

王世襄，祖籍闽侯，出生在北京，小名长安，自号同音"畅安"。从小家中有私塾老师教古汉语、经、史和诗词等。后又到美国人办的学校读书，学得一口流利的英语。在燕京大学顾随先生教他国文，后获该校研究院硕士学位。日本投降后，他为国家收回重要文物2000余件。"三反"时被关押，查实无问题后，却被故宫博物院除名。"反右"时因提出工作问题成为出洞之蛇，被音乐研究所划为右派，勒令思想汇报。聂绀弩诗句"文章信口雌黄易，思想交心坦白难"，王世襄曾刻骨铭心，他后来写回忆文章，竟将此作为题目。王世襄历经运动灾难，一生看淡，知足快乐。谈起反右，他只记得跑西山捉蝈蝈；说起"文革"，则记得大柜当床；回忆干校艰苦生活，他说的是大摆鳜鱼宴。唯"三反"说他"贪污盗窃"，是他锥心之痛，难以释怀。事关清白做人的人格道德是读书人的底线。他后来出版著作40余种，搁笔后写道："蒙冤不白愤难舒，只有茹辛苦著书，五十四年如一日，世人终渐识真吾。"

王世襄自幼及壮，秋斗蟋蟀，冬揣鸣虫，架鹰逐兔，挈狗捉獾，养鸽飞放，种葫芦等，乐之不疲。在燕大医学院预科，几门课不及格后，转到国文系。到国文系后他如鱼得水，诗词课要求学生各写一篇赋，他为六七个同学代劳，且写出的风格各自不同。他还协助英文系主任将《老残游记》译成英文。年轻时他酷爱体育，买不到足球票，爬到球场外的电线杆上看球。人称他为"活故宫""京城第一大玩家"，但他不喜欢"玩家"这个头衔。要说玩，是玩其中的学问，享受其中的美，在"玩"中蕴藉着学养和心性。王世襄有一句口头禅叫"不冤不乐"，享受其全身心投入的积极生活态度，不计较得失。他的生活情趣，是文人艺术生活的典粹。他将自己一生收藏的79件明式家具捐给上海博物馆，他说：对任何身外之物都抱"由我得之，由我遣之"的态度。只要从中获得了知识和欣赏的乐趣，就很满足了。他认为专业文博界普遍欠缺实践经验，推崇研究和做事的三合一：实物观察、文献调研，技能技法。他对书法的历史有精到的研究，认为书法家必须有深厚的文学功底，有吟诗赋词的功夫，诗、词、对联、序文、跋文都能自己撰写，而不是只会抄古人的东西。他在家具、漆器、竹刻、工艺、书画、饮食等方面均有精研专著。他收藏明式家具和古琴，家里还有整盒的鸽哨，堪称精美的艺术品。他的诗集第一篇就是洋洋洒洒的《鸽铃赋》。自王世襄驾鹤西去，京城空余鸽哨声，也带走了旧日京华的一种飘逸典雅的、充满文化趣味的生活。

王世襄的成就是与他刻苦钻研分不开的。他经常骑辆破车近逛晓市、远访郊区搜寻家具，在路灯下与抽着烟袋锅的老汉热烈讨论。据曾同住在芳嘉园的黄苗子记述，王世襄写的《中国画论研究》其深度和广度都远胜于他，刻苦用功也在他之上，早4点畅安书房就透出亮光，为此曾感叹："尤愧如山负蒉躬，逡巡书砚岂途穷；临窗灯火君家早，惭愧先生苦用功。"

王世襄的诗词、书法也相当有功力。我在香港收藏家徐展堂的家里，欣赏到王世襄手书的对联："古玩好学便好；精鉴难知难不难。"我受人之托为友联家具厂求字，也去过他家拜访。王世襄历年所作诗词120首，

王世襄与夫人袁荃猷

诗集《畅安吟哦》均由他和夫人袁荃猷蝇头行楷手书。他的诗词以前我读
到的不多，直到其自选集《锦灰堆》出版，才如愿欣赏吟诵。

王世襄的诗，大多与其研究博物的事项联在一起。他曾呼吁抢救古代
家具，他题明式家具图册：

> 中岁徒劳振臂呼，檀梨惨极泪模糊。
> 而今喜入藏家室，免作胡琴与算珠。

他为蟋蟀谱写六首之一：

> 才起秋风便不同，瞿瞿叫入我心中。
> 古今痴绝知多少，爱此人间第一虫。

他为紫檀画案写铭：

> 紫檀作案，遵法西陂。黝如玄漆，润若凝脂。可据览读，得就临
> 池。宜陈古器，赏析珍奇。更适凭倚，驰骋遐思。君其呵护，用之
> 宝之。

他被下放到湖北咸宁"五七"干校劳动改造，以《畦边偶成》一诗铭志："风雨摧园蔬，根出茎半死。昂首犹作花，誓结丰硕子！"他在干校养牛、养猪、放鸭，强健了体魄，操练了烹饪，却消磨了时光，他写道："春寒兰草秋芝草，朝啖团鱼暮鳜鱼。日日逍遥无一事，咸宁虽好却愁予。"

王世襄出过一本《竹刻》，质量不佳，他自觉拿不出手送人，写了一张赠书书铭："交稿长达七载，好话说了万千。两脚跑出老茧，双眸真个望穿。竖版改成横版，题辞叶叶倒颠。纸暗文如蚁阵，墨迷图似雾山。印得这般模样，赠君使我汗颜。"末了还添了一句："不料出版厂社，心中竟自泰然。"

王世襄整理舅父的《竹刻小言》时，了解常州农民范遥青会精美留青竹刻，便对他培养、推荐、提高，终使其作品在英国展出，扬名海外。留青，是竹刻技艺的一种形式，即保留竹子一层表皮做花纹，刮除花纹以外的表皮。过去范尧卿在竹刻时留名皆为"尧卿"，后变成"遥青"，源自王世襄想到韩昌黎的一句诗，兴之所至，遂赋诗赠范尧卿：

妙手轻镌到竹肤，西瀛珍重等隋珠。
赠君好摘昌黎句，草色遥看近却无。

诗后王世襄写道："范君尧卿，毗陵农家子，自称草民，而竹刻惊绝，当在南宋詹成上。顷已蜚声海外，第吴中鲜有知者，可谓'草色遥看近却无'矣！设以'遥青'为字，讵不音义两谐？戏作小诗，以博一粲。"范尧卿从此改名"遥青"，常怀念王老，说他"有文化、有艺术，更有光风霁月的品格"。

饶有趣味的是，王世襄请朋友来聚，请柬居然是一首《浣溪沙》：

千万烦您央及他，明朝一块到吾家。墙边桃树正开花。
若肯来时来莫晚，看花休待夕阳斜。还须吃盏杏仁茶。

王世襄与夫人袁荃猷患难与共，白头偕老，两人出行买菜同提一筐。

《游刃集》封面的刻纸作品《大树图》，是袁荃猷送给王世襄的生日礼物。作品将王世襄一生所爱的15项玩好，像果实般藏于树冠中

夫人因病故去后，他写了14首《告荃猷》诗，其一写道："提筐双弯梁，并行各挈一。待置两穴间，生死永相匹。"他要将生前唯一留的提筐放在两个墓穴之间。此诗读来让人落泪。

王世襄的诗，无论咏物叙事题册，均显纯朴博雅，无浮华堆砌，正如他喜好的画案刻的字："世好妍华，我耽拙朴。"这既是他返璞归真的生活，也是他的精神世界和审美观。他的诗的风格，用这八个字来概括是再恰当不过了。

谈到诗，王世襄也让我们知道了过去诗的游戏。

在王世襄自选集《锦灰二堆》里，有一篇《奇文共赏析——押诗条》的文章引起我的兴趣。该文详细介绍了押诗条这个旧文人的文字游戏。从这篇文章里，使我们了解到过去文人诗会雅集的乐趣。

北京诗谜之会，不知始于何时，清末民初尚流行，称"押诗条"。"押诗条"，也称"诗谜"，即以诗句为谜面，称"敲诗"，又称"打诗宝"。这是骚人墨客的一种文字游戏，虽赌彩下注，有胜有负，不过是聊以助兴。筹码会后未必兑现，仅是一种象征。往往最大输家，下一聚会由他做东，备餐一席而已。

押诗条多在饭后进行。杯盘既撤，桌上铺纸，纸上画圆圈分五格五号。与会者围桌坐定，庄家即出诗条。具体玩法就是在一张长四五寸的纸条上，摘录古人诗一句，隐去一字（或一词），另配四字（或四词），书于句旁，编为一号至五号。诗条放在中央，供大家欣赏研究。猜者认为某一号为原诗，放在该号格内，选中为胜。

为了具体说清楚，王世襄从抄家后发还的破旧纸捆中，找到当年所作诗条七律一首举例说明。

八句分别是：

一、故人（一别、归隐、<u>不见</u>、仙去、远谪）已三年

二、重到（<u>池</u>、山、湖、堤、江）亭更惘然

三、怅望残梅（飞暮、飘乱、落春、<u>点残</u>、飓风）雪

四、（但余、待垂、待看、会看、<u>空余</u>）新柳舞新烟

五、（苔生、藓侵、<u>尘凝</u>、云封）石（壁、<u>畔</u>、径、磴）藏（诗迹、题字、<u>书库</u>、茅屋、仙窟）

六、雨（滞、打、阻、<u>损</u>、袭）堤边送酒船

七、（幸有、剩有、一代、<u>何处</u>、但愿）风流未消歇

八、幽禽（随、迎、<u>留</u>、送、迓）客语清圆

最末一个纸条最后公布八句原诗："故人不见已三年，重到池亭更惘然。怅望残梅点残雪，空余新柳舞新烟。尘凝石畔藏书库，雨损堤边送酒船。何处风流未消歇，幽禽留客语清圆。"（画横线的是原诗字词），并注明原诗作者及所据版本，见某卷某页。

王世襄介绍，玩这种游戏对参与者的文化知识要求较高，对旧体诗的学识和修养达到一定的程度。必须能分辨平仄，了解诗的格律，谙悉诗的语言。因选诗无年代限制，自唐至清，各朝咸备，就要求参与者也须了解不同时代的风格。编写诗条者在配字配句上，力求符合原诗的风格及语言，至少不要有明显漏洞。编写诗条和猜押诗条，可以学到不少东西，饶有意趣。

王世襄回忆，该游戏20世纪中叶在张伯驹家多有举行。与会者有载润贝勒、余季豫、王冷斋、溥雪斋、启元白、郑天挺、唐立庵等，王世襄年最幼，敬陪末座。过去文人聚会押诗条，也有只出一句的。张伯驹提出，不得只出一句而必须出全首，多数为五律或七律，古体多句长诗则尤

《自珍集：俪松居长物志》书影

为欢迎。诗句越多越难编写，前后节令、环境、情趣、风格等必须统一，倘有不慎，押者就会看出破绽。此外还约定允许隐藏各句中的一字、数字乃至全句，但诗的首句不在此例，从第二句开始允许隐藏全句。由于押一赔三，出诗条者赢的机会比押者要多。

我对这个文化含量极高的游戏颇有兴趣，这种游戏不是以赌钱为目的，可促进人饱读诗书，研习推敲文字，活跃大脑思维，在继承文化传统的基础上推陈出新，颇有意味和雅趣。可是现在朋友中能参加者寥寥。王世襄也说，1960 年前后，地安门文物商店架格上，由高丽纸裁切订成线装书，每页粘手书纸条两张，店员已不知何物了。

2003 年 12 月，荷兰王子专程到北京为退休后的王世襄颁发"克劳斯亲王奖最高荣誉奖"，获奖理由是：如果没有王世襄，一部分中国文化还会处在被埋没的状态。

作为国人，我们对自己的文化难道不应该有起码的尊崇和传承吗？

收拾河山亦要人

——南怀瑾发愿诗及其他

南怀瑾，浙江温州乐清人。幼时接受的教育是传统的私塾，四书五经为本，兼及诸子百家、琴棋书画、诗词曲赋、医药卜算、天文历法。只上了一年小学，插班读六年级，因算术、化学、卫生等课拖腿，未能拿到文凭。12 岁延师习拳，17 岁入浙江国术馆，专习武功。

南怀瑾回忆，自己原只希望在陌巷蓬门教几个小小蒙童。习武后拜访圣士法师，教他精神内敛。七七事变日本侵华，抗战军兴，他辞亲远走，弱冠入川，同热血青年一样，为"强我宗族，壮我国魂"，考入成都中央军校，后担任武术教官。其间遍游蜀中名山大川，访求高僧奇士。后结识青城灵岩寺禅宗大德袁焕仙，参佛修禅，有"灵岩齐会"之说。后上峨眉山大坪寺闭关阅藏三年。

出关后，在云南昆明大学短期执教，后远走康藏，参访密宗上师。1947 年初，返乐清故里与家人团聚。转而归隐杭州天竺，披阅《四库全书》与《古今图书集成》。继而又于庐山天池寺结茅棚清修。1949 年春，中年时只身去了台湾，经商失败，谋生无门。后多所私立大学延聘，著述日富，名声日高，但坚不当官。在台北创立"东西文化精华协会""十方书院"等文化机构，创办《人文世界》杂志、老古出版社。之后又在台北闭关三年，继续讲课、讲学。1990 年，离开台北，漂泊美国、中国香港。在美国办"东西学院"。住地起名"中南海"，中即中国，南为南方，海即海外。2006 年，他晚年落户江苏吴江，创建太湖大学堂，作为自己最后的归宿。

2002 年，我陪全国政协副主席罗豪才访港，与各界人士交流晤谈后，

南怀瑾

专程去拜访南怀瑾，与他有一面之缘。他将《南怀瑾诗话》一书题赠"乐美真先生"并亲笔签名。该书收录先生诗 600 余首，由王学信释著。南怀瑾在自序中说："余自幼即好韵文，尤喜于诗。"（他的诗）"徒为微言而隐志其事之动于情者，聊自解烦耳！"我静心品读其诗，如释者言："则青山迭翠，处处花开；瀛岛鲸波，飞珠溅玉；身入宝山，所在皆珍也。"

我各选一首先生在不同阶段的诗来品读。

1936 年南怀瑾 19 岁，在杭州就读，他怀念在南京的儿时友人，赠诗抒怀：

秋水伊人消息杳，江湖作客马蹄轻。
秦淮风月西湖柳，一样飘零太瘦生。

首句引自《诗经·秦风》"蒹葭苍苍，白露为霜；所谓伊人，在水一方"。结句"太瘦生"，借用李白诗"借问别来太瘦生，总为从前作诗苦"。此诗清奇雅正，透出与总角之交的情深意笃，可谓"不着一字尽得风流"。

1939 年南怀瑾跃马西南边陲，以赴国难。在过蛮溪时赋诗：

乱山重叠静无氛，前是茶花后是云。
的的马蹄溪上过，一鞭红雨落缤纷。

南怀瑾从军后率部屯垦戍边，过蛮溪时，眼前层峦叠嶂，起伏连绵。作者催马扬鞭，跨过溪水，打破了山林的寂静，却见落英缤纷，似一番红雨。读诗如看到了一幅诗画幻境般的山中行军图。

1943 年南怀瑾在峨眉山记述山寺隐居生活：

> 云作锦屏雨作花，天饶豪富到僧家。
> 住山自有安心药，问道人无泛海槎。
> 月下听经来虎豹，庵前伴坐侍桑麻。
> 渴时或饮人间水，但汲清江不煮茶。

这是南怀瑾在山寺修炼时写的"秋日四律"的第二首。他远离尘嚣，自在清闲。诗中借用禅宗达摩初祖接引二祖慧可的典故和古代仙人乘星槎泛海的传说，解说禅家安心法门。是一首有代表性的禅诗。

1947 年，南怀瑾回到家乡，写下《侍亲闲居》：

> 也贪书剑也贪眠，已了婆娑未了缘。
> 累我浮名留踪迹，为谁着相说参禅。
> 宁安白版甘长隐，哪得青山不卖钱。
> 一派圆澄天上月，任他随意到人前。

诗中"白版"系古时所称无官无职之普通百姓。该诗宛如剥笋，层层深入，充满禅悟，言自己闲居时的心境。

1949 年，南怀瑾到台湾，闲居有诗，静修有诗，思念有诗，其间赋诗最多。诗题中有春思、秋思、寄意、怀旅、感怀、自叹等。诗句中有"云山何处寄余生""不堪风雨乱红尘""寂寞天心露几重""不绾春风锁远愁""塞北江南嘉万里，几多迁客倚栏杆"等，流露出对故国河山的思念之情。

我选二首：

> 春雨萧疏不解晴，寂寥深巷卖花声。
> 浊醪小醉人如玉，一室琴书意自轻。

春雨缠绵之际，居家小酌，意气洒然。此情此景，聊说"平常心是道"也。

> 故国沧桑梦亦愁，云山钟鼎两悠悠。
> 苦撑天地空双手，历尽人情白了头。

忧国忧民，两鬓如霜。在台苦撑文脉，大道难行，感慨万千也。

1983 年南怀瑾与马星野赋诗酬答，怀念家乡：

> 莼鲈味好句分尝，感慨先生颁谢章。
> 客路难安身幻寄，故园苦忆菜根香。
> 新亭家国愁千叠，旧史兴衰字数行。
> 一叶江心寺畔月，平阳舟系永嘉场。

马星野是台湾老报人，与南先生同乡，当年从乡村到温州，船都停在永嘉场，看惯"雁山云影，瓯海潮踪"。南怀瑾将家乡的一罐鱼生转送马，马以诗致谢："拜赐莼鲈乡味长，雁山瓯海土生香。眼前点点思亲泪，欲试鱼声未忍尝。"南即报以七律。我在香港工作时，《文汇报》记者、温州人王大兆读后感慨万千，撰文说两同乡的友情已到了"心心相印"的地步。

总的来说，南怀瑾的诗是以方外禅诗的韵味出现，别具一格，不同凡响。有道"人诗一也"，欲知其诗，必知其人；而欲知其人，则必知其诗。南先生内外双修，闭关得道。所谓戒、定、慧，戒持而生定力，具定力而生智慧。表现在他的诗上，多有看破红尘的禅悟和穿透历史的见地。南怀瑾在《论语别裁》中，也讲解了孔子的诗教。所谓"兴观群怨"，是讲修身先学诗，诗可以感发志意；通过诗来观察人的心志和社会的道德风尚；可以交流协和，以文会友，敬业乐群；可以发牢骚，对现实社会千秋功罪进行评说。所谓"兴于诗，立于礼，成于乐"，意为诗、礼、乐三者，皆为君子仁人修身立身之本。中国人做人写诗，在天地山水、岁月沧桑中，求得悲欣交集，感应禅悟哲理，涵养立身心性，这是我读南怀瑾诗最大的收获。

有人说：人生一段经验或一时感受加上全人类的文化成果，便是诗。

南怀瑾认为中国最重要的是文化的根基。他 26 岁时在峨眉山宏深誓愿，普度众生，写下一首明志诗：

> 不二门中有发僧，聪明绝顶是无能。
>
> 此身不上如来座，收拾河山亦要人。

南怀瑾在峨眉山修炼后，面对满目疮痍的中国，却不能以耳聪目明的僧人去"障百川而东之，挽狂澜于既倒"。他在发愿诗中洋溢忧国之情，表示不会披上袈裟占据庙中高位，"收拾河山亦要人"，他决心下山开始新的使命：毕生传播中国传统文化。实现"为天地立心，为生民立命，为往圣继绝学，为万世开太平"的理想。他曾大声疾呼：若民族文化亡掉，中华民族将万劫不复！他说过："我不要做大师，只做'打湿'，中国的文化空气太干燥了，我要打湿它。"此后几十年里，他"上下五千年，纵横十万里。经纶三大教，出入百家言。"著述 70 多本，涉及儒释道、诸子百家，倡儿童读经，开办太湖大学堂，同时对教育事业大力扶持，设"光华教育基金"资助大学本科和研究生的学习。他曾说：人生的最高境界是"佛为心，道为骨，儒为表，大度看世界；技在手，能在身，思在脑，从容过生活。"他告诫做人不能犯三错：一是德薄而位尊；二是智小而谋大；三是力小而任重。他写诗给小儿子："功勋富贵原余事，济世利他重实行。"他强调学佛先要学做人，不要成佛魔，自我捆绑，一再说，"学佛是学解脱，学道是学逍遥。"他常引清朝赵翼的诗讲做学问和学诗："少时学语苦难圆，只道功夫半未全。到老方知非力取，三分人事七分天。"讲学之余，他还筹措资金建设金温铁路，秘密促进海峡两岸会谈。晚年南怀瑾说："我只是一个年纪大的、顽固的、喜欢中国文化的老头子。"他一生践行了自己弘扬中国传统文化的诺言。笔者曾看到他亲书的夜吟一绝："万古千秋事有愁，穷源一念没来由。此心归到真如海，不向江河作细流。"

说到促进海峡两岸会谈，使我想起一个插曲。1988 年秋，南怀瑾在美国隐居三年后回香港寓居。在当年成都军校的老同学、民革中央副主席贾亦斌的联系下，南怀瑾与大陆对台工作负责人杨斯德接触，又返台

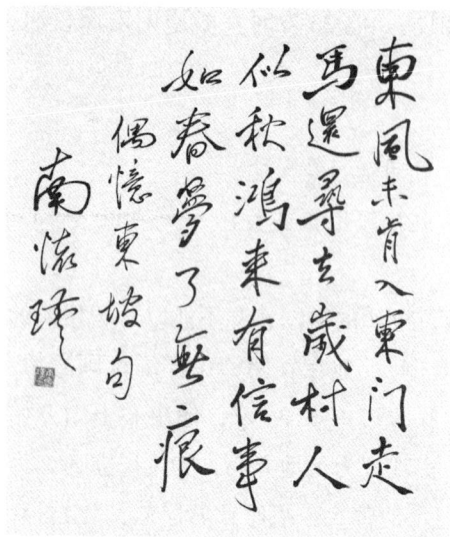

南怀瑾手迹

湾与李登辉商讨大陆政策。在其香港寓所里，两岸代表开始商谈。多次会谈未获进展，南怀瑾亲笔起草《和平共济协商统一建议书》，分交两岸当局，但李登辉无回应。后来南怀瑾到台湾又与李登辉深谈，临行时留下一句："我希望你不要做历史的罪人。"抽身退出商谈。这个"跳出三界外，不在五行中"的隐士居间努力，不了了之。汪道涵去世后，他在闭关修炼中超度老友，撰联一副："海上鸿飞留爪印，域中寒尽望春宵。"

前面提到的南怀瑾同乡王大兆嗜酒，一次南怀瑾宴请几位台湾客人与香港报界老总，请王作陪。席间南老问他："大兆，你看两岸问题如何解决？"王答道："喝酒。"坐中无不会心一笑，盖物情唯有醉中真也。南老事后亲笔录南宋朱敦儒词《西江月》赠他："日日深杯酒满，朝朝小圃花开。自歌自舞自开怀，且喜无拘无碍。青史几番春梦，红尘多少奇才。何须计较苦安排，领取而今现在。"该词用语浅而意深远，似也醒酒，告人要把握当下。

事隔多年后，我从对台工作负责人杨斯德那里抄录了一首南怀瑾赠的钓鱼诗，似隐喻牵线两岸商谈失败的遗憾：

> 尚父精神老更遒，一竿垂手钓神州。
> 诸侯八百皆吞饵，唯有夷齐不上钩。

捧读南怀瑾的诗，都是修身内敛，冷暖自知，从不讽喻时政，唯这一首例外。

万古不磨意，中流自在心

——饶宗颐的诗与境界

　　饶宗颐出生在一个书香门第。饶家是潮州首富，也是一个文化大家。父亲饶锷是南社社员，对历史和古文字通志很有研究，讲究琴棋书画诗歌散文的融会贯通。饶宗颐很小的时候，父亲就培养他对书画的兴趣，同时教他写诗、填词，写骈文和散文。取名"饶宗颐"，也是希望他师法周敦颐。当时家里的"天啸楼"是粤东最大的藏书楼，有数万册藏书。饶宗颐后来自号选堂，少年时日夕涵泳其间，经史子集，佛典道书，无所不读。对他来说，在"天啸楼"读书，就像玩耍一样快乐自在。除了广泛阅读，6岁起就在画馆里玩，跟随伯父画山水、临帖。父亲的别墅"莼园"建成，他12岁就在园中"画中游"景点撰联刻石："山不在高，洞宜深、石宜怪；园须脱俗，树欲古、竹欲疏。"一种清逸脱俗、古朴高雅的情趣深蕴其中。他最喜欢参加父亲在家里举办的各类文化活动。父亲交往的都是当地的文化人，一群志趣相投的文人成立了诗社，常在饶家后花园吟诗作对、切磋学问。饶宗颐受其熏陶，并亲得父亲的耳提面命，奠定了深厚的国学功底。

　　饶宗颐14岁考进省立金山中学，不久即休学回到"天啸楼"自修。16岁时写出《优昙花诗》，震惊潮州文坛耆宿。父亲去世后，他用了三年时间，以其在目录学方面的深厚功力，编撰完成了父亲遗著《潮州艺文志》，从此崭露头角，以学问文章，见重士林。他没有上过大学，但19岁就进入中山大学广东通志馆，研究历史地理学，后一路教学。抗战中随校西迁途中因病滞留香港。在港他协助王云五编撰《中山大辞典》的书名辞条和编甲骨文的八角号码，协助叶恭绰编《全清词钞》。在广西他两度入大瑶山，窜迹荒村，长吟短咏，写成《瑶山诗草》。人以"忧患诗人杜少陵"称之，该诗集被誉为抗战史诗。抗战胜利后，他先后在广东文理学院、南华大学任教。1952 年受聘香港大学，游学四海，历数国和地区讲学和研究，1973 年回到香港中文大学任中文系教授兼主任，一直到退休。

饶宗颐在香港，避开了政治运动，潜心于学术研究，也走上了凭兴趣治学的道路。他说，搞方志学，就得懂一点碑记，进而研究考古学、古文字学，接着机缘凑合就到了敦煌学。就这样，他散尽了万贯家财，把所有兴趣一点点磨成了学问。父亲传给他的家学里，最重要的就是乾嘉学派的考据功夫，重实证而少理论。对考据来说，求阙、求知是必不可少的治学态度。有时为寻找一件事的根源，要研究很多问题。忘我地思考、阅读、追寻，以至足迹遍布天下。在旅行验证书本上得来的东西中，或受到新的启发，产生新的疑问，便展开新一轮的探索和研究。对于治学，饶宗颐有"守株待兔论"，只专注格物，讲究水磨功夫，怀抱赤子之心，不受外界影响，耐得住寂寞潜心向学。他说："做学问，是学习古人的智慧。"他提出"观世如史"与"万界六合"融通古今的学术要求，"天地大观入吾眼，文章浩气起太初。"既有古典风华，又有现代视野，主张做学问要"四面"看，坚持"求真、求实、求正"。他学富五车，淹博文史哲艺语，治学领域包括敦煌学、甲骨学、词学、史学、目录学、楚辞学、考古学（含金石学）、书画八大门类。不止于此，还有经学、礼乐、宗教学、简帛学、潮州学、中外关系史、中国艺术史等多个门类。学界称他"业精六学，才备九能"。已出版的《饶宗颐二十世纪学术文集》有 14 卷 20 大册 1400 万字，是 20 世纪国学研究的一座丰碑，被称为开启生命智慧的百科全书。这位当代国学耆硕的学术成就，日本学者甚至这样评价说，中国学术"前半段是王观堂（指王国维），后半段是饶选堂（选堂是饶公的号）"。话虽过头，当下学术界，确实无人可与饶公匹敌。

在诗词方面，饶宗颐少年作《优昙花诗》，青年时代有《瑶山诗草》，以后一直持续不断，如今收录在《选堂诗词集》里的诗词有 1337 首。我从首都图书馆借到一本厚厚的增补、修订的《清晖集》，收集了他诗、词、

骈文、赋几乎所有韵文。诚如季羡林
在序中所言："以最纯正之古典形式，
表最真挚之今人感情。"饶宗颐爱雪，
多咏雪之作，其冰雪情怀可使人触摸
到那超脱世俗之魂。他平生不写新诗
（行箧只一首《安哥窟哀歌》）。所作诗
词各体皆工，将传统诗词的生命延续
至当代。

　　饶宗颐倡导"学问要接着做，不
能照着做"，"接"着做便有所继承，
"照"着做则仅仅是沿袭。他经常鼓励
学生们薪火相传，"接"着自己做学问。
他在海上弹古琴，赠诗给莘莘学子：

饶宗颐

　　　　　　更试为君唱，云山韶濩音。
　　　　　　芳洲搴杜若，幽涧浴胎禽。
　　　　　　万古不磨意，中流自在心。
　　　　　　天风吹海雨，欲鼓伯牙琴。

　　诗中"云山韶濩音"出自元好问的《欸乃曲》，意为雅声。"芳洲"
"杜若"是《楚辞·九歌》里"搴汀洲兮杜若，将以遗兮远者"化来，意
为在水中的绿洲采来杜若，送给远方的佳人。"胎禽"是鹤的别称，均象
征高洁。"伯牙琴"则喻知音。他自己对"万古不磨意，中流自在心"一
联解释："万古不磨"即是古人追求的立功、立德、立言三不朽。"中流"
意为立于水流中央，不被巨潮裹挟，说明有定力、有智慧、有忍耐。"自
在"是佛教的话，就是有独立的精神，就是要保持一颗自在的心，是一种
境界。这十个字，有一种清净之境的诗美享受，更是一种高迈独立而清逸
澄明的人格精神的体现。大而化之，就是要与时俱进地追寻中国学术赖以
生存的本土心智，追寻博大而富有超越性的大智慧。这首诗既是五言律诗

的精品，又是立世上进的箴言。诗典信手拈来，可见其学识渊博，在生活点滴中透出诗心禅意。

1992 年，饶公书画作品在香港展出，他作词《念奴娇》。这首词清空高旷，毫无尘俗气。评论认为，该词照其性情情深宁静，堪为艺术心灵的点睛之作：

> 万峰如睡，看人世污染，竟成何物。幸有灵犀堪照彻，静对图书满壁。石不能言，花非解语，惆怅东栏雪。江山呈秀，待论书海英杰。　细说画里阳秋，心源了悟，兴自清秋发。想象荒烟榛莽处，妙笔飞鸿明灭。骑省纵横，文通破墨，冥契通穷发。好山好水，胸中解脱寒月。

在饶宗颐的《选堂诗词集》里，有一首抗战流徙时写的诗《冬至》：

> 心折路迷正怆然，阳生冬至朔风前。
> 一身异县仍三徙，九死辞家又六年。
> 破壁历残惊岁暮，碧江山赭失秋妍。
> 南东行处悲禾黍，触眼荒畴不复田。

这首诗记录了战争烽火硝烟处，山河破碎、弃家流亡、农田荒芜的凄惨景象。但即使在桂东走难的艰苦环境里，饶先生还有"厚地高天存正气，百沴千劫思人才"这样的诗句。

钱锺书为《选堂诗词集》作序，认为饶诗与王国维、陈寅恪相比，长处在于所承至博，学与诗合；与黄遵宪、康有为相较，长处在于篇什之富与工于内籀。足见饶先生为"诗之大"者。他认为其《瑶山集》堪称一代诗史，是饶先生所处、所见之世，发而为诗则"沉郁顿挫"，抒写了国土沦丧的激愤之怀和羁旅漂泊之感，但一扫传统士大夫怀才不遇之悲和仕途功名之念，精神领地纯粹而超逸。钱锺书对饶先生的词亦多赞赏，说饶先生以治史之法治学，即以文化史方法，钩沉探颐，原始要终，上下求索，使其贯通，成为对于人类精神史之思考与感悟。

饶宗颐喜欢荷花，认为荷花高洁如君子。他画的荷花，素有"饶荷"之称，题字有"一生喜欢""其心如莲"。我有幸在他去世两个多月前到中国美术馆欣赏"莲莲吉庆——饶宗颐教授荷花书画展"，展中画荷题联我抄录了不少，如"开帘对春树，弹剑拂秋莲""高人洗桐树，君子爱莲花""琴伴庭前月，衣无世外尘""雪夜千卷，华时一尊""月痕镂石碧，花影茜春红""浓艳香风里，美人清镜中"。他担任中央文史研究馆馆员后，曾受到两任总理的接见。他喜欢荷花，将自己创作的《荷花图》赠送给总理。他一向主张学艺双携，希望能通过书画艺术，将自己的人格学问、胸襟和气魄表达出来。他画荷花，又用自己独特的书法，书写了一首《一剪梅·花外神仙》：

> 荷叶田田水底天，看惯桑田，洗却尘缘。闲随秾艳共争妍，风也翛然，雨也恬然。　　雨过风生动水莲，笔下云烟，花外神仙。画中寻梦总无边，摊破云笺，题破涛笺。

他画的荷花，中通外直，不蔓不枝，形简而神逸。该画以词为跋，寓意高洁如莲的精神，敢于迎接挑战、风雨不倒的品质，可谓诗书画三绝。

饶宗颐与别人不同，他明志高旷，主张创作"形上词"，即将自己对于现实世界的观感，以及对于宇宙人生的思考，亦即自己的学问、思想，写入词中，力求提高词的境界。他认为做人、做学问，乃至填词、论词，不能局限于人间、专论人间、困在人间，而应该有所超越，"所谓忧国忧民，属于社会性，只是表层意义，都是凡间的事"。据此立论，他批评一些现代词家都只是停留在诗人境界，未能探索出一条创作新路。饶宗颐1949年后身居香港，遨游东南亚与欧美诸国，在海外学术界有自由广阔的活动空间，可容纳多方面的文化营养，与中国内地诗人词境处境迥异。他看到世界有光明的一面，"指出向上一路"，为词坛开拓出更新更广的天

饶宗颐手迹

地。他的《选堂乐府》中，虽不乏"万里河山悲极目，八方风雨怕登楼""算几辈、又成新鬼。更何堪、落日玄猿，哀筝弹出沧桑泪""万峰如睡，看人世污染，竟成何物"等深切的悲悯，但词中另有超逸空明的理想境界，表现出积极乐观的人生态度和生生不已、创造日新的宇宙意识。他以《易经》"益卦"为根据，提出"天人互益"的概念。并说，如能大展宏图，有所作为，或许能达到苏轼所说的"天人争挽留"的境界。

饶宗颐在为人、修学中有自己的"三境界"：第一重，"漫芳菲独赏，觅欢何极。"意为在孤独里思考和感悟，上下求索。第二重，"看夕阳西斜，林隙照人更绿。"一般人的精神大多是向外表露，经不起孤独寂寞，又不肯让光彩受掩盖。只注重外表风光，不注意内在修养，便看不见林隙间的"绿"。越想暴露光彩，就越是没有光彩。第三重，"红蔫尚仁，有浩荡光风相候。"意为无论如何都要相信，永远会有美好的明天在等候自己，唯如此才会不生烦恼，自主人生，自成境界。有人说饶公有三颗心，第一颗叫好奇心，第二颗叫孩童心，第三颗叫自在心，一颗比一颗高。持着这三心，他在智慧的求索中执着，而不为执着所累。

对这位文化大师，学界尊称他为"饶公"。有人问饶公的高寿之道，他说，我一直坐在葫芦里。意思是说要达观处世，静守自我，可得身心愉悦。他的"葫芦"哲学，脱化于元代诗人杨维桢的诗："溪头流水泛胡麻，曾折琼林第一华。欲识道人藏密处，一壶天地小于瓜。"这不仅适用于养生，也适用于治学和做人。享受孤独，注重内在，静迎浩荡风光，这便是"葫芦"里的人生。饶宗颐静守"葫芦"，卓有建树。因为"静"，所以"远"；"耐苦"所以"自在"。他崇尚的是"空山多积雪，独立君始悟"；他抱定的是"万古不磨意，中流自在心"。与此"葫芦说"相关联的还有他的"安顿说"。他认为，一个人在世上，如何正确安顿自己，这是十分要紧的。王国维是了不起的学问家，但未能真正超脱，做人、做学问，乃至论词、填词，只能困在人间，未能打开心中死结。其学问中如能加入释藏和道藏，也许能较为正确安顿自己。这一点陶渊明要明白得多，他未死就写下挽歌："死去何所道，托体同山阿"，死了之后能够与山陵共存，本身就已有所超越。如何才能安顿好自己？饶宗颐提炼为三句话：一曰"天人互益"。破坏自然必会受到惩罚，所以人类一切事业要以益人而不是损人作为出发点和归宿。二曰"物物而不物于物"。此句语出《庄子》，意为驾驭外物，要排除"挂碍"，不为外物（外界"物"的诱惑）所驱使。三曰"慈悲喜舍"。对于国瘼民生有悲悯之心。饶宗颐亲笔书写这四个大字，将其矗立在港大学术馆前。他以实际行动实践这一理念，已捐出数十年的研究藏书和古籍善本，为内地地震等灾害捐款数百万元。

饶宗颐希望年轻人多去了解和理解中华文化。他说："文学是最难训练的。现在的中文系学生不能写古文、不能写古体诗，这样就跟古人隔了一层。不能创作，只有理论，他们借外国的理论硬装进去，自以为理解了的其实是误解。现在的学生写一本书没问题，让他写首古诗却不会写。中国传统文化都蕴藏在这些古代文体里面，不掌握它们，汉学研究就没有办法突破。"文化的根基和积淀，对国家长远的发展和进步是十分重要的。"通古今之变，究天人之际"，学者要做通人。

饶宗颐活到 101 岁，学界称他为"最后的通儒""百科全书式的人物"，其学问和诗书画成就可归纳为"贯通融会，领异拔新"。他毕生所学都在探索中华文明，希望世界理解中华文化，希望社会"太和"。他提出建立"新经学"（其中的"经"是经典的意思），不赞成叫"国学"，认为叫"汉学"或"华学"更贴切。他对未来充满了信心，在北大百年校庆上的发言中，他说新的资料层出不穷，亦有不少学者正在努力之中。他预言，21 世纪将是中国踏上一个"文艺复兴"的时代，这个时代一定会到来。

读
诗
札
记

———— 名家先贤的诗话人生　风云时代的追梦真情

源远流长的诗史文脉　读书阅世的良师益友

天 雨 流 芳

中国近现代百位名家诗话人生 下

乐美真 ◎ 著

中国文史出版社

目　录

鲁迅的诗及诗论

浙江绍兴，陆游、秋瑾名人辈出，传有锦囊诗句。毛泽东曾诗赞同是绍兴人的鲁迅：

> 鉴湖越台名士乡，忧忡为国痛断肠。
>
> 剑南歌接秋风吟，一例氤氲入诗囊。

鲁迅原名周樟寿，字豫才，到南京学习改名周树人。《新青年》刊载《狂人日记》时，第一次署名鲁迅。有人评鲁迅，说他是 20 世纪中国最忧患的灵魂；也有人说，他是一位光明与黑暗激战时代的抒情诗人。

鲁迅的《野草》，是 20 世纪上半叶新诗生成期的一部散文诗集，是鲁迅作品中最为深奥也最为瑰丽的一部，被说成是孤独的心灵炼狱中熔铸的一部"哲学诗"。《野草》里的许多篇章，充分表现了精神深处生与死、希望与绝望、光明与黑暗、存在与虚无之间的挣扎与纠缠。他从焦虑体验中感悟到个体生命的另一种存在价值。这部散文诗的内涵品悟、文学风格、人生哲理，已有许多专门的研究评述，过去很少作为新诗来讨论。三联书店出版的《百年新诗选——时间和旗》将《秋夜》等编选在开篇部分，或许代表了编者对新诗史的一种特定理解。三联书店与日本平凡社共同出版了《鲁迅箴言》，诺贝尔文学奖获得者大江健三郎称鲁迅是自己文学的"乳母"，在此书腰封上写道："鲁迅的一篇篇小说、随笔是世界近现代散文之王，选取一行行就成为最好的诗集。"

鲁迅早期曾写过一些自由诗，他在《新青年》杂志上署名唐俟发表了白话诗《梦》《爱之神》《桃花》《他们的花园》《人与时》等，可说是一种尝试。之后四五年再也没有发表什么白话诗，直到编完了杂感《而已集》，意犹未尽，写下几句：

> 这半年我又看见了许多血和许多泪，
> 然而我只有杂感而已。
> 泪揩了，血消了；
> 屠伯们逍遥复逍遥，
> 用钢刀的，用软刀的。
> 然而我只有"杂感"而已。
> 连"杂感"也被"放进了应该去的地方"时，
> 我于是只有"而已"而已！

这难道不是一首用心血写的——诗吗？

对于那些年写诗的经历，他解释说：只因为那时诗坛寂寞，所以打打边鼓，凑些热闹；待到称为诗人的一出现，就洗手不作了。他曾明确表示，不喜欢徐志摩那样的诗。

鲁迅对外国诗也潜心研究过。他推崇拜伦、雪莱、海涅三人的诗，他们都是反抗黑暗时代，为自由和信仰而抗争，为爱和正义而宣战，为底层的民众而呐喊。他写《为了忘却的记念》，特别引了白莽译的裴多菲的诗。

我读鲁迅先生的诗，主要是他的近体诗。

鲁迅的近体诗与他的文章一样，犀利、至理、深刻，入木三分，功力十足，已被广为引用传诵。我们看几个例子：

1975年8月，毛泽东在做了白内障手术后，还没有完全恢复，在双眼包着的情况下，坚持给眼科医生唐由之在纸上默写了一首鲁迅的诗："岂有豪情似旧时，花开花落两由之。何期泪洒江南雨，又为斯民哭健儿。"毛泽东信手拈来，将诗中"花开花落两由之"之句切唐由之的名字，又吻合当时心境。毛泽东还曾将鲁迅的诗"万家墨面没蒿莱，敢有歌吟动地哀。心事浩茫连广宇，于无声处听惊雷"书赠日本访华的朋友们，他说："这一首诗，是鲁迅在中国黎明前最黑暗的年代里写的。"可见毛泽东谙熟鲁迅的诗。

"度尽劫波兄弟在，相逢一笑泯恩仇"是鲁迅应日本友人西村真琴的要求写的《七律·题三义塔》的尾联，被邓小平借来用于对台湾的工作上。他亲笔书写赠给来访的陈济棠的儿子陈树柏。这两句诗，后来引用在廖承志《致蒋经国先生信》里，成为捐弃前嫌，两岸握手，进而实现和平统一的政策前导语。

鲁迅

鲁迅的《七律·无题》"惯于长夜过春时……吟罢低眉无写处，月光如水照缁衣"一诗，已为世人所熟悉。毛泽东赋诗："龙华喋血不眠夜，犹制小诗赋管弦"，就是指鲁迅的这首诗。郭沫若、胡风等许多文人诗家都曾步其韵，吟诗抒发自己的感情。

"横眉冷对千夫指，俯首甘为孺子牛"一联，是鲁迅参加饭局散席时，题写在郁达夫一幅素绢上，字上角写"达夫赏饭，闲人打油"。半年后鲁迅在此基础上，写了著名的七律，赠给南社诗人柳亚子，收入《集外集》时，诗内"旧帽"改为"破帽"，"破船"改为"漏船"，并题为《自嘲》。

诗中这一联，已成传诵神州的名句。毛泽东、瞿秋白、徐悲鸿等都曾亲笔书写，鲁迅自己也题写过此联。郭沫若曾赞美道：虽寥寥十四字，对方生与垂死之力量，爱憎分明；将团结与斗争之精神，表现俱足。此真可谓前无古人，后启来者。1948年郭沫若与许广平母子自香港北上，在"同赴光明区域之舟中"，为海婴题写了鲁迅这两句诗，并认为此"即新民主主义之人生哲学，毛周诸公均服膺之，愿与海婴世兄共同悬为座右铭，不必求远矣"。

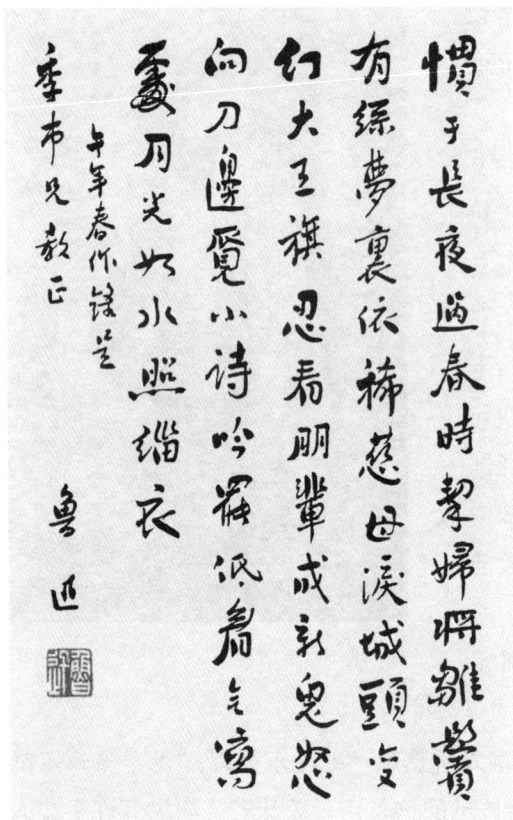

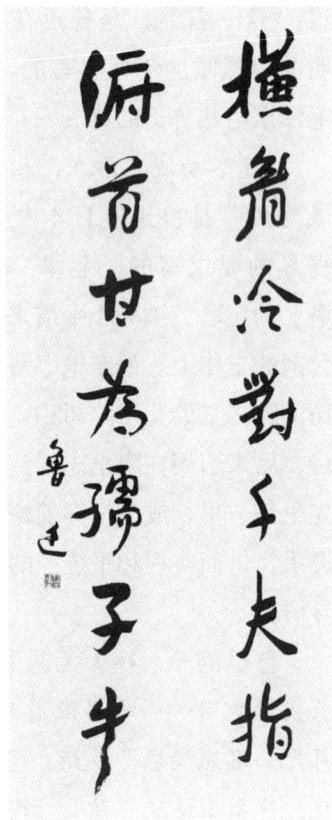

鲁迅手迹

　　毫无疑问，鲁迅在黑暗里搏击，有笔如刀，骂人无数。总认为他是严肃的冷酷的，他瘦削的脸上轻易不见笑容。但与他接触的朋友往往从他迟缓而有力的谈吐中，可以发现其善良、平易近人，有可爱的真挚、热情的鼓励与亲切的友谊。他为青年改稿、作序、出书、接待来访、合办文学刊物，为朋友复信作答、抄写书目、收集购买精美的中外图本，扶植木刻。他还营救被捕人出狱，接济他们的家属。他说："只要能培一朵花，就不妨做做会朽的腐草。"很多青年听他谈话"如坐春风"，说他的温情永在一切友人的心上。为了友情，他甘愿冒着危险，毅然参加杨杏佛的葬礼，并挥笔写下《悼杨铨》一诗。他还为被反动派杀害的白莽的诗集《孩儿塔》作序。他虽说："我所惆怅的是我简直不懂诗，也没有诗人的朋友。"但他评价烈士的诗是有别一种意义在。"这是东方的微光，是林中的响箭，是冬末的萌芽，是进军的第一步，是对于前驱者的爱的大纛，也是对于摧残者的憎的丰碑。一切所谓圆熟简练、静穆幽远之作，都无须来作比方，因为这诗属于别一世界。"这是我迄今读到的关于烈士诗的最敬慕而崇高的赞颂。

在风雨飘摇的政局里，鲁迅的诗大抵都是感喟时局之作。但亦有诗是饱含亲情、温情，展露了作者细腻感情的内心世界。

鲁迅当年在南京念书，寒假回家后返校，作诗三首《别诸弟》，其二曰："还家未久又离家，日暮新愁分外加。夹道万株杨柳树，望中都化断肠花。"

鲁迅将画谱赠夫人，写诗也有深情："十年携手共艰危，以沫相濡亦可哀。聊借画图怡倦眼，此中甘苦两心知。"

鲁迅的诗作，有后来从周作人日记中发现拾遗后补的，如《惜花四律》，录其一："鸟啼铃语梦常萦，闲立花阴盼嫩晴。怵目飞红随蝶舞，关心茸碧绕阶生。天于绝代偏多妒，时至将离倍有情。最是令人愁不解，四檐疏雨送秋声。"有评论说，鲁迅是借惜花来写人，有对妇女的无限同情，也是藻采芊绵、寄托遥深之作。

前面提到的鲁迅诗的名句"横眉冷对千夫指，俯首甘为孺子牛"，有人深入考证，认为"千夫"是指为数众多的与鲁迅对立的人（无论是敌是友，包括嘲笑、奚落、谩骂、讽刺甚至陷害鲁迅的人），而"孺子"，则是指鲁迅的儿子周海婴。当年鲁迅带海婴去看病，他嘲弄自己，"横眉冷对"的"千夫"里面，竟包括了倡导革命文学的诸君子，而自己"俯首甘为"的却是儿子的牛。这样诠释较符合原诗名《自嘲》。后人将此联扩大演绎，成为对敌我的爱憎分明，那就是另外一回事了。如按此解，鲁迅怜子、爱子之情又跃然纸上。联想到他有一首诗是写给为周海婴治病的医生的："无情未必真豪杰，怜子如何不丈夫。知否兴风狂啸者，回眸时看小於菟。"似乎回答了这个问题。

友人杨霁云称颂鲁迅的诗写得好，不让唐人，可以同李商隐（号"玉谿生"）并驾齐驱。鲁迅对于自己的旧体诗却十分自谦，认为别人对他的诗"奖誉太过",在给友人的书信中说:"其实我于旧诗素未研究,胡说八道而已。我以为一切好诗,到唐已被做完。此后倘非能翻出如来掌心之'齐天大圣',大可不必动手,然而言行不能一致,有时也诌几句,自省殊亦可笑。玉谿生清词丽句,何敢比肩,而用典太多,则为我所不满……"

有论者认为鲁迅的律诗绝句"追踪汉魏,托体风骚",有汉魏诗人的"风骨",亦有唐人风韵。其实鲁迅的诗风岂止是"清词丽句",人评他的诗之特点是"洗炼",炼字、炼句的功夫达到了很高的境界。鲁迅写作很认真,"写完后至少看两遍,竭力将可有可无的字、句、段删去,毫不可惜。"对待诗词,有时改动一字一句,都经过细心推敲。如那首有名的"无题"一诗。首句"惯于长夜过春时",原来"夜"字后面是"度"字,后来自觉不妥,就改成"过"字了,这一字的推敲是经过相当考虑的。"忍看朋辈成新鬼,怒向刀丛觅小诗。"在以前的日记上写的是"眼看朋辈成新鬼,怒向刀边觅小诗",写《为了忘却的记念》的时候,"眼看"改成"忍看","刀边"改为"刀丛",虽两字之差,却加重了情感的力度。鲁迅赠郁达夫的诗:"洞庭木落楚天高,眉黛猩红涴战袍。泽畔有人吟不得,秋波渺渺失离骚。"其中"木落"原为"浩荡","猩红"原为"心红","不得"原为"亦险",诗未发表,但鲁迅炼字推敲十分用心。

许广平回忆说:"先生于古诗,虽工而不常作,偶有所感,也多随录随失。"鲁迅一生留下几十首古体诗,但发表很少,"经常是随作随弃,不加保留的"。郭沫若说鲁迅"无心作诗人",而偶有所作,"每臻绝唱,或则犀角烛怪,或则肝胆照人"。早期的白话诗里,鲁迅写桃花生气,一句"满面涨作'杨妃红'",信手拈来,乃神来之笔。鲁迅的旧体诗有别于其他形式的创作,纯是即兴抒发内心感情的需要。他喜欢含蓄,却不赞成晦涩;喜欢坦率,却不主张浅露,正因为不刻意追求,虚张声势,所以他的诗自然、沉郁、深邃而有气魄。

鲁迅讲:"盖诗人者,撄人心者也。""盖人文之留遗后世者,最有力莫如心声。""诗人为之语,则握拨一弹,心即会解者,其声澈于灵府,令有情皆举其首,如睹晓日,益为之美伟强力高尚发扬。"鲁迅还说:"呼唤血与火的，咏叹酒和女人的，赏味幽林和秋月的，都要真的神往的心，否则一样是空洞。"诗歌不能凭仗了哲学和智力来认识，所以感情已经冰结的思想家，即对于诗人往往有谬误的判断和隔膜的揶揄。"但鲁迅作诗抒发情感的时候也注意诗本身的节奏和美学，他讲："我以为感情正烈的时候，不宜作诗，否则锋芒太露，能将'诗美'杀掉。"

他不认为诗是脱离尘世，绝对超然。他说："即使是从前的人，那诗文完全超于政

鲁迅 53 岁时合家照

治的所谓'田园诗人''山林诗人'是没有的。完全超出于人间世的，也是没有的。既然是超出于世，则当然连诗文也没有。诗文也是人事，既有诗，就可以知道于世事未能忘情。"他批评有的诗人原本有梦想和激情，但脱离世事，钻营官场，无可救药。他说："昔之诗人，本为梦者，今谈世事，遂如狂醒；诗人原宜热中，然神驰宦海，则溺矣。"

他不喜欢那些"阿呀阿唷，我要死了"之类的失恋诗（包括徐志摩的《去吧》），也不愿将这种诗侵入《语丝》。在他看来，离开实际的空想多为自恋。《野草》里有一篇《我的失恋——拟古的新打油诗》，戏谑了那些苦情诗人。他后来说，是"讽刺当时盛行的失恋诗"。他对一些文坛怪语也开开玩笑，写《教授杂咏》影射嘲讽。

他也反对艺术家、诗人去追逐所谓高雅的"象牙之塔"，他说："诗须有形式，要易记，易懂，易唱，动听，但格式不要太严。要有韵，但不必依旧诗韵，只要顺口就好。""新诗先要有节调，押大致相近的韵，给大家容易记，又顺口，唱得出来。"鲁迅是考虑大众的。

他喜欢屈原，认为《离骚》是一篇自叙和托讽的杰作。《天问》是中国神话和传说的渊薮。问他最爱背诵的诗句，他几乎不假思索地说："朝吾将济于白水兮，登阆风而绁马。忽反顾以流涕兮，哀高丘之无女。"他集《离骚》诗句"望崦嵫而勿迫，恐鹈鴃之先鸣"，请友人书写后悬于北京西三条胡同住所以自勉。

他重友情，他的许多诗作都是赠友人，他为瞿秋白书联："人生得一知己足矣，斯世当以同怀视之。"

他关心年轻人，甘为人梯，"但愿有英俊出于中国之心"。他对当年20岁的上海美专学生赵清阁的习作耐心指点：写散文要富有诗意，作新诗对写散文有帮助。然而更重要的是，诗与散文都应言志，不可空洞无物。

鲁迅在《坟·文化偏至论》里说："外之既不后于世界之思潮，内之仍弗失固有之血脉，取今复古，别立新宗。"这句话，我认为概括精当，极为深刻。它对于我们的思想文化，对于文学，对于诗，有着重要的指导意义，应成为新时代开拓求索的方向指南。

鲁迅挚友许寿裳的诗

许寿裳是鲁迅的挚友，听到鲁迅去世的噩耗，悲痛异常。他亲至万国公墓，在鲁迅墓前献花圈以申"生刍一束"之忱，归途成《哭鲁迅墓诗》一首：

> 身后万民同雪涕，生前孤剑独冲锋。
>
> 丹心浩气终黄土，长夜凭谁叩晓钟。

悼诗凝练，概括了鲁迅伟大的人格、思想，包含了许寿裳对鲁迅一生的情谊，被认为是众多悼念鲁迅诗文中的绝唱。

为了读懂此诗，我又翻看了许寿裳的《亡友鲁迅印象记》。这是一本1953 年版重印的繁体字旧书，纸张糙黄，有藏书者的印。我是 1967 年 20岁时从旧书店购得，保存了 50 多年。上录许寿裳悼鲁迅诗就是这册书的结语。

从《亡友鲁迅印象记》里，我们知道许寿裳，字季茀，号上遂，与鲁迅同乡、同学。许自述鲁迅是他的"畏友"，"有 35 年的交情"。他们在日本弘文学院相识，鲁迅为江南班，许寿裳在浙江班。他们因是同乡，年岁相仿，性情相投，很快订交，遂成挚友。那时两人常跑各种书店，学外文，听讲演，同去跟章太炎学习，彼此心境，颇为熟悉。鲁迅去仙台学医，后弃医从文，内心的苦衷都是讲给许寿裳的。《浙江潮》杂志由浙江留学生创办，发刊词写有"忍将冷眼，睹亡国于生前；剩有雄魂，发大声于海上"，颇有气势。许寿裳接编后，最先想到的撰稿人就是鲁迅。鲁迅

许寿裳

最早编译的《斯巴达之魂》《哀尘》，就发表于该刊。他们后虽学业有专攻，但剪辫、关心文学、讨论问题、办刊物撰稿等有共同志向，常结伴而行。鲁迅决定弃医从文，从仙台回到东京，又和许寿裳相聚，阅读了大量西方社科和文艺作品。许寿裳东京高师毕业，在东京补习德文，和鲁迅等同住，并一起去听章太炎讲《说文解字》。回国后，许寿裳两次力荐鲁迅在浙江任教，帮助其解决生计问题。辛亥革命后，许寿裳再次推荐鲁迅到南京教育部供职。许寿裳与鲁迅14年朝夕共处，合校古籍，同桌办公，联床夜话。许寿裳任北京女子高等师范学校校长时，又聘鲁迅任教。鲁迅在这里写出大量杂文，与许广平成为恋人，可谓是结出杂文之果，开出爱情之花。鲁迅在上海时生活压力很大，许寿裳再次力荐，为鲁迅谋得南京大学院"特约撰述员"的差事，其月薪可以养活一家人。

更为可贵的是，鲁迅逝世后，许寿裳为纪念鲁迅，弘扬其业绩、赓续其遗志，投入了大量精力。他筹备成立鲁迅纪念委员会，筹募纪念基金，保存鲁迅文物，征集鲁迅手稿，合编《鲁迅年谱》，撰写回忆文章。他为出版《鲁迅全集》，打通关节，为解决审查、版权等问题费尽苦心。另外，他还帮助许广平调解婆媳矛盾，平息家庭风波。许广平后来说，鲁迅逝世后，许先生不但把她视为学生，更兼待她如子侄，"十年间人世沧桑，家庭琐屑，始终给我安慰，鼓励，排难，解纷；知我，教我，谅我，助我的，只有他一位长者"。

由于日本殖民者的封锁，鲁迅生前在台湾并没有太多名气，直到台湾光复后，大批文化人来到台湾，台湾才掀起了纪念和学习鲁迅的文化活动。其中，许寿裳被赞誉为在台湾对鲁迅进行系统介绍和作出高度评价的第一人。他的《亡友鲁迅印象记》就是在台湾完成的，但仍觉得"言犹未尽"。许广平读了后说："回忆是不轻的沉痛，幸而许先生能在沉痛中淘净出一些真材实料，为我辈后生小子所不知不见，值得珍惜，而也给热心研究这一时代一个文化巨人的一点真相。就是吉光片羽罢，也弥足珍视的了。除了许先生，我们还能找到第二个人肯如此写出吗？"

许寿裳与鲁迅的交往，使我们看到了什么是君子之交。他们35年的交谊，"同声相应，同气相求"。在日本，他们一起探讨三个相关问题：一是怎样才是最理想的人性？二是中国国民性中最缺乏的是什么？三是它的病根何在？解决这三个问题，成为后来鲁迅文学创作的主旨。

虽然许寿裳与鲁迅风格、气质不同，政见也不尽相同，他们之间有过争论，因为真理辨析，毫无私见，不久便言归于好，但在大是大非面前，他们同仇敌忾，坚定地站在同一战壕。许寿裳与鲁迅共同参与反对浙江两级师范学堂倒行逆施；北京女师风潮中，支持进步学生。鲁迅被免职，许寿裳亦声明不到部上班，"以明素心而彰公道"。在广州，鲁迅因营救中山大学被捕学生无效而辞职，许亦向校方辞职，"无患得患失之心，唯大义凛然是见"，与鲁迅共进退。鲁迅决心"不带门匙，以示决绝"，冒着危险为杨杏佛送殓时，许寿裳当即表示："我们同去。"所以鲁迅常引以为豪，认其为生死不渝耐久的挚友。

鲁迅与许寿裳的交情，从诗赠也可见一斑。鲁迅有两首诗都是写给许寿裳的。许寿裳发表的《怀旧》一文写道："1903年，他23岁，在东京有一首《自题小像》赠我。"这首诗就是：

> 灵台无计逃神矢，风雨如磐暗故园。
> 寄意寒星荃不察，我以我血荐轩辕。

对这首脍炙人口的名篇，许寿裳作了扼要的解释："首句之神矢，盖借用罗马神话爱神之故事，即异域典故。首句写留学异邦所受刺激之深，次写遥望故国风雨飘摇之状，三述同胞未醒，不胜寂寞之感。末句直抒怀抱，是一句毕生实践的格言。"此诗深涵作者孤独与沉郁之情，凝练而浑化。鲁迅51岁时又重书此诗。研究者对诗中"荃"字有争论，喻"君"

还是"祖国人民"或"同胞",各有一家之言。"以史解诗"还是"知人论世",应该是深知鲁迅的许寿裳的解释,较为权威。

鲁迅最后一首旧体诗《亥年残秋偶作》被认为是最优秀的篇章之一,巧的是也是写给许寿裳的:

> 曾惊秋肃临天下,敢遣春温上笔端。
> 尘海苍茫沉百感,金风萧瑟走千官。
> 老归大泽菰蒲尽,梦坠空云齿发寒。
> 竦听荒鸡偏阒寂,起看星斗正阑干。

对这首诗,诗家有不同看法,研究者均认为此诗是写黎明前的黑暗,北斗星已经横斜,乃讴歌光明之作。而有人倾向的是:荒鸡不啼,星斗纵横,碧月澄明,大夜弥天——人民在水深火热之中,正是诗人揭露批判黑暗的主题。他的整个生命、诗作与批判黑暗是相始终的。鲁迅的挚友许寿裳说这首诗"哀民生之憔悴,状心事之浩茫,感慨百端,俯视一切,栖身无地,苦斗益坚,于悲凉孤寂中,寓熹微之希望焉"。许的诠释应该是权威的,可谓知音。

除赠诗外,鲁迅对许寿裳也十分关心。1926年他去厦门执教,不忘在北京遭窘境的许寿裳,多次向校方推荐,无果,后去广州中山大学教书,力荐许寿裳,终于成功。他每有新书问世,不忘赠许氏一册,几十年来,从未间断。许寿裳女儿生病时,鲁迅殚精竭虑亲自打理,将侄女视为己出。

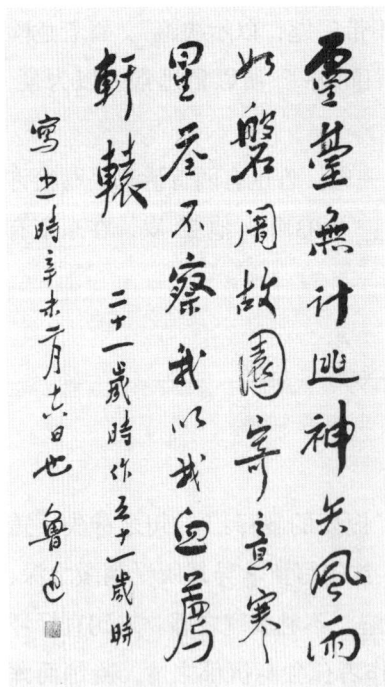

鲁迅《自题小像》

许寿裳说，他们在东京订交的时候，"便有缟带纻衣之情"。从那以后他们相知相得，相契相合，坚守信赖，风雨相助。他们经年长久的交谊，"彼此关怀，无异昆弟"。尤其难能可贵的是，在鲁迅逝世之后，许寿裳仍坚持为亡友操劳，最终在台湾被害。正如许广平言："求之古人，亦不多遇，世情硗薄之秋，到此顽廉懦立了。"顽廉懦立是个成语，形容行为对人的感化力量之大，此所谓高尚也。

抗战时期，许寿裳流离南北，饱尝忧患。他在嘉兴的寓所被日机轰炸劫为灰烬，妻离子散，天各一方。但在这时期的诗作慷慨激昂，沉郁顿挫，表达必胜的坚定信念。如"收拾山河齐努力，白头宜学少年豪""何时共扫倭氛尽，联臂重游到北平""朔雪炎风驰骋惯，男儿休负志桑莲"等。当他听到张自忠在抗日前线壮烈殉国，悲愤赋诗："血洒中原事可哀，黄龙杯酒正相催。全忠自是睢阳志，百战宁多武穆才。塞上长城空感慨，巴江高冢共徘徊。深秋一夜滩声急，疑听将军破阵来。"

读有关书籍，知许寿裳赴台湾接掌台湾省编译馆馆长，是应台湾行政长官公署兼警备总司令陈仪的邀请而赴任的。一方面他与陈仪的交情匪浅，对南京的官场不满，愿另觅地方施展抱负；另一方面他认为当时台湾比较安定，可以完成《鲁迅传》和《蔡元培传》的写作，实现自己的夙愿。在台湾编译馆期间，许寿裳率先编写《怎样学习国语和国文》等民众读物，又函电交驰，网罗人才，欲翻译世界名著五百部，并对台湾历史文物进行系统性的研究。他愿用自己的微薄之力，为台湾这片饱受日本奴役的故土注入中华民族的新鲜血液。他壮心不已，写诗抒怀："难得陈公政见高，教从心理饷同胞。只身孤箧飞蓬岛，故土新临气自豪。"但好景不长，台湾爆发了"二二八事件"，陈仪被调离台湾，编译馆被裁撤。众多研究丛书和教材成为废纸，许寿裳悲愤地写下"外露为山才一篑，内潜掘井已多寻。岂知江海横流日，坐看前功付陆沉"。编译馆裁撤后，许寿裳没有放弃在台的文化拓荒工作，他转入台湾大学中文系任教，亲授文字学课程，选印《大学国语文选》，设计《中国现代文学讲座》，演讲必谈鲁迅精神。在工作繁忙之际，写作《亡友鲁迅印象记》，并在《台湾文化》刊物上，首次在战后系统地介绍和宣扬鲁迅，以期达到台湾文化重建的目

《亡友鲁迅印象记》书影（人民文
学出版社 1953 年版）

的。许寿裳是鲁迅几十年的好友，被认为有"左"倾思想嫌疑。"二二八事件"中他还亲赴警备司令部保释因共产党嫌疑而被捕的两位同事。有人劝他删去《亡友鲁迅印象记》中直斥国民党当局的段落时，他大义凛然地拒绝，认为"如果删去这些段落，也即失去了文章的灵魂"。1948 年 2 月 18 日深夜，许寿裳在寓所被人用刀杀害，虽法院判定谋财害命，但有人认为系政治谋杀。当时许多倾慕鲁迅的青年知识分子也被暗中杀害。遗憾的是，许寿裳再也不能去完成《鲁迅传》的创作，没有看到鲁迅在台湾再次复活的那一天。友人将许寿裳葬于上海万国公墓鲁迅墓旁，以使两位生前挚友死后仍能相聚一起。

文首许寿裳在鲁迅墓前的诗，一如其交往的故事里，充满了动人的情感、高尚的人品和彼此高山流水般的友谊。其流传的佳话，令人敬仰，使人向往，其精神不仅使我们感动，抑或在当今社会里做人知交上也有所启迪吧。

郭沫若的《洪波曲》

我上中学的时候，母亲是济南新华印刷厂图书馆的管理员，来了新书，我都会"近水楼台先得月"。记得一天，母亲拿着一本自己买的郭沫若的《洪波曲》给我，告诉我那里面写的是抗战时武汉三厅的事情，而我的父亲也曾在那里奋斗过。几十年后，别的书都丢了，而这本母亲和我都读过的旧版已掉了封面的《洪波曲》一直保存着。

抗战军兴，洪波涌起，笔底波澜。郭沫若"别妇抛雏"归国抗战。他在武汉、重庆的岁月，从三厅到文化工作委员会，是一段值得纪念的可歌可泣的历史，上演了文化人不屈抗战的活剧。

郭沫若，原名郭开贞，出生在四川乐山沙湾。四岁半入家塾"绥山山馆"，后考入四川官立高等学校。出川后经天津到日本学医，在九州帝国大学医学部毕业。但他更关注中国的人文觉醒，热衷新文学，成立创造社，写了《女神》等大量新诗。朱自清曾评价郭沫若的诗有两样是传统里没有的，就是泛神论和20世纪的反抗精神。大革命时期，郭沫若经孙炳文介绍，投笔从戎，参加过北伐，南昌起义后在瑞金与贺龙一起加入共产党。他撰写讨蒋檄文，遭受通缉追杀，流亡日本，因地下党联系人李一氓调离上海而失去了与中共的组织关系。在流亡日本的十年间，他的行动一直不自由，宪兵、秘密警察对他监视，不时闯进房间里盘查。为厘清中国社会的来龙去脉，他摩挲甲骨青铜，埋首故纸堆中。1937年7月，郭沫若接到郁达夫的来信，写好遗言，决心秘密冒险返回祖国参加抗战。他回忆说："国族临到了垂危的时候了，谁还能安闲地专顾自己一身一家的安全？"在回国航行的船上，他写下了《黄海舟中用鲁迅韵》的归国吟：

又当投笔请缨时，别妇抛雏断藕丝。

去国十年余血泪，登舟三宿见旌旗。

欣将残骨埋诸夏，哭吐精诚赋此诗。

四万万人齐蹈厉，同心同德一戎衣。

这首诗，当时几家报纸争着刊登，产生过不小的影响。

按周恩来指示，郭沫若出面和夏衍创办《救亡日报》，并去浦东抗日前线视察。上海沦陷，郭沫若拟从香港转去南洋筹资继续办报。抵达香港，他回忆起十年前随南昌起义部队南下，感慨不已："十载一来复，两番此地游。兴亡增感慨，有责在肩头。"后《救亡日报》在广州复刊，郭沫若亲写了《再建我们的文化堡垒》复刊词，呼号：鼓荡起我们民族的忠贞之气，发动大规模的民众力量，以保卫华南门户，保卫祖国，保卫文化。

上海沦陷后，武汉成为抗战重镇。当局军事委员会决定恢复政治部，下设三厅，拟委任周恩来为政治部副部长，郭沫若为第三厅厅长，负责文化宣传工作。郭沫若收到陈诚的电邀后，拜访了中共长江局诸领导和北伐时的老朋友，与国民党有一番积极的据理力争的筹备过程。其间他到长沙活动，在田汉主持的长沙文艺界抗敌协会上发表演讲。他与田汉这对在日本曾以歌德和席勒相期许的朋友，一起凭吊了黄兴墓、蔡锷墓、屈原庙、贾谊祠，田汉赋诗，郭沫若即席对诗，抒发自己久藏的胸臆不平：

洞庭落木余霜叶，楚有湘累汉逐臣。

苟与吕伊同际遇，何因憔悴做诗人。

在国民党答应了计划自主、人事自主、经费确定的条件后，周恩来遂让在长沙的郭沫若与田汉返回武汉，三厅在武汉正式成立。在他的影响和召唤下，一大批文化名人云集江城，其中有不少左翼的作家、剧作家、美术家、音乐家、世界语者等，也有日本的反战人士。武汉又恢复了大革命时代的朝气。据报载，在抗战救国的大潮里，陈独秀也在武汉投入其中，在大学里发表抗战演讲。三厅的组建是国共合作的标志，反映了全民族共同抗战的迫切愿望。在郭沫若的领导下，三厅利用一切可能的条件，使其成为国统区抗日民族统一战线的一个战斗堡垒。

三厅原下设第五、第六两处，由胡愈之、田汉负责动员和艺术宣传，后设第七处，由范寿康负责对外宣传。一大批文化界著名人士出任三厅设计委员，第七处更是集中了一批研究国际问题和擅长日语、英语、俄语和世界语的人才。那时真是上下群贤毕至，名流荟萃，被人喻为"名流内阁"。

郭沫若

三厅一成立，立即开展了"抗敌扩大宣传周""抗战一周年纪念""七七献金"等活动，还组织下属十个抗敌演剧队、四个抗敌宣传队、五个电影放映队、漫画队及"孩子剧团"，赴各战区开展抗日宣传活动。三厅组织的"扩大宣传周"每天一个主要节日，如歌咏日、戏剧日、电影日、漫画日等，郭沫若在歌咏日献诗致开幕词。第三天恰遇台儿庄大捷，组织了火炬游行，参加者达数十万人。在又一个宣传周上，郭沫若写了《把有限的个体生命融化进无限的民族生命里去》，称颂王铭章的壮烈事迹，并列举佟麟阁、赵登禹、郝梦龄等阵亡将领在中华民族历史上写下了光辉灿烂的篇章。在鲁迅逝世两周年纪念会上，郭沫若高度赞扬了鲁迅不妥协、不屈服，对恶势力抗争到底的精神。周恩来也代表中共中央提议由郭沫若做鲁迅的继承者，以鲁迅的精神领导抗日文艺界。

为纪念"七七"周年，支援抗战，三厅在纪念活动里设了五座固定的献金台、三座流动的献金台。百万民众从早到晚，川流不息，掀翻了整个武汉三镇。五天内收到现金和物品超过法币 100 万元。三厅专门将献金账目报告印了一本专书，留下了宝贵的"令人感激的流泪的记录"。郭沫若后来有一首诗写出了当时的心境："纾难家毁宜，临危命可捐。苟能明大义，何用惜金钱。"募捐后成立的慰劳总会，组织了慰劳团奔赴各地，到香港购置了大量药品和医疗器械支援各战区。同时，在当时特定的环境下，还将两卡车医疗器材和药品，并夹带着无线电收发报机送往八路军和新四军总部。郭沫若也亲自到了浠水、阳新和武宁，见到了在台儿庄胜利的李宗仁，也从日本战俘手里看到三厅印发的六种"通行证"，上面有叶浅予画的图和优待俘虏的译文。他们向部队行献旗典礼、讲话，慰劳抗日的将士。三厅的设计委员郁达夫还冒着炮火，巡视山东、江苏、河南一带战地防务，慰问伤兵、报告前线战地情况，并陪同史迪威去台儿庄。

在郭沫若的领导下，田汉任主管艺术和宣传的第六处处长，他以"战时军事作风"律己，整顿文化人的精神面貌，积极策划、组织了由开闭幕式游行、歌咏日、美术日、戏剧日等所构成的抗战扩大宣传周，并在暑期主办"战时歌剧演员讲习班"，以三厅的名义组成流动宣传队，到湘鄂边境和云贵川地区。洪深、应云卫等编导也积极创作抗战戏剧，并随时准备到前线去。在戏剧日活动中，武汉20家剧院同时演戏，昼夜循环，不收门票。还组织演剧团体深入市郊农村、码头街角、伤兵医院、难民收容所等场合演出。孩子剧团是在"八一三"后，由上海的难童组成，共有22名团员，年纪大的不过十五六岁，小的只有八九岁。剧团成立后，到电台广播，到各处收容所里轮流服务。上海成为孤岛后，他们化整为零，装作难民的孩子逃了出来，辗转到武汉，要求收编。经过周恩来、郭沫若力争，终于划归三厅六处一科。他们始终自己管理自己，一面工作，一面学习，不曾丝毫懈怠，最终成为优秀的宣传单位。

音乐家张曙和冼星海参加三厅后，在武汉积极开展抗日救亡歌咏活动。冼星海是随上海戏剧界救亡协会战时移动演剧二队辗转来到武汉。他组织成立"星海"歌咏队，先教队员演唱抗日歌曲，然后率领队员到工厂、学校、医院、农村去演唱宣传。汉口江汉关前，武昌黄鹤楼下，汉阳鹦鹉洲头，冼星海带头高唱着抗日救亡歌曲。激昂的旋律，高昂的歌声，传递着坚持抗战的信心和决心。在三厅组织开展的"抗战扩大宣传周""七七献金"活动中，冼星海夜以继日地工作。白天，歌声嘹亮，他引领着"星海""孩子剧团""华北"等歌咏团体高唱《义勇军进行曲》《牺牲已到最后关头》《大刀进行曲》等抗战歌曲；晚上，他在煤油灯下创

1938 年，周恩来（前排左四）和郭沫若（前排左五）及第三厅部分工作人员的合影

作《在太行山上》《游击军歌》《到敌人后方去》。张曙作曲的《保卫国土》《丈夫去当兵》《日落西山》《赶豺狼》《洪波曲》等，表现出中国人民反侵略、反压迫的斗争精神，音调富有浓郁的民族风格，被群众传唱。在抗日歌咏运动中，他演唱的冼星海的歌曲以及自己的作品，浑厚有力，真挚感人。后冼星海赴延安，张曙随第三厅迁往桂林，继续坚持抗日救亡音乐活动，但不幸在日机一次轰炸中牺牲，年仅 30 岁。任光创作了《渔光曲》、《打回老家去》、《别了，皖南》（又名《新四军东进曲》）及反映台儿庄大战的五幕歌剧《洪波曲》，却不幸在皖南事变中牺牲。郭沫若在《洪波曲》一书里，充分肯定了中国新音乐的功绩，说："新音乐的建设者们，如聂耳，如黄自，如任光，如张曙，如冼星海，都先后把生命献给了祖国，他们永远不会磨灭的。"他与第三厅在桂林的全体人员、孩子剧团、新安旅行团和演剧队的代表数百人为张曙举行了葬礼。郭沫若高举亲笔写的"大众歌手"四个大字的挽幛，走在最前列。他一口气写了挽词挽诗和四副挽联，觉得抒不尽对战友的悼念之情。挽词的结句为："且听洪波一曲，抗战唱连年。"挽联其一为：

黄自死于病，聂耳死于海，张曙死于敌机轰炸，重责寄我辈肩头，风云继起；

抗战歌在前，大路歌在后，洪波歌在圣战时期，壮声破敌奴奸胆，豪杰其兴！

十年后，郭沫若写了这段抗战救亡的回忆录，将书名定为《洪波曲》。

为帮助日本左翼作家鹿地亘和夫人池田幸子，郭沫若推荐他们为三厅的设计委员，并帮助日本世界语者绿川英子到武汉担当对日广播工作，其丈夫刘仁也成为三厅国际宣传处的一员。绿川清晰流利的反战日语播音被无线电波送往四面八方。后来周恩来在重庆见到绿川的时候称赞说："日本帝国主义者把你称为'娇声卖国贼'，其实你是日本人民忠实的好儿女，真正的爱国者。"对此绿川回答说："我愿做中日两国人民的忠实儿女。"郭沫若曾为绿川题写了一首诗：

茫茫四野弥黮暗，历历群星丽九天。

映雪终嫌光太远，照书还喜一灯妍。

诗的前两句描写我们的家园遭受着侵略者的蹂躏，苍凉的四野一片黑暗，但是和平与正义的星光犹在高远的天际闪烁。第三句用了映雪读书的典故，比喻朋友们在动荡艰苦的岁月里勤于治学，扎实工作。"照书还喜一灯妍"的"照"字，内含绿川本名"长谷川照子"。郭沫若把世界语者的理想追求和绿川的名字比作长夜中闪闪的星和书案上不灭的灯，驱走昏暗，促使人们在各自岗位上勤勉读书，努力耕耘。

我的父亲乐嘉煊也同叶籁士等世界语者进了第三厅七处，参加国际宣传工作。他们靠自己打字印发资料，办起了世界语刊物《中国报导》，寄发几十个国家，宣传介绍中国抗战情况。各国的世界语者收到后，立刻翻译成本国文字进行传播。外国朋友还汇款进行支持。三厅的主任秘书阳翰笙对此评价很高，说它大大鼓舞了国际友人的信心，产生了广泛的影响。后来父亲随郭沫若到了重庆，在赖家桥坚持出版世界语杂志。第三厅改为文化工作委员会后，被郭老委任为该会总会计。由于工作勤勤恳恳，任劳任怨，郭沫若曾题诗赠他："大礼天同节，典型数所生。枯槁终不舍，情谊见精诚。"

就在武汉陷入危城孤日的当口，十八集团军朱德总司令应召自华北前线飞抵武汉，次日又飞回前线。临行前与郭沫若见面畅谈，两人共同参加南昌起义，岭南一别已 11 年，郭沫若应朱德要求，信笔写了一首白话诗，诗中对朱德说：

祝你努力加餐，百战不倦，

我将带着一支钢笔为你执鞭。

虽然是艰险的路程，岭峻山连，

胜利的前途并不很远……

郭沫若知道朱德能诗，遂请他赋诗纪念，不料朱德破天荒写了一首《重逢》的白话诗，回顾了他们大革命东江握别，又在抗日战酣时汉皋重见，表示：

敌深入我腹地，

我还须支持华北抗战，

并须收复中原；

你去支持南天。

重逢又别，相见——

必期在鸭绿江边。

到了四川，郭沫若返回乡梓探亲、扫墓。返回重庆路上仍尽其所能，参加各项救亡宣传活动。在乐山，他临江远眺，勾起了对老友朱德的思念之情：

依旧危台压紫云，青衣江上水殷殷。

> 归来我独怀三楚，叱咤谁当冠九军？
>
> 龙战玄黄弥野血，鸡鸣风雨际天闻。
>
> 会师鸭绿期何日，翘首嵩高苦忆君。

"嵩高"一语双关，指八路军正在有着嵩山、五台山、太行山的山西支撑危局，呼应朱德在武汉握别时写的"还须支持华北抗战，收复中原"的诗意。郭沫若在各地也多次演讲，呼吁收复失地，发出"朔郡健儿身手好，驱车我欲出潼关"的豪言，柳亚子读到此句，亦有"归来蜀道悲行路，倘出潼关是旧家"的知音之叹。

郭沫若写的《洪波曲》，写到撤离武汉，经衡山、桂林到重庆就结束了。三厅后被改为文化工作委员会，于1945年被蒋介石勒令解散。在这七个年头里，他服从党的决定，在艰困的条件下，站出来宣传动员鼓舞群众，聚拢了决心抗战的文化界人士，唱响了救亡的洪波曲。他以自己的才情和风骨，写了大量抗日抒怀的诗篇，有以自由体诗歌为主的《战声集》和以旧体诗为主的《汐集》。在重庆，他激情伏案，写出了《屈原》《棠棣之花》《虎符》《南冠草》《孔雀胆》《筑》六部历史剧，写出了被毛泽东肯定的《甲申三百年祭》。毛泽东读《虎符》后发电说，全篇读过，深为感动，称他"做了许多十分有益的革命的文化工作"。皖南事变后，郭沫若创作了五幕历史剧《屈原》，在与黄炎培唱和中写下诗句："寂寞谁知弦外音？沧浪泽畔有行吟。千秋清议难凭借，瞑目悠悠天地心。"周恩来亲自提议为郭沫若举办50寿辰和文学创作25周年活动，并发表《我要说的话》，肯定他"不只是革命的诗人，也是革命的战士"。一大批朋友和文学家祝他"如椽之笔，以清妖孽；赤胆之怀，以扬刚正"，并借此活动上演了《棠棣之花》，在山城扩大了影响。叶挺在北伐时期就与郭沫若相识，皖南事变后，郭沫若为其写下"风雨今宵添热泪""怅望江南余隐痛"等诗句。郭沫若50寿诞时，叶挺在渣滓洞囚室亲手做了一枚"文虎章"，背面书写"寿比萧伯纳，功追高尔基"，让夫人送到郭沫若家中。我父亲乐嘉煊和文委会其他同志商议，制作了一支两米多长的大笔，上刻"以清妖孽"四字，送给郭沫若。郭沫若在重庆还受周恩来委托，给徐悲鸿先生送去延安的红枣和小米。徐悲鸿在《陪都文化界对时局进言》签名。郭沫若望着墙上的水墨骏马，挥毫作了一首壮志之诗："豪情不让千钟酒，一骑能冲万仞关。仿佛有人为击筑，磐溪易水古今寒。"

郭沫若一生写了很多诗词，且不说现代新诗奠基之作《女神》带来的思想冲力，他的大量旧体诗也赋予了活的生命。郭沫若的文化贡献很多，《洪波曲》只是他人生的一幕，"留下了一些时代的波痕"。今天，我们读他的诗词要放在当时的场景来理解。在国族临危的关头，他再度请缨，愿做党的喇叭，团结推动了大批文化人，谱写了热血抗战的《洪波曲》，重读郭沫若那个时代的诗作，我们不能忘记这个全民抗战的特殊时期文化志士的奉献搏杀，也不可抹杀他遵党之命作为文化领头人这段难忘的历史。

这是我重读《洪波曲》的一点感慨。

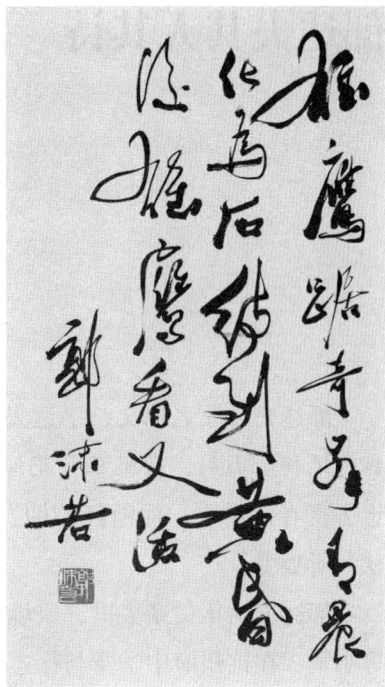

郭沫若手迹

郁达夫其人其诗

郁达夫，原名郁文，字达夫，浙江富阳人，自叙："家在严陵滩下住，秦时风物晋山川，碧桃三月花似锦，来往春江有钓船。"我读其诗，一直想去富春江看看；而浙江的朋友来北京览胜，却说是为郁达夫《故都的秋》所吸引。

郁达夫幼年父亲去世，家境窘迫。先在私塾读书，后就读富阳县立高等小学。在杭州府中学堂与徐志摩同学，后又到嘉兴府中学和美国教会学堂等校学习，进入蕙兰中学读书。在学习生活中，他读史书和唐诗古文，开始创作旧体诗，并向报刊投稿。后考入浙江大学预科，因参与学潮被开除。随长兄郁华（郁曼陀）赴日本留学，考入日本东京第一高等学校医科，与郭沫若同班同学，后改读法学部政治学科。毕业后，进入东京帝国大学经济学部学习，留学期间阅读了大量外国小说，与同为留日学生的郭沫若、成仿吾、张资平、郑伯奇组创文学团体"创造社"，开始小说创作。他写的《沉沦》，是文学史上第一部白话短篇小说集。回国后，他先后在安庆法政专校、北京大学、武昌师范大学、广州中山大学文学院、安徽大学中文系任教。返回上海后，主持创造社出版工作。著有短篇小说集《沉沦》，中篇小说《迷途的羔羊》《她是一个弱女子》等。一次，他应邀演讲文艺创作，在黑板上写了"快、短、命"三个大字，说这就是要诀："快"就是痛快；"短"就是精简扼要；"命"就是不离命题。

现在出版的一些介绍郁达夫的书，都大量着墨于他的风流浪漫、诗月红尘。其实郁达夫在创造社时，就以文艺"斗士"身份和大义凛然的气概著称。在"四一二"前后，写下一系列政论和杂感，揭露日本侵略罪行，抨击蒋介石叛变革命的阴谋。

抗战期间，侵华日军进犯富阳，他母亲躲在山洞里冻死。郁达夫含恨写下八个字："无母可依，此仇必报。"他参加了郭沫若的政治部第三厅的工作，任少将设计委员，冒着炮火硝烟，巡视山东、江苏、河南一带战地防务，慰问伤兵、报告前线战地情况。在徐州组建了抗敌动员委员会，见到了史迪威，经向李宗仁汇报同意秘密陪同史迪威去台儿庄。史迪威看到了中国军队苦战的胜利，终报告美国及时给予贷款和经援。他在武汉写出 20 多篇

郁达夫

战地通讯和战地评论，还愤然与攻击我抗日写出《亚细亚之子》的佐藤春夫割袍断交，并撰文反驳，用文笔发出了正义之声。在全国抗战的浪潮中，他作诗告诫国人团结一致，共同对外，避免重蹈南宋崖山覆辙："桐飞一叶海天秋，戎马江关客自愁。五载干戈初定局，几人旗鼓又争侯。须知国破家何在，岂有舟沉橹独浮。旧事崖山殷鉴在，诸公努力救神州。"

武汉失陷后，他经湘北汉寿小住，赴闽为抗战奔走呼号，终决心到南洋宣传中国抗战，争取华侨同胞的支持。在新加坡他任《星洲日报》编辑，他奋笔疾书，写出一系列宣传抗日文章，同时担任了新加坡文化界抗日组织的主席，参加了陈嘉庚组织的华侨抗敌委员会的工作。郁达夫出走南洋后，重庆四位知名人士合写诗寄他："莫道流离苦（老舍），天涯一客孤（郭沫若）。举杯祝远道（王昆仑），万里四行书（孙师毅）。"郁达夫见信痛斥文人张资平沦为汉奸。英军溃败后，国民党政府领事馆对宣传抗日的这批文化人拒签回国护照，郁达夫与胡愈之等乘小船辗转到印度尼西亚苏门答腊岛，在华侨的帮助下，化名赵廉，开办赵豫记酒厂。由于他精通日语，被日军强征做翻译。陈嘉庚、胡愈之等对那时郁达夫舍己救人，掩护和营救了许多侨领和共产党人的牺牲精神颇为感动。日本投降后，日军

害怕已暴露身份的郁达夫揭露他们的暴行,在仓皇撤退之际将其绑架至丛林杀害。1952年人民政府追认郁达夫为烈士。

郁达夫一生写了600多首诗,其旧诗词造诣在小说之上。读他的诗要与他的生平经历与性情联系起来才能体悟。郁达夫的好友刘海粟说:"达夫感情饱满细腻,观察深切,才思敏捷,古典文学、西洋文学根基都很雄厚。从气质上来讲,他是个杰出的抒情诗人,散文和小说不过是诗歌的扩散。他的一生是一首风云变幻而又荡气回肠的长诗。这样的诗人,近代诗史上是屈指可数的。在新文艺作家的队伍中,鲁迅、田汉而外,抗衡者寥寥。沫若兄才高气壮,新诗是一代巨匠,但说到旧体诗词,就深情和熟练而言,应当退避达夫三舍。这话我当着沫若兄的面也讲过,他只是点头而笑,心悦诚服。"1954年,有人带一本手抄的郁达夫诗请郭沫若题签,郭亦说:"郁达夫的诗真好。"

郁达夫曾是创造社的成员,却和鲁迅的关系非同一般,"无论在人前人后,他对鲁迅,既尊敬又诚挚"。

他的一首《赠鲁迅》诗写得大气:

> 醉眼朦胧上酒楼,彷徨呐喊两悠悠。
> 群盲竭尽蚍蜉力,不废江河万古流。

他在《忆鲁迅》一文里说:"没有伟大的人物出现的民族,是世界上最可怜的生物之群;有了伟大的人物,而不知拥护、爱戴、崇仰的国家,是没有希望的奴隶之邦。"他说鲁迅:"我总以为作品的深刻老练而论,他总是中国作家中的第一人者,我从前是这样想,现在也这样想,将来总也不会变的。"他认为鲁迅的《两地书》是"味中有味,言外有情"。对鲁迅的杂文,他评价"能以寸铁杀人,一刀见血"。对鲁迅的思想,他说:"当我们见到局部时,他见到的却是全面。当我们热衷去掌握现实时,他已把握了古今与未来。"他不赞成在文体和文风上机械模仿鲁迅,而主张继承和发扬鲁迅的爱国热忱。鲁迅也一直推介郁达夫的作品。当问到五四以来中国最优秀的小说作者,鲁迅提供八个人名,其中就有郁达夫。

1927 年郁达夫脱离创造社，办《民众》旬刊，得到鲁迅支持。并合作挑战"新月"，痛击梁实秋。后又在反击创造社攻击时，支持鲁迅。他的《赠鲁迅》诗的第一句就是鲁迅的文章《"醉眼"中的朦胧》。1928 年，他加入"太阳社"，与鲁迅合编《奔流》月刊，创办《大众文艺》。他们曾联盟签署一些宣言与函电，先后参加了共产党影响下的中国革命互济会、自由大同盟、左翼作家联盟、中国民权保障同盟。郁达夫还利用其兄在法院的关系，积极营救被捕革命作家。郁达夫极重友情，1932 年淞沪抗战时，他担心鲁迅安危，还登报发表启事寻找。

鲁迅写的旧体诗五绝《无题》（烟雨寻常事）、七绝《无题》（洞庭木落楚天高）、七绝《答客诮》、七律《自嘲》等，都跟郁达夫有关。其中《自嘲》一诗，源自他们在聚丰园吃饭，郁达夫见许广平在侧，对鲁迅打趣：你的华盖运可以脱了吧！鲁迅成诗后写下"达夫赏饭，闲人打油，偷得半联，凑成一律"。至于鲁迅的《阻郁达夫移家杭州》就更为直接了。

郁达夫在上海与王映霞一见钟情，神魂颠倒，一直追到杭州结婚，建"风雨茅庐"，人称"富春江上神仙侣"。其间发表《日记九种》，披露与王闺中秘事，后决定移居杭州。鲁迅对郁达夫在白色恐怖面前退出上海这个斗争中心深为遗憾，写诗劝阻，希望他不要彷徨沉沦，要在浩荡风波中吟咏歌唱，施展抱负和才能。他借古喻今，寓理于景，委婉陈说利害，明确表示对杭州印象不佳，就是杭州党部的诸先生对他们进行通缉。当王映霞提出请鲁迅写个条幅，鲁迅说早就凑好了几句七律相送：

> 钱王登遐仍如在，伍相随波不可寻。
> 平楚日和憎健翮，小山香满蔽高岑。
> 坟坛冷落将军岳，梅鹤凄凉处士林。
> 何似举家游旷远，风波浩荡足行吟。

鲁迅认为没必要为了图个风雅的虚名，希望眼光放长远，还向他们讲起了钱武肃王对老百姓滥施暴政的典故，说是在宋朝郑文宝《江表志》中查到的。诗的意思暗指杭州党政诸人的无理高压。据王映霞回忆，鲁迅的诗名是别人加的，但一个"阻"字，已表明鲁迅写诗的本意。郁达夫未理解鲁迅诗之意，果然移家杭州竟如自投陷阱，即刻被世俗环境所包围。至于郁达夫到福州任教，两人经丽水、武汉龃龉，裂痕加大，最终在新加坡劳燕分飞，春运秋梦如烟。郁达夫发表《毁家诗纪》，那是后话了。

郁达夫诗艺圆熟，可以即席出口成诗。避难时他有富阳之行，他吟过一首诗，并将其题在严子陵钓台的墙壁上，诗名就叫《钓台题壁》：

> 不是樽前爱惜身，佯狂难免假成真。
> 曾因酒醉鞭名马，生怕情多累美人。
> 劫数东南天作孽，鸡鸣风雨海扬尘。
> 悲歌痛哭终何补？义士纷纷说帝秦！

此诗原题为"旧友二三，相逢海上，席间偶谈时事，嗒然若失，为之衔杯不饮者久之，或问昔年走马章台，痛饮狂歌意气今安在耶，因而有作"。1931 年 1 月左联五作家被捕，一个月后被杀。此诗载刺时事，间抒中怀，表现其忧伤愤世。"秦帝"即秦始皇，"义士"指鲁仲连义不帝秦事。鲁仲连说："所贵于天下之士者，为人排患、释难、解纷乱而无所取也。"也说秦的霸业，让人不能去屈服。此句是说国民党实行的高压恐怖政策，沉痛之中冷然有讥刺之态，使当时陪酒的"党官"颇为难堪。诗中樽或作"尊"。"鸡鸣风雨"指风雨如晦，鸡鸣不已之意。"海扬尘"用东海扬尘喻世事变化无常之典。"曾因酒醉鞭名马，生怕情多累美人"两句是说名马乃骑士心爱之物，酒醉鞭之，倍加痛惜；而美人爱之愈深，愈容不得对方的一丝冷淡。对自己醉酒、出走之举，深感歉疚。古龙认为此句表现出一种浪子情怀，与己吻合，定为座右铭。这首诗洋溢着他古代风流才子的旷世遗风，放荡不羁之大性情。有人评此诗直指纷乱世事，包含压抑、放纵、张狂、无助、颓废、哀痛、愤怒、追问，张狂之态毕出，而哀婉之情难掩，亦侠亦文，实为绝唱。郁达夫后来把这首诗写入了他的名篇《钓台的春昼》。

郁达夫留词不多，且多写交往应酬，1937 年 9 月题壁于福州于山戚继光祠的《满江红》却独辟蹊径，用岳飞原韵表达怀古伤今凭吊英雄之慨，痛切抒发感时伤事决心报国的壮志豪情，一股雄迈千古之英气咄咄逼人。词曰：

> 三百年来，我华夏，威风久歇。有几个，如公成就，丰功伟烈，拔剑光寒倭寇胆，拨云手指天心月。至于今，遗饼纪征东，民怀切。　　会稽耻，终当雪。楚三户，教秦灭。愿英灵，永保金瓯无缺。台畔班师酣醉石，亭边思子悲啼血。向长空，洒泪酹千杯，蓬莱阙。

郁达夫嗜酒，一生最高兴的事，就是有朋友和他对饮。酒后能写诗，如这首《过小金井川看樱，值微雨，醉后作》：

> 寻春携酒过城西，二月垂杨叶未齐。
> 细雨成尘催小草，落花如雪锁长堤。
> 社前新酿家家熟，陌上重楼处处迷。
> 我亦随人难独醒，且傍锦瑟醉如泥。

他的一首《雪》我也很喜欢，此诗也被选入《现代中国诗词经典》：

> 一夜朔风吹布被，天花散处不生根。
> 埋来地角衣无缝，衬出春心草有痕。
> 浙水潮头豪士马，罗浮枝上美人魂。
> 缘何得向山中卧，严冷须知造化恩。

郁达夫擅七律，偶或也有绝句，如这首《微雨夜口占》颇有画面感：

> 湿云遮路夜乌飞，瘦马嘶风旅客归。
> 细雨小桥人独立，三更灯影透林微。

过去福建盛行"诗钟",焚香系绳挂铜钱,即规定时间嵌字作七言一联。如题为《有·无二唱》,要将"有""无"二字嵌在一联的第二字上。郁达夫按时交卷:"岂有文章惊四海,断无富贵迫人来。"常在诗钟夺元。

郁达夫有句名言:"一粒沙里见世界,半瓣花上说人情。"即讲诗的构思,从大处着眼,小处落笔,见微知著地表现社会重大题材,做到微宏相映,相得益彰。

据郁风撰文透露,郁达夫的母亲、大哥郁曼陀(郁风的父亲,被日伪特务暗杀,亦为烈士)、嫂嫂、原配孙荃等家族成员(包括王映霞)都能诗,来往家书中多有唱和酬答。这亦是研究郁达夫诗的难得资料。郭沫若称郁达夫的诗词颇耐人寻味,他为《郁达夫诗词抄》写序:古人说"多文为富",他名叫郁文,真可谓名实相副,"郁郁乎文哉"了。

郁达夫对己少有慧才得意自矜,自谓"九岁题壁四座惊,阿连少小便聪明"。15岁参加小学的作文比赛奖得一套《吴梅村诗集》,"吾生十五无他嗜,只爱兰台令史书。忽遇江南吴祭酒,梅花雪里学诗初"。此后又得《黄仲则诗集》而颇喜其沉郁之风格。他还常以杜牧自比,化用其诗典,如"略有狂才追杜牧,绝无功业比冯唐""可怜逼近中年作,都是伤心小杜诗""枉抛心力著书成,赢得轻狂小杜名",所以有人说他的诗是学杜牧、吴梅村、黄仲则一路的。郁达夫晚期的诗作,更具"庾信文章老更成"之感。当时他隐瞒身份,不敢多作,亦不敢发表。集中的代表作品有《乱离杂诗》12首。除友人保存带回国的诗作外,基本都散失了,殊为可惜。

古人讲:诗穷而后工。诗人只有经过炼狱般的苦难,尝尽人间酸甜苦辣,方能写出意境深远、情感丰富的诗作。郁达夫经历山河破碎、潮起潮落、恩爱情仇,加上家学渊源,平生研求韵律,旧体诗如佳酿般愈臻醇厚,其古体诗风格和技艺,近代以来无几人能及。

郁达夫的诗,绝大多数是七言律诗和绝句,严守正宗格律,不为拗异之体,音调和婉,技法圆熟,语言雅洁而清畅,被认为是悲壮雄健兼有风华典丽的风格。他在《谈诗》里批评新诗形式和意境方面不足,废弃格律押韵的自由体无音乐性,在外形方面缺乏节奏抑扬交错的和谐美。而"音乐的分子,在旧诗里为独厚"。他认为"旧诗的一种意境,就是古人说得很渺茫的所谓'香象渡河，羚羊挂角'，无迹可求的那一种弦外之音，新诗里比较得少些。"郁达夫论诗，指出："第一，诗的内容，总须含有不断的情绪和高妙的思想。第二，外形总须协于韵律的原则。"他认为，"诗是有感于中而发于外的，无论如何，总离不了人的情感的脉动。所以诗的旋律韵调，并不是从外面发生的机械的规则，而是内部的真情直接的流露。天地间的现象，凡是美的生动的事物，是没有一件不受这旋律的支配的"。

我曾专程去浙江富阳，参观了郁达夫的故居。当地为纪念郁达夫、郁曼陀兄弟，在鹳山建有双烈亭，匾额是茅盾题"双松挺秀"，亭中刻有郭沫若的诗碑，柱联分别是赵朴初、俞平伯集郁氏兄弟诗作：

郁达夫手迹

莫忘祖逖中流楫，同领山亭一钵茶。
劫后湖山谁作主，俊豪子弟满江东。

郁达夫曾这样要求自己："不患贫，不媚世，不盗名，不望报，不呕呕于成功，不反复无常阴险恶毒地去求合于时流。"我读了许多不同版本的郁达夫传记，其中有人将其一生浓缩为以下文字，或可作为一个读书读诗的脉络，有助于我们读懂郁达夫：

摹拟颓唐派，志高本质清。沉沦骇俗世，创造大旗擎。
红粉青衫泪，情多累美人。茅庐风雨骤，长夜带愁吟。
家毁国又破，扬帆事远征。异域烽烟急，通译百虑生。
韬晦虎口里，捐躯在南洋。心系西湖水，魂归富春江。

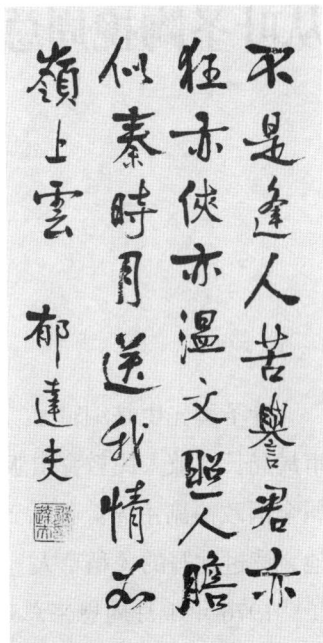

从叶圣陶挽周总理诗说起

　　叶圣陶先生是编辑家、教育家、现代作家，曾任出版总署副署长兼编审局局长，兼人民教育出版社社长和总编辑，后任教育部副部长，是第六届全国政协副主席。他活到94岁。我们小时候，只是在童话世界里认识他，读过他写的《稻草人》。

　　1976年1月周恩来总理逝世，叶圣陶忧伤憔悴，他写了一首挽周总理的五言律诗：

> 无役不身先，向辰磐石坚。
> 般般当代史，烨烨六旬年。
> 悲溢神州限，功垂天地间。
> 鞠躬诸葛语，千古几人然？

　　叶圣陶让秘书讲述当时听到的有关周总理的故事和传闻。叶圣陶听得非常仔细，一点细节都不放过，边听边流泪，有时还啜泣。当讲到"文革"时，周总理保护党的老朋友，派人宣布免去叶先生副部长的职务，工作另行安排，使叶先生免受冲击，"赋闲"在家。当叶先生心肌梗死病重时，是周总理指示"全力抢救"，精心治疗后康复……叶先生听到这里，忍不住"哇"的一声像孩子般地号啕大哭起来，捶胸顿足地说："是周总理救了我的命啊！"

　　叶圣陶一生写过许多诗词，但有评论认为，这首五律是叶先生最好的诗作之一，思想性和艺术性水乳交融。这首诗高度概括了周总理伟大光辉

的一生：他六十年如一日的磐石般
的坚定信仰和党性；他的"无役
不身先"的勇挑重担和献身精神；
他的为顾全大局，为天下苍生，而
"忍辱负重""扛起闸门""鞠躬尽
瘁，死而后已"。挽诗感情喷发，
催人泪下。"悲溢神州限"，叶先生
只用了一个看似平淡的"溢"字，
却"四两拨千斤"，妙语双关，震
撼人心。"溢"：有盖有捂则溢。
盖愈密，捂愈严，则溢愈猛烈。有
人说，在当时的时代背景下，光这
个"溢"字讲好了，既是语言文学

叶圣陶（邓伟摄）

课，又是政治课，还是历史课。叶老一生从事编辑和教育工作，对语言文
字有很高的造诣。"鞠躬诸葛语，千古几人然？"尾联浸透着一代老知识分
子对周总理深厚的感情。叶老说："真是'鞠躬尽瘁，死而后已'啊！诸
葛亮身后还有个武侯祠，周总理呢？我们连个悼念的地方、可以放声痛哭
的地方都没有啊！"全诗可以说是情不自禁，一气呵成。我读过许多悼念
周总理的诗，但如此饱含深情、高度概括的诗作还是不多见。叶老自己也
读了赵朴初一首悼周总理的五古，他认为，"'无私功自高，不矜威益重'
两句最好，也只有周总理能当之无愧"。

　　叶圣陶原名叶绍钧，字秉臣，苏州人。他的一生，经历了几乎百年的
风云际会、波澜壮阔的路程，从屈辱、抗争、启蒙、科学、民主、自由、
抗战、革命、解放、和平、建设、动乱、浩劫、反思、改革、开放……百
年征程，千山万壑；家国欢愁，起伏曲折。而叶老和那一代人，肩负着文
化启蒙和传承的使命，忍受着灵魂救赎与自救的煎熬，奋勇前行，都坚
实地迈越了。他们在艰苦的岁月里，不辍民智教育，抢救和保护文化资
源，为救亡图存的理想而不懈努力。叶老的儿子叶至善写了一本 40 万字
的《父亲长长的一生》，是了解叶老值得一读的传记。

　　叶老早年与朱自清在杭州第一师范任教，同住一室，互相切磋畅谈，将朱的散文《背影》登在叶主编的《文学周报》上，二人还合编合著若干书籍。朱自清后来怀念叶圣陶："狷介不随俗，交亲自有真。浮沉杯酒冷，融泄一家春。"叶圣陶被称为文学界的"伯乐"，他提携文学新人，发表丁玲的小说，也为丁玲被捕而奔走营救。戴望舒的诗，巴金、沈雁冰的小说都是他发现而刊载的，并将沈雁冰的笔名"矛盾"改为"茅盾"。巴金曾说，是先生使他"能够走上文学的道路"，"他不教训，只引路，树立榜样"。叶圣陶在重庆就探望冰心，对朋友、后辈十分关心。对当时是普通青年教师的孙功炎提前开支稿费，给予支持。叶圣陶在为人和进步思想上受共产党人影响很大，和瞿秋白、恽代英、沈泽民等有交往，沈雁冰还借用叶家开过党内会议，但最让叶敬佩的还是周恩来。抗战时期他多次去曾家岩听周恩来介绍形势，鼓励儿子去延安。他与周恩来直接交往中，看到了共产党人的高贵品质和情操，所以叶老挽周总理的诗是真挚的佳作写出不朽的人物，而不朽的人物也使佳作得以传世。

　　1949 年 2 月 28 日，叶圣陶和 20 多位民主人士乘商船毅然离开香港，北上解放区参加新政协会议。他在船上的晚会上出了个谜语："我们一批人乘此船赶路，打《庄子》一篇名。"有人猜中谜底，是《知北游》。叶在当天日记中写道："'知'盖指知识分子之简称也。"猜中者向叶索诗以代奖品，叶圣陶诗曰："南运经时又北游，最欣同气与同舟。翻身民众开新史，立国规模俟共谋。篑土为山宁肯后，涓泉归海复何求。不贤识小原其分，言志奚须故自羞。"在船上，该诗一时引发唱和潮。

　　我们读诗，不仅要在字面上理解其含义，也要了解其背后的故事。"工夫在诗外"，叶老的诗不深奥，不卖弄，如他的许多文章具有"易读性"，因为他认为，文章是读者与作者交流的工具。姚雪垠赋诗称叶老"朴素文章秋水净，清新词句露珠元"。茅盾说和他相对，"令人消释鄙俗之心，读他的作品亦然"。叶老在某大学任教授，在经历栏里用平正自然的字体只写四字"小学教师"。他谦称自己"很平庸"，不当教员就当编辑员，在所遭遇的生活之内，没有深入它的底里，只在浮面的部分立脚，但叶老强调为人是根基。他说小学教育的价值，就在于打定小学生一辈子有

"知北游"一行在华中轮合影。二排左起：包达三、柳亚子、陈叔通；三排左起：傅彬然、沈体兰、宋云彬、张絅伯、郑振铎、叶圣陶

真实明确的人生观的根基。他是《文学研究会宣言》的起草者和发起人，他参与创办了《中学生》杂志。为提高青年的语言文字的表达能力，叶老还积极参加从 1962 年开始的"语文学习讲座"，几年间举办 200 多期，他和吕叔湘、王力等语言大师以及老舍、冰心、赵朴初、赵树理、周振甫等文学巨匠轮流上课。叶老亲自为讲座丛书写序。他的文稿，一笔一画，清楚工整而具功力。他 16 岁开始写日记，天天写，一直写了 78 年。他为人平易谦和、朴实敦厚，做事一丝不苟、从不马虎。臧克家说："'温、良、恭、俭、让'，这五个大字是做人的一种美德，我觉得叶老身上兼而有之。"

叶圣陶回忆，1922 年，他与朋友在上海创办了《诗》月刊，专载新诗、译诗和诗评。为预告和造势，他还写了四篇短论和"征稿之诗"，希望写诗的人，能唱出自己心底的真切呼声。

叶圣陶的诗有《箧存集》行世，他的诗一如他的为人可以推心置腹，可以坦诚交流，被赞为情真沉厚，老而弥坚。

抗战西行入川，他目睹一路，写了不少诗词，我们可从两首《鹧鸪

369

天》中，读出其内心的寄寓：

（一）

不定阴晴落叶飞，小红花自媚疏篱。颇惊宿鸟依枝久，亦讶行云出岫迟。　吟止酒，写新词，寻消问息费然疑。同仇敌忾非身外，莫道书生无所施。

（二）

忽讶生涯类隐沦，青衣江畔著吟身。更锣灯蕊如中古，翠巘丹崖为近邻。　搔短发，顿长髦，雁声一度一酸辛。会看雪沍冰坚后，烂漫花开有好春。

这里，再欣赏一首他写的《老境》：

居然臻老境，差幸未颓唐。把酒非谋醉，看书不厌忘。睡酣云夜短，步缓任街长。偶发园游兴，小休坐画廊。

他为小朋友写的儿歌有 100 多首。20 世纪 50 年代，他为小学语文课本创作儿歌《小小的船》："弯弯的月儿小小的船，小小的船儿两头尖。我在小小的船里坐，只看见闪闪的星星蓝蓝的天。"意极浅显，无华丽辞藻，充盈着童趣，自然流露出温情暖意。

1980 年，九位诗人（聂绀弩、舒芜、陈迩冬、陈次园、孙玄常、荒芜、宋谋瑒、吕剑、王以铸）新作旧体诗词，合为一集，由古谚"白头如新，倾盖如故"之句，取名《倾盖集》出版。这些诗人对叶圣陶、俞平伯来说，显然是晚辈，这时的叶老为人作序已颇感费心力，一般都予拒绝。俞平伯曰"只有旧醅，却无新酿"，对应酬之事早已甚淡，只题写了书签。而叶老实感却之不恭，终写就一首《满庭芳·题〈倾盖集〉》，且认真誊录，加钤印章。在词中，他重申了自己"旧新酒瓶"的看法，也可以说是他的"诗论"，录如下：

晴旭开编，诗朋倾盖，上娱无过今晨。抒怀抽思，各自擅风神。唐宋堪师不袭，用心在毕写吾真。春光好，百花竞放，赏此一丛珍。　　尝闻瓶酒喻，斯编启我，颇欲翻新。念瓶无新旧，酒必芳醇。谁愿操觚妄作，几千载，诗已纷纭。然耶否？良难自断，还问九诗人。

　　叶圣陶在序文中说，我凭一点儿自知之明，坦率地说，我是做不到"酒必芳醇"的。他说自己无论什么文辞都意尽于言，别无含蓄，其不"芳醇"可知。他从不提倡一味模仿古人，他在一首七律里说："当境洽情诗便好，斟唐酌宋我胡为。"他始终抱着不肯"操觚妄作"的认真态度，一贯主张作诗要"毕写吾真"。要写真实的情感和事物，反对虚夸捏造。叶圣陶在《论诗绝句》里表达了他的诗学观念，强调诗的格调要高，情感要纯洁。诗贵立意，重在言志抒怀，不为浮泛之应酬，不炫耀技巧。诗意要畅达，不用僻典。诗中要显示哲理，探索宇宙和人生的规律。有评论认为，叶老的诗属学人之诗，缺少诗人之诗那种充沛的激情和空灵的才思。但他的《满庭芳》词中"唐宋堪师不袭，用心在毕写吾真""念瓶无新旧，酒必芳醇"等句表达的认真严肃、探索新路的态度，以及提携后人、认真做事的精神，都是我们应该继承和学习的。

　　叶圣陶与王伯祥、顾颉刚是苏州草桥学堂同学，学堂离玄妙观不远，多书肆书摊，三人常买书，交换阅读。他们晚年都住北京东城，一直保持友谊，所以后来叶圣陶写诗有"玄妙观中三年少，老寓京华东城道"之谓。叶老寓所的庭院内

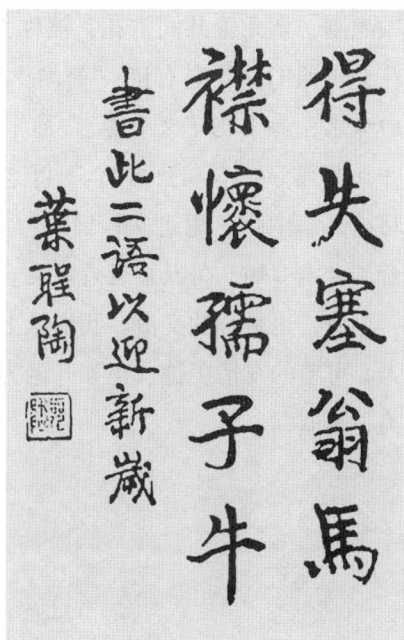

叶圣陶手迹

1975 年，五老在叶圣陶家合影。前排左起：顾颉刚、王伯祥；后排左起：叶圣陶、章元善、俞平伯

有一株很大的海棠树，五月初春，花开繁茂，他总要请俞平伯、王伯祥、顾颉刚、章元善共同赏花，被称为"五老赏花会"。有人去世了，但海棠花会仍照旧。叶老有诗："西湖少年初相见，歇浦鸿光作比邻。周甲交情回味永，海棠花下又今春。"俞平伯亦赋诗："海棠稍腕晚，天气渐清和。并立花间影，心期快若何。"叶老病重时仍惦记海棠花会，但未能如愿，写成《病中吟》思念文坛旧友："廊外春阳守病房，今年又负满庭芳。章俞二老冰心姊，仍歉虚邀看海棠。"

诗，也是心的交流。我们从上述故事里，可以体会刻骨铭心的感念和人心可鉴的友情美德，正如叶老为二子一女起的名字一样——"至善、至美、至诚"。

一代剧坛仰北辰

——从田汉《悼聂耳》诗说起

1936 年，田汉在南京被国民党幽禁后出狱，听到聂耳在日本遇难的消息，为自己丧失了最亲密的合作者而无限悲痛。他说："其与吾国音乐、戏剧、电影界之损失，一时殆无法补偿。上海友人有追悼之会，从而写此，不觉泪随笔下也。" 他写了一首《悼聂耳》诗送给追悼会：

> 一系金陵五月更，故交零落几吞声。
> 高歌正待惊天地，小别何期隔死生！
> 乡国只今沦巨浸，边疆次第坏长城。
> 英魂应化狂涛返，重与吾民诉不平。

田汉这首《悼聂耳》诗的手迹被刻在昆明西山聂耳墓的石碑上。1956 年这首诗在《北京日报》重新发表。田汉另稿将悼诗的第三、第八句写为"高歌共待惊天地"和"好与吾民诉不平"。

聂耳原名聂紫艺，1931 年离开云南经越南、香港辗转来到上海，参加了"上海反帝大同盟"，在明月歌舞团里担任小提琴手。比他大 14 岁的田汉结识聂耳后，与他进行了一次长谈。田汉了解了聂耳的家世和经历，鼓励他反抗黑暗、追求革命的进步思想。田汉说，"现在是暴风雨的时代"，"民众需要更雄壮有力的曲调"。聂耳进了联华电影公司后，田汉介绍他参加左联音乐小组和"苏联之友"音乐组。聂耳与田汉合作，为电影《母性之光》中的《开矿歌》谱曲，为电影《桃李劫》的主题歌《毕业

歌》谱曲。两人夜间常到外滩观察码头工人的生活，合作创作了歌剧《扬子江暴风雨》。田汉还与音乐家任光有很深的交情，任光牺牲后，田汉一直怀念他。

1934 年冬，田汉创作抗日救亡题材的电影剧本《风云儿女》。该剧本描写诗人辛白华与农村少女阿凤的悲欢离合，剧情中有诗人在创作长诗《万里长城》，主题歌《义勇军进行曲》是长诗的最后一节，也是全诗的高潮。后来在好友古北口抗战牺牲的激励下，诗人参加了抗日义勇军奔赴前线。田汉将《义勇军进行曲》附在电影故事的最后，交给了电影编剧孙师毅后不久就被捕。原稿在孙师毅的书桌上濡湿了，有几个字看不清，孙师毅进行了辨认抄录。

聂耳在爱国人士杜重远的介绍下，曾从上海到辽宁抗日义勇军骑兵部队慰问，看到他们血战突围归来、重整旗鼓继续战斗的情景，生发了他创作的激情。他主动提出要为田汉写的主题歌谱曲。"作曲交给我，我干。"他完成曲谱初稿，就到日本去了。根据田汉的回忆，聂耳在日本完成了定谱寄回国内，题目只写了"进行曲"三个字，后由百代唱片的投资人加了三个字"义勇军"。《义勇军进行曲》就这样诞生了。但不幸的是，聂耳在日本游泳时被海浪吞没。消息传来，田汉失去自由，不能亲自去悼念这位忘年的知己，遂有了上面的悼诗，也是一篇招魂赋。

《义勇军进行曲》是田汉作词，聂耳作曲。新政协筹备会时最先提议将《义勇军进行曲》作为国歌的是周恩来。在政协一届全体会议讨论期间，毛泽东、周恩来都强调了不改歌词有"安不忘危"的意义。虽在后来经历了国歌歌词被改掉又改回的不堪回首的岁月，现在每次高唱，更使人觉其音律激昂嘹亮，词曲珠联璧合。诚如赵朴初赋诗："长城血肉起雄狮，每听铜筋忆旧词。最后吼声终不绝，神州万马又风驰！"

现在很多年轻人只知道田汉是国歌的词作者，殊不知这几乎掩盖了他另外的光芒。这个被誉为"现代的关汉卿""中国的'戏剧魂'"（夏衍语）的田汉，这个才气横溢、情胜于理的"江湖老大"，最丰硕的成果还是他的戏剧。

田汉，湖南长沙人，原名寿昌。童年迷恋湘戏、影子戏。少年响应武昌起义入了学生军，后入长沙师范学校，毕业后考入日本东京师范学校，学习海军技术，后转向文学艺术，与郭沫若等组织创造社，倡导新文学。在东京曾参加李大钊等组织的少年中国学会，创办《南国》半月刊，发表诗歌和评论，以及他与郭沫若、宗白华、郁达夫等的通信。回国后投入戏剧事业，创办了南国电影剧社，后改组成南国社，并创办了南国艺术学院。他创作了大量剧本，实践"真正的戏剧是属于人民"的信念。南国社在中国话剧史上起了承前启后的作用。田汉成为现代戏剧的奠基人之一。

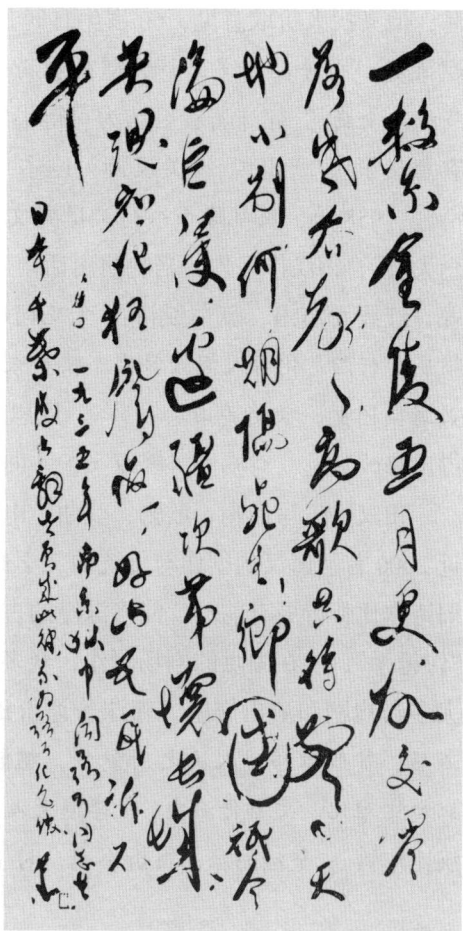

田汉手书《悼聂耳》诗

在田汉浩瀚的创作中，《关汉卿》是其晚年戏剧艺术的经典之作。他认为，关汉卿"他不求功名，不做官，终生为民请命，与下层人民为伍，反对贪官污吏"。为写《关汉卿》，田汉带着两大箱参考书，住进北京西山古庙，废寝忘食，埋头创作。他拜访了戏剧学院周贻白教授、历史学家翦伯赞、吕振羽，参看了程砚秋写的《谈窦娥》，披阅、咀嚼关汉卿的作品及有关史料，糅进了自己几十年的生活体验，走进并画出了一个活生生的黑暗与光明、邪恶与正义、美与丑相搏斗的世界。在剧中，围绕关汉卿创作《窦娥冤》，他将关汉卿写得有感情有气势，具有不向恶势力妥协的"铁汉子"性格，并塑造了元代大都名歌妓朱帘秀敢作敢当的形象。两稿后，他又找人听取意见，60岁生日时，写出第三稿。欧阳予倩为他贺寿，赋诗赞："信手拈来多妙谛，随处歌场做战场。""花甲如君正年少，英雄气概儿女肠。"郭沫若看后认为写得很成功，贺信说："您使关汉卿活得更有意义了。"曹禺说，《关汉卿》剧本"凝聚了田汉同志一生的经验和感情"。1958年，首都隆重举行"世界文化名人关汉卿戏剧创作七百周年纪念大会"，田汉作报告，当晚演出话剧《关汉卿》，好评如潮。他看了马师曾、红线女演出，豪情赋诗："生死同心彩蝶双，缠绵慷慨杂苍凉。拼将眼底千行泪，化作人间六月霜。情种未妨兼侠种，柔肠真不愧刚肠。他年若写梨园史，欲使关田共一章。"周恩来百忙中多次观看，并对戏的结尾提出修改意见，对剧中《蝶双飞》一曲能一句一句地背诵。

田汉一生写话剧、歌剧、戏曲、电影剧本130余部，歌词及新旧体诗近2000首。田汉的创作与传统的文学血脉相通，能写一手地道的文言文，旧诗作比新诗更有韵味，能将深厚的古文基础运用到戏词和歌词上。他是"快枪手"，能在闹哄的剧场写作，众多诗词即兴挥就。除了爱情，他的诗大多与戏剧和演出交融。郭沫若评价田汉："肝胆照人，风声树世。威武不屈，贫贱难移。人民之所爱戴，魑魅之所畏葸。莎士比亚转生，关马郑白①难比。文章传海内，桃李遍天涯，春风穆若，百世无已。"有人将田汉比作竹，"坚洁耐寒，百折不屈，时生动，每产新生，是田汉的精神"。

---

① 元代四大杂剧家关汉卿、马致远、郑光祖、白朴的并称。

单就田汉的诗而言，其旧体诗词很有功力，早期以"情诗"见长，他哀挽亡妻易淑瑜的诗，读来感人。在抗日救亡的岁月中，他组织演剧团深入武汉市郊农村、码头街角、伤病医院、难民收容所去演出，写了大量抗战记事感事诗。在桂林举办西南戏剧展期间，他写了一首七律，概括了当时的一脉豪情：

> 壮绝神州戏剧兵，浩歌声里请长缨。
> 耻随竖子论肥瘦，争与吾民共死生。
> 肝脑几人涂战野，旌旗同日会名城。
> 鸡啼直似鹃啼苦，只为东方未易名。

规模盛大的西南戏剧展演会为抗战戏剧运动发挥了作用，他写道：

> 胜利年成疏散年，高歌一曲柳江边。
> 明朝莫作鸟兽散，再为中原著一鞭。

这些"猛烈雄壮"的诗词，充满了收复国土、驱逐倭寇的民族力量。评论认为，他受舅父和南社的影响，与柳亚子、林庚白有过唱和，是广义上的"遗民之诗"，有黍离之悲，更有板荡之怒。

新中国成立后，随着地位的变化，他的诗词被认为是"新台阁体"。但他与郭沫若不同，其诗处在"仕人之诗"和"士人之诗"的矛盾之中，有歌颂，亦有不平则鸣。诗词中或怀古咏史，或赠答悼挽、悲喜歌哭，仍有传统士人的人

广东省粤剧院戏曲艺术片《关汉卿》海报

格气节和襟抱操守。他最顺手的是写七言绝句，深谙其法，心之所至，笔亦随之。在语言上文白夹杂，既有文言古典的韵味，又有现代白话口语的生活气息，体现其古今交融的文学底蕴。我已在网上淘了一本《田汉诗选》，慢慢品读他各时期的作品。

　　田汉是一本很难读的书。他的家世经历、几次婚恋、各方交往、戏剧一生，与鲁迅、郭沫若的关系，和安娥的结合以及在各个时代一抒胸臆的诗歌等，可说是跌宕起伏、错综交织。他一生因坦率而招怨，将张扬个性、不拘小节而误为"浪漫"，后对反右和批斗同志而追悔莫及。但"田老大"乐天合群，善待朋友，举荐人才，捐弃恩怨，与各方人士都能交往。他与演员一起吃大锅饭、睡地铺，他关心戏曲艺人，危难时出手相帮，慷慨解囊。周恩来说："田汉同志在社会上是三教九流、五湖四海，无不交往。他关心老艺人，善于团结老艺人，使他们接近党，为党工作，这是他的一个长处。"周恩来在一次会议上说，"这一点，你们在座所有的人都不如他。"

　　田汉一生都和戏剧联姻相伴，在担任文化部戏曲改进局、艺术局领导

田汉与演员们在一起。左起：常香玉、红线女、田汉、袁雪芬、安娥、童葆苓、张瑞芳、张颖、尹羲

后，仍创作了许多脍炙人口之作。有年轻演员对《金钵记》提出批评意见，他马上接受。心藏天地，默纳众生，是他一贯做人的准则。之后他修改了剧本，包容采纳了各界意见，改为《白蛇传》，演出引起轰动。田汉最渴望有1962年"广州会议"那样一个发扬艺术民主、交流探讨创作问题的宽松氛围。他口占："马多喑哑缘风厉，花不齐开待鼓催。指日乾坤红遍紫，情深莫忘岭头梅。"他雄心勃勃，希望写出更多的剧本。在拜谒伟大的戏剧前辈汤显祖墓时，他发了这样的誓愿："直把歌场当战场，先生何止擅文章。十年十剑磨成日，再访汤家玉茗堂。"在受排斥的时候，他仍在苏州题签："使祖国特有的文化传统，高雅的生活情趣，普及到一般家庭，成为吾人所追求的美好生活基调之一。"他对海军素有研究，拜访过83岁的海军名宿萨镇冰，谈海军，忆甲午海战，"纵谈战史气弥壮，展望棋枰情更酣"，和作家冰心一样，曾有心写甲午战争的题材。但田汉最终未能如愿，"文革"使田汉最终告别了戏剧，十年磨十剑的愿望成为泡影。

朱自清的诗文情

说到朱自清，我记得，毛泽东曾赞他有中国人的骨气，表现了我们民族的气节。

再读朱自清，我也想到他优美的散文，《背影》《荷塘月色》等描述的情景意境似乎就跳脱到眼前。如果进一步来读朱自清的诗，也会泛起他甘苦人生的流年碎影。

朱自清，原籍浙江绍兴，出生在江苏东海县，父亲期望他"腹有诗书气自华"，起名"自华"；又取"春华秋实"之意，命号"实秋"。朱自清六岁那年，全家搬到扬州。在他童年和少年的 13 年里，被送到私塾读经籍、古文和诗词，后在扬州读小学、中学。他自称是扬州人。

朱自清考入北京大学，改名自清，字佩弦。正值新文化运动的思潮拉开帷幕。他如饥似渴地学习，整天泡在图书馆里，接受新思想，他参加了五四运动，并开始发表新诗。他的《光明》《满月的光》《煤》《小草》《北河沿的路灯》等，是我们读到的他最早的诗，具有青春勃发的象征和艺术的暗示。他也是新文学的开拓者，五四前后，他的诗既有描绘革命者形象的，也有一些流露彷徨苦闷、孤寂沉郁的。可以说是抒写徘徊悲哀情绪，表现挣扎向前精神。在诗歌的探索和革新中，形成了自己明快而朴实、深沉而柔美的风格。他主张诗要有真情实感，应表现人生的"血和泪"，抒发时代的声音，反对那种"仓卒的粗制品"。他把五四以来的诗歌分为自由诗派、格律诗派和象征诗派，有自己独特的见解。他在新诗创作的开拓道路上，留下了辛勤探索的脚印。

朱自清用三年时间修完了北大哲学系四年的课程，毕业回到南方，先后在杭州、扬州、上海、台州、温州、宁波和上虞的中学教书，与俞平伯、叶圣陶、夏丏尊、丰子恺、朱光潜结识。他仍写新诗，并与友人办《诗》月刊，向复古主义者挑战。

西湖柳荫、瓯海潮踪，他为生计而奔波，在《沪杭道上的暮》一诗中写道："风澹荡，平原正莽莽，云树苍茫，苍茫，暮到离人心上。"温州兵乱，他在苦雨中，想起国事、家人和自身，有一种茕独的凄苦之情，口占："万千风雨逼人来，世事都成劫里灰。秋老干戈人老病，中天皓

朱自清

月几时回？"他避到浙江上虞的春晖中学，白马湖波光明媚，这里聚集着夏丏尊、朱光潜、丰子恺等一批"白马湖作家群"，各骋才情，写的散文清隽朴实。他笃信"教育者和学生共在一个情之流中"，他教学生作文要"真"，"真就是自然，藻饰过甚，真意转晦"。要求语言"回到朴素，回到自然"。反对滥用绮丽词句来雕琢描写；要以简洁的笔墨描摹客观现象，抒发主观情愫；以寥寥数言，道出事物的本质，显千情万态于轻描淡写之中；以发自肺腑之声，直诉读者心灵。教学之余，他写散文，排遣心中苦闷。他写诗，来"寻一安心立命的乡土"。人说："作诗无古今，欲造平淡难。"他写信说："丢去玄言，专崇实际，这便是我所企图的生活。"他写出长诗《毁灭》，开头剖析自我：

　　　　白云之有我，
　　　　天风的飘飘，
　　　　深渊里的我，
　　　　伏流的滔滔；
　　　　只在青青的，青青的土泥上，
　　　　不曾印着浅浅的，隐隐约约的，我的足迹！

在诗中他挣扎着走"自家的路",最后宣告:

> 摆脱掉纠缠,
> 还原一个平平常常的我!
> 从此我不再仰眼看青天,
> 不再低头看白水,
> 只谨慎着我双双的脚步;
> 我要一步步踏在泥土上,
> 打上深深的脚印!

他还为任教的中学写过校歌,如他写的温州十中校歌:"雁山云影,瓯海潮踪,看钟灵毓秀,桃李葱茏。怀籀亭边勤讲诵,中山精舍坐春风。英奇匡国,作圣启蒙,上下古今一冶,东西学艺攸同。"

他有时停下诗笔,用散文来更酣畅淋漓地、缜密细腻地描绘人生和倾诉心怀。他的散文暴露和鞭挞帝国主义的血腥暴行,也透过写自己、写家庭,揭示和影射人生的悲苦。他也写《欧游杂记》《南京》等游记散文,凭视觉记忆撰写观感。他的另一些散文又是诗意风景画的美文。《荷塘月色》《绿》《春》《桨声灯影里的秦淮河》等,以重彩工笔描绘山河景色之美,再现了"人化的自然"的神韵,创造了"文中有诗,文中有画"的意境。语言上尽量化静为动,构成"谈话风"艺术语言的音乐旋律,具有朴素美。评论者说他文如其人:风华是从朴素出来,幽默是从忠厚出来,腴厚是从平淡出来。郁达夫赞赏说:"朱自清虽则是一个诗人,可是他的散文,仍能够满贮着那一种诗意。"

后来陆续出版的《雪朝》《踪迹》,都收进了他若干独具风格的诗歌和散文。郑振铎认为,朱自清《踪迹》的诗功力深厚,远超胡适的《尝试集》。冯至说:《雪朝》中的作者"真能把那种朴质的精神保持下来,不但应用在诗上,而且应用在散文以及做人的态度上的,据我所知,怕只有朱自清先生吧"。

朱自清主张文学要表现"时代的要求与理想",要有"深厚的同情"

和"积极的态度"。他提倡做学问，要"窄而深的研究"，反对夸夸其谈，作品要有"味"，味在题材深处，须细意寻探，才可得着。他撰文主张小诗"贵凝练而忌曼衍"，用"极自然而又极慎重的态度去写短诗"，艺术上应"重暗示、重弹性的表现，叫人读了仿佛有许多映象跃跃欲出底样子"。俞平伯后来忆往朱的小诗，如"风沙卷了，先驱者远了"，语简意长，以少许胜多许。

在南方五年后，朱自清到清华大学任教。冯至说："回到北平以来，他的文字与行动无时不在支持新文艺以及新中国向着光明方面的发展。他有愤激，有热烈的渴望，不过这都蒙在他那平静的面貌与质朴的生活形式下边，使一个生疏的人不能立即发现。"他专心古代文化的研究，涉猎、博览汉字、汉语语法、经史子集、诗文评、小说歌谣，以及外国文学，同时对中国古代诗词研究精深。教学中用比较分析的方式，讲解唐诗主抒情，宋诗主说理。唐诗以"风诗"为正宗，宋诗则以文为诗，即所谓"散文化"。他在研究上一直是穷根溯源，一丝不苟，对若干传统说法，像"诗言志""赋比兴""沉思""翰藻"等，他都加以严格的分析考辨。他写的《诗言志辨》对"诗言志""诗教""比兴""正变"四条传统文学诗论，作了考察和分析阐释。他接受"中国新文学大系"中《诗集》选编任务，认真搜集资料，共选 59 家，诗 408 首，将五四以来十年诗歌分为自由诗派、格律诗派和象征诗派，论述了它们的缘由、特点、价值以及不足之处。他也常与俞平伯切磋词艺，模拟唐五代词及汉魏六朝诗，写了不少诗词，自题为《敝帚集》。

朱自清不主张提倡旧形式，让青年吟诗填词。他生前写的旧体诗词发表的极少。

朱自清手迹

但评论者认为，朱自清在抗战期间的系列诗作，比他的新诗更为有传世价值。他说，文言及旧体诗词经过几千年的洗练，很有些好东西。作旧体诗词，在诵读经典时必然师法前贤，"接近古人"，人文精神得以传承，不流于现代的卑俗。好诗当然可以用于诗教，但真正的诗人心忧天下，保持思想的自由和品格的纯粹，不必张扬自己。所谓劳者自歌，余事为诗，不带功利性，只在二三知己间传观或酬唱，正是一种传统。

朱自清散文和诗并辔齐驰。就诗而言，新、旧体诗都能驾驭自如，贯穿其中的就是真情。他早年写新诗，到清华后写旧体诗多（《朱自清旧体诗词校注》一书现收集的旧体诗词有 263 首）。新诗中，有一首《维我中华》，是他受"一二·九"学生爱国热情感染，以激动的心情写下的：

青年人，慎莫忘，天行有常，人谋不臧，百余年间蹙国万里，舆图变色切中肠。

青年人，莫悲伤！卧薪尝胆，努力图自强。……

献尔好身手，举矢射天狼，还我河山，将头颅一掷何妨？神州睡狮，震天一吼孰能量？

维我中华，泱泱大邦！

原田忧忧，山高水长，鸡鸣嘤嘤风雨晦，

莫彷徨，三军夺帅吾侪不可夺志，精诚所至，金石难挡。

有志者，事竟成，国以永康。

旧体诗中，我很喜欢他"忆旧侣"的诗。他怀念亡妻的诗很感人，七律里的诗句有"今年身已成孤客，千里魂应忆旧侣""浮生卅载犹销骨，幽室千秋梦化烟"。五律三首其一：

月余断行迹，重过夕阳残。

他日轻离别，兹来恻肺肝。

居人半相识，故宇不堪看。

向晚悲风起，萧萧枯树寒。

　　爱妻亡故，儿女远离，在流霞翻飞的傍晚，在孤灯荧荧的深夜，往事如潮，旧情似海，他忆及朋友：

> 旧京盛文史，贤隽集如林。
> 侧陋疏声气，风流忆盖簪。
> 辞源三峡倒，酒盏一时深。
> 懒寄江南信，相期印素心。

　　他回忆与好友相交的日子，赋七言诗赠俞平伯：

> 延誉凭君列上庠，古槐书屋久彷徉。
> 斜阳远巷人踪少，夜雨昏灯意絮长。
> 西郊移居邻有德，南园共食水相忘。
> 平生爱我君为最，不上津梁百一方。

　　他想起当年在白马湖畔听丰子恺弹奏贝多芬的《月光曲》，想起他的漫画，想起他随弘一法师学佛茹素：

> 渊渊黄叔度，语默与时殊。
> 浩荡月光曲，风华儿女图。
> 劳歌空自惜，烂醉任人扶。
> 近闻依净土，还忆六凡无？

　　他填过的词很少，我找到一首《和李白〈菩萨蛮〉》：

> 烟笼运树浑如幂，青山一桁无颜色。日暮倚楼头，暗惊
> 天下秋！　　半庭黄叶积，阵阵鸦啼急。踯躅计行程，
> 嘶骢何处行？

抗战时期，朱自清走出了安居治学执教的清华园，颠沛流离，一路南下，接触了社会和民众，也写了一些诗。在西南联大，他讲授"文辞研究"专题课，台下即便一个学生，仍认真板书。他以高度的正义感，支持学生的民主运动，认清中间路线走不通。他目睹了昆明"一二·一"惨案和李公朴、闻一多被刺杀，悲愤之极，疾书《挽一多先生》诗，赞颂闻一多"是一团火，照见了魔鬼；烧毁了自己！遗烬里爆出了新中国！"他花费了大量精力，收集闻一多的遗文，编纂校正，拟定目录，直到生命的最后一刻，还在搜罗"闻集补遗"，为烈士和挚友主编完成了《闻一多全集》，并出版了《诗言志辨》与《新诗杂话》，写出了大量时评、书评和散文。

朱自清在昆明一直受到穷困的威胁和生活的煎熬。上有垂老的双亲，下有八个子女，住在茅草房，有时连米、油都要靠朋友接济。冬天做不起棉袍，披一件赶马人用的毡披风从乡下进城去上课。抗战胜利后，他断然拒绝国民党的高官厚禄。回北平后，他应邀作《谈气节》的演讲，在呼吁和平书上签名，支持学生反饥饿反内战示威。他说："气是敢作敢为，节是有所不为。"临终前还嘱咐家属，不买配给的美国面粉，拒绝这种"收买灵魂的施舍"，"不为五斗米折腰"，表现了中国人的骨气。

艰苦的环境、劳累和胃疾夺走了他年仅 50 岁的生命。有人只追求绚丽的彩虹，他却于秋水长天处寻味。我们多么希望还能读到他更多的充满真情质朴、柔美画意的诗文啊！

老舍的诗画情

雾里梅花江上烟，小三峡外又新年。
病中逢酒仍须醉，家在卢沟桥北边。

这是老舍抗战期间在重庆北碚"多鼠斋"里构思新的长篇小说时，思绪飞到家乡写的诗。

老舍在北碚贫病交加，与夫人、孩子团聚后，在这里住了三年。小屋里鼠多为患，但壁上挂着夫人从北平出逃带出的两轴齐白石的作品，还有傅抱石、林风眠、李可染赠送的绘画，这给贫病中的老舍带来精神安慰。他自叹中年喜静，无钱买酒，半老无官，文章为命。他坐在小窗前的书桌边，凝视着窗外的远山，想到了他的家乡，想到了那里的人民，展开了老北京的历史画面。这部构思百万字的长篇小说就是著名的《四世同堂》。这部小说寄托着他对民族、对国家的挚爱，对古老文化深刻的反思和批判，他认为离开这种深刻的文化反思，中国便无法大踏步地前进。

老舍，原名舒庆春，字舍予（舒字分拆，有舍弃自我、忘我之意）。生在北京正红旗满族穷困的家庭，母亲吃苦耐劳，养家糊口。老舍诗忆："我昔生忧患，愁长记忆新。"他在北京三中和师范学校毕业后，当过小学校长、劝学所劝学员、南开中学部国文教员、教育会文书，在北京生活了24年。后到英国伦敦大学东方学院任汉语讲师，开始文学创作，四年内写出三部长篇小说《老张的哲学》《赵子曰》《二马》，并帮助该院语言学家埃杰顿翻译了《金瓶梅》。他回国途中在新加坡华侨中学短期教书，后在济南、青岛任教。在山东七年写出《骆驼祥子》等六部长篇，是创作的丰收季节。七七事变后，他在武汉任文艺界抗敌协会总负责，赋诗表达抗战必胜："三月莺花黄鹤楼，骚人无复旧风流。忍听杨柳大堤曲，誓雪江山半壁仇。李杜光芒齐万丈，乾坤血泪共千秋。凯歌明日春潮急，洗笔携来东海头。"他去西北慰劳抗敌战士，两访延安，北行归来写道："劳军来万里，愧我未能兵。空作长沙哭，羞看细柳营。感怀成酒病，误国是书生。莫任山河碎，男儿当请缨。"为抗战，他还到昆明西南联大演讲。定居重庆北碚后，即前面说的抱病写《四世同堂》。他还写出许多长短篇小说、多幕剧、新旧体诗及包括新京剧、鼓词、相声、坠子、洋片词等通俗文艺作品。1946年与曹禺应邀赴美讲学，闻知新中国成立，即辗转回国。后来已经是北京市文联主席的老舍还发起了大众文艺创作研究会，举办讲座、辅导和试演创作节目，介绍曲艺段子的规律，戏曲和曲艺唱词必须合辙。

老舍除长短篇小说、剧本外，其诗歌亦写得相当好。早在1917年他就写过古体诗《过居庸关》。抗战初期，他负责中华全国文艺界抗敌协会的领导工作。"文协"设立了诗歌组，多次召开座谈会，讨论诗歌大众化和诗歌的语言、形式等问题，还把每年农历端午节定为"诗人节"，以"效法屈原的精神"，"使诗歌成为民族的呼声"。老舍还参加"文协"组织的北路慰问团，写过3600行的《剑北篇》，句句押韵，被誉为现代的边塞诗。他的"巴金"嵌字诗句"云水巴山雨，文章金石声"，颇显功力。通观其300多篇诗，在重庆时写得最多，也是最有味的。抗战胜利了，老舍没有急于回北平，他感慨八年流浪，到处为家，写了一首七律《乡思》：

茫茫何处话桑麻？破碎山河破碎家。
一代文章千古事，余年心愿半庭花！
西风碧海珊瑚冷，北岳霜天羚角斜。
无限乡思秋日晚，夕阳白发待归鸦！

作家与诗书画是相通的，他们写东西都有画面感。老舍喜欢诗画，他在重庆郊区，除创作小说外，还观察农村的生活景致，这段时间的诗别有

老　舍

田园趣味，如他写的《蜀村小景》：

蕉叶清新卷月明，田边苔井晚波生。
村姑汲水自来去，坐听青蛙断续鸣。

他的《沫若先生邀饮赖家桥》，在画面里透着情感：

家山北望隔中原，相对能无酒一樽？
薄醉欲倾前日泪，红颜未是少年痕。
平桥翠竹清如水，晓日白莲香到根。
篱外桑麻诗境里，柴扉不掩傲朱门。

也许是这个原因，作家老舍甚爱画，是个"画儿迷"。他欣赏、收藏、
为画题词赠诗，曾收藏过四大京剧名旦的画扇。他那时说："我喜爱字画，
但是没有花一个钱去买过。我是重感情的人，我所保存的字画都是师友们
的手迹。"老舍尤爱齐白石的画，1933年在济南时，就托作家许地山在北
平向齐白石求索到一张《雏鸡出笼图》。他如获至宝，裱好后郑重题签。
在重庆，他将夫人逃离北平带出的白石翁《雏鸡出笼图》《虾蟹图》和
《六虾》三幅画轮流张挂在斗室中，朝夕相对，欣赏体味。1950年老舍开

始与齐白石交往，加上夫人胡絜青又做了齐老的入室弟子，有机会亲睹老人作画，也购买一些老人的佳作。老舍喜交际，家里常常画家如云，墙上好画常换，满壁生辉。

赏画之余，老舍有时做起媒人，欲将文学与美术嫁接，促成诗画联姻。一次，他选了苏曼殊的四句诗"手摘红樱拜美人""红莲礼白莲""芭蕉叶卷抱秋花""几束寒梅映雪红"，请白石老人作画。91 岁的白石老人拿到诗，心领神会，这四句说的是春夏秋冬四个季节。他按诗索骥，一气呵成，画了四季花卉，成四幅立轴，且题词"老舍命予依句作画""应友人老舍命""老舍雅命"。据说在画芭蕉卷叶时，老人曾迟疑地问：芭蕉卷叶是左旋还是右旋？可见对大自然的万物都是要仔细观察的。

还有一次，老舍又选了四位诗人一人一句的诗，求白石老人作画：

苍苔被阶寒雀啄（渔洋山人句）

蛙声十里出山泉（查初白句）

凄迷灯火更宜秋（赵秋谷句）

还须种竹高拂云（施愚山句）

其实老舍集诗句时，脑子里已有画面感。老舍求画原信中，每一诗句后面已有他的画面构思，如"蛙声十里出山泉"后写道："蝌蚪四五，随水摇曳；无蛙而蛙声可想矣。"再如"凄迷灯火更宜秋"后写道："一灯斜吹，上飘一黄叶，有秋意矣。"白石老人接诗句后心有灵犀，苦思三天，完成画作。《蛙声十里出山泉》一幅，老舍拍案叫好。齐白石用其精练的笔墨，呈现了极具生命律动的蝌蚪和潺潺出谷之山泉。这幅画以后出了邮票，成为颇有意境的传世之作。苏东坡讲的"古来画师非俗士，妙想实与诗同出"，在老舍以诗求画的故事里得到体现。老舍自己也为叶浅予在《茶馆》演出时画的 16 张剧中人物题诗，在老舍心中，诗和画早已联姻。

老舍是老画家的知音，想法解决他们的困难，推动成立北京画院，发挥了画家的特长，也使他们拥有较高的政治、社会地位。他还十分关心遣送到北大荒的吴祖光，叫新凤霞多写信。他还把新凤霞为了生计卖的画买回来。一次在王府井碰到吴祖光夫妇，他一把拉住吴祖光，回家拿出一幅画，原来是白石老人画的彩墨《玉兰》，且题字："过去董狐万笔绝，好花含笑欲商量。"上面还有吴祖光的题字。老舍将画还给吴，并说："对不起你的是，可惜我没有能力把凤霞卖掉的画全部买回来。"吴祖光看到画的留白处，有老舍题的小楷："还赠祖光，物归原主，心愿了矣！"从这件事可看出，老舍不仅爱画，还有一颗豪侠的心！

老舍与傅抱石是好友。傅抱石每次来京开会，老舍总要尽地主之谊。1953年秋，时值中国文学艺术工作者第二次代表大会召开之际，两人聊天，老舍提及傅抱石所作《桐荫图》。这无意间的发问让傅抱石很是感动。原来这是傅抱石在1944年画的重庆金刚坡下住了七年的旧居，画面布满了梧桐枝叶，郁郁葱葱。树荫下一间小茅屋，内有三人在赏画。当年郭沫若见此，很想收藏此画，傅抱石竟然没给。他将画带到南京，每年春节悬挂几天，当作心爱的宝贝。这次老舍问起并向他求画，傅抱石允诺。返回南京后，傅抱石找出旧作，并在裱边题跋："抗战期间，居重庆西郊金刚坡下，凡七载。老屋一椽，隐高树中，承友好往往降驾，评览嘱作。癸甲之间，每借以成图。或曰桐荫，或曰浓荫，皆读画景也。此帧随身最久，偶偶

齐白石《蛙声十里出山泉》

391

品视，亦无非回忆一番。今秋在京，舍予兄忽道及并属经营一图，盖自郭老斋中曾观拙笔，属致日抚奉法藏，即乞舒兄、絜青夫人俪政。一九五三年十一月廿六日，南京记，傅抱石。"托人携画送至北京，赠予老舍夫妇。此故事甚感人，老舍爱画，过目不忘；傅抱石友谊高于一切，不沾一分钱。他们之间，剖出的是心，是情，是品格。

老舍曾强调文学的特质是感情、美、想象。他甚至反对诗言志，反对文以载道。他爱诗写诗，也把诗的意境化成了一幅幅美丽的图画；他爱画藏画欣赏画，大概从中获得了不少创作的心境和灵感；他爱收集有艺术和历史价值的小古玩，有瑕疵没关系，"十全九美也是美"。他有一方闲章"一生爱好是天然"。以诗作画古时就有，有的画谱里的山水画，就是根据杜甫、李白、王维、王之涣、孟浩然等的诗句而创作的。诗本身就有画意，老舍心中已合为一体了。他和齐白石诗传画意、画解诗神的心灵交流，也让我们体悟了什么叫诗画同体。"诗是无象之画，画是无声之诗"，诗画都出于作者之心，都是写意。只不过是分别用语言文字和色彩画面来表达思维情理。蔡元培说："中国之画与书法为缘，而多含文学之趣味。"艾青说："画家和诗人 / 有共同的眼睛 / 通过灵魂的窗户 / 向世界寻求意境。"能诗情画意者，才能创作出真正的艺术品。"诗为画魂，书为画骨"，过去一件国画作品，讲究要有诗、书、画、印，相互映衬、相得益彰。而现在一些画家，文学功底不够，能画不能诗，总觉得缺点什么，似乎不够完美。

老舍说：文艺决不是我的浮桥，而是我的生命。他自称是"文艺界尽责的小卒"。他尝试过各种平民化的文艺形式来创作。即是诗，他也在探索。他说：写诗和欣赏诗"能使生命调和"，"是在自然与生命与美中讨生活"。他说过："一个写家须有像蚕一般的巧妙，吐出可以织成绸缎的丝来。"他作过许多旧诗：觉得怪有趣，而且格式管束着，志在多多学习。他觉得写新诗难：没有格式管着，要写得俗，"一方面找不到够用的有诗意的俗字，另一方面在描写风景事物的时候我又不能把自幼儿种下的审美观念一扫而光"。他称这是"新旧相融的试验"，是"旧诗新写""中菜西吃"。老舍写《剑北篇》就仿照比较严整的鼓词用韵的办法，每行都用

北京东城丰富胡同老舍故居

韵。他说：诗是民族言语的结晶。韵不难找，贵在自然，以求读诵时响亮好听。

老舍认为，诗是生命与自然的解释者，是表现人类最高真理的东西。他在演讲中说诗："它从人生的最深处，表现出生、死、苦痛、美；它像一幅名画，它有绝对的不能变的美；它用言语的结晶，活的音节，画出人类的感情。"

我去过北京丰富胡同老舍住过的"丹柿小院"，那本身就是一幅画。这使人回想起周恩来亲临交谈的情景，也使人回想起曹禺和他吃蟹饮酒、品评菊花的旧事。老舍的大理石台面的桌子及上面的眼镜、笔墨，似乎还在流淌有画面的诗。

诗歌本身具有音乐性和绘画性，既是听觉艺术也是视觉艺术，是语言和意象的结合。老舍给我们留下300多首诗，这些诗既有画面，又重音韵，细细品读，使人可以窥见老舍斑斓的感情世界，也给人留下无限画意与情思。

诗是与时代同其呼吸的
——闻一多诗化的人生

闻一多，诗人、学者、民主斗士。生于湖北省黄冈市浠水县，自幼爱好古典诗词和美术。5岁入私塾启蒙，10岁就读于武昌两湖师范附小，13岁时以复试成绩鄂籍第一名考入北京清华学堂，后到美国芝加哥美术学院留学三年回国。他原名闻家骅，又名闻亦多。在清华为简便起见，改名"闻多"，取消原来"友三"和"友山"的号和别号。清华同学叫他"One Two"（一、二）或"Widow"（寡妇），两个绰号都是"闻多"的英文谐音。五四运动时期，闻一多带头提出废除封建的字号，主张朋友相称，只呼其名。同学建议，名前加"一"，既简又易记，他于是改名"一多"。后来郭沫若在纪念他的文章里说他是一粒种子，随着中国的天亮，将有无数活着的闻一多。"由一而多，你的名字和你自己一样便代表了真理。"我后来才知道，全国政协原常委、北京大学西语系主任、翻译过《雨果诗选》和《红与黑》的著名法国文学专家闻家驷，是闻一多的胞弟。

闻一多曾是"新月派"和新诗"格律派"的代表。与梁实秋在美国西窗剪烛，杯酒论文。他参加"大江会"，倡导过国家主义。"三一八"惨案后，他不再参加此类活动。他起而赞颂烈士们的献身精神："这青春的赤血再宝贵没有了。"他说："（他们的）死难不仅是爱国，而且是伟大的诗。"他转而从文学上寻找道路，他说："我希望爱自由、爱正义、爱理想的热血要流在天安门，流在铁狮子胡同，也要流在笔尖上，流在纸上。"后来促成他创办《晨报·诗镌》。《死水》一诗是他的实践作品，以此兴起了新诗格律运动。在艺专执教期间，他的书房成了诗人谈诗、诵诗、评诗、论诗的"闻氏沙龙"。在青岛大学和清华大学期间，他集中研究唐诗和《诗经》，完成了《诗经》、楚辞、唐诗、神话、甲骨文、金文和文字考释等多领域的论著。上海吴淞政治大学被查封，他失业闲居潘光旦家试刀篆刻，自己形容绘画是原配夫人，后诗升为正室，而篆刻是他的妙龄姬人。闻一多还常用诗来感染和熏陶自己的家庭成员，他给家里人讲唐诗，让全家人学而后背，他称之为"诗化家庭"。

闻一多

闻一多是有性格有风骨之人。五四运动学生上街游行振臂高呼的口号"爱国的权利不容剥夺"，恰是出自闻一多为同学赴法被开除记过时争辩抗议的话。1921 年发生李大钊、马叙伦等八校教职员索薪罢教，发生"六三血案"，他决定罢课，不参加毕业考试，被取消学籍离校。后清华董事会不同意对他们的处分，为挽回颜面，要他们交一份悔过书。闻一多坚持个人和集体都不写悔过书，使其事不了了之。在青岛执教时，他惜人才，毅然录取作文第一、数学零分的臧克家。抗战时，战局恶化，闻一多参加师生黔滇旅行团，3000 里路西南行，从长沙步行往昆明。到达盘江时县里只请教师和带队的吃饭，学生意见极大。闻一多主动坐到学生中间，不吃不睡，坐到天亮。闻一多有不少朋友在重庆当官，虽然生活贫寒艰难，但拒绝官场衙门，不沾"官气"。他迫于生活压力，挂牌治印，但为朋友却不收报酬，为冯友兰、华罗庚送去他刻的印章。当他得知抗战胜利的消息时，直奔理发店把蓄了八年的胡须剃了个精光，实践了他"不到抗战胜利不剃须"的诺言。他加入民盟、投身民主运动后，敢于解剖自己，公开讲"鲁迅对，我们错了"，向纪念会上鲁迅的画像深鞠一躬，说："是鲁迅推着时代向前进！"

闻一多"决志学诗"时，读遍历代诗选，喜欢对古诗批注、抄写，分析诗人"用意"的独创性。对兴起的白话诗，他也大胆评论。"理性铸成的成见是艺术的致命伤"。他对一些新诗人过于理性、节制，缺乏万丈豪情和狂恣幻想的诗作不以为然。他认为，"诗是被热烈的情感蒸发了水汽之凝结"，诗人应该"跨在幻想的狂恣的翅膀上遨游，然后大胆引吭高歌"。他说诗人胸中的感触，不可轻易放出，"必须使他热度膨胀，自己爆裂了，流火喷石，兴云致雨，如同火山一样——必须这样，才有惊心动魄的作品"。他身处"尘境"，却向往"诗境"。他引李白诗句"我本楚狂人，凤歌笑孔丘"作为自己的精神白描。

早期他的诗，可说有不同的探索试验，如《美与爱》中他得意的一节，运用了"幻象"，把它比作一幅画：

> 屋角的凄风悠悠叹了几声，
> 惊醒了懒蛇滚了几滚；
> 月色白得可怕，许是恼了？
> 张着大嘴的窗子又像笑了！

《死水》似受象征派"以丑为美"的艺术表现方法的影响，"鞭挞着'丑'，逼他要 / 那分儿背面的意义"。直面丑陋，不再单纯地沉醉于美的抚慰。评论认为这是对传统美学框架的冲击，也是诗歌艺术思维的开拓。

《爱的风波》试验了十四行诗，他给这一诗体起了个美妙的音译名称"商籁体"（Sonnet），诗坛沿用至今。

在美国学画三年，诗兴比画兴浓。他写了《女神》评论，编了《红烛》诗集，吟出了大量诗篇，他的《太阳吟》《忆菊》《回来了》是我钟爱的意象抒情诗，囿于篇幅，在这篇短文里难以大段引录。这些诗是可以在朗诵会上激情吟诵的。当然闻一多也写过文言诗，受"宋诗派"影响较深。

闻一多的头胎文学之子叫《红烛》（共有诗103首），盛赞红烛燃烧牺牲自己，为人放出光明：

红烛啊！

流罢！你怎能不流呢？

请将你的脂膏，

不息地流向人间，

培出慰藉底花儿，

结成快乐底果子！

红烛啊！

你流一滴泪，灰一分心。

灰心流泪你的果，

创造光明你的因。

红烛啊！

"莫问收获，但问耕耘。"

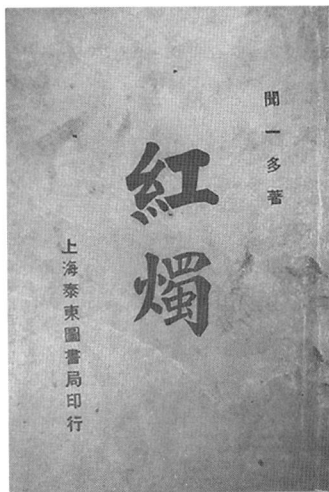

闻一多《红烛》（上海泰东图书局 1923 年 9 月版）

闻一多后来对早期唯美主义的诗作不满意，他对臧克家说：我已经把这个不成器的儿子过继出去了。

早在美国留学期间，闻一多深切感受到美国严重的种族歧视，使他产生了强烈的爱国和思乡情绪。他想到《诗经·邶风》中的故事：母亲与七个孩子失散了，孩子们在流浪中受尽了苦，苦苦哀求要回家。他借用这一掌故，创作了《七子之歌》，将澳门、香港、台湾、威海卫、广州湾、九龙、旅顺—大连七个被割让、租借的地方，比作离开母亲怀抱的七个孩子，用拟人的手法倾诉"失养于祖国，受虐于异类"的悲哀之情。当时一个读者将诗推荐给《清华周刊》，并加注："余读《七子之歌》，信口悲鸣一阕复一阕，不知清泪之盈眶，读《出师》《陈情》时，固未有如是之感动也。"

闻一多有一首《一句话》使我记忆深刻：

有一句话说出就是祸，

有一句话能点得着火，

别看五千年没有说破，

你猜得透火山的缄默？

说不定是突然着了魔，

突然青天里一个霹雳

爆一声：

——"咱们的中国！"

　　闻一多说："诗人的天赋是爱，爱他的祖国，爱他的人民。"朱自清大力推荐闻一多的诗，说他是"唯一有意大声歌咏爱国的诗人"。

　　闻一多写过诗评，他说：诗是与时代同其呼吸的。我们应了解时代赋予诗的意义，诗的社会价值。诗要对社会负责，批评家应该懂得人生，懂得诗，懂得什么是价值。他还说，诗人也应懂得历史，因为世上没有"比历史更伟大的诗篇"，他"不能想象一个人不能在历史里看出诗来，而还能懂得诗"。从反对"教训理论"和忘掉人间世，到直接赞美时代浪潮中给人鼓舞的诗篇；从唯美主义、"纯艺术"，到诗反映时代精神、向人民传达崇高的思想感情，他的文艺观发生了转变。

　　在西南联大，他读了朱自清给他的田间的诗，思想上开始转变，他认识到：诗歌是鼓，诗人就是鼓手，"不仅要作新诗，更要做新的诗人"。他在开学讲唐诗的课堂上，热赞田间的诗爆炸着生命的热和力。"是一片沉着的鼓声，鼓舞你爱，鼓动你恨，鼓励你活着，用最高限度的热与力活着，在这大地上。"他说："这是一个需要鼓手的时代，至于琴师，那是第二步的需要。"他的一团火的诗评，转变了人们认为的旧有新月派文人的看法，逐步从诗人、学者所谓"书斋隐士"，走向了时代呼唤的民主斗士。

　　在西南联大，闻一多以他的诗人性格，在风高浪急中前行。人称的"闻疯子"一脚踏上"斗士"的不归路。昆明发生了屠杀师生的"一二·一惨案"，他亲自为死难烈士书写挽词："民不畏死，奈何以死惧之"。出殡时，他拄着手杖走在游行队伍前列，号召"未死的战士们，踏着四烈士的血迹"继续战斗。在李公朴追悼大会上，他毫无畏惧，拍案而起，慷慨激昂地发表了《最后一次演讲》："正义是杀不完的，因为真理永远存在！""我们不怕死，我们有牺牲的精神，我们随时像李先生一样，前脚跨出大门，后脚就不准备再跨进大门！"散会返家途中，他突遭国民党特务伏击，中弹遇难。朱自清久不作诗，忍不住写下《挽一多先生》：你是一团火，照彻了深渊；指示着青年，失望中抓住自我。你是一团火，照明了古代；歌舞和竞赛，有力猛如虎。你是一团火，照亮了魔鬼，烧毁了自己！遗烬里爆出个新中国！

在诗歌领域里，闻一多提出了"三美"，即"音乐美、绘画美、建筑美"，其主要目的是在诗的内容和诗的格式上都拥有美，奠定了新格律诗派的理论基础。"音乐美"强调"有音尺、有平仄，有韵脚"；"绘画美"强调词藻的选择要秾丽、鲜明，有色彩感，每句诗都可以形成一个独立存在的画面；"建筑美"强调"有节的匀称和句的均齐"。诗是抒发感情的文字旋律，诗不论新旧，除了丰富的想象和饱满的感情，还当注重音节、韵律、节奏、意境，而不是提笔就写，自由过头，从不考虑字句的长短、匀齐。他拿下棋来比作诗，棋不能废除规律，乱摆布一气，完全不依据规律进行，作诗也一样。Form直译为形体或格式也不妥当，它和节奏是一种东西，译作格律没有什么不妥。他说诗人乐意戴着脚镣跳舞。杜甫的"老去渐于诗律细"一句是经验语，值得揣摩。他认为，"美的灵魂如不依附于美的形体，便失去了他的美"。闻一多的新诗形式理论在一定程度上克服并纠正了五四以来白话新诗过于松散、随意、欧化等不足，为探讨和建立中国新诗艺术形式规范作出了贡献。

闻一多诗联古今，学贯中西，他曾颂扬英国诗人济慈"美即是真，真即是美"的感觉，但在他看来，美必须真，但真并非等于美。他说诗是一种选择，自然的不都是美的，美不是现成的，没有选择便没有艺术。"作诗永远是一个创造庄严底动作"，若新诗是粗俗、平泛、言之无物，陷于"畸形的滥觞的民众艺术"的迷途，是"得了平民的精神，而失了诗底艺术"。他强调选择、提炼以及形式表现的规律，"新诗创作不是自然地'流露'，而要靠精心地'做出来'"。过求写实，诗便刻露，而"不著一字，尽得风流"，才显出诗的含蓄蕴藉。

闻一多讲课，把晚唐诗和后期印象派的画联系起来讲，别具特色。他认为，中国新诗不但新于中国固有的诗，而且新于西方固有的诗。他强调

闻一多手迹

诗人时时不要忘了"今时"和"此地",不做纯粹的本地诗和外洋诗,而要保存本地的色彩、尽量吸收外洋诗的长处,要做中西艺术结婚后产生的宁馨儿。我查词典,"宁馨"原义是"如此、这样"。刘禹锡诗:"为问中华学道者,几人雄猛得宁馨!"典故出自《晋书》:"王衍,字夷甫,神清明秀,风姿详雅。"因为王衍是一个美男子,"宁馨儿"(praise for a good child)后来派生出漂亮标志的意思,大人们会用"宁馨儿"来夸奖小孩子,也成为对美好事物的赞美。闻一多兼收并蓄,推陈出新,在继承中发展,指出了新诗的方向。可贵的是,他不复古、不媚外,在中外多元文化的碰撞渗透中,他的"宁馨儿"的诗,却始终不失"东方之魂"。

鲁迅说闻一多:"他那婴儿哭着要捉月亮似的天真,那神秘的惆怅,圣睿的憧憬,无边无际的企慕,无崖际的艳羡,便使他成为最真实的诗人。"闻一多的一生,不管是诗人、学者和民主斗士的诸多形象,还是"三变"或隐或现的角色转换,都可以说是以诗意的精神,去实践他的人生追求。他生前说:"我们理想的本身,就是一首诗。"冰心说得好:"与其说是诗如其人,还不如说他自己就是一首诗——一首爱自由、爱正义、爱理想的诗,一首伟大的爱国诗篇!""他是一团白热的火焰,他是一束敏感的神经!……一旦找到了和广大人民相结合才能救国的真理,他就昂首挺胸凛然不屈地迎着'黑暗的淫威'走去,他是'口的巨人,行的高标',他给我们留下了他的最完美最伟大的诗篇。"

俞平伯的诗交及诗论

俞平伯是清代朴学大师俞樾的曾孙，享年91岁。

俞平伯这个名字，一般人总要和研究《红楼梦》联系在一起。说老实话，1954年对他的批判，我辈至今也不甚明白。直到1967年5月27日，报纸公开发表毛泽东在1954年10月16日写的《关于红楼梦研究问题的信》，才知道问题的起因。好在1986年中国社科院文学所召开的俞平伯从事文学活动65周年的庆祝会上，胡绳的致辞明确表示，俞平伯是有学术贡献的爱国者，其研究具有开拓性的意义，"1954年下半年因红楼梦研究而对他进行政治性的围攻，是不正确的。这种做法不符合党对学术艺术所应采取的'双百'方针"。它伤害了俞平伯，也不利于学术和艺术的发展。关于红学方面的不同意见，"只能由学术界自由讨论"，"我国宪法对这种自由是严格保护的"，"党对这类属于人民民主范围内的学术问题不需要也不应该作出任何'裁决'"。

叶圣陶认为："为俞平伯平反可以更早些。这个历史教训不该再发生，相信不会再发生了。"俞平伯受批判后，虽曾"终生箴口，不谈红楼"，但还是本着"乐天不忧惧"和"惟前进才有生命"的文人执着，仍写出了许多红学文章。在平反会上，仍以《旧时岁月》一文代读发言，并直陈中肯建议。

我想，这一页应该翻过去了。

俞平伯，名铭衡，字平伯，浙江德清人，生于苏州。他一生的文学活动是一本厚厚的大书，丰富而难读。有人说他"诗礼本家风，红楼乃余事"。他涉猎的文学研究领域甚广，其实，他对唐宋词的研究胜过《红楼

1921 年 12 月 31 日，欢送俞平伯赴美国时在杭州合影。右起：俞平伯、朱自清、叶圣陶、许若昂

梦》。他 29 岁便在清华大学讲授"清真词""戏曲"和"小说"，1930 年开"高级作文课"，讲授"词"习作。他出版了《读词偶得》，对词学的研究有 60 余年。《唐宋词选释》是他多年潜心研究的结果。这里，仅截取他诗词的微观一角，回溯他交友的点滴诗心，应对我们有所裨益。

俞平伯与朱自清是挚友。当年他们同游南京，彼此写下《桨声灯影里的秦淮河》同题散文，成为文坛佳话。在散文创作的思想倾向和艺术风格上，可说"俞朱并称"，有很多相似之处。但在细腻的描写上，有人认为"俞先生是细腻而委婉，朱先生是细腻而深秀；同是缠绵的情致，俞先生满蕴着温煦浓郁的氛围，朱先生多含眷恋悱恻的气息"。他们除写散文外，还诗词唱和，合编文学丛书，集资开办书店，在清华合开"高级作文"课。朱自清将自己写的《旅欧杂记》题赠"平伯兄惠存"。

俞平伯是周作人的得意门生。北平沦陷后，碍于双亲年迈的缘故滞留北平。尽管生活艰难，周作人提供机会，却不愿意就任伪职，只在老师"情面难却"的情况下，在无关政治的文艺杂志上发表了十余篇文章。但在"西南联大"的朱自清坚持认为不应该给这些杂志投稿，写信写诗劝他"以搁笔为佳"。有《寄怀平伯北平（三首）》，这里录其之一："思君直溯论交始，明圣湖边两少年。刻意作诗新律吕，随时结伴小游仙。桨声打彻秦淮水，浪影看浮瀛海船。等是分襟今昔异，念家山破梦成烟！"诗中回忆两人峥嵘岁月时期相交的情景，鼓励俞平伯在恶劣的环境中不忘志向，言下之意不要做民族的罪人。俞平伯深明大义，自然读出了挚友的良苦用心，不再在战时北平的任何刊物发表文章。其父俞陛云为生活所迫，以前朝探花头衔卖字为生，拒绝伪职，表现出民族骨气。两位挚友虽隔千里，心却相通。抗战胜利后，他们在北平重逢，不料三年后，朱自清病逝。

朱自清逝世十年后，俞平伯参加人大、政协的视察到淮阴，拟在南通过江到苏州。他却放弃访"第二故乡"，独自一人匆匆告别，重游南京，凭吊与朱自清同游的往事陈迹，并感慨万千，作诗云：

> 昔年闲话维扬胜，城郭垂杨相望中。
> 迟暮来游称过客，黄垆思旧与君同。

意犹未尽，他又补《重游鸡鸣寺感旧赋》，在"序"中言："时雨中岑寂，其地宛如初至，又若梦里曾来，盖距癸亥年偕先友朱君佩弦同游，三十六载矣。"在这篇"思旧神怆"的赋中有一段动情文字：

> ……推窗一望，绿了垂杨，台城草碧，玄武湖光。观河面改，思旧神怆。翱翔文囿，角逐词场，于喁煦沫，鸡黍范张。君趋滇蜀，我羁朔方，讶还京而颜悴，辞嗟来之敌粮。失际会夫昌期，凋夏绿于秋霜。心淳竺以行耿介，体销沉而清风长。曾南都之同舟，初邂逅于浙杭。来翰海兮残羽，迷归巷乎斜阳。当莺花之三月，嗟杂卉之徒劳。想烟扉其无焰，痛桃叶之门荒。问秦淮之流水，何灯影之茫茫。……

这段知交诗文，情真意切，一咏三叹，字字流露出对先友的追思和怀念，让人读了甚为感动。

听说清华园在朱自清写《荷塘月色》的地方建"自清亭"，俞平伯"悲故人之早逝，喜奕世之名垂"，赋诗抒怀：

> 西园裙屐几回轻，荷叶如云草色青。
> 忆昔偕行悲断柱，何期今赋自清亭。

俞平伯和叶圣陶从 1918 年开始书信往来，未曾中断。他们年寿都永，老而弥笃，虽感寂寞，却赋诗慰藉"不可分"。晚年腿脚不便，互相走访减少，但彼此通信却越来越密，其频率到了有时几乎每日一封打来回的地步，他们戏称像打乒乓球。俞平伯见到叶圣陶相赠的绯色牵牛花，作诗曰："秋晨开缄喜伻来，道似银球往复回。赠我绯华无限意，惭将小草傍伊开。"前两句就形象地写出了他接信的喜悦心情。伻，使者也，能传芳翰，焉能不喜。两人脾气秉性、生活习惯不同：叶老喜洁净，他则相反，不修边幅；叶老饮食有度，从不过量，而他爱吃能吃，没有限制；叶老遵医嘱吃药看病，他却一向"讳疾忌医"；叶老热衷社会活动，交际甚广，他则我行我素，不善交际。但他们友情真挚，书信中对文学领域内的问题广泛探讨，最宝贵的是在写作中沟通思想，取长补短，相互切磋，从中得到难以言传的乐趣。他们俩对一般来信作复后，将来信撕毁，不保存。但唯独把对方的信留下来，俞平伯是一律插回原信封，单放一抽屉；叶老笑俞平伯一手好字，一封漂亮的信，却叠不整齐，往信封里一塞完事。他则撕掉信封，将信笺展平，逐一贴入自制的大本子中。他们的交谊，彼此都建立在对对方极度的爱惜和敬仰之上。叶圣陶写的纪念朱自清的《兰陵王》、他写的《重园花烛歌》，互相征求意见，两人竟每日一信，商讨修改。叶圣陶亲为他的论文与专著汇集取名《论诗词曲杂著》。他的《俞平伯旧体诗钞》请叶老作序，叶已卧病住院，叫人念稿，反复增删修改，耗时八九天，完成了这篇流露真情的序。两人切磋诗的情状，友谊深切与久长，在历史上也是少有的。俞平伯有一首《访圣翁承留饮答谢俚句》这样写道：

> 湖海交期永，悠悠六十年。
> 庞眉尊一老，英发侍三贤。
> 愧我鸠居拙，推兄雁序先。
> 两聋空促坐，谐谑酒边妍。

颔联是指叶老须发眉毛全白，但膝下有至善、至美、至诚三子女侍候，为其编选文集。诗中道出他们都耳聋眼花，走访谈话也不方便了，但他们的友谊已悠悠六十载了。俞平伯曾有句："少年哀乐玄兄解，晚年愚怀圣老知。"玄兄当为朱自清，圣老自是叶圣陶，平生得两知己，俞平伯足矣。

俞平伯与文史研究家王伯祥是老朋友。王早年参加过文学研究社，见到老友因早期的《红楼梦》研究被批判，由衷地为之抱屈。他担心俞平伯会受不了而影响身体，在大家避之唯恐不及的当口，独自登门宽慰，约他去什刹海散步赏菊。漫步之后，就近在烤肉季小酌，偷得半日之清闲。俞平伯深感，真正的友情此刻多么重要，它能排解孤寂，温暖人心，于是欣然命笔：

> 交游零落似晨星，过客残晖又凤城。
> 借得临河楼小坐，悠然尊酒慰平生。
>
> 门巷萧萧落叶深，趯然客至快披襟。
> 凡情何似愁云暖，珍重寒天日暮心。

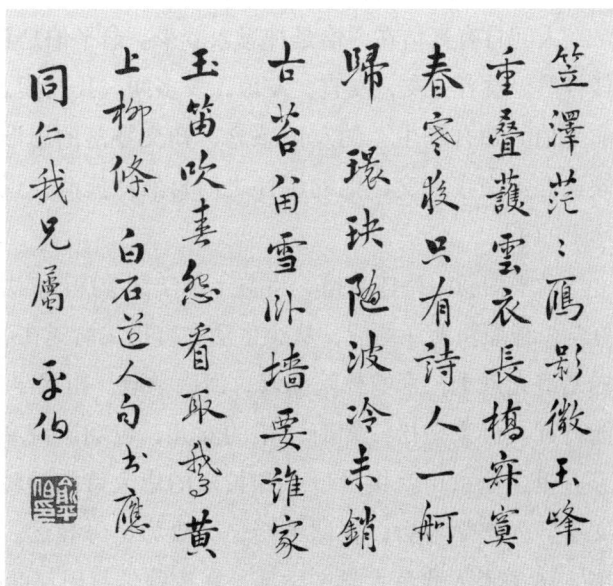

俞平伯手迹

俞平伯将诗写在带木刻水印梅花边框的旧笺纸上，上款用王伯祥最不常用的别号，下款用"平生"二字，钤朱白合璧的"俞平伯"三字印，并"知吾平生"四字白文印。用纸、称谓、钤印，都是只有极为知己的挚友间才用，既反映出情谊笃挚之非凡，又心有余悸，怕这两首诗给王伯祥带来什么牵连。

俞平伯与顾颉刚交谊，从1921年通信讨论《红楼梦》算起，也已60年了。中间虽因战乱，各奔东西，违隔多年。早年他研究《红楼梦》手稿遗失在三轮车上，后来被顾颉刚在地摊上发现，买了回来。晚年顾颉刚定居北京，彼此住得不远。当得知顾颉刚脑出血去世，俞平伯伤痛埋心，写下五首七绝《追怀顾颉刚先生》，赞他生平坚毅宏远之怀，表达了他对老友深深的怀念。

郑振铎与俞平伯私交近40年，既是老友，又是文学所所长，是他的直接领导。谁想出访时飞机在苏联楚瓦什上空失事而遇难。俞平伯称郑振铎是畏友，他们之间曾有争辩，但不可埋没的，是他爱人的真心。俞在悼念文章里说："光风霁月的神情，海阔天空的襟怀，将永远活在凡认识他的，无论新知旧友的记忆里。"他含泪写出挽联："两杯清茗，列坐并长筵，会后分襟成永别；一角小园，同车曾暂赏，风前挥涕望重云。"

人间自有真情在，恰是神思入梦来。俞平伯是真名士，真率天成，一任自然。益者三友，友直，友谅，友多闻。我们读上述几个例子，可感受俞平伯"知吾平生"的友情感念，知交零落的思旧神怆。他的真挚之笔倾述心灵文字之交，他的诗怀之河自然地流淌，说明没有什么比老友更珍贵的了。

俞平伯新旧诗体兼擅，得益于家学渊源深厚的培育熏陶和后天的勤奋好学。他原籍浙江德清，从小生活在曾祖父俞樾在苏州的"曲园"里。俞樾是道光进士，官翰林院编修，河南学政。祖父早逝。父亲是晚清探花，能诗词。母亲是松江知府许祐的女儿，也娴于诗文。在这个书香簪缨的家庭里，他童年就接受母亲和长姐的唐人诗句的教诵，并从曾祖父学习文字。入塾学习后，督课不严，又改为父母教读。后入苏州平江中学读书，16岁考入北京大学文学部。在校曾学习周邦彦的《清真词》，指导老师是精于音韵、主张保存国故、骂白话诗文为驴鸣狗吠的黄侃。他读了许多古典诗词,看了不少戏曲。表姐许宝驯对琴曲诗画都有修养,与之结婚后,琴瑟相和,共研昆曲,改编《牡丹亭》。他也因此从红学研究中解脱出来。

虽然俞平伯攻读旧学,但受新文学运动的影响,他从写新诗起步。他在《新青年》发表白话诗,《春水船》一诗广受好评。北大毕业后赴英留学,因资费不足返回,就职于杭州第一师范学校,在上海大学讲

晚年的俞平伯(邓伟摄)

授《诗经》。在江南的几年,他加入文学研究会,成立朴社,创办新诗月刊,集中写了许多新诗和诗评。他提出要推翻诗的王国,恢复诗的共和国。认为新诗不应以美为鹄的,而应表现人生,导人向善,有益于人群。他说:人生譬之是波浪,诗便是那船儿。"不失其赤子之心的人,才是真正的诗人,不死不朽的诗人"。要探讨新诗如何与群众结合,实现新诗的社会化。他说"平民性是诗的主要素质",要把诗的本来面目,从脂粉堆里显露出来,去"还淳返朴"。为谋求新诗的健全发展,他主张提高质量,限制数量。他批评粗制滥造的新诗,反对那种"迷离惝恍的诗",应当"勉力作主义和艺术一致的诗,不要顾了介壳,掉了精神"。要将晦涩和朦胧区别开来,他否定晦涩,而肯定朦胧为诗美,追求意境的朦胧感。他在《作诗的一点经验》里说:"我很信好诗是没有物和我的分别的,是主观客观联合在笔下的。"他写诗着力于句子炼字,篇中炼句,创造完整的诗境。他的一首《孤山听雨》情景交融,这得力于观察事物深刻,表现细密。他曾分析宋词的"细密":"凡词境宛如蕉心,层层剥进,又层层翻出,谓之

细；篇无赘句，句无赘字，调格词意相当相对，如天成然不假斧削，谓之密。"

他认为，好诗具有醒目的意向、巧妙的言辞、适当的节奏，能动人之情、启人之思想，并没有新与旧、现代与古典之分。他在写新诗的同时，还不断写旧体诗。他自幼受古典文化熏陶，旧学功底十分扎实，语言凝练自然、清新雅致、感情真挚。写景抒情，清新婉曲。"文革"中他被下放到豫南农村，写出了很多有生活气息的诗，读后甚是喜欢。可惜的是，俞平伯从干校返京后的20多年里，除少量诗词外，几乎没有新作，晚年自嘲"只有旧醅，却无新酿"。他的《唐宋词选释》一直被拖至近20年后才出版，自题联语："掩卷古今如在眼，拥衾寒暖不关情。"要不是遭受不公正的对待，再编写出《读词偶得》《清真词释》一类的著述，可能会翻一番。1966年初，他的亲笔修改本失而复得，可算不幸中之大幸。此书是他多年潜心研究的结果。他认为古人，如杜甫之诗是从吟诵而来，因此十分强调吟诵和背诵的重要。对唐宋词原著，他说："真正了解，需要用功，不能单靠注解。作注略如古翻译家所谓'嚼饭哺人'，虽能勉强充腹而滋味已非。欲图补救缩短距离，唯有诵读以至吟咏，能够背诵则尤佳。盖所谓声入心通，耳治胜于目治也。"对年轻人学写旧体诗，他认为押韵不妨宽一些，如开闭口韵就可以按照实际情况通押，不必死守"平水韵"的规定。他主张"多用白话句法""少用辞藻""不用典故"。虽自己严守"古法"，但其"旧瓶可装新酒"的通达看法，为今人作旧体诗解除了束缚，为缺少旧体诗写作训练的年轻人指明了道路。

以上段落是我读书后摘录的。这些经验之谈，权且放在他的几例诗交叙述之后，供我们学诗时去体会和借鉴。

读夏衍的一首诗

1943 年在重庆，夏衍 43 岁，他为《戏剧春秋》写了"献词"。这是一首诗，他谦称"似诗非诗的东西共十四行"，但字句中却充盈着豪情和憧憬：

> 献给一个人，
> 献给一群人，
> 献给支撑着的，
> 献给倒下了的；
> 我们歌，
> 我们哭，
> 我们"春秋"我们贤者。
> 天快亮，
> 我们颂赞我们的英雄。
> 已经走了一大段路了，
> 疲惫了的圣·克里斯托夫
> 回头来望了一眼背上的孩子，
> 啊，你这累人的
> 快要到来的明天！

70 多年后，他的孙女沈芸写了一本书，回忆祖父夏衍革命经历，书题即为《一个人和一群人》，并将上录诗作作为全书的结尾，同时也印在

20 世纪 30 年代初在上海从事地下工作时的夏衍

封底上。

夏衍在《懒寻旧梦录》和《关于诗的一封信》里，对"不像诗的'献词'"作了背景说明。他回忆，1943 年秋在重庆办中国艺术剧社，因文网严，戏剧检查使许多剧本通不过。于伶、宋之的和夏衍三人决定集体创作一出以话剧运动为题材的戏。那一年恰逢从事新兴戏剧运动的应云卫四十大寿，戏剧界的朋友很怀念他。应云卫本是三北轮船公司的副经理，但放弃十里洋场的舒服生活，热爱话剧，在白色恐怖中毅然加入"剧联"，为民族解放、人民民主而奋斗。为此就以他为主角，突击创作了《戏剧春秋》，在导演、演员和舞台工作者的努力下，戏成功上演。一炮打响后，他们都沉浸在剧中人的悲欢哀乐之中，夏衍说："最初，我们是打算献给一个人的，但结果还是使我们改变计划，而成为献给一群人了。"这个虚构的故事"容纳了我们的笑声与泪影""写进了我们大家的成功、失败、光荣、耻辱、长处和缺点"。当时宋之的让夏衍来写这个剧本的序言。但夏衍工作忙，晚上于伶取稿时又有客人来长谈，没有时间写了。夏衍说，于是他偷工减料，写了一首"献词"充数。当时署名"作者们"，谁也不知执笔者是谁。

后来夏衍自己说，"这该算是我写的唯一一首诗"。这首诗写在《戏剧春秋》的扉页上。

我认为，这首诗不仅是夏衍那一代人"成功、失败、光荣、耻辱、长处和缺点"交织的总括，是他们从黑暗走向黎明的见证，也是他自己 95 年奋斗不止的"净言"。沿着这首诗的导引，让我读书，使我走进夏衍和他那个历史时代。

夏衍是中国现代著名文学、电影、戏剧作家和社会活动家，中国左翼电影运动的开拓者、组织者和领导者之一。他原名沈乃熙，字端先，浙江杭州人，具体讲他祖家在仁和县（杭州原有仁和、钱塘两县）骆驼桥及艮山门外严家弄，他用一枚"仁和沈氏曾藏"来钤盖藏画。早年他参加五四运动，编辑进步刊物《浙江新潮》，以"宰白"的笔名发表文章与"随感录"，抨击当时的社会制度。从浙江省立甲种工业学校毕业后入日本明治专门学校学电机科。留学期间接触日本共产党，参加日本工人运动和左翼文化运动。1927年被日本驱逐回国，在"四一二"反革命政变之后参加中国共产党。1929年夏衍同鲁迅筹建中国左翼作家联盟。与郑伯奇等创办上海艺术剧社。"左联"成立后任执行委员，后发起组织中国左翼戏剧家联盟。在上海，他还担任明星公司的编剧顾问，成立"剧联"领导的影评人小组和党的电影小组。写出短篇小说和许多话剧剧本，如《上海屋檐下》等。1937年在上海创办共产党领导下的《救亡日报》，郭沫若兼任《救亡日报》社社长兼发行人，夏衍出任总编辑。上海沦陷后，《救亡日报》转至广州。后遵周恩来、李克农的指示，为《救亡日报》赴香港筹款，在桂林复刊。到重庆后，任中共南方局办事处文化组副组长，负责文化界统战工作。在《新华日报》上撰写政论及杂文，其间还写出多部话剧，他在酷暑下写出的《法西斯细菌》演出后引起轰动。抗战胜利后，他奉命去香港和新加坡做民主人士的统战工作，直到上海解放他是穿着军装参与接管文化、新闻单位。

说实话提到夏衍，只是初中语文学过他写的《包身工》，对他并不十分了解。"十年动乱"中，总是把他与20世纪30年代文坛的错综复杂及"四条汉子"绑在一起。人们也不清楚他和隐蔽战线的关系，还有人借"二流堂"来诬陷打击。20世纪70年代末，我已回北京在中南海从事对台工作，与文化部负责电影的司徒慧敏同志联系较多，从他口中知道夏衍是我国左翼电影的开拓者，但他们那一代奋斗的历史知之甚少，也没有接触到他的作品。

我读《懒寻旧梦录》，夏衍的回忆已将20世纪30年代"左联"两个口号之争的来龙去脉讲得很清楚了。他回忆鲁迅并不反对"国防文学"这个口号，且认为两个口号可以"并存"。他不隐瞒当时自己的观点，认为

支持的"国防文学"口号,"在爱国运动风起云涌的白区,作为一个统一
战线的口号是适当的"。他引述毛泽东在延安的讲话:这次争论的性质,
是革命阵营内部的争论,不是革命与反革命之间的争论。后来论争双方的
作家发表了《文艺界同人为团结御侮与言论自由宣言》,表示"为民族利
益计","甚盼民族解放的文学或爱国文学在全国各处风起云涌,以鼓励民
气"。宣言里还讲,"在文学上,我们不强求其相同,但在抗日救国上,我
们应团结一致以求行动之更有力"。上述这些引述,应该说有了历史的结
论。问题是在后来历次运动尤其是"文革"中,"四条汉子"反对鲁迅的
说法甚嚣尘上,不实之词强加在夏衍头上。他"损目折肢",家徒四壁,
已容不得他说话了。"左翼"十年,夏衍是"在荆棘中作战,在泥泞中前
行",而当年的参加者和见证人都先后故去,唯夏衍长寿,他的回忆实事
求是,还原了历史真相。

夏衍从参加共产党起,长期在上海白区工作。根据党的需要,他参与
了地下党的工作,在周恩来、潘汉年的领导下,主要从事文化统战工作。
虽然紧急情况下,他与"特科"有联系,但他的主要任务,不是搞情报,
而是争取群众。为此,他以半公开的左翼文化人身份开展活动。他与三教
九流都有来往,组织上还决定由他与秘密党员杨度单线联系。后来周恩来
肯定了他承担更为复杂工作的能力和"左翼"十年的出色表现,认为抗战
爆发,国共合作在即,让夏衍以进步文化人的身份和各阶层,包括国民党
在内的人做上层统一战线工作,让他"勤交朋友",为党交朋友,团结一
切可以团结的力量。在相当长的时间里,要在国民党统治区域工作,做宣
传工作、统战工作。周恩来告诉他,可以编杂志、办报、写文章,但一
定要争取公开,只有公开合法,才能从事统一战线的工作。具体讲让他在
国民党统治区域,协助从日本回国的郭沫若,办《救亡日报》。李克农对
夏衍直白表示:文化人同志,革命的统战工作,要戴白手套。在国统区,
菩萨要拜,鬼也要拜。他还坦率地说:站在外面骂娘算不得勇敢,深入
敌垒去影响他们,才是你应尽的本分。到了重庆后,周恩来又向他强调,
"勤交朋友"要尽可能多交新朋友。交朋友的面要更广一些,对于政治
上、文艺思想上意见不同的人,也要和和气气,切忌剑拔弩张。对过去不

认识、不了解的人，第一件事就是要解除他们对共产党的疑惧，只有把对方当作朋友，人家才会把你当作朋友。夏衍说："恩来同志这些话我一直铭记在心。"他不辱使命，以非党的民主人士的身份和各方面接触，他在艰苦的条件下办报纸、写剧本，与各方面的文化人士广泛联系，"文工会""抗敌协会""中华剧艺社"他都去联系拜访。无论是戏剧界、电影界人士，还是"中苏文化协会"人员，以及苏、美驻华使馆文化参赞，都与之交谈来往。他是我们党争取团结文化人士的桥梁。

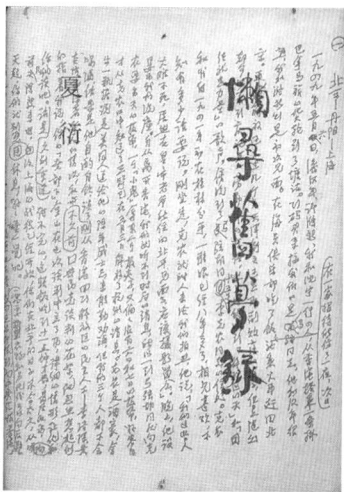

《懒寻旧梦录》书影

抗日战争期间，从上海等地转移到重庆的文化、戏剧、电影、美术、新闻界人士吴祖光、丁聪等人没有落脚地，回国参加抗战活动的爱国华侨唐瑜，卖掉了其兄的半个金梳子，为他们搭了一座竹结构简易房。由于借住的文化人大多没有固定职业，过着近于"流浪"式的生活，相互戏称"二流子"。黄苗子、郁风自己有房住，也常去和这些"流浪者"吃住在一起。夏衍在南洋时与唐瑜的兄长很熟悉，周恩来就指派夏衍经常去关照他们，周恩来本人和郭沫若、徐冰等同志也常去探望。一次，郭沫若去看望他们后说了句玩笑话："我看你们这里就叫作'二流堂'吧。"虽题匾未成，"二流堂"却一时广传。这地方成了进步文化人集会的地方，也是中共和党外一些倾向进步、要求民主的人士联系的一个场所。但后来在历次政治运动中，"二流堂"被打成"反革命小组织""'二流堂'小家族""反革命的裴多菲俱乐部"。聚会的文化人被打成了右派，许多人因此遭迫害摧残，夏衍被认为是总后台。现在，对"二流堂"的一切诬蔑不实之词已统统予以推倒，有关人士予以平反。我们明白了，"十年劫乱"真正攻击矛头是指向周恩来及他所领导的白区文化统一战线工作，而夏衍在劫难逃，背负了太多的诬陷和委屈。

20世纪90年代，"二流堂"友人在夏衍家中聚会。左起：吴祖光、黄苗子、唐瑜、张仃、丁聪、郁风（李辉摄）

　　今天，我认为换一个角度看，这恰恰是夏衍不辱党的使命，团结和凝聚文化力量，有效开展统战工作取得的值得称颂和纪念的成果。夏衍"解放"以后，原"二流堂"以及更多的文化界人士仍不忘当年情谊，这"支撑的、倒下的"，"我们哭，我们笑"的"一群人"，仍与他经常聚会，保持友谊几十年，成为知己和挚友，这也可以说是"夏衍的魅力"吧。沈芸写的《一个人和一群人》，记述了他们后来的交往，读后颇有感慨。在今天的事业中，我们是多么需要像夏衍一样能对知识分子和文化人士给予更多的联系、关心和团结。脱离"一群人"的高高在上，既不能得"道"也不可能多助。没有统一战线，唯我独尊，也就不能有肝胆相照的"挚友""诤友"，更难以号召千军万马搏击疆场。夏衍一生涉猎许多领域，文学、电影、戏剧、翻译、各种评论和杂文，从事过工运、文运、妇运和统战，是优秀的报人，爱好书画和集邮。在工作和生活中，收到群众的尊崇和热爱。但他总是遵党之命，不显山露水，能够将众多的文化人士集于麾下，实为党团结了一大批拿笔的战士，保存了一支文艺人才和力量，功绩是不可磨灭的。

　　傅雷翻译的罗曼·罗兰的小说《约翰·克里斯多夫》在中国有一定影

响。夏衍在经过多种磨难后，在重庆写的诗可谓是百感交集，诗里自然联想引出了圣·克里斯托夫。小说的结尾是这样写的：

> 圣者克利斯朵夫渡过了河。他在逆流中走了整整的一夜。现在他结实的身体像一块岩石一般矗立在水面上，左肩上扛着一个娇弱而沉重的孩子……早祷的钟声突然响了，无数的钟声一下子都惊醒了。天又黎明！黑沉沉的危崖后面，看不见的太阳在金色的天空升起。快要倒下来的克利斯朵夫终于到了彼岸。于是他对孩子说："咱们到了！唉，你多重啊！孩子，你究竟是谁呢？"孩子回答说："我是即将来到的日子。"

夏衍借这个小说意象，诗意地写出他的体悟和开示：生命就是一连串的死亡与复活。"天快亮"，黑暗即将过去，黎明就在前方。"倒下的""支撑着的"——"贤者""英雄"是我们的先驱光影，他们"已经走了一大段路了"，他们背着沉重的但满怀希望的孩子，他们需要看到明天的"后浪"达到胜利的彼岸。历史就是这样前仆后继的！

以上就是夏衍自称他写的"唯一一首诗"给我的启示。

其实，夏衍的诗并非上面一首，他还写过两首打油诗，其一是1942年于伶生日，聚会中夏衍、胡绳用他创作的几个剧本联成一绝："长夜行人三十七，如花溅泪几吞声，杏花春雨江南日，英烈传奇说大明。"郭沫若看后又略加点化：使这首诗更显昂扬："大明英烈见传奇，长夜行人路不迷。春雨江南三七度，杏花溅泪发新枝。"说起来这也是故人交往的山城佳话。

还有一首是夏衍在通信中写的。1984年，作家、吉林省委宣传部部长宋振庭给夏衍写了一封信，反思自己在历次政治运动中，"因浮言障目，轻率行文，伤及长者，午夜思之，怅恨不已"。夏衍回信中剖析社会思想原因和后来"书生作吏"走过的曲折道路，安慰宋"吃了苦，长了智，'觉今是而昨非'即可，没有忏悔的必要"。相反肯定他能担风险有勇气安排划了右派的张伯驹夫妇在长春工作事。夏衍回忆，在狱中他将明末清初

晚年的夏衍

一首剃头打油诗改为："闻道人该（须）整，而今尽整人，有人皆可整，不整不成人。整自由他整，人还是我人，请看整人者，人亦整其人。"诗毕后说："往事如梦，一笑可也，何必伤神。"他们两人"见字如晤"，已成史迹。所难得的是，鱼雁往来中使我们看到夏衍的胸襟，也有幸读到他信手拈来发人深省的诗。

上述两例也算是夏衍"唯一一首诗"的插曲吧。

夏衍就是这样一个人，他到处播下鲜花，洒向人间都是爱！王蒙撰文说，他这个人也像他的思想、语言一样，删除了一切枝蔓铺排，只留下提炼到最后的精粹。他总是明白透彻，一清见底。

读诗，读人，读史，笑声和泪影，坦荡和风骨，今是而昨非，拨乱而反正，寻旧梦而展新猷。夏衍95岁的一生，"知止有定，历尽沧桑"，见证了20世纪的历史文坛大潮，一首诗而铺陈了人类进步承前启后的交响。

今天我们再来读夏衍的诗，应是十分有意义的。

月光如水照缁衣

——胡风的《怀春室杂诗》

　　胡风，作为追随鲁迅的文艺评论家、作家、诗人，我完全没有读过他的作品。20世纪50年代中期，我刚上小学，对发生的"胡风事件"更是不了解。退休后，在一个亲戚家的书架上，发现一本有800多页厚的《我与胡风——胡风事件三十七人回忆》，吸引了我的目光。征得主人同意，将此书借回家一读。

　　捧着这本厚厚的书读完后才知道：胡风，湖北蕲春人，本名张光人，笔名谷非、高荒等。早年曾是共青团员，入北大预科，转而上清华，后辍学回乡参加革命活动。1929年到日本进庆应大学，参加日本反战同盟会和日本共产党，同时又参加了"左联"东京分盟，与上海"左联"发生了联系。后在东京被捕，刑讯、监禁一个时期后被驱逐回国。当时他在文学上的建树，已饮誉海内外，有"中国的别林斯基"之称。1933年，在丁玲被捕后，他继茅盾担任"左联"书记。冯雪峰去瑞金后，党与鲁迅的关系由胡风联络。他追随鲁迅先生在"左联"工作。协助鲁迅先生编辑《海燕》杂志，许多左翼作家和他结下文字因缘。他追随鲁迅先生，鲁迅先生也信任他，曾委托他给狱中的同志寄书和钱物。他站在鲁迅一边支持"民族革命战争的大众文学"的口号。鲁迅先生逝世后，他主编《工作与学习丛刊》，在武汉、重庆独立主持抗战文艺刊物《七月》。在重庆曾家岩，毛泽东曾与他握手，称赞他的《七月》办得很好，是他的忠实读者。三厅结束后，胡风应郭沫若邀请担任文化工作委员会专任委员。皖南事变后，《七月》被迫停刊，胡风另行创办《希望》月刊。1949年，应周恩来电召，从香港到沈阳转北平，出席政协第一届全体会议。

胡风因《关于解放以来文艺实践状况的报告》（即《三十万言书》）受到批判，进而被打成反党、反革命集团。"七月诗派"的诗人先后遭难，耽误了四分之一世纪的创作年华，成为胡风最大的痛楚。胡风本人在 14 年监禁后，仍"鲠直"表示"心安理不得"。1980 年后平反恢复自由时，他已幻视、幻听，一度住进精神病院。受牵连的朋友看他，他流泪。能写作后，他就在《向朋友们、读者们致意》里说：

> 我的力量虽小，但也尽过点微力，发现和扶持新人，讴歌过茁壮成长的幼苗。但是后来的岁月中，由于我的原因，不少幼苗中途夭折。今天想到那些曾经见过及从未见过，但都因我而受株连的朋友们，自愧之情占据了我的整个灵魂，但我深知，这些谢罪是他们所不需要的，这些劫后余生者与死者需要于我的，是鼓起余勇，继续前进。

1965 年除夕，胡风监外执行回家团聚，他让女儿找出《鲁迅全集》中先生译的有岛武郎的《与幼小者》的一段话，让女儿念：

> 我爱过你们了，并且永远爱你们。……你们的清新的力，是万不可为垂暮的我辈之流所拖累的。最好是像那吃尽了毙掉的亲，贮起力量来的狮儿一般，使劲的奋然的掉开了我，进向人生去。

这两段文字读下来，让人动情而无语。胡风的诗教、文德、爱心、风骨，对朋友的诚挚、担当，尽在其中矣。

……

不要忘了，胡风是诗人。

多少热血青年知道胡风之名，就是因为诗。

早年胡风就写过许多新诗，有诗集《野花与箭》，在《七月》创刊号发表诗作《血誓》。抗战时期，他写过《眉间尺》《海路历程》。他早期的一首《我从田间来》，就很有清新隽永的味道：

> 我从田间来，/蒙着满脸的灰尘——/望望这喧嚣的世界，/不自
> 由地怯生生。/我从田间来，/穿着一身老布衣——/在罗绮丛中走
> 过、/留下些泥土底气味。我从田间来，/带着赤心一颗——/遇着新
> 奇的事儿，/要印上花纹朵朵。我从田间来，/抱着热血满腔——/
> 叫我洒向何处呢，/对着这无际的苍茫？/……

胡风后来办《七月》《希望》杂志，编发《七月诗丛》，拒绝庸诗，以
诗人的敏锐和睿智，推出了许多有生活内容的青年人的诗。最为难得
的是，在这个过程中，他爱护、鼓励、扶持、救助许多初露头角的有才华的
文学青年。他推崇新人，说田间的诗是火的燃烧，艾青的诗是画的抒展。
无论是采用还是退稿，他都在艰难的条件下亲自复信，接待来访者，与作
者开诚布公地交流意见。

胡风提醒文学青年"尽快参加实际工作，不要浮在文化圈子里面"，
"到处都有生活，要随时留心"。教导他们："无条件地成为人生上的战士
者，才能有条件地成为艺术上的诗人。"写诗，"不是从'诗囊'里掏出
来的。仅仅用寻诗觅句的办法，是写不出我们这个伟大时代的真诗的"。
"诗，不是生活激流的本身，而应该是生活激流的浪花。诗，首先源于生
活，紧连着的是诗人自身的'质'生发出的战斗火花。没有主观战斗精神
的搏斗，就没有诗。"诗人（作家）"他的认识能力和现实生活发生化学作
用的时候，才能够执笔"。

他说，诗"应该是具体的生活事象在诗人底感动里所搅起的波纹，所
凝成的晶体"。他还说，诗应该是在"抓住现实的一瞬间"触发的真情；
诗有谣曲似的歌唱，诗有跳跃的、灿烂闪耀的感情的韵律；重要的是，
你对现实的反应是属于内心的。诗的泉源是靠诗人从生活里挖掘和积累
的……他有一句名言"不轻佻地走近诗"。他一向主张，诗绝不能从原理
产生，诗只能是与时代脉搏相一致的诗人心灵的律动。他认为，新诗应
着力反映现实生活，使诗歌有一种深沉的内在力量的美，充满感时忧国、

20 世纪 40 年代末，胡风、梅志夫妇与孩子们在一起

关心民族兴亡和社会进步的精神。

胡风写过《夕阳之歌》《为祖国而歌》。1949 年开国大典后，他写下交响乐式的长篇颂歌《时间开始了》，这首大气磅礴的歌唱新中国的政治抒情长诗，呼唤迎接着一个"新"的时代的开始。他的诗，激动了那个时期的许多青年知识分子。

但历史把他打入了另一个角落。

谁能想到，若干年后，胡风却作为"反革命集团"的头子入狱，悲冤莫名。狱中无纸无笔，他十分害怕会因无人谈话无法写作而精神崩溃，就以诗度日。他自创一种易于记住的"连环对诗体"，创作着回忆亲友们的诗句，从中得到安慰和快乐。他一面在屋内踱步，一面默吟诗句。这种诗体，只要记住上句，就能很容易地想起下句，每首诗针对一个人物，回忆他们的经历，或加进自己的想象。成诗后再反复吟诵几遍，就牢记在心了。胡风给囚室起名"怀春室"，这些诗起名叫《怀春曲》，竟有几百首。

"吟罢低眉无写处，月光如水照缁衣。"这是鲁迅在柔石等青年作家被杀害后写下的悲愤诗句。此诗影响深远，毛泽东亦道："龙华喋血不眠夜，犹制小诗赋管弦。"作为与鲁迅同时代并一起在"左联"工作的胡风，当然是再熟悉不过了。胡风极其崇敬鲁迅，记忆中大概留下最深的诗韵就是鲁迅这首"惯于长夜过春时"的《七律·无题》诗了。有了纸笔以后，在"井中观天"的日子里，他步鲁迅原诗的"四支"韵：时、丝、旗、诗、衣，默默地打着腹稿，前后吟出 22 首（至今见到的）心底的悲歌。这些深沉激越、苍凉朴茂的旧体诗就是我们后来读到的《怀春室感怀》：

被捕当年除夕，他在公安部看守所里吟道：

> 竟在囚房度岁时，奇冤如梦命如丝。
> 空中悉索听归鸟，眼里朦胧望圣旗。
> 昨友今仇何取证？倾家负党忍吟诗！
> 廿年点滴成灰烬，俯首无言见黑衣。

入狱一年后，他思念家人，心如刀割：

> 无情刀割久分时，恋子心如指绞丝。
> 认得天人拼短句，学分敌我画红旗。
> 惯同阿姐争鲜果，戏伴狸猫读小诗。
> 累汝孤零依老祖，可怜白发补童衣。

这年秋天，他吟诗托梦：

> 又是囚房入夜时，月光如水亦如丝。
> 梦中恍惚儿颜泪，墙外飞扬帅手旗。
> 宁向童年哀故友，不将孤烬铸新诗。
> 只因错把真言发，锁在囚房着黑衣。

这年冬天，他又依韵吟诗：

> 不堪一错各分时，友谊伤残似断丝。
> 狱室几间关闯将，文场一片树降旗。
> 东逢死叶西逢荻，拔掉鲜花葬掉诗。
> 极目两间休荷戟，铁窗重锁失戎衣。

他盼望出狱，依旧依鲁迅诗韵吟出心底的感受：

> 苦待飞传赦令时，抚今怀古一根丝。
> 为辞囚室吟骊曲，莫向文场讨纸旗。
> 避贵相如宁卖酒，让才李白不题诗。
> 明朝还我归真路，一顶芒冠一布衣。

步鲁迅诗韵的《怀春室感怀》一共有 22 首（恕不一一恭录），读后令人伤悲。还有一首《怀念鲁迅先生》的七绝，曾在劫难后公开发表，但我至今未查到。据胡风在政协讲，1958 年前后在狱中，他还用鲁迅《亥年残秋偶作》的原韵，吟成了若干首，回忆整理 24 首诗稿。他在年轻人的纪念册上题了《悼念鲁迅先生》：

> 耻笑玲珑通八面，敢拈纠结理千端。
> 园中有土能栽豆，朝里无人不做官。
> 立地苍松千载劲，满天白雪万家寒。
> 难熬长夜听狐鼠，且煮乌金铸莫干。

在四川芦山农场劳动，因在印有毛主席像的报纸上写诗，被判无期徒刑，他绝食抗争。后当他得知狱外的阁楼、平台恰是司马相如出生和弹琴之地，他对望琴台进食，用筷子在地上写："文君相如抚琴笑，胡风梅志苦歌行。我若去了阎王殿，梅志何以度余生？"这个文坛硬汉何以被爱魂唤出了催生的力量？后来胡风在狱中涂鸦给妻子作了回答："在受难者中间 / 我们正在滴血 / 滴在荆棘上 / 滴在沙尘里 / 当我的血快要滴干了 / 我吸进了你的体温 / 我吸进了你的呼吸 / 我又长出了赶路的勇气。"

读书后知道，胡风在狱中远不止上面这些诗。他在监外执行到成都的时间里，与聂绀弩、萧军等文坛老友诗词唱和，写有《流囚答赠》37 首七律和 3 首词。1980 年胡风给绿原的一封信里透露：……我在弯弯曲曲的 20 多年中，也吟成了一些所谓诗，最主要的是一篇古风《求真歌》和一部《怀春曲》。……后者篇幅巨大，有 200 多篇。其中"组曲"有 60 篇，"百花赞"有 120 多篇。"组曲"里边每篇有 7 首到 9 首不等。"百花赞"每篇有 12 首，为了能够记住，这些都是由五言律和五言排律组成的。梅志的《往事如烟》一书也说，胡风在狱中默吟了不少诗，有写给她的"长情赞"，给女儿的"善赞"，给两个儿子的"诚赞""梦赞"。还有一首"勿忘我花赞"，在探监时胡风曾背诵：

晚年的胡风

勿忘花远虑，顾后为瞻前。退休非退化，不改一心虔；战斗情尤切，追求兴更阑；工耕防浪费，创造戒空谈。……誓尽传真责，倾诚告接班……

由此看来，胡风在"月光如水照缁衣"的狱中，脑子一刻也未停，相反，思如潮水，惊涛拍岸，撞击后卷起了诗的千堆雪。如果说依鲁迅韵的律诗是悲愤、是冤苦，他的《求真歌》《怀春曲》两部长篇诗稿就是在反思中不停地追求着光明和美好。即使在面壁的恶劣环境里，其求真与怀春之心也未泯灭。如果细读这两部诗稿，可以毫不犹豫地说，求真与怀春，正是胡风心灵深处撞击下闪亮出爱与信念火花的燧石。遗憾的是，至今也没有读到一部完整的胡风诗集。

胡风坎坷的一生，有炯炯的魂魄，他活得悲壮，拂去尘埃，依然熠熠有光。正如我读到的一首《悼胡风》诗所言：

你的诗是战斗的号角
你的人格在屈辱中闪光

照 我 思 索

——读沈从文逆境中的诗

　　我慕名去了美丽的湘西，在凤凰城沈从文的故居里，买了一本《沈从文精选集》，读了《边城》（英译《绿玉》）。如今沱江两岸灯红歌喧，不再有吊脚楼薄暮的温柔和静寂，但我仍在翠色逼人的满山竹篁和桃花近水处的沽酒人家里，企图寻觅沈从文笔下的影迹。

　　沈从文原名沈岳焕，乳名茂林，字崇文。祖父汉族，祖母苗族，母亲土家族。沈从文是汉族，但本人更热爱苗族，文学作品中有许多对苗族风情的描述。他14岁投身行伍，流徙于湘川黔边境和沅水流域。败仗遣散后，做过收税员。再次入伍，做司令的书记，保管文物书籍，得以饱览。赴北京屡考不中，落脚酉西会馆。后在北京大学旁听，到图书馆看书。郁达夫是最早来看望和接济这个艰困青年的。他开始文学创作，在徐志摩执掌的《晨报副刊》发表文章。后在郁达夫、徐志摩的力荐下，胡适聘他在中国公学教书。又在武汉大学、青岛大学任教。主编天津《大公报》文艺副刊。抗战爆发后到昆明编写中小学教科书，到西南联大中文系任教，1946年回到北京大学任教。新中国成立后，在中国历史博物馆和中国社会科学院历史研究所工作，从事中国古代历史与文物的研究，著有《中国古代服饰研究》。可以说沈从文一生基本分两个阶段：前一段是写作和教书，后一段是历史文物研究，坎坷磨难中，孤独慈让，孜孜敬业，默默耕耘，成就非凡。

　　"我行过许多地方的桥，看过许多次数的云，喝过许多种类的酒，却只爱过一个正当最好年龄的人。"沈从文在中国公学时不断写情书，狂追

沈从文、张兆和夫妇

学生张兆和。他到苏州张府拜访，张父与他相谈甚欢，声称女儿同意，自己也不反对。沈从文致信张兆和："如爸爸同意，就早点儿让我知道，让我这个乡下人喝杯甜酒吧。"经过近四年的马拉松之恋，张父默许了两人的婚事。张兆和与姐姐张允和到邮局给沈从文发报，允和只写一字"允"，兆和改成："乡下人，喝杯甜酒吧。"沈从文收电欣喜若狂。

　　沈从文乡音重，不大会讲课，只讲自己写作的经验："要贴到人物来写。"他教写作，写的比说的多，常常在学生的作文后面写很长的读后感，看到好文章，他会自掏腰包寄到报刊发表。这个"用手来思索"的人，文学创作一发而不可收，10年中出了40个集子。他说："我只想把我生命所走过的痕迹写到纸上。"他把对故乡的眷恋和历史长河思考，都写进小说里。聂绀弩称赞他的小说《丈夫》说："一个刚刚21岁的青年写出中国农民这么创痕渊深的感情，真像普希金说过的'伟大的俄罗斯的悲哀'。"抗战期间他撰文勉励湘西军人，去前方作战，报效国家。有人说他是"抒情的人道主义者"，散文如画，善于写风景。他说："一首诗或者仅仅二十八个字，一幅画大小不过一方尺，留给后人的印象，却永远是清新壮丽……"他将自己亲身感受的通感留在记忆里，移到纸上。他说："我的心总得为一种新鲜声音、新鲜颜色、新鲜气味而跳。"他对美有特殊的敏感。除写作外，他还搜罗各种美术品，总是通过"物"看到"人"的智慧和想象。他的藏品"与朋友共，敝之而无憾"。许多都捐给了国家。"临事庄肃，为而不有"，是沈先生的座右铭。

抗战胜利后，沈从文经过认真思考，没有随国民党南下，而是留在北京。也许是湘西的宁静回忆和出身军旅饱经战乱的影响，他撰文反对战争牺牲消耗，重呼学术独立，主张第三方面的尝试。但他没有想到，他受到左翼文化界集束式的批判，对其文学创作全盘否定。他无法接受，心情沉郁，在压力和孤立无援下自杀。救活病愈后在华北革大学习。他知道，自己再也无法教书和写作了。

沈从文不得不向他钟爱的文学世界告别，他认为孩子们凡事由"信"出发，自己是由"思"出发。他热爱这个国家，痛苦能增加人的认识。1949 年后，他希望涅槃新生，参加四川农村土改后，决定从事文物研究。经历了频繁的政治运动，他谨小慎微，"躲进小楼成一统"，在博物馆忘我工作。他爱岗敬业，不参与闲谈，埋头写卡片，打杂、清理文物，还主动要求去当说明员。他倾尽心力，组织编写《中国工艺美术史》《中国陶瓷史》《中国瓷工艺史》《中国染织纹样简史》等教材。根据周总理的建议，他又接受了从事服装史的研究，完成了《中国古代服饰研究》的编写出版。

虽然远离文坛，但他没有放弃对文学的关注，自己比喻为"跋者不忘履"。他写了小说《老同志》，但屡投不中。参加土改后，他偷偷写了《财主宋人瑞和他的儿子》。他想写历史人物屈原、贾谊，让其"骨肉灵魂一应俱全"，但北京繁忙的工作使他没有创作时间。他想为张鼎和（张兆和堂兄）烈士的事迹写一部长篇小说，曾一度到青岛调查访问，收集几万字材料。他也接受王震的安排，到井冈山体验生活，但都不知如何与目下要求合拍，矛盾犹豫，终未写出作品。后来他给张家大弟的信中说："作家思想不得到真正解放，有分量有内容的作品是不可能产生的。"他始终认为，真正的作品"所浸透的人生崇高理想，与求真的勇敢的批评精神，方能启发教育读者的心灵"。"文革"中，准备的材料被焚，书籍文稿尽失，成为他一桩未完成的心愿。

沈从文不以诗知名。他的小说、散文、文物研究、文论都比诗有名。

我没有见过沈从文的诗，但我也疑惑，这样一个文化巨匠，不可能没有诗。读了许多回忆文章才发现，他其实写了很多诗。早期他写过新诗。"轻薄的杨柳，/做着新梦——/梦到又穿起一身淡黄裙裳，/嫁与东风！"这是《残冬》里的诗句，此外还有《春月》《薄暮》《萤火》和爱情诗《颂》，都有深意。晚年回忆往事，写过《残诗》《忆崂山》和颇有才情的长诗《白玉兰花引》。1962年他也写出《井冈山诗章》《赣游诗章》。其中在《庐山"花径"白居易作诗处》《游赣州八境台》等作品里，通过记述古人沽酒弹琴、潇洒放达的情状，抒发了"时遇共寂寞，生涯同苦辛"的古今相通的感怀。他下放湖北也有《牛棚谣》《云梦杂咏》《文化史诗钞》等诗作。评论界认为，作为诗人的沈从文，至今都还笼在一层朦胧的纱幕之中。

对沈从文的诗集，我没有读到，很难谈全面的感受和看法。早期写的新诗很少被介绍。后期写的诸多旧体诗中，只零散地读到。"我论文章尊五四，至今心折沈从文"的荒芜，写过一篇《沈从文先生的诗》，内录了沈从文写的一首《漓江半道》：

> 绿树蒙茸山鸟歌，溪涧清润秀色多。
> 船上花猪睡容美，崖边水牛齐过河。

漓江船户在船上养猪，是当地生活的一个特色，将猪入诗，且把它的酣睡写得那么具有诗情画意，颇为少有。

沈从文是黄永玉的表叔，他曾为黄永玉白玉兰画稿题过七言古体诗："有虫叩窗频扰我，反覆难作安稳卧，转思生命感离奇，存在原因在忘我。园中万木花争发，玉兰一树占早春。不因偏院雨露少，只缘入土植根深。"沈从文后来说，诗极长，未能写在画稿上，今则已难记忆这诗稿存亡。

"文革"对于知识分子来说，在劫难逃，沈从文也被批判，住进牛棚，自己提携的人诬列他莫须有的罪名，使他悲愤难平。但最让他痛心的是，一间住处里多年购置的图书资料无处存放，只得以每公斤七分半的价格卖给废品收购站。多年心血研究的成果被付之一炬。他被强迫送到湖北咸宁，看守山坡上的菜园。又内迁至双溪，再转送到丹江市一个采石区的荒山沟里。环境恶劣，困于重病，枯寂长日，他写过一首《双溪大雪》长诗，感慨老来飘零，忧惧惊心。据说还写了《思入蜀》等长诗，希望到四川与儿子团聚。他唯一能做的事是又拾起了旧体诗，两年里仅凭回忆居然写了"文化史诗"长篇和一些感发时事的诗，认为可收"简化头脑"之效，亦能以诗写史，为"文"为"学"。让我印象深刻的一首诗，就是在这样的逆境中发出的心声：

> 朔风摧枯草，岁暮客心生。
> 老骥伏枥久，千里思绝尘。
> 本非驰驱具，难期装备新。
> 只因骨骼异，俗谓喜离群。
> 真堪托生死，杜诗寄意深。
> 间作腾骧梦，偶尔一嘶鸣。
> 万马齐喑久，闻声转相惊！
> 枫槭啾啾语，时久将乱群。
> 天时忽晴朗，蓝穹卷白云。
> 佳节逾重阳，高空气象清。
> 不怀迟暮叹，还喜长庚明。
> 亲旧远分离，天涯共此星！
> 独轮车虽小，不倒永向前！

这首诗原名《老马》，后不断修改，改题为《喜新晴》。应是 1970 年左右写的。干校潮湿的屋子发霉，夏日暴晒，犹如蒸笼。暴雨来袭，地下成河。当时的生活情景是"日间执雨伞在室中来回走动工作，晚上则床下一片蛙鸣，与窗外田蛙相呼应，间以身长二米之锦纹蛇咯咯鸣声，共同形成一生少经的崭新环境"。在这样的处境下，他不希望自己被划为"编余"人员，但念念不忘 20 年心血的研究材料，反复唠叨其价值和意义，急切希望恢复文物工作。亲朋好友相继离去，身体衰病，时不我与，"一息尚存，即有责任待尽"，他虽悲哀自嘲是"乾坤一腐儒"，但实在不甘心一生所学就此废弃，十分想与时间赛跑，把手头工作做完，为国家奉献自己最后的力量。他在此诗的跋语写道："死者长已矣，生者实宜百年长勤，有以自勉也。后用十字作结，用慰存亡诸亲友。"沈从文在跋语中还记载其姐夫"对于旧体诗鉴赏力特高，凡繁词赘语，及词不达意易致误解处，均能一一指出得失，免触时忌"。他姐夫临死前还说："此诗甚好，但因此宜搁笔。"劝他不要再写了。沈从文虽此后断断续续仍有试作，后考虑亲友劝告，深忧带来意外灾难，写诗的热忱控制了下来。"独轮车虽小，不倒永向前！"这近乎口号的诗句，却是他"在一切困难或寂寞情况下，永远保持一种童心和幻念"，是在逆境中不伤迟暮"伏案而终"的抱负和决心，也是他老马"腾骧梦"发自内心的呼喊。《喜新晴》是公认的有代表性的一首。有谁知道，沈从文抄《读秦本纪》诗的时候，屋顶大小天窗数处，土石纷落，他是头上顶了个坐垫写的。

从沈从文的文集里可知，他对李白诗文和事迹有相当的研究。他为马鞍山采石矶整修太白楼和雕像制定方案，提供资料，让雕塑家多读读李白的诗，体会诗意，了解诗人的气度。在一次拍卖会上，有人见过他书写的李白的两首诗《江上吟》和《峨眉山月歌》，前一首表达了李白身处羁旅，却不理会压抑的现实，仍继续追求自由、向往理想世界的初心。后一首是晚年在异地对家乡的眷恋。沈从文与李白情感相通，让人感到他们似乎有隔代之缘。

诗可以怨，愤怒出诗人。苏轼诗："诗人例穷蹇，秀句出寒饿。"诗

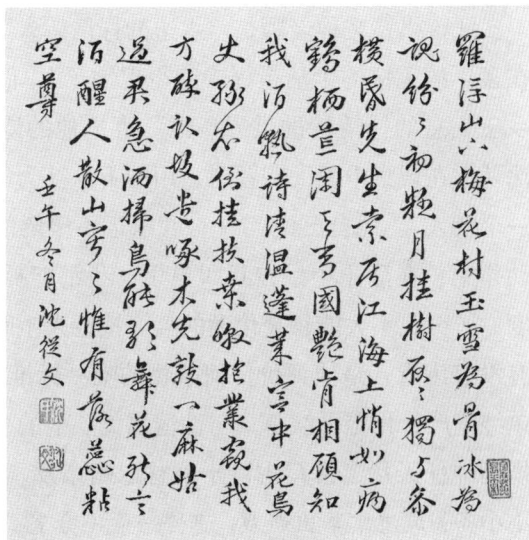

沈从文手迹

人往往在艰困时，写出心中的歌。诗可以表达心中的愤懑、不甘、痛苦和压抑，也可以表达在逆境中的隐情、思索、希冀和心愿。这使我想起许多人在逆境中的诗：黄永玉称表叔沈从文"给了我文人的良心"。几乎与沈从文写《喜新晴》诗的同时，他在"五七"干校偷偷打着手电在被窝里完成了200多行的长诗《老婆呀！不要哭》，这首寄自农场的情诗，将历经批斗和艰苦劳动后，郁积于心的诸般愤懑、不解、无奈发泄出来，在政治和生活的压抑下，寻找了文学的解脱和化解。诗人超越了外界纷扰，回到内心的浪漫，营造诗意的纯净，感伤而不悲观，苦难而生发坚毅和乐观。我又想到了郭小川，他在干校写的《团泊洼的秋天》又是一种情感风格。虽然诗人注明是"初稿的初稿"，"属于《参考消息》一类，万勿外传"。但诗中毫不掩饰内心的一团烈火，喷发出战士的抱负、胆识和深情。"团泊洼，团泊洼，你真是这样静静的吗？""不管怎样，且把这矛盾重重的诗篇埋在坝下，它也许不合你秋天的季节，但到明春准会生根发芽……"这些诗句至今仍在我脑中回旋。回到沈从文在双溪写的上引的诗，虽然和别人风格不同，经历不同，思索不同，但都使人在诗境中看见一颗不屈的心。沈从文说，读书人倦于思索，怯于惑疑，苟安于现状。对武力和权势形成一种阿谀不自重风气。他说：我想呼喊，可不知向谁呼喊。

汪曾祺撰文称老师是"水边的抒情诗人"，"我们很多人的乡情和诗情在多年的无情的生活折损中变得迟钝了"，而"沈从文的世界是一个充满乡土气息的抒情诗的世界。他一直把他的诗人气质完好地保存到78岁。沈从文在观察中国的问题时，用的不是社会学家和一个主教的眼睛，他是一个诗人"。他自己说："……我永远不厌倦的是'看'一切，宇宙万汇在动作中，在静止中，在我印象里，我都能抓定它的最美丽与最调和的风度。……我不大能领会伦理的美。接近人生时我永远是个艺术家的感情。"有没有诗意，是他评价任何事物的唯一标准。因此他写诗主张纯正质朴、单纯庄严，肯定平淡真挚与性情之美。他的书法功力至深，其章草一扫常规而纯任天然，常写古诗十九首以赠亲友。荒芜曾称他的字："对客挥毫小小斋，风流章草出新裁。可怜一管七分笔，写出兰亭醉本来。"

沈从文在部分通信和杂文中却显现出丰富的诗学观念：坚持诗的艺术

晚年的沈从文

性，以诗情的"真"、诗人的"善"和诗体的"美"为标准评诗。他曾对来访者说，他对现代诗不大感兴趣，外国诗不大看。过去因对古典文学、骈体文都看得懂，所以他认为，新诗不好表现，旧诗要懂很容易表现，旧诗搞了几千年，新诗才几十年。五四的新诗像火，否定词藻，太明白了。结果把词藻放进去，就是闻一多、徐志摩这些人。社会变革太大，说是资产阶级，又否定了。现在又回来了，新诗又要讲究节律。他引用毛泽东说的笑话：谁送我一百大洋，我也不看新诗。

沱江畔沈从文墓有一块天然大理石锉成的墓碑，正反两面均刻有16个字。我围绕墓碑沉思，努力理解这个浓缩的箴言和评价。

墓碑正面他自题手记："照我思索，能理解'我'；照我思索，可认识'人'。"墓碑背面是沈从文妻妹张充和撰联并书："不折不从，星斗其文；亦慈亦让，赤子其人。"点出了沈从文灿若星斗的创作和他的品格为人。

他是"最甘于淡泊的作家"。从文让人，不与人争：让人能益智，不争而善胜，这正是"寂寞寻梦人"的风范、品格和境界，也是安贫乐道、处世做人的大智慧。

站在墓碑前，仿佛听到沈从文说过的一句话："到将来，你会懂我。"我似乎懂了，又记起他说过的一句意味深长的话：

"我明白你会来，所以我等。"

《李自成》与姚雪垠的诗

堪笑文通留恨赋，耻将意气化寒灰。

凝眸春日千潮涌，挥笔秋风万马来。

愿共云霞争驰骋，岂容杯酒持徘徊。

鲁阳时晚戈犹奋，弃杖成林亦壮哉。

  这是 1975 年 10 月 19 日姚雪垠致毛泽东信的末尾抄录他写的《抒怀·赠老友》诗。诗后注明"谨抄旧作七律一首呈敬爱的毛主席"。从信和诗，我们可以就此切入姚雪垠创作长篇小说《李自成》的幕后故事。

  姚雪垠创作的《李自成》第一卷（草稿），是他在 1957 年被错划为右派后，到湖北东湖农场劳动改造之前的几个月时间内，一边哭一边写出来的。而后又利用工余时间，在一盏用墨水瓶做成的煤油灯下思考、修改的。第二卷的初稿，"文革"前只写出了一半。作为专案审查对象他又被下放到"五七"干校劳动改造。劳动之余在一盏点煤油的马灯下完成了第二卷的写作，但该书迟迟不能出版。1963 年出版《李自成》第一卷的中国青年出版社还未复业，当年的编辑江晓天还在潢川干校抱草喂牛。姚雪垠知道，毛主席一向重视明末农民起义这段历史。1944 年在延安，就刊印了郭沫若写的《甲申三百年祭》，列为整风文件。毛泽东说，这是"叫同志们引为鉴戒，不要重犯胜利时骄傲的错误"。1949 年在进北平的路上，还记起《甲申三百年祭》，说这篇文章是要永远读下去的，进京赶考"我们决不当李自成，我们都希望考个好成绩"。新中国成立初期，毛泽东访问苏联回国，对东北大吃大喝十分不满。他情绪激动："你们要做刘宗敏，我可不想当李自成啊！"1963 年《李自成》第一卷出版后，毛泽东当时并没有看。1966 年"正是神都有事时，又来南国踏芳枝"，他在杭州准备去湖南，随手翻阅秘书整理图书检出的《李自成》，被吸引住了。到韶山滴水洞住了十几天，读完了第一卷上册。在一次政治局扩大会上，毛对王任重说，对姚雪垠要予以保护，《李自成》写得不错，让他继续写下去。

姚雪垠（邓伟摄）

姚雪垠探知毛主席的具体指示后，接受了当年编辑江晓天的建议，直接写信给毛主席，希望再次获得支持，能顺利完成五卷《李自成》，并争取在 75 岁以后，写出长篇小说《天京悲剧》，填补五四以来历史长篇小说的空白。文首录的就是附在信末的诗。

此信经胡乔木转呈后，毛泽东写下批示："印发政治局各同志，我同意他写李自成小说二卷、三卷至五卷。"以后就一路绿灯，《李自成》第二卷付梓，第一卷修订版出书，中青社也因此复业，一本书救活一个出版社，也成了"文革"中的奇谈。1977 年第二卷出版的时候，中宣部部长张平化看望他，并转达邓小平的话："《李自成》第一卷写得很精彩，第二卷不如第一卷，但也精彩，有独到之处，也是难得的。"

"文革"后没有什么文学书看，那时读书如饥似渴，得知《李自成》出版，我与大家一样即去排长队购买，彻夜读书，也深深为书中的情节和人物所吸引。

姚雪垠，原名冠三，河南邓州人。由于家境窘困，母亲准备在他出生时溺婴，幸为曾祖母所救。他从小爱听外祖母讲故事，由此激发了想象能力和文学兴趣。在县城里，读了一年多私塾，又上了三年教会办的高等小学，背诵过大量古文并习作文言，暇时爱听艺人说书。他在信阳上中学。第二次直奉战争爆发，学校提前放假。在回乡途中，与二哥和其他两名学生一起被土匪队伍抓去，被一个小头目认为义子，在土匪中生活约 100 天。此后四年多，除在樊城鸿文书院读书的几个月外，基本上失学在家。利用这段时间，他阅读了许多五四新文学作品，也读了一些俄国作家的小说，培养了对新文学的兴趣。他曾两次到军队去当兵，由于在现实生活中看不到出路，滋生了苦闷感伤的情绪。后考入河南大学法学院预科，入学后，参加进步活动，开始阅读马克思主义著作，还读了清代朴学家、《古史辨》派和郭沫若等唯物史观派的一些代表性论著。1931 年暑假被学校当局以"思想错误，言行荒谬"的罪名开除。结束学生生活后在北平等地以投稿、教书、编辑为生。先后在北平和天津的报刊上发表了小说、杂感和散文诗、文学论文。编过《大陆文艺》《今日》两种刊物。抗战爆发后，在开封办《风雨》周刊。曾赴徐州前线采访，写成《战地书简》。后去武汉参加第五战区文化工作委员会，发表短篇小说，其中《差半车麦秸》《红灯笼的故事》及中篇小说《牛全德与胡萝卜》，运用活泼生动的群众口语，写出了农民在抗战中的觉醒与变化，受到文艺界重视。在辗转鄂、皖、蜀等地的过程中，以主要精力创作中长篇小说。抗战胜利前后，姚雪垠转向故乡与童年的题材，曾计划写"农村三部曲"，后仅完成了自传性长篇小说《长夜》（该书后译成法文，姚雪垠被授予马赛纪念勋章）。1948 年以后，在高行农业学校、私立大夏大学教书。1953 年迁居武汉，成为专业作家。1957 年被错定为极右派。

姚雪垠正是在被错划为极右派和被批斗后，偷偷开始了《李自成》的创作。虽然前途渺茫，命运难料，但他决心写出这部填补空白的历史小说。为再现这段悲壮的英雄史诗，几十年间他查阅了所有能收集到的历史资料，在他的书房里，有整柜的卡片，每张都写满了工整的蝇头小楷。在写作疲倦的时候，漫步在斗室之内，心里想着卞和献玉的故事，背诵着孟子"天将降大任于斯人也"和司马迁"文王拘而演《周易》"的一段话，鼓励自己的奋斗精神。后来他还利用劳动休息的时间，坚持写下去。"三百年前悲壮史，豪情和泪著新篇。"他经常为自己创造的故事情节和人

物命运激动得热泪横流，泣不成声。第
一卷的草稿就是在痛哭中写出来的。他
说，耐得寂寞"是我一生做学问的体会
呀！"他后来回答自己写出《李自成》
的经验是："立下较高的追求目标，在逆
境中艰苦奋斗，死不动摇，不实现决不
罢休。"对自己的写作实践，他总结成
四句话："加强责任感。打破条件论。下
苦功。抓今天。"

《李自成》书影（中国青年出版社
1963年版）

　　姚雪垠写出的《李自成》，以"深
入历史与跳出历史"的原则，描写了距
今300多年的错综复杂的历史进程和波
澜壮阔的农民起义，塑造了一系列形象
鲜明的历史人物，揭示了明末农民革命战争的特殊规律和封建社会阶级斗
争以及民族斗争的复杂局面。其规模宏大、气势磅礴、文笔新颖，堪称农
民革命战争的历史画卷。这部巨著从1957年动笔起，历时30余年，约
230万字，分为五卷，获首届茅盾文学奖。由于创作的时间跨度漫长，他
生前表示待全书完成后，将统一再作修改定稿。然而，1999年4月作者
匆匆离世，只留给了人们由他本人在病榻上口述，再由家人整理完成的
《李自成》第四、第五卷。他久已酝酿于胸中的太平天国、戊戌变法、辛
亥革命等重大历史题材的写作计划，可惜也无法完成。

　　《李自成》被公认为是五四以来具有里程碑意义的文学巨著，是"广
阔的历史画卷"。胡绳称"以这支农民起义军为中心，写出一部中国封建
社会的'百科全书'"。茅盾称"作者是填补空白第一人"。他十分赞赏其
中的《商洛壮歌》，说文章："大起大落，波澜壮阔，有波谲云诡之妙；而
节奏变化，时而金戈铁马，雷震霆击，时而凤管歌弦，光风霁月；紧张杀
伐之际，又常插入抒情短曲，虽着墨甚少而摇曳多姿。"明史专家吴晗认
为《李自成》"不在《水浒》之下"，"也超过了《三国演义》"。

　　《李自成》除跌宕起伏的情节和鲜活的各色人物吸引读者外，书中人

物、场景里的诗词如《红楼梦》一样，增加了传统文化内涵、烘托了人物的情志，为此姚雪垠是下了功夫的。他说，年轻时通过自学，对于中国古典文学有粗浅修养，可以按照小说的需要，代古人写书信、奏章、诏书、批示、告示、祭文等。但为写好小说，他下决心半路出家学习古体诗词，相信自己不难学会。他在自己的诗存"题记"中说："为写《李自成》这部历史小说，逼迫我50岁以后开始学写旧体诗。但也是偶一为之，并未多下功夫，其中甘苦，体会尚浅，惟初窥门径耳。"他对自己的诗集作了说明："春秋佳日，院中绿树婆娑，映照芸窗，每一停笔凝对，心中为之怡然，故定名为《绿窗诗存》。"

《绿窗诗存》中"上编"主要收录1961年至1994年他创作的旧体诗，其中大部分是表达创作《李自成》的甘苦和心境。"下编"是为《李自成》书中的人物、场景和故事而配作或代写的诗与联。姚雪垠的诗雄豪沉放、清劲诚朴。可以不夸张地说，他的诗存是与这部长篇历史小说共生的。

在创作《李自成》漫长而曲折的过程中，他在不同时空环境里，甘守寂寞，流泪笔耕，多次抒发自己的情志。我选了几首不同年份姚雪垠写的诗，可看出他写《李自成》的心路历程：

> 平生最富前车鉴，无计回头挽逝川。
> 愎性难移比罪鲧，雄心不死似刑天。
> 飞扬跌宕惭前事，狂妄浮夸悔晚年。
> 白首征途春渐暖，偷将新曲付朱弦。

这首《平生》是1970年春写的。他说，1963年《李自成》第一卷出版后，引起震动，增强了他续写的信心。到"文革"开始的时候，第二卷已写了三四十万字。但武汉文艺界极左力量围攻作者，说《李自成》是大毒草。后传有毛泽东保护的指示，幸使没有被批斗、挨打和坐监，其藏书、原稿和资料卡片得到保存。他在干校劳动时，确信毛泽东有保护指示，思考继续的写作计划。此诗尾联就是写那时的心情和暗中的写作活动。

> 施罗往矣余音绝，尊酒无缘共论文。
> 砚墨逐年凝寂寞，笔花入梦落缤纷。
> 一床素简悲司马，半部红楼哭雪芹。
> 老去犹恋精卫海，沧波冷映鬓如银。

　　此诗写于 1972 年 1 月。"施罗"指施耐庵和罗贯中，作者借此生发，抒写心境。他记起"文革"初期，局势渐乱，停止写作。1967 年后，武汉武斗高潮，又集中搞"清理阶级队伍"，下"五七"干校，更谈不上写作。作者想起司马迁的《史记》和曹雪芹的《红楼梦》都是未完成的著作，虽担心写作夭折，但在第七句表示仍要以精卫填海的决心，完成写作《李自成》的宏愿。

> 寂寂书斋春雨后，婆娑碧树映窗鲜。
> 雕虫勉累三千牍，画虎不成又一年。
> 常共苦心攀险路，断无灵感落飞泉。
> 老来有愿多悲壮，似火豪情暗自燃。

　　《寂寂》写于 1974 年 5 月 16 日。姚雪垠在诗后注："我写《李自成》，从来不靠灵感。不论冬夏，凌晨三时左右起床工作，倦即休息，或改换别项工作调剂。白日，倘有人来，随时停笔；人去，接下去写。或因一事需要研究，一个地名需要查清，也会因翻阅图书，中断一个细节或一段对话的写成。日月如流，任重道远。"他还表示，写作能否生前完成，何时出版，不多考虑，唯有毫不动摇，毫不松懈，步步前进，他称自己所怀的情绪不是轻松而是近乎"悲壮"。

> 快车高卧入京华，笔砚安排即是家。
> 舞剑仍来残月外，挥戈惯趁夕阳斜。
> 心游贝阙骊龙近，眼望珠峰雪路遐。
> 任重只愁精力减，扬鞭少看上林花。

姚雪垠 1975 年 12 月调到北京，工作环境得到改善。他马不停蹄，即刻抓紧时间投入《李自成》的写作。

江城盛会尊三老，检点平生怀愧心。
俯探骊珠萦素愿，仰瞻星斗费沉吟。
灯前白发思犹壮，笔下丹心梦转深。
万里风波付稗史，百年苦乐满胸襟。

这首《灯下咏怀》，是 1986 年湖北作协举行"三老"（姚雪垠、徐迟、碧野）创作活动 50 周年纪念会时，姚雪垠的感怀之作，也可以说是他创作《李自成》30 年的总结。

《绿窗诗存》里还有一些赠友、访问和忆旧等内容的诗，也收录了在 20 世纪 30 年代他写的自由体诗。让我惊奇的是，其中还有一首世界语者 K. Rodanto《给贫苦的孩子们》的译诗。我还真不知道姚雪垠什么时候学过世界语。《绿窗诗存》"下编"为《李自成》书中配作的诗与联，这里就不选录了，读者可以在阅读这部长篇历史小说的时候慢慢含英咀华、欣赏体味。

文心侠骨，统览孤怀

——梁羽生诗词寻踪

　　为了写作本书，我列出了一连串近现代人物的名单，希望能包容各方面的精英。我请教朋友，香港写什么人物好？朋友说，你可读读梁羽生的《笔花六照》。

　　《笔花六照》从香港带来后，我认真读了，才知道梁羽生不仅是笔耕不辍的武侠小说大师，而且其诗词功底颇深，琴棋书画、文坛逸事皆能妙笔生花。遗憾的是我一本武侠小说也没有读过。

　　"武侠小说是成年人的童话"，华罗庚的这句话说明不同年龄的人都喜欢。过去它却一向被排斥于"正统文艺"之外，"难登大雅之堂"。欧洲在中世纪也曾流行过武侠小说，西方小说中的"骑士"和中国小说中的侠客，相同之处是都勇武豪侠，抑强扶弱；不同之处是西方的骑士须国王或大公爵封与，效忠君王或主人，为基督教而进行"圣战"。而中国传统小说中的侠客，虽不敢反对皇帝，但独往独来，笑傲公卿江湖。

　　梁羽生自己说，他与武侠小说结缘，是当年太极两派在澳门擂台比武，报纸负责人罗孚灵机一动，提出写武侠的要求，鼓动他用现代人的观念来诠释传统文化。他酝酿一天，就奋笔纸上行走，连载了《龙虎斗京华》。他的一篇《著述半为稻粱谋》引龚自珍诗说出了自己的因缘和"忽遇"："少小无端爱令名，也无学术误苍生。白云一笑懒如此，忽遇天风吹便行。"从此，梁羽生的武侠小说一发而不可收。他摒弃了旧派武侠小说一味复仇与嗜杀的倾向，以一腔正气创造了武侠小说新的格调，将侠行建立在正义、尊严、爱民的基础上，提出"以侠胜武"的理念，开创了新派

梁羽生

武侠小说的先河。一直到有"封刀"之意时，有人还集龚诗赠他："切莫空山听雨去，江湖侠骨恐无多。"他欲罢不能，又延长写作时间。近30年内，他创作了《白发魔女传》《七剑下天山》《萍踪侠影录》《云海玉弓缘》等35部武侠著作。在梁羽生悉尼书斋里，墙上有一副对联："大唐帝观，骄龙飞天，云海风鸣，广陵三魔魄震散；草莽钗联，狂侠游剑，星河影幻，武当七绝心惊还。"此联将梁羽生一生心血写的35部武侠名作的书名，嵌入其中。

梁羽生，原名陈文统，生于广西蒙山县文圩乡屯治村。从小跟着外公学习诗词、围棋和对联，使他能背不少唐诗，熟读《论说精华》和《古文观止》。外公用一部《白香词谱》教他词的平仄格律，从象棋入手教他围棋，并要他掌握对联的平仄虚实、音韵流畅。他青少年时期就阅读了大量的名家词集，自南唐李后主以来数百首词烂熟于心。他还钻研古棋谱，在家乡风雨桥上与江湖棋手比试。转学到桂林中学后，广泛接触新文学，喜爱看电影。他读了《江湖奇侠传》，对他影响最深的是唐人传奇，他认为是传记文学的一支，是中国最早的武侠小说。18岁时向《力报》投稿。中学毕业后，到良丰租房自修，准备报考广西大学。1944年湘桂战役失利，因战况变化，被迫返回家中。太平天国研究专家简又文，敦煌学者、诗书画闻名的饶宗颐等人来到蒙山避难，都曾在梁羽生家中小住，饶宗颐、赵文炳教授梁诗词，梁向他们请教文史知识，并拜简又文为师。日本投降后，随简又文返回广东，考入岭南大学，由化学系转入经济系，加入"艺文社"，曾夺得该校象棋比赛冠军，后任《岭南周报》编辑、总编辑。大学毕业后进入香港《大公报》《新晚报》当副刊编辑，既写文史随笔，也评诗论词。词人刘伯瑞十分欣赏，常与他讨论诗词。在《新晚报》，他与金庸成为同事，两人常以弈棋为乐。

梁羽生 30 岁时开始创作武侠小说，发表了《龙虎斗京华》《草莽龙蛇传》。同时以笔名负责《大公报》象棋和"上下古今谈"专栏，主持《新晚报》"茶座文谈"，开了一个"李夫人信箱"。他最早的笔名是陈鲁、梁慧如与冯瑜宁。他说，笔名女性化，有利于与读者交流。此后笔耕不辍，只创作武侠小说和棋评。他在各地演讲武侠小说，其书在大陆授权出版。他还参加过"港日围棋对抗赛"，力克日本初段棋手。他移居澳大利亚后，潜心于历史，未满 85 岁在悉尼病逝。

梁羽生小说以章回小说的形式来陈述，多用诗词歌赋和民歌俗语，富有神采；用虚构的人物来强化历史氛围；武功的一招一式细腻逼真；人物性格更贴近生活，凸显真实人性；小说开篇引人，中间则是暴风雨前的平淡，结局荡气回肠。

他的武侠小说，文备众体，内有诗、词、曲、赋、歌谣、谚语、对联，交融互涉，散发着诗剑合一、文采风流的艺术魅力。大略估算，他 35 部小说中，自作和引用的诗词超过 500 首。岭南大学在给他荣誉文学博士的赞词中说："在其典雅洗练、稳厚绵密的笔调下，江湖的恩怨情仇、侠客的刀光剑影，不时闪现在诗歌的流光溢彩中。"他们引了《龙虎斗京华》的卷首词"调寄踏莎行"：

> 弱水萍飘，莲台叶聚，卅年心事凭谁诉？剑光刀影烛摇
> 红，禅心未许沾泥絮！　　绛草凝珠，昙花隔雾，江湖
> 儿女缘多悟。前尘回首不胜情，龙争虎斗京华暮。

梁羽生不仅雅擅诗词，也喜欢评诗论词。北京大学出了一本《梁羽生妙评民国诗词》，遴选 400 余篇文章，涉猎面甚广，可见其读书广博。他"诗意即人情"的观点，使他在点评诗词时游刃有余，形成了独特的写作风格。能与金庸、古龙并称中国武侠小说三大宗师的梁羽生，一生酷爱中国古典诗词，写了不少古诗和对联，许多诗词都写进武侠故事的情节里和

《萍踪侠影录》书影

人物的琴棋书画之中。金庸在他之后写了《书剑恩仇记》，开始武侠小说创作，两人经常切磋交谈，非常合拍。梁羽生逝世后，金庸痛悼，称自己是"自愧不如者"，撰联："同行同事同年　大先辈；亦狂亦侠亦文　好朋友。"

"文心侠骨，统览孤怀"是梁羽生一生追求的风骨。他在一封信里对此联作了详尽的解释。他认为，"文"除了文章、文字的本义外，"文"字已经用来形容通过学习和训练、离开粗野的本性、培养优秀的品质、优秀的技能、崇尚礼仪、温文儒雅的人了，成了士大夫追求的理想模式。"统览孤怀"的"统览"，强调全面观点，即现代的"宏观"；"孤怀"的"怀"指怀抱，包括理想、见解等；孤怀者亦即指有独立的见解，不随俗浮躁也。"统览孤怀"是矛盾统一的两面。大家都有"孤怀"，可以演变成群体的"同怀"。人只要具备了"孤怀"与"统览"，就能应付如海一样，包容广大、变幻无穷的人生。他的人生就能像海一样广阔无涯，丰富多彩。

梁羽生懂棋，在岭南大学用后手屏风马打败劲敌，获得冠军，填了一阕《鹧鸪天》：

> 天马行空信不羁，银河浪涌小龙驹。控弦并辔双双出，足下风云共护持。　　强敌破，虏灰飞，昆仑东海任由之。连珠炮发何能阻，渴饮清泉到玉池。

该词是"内行人语"："天马行空"是局法名称，"双马饮泉"是象棋基本杀法之一，"银河""控弦"分指河头马和连环马。梁羽生也擅围棋，遗憾我未寻到他写围棋的诗词。

梁羽生坚持以侠为本，让侠士突破只局限于江湖恩怨的平庸和狭窄，成为正义、智慧、力量的化身，成为有血有肉、有爱有恨的民族英雄。天山七剑驰骋草原反抗异族的侵略，玉罗刹、岳鸣珂等反抗魏忠贤及其鹰犬，营救忠良；张丹枫的大侠之风，南霁云、段圭璋在"安史之乱"中为国死难的豪杰之气……梁羽生通过这些人物形象把侠义和时代责任联系起来，开拓了武侠的新境界。在作品里，他把"天山剑法"写得绘声绘色、天花乱坠。这种剑法在武术辞典里根本找不到，都是他杜撰的。他听朋友之劝，明白招式不能照抄别人的，于是他由写实转为写意，"来如雷霆收震怒，罢如江海凝清光"，以诗境代替招式。他以史传奇，牵引读者进入一个琴棋书画乐舞医卜药星相，肌理绵密而亦狂亦侠、半虚半实、亦幻亦真的世界。诗剑合一、文采风流是一大特点。在他的笔调下，侠客的刀光剑影不时闪现在诗歌的流光溢彩中：

已惯江湖作浪游，且将恩怨说从头，如潮爱恨总难休。
瀚海云烟迷望眼，天山剑气荡寒秋，峨眉绝塞有人愁。
（《七剑下天山》卷尾词《调寄浣溪沙》）

梁羽生熟读古诗词，写过《笔花六照》《名联观止》《梁羽生妙评民国诗词》，正因为有这样的功底，作品情境如历如绘，使读者炫目而动心，由此赢得才子小说、学者小说的美称，绝非浪得虚名。朋友送他一副对联，嵌了"文统""羽生""萍踪侠影"三词：

文翻北海，望重南洲，羽扇纶巾萍踪现；
统览无俦，思潮不绝，生花妙笔侠影留。

梁羽生晚年，即使在疗养院期间，仍翻破了三本《唐宋词选》，他不但自己背诵，也要求太太背。他读苏轼的《江城子》，能一口气背出辛弃疾的《汉宫春·立春》，弥留之际还对儿子念了一遍柳永的《雨霖铃》。他对弟子杨健思说，辛弃疾的《八声甘州》最能代表他的平生写照：

故将军饮罢夜归来，长亭解雕鞍。恨灞陵醉尉，匆匆未
识，桃李无言。射虎山横一骑，裂石响惊弦。落魄封侯
事，岁晚田园。　谁向桑麻杜曲，要短衣匹马，移住
南山？看风流慷慨，谈笑过残年。汉开边，功名万里，
甚当时、健者也曾闲。纱窗外、斜风细雨，一阵轻寒。

　　梁羽生成为新武侠小说的开山名家，在小说家中占有一席位，但他也
许更希望成为受士林拥戴的诗人。他生前说，"侠骨文心，云霄一羽；孤
怀统览，沧海平生"是朋友送给他的一副对联，他受不起，远远达不到这
样的境界。待他百年之后，将此联写入县志里，与家乡人和做学问的人共
勉吧。家乡的墓碑上是他的自挽联：

　　　　笑看云霄飘一羽；
　　　　曾经沧海慨平生。

心如明月笔如痴

——读王蒙西出阳关诗的联想

王蒙首个头衔是作家。因作家祸，因作家福，即使在文化部部长任内也笔耕不辍，自称是"练活儿的""文学生产一线的劳动力"。

在三联书店办的文化人的沙龙上，我听过他无拘无束地侃侃而谈。在政协常委会上，我听过他关于文化的演讲，洋洋洒洒，融会贯通。我读他的小说不多，读过一些他论庄子、老子的书。据说他有三枚闲章："无为而治""逍遥""不设防"。他的诗见得更少，正因如此，我饶有兴趣地搜寻，企图能走进他小说之外的诗的精神家园。

作家王蒙写小说，也写诗吗？我孤陋寡闻。查资料才知他写过新诗179首，旧体诗155首，还有散文诗、译诗若干。后来从首都图书馆借到《王蒙文集》第19卷，读到了他的全部诗作。

王蒙曾任全国政协文史和学习委员会主任，近水楼台，我得到了他亲笔签名送给"乐美真同志"的《王蒙自传》。很惭愧，这本书一直静静地躺在书架上。直到要写这篇文章，我才找出来阅读恶补。我也网购了《绘图本王蒙旧体诗集》和《王蒙谈话录》，慢慢了解了他的文学世界。

王蒙，河北南皮人，出生在北平沙滩。其父王锦第与文学家何其芳为北大同室舍友。何喜读《茶花女》，主人公亚芒也译作"阿蒙"，于是建议给他儿子起名"王阿蒙"，父亲去掉阿字，即叫王蒙。

王蒙14岁就在中学入党，参加地下工作。新中国成立后经团校培养，成为年轻的区团委干部。他读了大量的苏联文学著作，19岁写出处女作《青春万岁》，开始了他激情燃烧的文学之路。后其短篇《组织部来

1957 年的王蒙

了个年轻人》引起争论。毛主席读过后，不赞成李希凡批判文章谈到的北京没有这样官僚主义的观点，认为王蒙有文才，有希望，对他"一保护，二批评，不是一棍子打死"。反右运动中他在劫难逃，被划为右派，但未灭顶，仍保留原工资待遇，下放北京郊区劳动，后被安排到北京师范学院中文系当助教。1963 年，在一次西山召开的文联读书会上，学习反修文件，各方面收紧，《青春万岁》出版搁浅。但王蒙渴望文学，渴望生活，他认为文学提升了人生，他说："文学使生活鲜艳而使战斗豪迈，文学使思想丰富、使感情深邃、使话语与岁月迷人。"为了渴望，他不愿囚禁在校园，选择到生活中去，主动提出西出阳关，到边疆去。

应该说，王蒙不是如林则徐发配到新疆，而是怀着对浪漫魅力的广阔天地的神往自主而去。他回忆那时更需要的是"茫茫大漠，雪峰冰河，天山昆仑山，绿洲草原，胡杨骆驼刺，烽火边关"。他希望远离风浪，不安心在小小校园。他遵循"大乱避城，小乱避乡"，挈妇将雏，西出阳关而去。王蒙对妻子说：有本事走，就有本事回来。敢远走高飞，就敢作出一点成绩。如果什么都没做成，一事无成，老死边关，自然也心甘情愿。他在赴新疆途中豪吟：

嘉峪关前风嗷狼，云天瀚海两茫茫。
边山漫漫京华远，笑问何时入我疆。

日月推移时差多，寒温易貌越千河。
似曾相识天山雪，几度寻它梦巍峨。

死死生生血未冷，风风雨雨志弥坚。

春光唱彻方无恨，犹有微躯献塞边。

这是王蒙在举家迁新疆的火车上写的，共写了八首，他只忆起此三首，诗名《赴新疆》。《绘图本王蒙旧体诗集》所载个别字有不同，也有一首不同的诗，应是第四首：

乌鞘峭峰走铁龙，黄河浪阔架长虹。

多情应笑天公老，自有男儿胜天公。

从《赴新疆》的诗可以看出，王蒙西出阳关，是潇洒而去。他卖掉无法带走的东西，过西安，游大雁塔，吃褡裢火烧，观冬日长安念汉唐盛世，毫无"长安不见使人愁"的悲苦；他过张掖武威，乌鞘岭红柳河，嘉峪关玉门，欣赏八百里关中平川，更无"西出阳关无故人"的凄凉。读他豪情万丈的《赴新疆》诗，感觉的是一番雄心壮志，喷发的是满腔青春似火。王蒙的诗，不在技巧卖弄，而是融汇了古今的智慧之后，直抒胸臆，坦荡交心，敢于表达自己的志向心声。王蒙西出阳关赴新疆的诗，自己后来说是"少年气盛"，但我认为在当时特定条件下，却是与众不同的乐观、清醒和热情。正因为如此，才一扫日暮途穷、落叶葬花的悲凉和颓唐，延续了他写《青春万岁》的热火，升腾了男儿志在四方的豪迈之情。

当然从另外一个角度，也反映了文学家在"左"的乱世里的无奈与哀苦。聂绀弩诗："哀莫大于心不死，名曾羞与鬼争光。"人才不能重用，作品不能发表，无事可做，浪费青春，只有寻觅远离他乡的地方。王蒙从29岁到45岁，在新疆16年，曾短期到新疆各地采访，任《新疆文学》杂志编辑，又到伊宁巴彦岱劳动锻炼，在基层"三同"。他不受重用，又受人照顾。他学会农活，学会烹饪，学会维吾尔语。用他自己的话说："学会了幽默、逍遥、放松、静观、忍耐和适应能力。与好心人相濡以沫，免遭'文革'狂飙的冲击，保存聚集了能量，得大自在，享无上福。"他在伊犁的写作虽然停止了，但生活在边陲小镇，和基层朴实百姓一起生

1965 年秋，在搬家
至新疆伊犁路上，王蒙
与夫人崔瑞芳的合影

活，远离运动的疯狂和纷争。这种属于作家的生命的积累磨砺，使他感到如鱼得水，乐在其中。王蒙喜欢游泳，在新疆曾从 5 米高的峭壁上跳到水库里。王蒙曾在他的《一辈子的活法》里说："全国的知识界尤其是文艺界已经斗了个天翻地覆，一个个都是大祸临头，心惊肉跳，狼奔豕突，朝不保夕，而我跑到了远离政治中心，遥远啊遥远（苏联歌曲名）的地方，暂时过着太平小日子，我简直得其所哉，除了王某，谁有这个运这个机遇这个尴尬中的浪漫！谁能想象得到王某人是这样在伊犁的杨树林间，清清的渠水旁，洁白的雪峰下面，距离边境只有几十公里的地方，与少数民族弟兄一道吃着串烤羊肉，喝着土造啤酒迎接索命追魂的无产阶级'文化大革命'的！"

王蒙在新疆是大有收获的。他此后文学创作喷涌而出，写出了《在伊犁》《萨拉姆，新疆！》《故乡行——重访巴彦岱》等一系列作品，也写出了《塔什库尔干》《木卡姆》《雪满天山路》等抒情新诗。他的旧体诗也受到了辽阔、乐观、纯真等新疆元素的影响，诗作更成熟、更奔放。从早期《赴新疆》诗可看出，王蒙的诗不是苦吟派，更接近"性灵说"，同他写小说一样，诗词创作是一种燃烧，是生活激情的表达。如他所说：作家（诗人）不是世界的审判官，是一个感受者、表达者，是世界的情人。

除了新疆内容的文学创作外，王蒙还写了许多当时惊世骇俗的意识流小说。没想到他意外收到胡乔木的信，说读了他的小说，非常高兴，并赋诗以赠："故国八千里，风云三十年。庆君自由日，逢此艳阳天。走笔生奇气，循流得古源。甘辛飞七彩，歌哭跳繁弦。往事垂殷鉴，劳人待醴泉。大观园更大，试为写新篇。"王蒙认为，此诗对他，呵护有加。

从文化的角度，王蒙也十分重视中国古典文学的研究和继承。他认为，"中国旧体诗词是一大文化瑰宝，是汉语美丽的、极致的表演"，"古典诗词对我们而言，是很重要的文学语言的资源"，"必须大量地熟读中国的古典诗词，然后才可以写诗"。王蒙打散重组李商隐的《锦瑟》诗，将其写成长短句、新的七言和对联，以此为例，说明中国古典诗歌中每一个字、词的极端重要性，相对独立性。做到了"字字珠玑"，打散了也还是珠玑，也还能"各自为战"。这种"扑克牌"式的文学作品，是中华诗词的奇迹。

王蒙读过大量的外国文学作品，波斯诗人《鲁拜集》里有一首诗："空闲的时候要多读一些有趣的书，/不要让忧郁的青草在心里生长，/干杯吧，把杯中酒喝尽，/而死亡的阴影已经渐渐地临近。"王蒙读后曾将其翻译成五绝：

> 无事需寻欢，有生莫断肠。
> 遣怀书共酒，何问寿与殇。

由此可见，王蒙对中外古今文化是横通的，他早期的西出阳关诗，贵在年轻的朝气、激情，以后的诗更加自如老练，濯古来新，天马行空，拥抱生活，读来有滋有味，可慢慢品悟。

王蒙对新、旧两种诗体都能掌握，写新诗自由奔放潇洒。直到今天，王蒙60多年前写的《青春万岁》序诗还在感染着我们。无论是老年人还是少年，都在跨过岁月或仰望岁月中大声朗诵，感受诗内奔腾激荡的情火：

所有的日子，所有的日子都来吧，

让我编织你们，用青春的金线，

和幸福的璎珞，编织你们。

……

因为书中广为流传的诗歌，作家陆文夫称赞"王蒙首先是诗人，其次是小说家"。

王蒙的新诗，我还比较喜欢他的一首《雨》：

小雨潇潇

今宵再次分手

伞下情人紧依偎

登裂石

寻风踪浪迹

誓海枯山烂不移

人归去

街沉寂

大浪激扬何人知

寸心辗转难成句

纵有千种思绪

带不走你啊

永远的朝潮夕汐

王蒙曾说，中国古典诗词是一种"规范"，有一种"规范"的力量。他从小就背诵中国古典诗词，读《诗韵合璧》，熟悉旧体诗的"程式"。如《春雨》一诗合韵整齐，对仗工稳：

镇日寻诗未有诗，霏霏珠线绉春池。

王蒙近照

银躯略动梧桐树，秀发轻拂杨柳枝。
水冷粼粼杭甬缎，庭湖润润太湖石。
小园独步怜曲径，伞重衣湿觅句痴。

　　王蒙说："中国的诗词是我们整个民族的精神大树，一首诗一首词只是这棵树上的一个叶子或者是一朵花或者是一个小枝。"如何在继承的基础上，突破这种"规范"的力量，是当代旧体诗发展中所面临的一个问题，也是关乎发展的方向。这方面王蒙进行了有益的探索。王蒙最钟情"从心灵深处飘出来的诗"，他曾说："'真诗'有一种超越解释学的穿透与征服的力量。"他说："诗是我的骄傲的公主。""遇到特别自我感觉良好的时候我会去写诗。"在诗的功能上，他强调精神性的"共鸣与寄寓"。在风格上，他崇尚唐人诗风，简约、雅淡、清深，不尚繁富，不媚雕琢，在白描中见神采。而在审美情趣上，则追求"味外之味"，隽永深邈，语淡味厚，富有神韵，同时又闪烁着智慧的光芒，令人沉思，耐人咀嚼，给人启悟。叶嘉莹曾谈到王蒙的诗，特别欣赏他的诗句"心如明月笔如痴"。她认为这是一种非常崇高、非常了不起的献身精神。名家有很多好诗，但对我们中国来说，最高的成就还不只是在语言、文字、修辞、雕章琢句的技巧方面，而是他真的在精神品德上有一种过人之处。

喜欢读新诗的人可以读读四川文艺出版社的《王蒙的诗》，他在序言里有句话："超越生与死的是诗。"

王蒙在安徽师大有一个关于诗词的演讲。他认为中国的"诗言志"与西方的"反映论"和"自我表现"不同，它能带来很不寻常的东西，能见境界、见个性、见修养，有时像寓言，有时似谶语，可以判断诗人的命运。对诗的寄托和含义，不能执着地用考证来解释。好诗与人生况味相通，与诗人的精神走向相通，或与某科学哲理相通，要给人留有联想的余地。写旧体诗，还是要有传统诗词的语言系统，把本民族的精神之树、语言之树放在首位，要找"出处"。但能言"志"就要有个性。中国诗词既是个人的又是整体的，要先积累熟悉几百首诗词，"面壁十年"；在此基础上"图破壁"，写出个性，写出锥心之语的好诗来。

王蒙在奔90岁的路上还在写作，发表短文《我希望推迟成为雕像》。他在耄耋与青春之间从容穿梭，享受"精神的梦游"。他回忆往事，赋诗道："一切悉熟自在身，少年英气正纯真。青春万岁犹回味，组织新人继沉吟。往事如歌声未老，今宵说梦语何亲！为有文学多记忆，风风雨雨砺初心。"

走过了西出阳关的时间跨度，让我们再读一下他老辣的《写作》和《风起》两首七律吧：

> 独坐深山忆旧时，心如明月笔如痴。
> 曾因激越多佳句，岂敢轻狂已烂泥！
> 落叶飘摇风送雾，长图制裁血抽丝。
> 惘然街市迷嚣色，流水高山未可期。

> 山石如洗月如银，北地秋风冷意侵。
> 褐叶凋零千树立，红尘绚烂一心存。
> 文思断续哀风雨，笔力奔突叹鬼神。
> 漫笑书生徒字纸，杜鹃啼血也惊魂。

现代骈文的再创

——魏明伦的辞赋

魏明伦，被誉为巴蜀鬼才。生于四川内江，成名于自贡。现居成都。是四川文化艺术学院公共管理系主任，当代著名戏剧家、辞赋作家。他三分儒雅，七分不羁，戏剧界说他是"戏妖""怪杰"，亦被称为"麻辣烫"作家。姜昆曾调侃他："二十世纪大新闻，下海不会淹死人。扑通有人跳下去，蜀国秀才魏明伦。"

魏明伦童年失学，9岁粉墨登台，演戏之余，自修文学。12岁习作写戏。他总结自己从艺66年：第一主攻戏剧，第二兼写杂文，后来"鬼迷心窍"，投入"第三产业"——撰写骈体文言碑铭。他说中国文坛继百年新文化传统而通行白话之时，他带头试作文言碑铭，是离经叛道。因此他有两句自白：我是生活中的守法户，艺术上的违法户！

魏明伦，曾在戏剧、杂文、辞赋碑文领域穿梭，变化多端。戏剧有《巴山秀才》《潘金莲》《变脸》等多部大戏。杂文已结集《巴山鬼话》出版。骈体碑铭也有60余篇。均有不菲的文学成就。他在成都开了个人文学馆，内江还在投建魏明伦碑文馆。虽然年纪超过孔子，但他谈兴颇浓，语速犹似连珠箭，时常爽朗大笑，他说："很多作家是一口大致可以度量方圆的池塘，而我是一条不知走向的河流。"作为巴蜀鬼才，魏明伦思维敏捷，有人出一古联"麦浪无鱼，绿柳垂丝空作钓"讨对，他沉思片刻，一下对出两个下联"马蹄有香，黄蜂展翅枉追花""海峰有燕，乌云布阵枉张罗"，引得众人喝彩。

中国古典文言碑铭，杰作迭出，光耀史册。中国古典建筑如岳阳楼、

魏明伦给演员说戏

醉翁亭、滕王阁、兰亭等都有碑铭相配。碑铭的价值大于建筑物。由于改朝换代，战争灾荒，沧桑巨变，建筑物已荡然无存，但碑铭传世；建筑物有时也靠碑铭来重修和复活。碑铭中的佳词警句，如"先天下之忧而忧，后天下之乐而乐"，成为流传的成语格言，活用于当下。

魏明伦的辞赋，当然首先是继承了我国传统文化，在新的形势下有所创造。我们可以从他的辞赋作为一个切入点，溯源到古代，了解这种文体的知识和特点。

赋是中国文学史上诗与文融合形成的亦诗亦文或半诗半文的一种文体。荀子是最早写赋并以赋作为篇名的人。赋，也称辞赋，滥觞于骚，盛于汉，故世称汉赋。后转为诗文之总称。清姚鼐《古文辞类纂序》："辞赋类者，风雅之变体也。"《汉书·王褒传》："辞赋大者与古诗同义，小者辩丽可喜。"赋作为一种文体，一是"铺陈"，即铺叙；二是"不歌而诵"，就是只能诵读而不像古诗那样可以歌唱。钟嵘《诗品》说："直书其事，寓言写物，赋也。"

关于诗和赋的区别，晋代文学家陆机在《文赋》里曾说：诗缘情而绮靡，赋体物而浏亮。也就是说，诗是用来抒发主观感情的，要写得华丽而细腻；赋是用来描绘客观事物的，要写得爽朗而通畅。但我认为也不能作机械的理解，诗也要描写事物，赋也有抒发感情的成分。按照作家徐迟的说法，中国古代散文，是称作赋的，就是散文诗。《前赤壁赋》《后赤壁赋》《岳阳楼记》《醉翁亭记》这些名篇佳作是格律化了的散文诗。朱自清认为，赋似乎是我国特有的体制；虽然有韵，而就它全部的发展看，却与文近些，不算是诗。

在了解了赋的基本知识后，还要了解什么是骈文。《说文解字》中把"骈"解释为"驾二马也"，即是说，骈为驾两匹马的车。甲骨文中没有"骈"这个字，应该是后起的字，是形声字。有人讲"骈文"这一概念定型是清朝以后，但"骈"字在《说文解字》之前就出现了。"骈文"最早被称为"连珠"，用的是比喻。古代文学最重要的两种文学样式是诗和赋。东汉以后到魏晋，中国的文章写作方式开始对偶化。《文心雕龙》通篇就是用对偶写成。所以我们讲的"骈文"，指的是它从对偶修辞的角度来写的文章。"诗赋欲丽"里的"丽"指的就是对偶。六朝时期的诗都是对偶的句子，即"丽"，对偶即最美。

什么对偶句才是最好呢？人们发现四字句和六字句才是工整的对偶句，汉字组成二字或三字词语时，就变成双音节或多音节的词语，停顿和节奏也就随之而来。人们就依据这个骈文句式特点将骈文称为"四六"。柳宗元说：骈四俪六，锦心绣口。所以骈文是一种对偶修辞的写作篇章方式，是从修辞学角度划分的散文分类概念。我国民间有对对子、春联等，有广泛的群众基础。合格的"骈文"，就是要用对偶或对仗句式来写作。一般讲字数要基本对等，以四六句式为主；意义要基本对举，以正反对应构成为主；词性要基本对成，体现词法结构的对应；结构要基本对应，包括语法和声韵结构。也有人概括为字句上追求骈偶；语音上要求声律谐协；文辞上讲究藻饰和用典；内容上侧重于写景和借景抒情。所以一般认为，骈文的难度要大得多。

骈文和辞赋相对独立又交互涵盖，骈文不等于辞赋，但骈文包含辞赋中的骈赋。有人说，诗词与辞赋、骈文，是传统文学同本连枝的姊妹艺术，基因都在于汉语汉字，可以使用华美的辞藻，结合比拟、摹状、铺排、夸张等多种修辞手法进行创作，因此，对偶、声调、用典、藻饰是诗、词、辞赋和骈文共有的特色。区别只在于体式的不同。

排偶和藻饰是汉赋的一大特征。经历长期的演变过程，发展到中唐，在古文运动的影响下，又出现了散文化的趋势，不讲骈偶、音律，句式参差，押韵也比较自由，形成散文式的清新流畅的气势，叫作"文赋"。启功和徐迟都撰文论述过散文与骈文。饶宗颐以学养艺，对辞赋和骈文有研究，但没有严格区分。他写出的骈文体有颂、赞、铭、启、吊祭文、书序、赠序等，强调赋与诗一样可以言志。

魏明伦最早写骈体文言碑铭，是在深圳由韩美林催生的。韩美林在深圳蛇口四海公园塑立巨牛铜雕，取名为难，遂请魏明伦命名并撰写碑文。于是他心血来潮，挥笔写就以骈为主、骈散结合的文言碑铭《盖世金牛赋》。深圳市委原书记厉有为送我一本《孺子牛——厉有为收藏牛雕精粹》，内附有这篇赋，兹录其中两段：

> 牛是人类忠实朋友，相伴创业，佳话如潮。遥想东方牛郎，西方牛仔；老子青牛过函谷，田单火牛冲敌阵，孔明木牛出祁山，藏王牦牛贡中原；牛渚泛月，以文会友；牛角挂书，以耕求学；鲁迅忧患，长夜低吟孺子牛之诗；卡门浪漫，舞台高唱斗牛士之歌；秉笔记兴亡，太史公自谦牛马走；防疫治天花，全人类遍种牛痘苗；宏观至太空牵牛星，微观至乡村小放牛……一部文化史，千年奋斗篇，多少可歌可泣之事与牛密切相关！

> 煌然巨变，新世纪之金牛，已非旧体制之牲口。头角依然开拓，尾却自由舒展，高翘云端矣！但高而不傲，大而得当，憨厚而不干蠢事，报国而不尽愚忠！披金缎，托明珠，耀神火，兆吉祥。满身殊荣，负重而再不忍辱！遍体财富，乐道而再不安贫！敢超越赵公骑虎，敢探索股市腾牛……观其创新闯关之势，岂牛乎？特区人也！

从那时起，他一发而不可收，陆续创作骈体碑铭《中国人民抗日战争纪念雕塑园赋》《会堂赋》《华夏陵园诔》《饭店铭》《岳阳楼新景区记》《磨盘赋》《华灯咏》等。成都府南河上安顺古桥重修，他写的《廊桥赋》

纵横古今，洋洋洒洒，市民争相传抄。这些骈体碑铭都是美文，这里我们读一段他的《邛海湿地赋》：

> ……景区雅俗共赏，湿地晴雨俱佳。奇花异草之福地，珍禽灵鸟之天堂。地道仙境，天然氧吧。鹭岛遐思，水乡梦幻。白发化作忘忧草，红颜绽开含笑花。花解语，鸟知音。呢喃欲唱流行曲，啁啾似咏朦胧诗。海鸥起舞，空中芭蕾；候鸟踏波，水上探戈。白鹤亮翅，球星虎跃；黄鹂开嗓，超女莺歌。画眉呼唤美眉，柳丝吸引粉丝。燕翔静海，雌雄比翼男闺蜜？鹰击长空，巾帼单飞女汉子！彩铃响竹筏，手机拍艄翁。棕蓑遮雨，恍若彝装查尔瓦；黄花成队，联想赛美朵洛荷。苍松稳坐，苍髯高僧入禅定；白莲独卧，白领剩女练瑜伽。迷住异乡驴友，醉煞巴山秀才。飘飘渺渺，串演穿越剧；沸沸腾腾，忽闻交响乐。……

魏明伦认为，各国文学皆分散文、韵文两大类，唯独中国还有自成一体的骈文。它具有严格的偶句规则，所以不是散文；但妙在不押韵脚，亦不是韵文。它是散文和韵文之间的独秀峰。骈文是对仗的集锦，是中文的嫡传，但魏明伦的碑文体裁，是继承辞赋大类中对仗而不押韵脚的骈文。他的碑文是现代碑文，对古代骈文有所变革。他认为，古代骈四俪六句式反映现代生活，表现手段有局限，因此他吸收了楹联的七字句式，交替使用顺七字（前四后三），倒七字（前三后四），并引进小令的两种五字句式，再延伸到散曲的十字以上句式。容纳各种长短句，活用对仗而放宽声律。驱遣形式而服从内容。不用怪字，少用僻典。切忌佶屈聱牙，追求行云流水。他的辞赋中比较鲜明的特点之一是，适当引进时尚词汇，化用网络语言，例如："空调流动负离子"对"网络传递伊妹儿"；"禅宗已开博客"对"菩提也有粉丝"；"游龙曾经沧海"对"神马岂是浮云"。借鉴戏剧性结构，获取蒙太奇效果。他不断努力探索，要力争起凤头，壮熊腰，收豹尾；炼警句，设悬念，掀高潮；在咏叹中宣叙，在抒情中说理。力图引人入胜，动人心弦，发人深省。他自称在古为今用上，要为文学大观

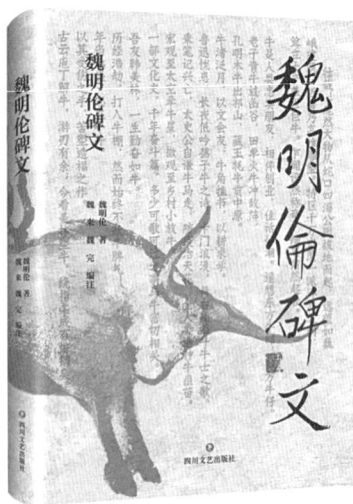

《魏明伦碑文》书影

园增添一个品种，形成一种流派，把"文学恐龙"变革为"艺术孔雀"，把古代骈文变革为文采焕发而畅达易懂，格调高尚而雅俗共赏的现代骈文。

最近，读到一篇文章指出，一些地方出现市场化的倾向，通过招标来征赋，结果招来赋之大兴，满地皆"颂"，弥漫着阿谀和靡丽珍奇。文章提出要居安思危，警惕这种"浮华无用"的精神贿赂倾向。当然，不只是骈赋，当代诗文也是如此，这里就不展开说了。

作家徐迟在 1978 年写过一篇《散文与骈文》，写这篇文章的时候，很想找来读，但我在网上和十卷本的《徐迟文集》里都没有找到。近整理过去的东西，竟然发现了此文的剪报。他在文中把骈文喻为比翼鸟，促对儿成双，一对一对飞舞出来；又比作并蒂莲，亲密地依偎，两朵两朵荡漾在碧波之上。他举出毛泽东、鲁迅的文章里都有一些精彩的骈体文句。他认为骈文和散文是辩证的，对立并存的。散文中有一些骈体，便可生色不少，可以提倡，至少值得学习。如果既掌握了散文，又熟悉了骈体，则上山可以打虎，下海可以擒龙。要散则散，欲骈就骈。以散为主，以骈为辅，继承了传统，不妨碍创新。徐迟文章的观点，今天读来，很受启发。

饶宗颐认为对赋学"文学史家直以冢中枯骨目之，非持平之论也"。他认为，衰落到极点就是复兴、繁荣！这是文学史研究中带有规律性的现象。由于骈文学研究的深入，对骈文的否定已经破除，新编的文学史教材多数有专章专节将对骈文的肯定性描述写入其中。专家们呼吁写出"骈文史"，对"骈体文的文体特征及其美学功能"也有专门讨论，如裁对的均衡对称美、句式的整齐建筑美、隶事的典雅含蓄美、藻饰的华丽色彩美、调声的和谐音乐美。有人认为辞赋还是要符合一定的体式，辞赋是美文，语言要美感化。要"古赋为体，今辞为用"。题材要新颖，有时代性、现实感。对魏明伦的辞赋网上有争论，也有不同看法。他的继承变革理论也在不断地创作实践中探索和完善，而这种探索实践是非常宝贵的。

王国维说过，一代有一代之文学：楚之骚，汉之赋，六代之骈语，唐之诗，宋之词，元之曲，皆所谓一代之文学。他又在《人间词话》里说："盖文体通行既久，染指遂多，自成陈套。豪杰之士，亦难于中自出新意，故往往遁而作他体，以发表其思想感情。"但五四以来的先驱，西风东渐，大胆进行"诗界革命"的实践和尝试，产生了中国新诗。而新诗也应时代的需求，吸收传统文化的营养，会结出新的圣果。

汉代班固曾说："赋者，古诗之流也。"赋是古诗、楚辞和散文发展到周代末的产物。从她的起源，变为汉代之古赋，再变为魏晋南北朝的俳赋、骈赋，三变为唐朝的律赋和文赋，都是随时代而变革。但说到底，赋是"诗之流"，是诗的发展。骈体文对唐宋以来的古文也发生过影响，"八大家"中不少好文章都融合骈散两种文体之长，有"破骈入散"或"散中寓骈"的特色。现在欣赏和了解古代和现代的辞赋，对我们学习诗词是非常有用的，其用词、对偶、排比及音律节奏的写作方法，可以有所借鉴。

书法家沈尹默的诗

　　沈尹默为一代书法家，诗名却被书名所掩。他生前叹息：平心而论，我之成就当以诗为第一，词次之，书法最下。世人不察，誉我之书法，实愧哉矣！

　　沈尹默一生创作诗词近万首，无字不入诗，为诗坛之公认。后人收集整理，共辑得诗 1179 首，词、曲 455 首，新诗上、下两卷，即使如此，也只是一小部分而已。

　　沈尹默祖籍浙江湖州，自述为浙江吴兴县竹墩村人，诗词落款常署"吴兴，尹默"，生于陕西汉阴。他原名君默，字中、秋明，号君墨，别号鬼谷子。据说在北大任教授时少言，被同事调侃"既守默不必多开口了，大可省掉"，后改名沈尹默。他的父亲和祖父都擅长书法，收藏古书、字帖。他 24 岁才离开陕西，成家也在汉阴。因父亲在汉阴做官，沈士远、沈尹默和沈兼士三兄弟经常来往于西安之间。他们对诗书的理解主要来自诗文高手的祖父和父亲。祖母和母亲也出身于文士之家，知书达理，娴于诗文。通常是母亲督促兄

沈尹默

妹读书写字，兄弟姐妹俱能吟诗填词，经常互有唱和。父亲从外面回家，要把兄妹所作诗文交父亲评定。后来沈尹默回忆那段时光，曾在留给后人的扇面作词："稠酒熏人意兴佳，秦川风土尽堪夸，依前杜曲通韦曲，别是杨家接李家。　　开广陌，走香车，长安市上旧繁华，欲从何事谈天宝，万古残阳噪乱鸦。"

沈尹默5岁上学，发蒙老师是一位年过七十的不第秀才，爱好诗歌，时常喜欢念《千家诗》的名句，如"将谓偷闲学少年"之类。后来由湖南宁乡的吴老夫子来教读《古诗源》《唐诗三百首》。他回忆说，从小没有记忆力，14岁那年因背不过书，急得生病休养。在家一连读了几遍《红楼梦》，以及李、杜、韩、白诸唐人的诗选，尤其喜读香山的作品，这样引起了对诗歌浓厚的兴趣。因无良师请益，新旧学问，皆无根底，兴趣所在是诗词与书法，因而不断暗中摸索。偶遇有人谈诗论字，即从旁注意听取，归而参之旧说，加以思考，信合于理，然后敢从其言，至今学习，犹循着这一途径。

沈尹默早期写的《风入松·瓶荷》"水风多处立婷婷"一阕，被当时一代词宗朱孝臧读到，极为欣赏，谓之"清隽欲绝"。沈尹默对《红楼梦》中的诗词尤其爱好，曾自述其"写诗之师是曹雪芹"。他说："我把《红楼梦》从头看到底，一个章节也不漏。看到书中什么人作诗，我就随便遮住一个字，考考自己，如果我写，该用什么字？这样就等于请教了曹雪芹，拜他为老师了。""遮字读书法"使他具体而深入地掌握了名诗名著的妙谛，提高了诗作中遣词与构思意境的能力。他将早期所作诗词辑为《秋明集》，后又选词几百阕，编成《秋明长短句》，得到文学界的高度评价。这些诗词继承了旧体诗词的古意，有感时，有抒情，格调洒脱清丽，寄哲理于诗中。

现在很多青年人可能不知道，沈尹默最早是一位追求社会进步的爱国诗人，在轰轰烈烈的五四运动中，积极支持学生的正义行动。是他向蔡元培建议：保障经费；由教授组织评议会；派教员和学生出国留学。他推荐陈独秀任北大文科学长，并转达把《新青年》杂志搬到北京的意见。此后他出任《新青年》编委，发表了许多新诗，打响了文学革命的第一炮。他

刘半农、沈尹默、陈大齐、马裕藻、张凤举、周作人、李玄伯（从左至右）等北大同人合影

和胡适不约而同写过同题诗《人力车夫》，但胡适的作品像散文，押韵也不自然。而沈尹默的诗巧妙地从古乐府化出，紧凑和谐，起始铺垫，即入诗境，整诗形象生动，对比鲜明。新诗先驱们对他的《月夜》《三弦》评价颇高。后刘半农编辑的《初期白话诗稿》，选录胡适、鲁迅、李大钊等8位诗人26首诗，沈尹默入选9首，独占鳌头。废名在北大讲授新诗，都选他的《月夜》，他评价说：沈尹默是旧诗词的作家，然而他的几首新诗反而有着新诗的气息，简直是新诗的一种朝气。蔡元培为沈尹默的《秋明室诗稿》作序称："而君所作，乃独不失温柔敦厚之旨。宜乎君所为新体诗，亦复蕴偕有致，情文相生，与浅薄叫嚣者不可同日语也。"刊登在《新青年》上开天辟地的白话新诗共9首，沈尹默的《月夜》只有四句：

> 霜风呼呼的吹着，
> 月光明明的照着。
> 我和一株顶高的树并排立着，
> 却没有靠着。

前两句是铺垫，渲染出月夜的空明、寒凉和孤寂，"一株顶高的树""冠盖"大地，有人欲爬上去，有人想靠上去，甚或取而代之。但我，和它"并排立着"，关键的诗眼是"却没有靠着"。一副不卑不亢而又遗世独立的轩昂风度，呼之欲出。诗含蓄又明白，似乎毫不用心，却蕴含暗喻与时尚表达，自有新诗的美德，成为象征派和现代派诗作的先声。《三弦》也被胡适称作"新诗中一首最完全的诗"。沈尹默言作白话诗尤不可不讲音节，胡适认为"其言极是"。

沈尹默早年两度游学日本，回国后执教北京大学、北京女子师范大学。20世纪20年代，北京大学有"三沈"的称谓，即指沈士远、沈尹默和沈兼士昆仲。三人除沈兼士在日本读过两年物理外，沈士远、沈尹默均未上过正式学堂。他们主要靠自学，各自学有所长，皆在北大教授过国学，名重京师。学界后起之秀大多以"大先生""二先生""三先生"尊呼之。"二先生"沈尹默是一个极具深厚感情的诗人，他怀念早夭的小妹和痛悼后来去世的三弟，感念以前兄弟姐妹优游觞咏之乐，都写入诗中。如有一首《春雨感旧寄兄弟并呈伯姊》：

> 醉梦腾腾有此身，朝糜一呷便忘贫。
> 春风澹宕能容我，夜雨萧疏更忆人。
> 花事几编棠社草，马鞭十里柳堤尘。
> 如今双鬓犹堪在，攀竹烹茶一怆神。

他在诗后注："'烹茶双鬓湿，攀竹一襟风'，星姊山中旧作也。中更变故，兄弟姊妹散在四方，春朝秋夕，犹如昨日，而优游觞咏之乐，不可复得矣。"

抗战时，沈尹默曾与章士钊及好友于右任、马衡等，用寺韵七古长庆体，每首16句，互为唱和，延续多年，轰动雾都。沈尹默自戏"长打短打"。于右任诗曰："君能左揖关关卿，又使长沙见猎惊。山河百战一枝笔，长打短打俱闻名。"战后报纸上登过沈尹默《匏瓜庵小令》37首，吴梅的弟子卢前称他"先生天机活泼，妙造自然，偶尔命笔，趣合元贤，非诗即曲,昕夕不辍"。他和郭沫若是半个世纪的朋友,曾帮助郭出版《石鼓文研究》等著作,郭沫若潜回上海参加抗战即隐藏在沈寓。他也为郭的爱国精神所感动,曾与郭和诗。在重庆他赠诗中称郭"精粗疏古事,新旧立新型。已讶多文富,还能大户醒"(大户,指酒豪,范成大《云露》诗:"饮少长遭大户嗤")。沈尹默还与章太炎的高足汪东以"词"为媒,多年相知唱酬,他称与汪"平生昆弟交,况在忧患间"。两人在重庆山中相处"山居一日娱,胜抵十年间。笔墨不自私,为人破愁颜"。抗战胜利后,沈尹默不满政府之腐败,即辞重庆"监察委员",退还"津贴",卜居上海,以鬻字为生,并作诗称自己"不畏李广弯弓,敢当米颠下拜。时承君子清风,静动两无相碍"。

1949 年上海解放后第三天,时任市长陈毅第一位拜访的高级知识分子就是沈尹默。陈毅因喜好诗词书法,与沈尹默颇多交流。沈曾赠给陈毅5 米书法长卷,书有在重庆的杂咏诗 53 首。其中一首云:

> 羲之笼白鹅,乃写道德经。
> 山阴一道士,亦遂声与名。
> 虽然同所好,正尔异其情。
> 运之形神间,谁复别重轻。

诗中讲山阴道士养白鹅,请王羲之写《道德经》的故事,沈尹默写长卷,表示唯有发挥自己的艺术水平,来感谢陈毅和政府对他的尊重和关心。1953 年,他填《减字木兰花》一阕为文怀沙的《离骚今绎》题词:"美人芳草,此语寻常都解道。争比灵均,文采昭然历劫新。 蛟龙不起,汨水至今清且弥。故事难忘,五月南风粽箬香。"1956 年,《文汇报》发表他追怀鲁迅先生的诗:"雅人不喜俗人嫌,世路悠悠几顾瞻。万里仍归一掌上,千夫莫敌两眉尖。窗余壁虎干香饭,座隐神龙冷紫髯。四十余年成一瞑,明之初月上风帘。"1962 年,政协会议期间,毛泽东和沈尹默、章士钊、马一浮、谢无量、熊十力五老座谈,其内容全是中国诗歌,从《诗经》《楚辞》到唐宋诗词,无所不及。沈尹默回忆说,毛主席博学多才，对古诗词造诣很深。

沈尹默毕竟与书法伴随了一生，经过 70 多年的刻苦探索和创作，形成了"沈体书法"。"沈体"以"二王"为宗，融汇欧褚，汲取百家，博采众长，自成一体。他的书法涵盖楷、行、草书，尤以行书为精，不偏不怪，雅俗共赏，不仅具艺术性，更有实用性。他少年曾写流俗的馆阁体，明代叫"台阁体"，是科举考试规定的一种楷书书体。后见父亲写欧字，豁然顿悟，遂刻意学欧阳询、赵孟頫。他一边学习古体诗词，一边摹写唐楷欧体，一直练到 25 岁。让人惊奇的是，他高度近视。幼年患沙眼，久治不愈，近视高达 2000 多度。医生说他：左眼无用；唯右眼下方尚有视力。他不仅

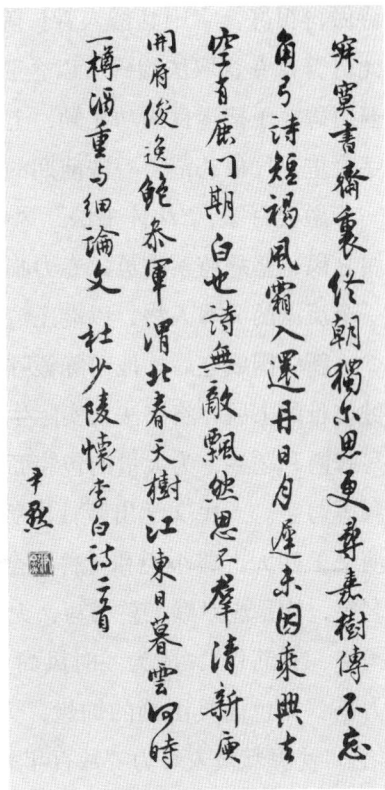

沈尹默书杜少陵怀李白诗二首

看不清对面的人，每写一件作品，须别人帮助，否则会两字重叠。民国初年，他乘车不慎跌伤右臂，但在半年养病期间，坚持用左手写字，可见其练字精神。

沈尹默与于右任可谓民国书坛的"于潮沈海"，"南沈北于"。他们交往密切，相惜相敬。虽两人的思想认识和书法路子不同，但暌隔两岸仍保持友谊，互赠墨宝。

沈尹默曾与刘季平（自署"江南刘三"，晚号"黄叶老人"）在杭州教书，同是南社社员，经常唱和酬应，互赠墨宝，成为挚友。一次他们在黄叶楼喝酒，沈不善饮，微醺回家即兴写了一诗："眼中黄叶尽雕年，独上高楼海气寒。从古诗人爱秋色，斜阳鸦影一凭栏。"第二天，刘季平见诗后铺开宣纸，让沈写下来，贴在书房里。几天后被陈独秀看见，认为：

诗做得很好，字则其俗入骨！陈独秀当头棒喝和刺耳"酷评"，反使他以此自警，专意取法魏碑，以企脱胎换骨。学魏后"自觉腕下有力"，才临遍唐碑，于褚遂良用功尤勤，上溯二王书。逐渐写出的作品点画遒劲，结字凝重，气象苍茫，一洗前期的骨弱笔端和媚俗铅华。在重庆时期，他进一步融会百家，"沈体书法"风格日趋成熟。抗战胜利后，他不满官场迂腐之风，坚辞监察委员，专力临池研磨，手摹心追，书艺大进，成为书坛一个流派的灵魂人物，以端庄清秀的行楷名播海内。

新中国成立后，他向陈毅呼吁成立了书法篆刻研究会，并继续清新爽健俊雅的书风，将书法为实际生活服务。为普及书法，他经常无偿为群众写牌匾和题签，为大量的包装商标、出口产品、出版物、肆招、标语、题画等写字。人民文学出版社出版的《红楼梦》《水浒传》《西游记》《三国演义》四大古典小说和《鲁迅全集》，以及《儿童文学》创刊号的封面题名等，均是沈尹默工整书写，无偿赠予。他的书法"运硬毫，无棱角；用柔毫，有筋骨"，成为一时风尚。他一生热爱书法，始终认为，书法的魅力是"无色而具图画的灿烂，无声而有音乐的和谐，引人欣赏，心畅神怡"。沈尹默被人誉为"数百年来，书家林立，盖无人出其右者"。周恩来在上海参观了他的书法展，十分欣赏赞美，也希望得到他的墨宝。有人叫他"沈大师"，他连声制止说"叫老师"，解释说："韩愈《师说》作为人师已难，何能为大师，孔子死后才能被尊为先师；王羲之生前也未被称为大师，吾辈岂能妄称'大师'呢!"

书法家和诗人兼于一身，诗书俱佳是老一代人的传统，沈尹默将两者的艺术交相辉映，相辅相成，给我们启迪。他主张的书法作品的三个条件（一、前贤法则；二、时代精神；三、个人特性），我认为在创作诗词上也是适用的。我们在学诗的时候，也应该练习书法；书法者挥毫也要从写作诗词中找到艺术相通的门径。书法界也倡导书法家书写自作诗。书法和诗词，都有丰厚积淀的美学价值，是我国传统文化的瑰宝。人文以化成天下，习书学诗能提高人的文化修养，丰富和再造业余生活。我们应学习沈尹默这种锲而不舍的精神，在中国传统文化的殿堂中，厚人伦，美风俗，化人心。

画圣胸中常有诗

——初读齐白石的诗

传说新中国成立初期，毛主席设宴答谢齐白石为其治印，郭沫若作陪。席间毛主席敬酒谢其作画，白石老人不知何时为主席作过画，秘书取来看过后，方知是自己的废画，送印时当作包装纸，未想被主席装裱。白石老人欲摘画取回，郭沫若拦住，说此画树上五鸟，有"上""五"两字（郭名开贞，字尚武），应是送他的。毛主席说，画上是李子树，且茂盛，当年撤离延安时叫李得胜，离开者得胜也，因此也有敝人之名。齐白石听此也乐，请二位赐字，毛主席提笔"丹青意造本无法"，郭沫若写"画圣胸中常有诗"，分别化用了苏东坡和陆游的诗句。此争画故事是实情是演绎不得而知，但郭沫若的题句道出了诗画有缘，齐白石的诗亦应值得重视。

齐白石，祖籍安徽宿州，生于湖南湘潭。原名纯芝，后改名璜，字萍生，号白石、白石山翁。他几次与友人谈起一生艺事，都把自己诗的成就列于书画印之上，他曾多次说："我的诗第一，印第二，字第三，画第四。"也自称书优于画，诗优于书。他说："我的诗，写我心里想说的话。本不求工，更无意学唐宋，骂我的人固然多，夸我的人也不少。从来毁誉是非，并时难下定论，等到百年以后，评好评坏，也许有个公道。"他曾有句："雕虫岂易世都知，百载公论自有期。我到九原无愧色，诗名未播画名低。"齐白石的诗不受传统规矩束缚，外淡内真，俗中蕴雅，恣肆却不粗豪，灵秀而仍明快，与他在画印中显露的风度并无二致。但在今天看来，他对后世影响最大的，毫无疑问还是他的画，其画在收藏市场上趋之

齐白石

若鹜，其诗反而少见。

其实，齐白石一生写过近3000首诗，在诗的方面是下过很大功夫的。他幼时家贫，识字无多，27岁时才因做雕花木工的偶然机遇得识乡贤，开始正式学习。特定条件决定了他一生创作首重天性，并不泥于古人藻篱。齐白石按年龄把诗作编定两部《白石诗草》，他在自序中说："集中所存，大半直抒胸臆，何暇下笔千言，苦心锤炼，翻书搜典，学作獭祭鱼也。"齐白石学诗，虽无"经史"幼功，但不惮苦学，他写的《往事示儿辈》"村书无角宿缘迟，廿七年华始有师。灯盏无油何害事，自烧松火读唐诗"，记录了他夜读的情景。他学诗始读《唐诗三百首》，用同音的熟字自注生字读音，以此"笨法"记忆。齐白石虽只初学，但入门起点不低，他有一首七绝处女作，其中"莫羡牡丹称富贵，却输梨橘有余甘"的句子受到乃师胡沁园的称赞，或为左右他人生轨迹的机缘。从此，齐白石从心怀忐忑到兴致勃发，技巧渐熟，眼界渐宽。

这里有一个插曲，齐白石出生在农家，自幼家贫，他放牛，学木工，为人画像，结识当地黎家，曾与一批乡村文化人组织"龙山诗社""罗山诗社"，相互酬唱。齐家因买不起煤油，晚上以松明点火为灯习画习字。曾教他治印的黎松庵记有一诗："难得当年快活时，贫家只有老松知。不妨四壁烟如海，燃节为灯夜画诗。"后来土改时齐家划为地主，毛主席接齐白石信后转湖南，为其实事求是地修改了成分，其中提到上述记诗很有参考价值。

齐白石这时的诗文，经过胡沁园、陈少蕃等高人的指点，已经掌握了押韵、对仗、用典等格律的技法，创作了大量诗作，可以说已经进入了诗文、书画、篆刻齐头并进的阶段。齐白石 37 岁时拜名儒王闿运（字湘绮）学诗，得以耳濡目染，领受大家气象。齐白石的诗文，写的是自己的心里话，手法平铺直叙而缺少修饰，直朴有余而意蕴不足。王闿运先生这时对齐白石的诗文评价不高，说齐："文尚成章，诗则似薛蟠体。"一次齐白石随老师游南昌，老师首唱"地灵胜江汇，星聚及秋期"，令诸弟子联句，均联不上。齐白石认为愧称诗人，回家把室名"借山吟馆"的"吟"字删掉。之后数年，闭门索居，决心"多读点书，打好根基"，他自述"有时和旧日诗友，分韵斗诗，刻烛联吟，往往一字未妥，删改再三，不敢苟且。"他接受了王闿运"做诗必先学五言"的指点，将阅读诗文的范围扩及到了汉魏六朝。齐白石 50 岁后不仅无成法束缚，不刻意于"圆转温醇"及声律格调之工，纯以质朴平直的白描线条，雅淡的色彩捕捉着心中瞬间的感受。他一生中不讳言其农民、木匠的低微出身，也不走"八股""试帖"的老路，不愿在功名上讨出身，耻与酸腐恶浊的旧式文人同伍，"本从实起，何要浮名"。因而不落时流窠臼，不怕笑骂诋毁，不怕"饿死京华"，其真率正直的赤子之心，正为常人不及。经历了这样的曲折，齐白石后来诗文的创作才颇得天籁之机，达到了卓越超群的地步。胡适曾评王、齐的关系："王闿运说齐白石的诗'近薛蟠体'，这句话颇近于刻薄，但白石终身敬礼湘绮老人，到老不衰。白石虽拜在湘绮门下，但他的性情与身世都使他学不会王湘绮那一套假古董，所以白石的诗与文都没有中他的毒。"

齐白石的诗也有"苦吟""平生诗思钝如铁，断句残联亦苦辛。"但他常说"平生三友""诗书寂寞友，草莽患难友，笔砚生死友。"自己得于"三余""画者工之余；诗者睡之余（绝句者可枕上作也）；寿者劫之余。"他让诗句"忧愤之气，一时都从舌端涌出去矣"，不避工拙亦非为诗名，不屑用典而方言土语尽可入诗。启功曾说齐先生的诗确实不错，说他的诗句朴实无华，他最欣赏白石那些充满童趣和乡土气息的作品，如"牧童归去纸鸢低""两崖含月欲吐珠"等。白石老人认同袁枚的通晓如话和白居易的"老妪能解"，于 50 岁前后"喜观宋人诗，爱其清朗闲淡，性所近也。"他喜放翁（陆游）诗，有句："老把放翁诗熟读，不教肠里独闲

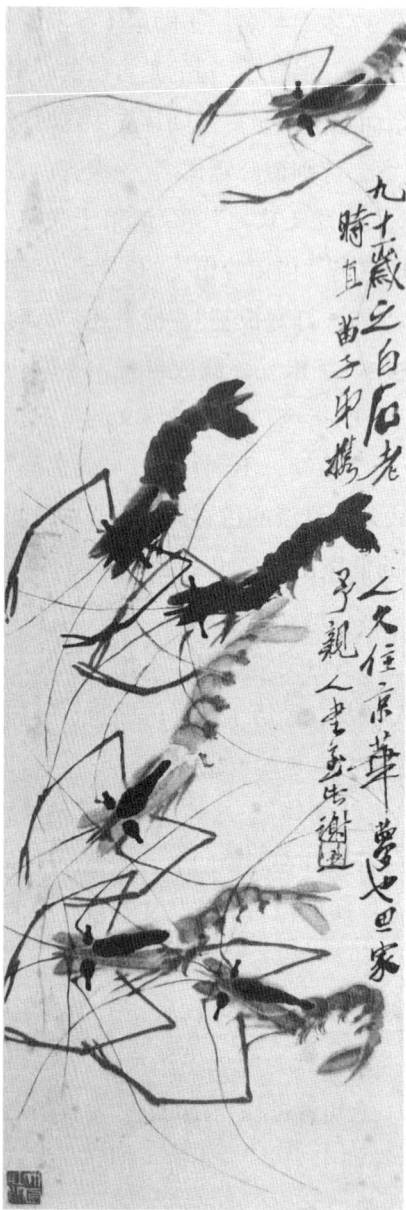

齐白石《虾》

愁。"他曾说：所作之诗感伤而已，虽嬉笑怒骂，幸未伤风雅。

当然，齐诗未必都那么精妙警策，声律也不十分细密讲究，后来有人评价白石老人的诗是：诗不求工，无意唐宋，师法自然，书写性灵，别具一格。诗家评他的诗"意中有意，味外有味"，已是很高的褒奖。

"诗堪入画方称妙，画可融诗乃为奇。"齐白石也被称为画中诗人，他的诗的功底和造诣很多地方是表现在题画上，使诗画相得益彰。好友评他的诗"有东坡放翁之旷达，无义山长吉之苦吟"，又说"题画之作独多，然皆生面别开，自抒怀抱，不仅为虫鱼花鸟绘影绘声而已"。如他画樱桃题句"女儿口色"，题诗："若教点上佳人口，言事言情总断魂。"一幅《棉花图》题曰："花开天下暖，花落天下寒。"他四画《不倒翁》，题跋诗均不同。他画的两只小鸡争夺一条小虫，题句："他日相呼"，诙谐巧妙。艾青曾从齐白石居所看门人处买了一幅字，上面写："家山杏子坞，闲行日将夕，忽忘还家路，依着牛蹄迹。"艾青说："我特别喜欢他的诗，生活气息浓，有一种朴素的美。"齐白石题山水画的诗反映了他创新的画论:"一笑前朝诸巨手,平铺细抹死功夫。""胸中山水奇天下,删去临摹手一双。"一次他与儿子为搬家的事来找周恩来,因事先未约,周恩来临时请吃面条,说:"今天我们只好同甘共苦了。"吃着吃着,总理突然低吟:"不独老萍知此味",微微停顿一下,拉长语调:"先人三代咬其根。"大家一听,大笑起来,原来吟的是白石白菜图题诗。

齐白石的画,反对不切实际的空想。他说:"我绝不画我没见过的东西。"他经常注意花、鸟、虫、鱼的特点,揣摩它们的精神。他曾说:为万虫写照,为百鸟张神,要画出自己的面目。古人轻视山野草虫,齐白石深不以为然,"莫道野虫皆俗陋,虫入藤溪是雅君"。他的笔下,草虫活现,叶隐闻声。他将自己的花鸟草虫画叫"草间偷活",在《牡丹蝴蝶》《纺织娘》等画的题诗里,表达对乱世的慨叹和对悲苦穷人的同情。齐白石讲,说话要说别人听得懂的话,画画要画别人看见过的东西。他主张艺术"妙在似与不似之间,太似为媚俗,不似为欺世","常有古人之微妙在胸中,不要古人之皮毛在笔端"。他的诗与画一样,不盲从,不忌俗,不避俗。其艺术是在适应大众欣赏趣味的同时去征服大众,其作品既心里装着劳苦大众和市井平民,又心仪古代艺术典范,可谓雅俗共赏。他能从画意中凝练出点睛的诗句,也能从诗句中悟出意境画面,这从老舍两次出诗求画已得到印证。齐白石耄耋之年,仍在耐心描红摹子。他认为,有名望的画家画的东西太放开,收不回来,描红摹子就是有个规范,管住自己,笔法有放又有收,才能使画的东西形神俱似。齐白石以农夫的质朴之情、率真的童子之心、老辣生涩的文人之笔,以"不叫一日闲过"的勤奋精神,以自然为道,开创了艺术未有的境界,正如他在诗中所说:"苦把流光换画禅,功夫深处见天然。"

我喜欢白石老人的篆刻,其治印大气磅礴,"古今熔化冶为一炉,删除一切窠臼"。有人说:"白石诗风如治印,单刀直冲少雕风。"我们谈诗的风格,不仅要与画联系在一起,也要与其篆刻风格联系在一起。我们从诗画一体的风格和角度来读齐白石的诗,可明白其诗何以自排在首位。也可明白作为诗书画印四艺集一身的齐白石所代表的中国大众文化,何以在世界艺坛享有盛誉。中国的书画艺术使用相同的笔墨纸砚，均以线条为基础造型手段，共同追求抒情写意，无论侧重写性情还是强调传神写照，书中有画，画中有书，相互借鉴，相得益彰。而书画的近邻诗词、篆刻（以及远亲音乐、舞蹈、戏剧等其他艺术），也是相通的。钱君匋说齐白石的画有"善于削去繁冗的气魄……不工而工，自然高妙，不是雕饰可达到的境界"。其实他的诗何尝不是如此。大艺术家能够横通，将自己的审美意趣和情志，挥洒在不同的作品中。

"扫除凡格总难成，十载关门始变更。"齐白石衰年变法，艺术的鼎盛时期，红花墨叶散淡写意，工笔草虫毫发毕现，四季山水各具风貌。他的佳作洋溢着自然界勃勃的生机，他的画，人称齐家万象，构图奇异，不落旧蹊，卓然不群，蔚为大家。极简的画面，内含大观，是现实主义与浪漫主义的交融。西班牙艺术大师毕加索认为齐白石是东方一位了不起的画家，齐白石用一根水墨线表现水波的传神境界令他敬佩不已，那个墨竹与兰花更是他不能画的。他曾说，我不敢去中国，因为中国有个齐白石。其实，齐白石不仅能画，其诗书印的艺术成就在中国也是首屈一指的。

如此辉煌的画艺，白石老人却自谦不满足。他最佩服和推崇徐渭、朱耷、吴昌硕三位画坛先辈，言他们能横涂竖抹，挥洒自如，表示："我欲九泉为走狗，三家门下转轮来。"他还以"皮毛客"自况，用石涛语刻印"老夫亦在皮毛类"，诗中有"皮毛袭取即工夫"等句。

行文到此，收到在广西的年轻朋友许明寄来精装五卷《人生若寄——齐白石手稿》，内有"诗稿"上下两卷。翻过扉页，白纸正中赫然一方白石印"寂寞之道"。品思再三，想到他说过作画是"守静之道"，自刻印章"何要浮名"。这大概就是老人从木匠成为巨匠，而留给我们诗画人生的感悟和启迪吧。

哀鸣思战斗，迥立向苍苍

——徐悲鸿画马题诗

我最喜欢徐悲鸿画的马。

"一马出世凡马空。"徐悲鸿画马，"一洗万古"，天下驰名。无论是立马、奔马，没有马鞍，没有缰绳，随时可以在原野上狂奔。你可以听到它的回首长嘶，你可以感到它驱驰的雄风，或者马在伏枥思征，抑或马踏秋草。马的神态、灵动、昂扬、奔腾，在其笔墨之下，栩栩如生，千姿百态，倜傥洒脱，飘逸灵动，引发人无限的遐想。

尤其是他画的奔马，腾空驰骋，四蹄生烟，桀骜不凡，风劲剽悍，自由奔放，神采飞扬，观之令人惊心动魄，在写实之中充满了浪漫主义的风格。他画的奔马，给中国画坛带来了清新有力、刚劲奔放的气息。

徐悲鸿画马，独有一种精神抖擞、豪气勃发的意态。在莫斯科，他当场泼墨，寥寥数笔，一匹奔马势不可当，跃然纸上。有爱马之癖的骑兵元帅布琼尼拨开人群，索要这匹马，"否则我会发疯的！"他称徐先生是东方和世界的一支神笔，比他骑过的战马更加奔放健美！

有谁知道，20 岁的徐悲鸿如悲哀的孤雁，流浪上海街头，几欲自杀。经人相助解决食宿后，他画了一匹狂放不羁的奔马，投给画刊，竟得赞誉印刷出售，他被聘为审美书馆的特约作者。历史就这样鬼使神差，一匹马使他时来运转。

徐悲鸿画马，也爱善待马的人。一次他与廖静文乘马车去画展，马车夫是和善老人，爱马，马养得好。看着老人扬鞭，这匹栗色牝马欢快奔驰。到达目的地后，老人马上就亲抚爱马。徐悲鸿动情了，伸手爱抚着牝马隆起的光滑脊背，慷慨取出一幅卷起的《奔马》送给车夫。说这个视马如亲人的马车夫打动了他的心。

徐悲鸿画马无数，均不戴缰辔，只《九方皋》中黑马例外，问其原因，他答："马也如人，愿为知己者所用，不愿为昏庸者所制。"

2007年，徐悲鸿的《春山十骏》以超千万元人民币拍卖成交，创下当年近现代书画拍卖最高纪录。该画题跋曰："四皓九老七贤会，此幅应为八骏图，多写几驹来凑数，其中驽驷未全无。"跋文中四皓、九老和七贤，是各代的隐士，是人物绘画的题材，而画马也是画八骏为惯例。徐悲鸿打破格局，偏添两匹为十骏。此画赠给知己黄曼士，徐悲鸿在新加坡住黄家的江夏堂，画得最多的就是马，时有"万马奔腾江夏堂"之称。徐悲鸿画马，常以自勉，亦以励人，从现有的资料得知，他赠给金山的叔父一幅画，上面竟有33匹奔腾的骏马。徐悲鸿"磐溪遣闷"画的一匹马，友人得后，思及艺坛巨匠的为人，感慨良多，将杜甫的《房兵曹胡马诗》题在上面，诗中"所向无空阔，真堪托死生"，让人感到这幅画的深意和力量。

徐悲鸿笔下千骑，"悲鸿马"无人能够超越。

徐悲鸿画的马之所以能在上千年来无数画马的作品中凸显出来，主要是他成功地将西画的技法和精神融入了国画中，注重比例、造型准确，以形传神。不仅充分发挥传统笔墨的轻重、疾徐、枯湿、浓淡、疏密、聚散的节奏韵律的抒情性，而且充分掌握笔墨作为"造型语言"的严格写生、写实的造型性，使两者巧妙地合而为一，标志着中西融合的艺术理论和理想在创作实践中的最高成就。据说，他留学法国时，最不喜欢马蒂斯的画风，甚至把其名译成"马踢死"。他强调："我爱画动物，皆对实物下过极长时间的功，即以马论，速写稿不下千幅，并学过马的解剖，熟悉马之骨架肌肉组织，然后详审其动态及神情，乃能有得。"他从国外抱回马的解剖模型，他曾带学生观看骑术表演，研究马的奔跑。他到印度讲学，骑马游历了喜马拉雅山的大吉岭，天天和马生活在一起，画了大量的写生。他的学生回忆，在国立北平艺专小园槐树下拴着一匹老马，徐悲鸿经常坐个小板凳画马的速写，他说要好好画画写生，理解马的解剖比例。他曾要求绘画系和雕塑系的学生熟练地默写人和马的解剖。他们看到徐悲鸿画室案旁纸篓里塞满了揉皱的宣纸，上面都画着马。原来先生画马稍不如意就丢弃，创作严肃认真、精益求精，决不草草挥洒了事。郭鹤年曾回忆，徐悲鸿在新加坡画室，每到傍

徐悲鸿与夫人廖静文、儿子徐庆平合影

晚亲自将其不被接受的作品烧掉。"岂有蛟龙愁失水，只磨故剑问青天"，是徐悲鸿喜欢写的对联。他主张作画"尽精微，致广大"。他画的马落笔有神，奔放处不狂狷，精微处不琐屑，盘骨强壮，气势磅礴，形神俱足。"尽精微，致广大"后来成为中央美术学院的校训。

我从一本《徐悲鸿论稿》和其他书里，找到了他画马的一些题跋：

——此去天涯将焉托，伤心竞爽亦徒然。（1934年仲春题《奔马》）

——岂无强筋骨，临风思战场，太平忽自致，且乐华山阳。（1935年1月6日题为舒新城所作《立马》）

——本是驰驱跋涉身，几回颠踬几沉沦。为寻尝胆卧薪地，不载昂藏亲善人。（1936年秋题《奔马》）

——引汝认识崎岖路，转眼双肩重担来。（1939年2月题《立马》）

——伏枥生憎恨，穷边破寂寥。风尘动广漠，霜草识秋高。青海有狂狼，天山非不毛。终当引俦侣，看落日萧萧。（1939年5月题《立马》，时客星洲）

——水草寻常行处有，相期效死得长征。（1939年12月于印度题《群马水草》）

——昔有狂人为诗云，一得从千虑，狂愚辄自夸，以为真不恶，古人莫之加。（1940 年客喜马拉雅山之大吉岭，为《群马图》题款）

——秋风万里频回首，认识当年旧战场。（1941 年 4 月在南洋槟城题《立马》赠侨领骆清泉）

——芳草得来且自饱，更须何计慰平生。（1941 年赠骆清泉《饮马》）

——前日狂奔八百里，艰危相依主人知，沙场故国他年志，筋骨此番苦予支。（1941 年 4 月题为骆清泉所画《病马一章》）

——直须此世非长夜，漠漠洪荒有尽头。（1946 年初春为野马社作）

——南使宜天马，由来万匹强。浮云连阵没，秋草遍山长。闻说真龙种，仍残老骕骦。哀鸣思战斗，迥立向苍苍。（1948 年初冬题寄赠赵国亚《天马图》，写马背向挺立荒原之中，回首仰天长啸，奋跃前蹄，举而不发。在一幅《嘶马图》上，题"哀鸣思战斗，迥立向苍苍"）

——山河百战归民主，铲除崎岖大道平。

——百载沉疴终自起，首之瞻处即光明。（1950 年赠毛主席、赠志愿军《奔马图》）

徐悲鸿赋予马以他的理想、情思和精神寄寓。画中之马，其奔、其走、其立、其食、其集、其散，均是人格象征，精神比拟，其情其意多表现在题跋之中。也有他的画作，如《柳拂立马》《秋溪饮马》《抚孤松而盘桓》《一马当先》等，虽无题跋，亦有古人诗意。徐悲鸿画马的题跋有的是整诗，有的是诗句，有的无言胜有声。这些题跋，都是托物言志的诗，都是中国文化传统在绘画中的体现。总的来说，画与心动，寄托了他爱国忧民的悲愤与冀望。我们谈徐悲鸿的诗，仅从这些画马题跋就可以了解他的诗情画意，了解他的襟抱和志向。"问汝健足果何用，为觅生刍尽日驰"，是徐悲鸿奔马图常见的题款，抒发了画家对国势、社会、人生的关心，一种悲凉、慷慨和激昂的情感跃然纸上。郭沫若曾解释说："悲鸿善画马，每题'问汝健足果何用，为觅生刍尽日驰'，余曾代马作答，其词曰：'非为生刍尽日驰，电光石火行千里。壮志雄心寄健足，国家建设当如此。'悲鸿有知，当为首肯。"

徐悲鸿早期画马，有一种文人的淡然诗意，有"踯躅回顾，萧然寡俦"之态。抗战爆发后，国破家亡，山河破碎，离乱颠沛，他希望抵御外侮，救民于水火。"哀鸣思战斗，迥立向苍苍"，他画的马，悲马苍鸿，或奔腾向前，或立于秋风之中，给人悲壮苍凉之感。他画的马，不只为欣赏，更多的是言志寓意，他为马赋予了正在觉醒的民族精神。他听闻鄂北大捷，豪兴勃发，连夜画四匹骏马，静中寓动，具有"万里可横行"的气势。他闻长沙会战失利，连夜画《奔马》，题款中盼消息"忧心如焚"。他多画孤马，但为开辟"驼峰航线"的陈纳德

徐悲鸿《奔马》

画了《八骏图》。1946年4月为陈赓将军画马，题："贺其战功彪炳百世也。"他还为抗战牺牲的将士写了《招魂诗》："恭奠香花沥酒陈，丕显万古国殇辰。星河耿耿凄清夜，魂兮归来荡寇氛。"他的世交好友马彦祥结婚，他画《双飞神骏图》。为吴作人、萧淑芳结为连理画《双马图》，并题："百年好合休嫌晚，茂实英声相接攀。譬如行程千万里，得看世界最高山。"1946年他画的群马气势如虹，郭沫若为此感而题诗："八骏自由驰骋，浑如万马奔腾。尾鬣生风弟郁，神情磅礴如蒸。自将追星逐电，定再地裂天崩。期待英雄人物，前来独驭超棨。"1949年后他画的《奔马》，一扫从前悲愤气象，用《奔向太阳》，抒发了对光明的向往。抗美援朝时，他画《奔马》寄往前线，鼓舞士气。

477

徐悲鸿画马题诗，一生很少用古人的诗来题自己的画作，但他熟知杜甫的马诗，下过功夫，题的最多的就是杜甫《秦州杂诗》的诗句"哀鸣思战斗，迴立向苍苍"。他将迴立西风、昂首嘶鸣的战马神态化成了为民族解放独立而奋斗的精神。据说为画出杜甫《佳人》诗中"天寒翠袖薄，日暮倚修竹"的诗意，曾尝试了 20 多次。"斯须九重真龙出，一洗万古凡马空""是何意态雄且杰，骏尾萧梢朔风起""矫矫龙性合变化，卓立天骨森开张"均是出自杜甫的诗。他 1950 年画的奔马，上题"五花散作云满身，万里方看汗流血"也是杜甫的诗。由此可见，徐悲鸿和杜甫的心是相通的，他从杜甫的诗中，尤其是在抗战中通过画马寄托了不屈的民族精神。同样，我们今天读杜甫的《房兵曹胡马》诗"胡马大宛名，锋棱瘦骨成。竹批双耳峻，风入四蹄轻。所向无空阔，真堪托死生。骁腾有如此，万里可横行"，亦能从徐悲鸿画的马中找到那种豪迈遒劲的气息和神韵。难怪有人说"悲鸿画马子美诗"，这个跨越千年的交相辉映和境界天合，得到了最完美的呈现。

徐悲鸿原名徐寿康，江苏宜兴人，家境贫寒，为生活所困，犹如鸿雁哀鸣，遂改名悲鸿。幼年随父亲徐达章学诗文书画，10 岁随父乘舟到溧阳，面对秀丽山水，能即兴吟诗："春水绿弥漫，春山秀色含。一帆风信好，舟过万重峦。"徐悲鸿喜欢庾信的诗，常随身携带《庾信诗抄》，时时启阅，并抄录其诗。徐悲鸿女儿徐静雯回忆，小时候爸爸用宜兴家乡话教她唱唐诗。一面聚精会神作画，一面用自己的诗调低吟杜甫的《秋兴》。儿子徐伯阳回忆，其父在作画时，嘴里常哼一首自创的曲子，叫"徐悲鸿自创吟诗调"，他小时对其旋律耳熟能详，现在还能将谱子记下来。

徐悲鸿工诗，其诗清劲苍凉。除绘画题跋外，他的诗还散见于赠人书信和文章中，未见有诗集，难窥其全貌。画家以画示人，为丰富画面，他不喜欢在画上题太多的字，题诗题款都在画的最边上。但我们从其画的题诗中，可窥其诗学渊源。如他画鹰喻"英雄"："杀伐凶声动地来，崩雷倒海岂终极，自断此生休问天，永乞月明荡胸臆。"他题《松鹤图》："云表藏踪迹，苍然冰雪姿；清风明月夜，一唳动人思。"《自写》画中他站在松柏下遥望远方，面对国难家仇，题诗深沉："乱石依流水，幽兰香作威。

徐悲鸿《九方皋》

遥看群动息，伫立待奔雷。"他在《古柏》画上题："天地何时毁，苍然历古今。平生飞动意，对此一沉吟。"借古柏历经古今，联想天地沧桑巨变，引发了对人生无尽的沉思。视为"悲鸿生命"的《八十七神仙卷》失而复得后，他当即挥毫："得见神仙一面难，况与伴侣尽情看。人生总是蒡菲味，换到金丹凡骨安。"即使他为蒋碧薇、孙多慈写的诗，亦见真情。他与齐白石的交往，本身就是值得一书的诗话文章。以上这些都表露出徐悲鸿丰富的情怀和深厚的诗学造诣。

人们都爱谈徐悲鸿和三个女人的故事。但我特别要提到为徐悲鸿得到心灵的慰藉并终生为悲鸿服务痴心不改的廖静文。他们只共同生活了七年，但悲鸿深爱她，为她专门写过一首诗：

一啭黄鹂息众音，天开月明伴孤星。
稽颡帝力回春意，会见平芜入眼青。

徐悲鸿是献身艺术、视绘画为生命的男人，自然爱美、爱心仪的美人。在为从事绘画事业而孤独的时光里，他不喜欢将艺术品视为钱的奴隶，他更喜欢热爱艺术、理解他辅佐他的助手。他有自己的精神世界，他画的《田横五百士》《愚公移山》《九方皋》《傒我后》等，都透着他追求的精神，尤其我所专爱的《奔马》，"斯须九重真龙出，一洗万古凡马空"，正是杜甫诗所描绘的"九重真龙"的神驹，代表着他的风骨。他不拘一格，"草庐三请"，被齐白石视为知己。他为抗战和赈济难民在南洋办画展；为民主联合政府"进言"毅然签字；坚持留在北平迎接解放。他牢记家乡国文老先生给他的临别赠言："人不可有傲气，但不能无傲骨。"他常题的四言联是"遗世独立，御风而行"。他将集泰山经石峪石刻里的字"独持偏见，一意孤行"为联，装裱悬于画室，以表明心志。这正如他笔下独立秋风的战马，雄壮伟岸，风骨峻嶒，特立独行，也使我理解了其思想高标和自我坚持的意义。

我读过廖静文30多年前写的回忆专著，为不负丹青的徐悲鸿的一生所感动，当时写过一首诗，今天翻出来，作为纪念百年巨匠徐悲鸿和本文的结尾吧：

怆然笔底忧民泪，情急侧闻奔马音。

且散千金还一卷，丹青不负是精神。

拈毫先寄一枝春

——张大千的梅丘诗心

　　画坛上，有"南张北齐"之谓，亦有"南张北溥"之说。

　　张，即当时在上海知名的画家张大千。齐，即齐白石。溥，指在北京的恭亲王之孙溥心畬，诗、书、画三绝。张、溥二人后来在北京互相切磋，合作作画，结成知交。两人延续了画坛"北宗"和"南宗"两脉。张大千称"柔而能健，峭而能厚，吾仰溥心畬"。溥心畬称大千画"用粗笔可横扫千军，用细笔如春蚕吐丝"，并题照："滔滔四海风尘日，宇宙难容一大千。却似少陵天宝后，吟诗空忆李青莲。"张大千、溥心畬和黄君璧三位，大陆出生，晚年定居台湾，台湾美术史称之为"渡海三家"。

　　读了张大千的传记，渐明白溥心畬诗的意思。出生在四川内江的张大千，兄弟姐妹九男二女，乳名小八。原名张正权，出家时禅师授法号"大千"，后惯称张大千，画室"大风堂"。他虬髯苍颜，说是黑猿转世。取《抱朴子》古意：君子为猿鹤。一生爱猿、养猿、画猿，作画署名"爰"。他独立闯荡，浪迹天涯，游屐四海；他与匪为伍，遁入空门，敦煌面壁；他风流倜傥，情痴梦蝶，迁居造园，周济他人。"人生头白西风里，况此千山万水。"张大千的诗画，自然与他独特而传奇的经历有关。

　　张大千母亲曾友贞，嗜书善画，擅工笔花鸟，为生计走街串巷，为人绣花描帐。她画的《耄耋图》，戏猫舞蝶，栩栩如生。张大千与二哥张善孖幼承庭训，随母作画，是他们艺术敏感和绘画兴趣的最早启蒙。他成名后思及母亲督导兄弟苦读，经常跟母亲学勾花鸟、到市集卖花样的情景，曾在自己画的《青灯课子图》上题："人前每颂白华诗，树静风摇泣罔极，永忆高堂寸草心，百年留照丹青色。"二哥张善孖，一作善子、善之，画坛上颇有成就，山水、花鸟、人物外，专攻画虎，号"虎痴"。在日本参加同盟会，参与四川保路运动。抗战期间曾用画笔揭露日寇，募集大量捐款，支援抗日军民。他支持八弟东渡日本学习，并带他上海拜师学画，出席文人雅集，引荐艺苑前辈。可以说在绘画上他对大千影响最大。

"大千往还，多美人名士。"他遍游四宇，广交艺坛文友；读万卷书，临万轴画，行万里路。他先后拜曾熙、李瑞清为师，读书、习字、攻诗文。他浸淫石涛、八大山人等作品，摩研渗透，画艺精进，落笔乱真。他两涉敦煌，临摹壁画，追溯源流，将"吴带当风"，收诸腕底。他早期临任伯年的人物、吴昌硕的花鸟。他从黄宾虹、范子登那里，欣赏泼墨、泼彩，运用超过前者。他与画界谢稚柳、于非闇、黄君璧等人，结伴游历秀山奇水。他与齐白石有过微词，但艺术上互相尊重，他常拜访齐，对老人艺术上的批评意见，都虚心采纳。徐悲鸿聘请他去中大艺术系教国画，为其画集写序并赋诗："不必天才说大千，豪情壮志已可传。三年漠北敦煌住，岂美米家书画船。"推誉张为"五百年来一大千"。张大千与张伯驹情谊笃诚，皆为收藏大家。他们分隔两地，犹有通信，曾为潘素的两幅芭蕉补画。他与余叔岩、梅兰芳交往，专程去看余叔岩的告别演出。为梅兰芳的《梅兰图》作《浣溪沙》。后应梅葆玖之请，为遗失画作补画。他与张学良结为终身好友，亲为其画山水图，由巴西返台，还看望张学良。张亦将当年购得的《红梅图》"珠归旧主"。他与郎静山交往，郎为大千摄影无数，张亦将得意作品相赠。他与台静农谈书论画，饮酒助兴。他还与毕加索在法国见面，介绍中国画"墨分五色"及层次互见的境界。他的《大风堂》弟子数十人，对寒士，他说："艺道之交不论钱。"对门下，他常用九字告诫："师古人，师造化，求独创。"他说，书画是一种在纸上进行的气功和太极拳，喜怒不萦于胸襟，荣辱不扰乎方寸，健康要道，端在正心，书画是最好的养生。张大千还善烹调，自认更在画艺之上。

张大千绘画，用笔雄健，设色明丽，画风清雅多变。加之游历名山大川，撷取精英，他的建树，人评"师古不泥，化之为我，自卓然成一家之体"。他的泼墨巨荷也是一绝，融前人金碧重彩、墨笔写意画法，画出风、晴、雨、露的不同姿态。大的荷花图十丈有余，使人身临池塘，有烟波浩渺之感。《长江万里图》长卷是张大千的山水代表作，长近20米，复笔重色，大片泼彩，千水万壑，雄奇壮丽。报章说："看大千巨构，若故国神游。"张大千说，要融天地为一炉，铸我笔下的新天地。他说，画山水画，不能照真样描画，在一幅不大的画面上，画整个山势，就是中国画理所说："竖划三寸当千仞之高，横摆数尺体百里之遥。"临终前还创作巨幅《庐山图》。他画的玉女画，或窈窕古装，撩人姿态；或轻解罗衣、酥胸半露；或柔情素面、纤纤玉手。也可能是他常有两情缱绻的红粉韵事和鹊桥相会，有她们的"依柳春忆"。从韩国歌舞伎池春红、日本的山田、好友高岭梅、北京艺人李怀玉、天桥邂逅的杨婉君（后纳为三夫人）的柔情里引出画意，醉心的仕女画里内含敦煌临摹描绘的贯通技法。溥心畬曾为张大千画的册页题笔："凝阴覆合，云行雨施，神龙隐见，不知为龙抑为云也？东坡泛舟赤壁，赋水之月，不知其为水月，为东坡也。大千诗画如其人，人如其画与诗，是耶？非耶？谁得而知之耶？"

张大千也是诗人，是少有的诗画双全的艺术家。他从小跟着哥哥、姐姐识字，认读《三字经》《百家姓》，在四哥张文修指导下读《千家诗》。后赴四哥任教的重庆求精中学学习。他暑假回家被土匪所绑，被迫当"师爷"百天。在抢劫大户人家时，被逼在书房里拿了本《诗学涵英》。此书成了他在匪窟学习作诗的启蒙书，他还向人质中的前清进士学习平仄对仗等作诗的基本知识。虎口脱险后，张大千东渡日本学习印染，课余自学绘画、学诗、学治印。后来在曾熙和李瑞清门下学习书法和诗文，欣赏和临

张大千

483

摹了古画，在诗、书、画三方面打下了坚实基础。他还热衷参加打诗谜、持条的"诗钟博戏"，与同光体诗坛的陈三立、郑孝胥一起参加。一次还赌掉家传的王羲之《曹娥碑》。所以与同时代的书画大家相比，张大千的诗词根基较深，吸收唐宋诸家之长，能够独树一帜。诗词功力比齐白石、徐悲鸿更深，与画意更贴近融合。但受格律束缚，不如他们诗境纯真，或缺乏时代感。上海画界盛赞大千是"画中李白"，流传出"欲向诗中寻李白，先从画里识张爰"的诗句。

北平和平解放，张大千精心绘制一幅《荷花图轴》呈给毛泽东。该图茂荷两叶，白莲一朵，构图饱满而疏密有致，圆润凝重而脉络分明，题"润之先生法家雅正"。当年，为在印度举办画展，张大千飞港澳，去台湾看是否宜居，旋又在成都的炮声中接家眷匆匆离开了大陆，居台未几，便迁居香港。这一去后半生浪迹天涯，萍踪万里，漂泊无定，再也没有回到他魂牵梦绕的家乡。

在新德里办完画展后，他考察了阿旃陀石窟，到了大吉岭，租住期间，经济拮据，夫人临产，他每日登山望云，排遣思乡情绪，写诗词200余首，应验了"人到穷愁诗更多"的话，其中有一首自嘲："穷年兀兀有霜髭，癖画淫书老复痴。一事自嗤还自喜，断炊未废苦吟诗。"

张大千去国海外后，初至印度，次迁香港，又移南美。在香港卖掉了心爱的《韩熙载夜宴图》《潇湘图》和《万壑松风图》（后被国家文物局收购）。在阿根廷租宅取名"昵燕楼"，后在巴西建"八德园"，在美国买"可以居"，筑"环筚庵"，又居台湾双溪"摩耶精舍"。在欧、亚、美诸洲举办画展，赞誉甚多，但他仍梦里萦回，泪沾衣衫；思乡之情，弥久愈深。在巴西，他画兄弟三人在黄山顶上相聚，一人独立峰顶。画配"别时容易"闲章，题"独立苍茫自吟诗"。他作诗："万里故乡频入梦，挂帆何日是归年?!"他画过无数迤逦山势，却认为看山还是故乡青。他手捧友人带给他的故乡泥土，百感交集，老泪纵横，郑重地把这一捧故土供奉于居所案头。他用朋友带去的华清池的水磨墨，画唐装仕女，感叹说："这也算是万里之外的一次贵妃浴了。"他的诗词印章中，可见"平生结梦青城宅""家在西南常作东南别""尘蜡苔痕梦里情"等语。晚年的许多作品亦见思国之情，他侨居海外的画作和题诗，都流露出若有所思和怀乡的寄托。他的一首《题自画像》吟道：

> 海角天涯鬓已霜，挥毫蘸泪写沧桑。
> 五洲行遍犹寻胜，万里归迟总恋乡。

"和靖孤山，放翁一树。"张大千自喻为"梅痴"，他的众多诗作中写梅花的诗给人留下深刻印象，这既有他对美的寄托，也有他思乡怀旧的情感。"铁骨寒枝老更刚"，我能体会里面的寓意。20世纪80年代初，我在对台办工作时，也参与了张大千子女的联系探亲事宜。本文权且摘录一些他的梅花诗，并取其中一句作为本文的题目。

张大千游山玩水，曾三次到罗浮山，在宝积寺和梅花村，看峰饮泉，苏东坡诗"罗浮山下梅花村，玉雪为骨冰为魂"即指此地。"一入罗浮世梦醒"，晚年他画古梅，有他去罗浮的绮想："十月罗浮梅乱开，攒香裹蕊蝶徘徊。说与北人浑不信，寻檐须向梦中来。"

张大千画仕女，画毕掷笔一笑，题诗："玉手轻勾粉薄施，不将檀口染红脂；岁寒别有高标格，一树梅花雪里枝。"

在美国的环筚庵建成，满园梅花为主，寒香百树。他诗思泉涌："几年海国觅生涯，结个茅堂不似家。一事新来堪慰汝，出门一步有梅花。"他以画代柬邀朋友看梅："入春转觉春寒浅，久客翻添客思赊。据道广文风日美，可能携手看梅花？"

他画《寒梅怪石图》："石边更种梅花树，我欲三更看月痕。"他画红梅，遥寄知友："百本栽梅亦自嗟，看花坠泪倍思家。"他惕厉子孙："殷勤说与儿孙辈，识得梅花是国魂。"

狂风骤雨的夜晚，他辗转反侧："松摧竹折雨翻澜，夜半号呼惊梦残；只恐梅花吹落尽，明朝不敢启门看。"睡梦中他写梅花瘦影，寄给台北的张学良："攀枝嗅蕊许从容，欲写横斜恐未工。看到夜深明月蚀，和香和梦共朦胧。"

张大千还忧心海峡两岸的局势变化，面对梅花，也别是一番滋味：

张大千画梅

"雪后风吹特地寒，攀枝唤蕊倚阑干。新来顿觉羁情苦，得似梅心一点酸。"

台湾文山老梅绽放，他画梅花扇面寄友，另面行书："故人念我病中身，万里殷勤慰问频。堂里国花常在梦，拈毫先寄一枝春。"在台湾摩耶精舍他赋诗："架屋宽于养鹤笼，余年于此得从容。故人偶问春消息，檐角梅开数点红。"

张大千住院，梅花绽放，精神好转，写梅花诗："万里春归故国山，溪边结得屋三椽。种梅买鹤余生了，月下花前伴鹤眠。"他将画梅的瓷瓶及所题上面小诗托人捎给在大陆的徒弟李万春。

屈原有诗："鸟飞反故乡兮，狐死必首丘。"他希望百年之后，葬在梅花旁的"梅丘"下。他自书联："独自成千古，悠然寄一丘。"他将"梅丘"巨石运到台湾："老更栽梅愿不违，要令绕屋尽芳菲。莫嗟几度能相赏，即死犹魂化鹤归。"他说："余生余事无余憾，死作梅花树下魂。"

在台湾他画《老梅》，被风雪雷火摧残过的古干枯枝上，也开出几许花朵，老干新枝，是生命永续的象征。他自题："琼佩孤山影，林逋最有情。冰壶年事画，寒洲月痕明。鹤口清如雪，苔枝玉斫英。新愁绾诗句，埋梦为寻盟。"

我们可以看出，上述梅花诗里都蕴含着张大千的画意诗心。张群说他："画笔诗才两不镌，论君襟抱亦超然。"张大千一生作画 6 万多幅，作诗上千首。他的诗是紧紧与画联系在一起的，这引出了学界"诗画一律"的命题。

苏轼最早提出"诗画本一律，天工与清新"。常说的"诗中有画，画中有诗"，既是对诗画相同的解释，也是对诗画相通的概括。诗歌创作讲究寓目辄书，绘画创作讲究解衣盘礴，在寓目辄书中，诗人直接捕捉到了视觉感知的意象，因此具有了画意；在解衣盘礴中，画家直接捕捉到的是心灵感知的意象，绘画因此具有了诗意。张大千的许多诗作，形式上看是画上题诗、以画配诗的中国艺术传统，但诗的达意与画的存形，本质上是不可分割的。"诗传画外意，贵有画中态"，"诗中传画意，画里见诗余"。绘画表现"景"，更善表天理；诗歌表现"情"，更善表人意。但因诗人的个性不同，寓目妙想成诗，往往呈现千姿百态。

文人画经过历代的发展，有了新的重构。齐白石"似与不似之间"确立绘画的最高标格。张大千也在文人画和众工画壁之间，寻找新的出路。其水墨与青绿结合的山水，其细笔描摹与简笔勾勒而成的淡色人物仕女，为融合中国绘画风格作出了新的努力。"画者，文之极也。"画者须有文学素养和高逸情怀，以一己之情体悟宇宙之道，以兼济天下与独善其身传达人生追求和价值取向，其绘画才能"清远静深，一洗匠气"，达到形意传神。"诗画一律"追求和谐共存，题画诗在人的情怀感悟上，山水花鸟画在内蕴旨趣上，共同促成异律求和。"墨非蒙养不灵，笔非生活不神"（石涛语），张大千经历生活丰富，学养功力亦深，诗画挥洒自如，情景交融，自然印证了诗画同体。

张大千的诗话故事很多，我们在欣赏他画作的时候，也一定要悟读他的诗，从中感受其作品令人流连的神韵。

梅兰馨香，芳韵悠长

——梅兰芳的诗话

京剧是国粹。梅兰芳是享誉中外的京剧表演艺术家。我不是戏迷，也没有看过多少剧目，但我脑子里一直认为戏剧唱词是天然与诗词连在一起的。梅兰芳大师一定会如他学画一般，为我们留下美妙的诗句。

> 满天云雾湿轻裳，如在银河碧汉旁。
> 缥缈春情何处傍，一汀烟月不胜凉。

这是京剧《洛神》里"洛神登场"的一段唱词，是梅兰芳亲自参与写定的。

1924 年印度诗人泰戈尔来华访问，看了梅兰芳演出的《洛神》一剧，观后用孟加拉文赋诗，译成英文后以中国笔墨书之纨扇相赠。在场的诗人林长民把诗歌译成古汉语骚体。在泰戈尔诞生百年时，梅兰芳不忘情谊，又请精通孟加拉文及泰戈尔文学的两位教授将赠诗译成白话体：

> 亲爱的，你用我不懂的 / 语言的面纱 / 遮盖着你的容颜 / 正像那遥望如同一脉 / 缥缈的云霞 / 被水雾笼罩着的峰峦

梅兰芳写道："兹值诗人诞生百年纪念，回忆泰翁热爱中华，往往情见于词，文采长存，诗以记之。"使我们有幸读到梅兰芳少有的近体诗：

诗翁昔东来，矍铄霜鬓叟。

高誉无骄矜，虚怀广交友。

当日盍簪始，叨承期勖厚。

欢赏我薄艺，赠诗吐琼玖。

影声描绘深，格律谨严守。

紫毫书纨扇，笔势蛟蛇走。

微才何足论，鼓舞乃身受。

百岁逢诞生，人琴怅回首。

纪念谈轶事，肤词扫以帚。

惟君恋震旦，称说不去口。

愿偕中国人，相倚臂连手。

文章与美术，探讨皆不苟。

如忘言语隔，务使菁华剖。

忆听开讲坛，响声龙虎吼。

黑暗必消亡，光明判先后。

反帝兴邦意，忧时见抱负。

寰球时代新，孤立果群丑。

惜君难且出，远识诚哉有。

中印金兰谊，绵延千载久。

交流文化勤，又最团结取。

泰翁早烛照，正气堪不朽。

谁与背道驰，路绝知之否。

梅兰芳，出生于北京李铁拐斜街梅家老宅，祖籍江苏泰州。原名梅畹华，人称畹华大师，兰芳是他后来的艺名。梅兰芳8岁学戏，9岁拜吴菱仙为师学青衣，后又求教于秦稚芬和胡二庚学花旦。10岁在北京"广和楼"戏馆第一次登台。后搭班"喜连成"演出，班主叶春善收他为徒。他刻苦学习，向谭鑫培学艺。王瑶卿教他并开创了旦行艺术的新天地。17岁因"倒嗓"脱离戏班，开始养鸽子，每天起早，锻炼眼睛灵活，挥舞竹

梅兰芳

竿增强臂力。重登舞台后，到上海演出《彩楼配》《玉堂春》《穆柯寨》等戏，并拜师学习昆曲，提升了自己的表演境界。他在沪上成名走红舞台，以出色的歌喉，娇美的扮相，匀称的体态，征服了千万观众。以至于人们对梅兰芳着迷，戏谑为"中梅毒"。一些所谓"风雅之士"还为之舞文弄墨，争风吃醋。但梅兰芳洁身自爱，从不沾烟酒色，坚持"演戏可以，陪酒不行"。齐如山看中他的性情品行，首次称他为先生，为他舞台上的一招一式、一颦一笑提出了具体的修改意见，使他的表演日趋进步，并赢得了人格尊严。

梅兰芳将青衣、花旦、刀马旦、武旦融为一体，开创"花衫"行当，善于运用歌唱、念白、表情、身段、舞蹈等技艺，把人物的心理状态刻画入微。他的艺术特点中正平和，表现得自然、和谐、圆活、洒脱、出神入化，富有节奏感和塑形美。他的"梅派"表演艺术质朴中见华贵，端庄中含俏丽，淑静中蕴情致，妩媚中显大方。无论是柔曼婉转之音抑或昂扬激越之曲，都无不出自心声，感人至深。他经常演的有《霸王别姬》《贵妃醉酒》《天女散花》等剧目。最后以《穆桂英挂帅》完美谢幕。当年梅兰芳到天津演出，当地登出他排演《西施》新戏剧照，有一首《调寄浣溪沙》的"赞词"，可想象他演出的魅力："宛似吴宫绝世姝，轻颦巧笑且相扶，传神一幅写真图。蹁跹舞态千重影，宛转歌喉一串珠，梅郎才调世间无。"

梅兰芳在国际文化艺术交流上所作的贡献是巨大的，被外国人誉为"罕见的艺术上端庄正派的风格大师""美的创造者"。他曾两次赴日本，在美国演出72场，战前遍访苏联和欧洲各国。苏联电影戏剧导演和戏剧家观看了梅兰芳的演出后，深受启发，提出了新的表演体系和理论。英国戏剧家萧伯纳、喜剧演员卓别林和美国黑人歌唱家保罗·罗伯逊在英国或上海都有与梅兰芳见面和交往。梅兰芳对西方后期戏剧艺术有着深刻影响。新中国成立后，为恢复和发展中日人民友好关系，梅兰芳遵照周总理指示，三赴东瀛，演出《将相和》《拾玉镯》《贵妃醉酒》和《三岔口》等折子戏，受到日本各界人士的欢迎。

在北京新文化思潮中，梅兰芳也拉开了京剧改革的帷幕。他的《天女散花》突破程式的束缚，在京剧中糅进了绸舞。伴随着激越的琴弦与鼓点，大红长绸在台面上伸展翻卷，碎步小走的女性形象，竟也能大起大落、狂放不羁。徐悲鸿看过梅兰芳的戏，也与喜欢画点梅兰竹菊的梅兰芳谈画论艺。他对《天女散花》大为赞赏，并给梅兰芳画像。画图中，一片云海中升腾而出的天女，风流曼妙，眉眼神态呼之欲出，给人以诗意想象。并题诗："花落纷纷下，人凡宁不迷。庄严菩萨相，妙丽藐神姿。"我在梅兰芳故居看到了这幅画，真是栩栩如生。

梅兰芳也十分重视艺术修养，除演戏外，他养花学画。他的书房"缀玉轩"，取自宋代姜白石词调《疏影》中的"苔枝缀玉"而来，苔枝为梅，缀玉即梅花。他在这里吊嗓、排戏、读书、绘画，结交名士。梅兰芳学诗学画，是在上海演出时，吴昌硕送了一张红梅图，有于右任题诗："辉映天人玉照堂，嫩寒青晓试新妆。皤皤国老多情甚，嚼墨犹矜肺腑香。"他便在闲暇时拿出家传画谱临摹。后请王梦白每周来梅府教画。结识陈师曾、金拱北、陈半丁等画家后，亦师亦友，绘画技巧日臻成熟。同时与收藏家朱翼庵订交，广泛观赏书画和古器物。除此之外，他对佛学、音韵、民俗、服饰、花卉、武术、宫廷典籍及丝竹乐器，有多方面爱好和研究，从中吸取对戏剧有益的养料。让人惊叹的是，现梅兰芳纪念馆就有馆藏绘画 273 幅，刘海粟说他，画虽余事，亦可名家。画名为戏所掩，亦因戏名而流布国内外。

经齐如山引荐，梅兰芳结识了齐白石，并拜其为师，学画花鸟草虫。他亲为磨墨理纸，看齐白石落笔。齐告："太似则媚俗，不似则欺世。"梅铭刻在心，成为舞台表演的标尺。梅兰芳也为齐唱戏，齐很感动："观余

梅兰芳与恩师齐白石

画毕，歌一曲报之"，"其声悲壮凄清，乐极生感"，亲笔在画纸上记诗："飞尘十丈暗燕京，缀玉轩中气独清。难得善才看作画，殷勤磨就墨三升。"在另一首诗里写道："今日相逢闻此曲，他年君是李龟年。"齐白石看到梅宅里栽培的牵牛花，驻足写生，在牵牛花画作上题："百本牵牛花椀大，三年无梦到梅家。"一次，梅兰芳应邀唱堂会，白石先生到后，无人搭理，悄悄在后排坐下。梅兰芳在众人寒暄中看到齐白石，疾步上前搀扶着齐白石到前排坐下，并高声说："这是名画家齐白石先生，我的老师。"齐白石有感于心，绘制《雪中送炭图》赠予梅兰芳，并赋诗："曾见先朝享太平，布衣蔬食动公卿。而今沦落长安市，幸有梅郎识姓名。"梅兰芳收到画作，感慨万分，和诗一首："师传画艺情谊深，学生怎敢忘师恩。世态炎凉虽如此，吾敬我师是本分。"

梅兰芳三到南通演出。欧阳予倩也在南通创办戏剧艺术学校"伶工学社"，并建立更俗剧场。两人曾同台演出，盛况空前。南通实业家、清末状元张謇为纪念此事，在剧场辟厅称"梅欧阁"，并题联："南派北派汇通外，庐陵宛陵今古人。"联中的庐陵即吉安，名士荟萃，欧阳修诞生于此。宛陵即宣城，宋朝诗人梅尧臣称宛陵梅，与欧阳修并称"欧梅"。张謇借古喻今，点出了"梅欧阁"的来历。张謇不愧是懂得国粹京剧艺术的行家里手，他慧眼识人，尊重人才，呵护梅派京剧。他与梅兰芳常有书来信往，其中有喻"梅"的吟咏："小汤仕女美无伦，画作梅花也可人。寄与玉郎时顾影，一丛绛雪媚初春。"该诗题为《以汤乐民画红梅寄畹》，"畹"是梅兰芳的字"畹华"的简称。

20世纪20年代初，张謇三次邀请梅兰芳来南通演出，一场不落观赏梅派剧目，观罢必挥毫作诗，写过咏颂梅兰芳的诗词有42首。梅兰芳第一次在南通住的时间较长，张謇趁演出余暇，为梅兰芳讲解唐诗五绝、七绝中平起、仄起几种格式，并特别开讲了杜甫七律《秋兴》八首。梅天赋甚高，深有领悟，试写旧体诗，每一出笔，辄有新意。因专心于戏，诗作不多，仅留下约十首左右。张謇看过梅兰芳演出，写诗盛赞其"绝学正资恢旧舞，问君才艺更谁当"。又作五律，记录梅欧联袂演出，结为相知："欧剑雄尤俊，梅花喜是神。合离两贤姓，才梅一时人。珠玉无南北，笙镛有主宾。当年张子野，觞咏亦情亲。"诗中张子野是北宋词人，常与梅尧臣、欧阳修、苏轼登山临水，吟唱往还。梅兰芳读诗感慨万千，挥毫写下一首七绝：

积慕来登君子堂，花迎竹护当还乡。
老人故自矜年少，独愧唐朝李八郎。

诗中李八郎名李衮，是唐朝歌唱家。离开南通时，梅兰芳又写了一首：

人生难得是知己，烂贱黄金何足奇。
毕竟南通不虚到，归装满压啬公诗。

有人说上面的两首诗是梅兰芳作诗的开始，也有人说梅兰芳并不会作诗，这几首是请人捉刀的。其实，梅兰芳早在清末民初就开始学习作诗了，当时他结识了北京著名词章家王壬秋（名湘绮）、易哭庵（号实甫），他们劝梅："为艺人的不可无文墨，不可不懂得诗歌。""缀玉轩"的幕僚李释戡也说："为艺不可不读诗，戏中若多诗美，则戏能美，人亦自美。"

在这种情况下，梅兰芳下苦功学习诗词。

一直到 1959 年，南通重修 40 年的"梅欧阁"，梅兰芳还念及张謇的深情厚谊，赋 48 句长诗纪念，其中道："有乡先生能赏音，折节交到忘年深。为题小阁挥巨笔，欲使轻材登艺林……斯际我侪识宏奖，悚惶讵免望于心？"

抗战期间，由于梅兰芳不唱戏，没有经济来源，他变卖家产，与人合办画展，卖画挣钱，解决其经济上燃眉之急。梅兰芳又拜"近代画梅第一人"汪蔼士为师，学画梅花。抗战期间，他创作了大量梅花，所作《梅石图》，用笔疾驰奔放，苍润朴拙。淡墨枝干，寒梅疏朗，尽显清气。闻日军败仗，他随即在上海思南公馆"梅华诗屋"里，画了一幅梅花报春，题为《春消息》。作家周瘦鹃曾赋诗，颂其风节："梅君歌舞倾天下，余是丹青忆可人；画得梅花兼画骨，独标劲节傲群伦。"他还画松，自题："岂不罹霜雪，松柏有本性。"这些都反映了他的高洁品格。在沪蛰居期间，"梅华诗屋"始终挂着一轴他创作的《达摩面壁图》，画上题词："穴居面壁，不畏魍魉。壁破飞去，一苇横江。"

张大千当年与梅兰芳、谢稚柳雅集上海吴湖帆的斋室，挥毫为乐。湖帆画兰，跟齐白石学过画的兰芳写梅，大千当场赋《浣溪沙》："试粉梅梢

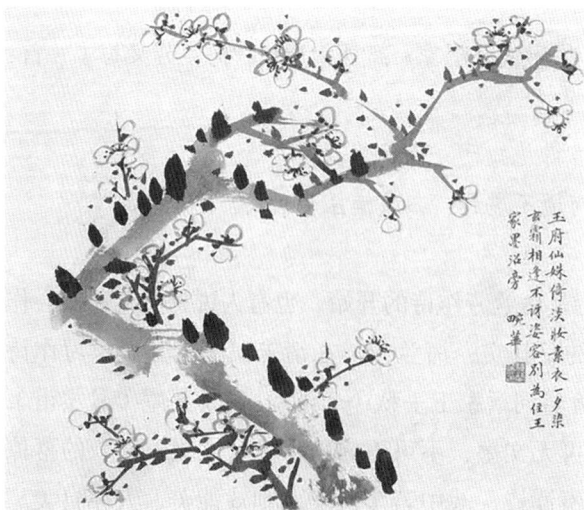

梅兰芳画梅

有月知，兰风清露洒幽姿，江南长忆好春时。　　珍重清歌珠簌落，定场声里动芳菲，丹青橡笔妙新词。"词中妙含梅兰芳的名字。谢稚柳将大千词题在画上。梅先生抗战期间蓄须明志，拒绝在日伪统治下演戏，彰显民族气节，现今重登舞台。吴湖帆另题《惠兰芳》，赞其艺术造诣和气节："歌散舞零，访重奏大晟新乐。听笛里阳春声唶，断肠似续，韵余袅袅，缀一字一珠盘玉。叹定场信息，正是江南花落。　　渐筑苍凉，琰筘哀怨漫赋荣辱。忍丝管升平，珍重翠华旧曲。江山无恙，怎堪痛哭？金缕长，千载绕梁犹昨。"词后题："……畹华同庚兄重整粉墨，以挽十载乱离，歌坛颓风，庶望升平于元音也。"此画由梅兰芳携归，藏于"缀玉轩"。若干年后，梅葆玖请友人告张大千四人合作书画和词失去，求其补绘。张大千念及梅先生长眠九京，补画了小写意花卉《梅兰图》、补书了小令。题跋中写："葆玖孝思如此，畹华当含笑九京。且予车过腹痛，老泪纵横矣！"这一段诗话故事，至今读来亦十分感人。

1953 年，梅兰芳向周恩来总理提起："听说福建也有一个'梅兰芳'？"总理好奇地问："他叫什么名字？"梅兰芳说："叫郑奕奏。他走红时，为戏班老板挣得银圆无数，但一到人老珠黄，便浪迹闽北山区，串乡走村以教戏度日。"周总理听梅兰芳一席话，立即亲自向福建文化局赴京参会的代表询问郑奕奏的下落，并指示要发挥这位才华卓越的老艺人的作用。福建文化局立即派人到闽北山区将郑奕奏接回，请他担任了福建实验话剧团艺委会主任。第二年，梅兰芳、郑奕奏两位从未谋面的老朋友在北京政协会上见面了。梅兰芳邀请郑到家中做客，席间，郑奕奏演唱了闽剧《茉莉花》小调，并赠送一张照片留念。梅兰芳当场赋诗一首，题在照片背面：

南北艺人感同深，留得芳名共到今。
见晚如逢亲手足，应将肝胆照知心。

以上是我从若干传记、资料和回忆文章里搜罗到的梅兰芳诗话。梅兰芳曾痴迷书画，但听朋友劝，专心致志从事戏剧表演。他将能诗善画、养鸽种花的生活情趣和艺术修养结合起来，认为对戏曲艺术有声息相通的地

《天女散花》剧照

方。他坚守梅派世家乾旦的守身如玉，在任何场合，总是玉树临风、儒雅斯文、中和亲切、温润如玉。他是流动的风景，梅影绰约，暗香浮动。梅派的"慢"，深蕴着典雅和细腻，美而不媚，柔中带刚。"书文戏理"，艺术是相通的。其实，京剧行当里，除了唱词，还有"坐场诗""下场对联"。本身与诗就有密切联系。从梅兰芳有限的留存诗来看，大多是谦恭答谢记事之作，少有放怀得志的张扬诗品。梅兰芳毕竟不以诗出名，术业有专攻，梨园大师的诗怀，早就表现在舞台上虞姬、杨贵妃、杜丽娘、穆桂英的一投足、一转晴和臂之一曲一伸，手之一动一指的"醉人的美"里了。

写到此，耳畔一直想起《大唐贵妃》"梨花颂"梅派传人的京韵京腔，仿佛是大师在唱在听：

> 梨花开，春带雨；
> 梨花落，春入泥……

壶 艺 如 诗

——读布衣壶宗顾景舟

> 五十余载竟抟埴，却忆年华已古稀。
>
> 鲁阳奋戈犹未晚，愿留指爪踏雪泥。

这是壶艺泰斗、一代宗师顾景舟仅见的诗文。

写下这首诗时他结缡廿载的妻子徐义宝离去，已近 70 岁的顾景舟抚摸着老伴为他做下的新布鞋，悲从中来，心痛欲绝。然而他的诗却是勉励自己走出哀城，表达于伏枥之年再度奋发之意。鲁阳，战国时楚之县公，相传他曾奋力挥戈，使太阳返回。诗中还化用苏东坡诗句："人生到处知何似，应似飞鸿踏雪泥。泥上偶然留指爪，鸿飞那复计东西。"写出他在有生之年为本业为后世再作贡献的决心。顾景舟不是专业深谙格律的诗人，但他行于旧道，暗袭唐音；本分的文笔里，观其心迹，则一目了然，精神上的飞扬之绪，洋溢于字里行间。

顾景舟，1915 年生于江苏宜兴川埠乡上袁村。父亲起名顾锦洲，上学时易名景洲，33 岁时自改景舟，取"艺海中的一叶小舟"之意，创堂号"自怡轩"。他还自号壶叟、老萍，根据不同年代，底款、印款用过曼晞陶艺（即"曼妙之曙光"）、瘦萍（用"风起于青萍之末"自励）、敬周（景洲谐音，亦有"敬仰周公"之意）、墨缘斋意堂制、武陵逸人、荆南山樵、荆南山下之子氏、自怡轩主人等，有闲章"宜兴人""啜墨看茶""得一日闲为我福"等，可以说是历代紫砂陶艺名家中，名号最多的一位。

顾景舟少时聪颖、文静。从小喜欢抓着一本书乱翻。五六岁时已经会

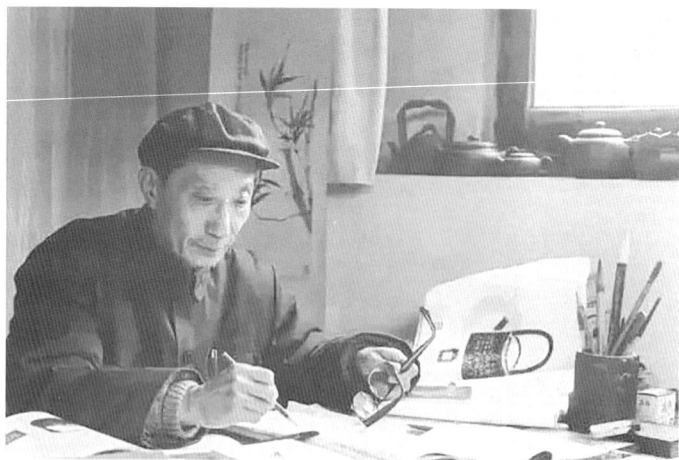

顾景舟

不少《千家诗》里的佳句。那时村上抟壶人家大抵囊中羞涩，上学读书是十分奢侈的事。家中母亲起早贪黑，勤于制壶，支持他踏上求学之路。他就读于蜀山之麓的东坡书院。吕梅笙校长亲授国文，顾景舟读书用功，尤其喜爱东坡诗词。常常在讲堂默背《定风波》与《赤壁怀古》。下课后别的同学都嬉闹玩耍，唯独他在座位上看书。校长走过，取书一看是《苏东坡词选》，随口读了一句《江城子》里的"十年生死两茫茫"。顾景舟站起来，一口气背诵到"明月夜，短松冈"。问他为何不去玩，他答道：读书比玩有意思。少时他还对周边植物有特殊兴趣，喜欢静坐竹园，看竹笋生长，观察南瓜的开花、结蒂。后由于战乱，家中不断卖田还债，使他无力升入中学。父亲满足了他唯一的要求，清理了一间堆放杂物的屋子，变成了他简陋的书房。虽然他未能入读中学，但吕梅笙校长以一己之力，让他跟随自己附读了三年古文，他翻烂了吕校长送他的《古文观止》，大半已能背诵。他从先生那里不仅学到了古文知识，更有先生传授的文士风骨和气脉。

顾景舟18岁时，在家继承祖业，随祖母邵氏制坯抟壶。路过程寿珍和王寅春家，他都站在窗子下看，用眼睛偷艺。心目中最羡慕的是清代邵大亨的传器。他制壶出手便不凡，器必求精，尤重工具，教其诀窍招式，过目不忘，很快跻身壶艺名家行列。他做的牛盖洋桶壶一扫陈旧壶风，使人爱不释手。20 岁左右，应上海郎氏艺苑聘请，他仿古作陶，有幸接触到了一大批古代名家的珍品，每遇历代名作，他都反复揣摩，悉心研究，吸取并掌握了中国陶艺的博大精华。所仿清陈鸣远款的龙凤把嘴壶和竹笋小盂因技艺高超，竟被作为陈鸣远的传器为故宫博物院及南京博物院所收藏。后来发现台湾陈文彬收藏的刻有大彬字样的"僧帽壶"，也是顾景舟的作品。他回忆上海仿古经历时说：其间也有制作者的创造。

20 世纪 50 年代，他响应政府号召，积极参与组建汤渡陶业生产合作社紫砂生产工场，负责"紫砂工艺班"的招生和技术辅导，积极参与紫砂技术革新，培养出很多位高级工艺美术人才，人称"顾辅导"。他为北京人民大会堂江苏厅布置、设计了一批大型的茶具及高档花盆，多次参加宜兴地区古窑址的发掘研究工作，对蠡墅羊角山宋代紫砂窑址进行了认真细致的考证。他对紫砂陶的历史沿革、名人传记、古陶鉴定做了大量的研究和资料收集工作，先后发表数十万字有关紫砂陶艺的论文。1985 年，顾景舟担任宜兴紫砂研究所所长，国家授予他"中国工艺美术大师"的称号。美术家亚明评论：顾壶可见华夏之哲学精神、文学气息、绘画神韵。

顾景舟制的壶，多少人仰慕啊。但太多人不知道要达到这样的水平，要经过多少艰辛和积累。他在制作的"板桥提梁壶"上，亲自以少见的娴熟刀法，在壶的一面刻下古朴大篆："书必有神气骨肉血，五者缺一不为成书也。"他说，这是苏东坡论书的格言。在壶的另一面，他刻下："看似寻常最奇崛，成如容易却艰辛。"他说，这是王安石的诗句。

壶艺即陶写的诗。对于一个制壶人，其人品和文化内涵是最要紧的。顾景舟古文底子好，他热心文化事业，朋友请他为手指画展览题写，他信手书下联句："运指惊看高铁岭，执壶静思金沙寺。"高铁岭是清代指画创始人；金沙寺是供春学艺的场所，被人认为是紫砂起源的圣地。他近 80 岁访问台湾，还能背诵古文《邹忌讽齐王纳谏》。他强调：一个制壶艺人，首先要有文化修养。他对后辈说，要把文化理论基础打扎实，再跟自己学壶，这样，上手会更快。他几十年如一日读书学习，有深厚的学养。他留给徒弟们一句话：无文化者得我技，有文化者得我艺。

顾景舟提出形、神、气是紫砂壶的要素：形，取之于天地；神，发乎于心源；气，可贯通于古今。他认为做壶和字画一样，成败的关键是：气韵、线条、节奏。他在《壶艺说》里写道：

> 一件佳美作品的内涵，必须具备三个因素：美好的形象结构，精湛的制作技巧和优良的实用功能。如果说壶身宛如人的身体，那么嘴、錾、盖、钮、脚，则如人的五官、四肢，应与整体比例协调。首要的是：嘴錾舒屈自然，若生成者；盖独如人之冠，口盖直而紧，虽倾倒，无落帽之忧。眼外小而内锥，故无窒塞不通之弊。"克盖"与壶身必须和谐，而具有自然活泼的节奏感；"截盖"意即截壶身上部的一段，盖与壶身合则为一整体，不致参差不齐。"嵌盖"则嵌纳于壶身，以严密、合缝、通转而隙不容发为上。

这段撷取的 200 余字，简洁、凝练、精到，无半点时下流行文字的甜腻与矫饰。他的几十年经验之谈，一经成文，则蚌珠玉采，光彩熠熠。评论认为有明人小品笔意、旧时诗文风采，乃紫砂文化的金石之声。

对继承与创新，顾景舟认为，下一代如果踢开师承，重起炉灶，那就永远谈不上文化积累。即使哗众取宠，也只能是昙花一现，没有推广和传世的生命力。他做过邵大亨 100 把仿鼓壶，奠定了日后"顾氏仿鼓"横空出世的坚实基础。他每仿必有心得，大亨之作素面素心，一扫繁缛的宫廷习气，追求器型朴质、大气、洗练、雄浑。顾景舟认为民族文化的发展，不能舍源逐流，唯有不忘本、肯开拓，才能不断提高，永无止境。文化基因落到壶上，是手艺，更是心智。

顾景舟制石瓢壶

紫砂壶生来便是书画的一种载体。早年顾景舟去上海送壶，吴湖帆、江寒汀等在合意宝

500

爱的壶上会挥毫诗画。有好事者，促成吴湖帆为顾景舟的五把石瓢壶题画题款的雅聚。壶上的吴湖帆画的熏风潇竹，名家题诗有"但为清风动，乃知之献心""为君倾一杯，狂歌竹枝曲""无客尽日静，有风终夜凉""寒生绿尊上，影入翠屏中""寒汀饮得酩酊后，徒笔能钩虚谷魂"。据说其中一把曾拍出天价，他的"石瓢壶"被认为是文人紫砂的巅峰之作，"景洲石瓢"已是近代紫砂经典名款。据说"石瓢"（原称"石铫"）之名，就是顾景舟引用古文"弱水三千，仅饮一瓢"而来。书画家江寒汀说他是把"艺"和"匠"打通了的人。顾景舟晚年所抟之壶，光素淡泊，任何书画点缀，都有累赘之嫌。但在友人的撮合下，97 岁居港的刘海粟为顾壶题写"夙慧"二字，又画了几枝虬枝老梅。顾景舟觉得刘海粟看得起他，他不能驳这个面子。于是亲自镌刻后拿去烧制，这仅此一把的"夙慧壶"堪称壶苑艺坛一绝。

始有人格，方有壶格。风骨入壶，壶即风骨。国门打开后，紫砂壶水涨船高。文人眼里，紫砂壶是怡情雅玩；藏家眼里，是掌上知己；商人眼里，是升值金银；官员眼里，是敲门之砖。很多人的眼里，顾景舟的一把壶，就是财富，在当地可以买 100 平方米的房子。个别官员从他处讨了壶，以"留念"为名，一转身就卖了，对此他十分厌恶。顾景舟性情清高、布衣淡饭，不慕财富、不求权贵。在他看来，做壶乃艺事，并非为稻粱谋，多则必滥。心情苦闷，阴天落雨他认为做不好壶，不想动手。闲时读古书，抽土烟，看似逍遥的遁逸，实则是一种逆俗的另类。他的壶极难得到，成了可望而不可即的代名词。不爱钱的顾景舟，积蓄不多，他买沙发要买便宜的，去香港参展，买彩电钱不够，还跟别人借钱。夫人治病，他与儿子在上海居住居然住不起旅馆，借宿中学传达室旁的小屋。同事说，你的茶壶这么值钱，为何不卖掉几把，改善一下生活？顾景舟却说，别人不知道，你难道还不了解我顾景舟吗？他认为，壶是艺术的结晶，是人格、审美的宣示，是表达友情的一种见证。他认为值得的朋友，会主动赠壶。

红学家冯其庸在无锡女中教书时就结识顾景舟，交往了几十年，与紫砂缘分很深，有感于顾景舟抟壶精妙、炉火纯青，曾诗赞：

百代壶工第一流，荆溪夜月忆当头。

何时乞得曼生笔，细雨春寒上小舟。

弹指论交四十年，紫泥一握玉生烟。

几会夜雨烹春茗，话到沧桑欲曙天。

顾景舟不忘老朋友，拿了一把石瓢壶相送。冯其庸不肯收，说："顾老啊，拿你的壶，就像夺命，我于心不忍。"

顾景舟众多优秀的徒弟里，他认为最能悟透他理念的是高海庚，其"集玉壶"是他的品牌。在任紫砂厂厂长时，积劳成疾，突然去世。顾景舟知道后情绪失控，号啕大哭。他亲撰墓碑铭文，对高妻周桂珍说，有师傅在，我不会看着你们不管的。每当周桂珍遇到困难，他总会伸手相助。他多次在周桂珍做的壶上刻字，教她多款壶型的制法。一次顾景舟对她做的"集玉壶"很满意，罕见地拿出自己的印章打上去，让她自己留着，做个纪念。周桂珍懂得师傅的心意，一直当作镇宅之宝收藏着。后因家庭实在困难，在朋友的劝说下，狠狠心转让给了香港客商，后又被转卖到台湾。壶刚被拿走，她就后悔了，自此成了心结，一直想把壶赎回来。多年后，顾景舟去世，顾的儿媳才告诉她，"集玉壶"转让的事，顾景舟早就知道，一点也不怪她，说桂珍不容易，一个女人，拉扯两个孩子，还要帮他们成家，你们千万不要在她面前提这件事啊。

在一次"当代紫砂名家作品展览"中，顾景舟和蒋蓉等代表作失窃，且有几件孤品。数天之后，案件告破。两个小青年赌博亏债，于月黑风高联手偷窃。顾景舟从坊间听说两人要定死罪，夜不安寐。他想到邵大亨携壶救财主家跌破壶的侍女的故事，大亨说："壶不过泥丸小科，人却是血肉之躯。"他向领导陈情，请愿书写得情真意切：

顾某之壶，无非抟泥小技；深蒙社会错爱，略有虚名。纵使壶值千金，亦不值一命之屑……普天之下，生命最为宝贵，若以顾某之壶，夺年轻生命，则顾某寝食难安。万请政府给他们悔过机会，浪子回头，迷途知返；生命为重，刀下万慎！

他心情不安，病倒了，在他眼里，生命是至高无上的。上述几个小故事，可看出顾景舟高尚的人格。

顾景舟做壶 60 余年，心摹手追明清民国诸名家，每器必精心构撰，出手皆成华章。他的壶，追求壶体线条的流畅舒展，权衡比例的协调秀美，注重造型的简朴大方。所以经他手制的壶，雄健而严谨，流畅而规矩，古朴而典雅，工精而秀丽。他说："若将紫砂比作一条船，年轻时，我为它拉纤，是个卖力的纤夫；中年时为它摇橹撑篙，当是橹公；一直到晚年，才为它掌舵。回首平生，我把一生都献给了紫砂。"壶本是饮茶之器，但顾景舟一生于蜀山之麓抟壶，文气风骨为其神，天光地气为其韵，集大千世界和文化流脉而融于一壶，把"知行合一"上升到"天人合一"的境界。他泛舟艺海，吸纳吴地脉象，开掘传宗产业，于窑火明灭间使紫砂茗香，把江南文化发扬光大。他用专注、精湛和责任至上的工匠精神，表达了对历史和文化的尊重，谱写了不断攀登壶艺高峰的诗篇。

我喜饮茶，亦爱壶藏壶养壶，不敢奢望也买不起大师的壶。读读《顾景舟传》，了解大国工匠的故事，慢品其中的文德和诗魂，亦如茶有回甘，书有馨香，也是余味无穷啊。

顾景舟幼时发蒙于东坡学堂，他最喜欢背诵的苏词是《定风波》。现在每当我一壶在手，获得凡尘的清心和快意的时候，耳边似乎就响起他吴侬软语的吟诵：

> 莫听穿林打叶声，何妨吟啸且徐行。竹杖芒鞋轻胜马，谁怕？一蓑烟雨任平生。 料峭春风吹酒醒，微冷，山头斜照却相迎。回首向来萧瑟处，归去，也无风雨也无晴。

学者　教授　诗人
清风　明月　劲松

——顾毓琇的诗词

顾毓琇活了 100 岁，是位世纪人物。

他学贯中西，文理兼通，科学与文艺兼长，天才与学力交辉。其学术建树横跨科学、教育、文学、戏剧、音乐、佛学等，堪称奇迹。他自己以"学者、教授、诗人、清风、明月、劲松"自谓，这十二字镌刻在南京大学顾毓琇塑像的基座上。

顾毓琇，字一樵，生于江苏无锡。13 岁被父亲送到清华学校，苦读八年后留学美国。他仅用三年半时间，就获得了美国麻省理工学院的科学学士、硕士、博士三个学位，创造了该校的纪录。他五兄弟"一门五博士"被传为佳话。

顾毓琇是国际上公认的电机权威和自动控制理论的先驱。他 23 岁时发明《四次方程通解法》，26 岁发明"顾氏变数"，50 岁又开始了对自动控制理论的研究，曾获得过国际上素有电机与电子领域"诺贝尔"奖之誉的"兰姆"金质奖章以及其他奖章，担任多国电机及电子工程师学会院士。

他是清华大学工学院的创始人之一，并创建了清华大学电机系、无线电研究所和航空研究所。曾担任中央大学（后更名南京大学）校长、交通大学教授、宾夕法尼亚大学教授等。受聘为清华大学、北京大学、两岸五所交通大学等十几所院校的名誉教授。

他曾创办上海戏剧学院的前身——上海戏剧专科学校。20 世纪 20 年代，他发表现代话剧剧本《孤鸿》，编导《张约翰》《国手》《琵琶记》《国殇》等剧。抗战期间，在重庆公演了他的《古城烽火》《岳飞》。他30年代创作的《白娘娘》今也被搬上舞台。他还出版了《项羽》《荆轲》《苏武》《西施》等历史剧。

他曾担任国立音乐学院（中央音乐学院的前身）的首任院长、国立交响乐团团长。他对古典音乐有很深的修养，读破了许多中国古代乐谱中的疑难，曾将姜白石的自度曲谱翻成五线谱，在国际上公演。学术界以他的348频率为中国的黄钟标准音。他还把贝多芬的第九交响乐翻译成中文。北京曾举办了他的作品音乐会。

他还在佛学研究上造诣精深，出版了有关禅宗的专著。

我从国家图书馆借得一本南京大学出版的《顾毓琇词曲集》，看了"小传"、序和附录文章，使我大为惊叹。顾毓琇除了以上的成就，在文学诗词方面亦有皇皇之作。他写诗近60年，出版诗词集34种，诗词曲数量达8000余首之多（仅次于陆游）。台湾也出版了他的《蕉舍诗歌一千首》，被海外学术界和出版物评为20世纪中华民族的大诗人之一，世界诗人大会曾加冕为"桂冠诗人"。如此海量的诗作，只能说诗词已渗入他的血脉，融入了他的生命，成了他生活方式的一部分。他是性情中人，对人对事对景物，都能"在心为志，发言为诗"。他的一首《醉吟商·诗心》，反映他诗情不绝、追求不止的心境：

> 不醉欲无归，濯锦浣花鸳浦，旅人最苦。
> 何处缠绵语，一片诗心飞去，情丝万缕。

或许他的诗词文化基因有着家族渊源。他出身于书香世家，母亲是"书圣"王羲之的后裔，祖母是宋代词人秦观的后裔，会作诗，常读诗给年少的顾毓琇听。他从小随母至秦家拜年，宅旁即是秦淮海祠。他进入新式学堂后，国文老师是钱锺书的父亲钱基博。在清华学校，又拜梁启超为师，选读过他的《中国近三百年学术史》《唐诗欣赏》等课，其国学基础由此奠定。

顾毓琇

他不依附任何权贵和党派，但各方名士都与他结为挚友。他在清华与陈寅恪比邻而居，谊属君子之交。他是五四新文化运动的参与者，是茅盾"文学研究会"的成员，他促成了闻一多与郭沫若的首次相见，他代表中国知识界参加了对日受降典礼。1949年他被当局勒令离开大陆，但他不去台湾，而选择去美国从事科学研究，登上了一个新的领域的巅峰。他在祖国的三个子女都很优秀，周恩来接见他时说："感谢你们为我们生了三个共产党员。"晚年他八次回国访问和讲学。他卓尔不群的才华和人格魅力、自由精神、爱国情怀，成就了他人生的辉煌，也奠定了其诗词的高度。

作为经历百年风云变幻的人物，他的诗词作品境界开阔，笔触环宇沧桑史迹，吟哦中外风云人物，与民族的命运共悲欢。他现存最早的一首七律《茅庐》记载了他们一家在重庆北碚遭敌机轰炸后忧郁悲凉的心境：

> 自结茅庐隐一樵，疏星点点耿天寥。
> 乡音久断还看月，时雨偶来且听蕉。
> 遥寺晚钟惊宿鸟，客船归梦阻残桥。
> 流人苦望收京早，烽火家园柳万条。

该诗从寥廓的星空，引出思乡的残月。令人感伤的芭蕉夜雨，催人联想的晚钟惊鸟，梦中归乡客船已被战火轰炸的残桥阻断了，何时能收复河山，让烽火家园重见杨柳万条的春天？战争，家园，寒星，残月，茅庐，遥寺，客船，残桥，这一连串的意象，将个人身家流离失所与民族土地的血火残破交织在一起，自然地流淌着忧虑、夹杂着期待的情绪，格调沉郁而旷远，典丽而幽深。写出了战时流寓之中悲凉而高远的人生体验和意境。顾毓琇亲历山河破碎、乱世烽火，也陶冶磨砺了诗情，发为慷慨悲歌。“国家不幸诗家幸，赋到沧桑句便工”，清赵翼的诗句恰印证了这点。

有人评论顾毓琇的诗词是意重、景大、情拙，而顾毓琇自己论述文艺创作，亦以重、大、拙为评论标准。这个理论与《人间词话》里提出的意境、气象、不隔相印证。有人以希腊悲剧之崇高严肃释“重”字，音乐美术之返本归原释“拙”字，宗教哲学之无所不包释“大”字。若论诗，则少陵以重，太白以大，渊明以拙。若论词，则以后主以重，东坡以大，李清照的“满地黄花堆积”为拙，而陶渊明的“采菊东篱下，悠然见南山”为不隔之名句。若以此入画，则山水为重，天地为大，一竹一草一人一鸟无非本来面目矣。若以此理论来读顾毓琇的诗词，确也是大处着眼，重处运笔，拙处求工。如他的《清平乐·长城》《水调歌头·太空世界》里的“举首苍天无极，纵目琼云朵朵，日月任沉浮。浴日看奇景，新月悬如钩”。词意清逸俊爽，文思与科学融为一体。

顾毓琇在诗词方面有如此成就，与他熟读唐诗是分不开的。在耄耋之年，都能背出几百首唐诗来。闻一多称赞他的诗词“颇有李杜遗风”。他曾和唐诗 303 首。作过 100 首唐诗集句，用唐人原句组成新的诗，赋予其新的结构、新的意境。显示他能对上千首唐诗信手拈来。钱锺书说他的和唐诗“稍一吟讽，往往与原什工力悉敌，真少陵何谓不觉前贤畏后生者”。他从 40 岁开始，60 年如一日，直到期颐之年仍在吟诵和校阅。他的诗词集，囊括记录了汉宫秦阙，欧风美雨，史迹人物，百年变迁，堪称“诗史”，读其诗可以看到 20 世纪的缩影。

顾毓琇说，他填词喜用昔人韵，这既是向古人多管道汲取养料的途径，也是使自己的词作能够合韵合辙的方便之门。他的诗词集里，和唐诗几百首自不用说；在词的方面，他以宋词为唱和，豪放、婉约不忌，东坡、稼轩、姜白石等的词调几乎逐一赓和。他借与古人唱和，倾吐内心的情感，有“心史”之谓。人到晚年，他思乡情切，诗如泉涌，写出“倚剑高吟君未醉，春灯照梦到家山”“空谈世事惭轻微，一夜风吹瑞雪飞。青鸟不知谁处去，白云还道不如归”。1973 年，他回到阔别 24 年的祖国，

《顾毓琇词曲集》书影

百感交集，作《和杜甫五律十首》，其中一首云：

今夜秦州月，祖孙欣共看。
慈心怜子女，携手到长安。
荏苒秋风至，萧疏夏夜寒。
行程经万里，欢笑泪痕干。

这首诗改变了杜甫《月夜》孤独落泪的凄清，将原诗家室的分离和相思，化成长安父母子孙重逢的欢笑。千年之遥，两个时代，不同心境，对比映照，读后使人顿生沧海桑田之感。

我认为，"用昔人韵"，不失为学诗的一个方法。既能促进熟读体悟古诗词，又能以现成的韵调吟唱今人的情景和心境，此乃一举两得也。当然，他和古人诗、作集句诗、引古人句创新诗等，也是一个很好的汲取领会古人诗词精华、锻炼诗词写作的值得借鉴的方法。在继承中发展，旧瓶装新酒，读顾毓琇的诗，此点尤值得学习。

顾毓琇不仅擅写旧体诗词，也熟悉白话诗。这里我抄录一首他的集句新诗《星光》，颇为新潮：

你爱寂寞寂寞的星光，（何其芳）
我是全宇宙的王。　　　（闻一多）
在我的心头漾，　　　　（徐志摩）
天桥不在天上，　　　　（李广田）
我望见有两个月亮。　　（徐志摩）
月光恋爱着海洋，　　　（刘半农）
在南天，在北极，　　　（冯　至）
生长又死亡。　　　　　（李广田）

但在顾毓琇浩瀚的诗词里，我认为最辉煌的还是他的词。我挑了两首词，放在本文最后，一起来欣赏品味。

一首是《水调歌头·金陵怀古》，是南京大学邀请顾毓琇回校参加校庆，他因故不能返校，寄来的词作：

> 回溯六朝事，寂寞紫金山。劲松挺立千载，仰视翠云端。犹忆秦淮河畔，彻夜笙箫歌舞，觞饮共言欢。王谢堂前燕，春去便飞还。　　鸡鸣寺，玄武月，莫愁栏。台城路上残照，踯躅耐时艰。闲赏栖霞红叶，游乐孝陵驰马，菊酒送秋残。灵谷高僧在，星斗耀峰峦。

另一首是《满江红·赠西南联大校友》：

> 万里鹏程，辞却了，汉宫秦阙。吸收尽，欧风美雨，且甘离别。湘水衡山战士血，昆明洱海点苍雪，忆同窗弦诵在天南，情弥切。　　千秋业，志当立。中华族，多英杰。对天涯明月，壮怀激烈。多难兴邦同后起，大同世界追前哲，愿南山东海祝康强，兴中国。

数学王国中的沉思

——读华罗庚的诗

华罗庚是我国著名的数学家。

他是江苏金坛人，父亲40多岁喜得贵子，按当地习俗，孩子一落地，用箩筐反扣一下，消灾避难，为孩子取名"箩根"，学名华罗庚。

华罗庚初中毕业上职业学校，因家贫在父亲的小杂货店当学徒，自学数学。在金坛中学任庶务会计时在《科学》杂志上发表论文，受到清华大学熊庆来教授的重视。经推荐到清华大学工作，从资料员、助教、讲师进而到英国剑桥大学研究深造。剑桥的解析数论专家欣赏他，愿提供帮助让他两年内获得博士学位。但华罗庚只要求做一个"访问者"（旁听生），说来剑桥是为了求学问，不是为了得学位的。其间他广泛自学，获得了渊博的知识，发表了若干数学论文，解决了高斯提出的完整三角合计问题，引起了轰动。回国后又跨越讲师、副教授，破格受聘西南联大教授，写下《堆垒素数论》。他曾运用数学天赋破译了日军密码。迫于白色恐怖，出走美国。先后任普林斯顿高等研究院研究员、伊利诺伊大学教授。1950年回国后献身数学事业，担任大学教授和数学研究所所长等重要职务。

据介绍，他是当代自学成才的科学典范，是中国解析数论、典型群、矩阵几何学、自守函数论与多复变函数论等多方面的研究创始人和开拓者。其研究成果被国际数学界命名为"华氏定理"。他把数学研究和宏观经济发展结合起来，也是最早将数学理论研究应用到生产经济领域，他将"优选法""统筹法"大面积普及和推广。晚年坚持到基层进行学术交流，74岁心脏病突发，倒在东京学术报告的讲坛上。

这样一个喝过洋墨水的科学巨匠，沉思在数学的王国里，怎么会与文学诗词联系起来？至今也没有史料加以说明。从现有的文字知道，华罗庚与闻一多熟识。1938年春，为了躲避日本飞机轰炸，闻一多先生举家移居昆明北郊陈家营。而华罗庚一家正走投无路，也来到这里。闻一多先生让出一间屋子，两家当中用一块布帘隔开。华罗庚对两家人隔

华罗庚

帘而居的生活毕生难忘，他吟出一首《挂布》诗：

挂布分屋共容膝，岂止两家共坎坷。
布东考古布西算，专业不同心同仇。

这首诗生动地记述了在那样的环境下他们共患难的情谊。寄居在抗战时期的昆明，国破混乱，特务横行。华罗庚曾用诗描述："寄旅昆明日，金瓯半缺时。狐虎满街走，鹰鹯扑地飞。"他回忆那时的生活情景：晚上一灯如豆，破香烟罐子放上油盏，破棉花作灯芯，为省油芯子捻小。牛擦痒地动山摇，危楼欲倒，猪马同圈，马误踩猪身，发出尖叫。他说，就是在这样的环境下，"食于斯，寝于斯，读书于斯，做研究于斯"。

八年以后，当华罗庚在南京到上海的火车上，从报纸上看到曾两家挂布而居的老友闻一多被暗杀的消息，心如刀绞，爱恨交织，吟诵成诗：

乌云低垂泊清波，红烛光芒射斗牛。
宁沪道上闻噩耗，魔掌竟敢杀一多。

诗中《红烛》是闻一多的诗集，可见华罗庚除了自己的数学研究，还读了许多诗集，其情感融入诗的表达天地里。华罗庚说闻一多先生的《死水》《心跳》引起他的共鸣。他撰文说："我伏首搞数学，他埋头搞'槃瓠'（古代神话传说），先生清贫自甘的作风和一丝不苟的学风都给我留下了难忘的印象。"

沉思在数学的王国里，华罗庚欣赏这样的说法：数学是锻炼思想的"体操"。他认为，数学本身，也有无穷的美妙。哪里有"形"，哪里有"数"，就少不了要用数学。要培养独立思考的能力。这或许能说明沉思使数学与诗歌有异曲同工之妙。在一次美国加州理工学院的聚会上，华罗庚为助兴用一首小诗让大家动脑："两火成炎，／此炎非咸盐。／既非咸盐之盐，／为什么加水又成淡？两土成圭，／此圭非乌龟。／既非乌龟之龟，／为什么加卜又成卦？"从中看出数学家也有深厚的文字功底。中国科学院有人问华罗庚："有些方法，外国有人说它对，中国就有人跟着说对，你为什么能看出它的毛病呢？"华罗庚以唐朝诗人卢纶《塞下曲》为例："月黑雁飞高，单于夜遁逃。欲将轻骑逐，大雪满弓刀。"对这首受推崇的名作，他却从科学的角度提出质疑，他写道："北方大雪时，群雁早南归。月黑天高处，怎得见雁飞？"文学和科学的思维角度有时是不一样的。华罗庚却能以对唐诗的质疑来说明科学的独立思考，这难道不也是一种有机的联系吗？

沉思在数学的王国里，他从少年时代起，就不盲从，不迷信权威。14岁时读到胡适《尝试集》的序诗："尝试成功自古无，放翁这话未必是。我今为下一转语，自古成功在尝试。"他就认为概念混淆、逻辑混乱。首句"尝试"是初次尝试，当然一试成功是极其罕见的。第四句的"尝试"则是经过多次尝试或失败之后的一次成功的尝试，具有不同的概念。他成为数学家后，仍相信任何事情的成功和"神机妙算"，绝非偶然的天才闪光，而是勤奋思考、刻苦钻研的结果。他说："勤能补拙是良训，一分辛苦一分才。"他的座右铭："见面少叙寒暄话，多把学术谈几声。"他的《治学》诗其中一首讲："妙算还从拙中来，愚公智叟两分开。积久方显愚公智，发白才知智叟呆。"他69岁入党，晚年不顾体弱多病，以惊人的毅力，不停歇地工作，填词有句："聚沙成塔塔不固，长城哪能一夕成，所赖在坚韧。"

沉思在数学的王国里，他有时在日常生活里也能擦出文学对联的火花。华罗庚20岁时因染伤寒，高烧退后，左腿变形残疾。走路时左腿先画一个大圆圈，右腿再迈上一小步。对这种奇特而费力的步履，他幽默自称为"圆与切线的运动"。有一次，中国科学院组团出国考察，团长为钱三强，团员有华罗庚、何祚庥以及大气物理学家赵九章教授等十多人。途中无事，华罗庚以"三强韩赵魏"为上联，求对下联。团内无人应对。华罗庚乃自对下联："九章勾股弦。"上下联皆是双关："三强"一指钱三强，一指战国时代韩赵魏三强；"九章"一指赵九章，一指我国数学名著《九章》，该书首次记载了我国数学家发现的勾股定理。还有一次，华罗庚在中国科技大学讲课，校方派了一位姓倪的年轻女医生照顾他。他想出了一副拆字上联："妙人儿倪家少女"，无人对出。他揭示下联："搞弓长张府高才。"上联"妙"与"倪"拆开是"少女"和"人儿"，说的是倪医生。下联"搞"和"张"拆成"高才"和"弓长"，指在座的年轻数学家张广厚。"弓"指弓形，"长"指长方形。"搞弓长"指研究几何三角。以上两个妙趣横生的巧对说明数学家语出双关，善于联想，思想的"体操"也可以与文学结缘。

华罗庚还喜读武侠小说，称它是"成人的童话"。

全国政协机关团委利用委员活动日搞换书读书活动。一次偶然的机会，我换得一本胡耀邦亲题书名的《华罗庚诗文选》。该书收进华老60多首诗。从这些诗文里，不仅看到华罗庚抚今追昔的感慨，也从华罗庚若干讲话和著作中，发现他读过很多典籍，亦有很深的文学功底。他在《数学方法与国民经济》序言里写诗说："贾藏、乘桴、翼天齐，奢望岂我所宜。沙场暴骨得所，马革裹尸难期。滴水入洋浩无际，六合满布兄弟。祖国中兴宏伟，死生甘愿同依。明知力拙才不济，扶轮推毂不已。"查词典才知，贾（gǔ）藏，谓经商积累资金。乘桴，引自《论语》"道不行，乘桴浮于海"。翼天齐，谓鲲鹏展翅高翔。此三句分别出自老子、孔子、庄子。华罗庚能信手拈来，可见其国学素养。还有一例，他与青年谈学习时，曾引用五代词人韦庄的两阕《喜迁莺》，告诉青年幻想虽然美丽，但真正要探天归来，真正要带了科学的资料"出云来"，还得经过千百年来科学家的辛勤劳动。他引用古诗："百川东到海，何时复西归？少壮不努力，老大徒伤悲"告诫青年"时乎时乎不再来"。他进一步说，若把逝水比流水，循环往复不相似。水经过翻江倒海之后，化气、成云、乘风、变雨，有时还能重返高原，只有时间才真正是具有一去不复返的性质的。

华罗庚一次为中学生讲《蜂房结构及其有关的数学》。蜂房结构就是"蜜蜂用最少量的蜡为自己做了个体积最大的窝"，用数学语言讲就是"体积固定，用蜡最少"，或"用蜡量一定，体积最大"。华罗庚由此深入浅出地讲到在探索过程中联系到生物、物理、地质、航空工程、建筑等多学科的联系、检查、计算和实测，科学研究是要多方面的帮助和配合。这样一个数学问题，华老却别开生面地以《浪淘沙》词作为开讲：

> 人类识自然，探索穷研，花明柳暗别有天。谲诡神奇比目是，气象万千。　往事几百年，祖述前贤，瑕疵讹谬犹盈篇。蜂房奥秘未全揭，待咱向前。

这篇讲话以诗词导入，也可以说科学和文学联姻。也使我们读到不同于常人的一个数学家的诗词，更显得别有风味。

华罗庚曾对梁羽生和记者谈到弄斧必到班门的问题，对不是这一行的人，炫耀自己的长处，于己于人都无好处，只有找上班门弄斧（献技），如果鲁班能够指点指点，我们就能进步得快些。他赋诗《"材大难为用"辩》："杜甫有诗古柏行，他为大树鸣不平。我今为之补一语，此树幸得列门庭。苗长易遭牛羊践，材成难免锯斧侵。怎得参天二千尺，端赖丞相遗爱深。树大难用似不妥，大可分小诸器成。小材充大倾楼厦，大则误国小误身。为人休轻做小事，小善积久大业陈。自负大材不小就，浮夸轻薄负此生。"诗末他说："个人要求虽如

《华罗庚诗文选》书影

此，为国必须统筹论。科学分工尽其用，高瞻远瞩育贤能。"

华罗庚晚年为争取时间，奔波四方，把数学方法有效地应用到经济领域，总结出"大统筹，广优选，联运输，策发展"的应用模式。他心肌梗死住院还停不下来。他自勉："与其伏枥而空怀千里，何如奋勉而追骐骥。"对有人评头品足，他表示："谤兴毁至浑不怕，能为人民甘如饴。"他撰文，写古巴比伦的梦想因争吵不休终成泡影，而中国科学家只要齐心协力，一定可以建造中国的"通天塔"。他赋诗，一首《破阵子》雄心不泯，慷慨激昂：

> 呼伦贝尔骏马，珠穆朗玛雄鹰。驰骋原野志千里，翱翔太空意凌云，一心为人民。　壮士临阵决死，哪管些许伤痕。向千年老魔攻战，为百代新风斗争，慷慨掷此身！

一个科学家也有七情六欲，对时事、对生活、对自己为之奋斗的事业都有自己的感触。华罗庚只有初中文凭，数学是自学的，以上举例的诗词传统继承应该也是他平时自己学习积累的。他赋诗不求华丽，直抒胸臆；虽有直白，不减豪情。其诗风清淳，抱朴守真。既驰骋在专业的天地里，又融入其奋斗不止的情志中，既有饱经沧桑的倾诉，又有攀登高峰的智勇。读后使人精神为之一振。当然数学王国里的沉思，使华诗言志直发而不善曲笔和谐隐，我想，这也许正是数学家诗的风格吧。

过去的老知识分子都有国学底子，数学家陈省身、苏步青、谷超豪，物理学家杨振宁、袁家骝都能吟诗。近读一本《理工学人的诗与世》，感悟过去有一批科学家"志汇中西""学兼文理"，都能挥笔赋诗，这也使我们对过去的教育有一个反思。何以现在一些所谓名流虽高学历却文化贫瘠，鲜见他们蕴含一定的文学水平，遑论能用诗词来表达志向和感情了。一些画家能画能写不能诗，也是不匹配和美中不足的事情。我们的语文教育怎么了？国学传统如何继承？难道不是应该认真思考的吗?！

碧血凝成万古诗

——邓拓《记梦》诗的联想

1965 年，在批判《海瑞罢官》后，邓拓做了一个充盈着忧虑、困惑的梦，梦里似乎预示着不可预测的风雨，他写下了这首《记梦》诗：

> 五更风雨梦如飞，烟水苍茫夜色微。
> 话到海山无滴泪，写来笔墨不沾衣。
> 高情消尽千秋怨，碧血凝成万古诗。
> 默向长天寻新路，霞光芳雾映春晖。

邓拓生前写了 500 多首诗，这是他最后的一首诗，用的还是毛主席《答友人》七律诗的原韵。

《记梦》之义，是谶语，还是邓拓多舛命运的预感和担忧，不得而知。我们经历了那个不堪回首的时代，我们感知，邓拓那时忧心时事，夜不能寐，诗中虽隐约透露出伤感和悲凉的心绪，但心火未泯，仍向往探寻走向春天和光明的希望之路。我们看到，一年后，抱着"朝闻道，夕死可矣"的文化战士邓拓，被打成"三家村"的店主，成为"文化大革命"的首个殉难者。

说老实话，邓拓是个什么样的人，在历史上有过什么样的经历和贡献，我也不是十分清楚。我只知道他当过近十年的《人民日报》社长兼总编辑，去世前是北京市委书记处书记。我在西单图书大厦买到一本《邓拓评传》，封底有段小字评介：

他的社论，一挥而就，切中肯綮；他的诗歌，即兴而发，挥洒自如；他的《中国救荒史》，被称为中国经济史上的"扛鼎"之著；在他的倡议下，首部《毛泽东选集》诞生；他多才多艺，"搜奇访古"，献宝于国家……

读书后知道，邓拓出生在福州乌石山脚下依山而傍的小院里。当教员的父亲给他起乳名"旭初"，入小学时叫邓子健，写文章用过"邓拓洲"，后与一批热血青年奔赴抗日民主根据地，在晋察冀边区改名叫邓拓。

邓拓曾就读福建省立第一中学，后考入上海光华大学，又转学到上海法

邓拓与夫人丁一岚

政学院。1930年冬加入中国左翼社科联盟，参加中共。其间，参加纪念"广州起义"游行时被捕。1932年参加福建事变，在其政府任职，"闽变"失败后回上海，转入河南大学社会经济系续学。出版专著《中国救荒史》。

1937年抗日战争全面爆发，邓拓从开封到五台山抗日根据地，后到了晋察冀的中心阜平，先在边区省委工作，后到军政干校当政治教员。1938年邓拓来到边区《抗敌报》（后改为《晋察冀日报》）担任社长兼总编辑，并任新华社晋察冀分社社长、文联主席等。"毛锥十载写纵横，不尽边疆血火情。"在战争的环境里，邓拓既当总编辑也是指挥员，带领报社同志们转战在太行山的深山密林里，坚持多做反"扫荡"的宣传动员工作，他们是腰里别着手榴弹的报社人员。在贫困的山村，记者、编辑就在乡亲们的门槛上、小凳上，在膝盖上写稿、编辑。在用碗做的麻油灯下拣字、排版、印刷。白天敌人来"围剿"，就把机器纸张埋起来，在山沟里

1948 年 5 月 1 日《晋察冀日报》

与敌周旋，晚上挖出机器照样出报。情况紧急下，邓拓要求大家用手榴弹与敌人同归于尽，他说自己有枪，会把最后一颗子弹留给自己。邓拓常常是边行军边在马背上打腹稿，到了驻地下马就能迅速完成一篇社论。就这样先后十年，共出版了 2800 多期报纸，参加大小战斗 40 次。他有一首《反"扫荡"途中》描述了报社同人与敌人周旋的场景："风雨山林路，悄然结队行。兼程步马急，落日云水横。后路歼敌顽，前村问敌情。棘丛挥斧斤，伐木自

丁丁。"在转战中，"有 24 小时的暂住时间，保证出报一期"，他们将印刷设备装在几头牲口上就能运走。由于铅字少，他们要求用 3000 个常用字写文章，流传了"八头骡子办报""三千字内做文章"的佳话。《晋察冀日报》四驻阜平马兰村，1944 年秋，邓拓在这里主持编辑出版了全国第一本《毛泽东选集》(晋察冀版)。邓拓后来撰写《燕山夜话》时，用"马南邨"笔名，就是取"马兰村"的谐音，他忘不了这个战斗过的地方。

邓拓年轻时就读了大量的中国古代典章专著及文、史、哲、经等类书籍，临摹唐宋历代名家题刻手迹，跟父亲学习做"诗钟"民间文字游戏，打下了良好的文学诗词基础。福建有做"诗钟"的雅趣，"以寸香系缕上"，缀上铜钱，下放一盂，作格律诗联，"火焚缕断，钱落盂响"。邓拓常去观看，主考官念唐诗一句："海日生残夜"，下联是"江春入旧年"，但习惯不能对现成的句子，邓拓对了"园柳变鸣禽"，考官沉吟，表示

"也可"，并获奖品。因此邓拓常和同学在自家的小书房做诗钟，使他后来可娴熟地运用古典格律作诗。

邓拓写有不少好诗，在晋察冀就组织过《燕赵诗社》。他的《别家》《出狱》《勖报社诸同志》以及写给丁一岚的《初晤》等诗，都格律工整，情真意切，写得踌躇满志，铁骨柔情。1944年邓拓为爱妻丁一岚写过一首长诗《战地歌四拍》，后抄在一方诗绢上。"文革"中丁一岚缝在棉衣的内襟里得以保存。悠悠情感，珍藏内心。读其诗句"壮志纵成烟，不向蓬蒿浪掷！"惆怅中仍有豪迈。

我比较喜欢的是邓拓的一首《阜平夜意》。在晋察冀边区时，邓拓曾住河北阜平，读书写作常常通宵达旦：

> 孤窗走笔街声沉，小院无人霜月侵。
> 散稿案前书未竟，狂歌门外意难禁。
> 风移树影驱昏睡，火逼沸壶作短吟。
> 军舍夜深嘶战马，明朝单骑又溪林。

邓拓习惯于晚上工作，夜深人静的时候伏案疾书。有时停笔走出院子，月下踱步，吟诵诗句，练练拳脚。有时夫人丁一岚给倒杯开水，让他休息，"换换脑子"。这时忽然听到战马的嘶鸣，他联想到要迎接明天的战斗。该诗有意境有情愫，有联想有襟抱，情景交融，物我一体，是奋笔工作的剪影，堪称烽火中的佳作，把当年文化战士一手拿枪一手拿笔的生活写活了。

1958年冬，邓拓主持编选过《新编唐诗三百首》。从人民日报社调到北京市后，主编《前线》，亲自写社论，也用于遂安笔名写政论时评文章，在《北京晚报》以"左海"笔名发表了不少题画诗。后用马南邨笔名，秉持"轻松""有用""古今""知识"的路径，开始《燕山夜话》的写作。一年后同吴晗、廖沫沙合作写《三家村札记》。这些文章以平易轻松、以小寓大、琳琅满目的风格，针砭时弊，谈人生感悟，强调注重实践和实用之学，篇篇闪耀着智慧的光彩和深刻的思想哲理。老舍曾评论是"大手笔写小文章，别开生面，不拘一格"。

人们不会忘记邓拓。

拨乱反正以后，1979 年 9 月，为邓拓同志彻底平反并召开追悼会。邓拓战友的悼诗和挽联挂满了灵堂。邓拓的老首长聂荣臻、夫人丁一岚都撰写了纪念回忆文章。福建出版了《忆邓拓》一书，在其旧居建了纪念馆。

当年因编发《燕山夜话》的《北京晚报》主编顾行，"文革"中挨打批斗，吃尽苦头，但他与邓拓的友情死生不渝。顾行不顾病痛，耗尽心力，沿着过去邓拓走的路追踪采访，写出了《邓拓传》，又编注《邓拓诗词集》，最后在医院劳累而死。

邓拓的女儿邓小岚是在 1943 年反扫荡时生下的，后被寄养在马兰附近的村子里，老百姓把她奶大。邓小岚退休后，又回到父亲战斗的地方，在马兰义务教孩子们学音乐。中央电视台曾为此拍了纪录片《马兰的歌声》。2022 年 2 月 4 日，来自马兰花儿童声合唱团的 44 名孩子，登上了第 24 届北京冬奥会开幕式的舞台，用希腊语演唱了《奥林匹克颂》，成为一道亮丽的风景线。而作为领队的邓小岚，因突发脑梗不幸于 3 月 21 日

2015 年 8 月，邓小岚在马兰村义务给孩子们上音乐课

离世。她的生命定格在这个春天里。

"矜持短语长悬忆，怅惜芜堤不远延"，是邓拓当年与丁一岚在滹沱河边散步，表达堤短情长的诗句。"如此年时如此地，人间长此记深情"，是邓拓 1942 年写给丁一岚的情诗。现在，看着太行山孩子们在山岗河边的身影和听着他们天真淳朴的歌声，我在想，要是邓拓活着能看到这一情景，该是多么高兴啊！我相信，他的笔底定会流淌出更多感人的诗篇。

邓拓离开《人民日报》后，客厅里挂过同乡林则徐的一副对联："庭围修竹云常在，户对青山梦亦寒。"细品"梦亦寒"，似乎其抱负成梦；再品"云常在"，忧国忧民的情结始终难消。

"高情消尽千秋怨，碧血凝成万古诗。"再诵他的《记梦》绝笔诗句，能进一步体悟他承受的精神之累和美好的梦想。

一曲微茫度此生

——张充和的诗词

　　读《合肥四姊妹》一书：张充和，合肥人，生在上海。她工书画、嗜昆曲、擅诗词，被誉为民国闺秀、"最后的才女"，享年102岁。她的曾祖父张树声是淮军将领、两广总督。父亲张武龄（后改名冀牖）娶了比他大四岁的扬州人陆英，后举家迁往上海，因两次被盗，又搬到了苏州九如巷。张家共生育10个孩子，六男四女，女在先男在后。男的宗和、寅和、定和、宇和、寰和、宁和，男名中间一字都有宝盖头，要光大祖业，继承家声；女的元和、允和、兆和、充和，中间一字都有两条腿，意思是要迈出闺门，走向世界。所有人都名"和"，似乎代表了华夏的人文之道。实际上，张家祖籍也不是合肥，是从江西迁过来的。因几辈人生长在合肥龙门巷祖屋，也因此有了"合肥四姊妹"之说。

　　四姊妹是个传奇，一个个兰心蕙质，才华横溢。叶圣陶说："九如巷张家的四个女孩，谁娶了她们都会幸福一辈子。"果然，这四个女孩都嫁了名人，走出了自己的人生路。大姐张元和与昆曲名角顾传玠结为伉俪（后旅居美国）；二姐张允和是语言文字学家周有光的夫人；三姐张兆和嫁给文学家沈从文；四姐张充和（小妹）是德裔美籍汉学家傅汉思教授的夫人。苏州九如巷，诗一样的巷名，九如出自《诗经》："如山如阜、如冈如陵、如山之方至、如月之恒、如日之升、如南山之寿、如松柏之茂。"这里走过了她们的身影，有她们的传奇故事，既诉说着中国传统家庭的起落沉浮，也是中国百年历史的婉转呈现，其留下的风雅精神，也成为当今宝贵的文化遗产。

张家姐弟，1946 年 7 月摄于上海。前排左起：充和、允和、元和、兆和；后排左起：宁和、宇和、寅和、宗和、定和、寰和

姐妹四人中，小妹张充和生在上海，8 个月时被叔祖母识修（充和称养祖母）抱回老家。识修是李鸿章的侄女、张公馆的掌门人。在合肥，充和刚刚学会说话，就开始背诗了。不到 6 岁就能背诵《三字经》《千字文》，能读写不少单字。七八岁学联对，学写诗。养祖母为孙女四处寻访良师，一旦发现不称职马上辞退。实际上，养祖母就是孙女的启蒙老师，她会从《史记》《后汉书》中挑出一段故事要充和阐释其意，考孙女背诵《孟子》的篇章，检查孙女的窗课。张充和 11 岁到 16 岁，在吴昌硕的弟子、精于楚器研究的考古学家朱谟钦指导下学习古文和书法，还另请举人左先生专教她吟诗填词。张家古宅的藏书阁，她可以随便翻书，整日与诗书为伴。她曾说："我比一切孩子都寂寞。"她大部分时间都是与先生在书房度过，学习唐诗宋词、四书及《汉书》《左传》《史记》等史书。她要先学会阅读时如何标点句读断句，先生检查她点得是否正确，却很少告诉她字句的意思，认为"书读千遍，其意自现；点断句读，其意自明"。养祖母在弥留的日子里，要充和背诵司马迁《史记》中她最喜欢的篇章，聊以遣怀。在养祖母的葬礼上，充和头发剪短，穿上男孩的孝服，充当了孝孙。张充和

启蒙后，读孔孟、习书法、闻箫声，度过了最为传统的少年时期。

当张充和16岁从合肥回到苏州时，母亲陆英早已去世，姐姐们已经外出上大学，家里还有可爱的一群小弟弟。父亲张武龄是个爱读书的人，苏州的房子里除书架上分门别类地排列，书堆满了桌椅，甚至堆到地板上。父亲每周都逛书店，两大书店买书都可以挂账，甚至有时会送上门。他还订阅了超过20种不同报纸，了解地方新闻和国家大事。父亲对过年时孩子们玩骨牌、赶老羊等赌博很讨厌，说如果不玩这些，就可以跟老师学昆曲，等到可以上台唱戏了，就给做漂亮衣服。于是他兑现了诺言，为孩子请了老师，每星期都在书房里学唱昆曲。张武龄不入军界，也无意仕途。他选择公园旁的空地建校，相信"宅校斯土"，其学生必能"益己及人，必获常乐"，办起了"乐益女中"。他出资聘请教师，希望女儿受到全方位的教育。他不干涉老师的教学，但会帮着编选教材。他从文学选本中挑选诗、文，摘取《孟子》某些篇章和《史记》中的一些传记，他也雇请专业艺人教学昆曲。

昆曲，集合了歌、舞、诗、戏等表演形式，行腔优美、唱词细腻，文化底蕴厚重。昆曲是文人戏曲的传奇，是指昆腔唱的南北曲，"腔"指唱腔、唱法，"曲"指词格意义上的曲牌（文词格律谱，不是曲谱）。要求字清、腔纯、板正，做到"娴雅整肃，清俊温润"。生于姑苏城千灯古镇的顾坚被称为"昆曲鼻祖"。后江西人魏良辅对昆山腔进行改革，将南北曲融为一体，细腻软糯，柔情似水，被称为"水磨腔"。优美的水磨昆腔与文人笔下的典雅曲文正可谓珠联璧合，成为戏曲声腔的"阳春白雪"，有一种独特的"书卷气"。

女儿们从此一生都与昆曲结下了不解之缘。她们通过表演来展现自我，也不再害怕在大庭广众之下发声，从中得到了快乐和安慰。女儿们渐渐长大，组成了自己的剧社。老大元和编写剧本，并把角色分配给妹妹允和、兆和及来玩的表姐妹。父亲有时会带女儿去会馆看昆曲表演，演员在台上演出时，观众面前放着自备的线装曲本，可跟着低声哼唱。充和在大学二年级时患肺结核，大姐元和放弃了工作，从北平接小妹回家。在家两年，二人专心学习昆曲，在《惊梦》中唱对手戏。充和对昆曲简直着了魔，经常参加曲会，凌晨2点才回家，昆曲居然治好了她的病。大姐元和也最终嫁给了昆曲演员。

张充和与大弟张宗和最要好，他们相差仅一岁。张宗和考取了清华大学历史系。托朋友为张充和伪造了中学学历，籍贯宁夏，临考时起名"张旋"，以国文满分、数学零分考取北京大学国文系试读生。在北大，张充和听胡适讲文学史，认为讲得不错，深入浅出。大概受其影响，张充和后来写诗，绝少用生僻字眼，基本不用古代典实，不设置迷障，不让人猜哑谜。写了今典，也会备注出来，方便读者理解。她善于将日常生活和感悟入诗，以清浅文字写出蕴藉诗意。她说，古人的好诗，大多是明白晓畅的。她听过闻一多兼职讲楚辞，很欣赏他用老辈人的吟诵法吟唱，认为那是真正的楚声。她生长的合肥也是楚地，特请人治一印"楚人"，钤在自己的字画作品上。

"工字荷厅记旧踪，笙箫一霎谷音空。"在北京，充和与大弟两人经常一起在清华工字厅学习昆曲，共同参与了俞平伯发起的昆曲社团谷音社。他们还一起到青岛找姐夫沈从文，参加曲会。两人结识了众多曲友，开始了昆曲艺术之旅。从1949年开始，姐弟二人跨海通信超过140封，其中昆曲是他们永恒的话题。张充和卧病香山时，写了不少诗词，国文系教授罗庸曾对她写的《浣溪沙》一阕末句"驻篙低唱牡丹亭"提出疑问：一个"低唱牡丹亭"的闺秀居然撑篙？张充和遂改"驻篙"为"倚舷"。后来张充和被请去编《中央日报》副刊，写出了许多散文、小品和诗词。

抗战初期，她随沈从文一家流寓西南，在昆明为教育部编中学教

抗战中张充和在成都

科书，负责选散曲。又转往重庆任职教育部音乐教育委员会，负责整理国乐，整理出来的 24 篇礼乐用毛笔书写，展示了她的书法艺术。也正是那个时候她拜沈尹默为师，研学汉碑、六朝墓志，书风转向高古。沈尹默说她的字古朴娴雅，是"明人学写晋人书"。汪曾祺回忆她唱昆曲，运字行腔精微细致，体态娇慵醉媚，难可比拟。章士钊把她誉为才女蔡文姬，赠诗并相互唱和，不乏风雅。戏剧家焦菊隐称她为当代的李清照。卞之琳写了上百封苦恋信，"你站在桥上看风景，看风景的人在楼上看你。明月装饰了你的窗子，你装饰了别人的梦"。他把痴情柔肠融进了这首《断章》诗中。张充和后回北大执教，沈从文介绍北大西语系外籍教授傅汉思与之相识，他们恋爱结婚后赴美。傅汉思原译为"汉斯"，充和易为"汉思"（虽洋人但思汉也）。他们志趣相投，对中国诗词、历史都有浓厚兴趣，且有造诣。张充和在美国加州、耶鲁、哈佛等大学教授书法和昆曲。她的书法课很受欢迎。因学生大多为白人，她开玩笑说："弟子三千皆白丁。"在西方生活，她依然保持中国文人的生活方式。

四姊妹中，小妹妹充和学问根基更扎实，姐姐们诗歌中的用词甚至情感，都是从背过的诗里照搬过来的，而充和写的诗歌更新颖且富于原创性，公认充和的诗才更好。充和从小远离自己的姐姐弟弟，总是独处，习惯于沉思默想，每天学习相当长时间，很少有分心的事。她七八岁开始学作对子，然后学习写诗。老师读了她的诗，稍作修改，不作评判也不加解释。她有自在的幻想，耐得寂寞，养成了学者的习气。充和自撰的一联足以概括平生："十分冷淡存知己，一曲微茫度此生。"三联书店出了一本《张充和诗文集》，原总编沈昌文给我寄了一本。我查到了她这一联出自大概写于 1945 年到 1949 年的原诗《寻幽》：

寻幽不觉入山深，翠雾笼寒月半明。
细细清泉流梦去，沉沉夜色压肩行。
十分冷淡存知己，一曲微茫度此生。
戏可逢场灯可尽，空明犹喜一潭星。

这首诗写得清淡高雅、灵秀飘逸。英国诗人济慈的墓志铭上写着一句话："这里躺着一个人，他的名字写在水上。"张充和似乎也是这样一个"把名字写在水上"的人，写的过程就是消失的过程，像飞鸟掠过，天空却并没有任何痕迹。诗词、昆曲、书法，是她一生的最爱，也慰藉她孤寂恬淡的灵魂。她有一首题画诗："不因胜迹爱名山，意在萧疏淡宕间。最是云深花落处，数声清梵到人寰。"其古典韵味已成了她内在的人格和诗品。同样在呈贡居住时她写的一首有名的诗，也透着这样的韵味："酒阑琴罢漫思家，小坐蒲团听落花。一曲潇湘云水过，见龙新水宝红茶。"（"见龙"是昆明的见龙潭，"宝红"应是当地宝洪山产的"宝洪茶"）在重庆期间，她留下了两首意味深

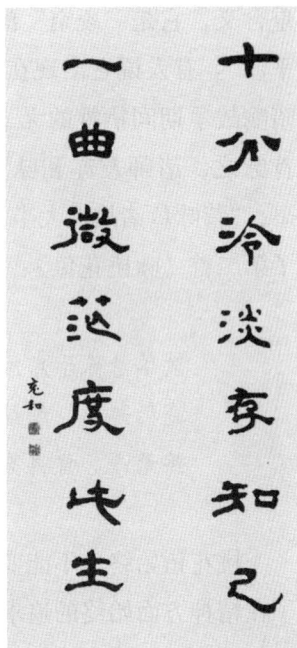

张充和手书"十分冷淡存知己，一曲微茫度此生"

长的《临江仙·咏桃花鱼》。桃花鱼是一种栖息在淡水中的水母，外形像透明的降落伞。充和在诗前说明："嘉陵江曲有所谓桃花鱼者，每桃花开时出，形似皂泡。余盛以玻璃盏，灯下细看，如落花点点。"

> 记取武陵溪畔路，春风何限根芽，人间装点自由他。愿为波底蝶，随意到天涯。　描就春痕无着处，最怜泡影身家，试将飞盖约残花。轻绡都是泪，和雾落平沙。
> 注：有的版本中，"记取"作"认取"，"随意到天涯"作"随梦到天涯"。

张充和在这首词中，将一个渺小的、微不足道的生灵，赋予了大胆的想象。渺小的生物有一颗"浩荡无涯"的心，但它也清楚自己几近无物，"描就春痕无着处，最怜泡影身家"，游离在现实与梦幻之间。桃花鱼有多

重含义，它是"凌空"的隐喻，它只是一抹春痕，"轻绡都是泪，和雾落平沙"。有人说它出现在桃花盛开的时候，隐喻着春天；但桃花鱼似乎也暗喻战争期间牺牲的无辜生命。此诗一出，深得大家感发，充和称，"余首咏之，诸师友亦和咏"。"诸师友有和章十余。"1971 年，充和忆及往事，"昔咏鱼诸故旧大半为鬼，余亦凋瘁。奈何！更续一章遣怀"，于是有了第二首《咏桃花鱼》：

> 散尽悬珠千点泪，恍如梦印平沙。轻裾不碍夕阳斜。相逢仍薄影，灿灿映飞霞。　　海上风光输海底，此心浩荡无涯。肯将雾谷拽萍芽。最难沧海意，递与路旁花。

桃花鱼始终也不能变成庞然大物，"最难沧海意，递与路旁花"，表现了在精神方面始终的追求。她还多次题咏《荷珠》，也蕴含着这样的诗意。

张充和爱昆曲，"一曲微茫"，因此她的诗集里也有许多表现这方面的内容，如《战后返苏昆曲同期》《演剧杂咏》《听闻佩姐录音即寄》《答允和二姐观昆剧诗》《贺俞振飞先生舞台生活六十年》《和俞平伯》。有人问：弹词可否低唱？她写了《答大士问》古风。张大千为她画仕女图，说她甩水袖的身段，让他产生了水仙的联想。她曾到哈佛大学演出昆曲《思凡》《游园》，叶嘉莹曾赠一律：

> 白雪歌声美，黄冠舞态新。
> 梦回燕市远，莺啭剑桥春。
> 弦诵来身教，宾朋感意亲。
> 天涯聆古调，失喜见传人。

充和写了《和嘉莹女史》：

> 诗本无今古，曲宁论旧新。
> 但求歌与众，不解唱阳春。

地远心偏迩，风殊意传亲。

庭燎春婉婉，共是异乡人。

据记载，张充和 1986 年回国，为纪念汤显祖逝世 370 周年，在政协礼堂还参加了《游园惊梦》的演出。

张充和曾有过自己梦想的合肥田园。到美国生活后，她喜欢经营寓所门前花木扶疏的小院。除育观赏的牡丹玫瑰外，还植一些食用的葱蒜时蔬。侍弄花草，栽瓜种豆。劳作之余，远离尘嚣，依在竹林旁的长木椅上吟诗或听曲，颐养天年。诗集中有《小园即事》十首，记她的私人天堂。晚年张充和仍坚持在砚田边耕耘，手中的毛笔，飞舞于虚无缥缈之境，流淌出娟秀自如的尺书，写了许多怀念亲友的诗文。其中纪念书法恩师沈尹默，起句便是"数十年来每在洗砚时都会不能忘记尹师，所以必得从此开始"。纪念查阜西，她作了三首《八声甘州》词，也忆及他的宋琴"寒泉"。她写的《三姐夫沈二哥》，娓娓道来，信手拈来皆故事。她一丝不苟地手录饶宗颐词章，翰墨溢香，近万言而无一败笔。湘西凤凰沈从文墓地的墓志题铭，就是出自她的手笔。有人说四句尾缀嵌了"从文让人"，她频说："有鬼哟，我可没有那么想。"她题咏的桃花鱼、荷珠，都成了转瞬的泡影，她却活到 102 岁，"最难沧海意，递与路旁花"。恰是浩荡无涯的文人精神、随遇而安的天真大方，使她坚持了中国的文明传统，这或许是她长寿的秘密吧。

兴来纵酒发狂言

——小议杨宪益的人与诗

杨宪益被誉为"译界泰斗"：他德被天下，集传统与自由知识分子品质于一身；他译遍中国，一身作品之丰，无人能望其项背；他娶英国妻，成就一段异国婚姻佳话。

以译事立身于世的杨宪益一直向往做一位纯粹的学者，却拒绝人称"翻译家"，他只把它视为一种艺术或技巧，他认为就跟做木匠一样，自己只是个"卅载辛勤真译匠，半生漂泊假洋人"。在外文局，他有时手拿一册书，直接口译，夫人戴乃迭则坐在桌前敲字如飞。有时他独自坐在书桌前，眼睛看着左手旁边一本中文书，右手一只手指在灵巧打字。翻译完毕，两人共同看稿、推敲、修改、辩论，反复多次，最后由戴乃迭打出定稿。在他们狂译之季，一天十几个小时工作，太累了，戴乃迭把笔一搁，到室外跳绳去，杨宪益则点根烟抽。20世纪40年代，他在国立编译馆就翻译《资治通鉴》《老残游记》。50年代在外文局是他们中译英成果最丰硕的时期，翻译了《离骚》及唐宋诗选、四卷本《鲁迅选集》、《儒林外史》，繁多的唐宋明清的传奇、诗词、小说和戏剧。60年代，杨宪益翻译了荷马史诗、司马迁的《史记》，把法国古典史诗《罗兰之歌》翻译成中文。"文革"前后完成了《红楼梦》的翻译。

把中国古典文学介绍出去，须有两种文化深厚的功底。这方面他与爱妻中西两极，阴阳合璧，译坛互补，各展其长，真是绝配。杨宪益说，没有妻子乃迭的帮助，我不会把它们翻译成这么好的英文。妻子的名字叫 Gladys，是杨宪益翻成中文，没什么特别的含义，就是希望家里人多一

杨宪益与夫人戴乃迭

点，热闹、兴旺一点。"乃迭，是我一生中最好的朋友。"对他而言，乃迭是知己，是爱人，更是灵魂伴侣。1999 年，在译海生涯中相濡以沫的爱妻戴乃迭去世，杨宪益愧疚自己带给乃迭那么多苦难，万里情深，终生相守，暮年永诀，恨不同死。他在皓月下举杯，写了一首感情真挚的《悼乃迭》：

> 早期比翼赴幽冥，不料中途失健翎。
> 结发糟糠贫贱惯，陷身囹圄死生轻。
> 青春作伴多成鬼，白首同归我负卿。
> 天若有情天亦老，从来银汉隔双星。

他独居一年后随女迁居什刹海小金丝胡同，一直珍藏着亡妻的画像，床头一直挂着这首悼亡诗。并在当天写下："独身宛转随娇女，丧偶飘零似断蓬。莫道巷深难觅迹，人生何处不相逢。"郁风为戴乃迭画了一幅画，他在上题："金头发变银白了，可金子的心是不会变的。"

关于写诗，杨宪益回忆，他没有入过正规小学。家里请了一位清末的秀才，教他读《千家诗》《唐诗三百首》《楚辞》、老庄，背诵古文，还教他写旧诗，学分辨平仄四声和对对子。一句"乳燕剪残红杏雨"，他对

"流莺啼破绿杨烟",受到老师赞赏。后来家里请来一个英文家庭教师叫"徐剑生",他竟拿老师姓名对"快枪毙"。但杨宪益对格律诗没多大兴趣,后来对吴宓发表的"旧瓶装新酒"的五言古诗倒觉得有点意思,写过长诗《死》《雪》,还写过一首《珊瑚岛》和关于一块意大利石雕的诗。他把雪比成华丽的乐章,比作天上的仙女,比作千军万马中的战士,开头几句是:"寒流来西北,积气化凝铅。天风忽吹坠,飞下白云巅。化身千万亿,一落一回旋。"结尾处表达立志要做一个革命者的抱负:"愿得身化雪,为世掩阴霾。奇思不可践,凤愿只空杯。起视人间世,极目满尘埃。"在天津读中学时他就已经把个别英美诗歌译成中文旧体诗。他15岁时,还曾仿《人猿泰山》英文版,写出章回小说《鹰哺记》,回目全用对仗体。

读高中时,他受同学廉士聪的鼓励,互相唱和,壮怀激烈,写了100来首旧诗。这些诗受近代康有为和梁启超的新体旧诗、黄遵宪爱国主义诗篇的影响,形式上主要模仿汉魏古诗。他赞同黄遵宪"我手写我口"的主张,写一些明白易懂抒发政治理想的哲理诗。他曾想打破旧体,创造一种九言或十一言的诗体写一部史诗,但试验不成功。他说十四行体诗起源于中国,李白的《月下独酌》就是十四句,四句一个段落,起承转合,形式上很相似。

他在牛津读英国文学时,用英文的英雄偶句体把《离骚》译成18世纪的英文诗,把雪莱、莎士比亚等的诗译成中国旧体诗,也与在牛津选修中文的戴乃迭合译过艾青和田间的新诗。抗战最艰苦的时刻,他与未婚妻,一中一外,共赴国难,回国后在重庆结婚。他在贵阳师范学院用汉代骚体写过一篇《远游赋》,受到中文系主任尹石公的赞赏,因此经常与朋友喝酒作诗,他可以用原韵十来分钟和一首七律。常在贵阳报纸的副刊上发表一些打油诗。可惜的是,杨宪益青年时代写的格律诗或"旧瓶装新酒"的五言古体诗,随书随弃,自己也不记得,仅留的几首也是同学抄录下来而得以面世。

1949年后,杨宪益埋头在翻译工作中,加上1955年后接连的政治运动,他很少写诗。我们有幸见到的大多是酒后喷烟、有感随意、即兴打油诗的句子。例如,鸣放时,绝句里有"应是东风吹未透,鸟鸣花放总艰难"。1960年春，杨宪益为反对斯大林的赫鲁晓夫新路线辩护，写了几首诗，内有"猎猎东风夜撼关，会看春色破层寒"。他放在办公桌上，被同事抄走。"文革"时，这几首诗被抄成大字报，成为严重事件。冯亦代和黄宗英再婚茶话会，杨宪益捎去贺诗："阿丹此刻休悬念，安娜今朝可释怀。他日天堂重见面，四人正好打桥牌。"诗中提到两人前夫前妻，萦怀故友，遐想未来，别开生面。

"文革"时在监狱里，熄灯后入睡前是最难熬的。杨宪益便默诵莎士比亚戏剧中的台词，或其他熟悉的英国文学片段。他还背诵白居易的《长恨歌》，狱友也跟着念、学着背。1976年，杨宪益写的《狂言》一诗，两处引毛主席诗词：

> 兴来纵酒发狂言，历经风霜锷未残。
> 大跃进中宜翘尾，桃花源里可耕田？

20世纪80年代，他和黄苗子互相寄一些打油诗。杨宪益说自己"从来没有认真写过诗，同朋友一起高兴，凑上几句，写了就丢掉了，从来没有把它当作一回事"。一首《无题》有句："有酒有烟吾愿足，无官无党一身轻。"钱锺书很欣赏，但觉得对得不够工稳，建议改"万事足"对"一身轻"。他与黄苗子唱和时，开玩笑写的一首七律里有一联："久无金屋藏娇念，幸有银翘解毒丸。"启功看到，认为对得不错。杨宪益自己解释："我的打油诗既然多半是火气发作时写的，用银翘来败败火，似乎还合适。"于是，他把朋友搜集自己的130多首旧体诗起名《银翘集》。

在他的《银翘集》里，我们能欣赏到许多独具一格的"当句对"："官称有罪当从罪，君问归期未有期""应知后浪催前浪，且看今人胜古人""而今狗肉充羊肉，一半男人是女人""自古有权方有势，从来擒贼不擒王""天若有情天亦老，月如无恨月常圆""去日苦多来日少，得风流处且风流""白丁白发惭虚活，青史青山可并抛"。他为赵丹遗墨见示命题，怆然感赋："睹画想风流，才高志未酬。遗言见肝胆，即此亦千秋。"他的《辞谢作协邀请参加舞会》很有意思："整肃声中早闭门，进城赴会费精

《银翘集》书影

神，衰年怕逐风流侣，盛世甘为散淡人。高尔夫球嫌路远，狄斯科舞可家蹲。何须跋涉长安道，百万庄头便是春。"从这些他晚年挥洒自如的打油诗句里，我们仍可看出他从小受古典文化的熏陶，渗透出他厚积薄发的文化底蕴和功力，更重要的是体现了中国的"士"，敢说真话，敢于担当，不以物喜，不以己忧的品格。他的一首《住公寓有感》轻松有趣："一生漂泊等盲流，到处行吟乱打油。无产难求四合院，余财只够二锅头。人间虽少黄金屋，天上修成白玉楼。堪笑时人置家业，故居留得几春秋。"

郁风写过一篇《雪漫什刹海》，说："杨宪益和三叔郁达夫真有点像！不是长得像，是爱喝酒像，是脾气性格有点像……对了，都爱随时作诗有点像，但因时代不同，杨宪益的诗更多曲折打油。大概让我觉得最像的是他们骨子里有什么相通的东西……一辈子都认定中国文人奉为最高准则的所谓要有那股正气、骨气。"

打油诗看似简单，实则不一般。一些人传统诗都写不好，打油诗也不伦不类，索然无趣。而有文学功底的大家，打油诗也写得好。有人讲，思想上文艺上的旁门往往比正统更有意思，因为更有勇气和生命。打油诗脱口而出，不避俚俗，但不是一般的顺口溜，它是另一种艺术形式。好的打油诗浑然天成，妙趣横生。冷嘲热讽中有睿智，嬉笑怒骂里蕴风趣。无论是自嘲还是画像，讥讽还是鞭挞，不仅轻松悦人，而且包含文史掌故、遣词技巧，体现诗人的个性、爱好、逸事和思想。

杨宪益自己说是个散淡的人，不重名利，蔑视劫难，其诗随性，诗如其人，他给妹妹杨敏如的信中说：总写打油诗，开玩笑多了，写严肃的东西不习惯。有人说杨宪益嗜书、嗜酒、嗜诗，是不是"兴来纵酒发狂言"？不得而知。他写诗与喝酒一样，没有发表扬名的功利，已经是他性味生活的一部分。有人说他家里挂着"古来圣贤皆寂寞"的题字，使人联想他纵酒，暗含"唯有饮者留其名"，这是误传。我从《宪益舅舅的最后十年》这本书里读到，他家里挂的是王世襄的题字对联："从古圣贤皆寂寞，是真名士自风流。"概括了这位鸿儒翻译家的丰采。杨宪益认为过誉，在一张漫画像上提笔写下："难比圣贤，不甘寂寞，冒充名士，自作风流。"并轻松地总结自己："少小欠风流，而今糟老头。学成半瓶醋，诗打一缸油。恃欲言无忌，贪杯孰与俦，蹉跎惭白发，辛苦作黄牛。"他在自传《漏船载酒忆当年》结尾中说："希望能免除那种自恋癖和自我吹嘘的不良倾向。"

"座上客常满，杯中酒不空。"人们都知道，杨宪益嗜酒，经常与客人推杯换盏，喝二锅头。他喜欢陶渊明的一句诗："天运苟如此，且进杯中物。"他为人题诗中说："青山踏遍人难老，黄叶声多酒不辞。"他与夫人戴乃迭是地道的"酒友"，两人旗鼓相当。邵燕祥形容他："漫云人老要张狂，还是壶中日月长。笑卧沙发人未醉，酡颜犹似少年郎。"这种场合自然也流出杨宪益有关酒的打油诗《祝酒辞》："常言舍命陪君子，莫道轻生不丈夫。值此良宵须尽醉，世间难得是糊涂。"后他听医生的劝，不喝酒了，又有一首《谢酒辞》："休言舍命陪君子，莫道轻生亦丈夫。值此良宵虽尽兴，从来大事不糊涂。"妙笔改动了几个字，诗思迥异，颇有意味。

妹妹杨苡十分崇拜哥哥，她写打油诗深得大哥的真传，如："白虎照命未认输，我哥遇事不糊涂。虎落平阳心无愧，猫在屋里打呼噜。"直到晚年，杨苡出上联："未了情留下多少未了事"，杨宪益仍能马上写出："外行话只能拼凑外行联"。其思维之快，让人佩服。

对于诗，杨宪益有自己的看法。他说："我们的语言发展到今天，既然都用白话了，我对新诗当然也不反对，只是感觉到我们的新诗今天似乎还无格律可循。如果完全不管一点格律，诗歌和散文的分别就不好掌握，所以我对新诗一直还不敢问津。"他还说："用旧体诗表达今天的思想感情自然局限性很大，很不理想。但是自己没有做诗人的自信心，没有开创的勇气，也只好用旧体来应付了。利用前人的格律比较省事，这并不是自己喜欢守旧。"

我同意杨宪益的看法，新、旧两种诗体，萝卜青菜各有所爱。从五四以来证明谁也打不倒谁，这种并存发展的局面还会一直持续下去。两种诗体可以融合、变化、取长补短。两种诗体都能掌握、择机运用的也不乏其人，形式易仿，难在立意，思想内涵还是最重要的。杨宪益的诗"旧瓶装新酒"，与聂绀弩的"宜生体"诗一样，谐谑、自由、不拘一格，有异曲同工之妙。

读杨宪益的诗，不累。

作为翻译界的泰斗和懂诗的人，我很想了解其对译诗的看法。杨宪益认为，原作如是艺术品，译作就是仿品，仿品有高低之分。这个看法和钱锺书的意见不谋而合，"是一个两害相权择其轻的问题"。

他走了，遗憾的是，我来不及追问他一个问题：中国两种诗体，哪种更好翻译一些？

读《胡绳诗存》

　　三联书店出版的、钱锺书题署的《胡绳诗存》，收录了胡绳从1937年到1992年的173首旧体诗（我大概读的是早期的版本，现据介绍已收录有289首）。读胡绳的诗，不妨先从一则往事谈起。

　　我们这一代人，大概都还记得1973年"批林批孔"的时候，毛泽东写了一首《七律·读〈封建论〉呈郭老》，诗云：

> 劝君少骂秦始皇，焚坑事件要商量。
> 祖龙魂死秦犹在，孔学名高实秕糠。
> 百代都行秦政法，"十批"不是好文章。
> 熟读唐人《封建论》，莫从子厚返文王。

　　各种正版的《毛泽东诗词》里，未见收录这首诗，但从那个时代各种引述和评论文章里，应可确定是毛泽东的诗。[①]当时盛传郭沫若抱病捉笔，写下了题为《春雷》的七律奉呈毛泽东，诗曰：

> 读书卅载探龙穴，云水茫茫未得珠。
> 知有神方医俗骨，难排蛊毒困穷隅。
> 岂甘櫟栎悲绳墨，愿竭驽骀效策驱。
> 犹幸春雷惊大地，寸心初觉识归途。

---

　　① 人民文学出版社2017年9月出版的《毛泽东诗词全编鉴赏（增订本）》，作为"附录"，收录了本诗。——编者注

这首诗见之于香港《大公报》，表达作者一方面要检查、批判自己过去的观点，另一方面要重新学习、重新认识的决心。

但是，这首流传的郭老的诗却一直被张冠李戴。据《胡绳诗存》记载，1972 年 7 月胡绳写了一首《偶感》：

> 读书卅载探龙穴，云水茫茫未得珠。
>
> 知有神方疗俗骨，难排蛊毒困穷隅。
>
> 岂甘樗栎逃绳墨，思竭驽骀效策驱。
>
> 犹幸春雷动天地，寸心粗觉识归趋。

胡绳的这首《偶感》从时间上早于毛泽东写给郭老的诗，但与所谓郭老的《春雷》酷似孪生兄弟。于是，有人发问：诗的作者，沫若耶？胡绳耶？《胡绳诗存》里有一首写于 1974 年 5 月的诗似乎已回答了这个问题，诗题为《两年前所作一诗误传出于某大家手笔答友人问》：

> 拙句吟成偶自娱，悃诚稍借短章输。
>
> 此身不是诗人种，鱼目何曾敢混珠。

另有佐证：茅盾日记里记载，他有一个抽屉，存放着别人寄给他的诗词，冯至和胡绳的诗稿最多。其中可检出一首胡绳 1972 年的无题七律诗，正是那首《偶感》。诗中除了"云海茫茫"和"移俗骨"有两字与后来《胡绳诗存》发表的稍有出入，其余完全相同。胡绳本人也曾回忆："1972 年 6 月我还在干校，根据规定要写一个 3000 字的给中央的'检讨'，在我写的这份'检讨'的末尾就以这首诗结束。这个'检讨'，是写给党中央和毛主席的。看来确是送到了，否则郭老不会看到。不过这首诗是怎样传到郭老那里，我就不知道了。"另外，粉碎"四人帮"后，郭沫若着手整理出版《沫若诗词选》，按纪年法编排，其中 1974 年只有郭老会见日本客人等写的几首诗。但据郭老的女儿郭平英告诉我，毛泽东写《读〈封建论〉呈郭老》诗后，郭老于 1974 年 1 月下旬确写过一首《春雷》呈毛泽

胡 绳

东，原诗为"春雷地动布昭苏，沧海群龙竞吐珠。肯定秦皇功百代，判宣孔二有余辜。十批大错明如火，柳论高瞻灿若朱。愿与工农齐步伐，涤除污浊绘新图"。此诗并未发表，由此可以推断，前述所传《春雷》诗，应不是郭老写的。看来读诗有时还要认真地考证。

我们知道，胡绳出生于江苏苏州，祖籍安徽歙县。是我国著名哲学家、近代史专家，马克思主义理论家。他原名项志逖，笔名蒲韧、卜人、李念青、沈友谷等。他早年就读于苏州中学，后入北京大学哲学系。1938年加入中国共产党。抗战期间，在武汉、襄樊、香港、重庆等地任多种报纸杂志的编辑。1949年9月，他作为中华全国社会主义工作者代表会议筹备会候补代表，出席了中国人民政治协商会议第一届全体会议。中华人民共和国成立后，任人民出版社社长、出版总署党组书记、中宣部秘书长。他曾出任中共中央党史研究室主任，负责研究中国共产党党史，参与毛泽东著作的整理和党史及《关于建国以来党的若干历史问题的决议》的起草。后任中国社会科学院院长。1988年起当选为全国政协副主席。

与历史学术"五老"（郭沫若、范文澜、侯外庐、翦伯赞、吕振羽）不同，他与胡乔木、艾思奇等是马克思主义史学家，毕生以相当多的精力致力于颇具挑战性的中国近代史和中共党史研究，著述颇丰。年仅30岁撰成《帝国主义与中国政治》。对中国近代史他有许多专著，其中《从鸦片战争到五四运动》影响较大。他提出了"三次革命高潮"，将"八大事件"（鸦片战争、太平天国运动、中法战争、中日战争、戊戌变法运动、义和团运动、辛亥革命、五四运动）作为中国近代历史的基本内容，他认为"把 1919 年以前的 80 年和这以后的 30 年，视为一个整体，总称之为'中国近代史'是比较合适的。这样，中国近代史就成为一部完整的半殖民地半封建中国的历史，有头有尾。1949 年中华人民共和国成立以后的历史可以称为'中国现代史'，不需要在说到 1840—1949 年的历史时称之为'中国近现代历史'"。

胡绳在 20 世纪 30 年代初期学习过世界语，曾任《世界》杂志编辑、世界语之友会副会长等职。

说到胡绳的诗，他在《胡绳诗存》"自序"中说："余束发从学，窃好吟咏。初效五四后新体诗，未能造堂哜胾。继作五七言旧体诗，又苦乏师承。"哜（jì）：口尝。胾（zì）：大块的肉。意思是说，新诗只是浅尝，后来作旧体诗。虽无师承，不靠学历，自读诗书，亦可修炼成功。从他长期做文化编辑工作的实践，似乎可以看到作诗的脉络和功力。他又说："抗日战争期间，于烽火干戈之罅，情怀触发，偶赋短章，不甚示人，亦不自珍惜。四九年全国解放后，不复再作。"

翻看《胡绳诗存》，抗日战争时期的诗作居多。我在一本抗日战争诗抄里，看到选了胡绳的两首诗，一首写于 1937 年，一首写于 1943 年，均是他的亲身经历。在过南京时，夜闻东北流亡学生唱《松花江上》，他写道："木落山空夜更凉，石头城下唱松江。沃原千里无颜色，志士如何不断肠？"在过韶关时，他赋诗感叹："曲江风度自翩翩，罗刹桥边泊画船。入夜明灯浮万盏，不知何处是烽烟。"这两首诗反映了那个时代丧失国土、战乱流亡的悲剧。其家国恨，壮士忧，莫不熔铸于苍凉悲怆的意境之中。

《胡绳诗存》书影

果如胡绳所说，《胡绳诗存》里 1949 年到 1966 年这一段诗词阙如，反而"文革"之后诗作较多。他说："六六年遭'文化大革命'之奇变，尽失故业，操杂役事稼穑者数年，初亦甘之。而世事俯张，风云变幻，欲已于言而不得。乃以余暇，寻章搜句，未克写心，徒自遣耳。"胡绳因参加"二月提纲"的起草受牵连，又是《红旗》杂志的副总编被打成"走资派"，与众多"权威"一样，受到冲击，随后令其扫地、上干校劳动，所谓"操杂役事稼穑"。但他却诗思萌发，一边扫地劳动一边文绉绉地吟出诗来：

> 不待鸡鸣破曙光，朝朝拥彗出前廊。
> 和风稍借三分力，夜雨微滋四角墙。
> 功未到时尘不去，学无止境路还长。
> 忽报东方红一曲，惊天震地有华章。

这首诗挺精彩，不知为何有人引诗时把最后一句去掉，变成只有六句，也没有收入《诗存》里。作者活用"拥彗"，民间称彗星为扫帚星，乃不祥之兆。大学者抱着大扫帚扫地当然倒霉，但他未失去信心，以坦然、幽默、朴素的笔调吟诵劳动。"功未到时尘不去"，活用了毛泽东语录，转到"学无止境路还长"，柳暗花明，别开生面，表现其镇定自若的精神状态。

胡绳在干校写的诗也很有味道。他在《村居》一诗里描述了生活环境："……榆槐缘道绿，桃杏隔墙红。猪圈临窗牖，鸡啼入室中。"《待雨》写出了久旱盼雨的心情，或许也暗含着盼望政局大治的人心："石燥草枯蛙不鸣，西山空见白云生。何当倒泻星河水，遍野流泉飞瀑声。"一首《耘田》颇有躬耕陇亩，心忧天下，反躬自省的深意：

> 百亩葱茏一望平，高飞燕子喜天清。
> 汗流点点佳禾润，锄落行行莠气盈。
> 与少年游增志锐，芟蒿草尽觉身轻。
> 书生积习尚存否，万事从无唾手成。

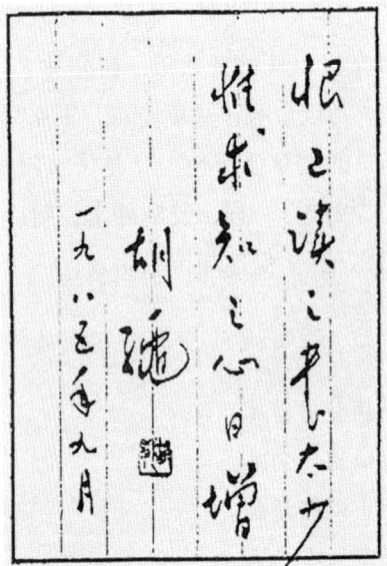

胡绳手迹

联想到前面所引给中央"检讨"的结尾诗，说明胡绳在"操杂役事稼穑"中，仍在思考自己的文化使命。他还写了许多诗来表达希望重操旧业和报效国家的雄心壮志，如"四海翻腾惊岁月，一身俯仰乱捧麻。犹思挥笔追班马，不用频嗟发已华"。又如"疲马犹知思大漠，壮怀岂尽付流觞"。即使在下放到干校劳动那样困难的条件下，也不忘以"伏枥犹存千里志，劳生岂为一身谋"自励。他在《深秋漫笔》一诗里说："明月任圆缺，晴云自卷舒。漏长堪夜读，频理旧残书。"事实上他已经在构思酝酿新的中国历史问题的写作了。

"文革"之后，胡绳的诗作一发而不可收，他走遍大江南北，"吊古迎新漫赋诗"。所到之处，皆留吟迹。除纪游览胜诗外，在《诗存》中偶有怀念瞿秋白、彭湃、田家英等的诗行，也有与郭沫若、聂绀弩的唱和，"莫道书生非大器，怀霜诸夏尽沾巾。"读来皆是情真意长。

在诸多怀旧诗中，胡绳似乎尤为怀念在蜀中的日子。他在重庆《新华日报》工作过，到过重庆、成都等许多地方。"自古嘉州多俊士，拓开风气有诗人"，"策马当年风日丽，重来不觉鬓毛斑"，他写了《重庆红岩》《"白公馆"榴树》《瞿塘峡》《乐山》《峨眉山》《眉山》等诗。他清楚记得当年抗日战争结束时出川，距今重来已 36 年。如今海晏河清，大展文采，应不忘川江蜀风之浸染，于是，他幽默写诗自问：

> 杜老草堂诗律细，征西陆子句如珠。
> 我生频饮川江水，分得才情一寸无?

胡绳对出版自己的《诗存》轻描淡写，他在"自序"中说："略述经过，以见劳者之歌、病者之呻，乐则笑而愤则呼，固无意于调缋华藻也。"

对自己的一生，胡绳写了《八十初度》诗和《八十自寿铭》。他在诗中道："生逢乱世歌慷慨，老遇明时倍旺神。天命难知频破惑，尘凡多变敢求真。"他的自寿铭道："吾十有五而志于学，三十而立，四十而惑。惑而不解，垂三十载。七十八十，粗知天命。"对其中惑而不解30年，当指1957年后到1987年。胡绳说自己在大方向上有困惑不解的地方。"文革"后他甚至开始不支持真理标准大讨论，后来他说思想确实糊涂，自觉进行了多次检讨。自此，胡绳在反思中一改以往作风，直言不讳地写出了新的理论见解，他的《马克思主义和中国国情》一文，历史地和逻辑地回答了一直被一些人弄得纠缠不清的问题，是一篇力作，实现了一系列重大突破，进入了"知天命"的新境界。胡绳——这样的大家，能这样实事求是剖析自己，一如他对诗的自谦，恰是后人"须仰视"的光辉之处。

诗句犹争造化功

——杨振宁《归根》诗回眸

　　诺贝尔物理学奖获得者杨振宁对一位老同学说，他最近有一个很深的觉悟、很大的发现，但却不是物理学的。他发现了——"人生是有限的"。

　　他做了心脏搭桥手术，他一再引用陆游的诗句："形骸已与流年老，诗句犹争造化功。"不知是他记错了，还是故意改了一字。陆游原诗是"诗句犹争造物功"。为此他还翻译成英语：

My body creaks under the weight of passing years,

My poems aim still to rival the perfection of nature.

　　杨振宁认为，陆游的题目是《幽居夏日》，既是"幽居"，怎么会浮出与造物争功的俗念呢？得给陆游再改一个字："形骸已与流年老，诗句徒争造化功。"将"犹"改成了"徒"，似乎境界顿觉不同。有意思的是，若干年后，科学家们在南开，这句诗再次被化用，改为"形骸未与流年老，诗句更争造化功"，来表达对杨振宁95岁精神矍铄的祝福。

　　在请教了我的同学毛卓亮后，我还是用杨振宁英文的意思作为本文的题目，试图来谈一个科学家所苦苦探寻的"自然的美妙"。

　　杨振宁决定退休后，安排完执手53年的伴侣杜致礼的后事，晚年回到生他养他的祖国，在清华大学高等研究中心任名誉主任。住的地方起名叫"归根居"，自己写了一首《归根》诗：

> 昔负千寻质，高临九仞峰。
>
> 深究对称意，胆识云霄冲。
>
> 神州新天换，故园使命重。
>
> 学子凌云志，我当指路松。
>
> 千古三旋律，循循谈笑中。
>
> 耄耋新事业，东篱归根翁。

　　诗首联取自初唐四杰之一骆宾王的诗句。骆宾王《浮槎》诗前面四句是："昔负千寻质，高临九仞峰。真心凌晚桂，劲节掩寒松。"表达了一生做人追求的抱负和准则。此诗"弁言"中说："非夫禀乾坤之秀气，含宇宙之淳精，孰能负凌云概日之姿，抱积雪封霜之骨。"杨振宁引其句，显然是借以明志。诗的后几句是对自己一生研究的总结，三旋律，是指他演讲的内容：《20世纪理论物理学的三个主旋律：量子化，对称与相位因子》。诗的最后表达对中国的感情及回国后的期盼。

　　听说三联书店出版了一本《杨振宁传》，欲购阅读。时任《读书》杂志的总编贾宝兰说，不要买了，我送你一本。这本装帧很好的《杨振宁传》是增订本，里面果然有我需要的杨振宁写的诗。

　　杨振宁是科学家，在理论物理学上的贡献举世皆知。他出生在合肥城内四古巷，父亲杨武之当年赴美留学，杨振宁跟母亲学习了3000多字，后上私塾读《龙文鞭影》。父亲回国后，亲授《古文观止》，教他读了不少唐诗，教他历史朝代的顺序，教他下围棋。后随父亲到厦门、北京读书。在中学他常翻家中书架上英文和德文的数学书，可以背诵《孟子》全文，参加演讲比赛得银盾奖。父亲曾在一张照片后写道："振宁似有异禀，吾欲字以伯瓌。""伯"是长子，"瓌"字通"瑰"。《洛神赋》里有"瓌姿艳逸，仪静体闲"，《晋书》说阮籍"容貌瓌杰，志气宏放"。父亲给他取字"伯瓌"，也深含对他的期许。中学里，杨振宁与邓稼先是好朋友。邓比杨小两岁，低两年级（两家都是安徽人，是世交）。他们一起读牛顿的《自然哲学的数学原理》，一起玩花样滑冰，一起听贝多芬的音乐。邓稼先喜放风筝和抖空竹，杨振宁酷爱音乐，认为《英雄交响曲》如雷如电的英雄绝唱，使世人心灵为之震颤。杨振宁读李白的《将进酒》，曾在课本上写："劝君更尽一杯酒，与尔同销万古愁！绝对！"

杨振宁 16 岁从高二直接报考西南联大，在两万考生中名列第二。西南联大实施通才教育，"通识为本，兼识为末"，发扬民主自由、独立思考的精神。杨振宁先在化学系，后转读物理系，在"刚毅坚卓"的校训下勤奋学习。吴大猷教授将他引入物理学中对称性问题的前沿研究。他清楚记得，大一国文是必修课，朱自清、闻一多等大师都教过课，使他有了较深的人文知识功底。成为硕士研究生后，他和黄昆、张守廉为生活也在昆华中学兼课，三人同住一屋，也经常在茶馆里争论问题。获得硕士学位后，导师建议他留美学理论核物理学。

1945 年，杨振宁乘美国运兵船赴美，在芝加哥大学获哲学博士学位后，到普林斯顿高等研究所工作了 17 年。在这个学术黄金时期，他与米尔斯合作提出了杨—米尔斯规范场理论；与李政道合作提出在弱相互作用中宇称不守恒理论。他发表了 110 多篇学术论文，在粒子物理学和统计力学两个领域获得重要研究成果。其间，他与杜聿明的女儿、他教过的学生杜致礼结婚，并生了三个孩子。1966 年，他跳出象牙塔，举家搬到长岛，任纽约州立大学石溪分校爱因斯坦讲座教授。他吸引了众多一流科学家，创建了理论物理研究所，影响和培养了许多年轻的物理学家。他提出数学

西南联合大学校门

和物理结合的"双叶理论"。他也专注物理学史，写出不少介绍物理学家及其治学方法的文章。

杨振宁在理论物理上的学术贡献，有很多专业领域的深奥的知识，我难以叙述，也不再涉笔连周总理都亲自过问的不幸的李、杨分手之争。我查到了邓稼先夫人许鹿希的一次讲话。她说："邓稼先对于杨振宁先生在学术上的造诣十分推崇，他多次对我和朋友们说：'如果不是诺贝尔奖规定每人只能在同一个领域获得一次的话，杨振宁应当再获得一次诺贝尔奖。你知道不，杨－米尔斯场，就是规范场，它比起宇称不守恒来，对物理学的贡献还要基本，意义还要深远。'"

本文感兴趣的是，杨振宁在科学探索的过程中，多次提到物理学、数学的美学观点，以及中国文化素养的潜移默化。他说："物理学者提炼了几个世纪的实验工作与唯象理论的精髓，写出了物理世界的基本结构，可以说是造物者的诗篇。"杨振宁说他领略到物理学深层次中的一种内在美与和谐。"学物理的人了解了像诗一样的方程的意义后，对他们的美的感受是既直接而又十分复杂的。"他称这种"美的感受"正是如建筑师们所要歌颂的崇高美、灵魂美、宗教美、最终极的美。他也赞美数学的优美和力量：它有战术上的机巧和灵活，又有战略上的雄才远略。爱因斯坦在悼念诺特时说："通过她的方法，纯粹数学成为逻辑思想的诗篇……在努力达到这种逻辑美的过程中，你会发现精神的法则对于更深入地了解自然规律是必须的。"杨振宁也赞美数学，他称数学家陈省身已与欧几里得、高斯、黎曼和嘉当并列：

> 天衣岂无缝，匠心剪接成。
> 浑然归一体，广邃妙绝伦。
> 造化爱几何，四力纤维能。
> 千古寸心事，欧高黎嘉陈。

我们不能想象，当年他把王维、李白的诗句连在一起，称为"绝对"时，和以后研究的"对称性原理"以及碳60最具对称美的分子是否有缘；

1949 年，杨振宁
（左）、邓稼先（中）、
杨振平（右，杨振宁
的弟弟）三人在芝加
哥大学的合影

也难以猜测他对巴赫、贝多芬美妙乐曲以及对古老雕塑的欣赏是否会给他
对称性思考带来帮助。他强调：一个做学问的人"要有大的成就，就要有
相当清楚的 taste（品位、喜爱、体验）。就像做文学一样，每个诗人都有
自己的风格，各个科学家，也有自己的风格"。杨振宁认为，文理相通，
相得益彰，所有和谐、优雅、一致、简单、整齐等都与科学中的美有关，
但物理学中美的概念不是固定的，他引高适的诗句"性灵出万象，风骨超
常伦"来谈科学家的灵感和执着。他认为，"独抒性灵，不拘格套"是物
理学家的精神，"非从自己的胸臆流出，不肯下笔"才有独创性，才有神
来之笔，才能逻辑通达顺畅，"秋水文章不染尘"，直达宇宙的奥秘。他
说："诗歌是一种高度浓缩的思想，是思想的精粹。寥寥数行就道出了自
己内心的声音，袒露出自己的思想。科学研究的成果……我们所探求的
方程式就是大自然的诗歌。"他引用科学家罗斯的话："科学"是心灵的微
分，"诗"是心灵的积分，微分与积分分开时各有各的美丽的涟漪，但合
起来时，尤能见到壮阔的波澜。杨振宁说："比较显示，与科学中终极的
美不同，艺术的美离不开人类。"他用王国维《人间词话》描述诗词结构
的概念来说明，认为"科学的美是'无我'的美，艺术的美是'有我'的
美"。杨振宁喜爱吴冠中画的白墙黑瓦的江南民居，认为是"简单因素的
错综组合，构成多样统一的形式美感"。杨振宁认为，中国古诗用字简洁，

蕴涵朦胧美，有平上去入四声，读起来单调铿锵，形成美妙的结构，韵味无穷。他还说："用中文写诗极好，因为诗不需要精确，太精确的不是好诗。旧体诗极少用介词。译文中加了介词，便会改变原诗意境。""诗不需要精确"这句话曾引起诗界争论，双方对"精确"理解不同。他的意思是，诗有别于"科学"概念，"诗无达诂"，有些只能意会，不能言传。

科学家和诗人对话，诗人认为科学里的模型的转换，很像诗里的"比"与"兴"的演变。李白诗"郎骑竹马来，绕床弄青梅"，拿着竹竿当马骑，竿是马的模型，由青梅竹马扩及少男少女的爱情，也就成了初恋的模型。科学家认为，诗中的比喻就是科学里的模型。李商隐的无题诗里，用丝尽的春蚕、流泪的蜡烛，用菱枝和桂叶，再用闺房里金翡翠的锦衾与绣芙蓉的帷帐来衬托欢情之一晌。相思之刻骨，在于重门的深锁；相思之曲折，犹如百转的井绳。这确实是一个有意思的联系。

我很想知道，一个物理学家是怎样描述大地山水的？我找到了杨振宁飞越西藏那木卓巴尔瓦山时写的《时间与空间》诗：

> 玲珑晶莹态万千，雪铸峻岭冰刻川。
> 皑皑逼目无边际，深邃凝静亿万年。
> 尘寰动荡二百代，云水风雷变幻急。
> 若问那山未来事，物竞天存争朝夕。

这"深邃凝静""玲珑晶莹"的景致，引发的大概是科学家对时空的无穷想象和探秘。谁说人文精神对自然规律的探索没有影响呢？

有意思的是，对中国人研究自然法则的不对称性，美国人猜测是中国"阴阳图"的文化因素，打破了西方科学传统保守的一面。丹麦奖给科学家的"宝象勋章"图案里也采用了中国的"太极图"，徽上有拉丁文箴言："互补即互斥"。1957年诺贝尔奖的盛宴上，瑞典皇家学院院士引用了中国的古诗，对杨振宁和李政道说："含笑傲睨慰心目，何可一日无此君。"（唐·宋之问《绿竹引》）

这里，我们略述一下杨振宁的家国情怀。当年杨振宁像众多留学生一样，准备学成后回国工作。由于朝鲜战争的爆发，美国不允许获得博士学位以上的华裔理工博士返回中国（邓稼先获博士第九天后抢先乘船回国，同船的钱学森被扣下来）。后来随着研究工作的深入，杨振宁适应了美国的生活，且娶妻生子，有了将家安在美国的想法，但对于加入美国籍一直在挣扎。他利用在日内瓦短暂工作的机会，三次与父亲杨武之团聚。父亲鉴于国内的情况，只能告诫他一定不能去台湾，回国现在看只能说时机不太成熟，恐怕做不到了。临别时父亲写字留言："每饭勿忘亲爱永，有生应感国恩宏。"由于研究的环境、国内的困难时期和美国始终对外族的歧视等因素，杨振宁于1964年春加入美国籍。时隔多年，父亲去世，他在心底呼喊："我的身体循环着的是父亲的血液，是中华文化的血液。"他痛苦地回忆："直到临终前，对于我的放弃故国，他在心底的一角始终没有宽恕过我。"1971年中美关系破冰，杨振宁立即到法国获得签证回国与家人团聚。回国后他登上长城，看望恩师和老同学，第一次见到岳父岳母，与国内科技界交流，并得到毛主席、周总理接见。毛主席肯定他对人类科学有所贡献。回国后杨振宁意外碰到长期居住在中国的美国核物理学家寒春，寒春说她放弃了核物理事业，没有参与中国的原子弹工作。老同学邓稼先经查证也写信说明，除1959年底前得到苏联极少援助外，中国的原子弹工程没有任何外国人参与。杨振宁流泪了，他为祖国而感到自豪。之后，他担任了全美华人协会会长，为促进中美交往做了很多工作。他在国内率先建议创办青少年发明奖。许多科学家和"保钓"学生听了他的演讲回国访问。在一次演讲中，主持人介绍他是1957年获诺贝尔物理学奖时，他立即插了一句："那时我持的是中国护照！"

生命是有限的。晚年杨振宁回到清华大学，为组建高等研究中心荐才筹款培育新人，继续从事冷原子等研究。他珍惜人文历史科学等方面的传统，但不守旧，善于在继承基础上创新。他认为冯友兰的"旧邦新命"是描述新世纪新中国新时代最好的几个字。革故鼎新才是新中国成为世界大国不竭的动力源。他仍旧相信要服膺自然，认为人的智力有限，世界美妙的结构无限。他想起一千多年前李商隐的诗句："夕阳无限好，只是近黄昏。"他也记得他父亲的朋友朱自清欣赏的诗句："但得夕阳无限好，何须惆怅近黄昏。"（吴兆江的诗句，朱自清亲笔抄录，压在书桌的玻璃板下）或许他和翁帆的结合，延续了他青春的活力，他们走路"十指相扣"，合作翻译出版了《曙光集》，向美术馆捐赠了私人收藏。我们从他的《归根》诗里，看到睿智的大脑还在转动，事业还在继续。2015年，他放弃了美国籍，转为中科院院士，了却了他一桩心愿。在他百岁华诞的时候，他回顾了 50 年前邓稼

杨振宁（邓伟摄）

先给他信中的一句话："但愿人长久，千里共同途。"杨振宁以此为题发表讲话说：我懂你的"共同途"的意思，我可以很有自信地跟你说，我这50 年是符合了你"共同途"的嘱望，我相信你会满意的。

"文章千古事，得失寸心知。"一生的经历体悟，杨振宁用最心爱的杜甫诗句来表述，并翻成英文：

A piece of literature is for the millennium,

But its ups and downs are known in the author's heart.

故园春梦总依依

——叶嘉莹诗教的启迪

叶嘉莹被誉为诗词的女儿。

她将千古传承下来的中国古典诗词，看成诗人的生命心魂，一世多艰，深情不变。她说，诗词是一种力量。读诗和写诗是生命的本能。她把诗词形容为"心在走路"。

"无士不昌"，"无士不兴"。在政协会上，冰心一再呼吁重视"无士"的严重而深远的后果。"士志于道"，一代代的"士"塑造着民族精神，传承着中华文明。叶嘉莹先生自称"我是穿裙子的士"，笑言自己是中国古典诗词不可救药的传道士。她讲授了一辈子中国古诗词，"书生报国成何计，难忘诗骚李杜魂"。她是古典诗词最热忱的启蒙者，是诗心体悟最亲切的引路人。

叶嘉莹，号迦陵。是满族叶赫那拉氏后裔，出生在北平察院胡同一所老四合院里。毕业于北平辅仁大学，到台湾后执教台湾大学、淡江大学，后派往美国讲学，任哈佛大学、密西根大学客座教授，定居加拿大后，任加拿大大不列颠哥伦比亚大学终身教授。回国后任南开大学中华古典文化研究所所长。她是学界女杰，传道授业解惑，著作等身，桃李满天下。

叶嘉莹踏上诗词之路，最早是受其伯父影响。伯父狷卿公国学素养深厚，膝下无女，鼓励侄女读写诗词，让她先试写绝句小诗。叶嘉莹少女时代就写出《咏莲》："植本出蓬瀛，淤泥不染清。如来原是幻，何以度苍生。"在读辅仁大学时，她受古典文学大家顾随影响，毕业后在北平中学

1943 年，叶嘉莹（后排右二）与恩师顾随（前坐者）及同学的合影

任教，顾随写信夸奖她："凡所有法，足下已尽得之。"并鼓励她："别有开发，能自建树。"她出色的才华，同时被三所中学聘为国文教师。

1948 年，叶嘉莹与在国民党海军供职的赵东荪结婚，后随夫渡海迁台。丈夫被怀疑为"匪谍"被捕入狱，叶嘉莹为此失去了工作，投奔了先生在高雄的亲戚。她白天抱着孩子四处奔波，晚上只能在窄小的走道里铺一张凉席过夜。她曾在《转蓬》一诗写道："转蓬辞故土，离乱断乡根。已叹身无托，翻惊祸有门。覆盆天莫问，落井世谁援？剩抚怀中女，深宵忍泪吞。"丈夫出狱后一家六口生计落在叶嘉莹纤弱的肩上。经人推荐，她先后在台湾大学、淡江大学、辅仁大学兼职教授诗词曲。她染上气喘，回家还要面对丈夫的责怨。她说自己如王国维咏的杨花，不曾开过，就已经凋零了。那时唯一支撑她的是她热爱、痴迷的古典文学，只要一讲课就神采飞扬。她深信，诗词可以使我们的心灵不死；她说过，诗词是所有苦难的涅槃重生。

后来叶嘉莹被派往美国讲学，任密西根大学、哈佛大学客座教授，用英语向西方学子讲述中国诗词之美，也专心去研究王国维。1969 年定居加拿大温哥华。中年遇女儿、女婿车祸罹难，对她打击甚大。王国维感叹"天以百凶成就一词人",有谁能比叶嘉莹体会更深?叶嘉莹有诗:"剩将书卷解沉哀,弱德持身往不回。"她提出"弱德之美"的概念,说诗词存在于苦难,也承受着苦难。苦难之中,人终究还要有所持守,完成自己。历经忧患,世事无常,她彻底参悟了顾随先生的话:"以无生之觉悟为有生之事业,以悲观之心态过乐观之生活。"她说:"诗词的研读并不是我追求的目标,而是支持我走过忧患的一种力量。"这种力量使她诗心不灭。"劳瘁颠沛风雨路,唯以诗词慰平生。"诗词的爱好和体悟,已是她生命中的一种本能了。

1978 年,叶嘉莹与这个国家都经历的劫难过去了。她与家人回国了,随后她又发了一封给中国大陆教育机构的申请信,信中说:"落日的余晖正在树梢上闪动着金黄色的亮丽光影。马路两边的樱花树落英缤纷。一寸光阴一寸金,这种景色唤起了我年华老去的警醒。"她不能再等了,她笃信诗词的力量必将回到诗词中国。于是,她到了南开大学,只见阶梯教室增加的椅子排到了讲台边缘和门口,听她讲课的学子一直到讲座结束也不肯离去。

> 向晚幽林独自寻,枝头落日隐余金。
> 渐看飞鸟归巢尽,谁与安排去住心?
>
> 海外空能怀故国,人间何处有知音。
> 他年若遂还乡愿,骥老犹存万里心。

这两首诗是 1978 年叶嘉莹回国讲学时所作。评论认为这是叶嘉莹眷恋祖国、情见乎辞的好诗。她诗教 70 年,桃李不言,下自成蹊。她的学生说,从叶先生那里,不仅学习诗词,心中点亮了一盏明灯,而且感受了她家国人生的情怀。

我有幸参加了一次三联书店组织的活动,在北京大学听叶嘉莹讲诗词。那天我早早赶到北大东门,在大教室里抢坐在第一排。叶先生讲李商隐,80 多岁站着讲了两小时。听她的诗教,真是丰足的心灵飨宴。她著作等身,《沧海波澄》是她的个人传记,《迦陵论诗丛稿》谈了她治学的体验和感受。她的《人间词话七讲》在 2015 年世界读书日被评为推荐的好书。长叶嘉莹 20 岁的大陆文史学家缪钺与她合著《灵谿词说》,被缪许为"晚年第一知己"。她真是我们钟爱诗词的人的一个不可多得的老师。三联书店出了一本《红蕖留梦——叶嘉莹谈诗忆往》,已经售罄。我托朋友购得一本,读此书对叶嘉莹的诗教有进一步的体会。

无论在哪里讲学,叶嘉莹的诗教,她的开讲开释,都不仅仅是对不易懂的古典诗词解释其字义和典故,更重要的是她让我们明白了学习诗词的要义。

她重吟诵。在她看来,吟诵,不仅是古代诗教的一部分,也是学习古典诗词的法门,是中国文化的一种传统。它是根据中国汉字单音独体的特质,用一种最符合其声调节奏、声律特色的方式,将中国诗歌抑扬高低的美感传达出来。中国古典诗词的美是需要结合着它的声音。要了解入声字,至少要把它读成短促的仄声,从而保持它原来的韵律的平仄的美感。中国古典诗词有一种兴发感动的特质,它的传统是中国人情志寄托的重要载体。而在其间起着"中介"作用的吟诵,更是不容忽视的文化现象。叶先生称她的吟诵并没有人教,是受家学影响。她将诗文的吟诵称为"美读"。要求读了以后能从作品之中感受到美,在读者的内心、感情和心灵中引起一种感发的作用。"余亦能高咏",李白牛渚西江的典故即是美读的佳话。

她重想象和感怀。听她讲诗,往往有一种特殊的感动。她把对人生的热爱、对生命的讴歌、对生离死别的同情、对豪情壮志的敬佩、对忠义气节的推崇、对淡泊超逸的景仰,借助诗词的讲解,向学生倾诉。每次演讲她都把诗歌源头的"赋比兴"介绍给听众,并用大家熟悉的诗例谈论形象与情意的关系。她讲杜甫《秋兴八首》,结合自己身逢乱世、半生漂泊的经历,充满感情、将心比心地诉说。让人理解为何"孤舟一系故园心"可以牵动后世的心弦;为何"每依北斗望京华"可以令人激动不已;为何"同学少年多不贱"有着深沉的社会人际意义;为何"江湖满地一渔翁"并不是超脱,而是生命追求中无法逾越的怅惘。这样的最真挚的感情抒

叶嘉莹在台大任教
时为小朋友讲课

发，使受众了解杜甫一生的经历，以及如何在颠沛流离之中执着追寻自我的完成，这样的喜怒哀乐，都能直击我们的心灵。

她重至诚与至真。在一次古典诗歌吟诵比赛的现场，叶先生面对场内所有的参赛者，清楚地告诉他们："你们都是虚伪的。"她认为，"当你的声音强弱以及诠释的表情超过了你对这首诗的感觉或说情感的时候，就接近虚伪了"。她的学生理解了老师的意思，体悟说"字是不说谎的，只有人说谎"。师生都告诉人们：诗，要发自真心。这种神圣的东西在支配一切，我们只能倾听、顺从、感恩和感动。她还坦率地说，她不作那些虚伪的诗，也不作你赠我一首我赠你一首那样的赠诗。她的诗都与其生活息息相关，均是真切的生命体验，发自肺腑，解剖内心。

她重体验和创作。70多年的诗教，使她体悟到诗可以"正得失，动天地，感鬼神"，诗歌已是她生命中的一种本能，她亲自体会到了古典诗词里美好高洁的世界，希望能有更多的人来分享。她讲读诗有三个层次：一是直觉的感受，不一定完全懂，但觉得意象美；二是知性、理性的阅读，要考察其历史、背景、思想、意念；三是完全属于读者接受的阅读，不一定是诗原来的意思，读者引起兴发感动，可带有创造性的背离。这样的感发是诗歌最大的生命力。她还讲到，诗人要有两个条件：一是能感之，二是能写之。有些人有兴发感动，也有对诗歌的理解感知能力，但写不出诗来，或写出来不能传达自己的感动，没有语言文字的表达能力。这告诉我们，写诗也是读诗的一个重要实践，只有在写的过程中运用比兴等前人的诗词传统，才能通过不断地训练，去表达和传递自己的感动，光背诗读诗是不够的。

她自十余岁便开始写诗填词，其半生颠沛流离、漂泊异乡、浮世坎坷的忧患，以及领会古典诗词的精神情韵、直悟感受，都以典雅细腻的文笔，创作出属于自己的诗作。她的"多难、真实和审美的一生将教育后人"，她的诗风早年凄婉阴柔，清丽绵邈；晚年笔落惊风，大气浑成。有时兼婉约灵秀和豪壮激越，透英气于淑襟，具刚柔之双美。

请听她的一曲《蝶恋花》：

> 爱向高楼凝望眼，海阔天遥，一片沧波远。仿佛神山如可见，孤帆便似寻遍。　　明月多情来枕畔，九畹滋兰，难忘芳菲愿。消息故园春意晚，花期日日心头算。

她爱荷花，出生在"荷月"，小名叫"小荷子"，她为南开马蹄湖荷花填了一首《浣溪沙》：

> 又到长空过雁时，云天字字写相思。荷花凋尽我来迟。
> 莲实有心应不死，人生易老梦偏痴。千春犹待发华滋。

这首词温家宝总理曾手书，并称她心灵纯净，志向高尚，诗作给人力量，"多难、真实和审美的一生将教育后人"。

诗，是什么？诗，就是心动了。"动天地，感鬼神，莫近于诗。"叶嘉莹也常引用《诗品》序里的话："使贫贱易安，幽居靡闷，莫尚于诗。"北大的林庚教授也说："什么是诗？诗的本质就是发现。诗人要永远像婴儿一样，睁大了好奇的眼睛，去看周围的世界，去发现世界的新的美。"叶

叶嘉莹

嘉莹一生的诗教，如朗月照人，教人去发现世界新的美。她继承了顾随先生的讲课风格，"纯以感发为主"，全任神行、一空依傍，注重分享心灵的感受。她说："凡是最好的诗人，都不是用文字写诗，而是用整个生命去写诗。成就一首好诗，需要真切的生命体验，甚至不避讳内心的软弱与失意。"读他们的经典诗篇，和诗人神交的时候，能感受到生生不息的活泼生命。既是传统，也是时尚，但都是"生命的本能"。

她 90 多岁仍在讲授诗词，"何幸当斯世，莫放此生空"。她希望在诗的郊野和知音共同驰骋，"如今齐向春郊骋，我亦深怀并辔心"。她自幼养成的对于诗词之中感发生命的深情的共鸣，对诗歌讲授乐此不疲。她的历经坎坷聚成的家国情怀，希冀故园诗坛繁花盛开。"祝取重番花事好，故园春梦总依依。"她将全部财产捐赠用作基金，支持古典诗词的研究。

她曾表示：她喜欢多些安静的时间，多读些好书，多些静思，多些与先哲的神交。她一次在梦里得两句诗："换朱成碧余芳尽，变海为田凤愿休。"醒来想凑成一绝不成。最后集李商隐句："总把春山扫眉黛"，"雨中寥落月中愁"。她说，古时以女子的蛾眉暗指美好的才志和理想的追求，虽然在寂寞的环境中，仍不放弃。还有一次，她梦中得句"独陪明月看荷花"，且心中有一个属于自己的李商隐，于是就用李商隐不同诗的诗句，凑成一首诗："一春梦雨常飘瓦，万古贞魂倚暮霞。昨夜西池凉露满，独陪明月看荷花。"

她的凤愿追求早已和故园诗词融为一江春梦了。

持节四方，不辱国命

——读外交大使的诗

中华人民共和国成立后，外交"另起炉灶"。外交部成立大会上，周恩来打开花名册，逐一介绍李克农、王炳南、伍修权、沈端先、乔冠华、龚澎、龚普生等的任命。派出的第一批15位大使，除5位为党政干部外，其他10位都来自军队，为高级将领，就是后来人们称谓的"将军大使"。毛泽东要求他们不辱使命，争取做当代的班超和张骞，并表示："外交是斗智，不是斗牛。"周恩来说："外交谈判也是打仗，不过打的是文仗而不是武仗而已。"

"生当华夏重兴世，身在疾风骤雨中。"这些陆续派出赴任的我国驻外机构大使，在国际风云变幻的过程中，能够持节守道，经受考验，折冲樽俎，不辱使命。一些大使还能够将自己的学养与外交艺术结合起来，注重学习和调查研究，传播中国文化的深厚博大，他们的诗词修养所散发的文雅风流，嘉言懿行，也使我国的对外政策更加让人理解，在中外交流沟通中发挥了更大的作用。

周南，就是其中之一。他原名高庆琮，在燕京大学成立"自由论坛社"，地下党接纳他为正式党员，要求使用化名，他就用《诗经》第一篇《周南》为名。朝鲜战争爆发，他从外语学院投笔从戎，报名参军。行前与黄过结婚，随即赴朝，"结缡甫一日，慷慨赴疆场"，参加了以韩念龙为首的"总政工作队"，后到九兵团管理战俘。在冰天雪地中，他第一次听韩念龙朗诵陈毅的诗，深受感染。韩念龙被任命首任巴基斯坦大使后，周南跟随建馆，开始走上外交道路。

1954 年 4 月至 7 月，周恩来率领中国政府代表团出席日内瓦会议。图为周恩来（左三）在代表团驻地与张闻天（坐者右三）、王稼祥（坐者右二）、李克农（坐者左二）商谈工作

周南在巴基斯坦四年后又去黑非洲坦桑尼亚，前后近十年在极其炎热的贫瘠之地工作。他在长诗中写道："从兹理洋务，十载客炎方。遂知域外人，泰半转饥肠。甫能脱桎梏，岂易跻富康。肤有异同色，源本兄弟行。徒具禹稷心，苦乏拯世方。吾土期大治，徐容济他邦。"评论认为这几行诗有"蔼然仁者"之风。作为外交人员，长期要远离故土，阔别亲人，四海为家，当然也有故国之思，周南在一首《海外寄友》中吟道：

廿年踪迹遍温寒，剑气箫心两未残。
又是一番春雨过，清歌几日到长安。

在纽约十年，周南在工作中提高了处理复杂情况的外交才干，后升任大使衔副代表。在自述体长诗中描写了他驻纽约联合国代表团的工作："十载居纽约，日日事谯诤。樽俎足风流，临事惧而敬。谈笑靖胡氛，彼顽我愈劲。持节走四方，幸未辱国命。久似屠牛坦，刃如新发硎。"

从 1984 年开始，周南以中国政府代表团团长身份和英国、葡萄牙代表团就解决香港、澳门问题举行会谈，并草签了联合声明。后升任外交部副部长。1990 年他就任新华社香港分社社长，我到香港任台湾事务部副部长时，是他找我首次谈话，以后也多次听他讲话。众所皆知，在与英国的会谈及在一些外交场合中，周南常常触景生情，以诗起兴。会谈前下了场春雨，他便引述杜甫的"随风潜入夜，润物细无声"诗句，暗喻会谈在和风细雨中逐步有所进展。在遇逆流和干扰时，他即席讲话说："且长凌风翮，乘春自有期。"第 18 轮谈判时，他讲，昨天下了场大雨，引用老子的"飘风不终期，骤雨不终日"，暗示分歧终将会得到解决。第 20 轮谈判开始，他引用李白"两岸猿声啼不住，轻舟已过万重山"的诗句。第 22 轮会谈开始，他讲，秋天是收获的季节，俗语说"人逢喜事精神爽，月到中秋分外明"，暗示协议已基本达成。香港评论曾说，周南的诗兴乐坏了记者，急坏了翻译。"记者欲问选举事，尽入周郎笑语中"，许多香港记者都买了《唐诗三百首》，进行"恶补"。英国方面也组织了专门小组，研究周先生所咏征引的诗句，以图破译谈判进展的线索。有一次，周南在香港总商会的午餐会上演讲。听众有人发问：港人对中国人民解放军有些害怕，建议将来驻港部队可否换一个名字。周南即席引用了莎士比亚《罗密欧与朱丽叶》剧中的诗句：

What in name?

That which we call a rose

By any other name

Would smell as sweet.

这几行诗译成中文是："姓名本身有什么意义？我们称之为玫瑰的花朵，换了一个别的名字，它的香味还是同样芬芳。"这一段文字，是我与香港全国政协委员视察时在飞机上得到的，当时很有兴趣，记在清洁袋纸上，琢磨意译了这首诗："玫瑰花一束，捧在佳人处。风雨若更名，依旧香如故。"我想，以周南的国学修养来译，应更为精彩。我在香港工作

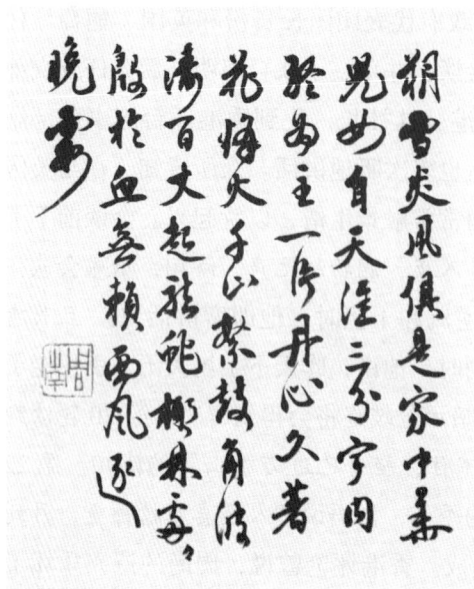

周南自书诗

期间，周南还与台湾来的陈立夫唔谈，即席送给他两首诗：一、"离乡暮暮复朝朝，倚尽栏杆望碧霄。闻道故园秋月好，争教海客不魂销"。二、"当年恩怨已沉埋，似锦繁花遍地开。江上潮头高百尺，待君他日更重来"。据说他的老上级韩念龙看后十分欣赏，也乘兴和诗：一、"落魄江湖暮复朝，也曾烜赫干云霄。莼羹鲈脍秋风起，若个征人不魂销"。二、"恩怨仇恨已葬埋，草长莺飞百花开。湖山信是江南美，何不早赋归去来"。

韩念龙曾是华东野战军三十三军政委，是一名将军出身的外交家，又是一名学有成就的儒将。曾出任巴基斯坦、瑞典大使。参与了中美建交谈判和一些重大的外交活动。他的藏书，特别是古典线装书籍，堪称第一。他常以"胸无点墨，自是伧夫"自警。举凡二十四史、十三经、四库全书总目都常置于他的案头。在巴基斯坦他与周南经常游泳，交换诗作，他说："周南的诗比我写得好。"可惜我没有韩念龙的诗集，无法窥到全豹。我找到一首韩念龙在周南赴港履新时为他写的送行诗："剖散磐错须利刃，折冲樽俎藐强梁；行看国土归还日，长亭迎迓侑一觞。"从上面的和诗及送行诗来看，他的诗有相当的水平。

在1997年香港回归前夕，周南一诗传诵一时：

乾坤旋转瑞珠还，五世英灵尽解颜。
莫道神州豪气减，看将挥写好江山。

他在诗后自注："古称三十年为一世，自鸦片战争迄今，恰五世矣。"国学大师饶宗颐称赞此诗："诵先生'看将挥写好江山'之句，不禁神与俱往。"《周南诗词选》出版，他亲为写序，说周南潜心诗艺，"偶有所作，轩轩逸气，吐句清警，波澜壮阔，不同凡近"。钱锺书访美时，曾与周南在纽约相晤，说他"寒暄语了，君即谈诗。征引古人名章佳句，如瓶泻水"，"君折冲樽俎而复敷陈翰藻，'余事作诗人'云乎哉，多才兼擅尔"。赵朴初曾引佛典，有大海在须弥山下，其水清香，故名香水海，借喻香港。他以《临江仙》为周南诗词代序，下片为："万里图南香水海，欣看筹策纵横。不期诗笔更超群，岂徒功力胜，忠爱贯天人。"我读《诗歌与外交》一书，知周南自港回京后，周游各地，诗作颇多，须慢慢读来。在其领导下在港工作三年，有幸见证了若干事件，耐人品味的还是他香港期间写的诗词。

我做过两届全国政协委员，均在"对外友好界"，加上我们港澳台侨委员会经常出访，并与外事委员会联合搞活动，接触了许多外交大使，他们的经历和见闻说起来颇引人入胜。部分大使兼有诗才，我也有幸读到他们的诗作。

吕凤鼎是原驻尼日利亚和驻瑞典大使，后任中央外事办公室副主任。他送给我一本签名的近体诗集《飞鸣集》和《博海吟草》。他自幼喜爱中国文学，尤钟唐宋诗词，走上职业外交道路后，对中国古典文学的兴趣并未有所减退，唐宋诗词一直为伴，诵读之余，偶有习作。他说其诗多在旅途中写成，以"飞"喻之，诗中表达对所历、所见、所闻，表达看法、意见和希望，发出一星半点声响，乃是"鸣"之所本，毋以狂傲误读之。书中几百首诗，可视其工作经历掠影，并从中感知其心怀。他曾在驻冈比亚使馆工作。那里四季炎热，经常停电，疟疾横行。他的办公室兼卧室只有一小间房，没有空调，只有一台破旧的电扇。晚上经常要躲在蚊帐里，点着蜡烛工作、学习。每天连续不断地流汗，白色的背心都染成了金黄色。受到当时国内经济条件等的限制，那时的中国外交官不仅工资待遇低，一般都不带配偶，更不用说孩子了。当时的驻冈比亚使馆有 20 余人，由于大使夫人未随任，成为清一色的男子汉天下，被人开玩笑说是"一个老方丈带着一群小沙弥"。他赴尼日利亚前，曾在澳大利亚和西太平洋岛国密克罗尼西亚工作过。他写了一首《离密克任返国抒怀》："莫道归来是凯旋，艰难回首谢人怜！三间瓦屋夫妻店，一面红旗家国天。孤岛如棋悬海上，乡关似画贴心间。苦甜五百天中事，留与儿孙随意谈。"诗中可看出当时建馆的艰辛。赴任尼日利亚当天，他记事三首：一、"远来无力卸征衫，倦极和衣便入眠！可怪中宵枪响急，报称擒贼在堂前。"二、"醒来百计再难眠，辗转窗前与枕边。获任深知使命重，管他火海并刀山。"三、"月光如水透纱帘，思绪似潮凝笔端。案上国书心上计，鸡声一曲晓霞丹。"尼日利亚工作条件艰苦，"旱季沙尘暴，雨天雷电集。盗匪常出没，道路半崎岖"。在西非瘴疟之地，我们的外交人员仍坚守使命，开辟交往友好的新天地。调任瑞典大使后，吕凤鼎亦写了不少诗，有一首描写了冬日冰雪的北欧："冬到北欧时序盲，朝晖转瞬便残阳。客来多怪天光少，雁去定嫌寒夜长。一派山河衣絮白，万家灯火点萤黄。空云世外藏仙境，谁信仙乡似此乡。"无论是到哪里，虽远离家国，但大使总是不忘代表祖国和人民，牢记"外交无小事"，兢兢业业，保持民族气节，做到"富贵不能淫，贫贱不能移，威武不能屈"。"驻外何辞万里苦，披心定是十分丹！"吕大使的诗句，表达了外交官的心怀。

值得一书的是，吕大使出使回来，笔耕不辍。除参加公共外交的有关活动外，他还公开了自己的博客，除将自己的诗作放在网络上，还以政协委员的身份与广大网友及诗词爱好者对话，有问必答，敢于和善于回应解释群众关心的国内外热点问题，受到了欢迎和好评，粉丝达62万。开微博一年，网上投票竟以4万余票当选"人民网年度十大个人微博"。他的近体诗走出了小圈子，其博客和微信时有新作。如果说周南的诗有书卷气的话，他的诗不涩，很少用典，娓娓道来，给人以清新、亲切自然、生气勃勃的感觉。在十一届政协期间，吕大使还经常与驻欧盟使团团长、驻比利时大使关呈远互相诗词唱和，关大使也赠我他的签名诗集《持节抒怀》。吕大使与我也时有交流，开会时经常坐在一起。他是外交大使中少有的能够掌握格律的近体诗作者，现在虽然退休了，但在微信朋友圈里能经常看到他发送的习字和新诗作品。

武东和大使是十届全国政协委员和外事委员会委员，他曾是驻尼日尔、马里和朝鲜大使，也经常写诗。他托外委会办公室送给我两本诗集：《使朝诗情》和《踏遍青山》。他的诗基本是古风，或叫新古体诗，比较自由。读《使朝诗情》，字里行间可体会其使命的艰辛："半岛何纷纷，局势乱浮云"，"风起大洋险，烟生半岛深"，"用心堪良苦，坦荡善友邻"，"风诡云谲多奇变，善谋当歌应自如"。但他在诗中表示："身为一日使，当为两国谋。"他在职责范围内，凭吊友谊塔、兄弟山，为志愿军烈士扫墓，访问侨家，怀吊板门，赴农场劳动，并访问了朝鲜的山山水水。他的诗像日记一样，留下了他使朝的足迹和情感寄托。

张久桓大使曾是驻尼泊尔、新加坡大使。我陪罗豪才副主席访泰国时，他是驻泰国大使。他与我同是十一届全国政协委员，因此也讨得他的诗集《俯仰集》《双乐集》。他本身就是学泰语的，泰国王授予他特级皇冠勋章，文化部授予他"泰语运用杰出奖"。在泰国特大海啸和政局混乱中，他亲自解救曼谷国际机场中国民众的事件，让人印象深刻。我外交部曾两次授予他三等功。他爱好广泛，写诗是他工余的兴趣。他说，外交需要理性的逻辑思维，写诗则需要感性的形象思维。张大使两者兼具，让人感受到外交官诗人的魅力。他的诗笔触及热带的雨、泼水节的欢乐、大象长鼻作画、泰南的橡胶、海啸中的椰树等，透着异国的风情。一首《湄南河之晨》我很喜欢："竹楼傍水扁舟斜，晓月桥头女浣纱；几缕炊烟迷早树，一江潋滟映繁花。"我两次去过泰国，一次就住在湄南河边，张大使的诗把我带进了迷人的画面，至今回味无穷。

当然，任过中国驻美国大使和外交部部长的李肇星的诗，已为众人所熟悉。报纸上开辟过《云游心迹》专栏，发表新诗192篇，据说有60多首已翻译成外文。他的自由体诗，贯穿着对祖国的忠诚、对人

李肇星诗集《青春中国》书影

民的挚爱，以阔大的胸襟和敏捷激扬的才思文采，在外交诗坛上独树一帜。"胜过羊羔跪乳，/ 乌鸦反哺，/ 像士兵匍匐在阵前，/ 卫护母亲的尊严。"《李肇星诗选》里这首仅有 25 个字的《外交官》诗，向人们表达了外交官是祖国的儿子，报效、感恩、卫护祖国母亲是他们神圣的使命。

　　历史上清末改良派诗人黄遵宪，曾出使日本、美国、英国、新加坡。他的诗，被梁启超评为"大气淋漓，卓然为大家"。但他作为外交使节，在那个积贫积弱的时代，却受尽了欺凌屈辱。象征派诗人李金发，在国民党时代出使伊拉克，但在外交上毫无建树，晚年穷困潦倒。尊为外交耆宿的陆征祥当过北洋政府的外交总长，被迫手签"二十一条"，又惧于民意拒签《巴黎和约》，后退出政界，皈依天主，在比利时修道院终其一生。他们的经历印证了"弱国无外交"的说法。只有中华人民共和国成立，我们能够自立于世界民族之林后，才挺直腰杆，扬眉吐气。以陈毅等为代表的外交家，在云谲波诡的外交战线，合纵连横，挥斥方遒，展现了独立自主的大国外交的魅力，他们在外交天地里也留下了大气磅礴的诗篇。对于诗人来说，追求美好事物是他们的共性；但对于外交界的诗人来说，用诗来表达"持节四方，不辱国命"的情怀，表达"为人类谋和平，为祖国交朋友"的使命，应是大使们坚守的最宝贵的特质和情怀吧。

愿趁春风再写诗

——李泽厚的美学与诗

> 三十年华不自知，心怀犹似少年时。
>
> 如经百劫天真在，愿趁春风再写诗。

李泽厚年轻时就写出了《论美感、美和艺术》，掀起了美学界的大讨论。"十年浩劫"他下放干校时和后来在抗震棚中，还研究哲学，出版了《美学论集》。有书介绍说这首诗是李泽厚在"浩劫"中的旧作。我查年谱，载明是他《三十自寿诗》，时正下放山东曲阜大雨居村拉犁耕田，全身浮肿。这首诗里的"天真"和"写诗"，表达了他对美学等学术的执着和追求。

李泽厚出生在汉口，祖籍湖南长沙。后随家迁回长沙读小学。辍学后母亲教读《幼学琼林》，父亲调江西后，他在赣州插班小学，考入匡庐中学。父亲去世后，生活陷入困境，母亲带全家回湖南宁乡教小学谋生。李泽厚就读宁乡四中。他酷爱鲁迅和冰心，一刚一柔，曾说："鲁迅叫我冷静地、批判地、愤怒地对待世界，冰心以纯真的爱和童心的美给我以慰藉与温暖。"因为家道中落，湖南省立一中毕业后，考上吃饭也有公费补助的省立第一师范。他读了很多进步书籍，毕业时还敬录马克思的话赠别同学："不是血淋淋的斗争，就是死亡。"1950年，他考上北京大学哲学系，得了肺结核，一些活动不能参加，就把更多时间放在读书和写文章上。他利用藏书极为丰富的北大图书馆翻阅、抄录了许多原始资料。大学毕业后，被分配到中国社会科学院，1955年，他发表了《关于中国古代抒情

567

李泽厚

诗中的人民性问题》。这篇文章和此后关于美学的论战中，他以重实践、尚"人化"的"客观性与社会性相统一"的美学观卓然成家。年纪轻轻就在美学论坛上独树一帜，成为新学派的健将，47岁被评为研究员。后主持中国社科院哲学研究所美学研究室的工作，担任中华全国美学学会的副会长。

李泽厚曾说："我搞美学是业余搞的。"他本来是搞中国思想史的。他认为文史哲不分家，从事美学研究要有哲学、历史、文学艺术、心理学等方面的知识。他对美学作了分类，提出美既不是脱离社会生活的主观观念，也不是客观对象的自然属性，认为美乃是客观的社会生活的属性。他的观点批评了朱光潜的"移情说""直觉即创造"，也对蔡仪的美是客观事物的客观属性，即"美是典型"说进行了驳难。他将"实践"范畴引入了有关美的本质的思考中，认为探求美的本质，主要不能依据个体心理意识层面的所谓反映，而应依据群体人类物质实践层面的创造。这种实践的创造是过程性的，所以对美的本质的透视，不能局限于个体美感对它的横向的认识关系，还必须转向纵向的美的历史生成过程。他的美论、美感论和艺术论以"积淀"这一概念统领，可称为"积淀说"美学。"积淀"落实在客体上产生美，在主体则是美感。通过漫长历史的社会实践，通过自然的人化，社会的、理性的、历史的累积沉淀成了个体的、感性的、直观的东西。美根源于"自然人化"，自然美源于人的本质力量在自然对象上的积淀。美感是感性而不只是感性，是形式而不只是形式，它是感性之中渗透了理性，个性之中具有了历史，自然之中充满了社会，在美感中，社会与自然，理性与感性，历史与现实，人类与个体具有真正的、内在的、全面的交融合一。李泽厚对自己的《美学论集》并不满意，他说："就让这些东西作为铺路的碎石，供开辟大道的科学车轮碾压吧。"

　　以上是我抽取的简要观点。我粗读他的美学研究文章，开始弄不大懂，理解也不是很清晰。我读过他的《美的历程》，他对中国文艺进行了鸟瞰式的历史巡礼，集中向我们说明了：浓缩了人类历史文明的艺术作品，产生了继承性，与我们今天的人们的感受爱好相吻合。这些渗透积淀，蕴藏了也打开了美的秘密。

　　因为我的名字中有一个"美"字，所以我特别摘录了许多关于美的说法。说文解字，美，原有人认为羊大（肥）为美，首指生活富足。其实不然，甲骨文中"美"其实是站立的人头戴羽毛头饰，意为漂亮好看。鲁迅曾把"美"解释成"戴帽子的太太"，就是此意。美学中的美很难定义，美在美学、哲学、心理学的内涵也不同，美又有社会美、自然美、艺术美等不同形态。英国诗人说"美是一种永恒的愉快"。黑格尔讲"美是理念的感性显现"。车尔尼雪夫斯基认为"美是生活"。普列汉诺夫说"美为人而存在"。我国的哲人皆是天人合一思想，"山川之美，古来共谈"。庄子云"天地有大美而不言"，管子道"人与天调，然后天地之美生"。《论语》里有：君子成人之美。古人在茶壶上常刻有"美美合和"的箴言。美非媚，美并不需要华丽的外衣，"简约就是美"，"朴素，而天下莫能与之争美"。晚唐诗人司空图提出："空潭泻春，古镜照神。体素储洁，乘风返真"，认为洗练是一种美。泰戈尔说："美的东西都是有色彩的。"有人认为一个男人的羞色是最纯真的感情现象，因此说"羞色最美"。瑞典艺术家斯特林堡不赞成过于精巧搭配的组合，主张有生命力、自然力的大美，如废墟、礁石之美。因此他说：美，往往不漂亮。吴冠中的画烙印着真挚的感情，他将碧叶红莲与风雨残荷画在一起，撷青春与迟暮之美于同一画面。他认为轻盈与滞重，欢乐或悲壮，各具其独特之美。艺术家的职责和生命就是要追寻美，发现美。美亦分华美、优美、凄美、壮美等，人可以导演出不同的心灵活剧。

　　但上述"美"的引语并不完全是"美学"研究的概念和范畴。我初读宗白华的《美学散步》、朱光潜的《谈美》和《谈美书简》，后来读李泽厚的《美的历程》，关注的点还是诗与美的联系。他们的争论，也渐使我从深玄难懂中似乎明白了某些道理。尤其是李泽厚"积淀"的美学意蕴和纵

569

向的美的历史认识，使我顿开茅塞。今天我写 100 位近现代人物的"读诗札记"，似乎也触碰到了他们说的继承性。就诗而言，从唐宋或更早的古诗的文化积淀里，这些精英在自己生活时代的大潮中，生发了新的创作，闪现了新的美的魂灵。对于治学，李泽厚说，搞文学创作有感而作，才真实动人，从事美学研究要有见而作。先看原始资料，在阅读的基础上，有所发现，有所见识。这大概和获取知识一样，先是从实践中学得，再就是从有历史文化积累的书本获得。这里有个人的学习感知，当然也有从社会积淀中获得的养分。

李泽厚曾阐释"以美启真"，它来自生活、实践，它常常具有某种诗意的朦胧，不可言说的多义，他说"以美储善"，指的是通过审美代替宗教，以建立人生最高境界。美学家们都是研究艺术的，他们的诗都写得很好。这也是我这篇文章最感兴趣的。

李泽厚回忆，他对中国古典文学很有兴趣，小时候画过中国画，上中学时就开始作诗填词。据介绍，他 16 岁时，填词一首《虞美人》，他不讳言是初恋的感觉："少年心意总殷勤，望遍山花春恋却难寻。"

他 25 岁北京大学毕业，曾作七律一首：

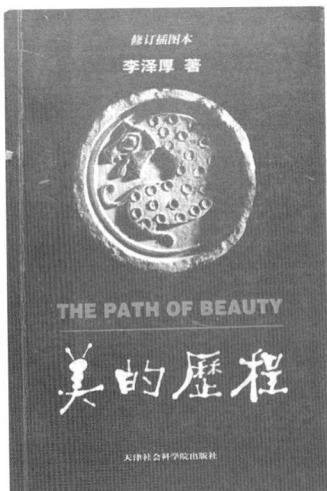

《美的历程》书影

浮云翳日洛阳城，化作长蛇海上行。
常州月冷嘲孤客，历下舟横满戍情。
憔悴年华羞旧识，蹉跎疾病恨书生。
旧叶已随流水尽，归来又听读书声。

李泽厚年轻时经济拮据，生活艰苦，故而营养不良，经常肺病咯血。毕业分配时，冯友兰、任继愈、汪子嵩等先生要他留校，但学生代表及人事处将其分配至上海。上海高教局见他咯血厉害，又将其退回北京。当时他住在北京大学第一食堂宿舍，无家可归，此诗大概缘此而发。

1957 年他到甘肃敦煌考察，途中随手写诗给同行的一位画家，自己都忘了，后在朋友家发现了抄录的条幅：

> 轻车快马玉门关，万里风尘谈笑间。
> 夜色苍茫过大漠，高峰邈远看天山。
> 鸣沙古壁惊殊彩，麦积危岩喜共攀。
> 今日愿君精取炼，明朝画幅色斑斓。

1962 年春，李泽厚曾重游北京大学校园，作过一组七绝诗。1972 年，李泽厚夫妇结束干校劳动，回到北京，他作《蝶恋花》词：

> 绿满长安尘满路，双燕归来，不识韶华暮。柳絮轻狂迎面舞，回头往事无心绪。　　漫道飞花浓似许，万里烟云，尽是伤春语。一夜雷声无驻处，明朝欲下滂沱雨。

李泽厚曾拜访朱光潜，出示过该词，未作任何解释。朱言"牢骚太盛防断肠"。他自我解释："柳絮轻狂"是指姚文元，当时正炙手可热。"文革"前曾与他论战美学问题，互相点名批评过。应该说"文革"期间李泽厚写诗最多，尤其是 1976 年，伟人逝世，唐山地震，粉碎"四人帮"，他都有感而发。这年 4 月，他作七绝，写出了自己的思考和希冀：

> 瓦釜雷鸣玉剑埋，八方哀怨究难排。
> 素衣白马飘风后，万木无声待雨来。

1982 年，在美国参加朱熹哲学研讨会，冯友兰吟诗，他也与诸贤唱和，诗中说："何当共振中州学，便卜他年草上风。"

德国哲学家康德在《实践理性批判》中有一句名言："有两样事物使我心中不断充满惊奇和畏惧：在我头上繁星密布的苍穹和在我心中的道德法则。"李泽厚曾借鉴古典诗词，将其化译出来，得具中华神韵："位我上者，灿烂星空；道德律令，在我心中。"据说这个化译不胫而走，广为流传，成了很多青年的座右铭。但李泽厚写诗从不发表，只抒实感真情，一吐心中块垒，置之于专注学术之外的余兴。

读李泽厚的诗和美学，自然联想到朱光潜和宗白华这两位"美学界的双璧"。

朱光潜出生在安徽桐城，早年在英国和法国留学，回国后一直在学校教授美学和西方文学。他早期认为，在美感经验中，心所以接物者只是直觉，物所以呈现于心者只是形象。因此美感不涉及概念和实用等，只是聚精会神地对于一个孤立绝缘的意象的观赏。他说，通过全国范围的美学批判和讨论，初步认识到自己美学思想的唯心主义的片面性。朱光潜认为美不是纯主观的，也不是纯客观的，而是主客观的辩证统一，"它是心物婚媾后所产生的婴儿"。他写出《谈美书简》，说根据马克思主义经典著作，证明不但不否定人的主观因素，而且以人道主义为最高理想，自然科学和社会科学终于要统一成为"人学"，所以他力闯片面反映论，强调实践论，高呼要冲破人性论、人道主义、人情味、共同美感之类禁区。他把马克思主义美学看作是美学发展历史的归宿，把历史上各派美学看作是通向马克思主义美学的一个个环节。

李泽厚曾引用《谈美书简》的一段："我们欣赏颜字那样刚劲，便不自主地正襟危坐，摹仿他的端庄刚劲；我们欣赏赵字那样秀媚，便不自主地松散筋肉，摹仿他的潇洒婀娜的姿态……"他不同意朱先生的观点，认为快乐说、内摹仿说、格式塔说的共同缺点似乎就在这里。它们强调了形式感的生理心理方面，没充分注意社会历史的方面，特别是没重视就在人的生理心理中已经积淀和渗透有社会历史的因素和成果。

朱光潜认为美感问题是长久历史的老问题，足见复杂困难，只要有益于问题的探讨就好。他自题小诗："谈美这块小苗圃，暮年心血的经营。异时有幸重游日，是兰桂还是荆榛？长江后浪推前浪，翻新自有后来人。"他说："但愿我吐的丝凑上旁人吐的丝，能替人间增加哪怕一丝丝的温暖，使春意更浓也好。"朱光潜最爱陶渊明说的"勤靡余劳，心有常闲"，说现代人的毛病是"勤有余劳，心无偶闲"，困于名缰利锁，缺乏冲和弘毅，于事劳而无功。"慢慢走，欣赏啊"，是他一生的生活美学。

朱光潜（邓伟摄）

宗白华，江苏常熟人，曾是五四时期的风云人物，参加过李大钊等人发起的少年中国学会，主编过五四时期闻名遐迩的《时事新报·学灯》。他识拔了郭沫若，使之有《女神》的诞生。他介绍田汉在日本同郭沫若见面，三人通信结成了著名的《三叶集》。他的《流云小诗》风靡一时，被誉为五四后期的优秀诗人。他曾留学德国，在南京、北京等大学任教。作为一个美学家，他不慕荣利，淡泊清远，乐观旷达。他在美学著作里认为，"中国向来把'玉'作为美的理想。玉的美，即'绚烂之极归于平淡'的美。可以说，一切艺术的美，以至人格的美，都趋向玉的美"。据说他在纷飞大雪的季节离开了我们（李泽厚见了他最后一面），这自然使人想到瑞雪：质朴无华，洁白如玉！李泽厚称朱光潜、冯友兰、宗白华是他的老师，他称赞宗白华对名声无所谓的态度，说："他是魏晋风度、'逍遥游'。超越世俗，才能走入美的世界。"他说，为真理作出贡献的人迟早被人们认识。宗白华和徐悲鸿是挚友，徐悲鸿逝世后，他的学生都把宗白华当作授业恩师，过年向他献诗："飞鸟流云自在行，沉吟充实与空灵。猿声啼尽江流转，花放寒梅岁已新。"诗中"飞鸟"指泰戈尔的《飞鸟集》，"流云"指宗白华的《流云》小诗集。"充实""空灵"为宗白华对中国艺术意境长期以来所作的美学探索。宗白华的《美学散步》里有一篇《我和诗》，回顾了他写诗的心路历程，"华灯一城梦，明月百年心"是他作诗心情的写照。他的旧体诗也很好，但自认为容易太老气，后来不大写了。除流传很广的《游东山寺》《别东山》外，我们录一首 1936 年他在嘉陵江边写的《柏溪夏晚归棹》：

> 飙风天际来，绿压群峰暝。
>
> 云罅漏夕晖，光写一川冷。
>
> 悠悠白露飞，淡淡孤霞迥。
>
> 系缆月华生，万象浴清影。

宗白华主张，诗人是人类的光和爱和热的鼓吹者。他引高尔基的话："诗不是属于现实部分的事实，而是属于那比现实更高部分的事实。"宗白华有名的还是他的《流云小诗》，有49首，是他1922年写的，他的序是一篇美妙的散文，说是读了冰心女士的《繁星》诗，拨动了久已沉默的心弦。

> 啊，诗从何处寻？
>
> 在细雨下，点碎落花声！
>
> 在微风里，飘来流水音！
>
> 在蓝空天末，摇摇欲坠的孤星！

李泽厚为宗白华的《美学散步》作序，他比较了两位学贯中西、造诣极高的老师：朱先生的文章和思维方式是推理的，宗先生却是抒情的，朱

宗白华（邓伟摄）

先生偏于文学，宗先生偏于艺术；朱先生更是近代的，西方的，科学的；宗先生更是古典的，中国的，艺术的；朱先生是学者，宗先生是诗人……李泽厚说宗白华的诗，散发一种时代音调，是"对生命活力的倾慕赞美，对宇宙人生的哲理情思"，他引了一首：

> 生活的节奏，机器的节奏，
> 推动着社会的车轮，宇宙的旋律。
> 白云在青空飘荡，
> 人群在都会匆忙！
> ……
> 是诗意，是梦境，是凄凉，是回想？
> 缕缕的情思，织就生命的憧憬。
> 大地在窗外睡眠！
> 窗内的人心，
> 遥领着世界深秘的回音。

今天，和这些美学大师在春风里一起散步，一起读诗，一起体味和感悟美学的真谛，也是一件美妙的事情。"昨夜蓝空的星梦，今朝眼底的万花。"在他们美学涌泉的翻滚和情丝细雨的浸润下，我辈寻求宇宙人生的诗美之路不能停步啊！

经济学家的情愫

——读厉以宁的诗

改革开放以后，经济学家厉以宁的大名如雷贯耳。

他以经济学家的身份担任了三届全国政协委员，在中国经济发展的不同阶段，一直站在改革浪潮的前沿。人称"厉股份""厉民营""厉三农"的他，最早提出股份制改革理论，提出中国经济发展的非均衡理论。他大力鼓励支持引导民营经济的发展，高龄还率全国政协经济委员会进行调查研究，提出了放宽非公有制经济市场准入、赋予农民完整的土地财产权、拓宽融资渠道、加大对非公有制经济的财税金融支持等建议。

与他一同出差的委员都知道，厉以宁有一个习惯，无论多忙，他每天早上 6 点起来都要写千字文章，将头天晚上打好的腹稿写出来。他如一个忙碌勤劳的蜜蜂，不断在经济理论领域酿出蜜来。厉以宁讲课侃侃而谈，不用讲稿，只是在卡片上列出提纲。他经常用寓言故事和生动的例子来说明经济学原理。他不希望将经济学说看成象牙塔里的经院学术，他追求把自己的学术思想变成经世致用的学问，追求理论研究和实际经济发展的契合。他主持会很守时，要求有稿不念，发言符合实际，讲实话。"既是三江春汛到，不信孤村独自寒"，他有时会即兴赋诗。中国传统的文化熏陶与以前良好的国文教育使他具有优美的文笔，其经济学著作整篇就是可以朗诵的散文，具有吸引人的可读性。

厉以宁是江苏仪征人，出生在南京，后随家人迁往湖南沅陵。年少的他就远眺山水，醉心文学。"总把沈从文的小说当成枕边的读物"，还以"山外山"笔名写小说。读高中时对自然科学产生浓厚兴趣，后因各科成绩优异被保送进金陵大学化学工程系。新中国成立后，百废俱兴，他满怀建设祖国的热情，断然放弃学业，到湖南沅陵当了合作社的会计、县修建委员会事务员。两年后考入北京大学经济系，毕业后留校任教。1957年北大经济系部分教授对当时经济科学工作起草意见书，被错划为右派。厉以宁赞同意见书观点，连带受批判，取消教书资格，在资料室坐了20年的冷板凳，其间翻译了几百万字的国外经济学著作。"文革"时被打成牛鬼蛇神，下放农场劳动。改革开放后，因缘际会，以多卷经济理论著作引起国人的瞩目。他的《非均衡的中国经济》和《走向繁荣的战略选择》，影响很大。

2004年，应泰农银行伍万通的邀请，我陪罗豪才副主席访问泰国。在研讨会上，听到了厉以宁的精彩演讲。在晚宴上，我向厉以宁敬酒，说："听说您的诗很好，能否送我一本诗集？"厉以宁知道我就在全国政协机关上班，说他到政协开会时，会给我打电话，可到会议室来取。若干天以后，他打来电话，我正好有事没有接到。不久，厉以宁亲自到我办公室，上门送来两本诗集，扉页上亲题："乐美真同志惠存。"这使我大为感动。细读其诗词后，发现伴随厉以宁人生历程的不仅是经济思想，更有着充满激情与哲理的诗意。他的诗词中既有历史烟云，又有生活的浪花。他的词多于诗，诗词风格一如他的为人，清新、纯真、典雅，表达了作者的情愫。

厉以宁称他的诗词功底得益于他的中小学国文老师，诗词格律是老师教的，诗韵词谱是他下功夫熟记的。"我对诗词的兴趣是在中学时代培养起来的。"他就读的"上海南洋模范中学、扬州震旦中学，都是国内著名的学校，不但重理，而且重文，造就了许多优秀人才"。他回忆那时"中学语文老师擅长诗词，在他们的诱导和影响下，很早就开始学写诗词，后来成为终身爱好"。他说："一首好诗，往往可以影响人的一生。作诗填词，可以修身养性，抒怀遣兴，培养人的高尚情操和广阔胸怀。"

厉以宁诗词的最大特点，就是"清"和"真"。他将周邦彦词里的一句"词在精工不在狂"，作为自己填词写诗的自勉。他17岁读书回家途中的诗句："桨声篙影波纹，石桥墩，蚕豆花开一路水乡春……"读来

厉以宁

美妙清新，如入其境。他与妻子何玉春"异地恋"，通信只有16个字："春，满院梨花正恼人。寻谁去？听雨到清晨。"被同学称为"世间最短的情书"。他与妻子被迫分离，写《中秋》："一纸家书两地思，忍看明月照秋池，邻家夫妇团圆夜，正是门前盼信时……情脉脉，意丝丝，试将心事付新词，几回搁笔难成曲，纵使曲成只自知。"1970年夫妻终于团聚，住在江西放农具的茅草房里，厉以宁却十分满足："往事难留一笑中，离愁十载去无踪。银锄共筑田边路，茅屋同遮雨后风。 朝露冷，晚霞红，门前夜夜稻香浓。纵然汗渍斑斑在，胜似关山隔万重。"传统笔墨和生活气息结合得那么自然和谐，新而不俗，陈而不迁，他笔下含蓄蕴藉，情真意切。他致力于经济研究，又敏而好古，自称的业余爱好，功底不失骚人之旨。厉以宁不写新诗，但他认为古体诗词与新诗各有优点，都有前途。对诗词创作，他追求的不是形式，更多的是意境，是内容，是真诚。

1955年他大学毕业写过一首绝句自勉，30年后又斟酌扩展成词《鹧鸪天》：

溪水清清下石沟，千弯百折不回头，兼容并蓄终宽阔，若谷虚怀鱼自游。 心寂寂，念休休，沉沙无意却成洲，一生治学当如此，只计耕耘莫问收。

"文革"结束，拨乱反正，厉以宁写下了《木兰花·校园初春》：

湖边残雪风吹去，墙外麦苗青几许。
一行燕子报春来，小径花丛闻笑语。

黄昏忽又潇潇雨，乍暖还寒何足虑。

隆冬已尽再难回，历史无情终有序。

厉以宁有的诗词，知性重于感性，扮演的是智者的角色。有一首《七绝·游京郊潭柘寺》，是厉以宁大学毕业后工作时写的：

从来意静周边静，知否心宽道也宽？

墨绿龙潭千尺水，长年谁见起波澜？

他还写过一首《七绝·无题》：

日升日落孰为先，月缺并非月不圆。

山景总须横侧看，晚晴也是艳阳天。

厉以宁解释说：日出日落，潮升潮退，花开花谢，谁能违背这一自然规律？山景总须横侧看，尽管是同一个地点。花开也是花飞日，月亏且作月盈时。这就是人生。这就是他对人生的解悟。日月山水的流变与不变，都在诗词中化成了智者的思考。作为积极主张改革开放的经济学家，发展变化的观点也贯穿于他的诗词，他用诗词的语言说道："隋代不循秦汉律，明人不着宋人装，陈规当变终须变，留与儿孙评短长。"

厉以宁晚年生日时写过一首《浪淘沙》，可看出诗人的心境：

梦里过荒丘，寒意飕飕，醒来小院却温柔。不是阶前花未谢，心正无忧。　　人世似江流，好景悠悠，此行何必在寻舟。遥望波涛东逝去，方到中游。

商务印书馆在厉以宁金婚时选编出版了两卷本《厉以宁诗词选集》，收录666首诗词。厉以宁说："诗是沉思词是情，心泉涌出自然清。"他的每首诗词无不流露出对亲人、对国家浓厚的情怀和对人生对社会深刻的思

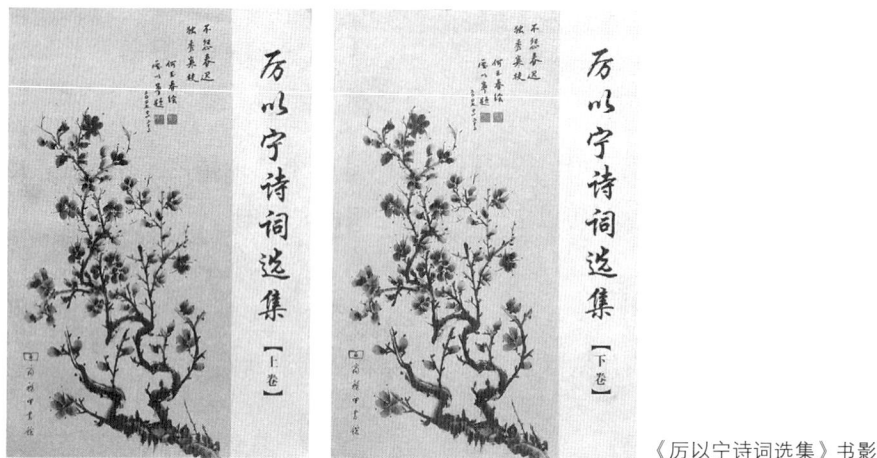

《厉以宁诗词选集》书影

考。"山景总须横侧看，心宽无处不桃源""处世长存宽厚意，行事唯求无愧心"，厉以宁性格开朗、思维敏捷，始终以睿智乐观的博大心胸接纳生活。虽历经坎坷，但从未意志消沉，无论环境多么艰难，他总是泰然处之。他说归功于诗词的涵养，他有诗词为伴。厉以宁的一首《唐多令·又逢清明》，我非常喜欢：

> 冬日去何迟，青天也有私，叹东风、先绿南枝，北地依然飞小雪，应转暖，问谁知。　　冷热且由之，静心好赋诗，得佳联、如醉如痴，听得邻家黄雀叫，春来也，此其时。

他接受记者采访时说："作诗不是诗人的专利。诗词对一个人的人生修养往往有着潜移默化的作用。"由此，既是经济巨腕又是诗词行家的厉以宁引发感慨，认为现在中学生的"营养"过于单一，文学知识太差，这对一个人的全面成长是很不利的。

对厉以宁的感慨，或许我们读了若干大家的诗词后会有一个反思。中国的传统文化不能丢，从青少年起，就应该增加其"营养"，学习诗词，潜移默化，涵养心性，增益其所不能。

法官诗人的吟唱

——初读寓真的诗词

　　我是读屠岸的诗论才接触到法官诗人寓真的诗词的。据了解，寓真，本名李玉臻，山西武乡人。毕业于北京政法学院法律系，分配到海南岛黎族苗族自治州昌江县，任昌江公安刑警、预审办公室负责人。后调回山西，一直在山西晋东南地区工作。做过晋东南地委政法委书记、地区中级人民法院院长，最后任山西省高级人民法院院长、大法官。曾是中国政法大学兼职教授。

　　诗词百年，鲜少读到大法官写的诗。也许是情理法不能兼得的偏见，也许是严肃的法制难有浪漫的期待。法官和诗人，似乎是矛盾冲突的两极：一面是冰，一面是火；一面是理性的冷峻，一面是感情的激扬，总也难以想象它们中间的等号。老诗人刘征也说李君（指寓真）身任大法官，"听争讼，判是非，衡律条，定刑惩，凭一笔之轻重，干众人之命运，其所任事不与诗相枘凿乎？"然而他读寓真诗词后，知其能双管齐下，又云："一管秉铁面无私之正气，以解民困；一管写声情并茂之新声，以乐民心。两笔相济，官人之诗之美尽于是矣。"

　　寓真出身山村寒门，读小学时就与文学结缘，作文常被老师作为范文。从中学时期开始新诗、散文创作。专攻法学、矢志政法工作后，仍时用文学之笔，伏案写作，倾吐胸臆。在海南昌江的艰苦岁月中，写诗填词以自勉自娱，对诗词艺术作了刻苦探索。进入中年以后，作品愈臻圆熟，形成了自己的风格。先后有诗词《草缕集》《漂萍集》《霜木集》《秋粟集》问世。

　　创作丰硕的寓真，写诗注重格律，讲究平仄、对仗、布局、构思，没

寓真画像（丁聪作）

有"失粘""失对"之病。他写旧体诗"旧"的只是形式，可贵之处是诗的立意新颖，反映当代人的思想和情志。我们读他的《秋吟》：

久劳案牍夏炎苦，又送年华秋雨侵。
名利最终如粪土，人生难得是知音。
晓风残月词中泪，流水高山琴上心。
反顾凭谁信高洁，自乘骐骥邸芳林。

该诗的颈联蕴含柳永"晓风残月"的名句，使人联想到"忍把浮名换了浅斟低唱"，也用了俞伯牙所奏"高山流水"曲名。柳永一生潦倒，与上联"名利"相联系；伯牙为友碎琴，与上联"知音"相呼应。两联寓巧于朴，寓工于真，表现了情操的高洁，襟怀的旷达。

寓真还写了一首七律《新院落成》：

艰辛何足道三年，崛起如同在瞬间。
郊野遥青秋色好，高楼洁白剑光寒。
双悬天镜清如水，两臂民情重似山。
仰望国徽誓宏愿，鞠躬法治献忠肝。

与别的诗词不同，这是一首与本职工作紧密相连的诗。作者借法院大楼落成，抒写了执法者应有的责任。公正廉洁、刚正不阿是老百姓的期待，该诗回答了人民的愿望。"秋色好""剑光寒"对仗工整，情景交融，蕴含深刻。颈联语重心长，掷地有声。最后两句据说作者的初稿是"若到风熏无讼日，好现汾水倚桥阑"。相比而言，也有余韵。但"无讼"是写美好愿望，改成现在这样，应是表达鞠躬尽瘁、坚守职责的决心。

同样，寓真有一首《夜拟判书》记述了本职工作为官清正、心系斯民的高洁情怀：

> 拟文阅卷达更深，心似悬铅笔握沉。
> 罪责细勘轻与重，讼词详辨伪和真。
> 矜怜莫予害群马，刑罚不加无罪人。
> 掩牍推窗纵远眺，秋蛮安谧月如银。

寓真到过很多地方，写了许多纪游诗，佳作纷呈。有人说他登山情动于山，观海则意溢于海，发见星霜，诗心常在。但寓真的纪游诗里，却有与人不同的地方，如《开封包公祠》："一泓碧水抱清芬，或是包湖旧绿痕？古迹任凭湮没久，长留直道在乾坤。"《谒海瑞墓》："芳茵青树映幽园，霜墓风碑对海天。古国凛然存正气，边山肃立仰高贤。罢官一幕如雷电，毁誉千秋任雨烟。大法奉行有艰阻，秉公还赖脊梁坚。"这两首诗不是他纪游诗里最有诗味的，但他触景记事，事中有情，情中寓理，且与他的职业感受融在一起。白居易说，诗要负起"补察时政""泄导人情"之使命，从而达到"救济人病、裨补时阙"的目的。研习律条和决讼断狱的法官，也经由理想主义到正视现实的历程。"法自公正道，诗自肺腑出"，寓真手握"朱砂笔"，让人看到正气；又挥洒"管城侯"，借景尽抒豪情，两笔交相辉映，正是法官诗人独有的魅力。

寓真的词也写得很好，有人认为胜于诗，有人认为难分轩轾。我们不妨选读他的一阕词《满庭芳·怀远》：

> 少壮无忧，家园莫顾，独漂海峤瀛洲。斗移杓转，百事感心头。梦里依稀折柳，乍醒后，归意难收。卧听雨，芭蕉叶碎，云水锁边秋。　春风曾厚意，送之南浦，缱绻难留。为锱铢游宦，宁作辞休。但有拿云心事，安逸处，孰可贪求！当珍重，灯凝长夜，憔悴了风流。

这阕词当是作者羁留海南，既怀念故乡亲人，又有身世之叹。词中流露出已厌倦诡谲多变的仕宦生涯，但须居安思危，洁身自好，为的是追求自己的理想（拿云心事）。该词心迹剖白，未藏追念，一吐胸臆，读后有沉郁苍凉之感。

再读他的《霜天晓角·壶口黄河瀑布》：

> 崩崖斩壁，泻下涛千尺。雷霆万钧之力，将陕晋，分两侧。 观如烟雨密，听犹军马急。踏雪逼临危岸，入浩茫，怀八极。

评论称该词音节锵锵，有稼轩词风。写出了亲临黄河壶口瀑布所感受的一泻千尺的磅礴气势。

寓真认为中国新诗众说纷纭，杂英乱飞，让人感到缭乱无方。他也写了不少新诗，自称是"既不格律、也不散文的东西"，"只能说是以自己揣摩的表达方式，写出了心中想说的话"。

屠岸评论寓真的诗，称赞他写诗讲求炼字。如他的《春游漫咏》："吕梁春色卷云回，山里桃花蘸雨开。宛转驱车村畔过，伞遮淑女送眸来。"评论认为"蘸"字生动，"送"字含情，二字突出了诗的韵致。又如《下山》："隧深壁峭不暇看，左右争将画幅掀。蓦见春田翻碧浪，太行已下到平原。"该诗中"掀"字把下山时两侧风光层出不穷突入眼帘的情景点得恰到好处。寓真的诗词在用韵上不拘泥平水韵，也用邻韵。在入声字的运用上，仍坚持原来的声调归属。如"白""惜"字均作仄（入）声而用。我们不知山西人如何发入声音，但至少说明寓真对旧体诗的格律下过相当深入的功夫。我买过一本寓真写的《张伯驹身世钩沉》，从中看出他研究张伯驹诗词和收藏里，读出了古人的遗韵，感受到了名士风流。一次在图书馆，翻阅《中华诗词》杂志，偶尔读到内有寓真写的《山水画的题画诗》，这篇诗话引用了古代优秀的题画诗后，评论现代许多画家并不具备文学修养，画作上的精美题诗已经难得一见，直言感叹这一传统实际已经逐渐凋零。由此可见，寓真平时很注意学习研究，不断丰富自己的文学知识和修养，他在诗词上有这样的造诣，自然是与这些积累分不开的。寓真也曾发表文章谈他的诗观，认为写作旧体诗要有"诗味""古味""新味"，文言、白话、口语，皆可用来写诗，但要经过"诗化"处理，把意境和表达的文字一起咀嚼。所谓"古味"就是要遵守传统的格律，承袭古典美，不失古韵味。"新味"就是"体旧诗新"，不用陈腐的典故，要表达新思想，抒发新感情，写出创新了的格律体诗。在《寓真词选》的扉页上，他写了一句："好读书、素心自养；每倚声、古意谢尘缘……"

《四季人生：寓真抒情诗选》书影

　　法官诗人，执法是他的本职，吟诗是他的爱好。大法官的笔触，有时也联系本职，抒写职业道德和理想。担任法官多年，他无疑有一双洞察世相、透视灵魂的眼睛，也历练出一颗疾恶如仇、悲天悯人的心灵。诗人不仅是"公余闲笔"，更重要的是，诗人在写诗的同时，完成了从一名法官到一个法官诗人的角色转换，包括从理性思维、抽象思维到感性思维、形象思维的转换，从官员话语、公文书写到充盈着情感和意象的诗歌语境的转换，从而以艺术审美的姿态，以意象、象征等诗性方式，抒写自己直面现世、救赎灵魂的意志和情怀。从事三百六十行的人，只是职业分工不同，都是血肉之躯，皆有七情六欲。让我渐渐理解的是，他们爱诗写诗，恰是冶炼自己美好的情志，扩展自己的胸怀，追求世上做人处事的真谛。法官在职业上把自己放在无私公正的天平上，也是与诗魂熔冶的高尚人格情操分不开的。我们对中国的法治有所期待，除有法、执法和人民的守法意识外，还需要有法律和程序正义，也需要一大批具备专业知识、不徇私情、铁面审判执法的现代包公，他们的职业操守和道德，同样是需要不断陶冶的。从这个角度讲，他们加强自己的文学修养、能够写诗抒怀，真是难能可贵的呀！

　　"仕人之诗"和"士人之诗"都是诗，风格有差异，语境或不同，但内心追求真善美的和谐统一都是一样的。

胡适：白话诗的尝试

　　胡适，现代很多人不熟悉；他的诗，更不熟悉。

　　我知道胡适的诗，还是从"我从山中来/带着兰花草/种在小园中/希望花开早"的旋律里，才知道歌词出自胡适的一首白话诗《希望》。当然后来读了有关胡适的书，也知晓歌曲《女人花》的两句"醉过才知酒浓，爱过才知情重"是出自他的《梦与诗》。该诗第三段写：

> 醉过才知酒浓，
> 爱过才知情重；
> ——你不能做我的诗，
> 正如我不能做你的梦。

　　诗和梦可以相互引用，却不能取而代之。在作者眼中，做诗和做梦却是相通的：我做我的诗，你做你的梦，只有投身其中，才能体会到乐趣。这首诗有人评论是"说诗的诗"。

　　胡适的《也是微云》小诗，经赵元任谱曲，也曾流传。胡适还将之译成英文，登在《时代》杂志上，改题为《淘气的月亮》：

> 也是微云，
> 也是微云过后月光明。
> 只不见去年的游伴，
> 也没有当日的心情。

不愿勾起相思，
不敢出门看月。
偏偏月进窗来，
害我相思一夜。

抗战期间，胡适在哥伦比亚大学的中国抗战救援会上，作了一场"中国无论有无滇缅公路，都将继续战斗下去"的演讲。结束后，全场高唱这首情歌，向他表达敬意。胡适还为抗日烈士写过碑文。

胡 适

胡适是首倡白话文、新诗的学者，致力于推翻 2000 多年的文言文，又称文学革命。胡适在 1920 年出版的《尝试集》，是中国新文学史上第一部白话诗集，在诗歌史上占着举足轻重的地位，体现出中国诗歌由旧诗走向新诗的明显过渡。胡适尝试和提倡的白话诗，即现代口语写诗，力避佶屈聱牙，标榜明白如话。但那个时代就有人反对，认为"所作白话诗直是笑话"，"《尝试集》内容甚浅"，甚至有人大骂"白话诗文为驴鸣狗吠"，是"垃圾"，尖酸刻薄地说："乍放天足，色香俱坏，未见新机，仍存故态。"但支持者却说胡适提倡白话"一扫陈词滥调，通俗易懂，虽不能说是文起八代之衰，而却是开风气之先"。胡适自己说："学白话，应该从活的语言下手，我们虽是从古文里走出来的，但如旧时女人的小脚解放，无论怎样解放，都不能和天足媲美。"

早在美国纽约州 Ithaca（胡适译为"绮色佳"）小镇，他通读了各国小说、剧本、名人传记和哲学著作，学作英文诗，并将《诗经》的部分诗歌译成英文。他选修德语和法语，将法国作家都德的《最后一课》译成中文，并重译拜伦的《哀希腊歌》。也是在这个时候，他写打油诗，与朋友争辩，开始白话文学的论战，他写诗寄给绮色佳的各位朋友：

诗国革命何自始，要须作诗如作文。

> 琢镂粉饰丧元气，貌似未必诗之纯。
>
> 小人行文颇大胆，诸公一一皆人英。
>
> 愿共勠力莫相笑，我辈不作腐儒生。

　　他自信这条路不错，还填了一首《沁园春》词，表示"收他臭腐，还我神奇"，"文学革命何疑！且准备搴旗作健儿"。胡适认为："文言是半死之文字，不当以教活文字之法教之。"他写出《白话文言文之优劣比较》，认为白话并不鄙俗，且甚优美适用。白话可产生第一流文学。白话的文学既可读，又听得懂。凡演说、讲学、笔记，文言决不能应用。为了减少一般人对"俗语""俚语"的成见，胡适后来干脆采用"国语"一词来替代"白话"。他撰文提出"有了国语的文学，方才可有文学的国语"。他赋诗吟道："文学革命其时矣！"

　　他与人辩论白话能否入诗，针对人们认为"小说词曲可用白话，诗文则不可"的观点，他坚持认为"诗味在骨子里，在质不在文"，相信白话同样能创造诗意。早期他是借助翻译外国诗歌，用"自然口语化"来证明新诗创作的成功。他作《尝试歌》："尝试成功自古无，放翁这话未必是。我今为下一转语：自古成功在尝试！……"他驳斥"南社"成员的话：文学革命所革在理想不在形式。形式宜旧，理想宜新。他认为，理想宜新，是也；形式宜旧，则不成理论。他率先发表了《文学改良刍议》，主张：须言之有物；不摹仿古人；须讲求文法；不作无病之呻吟；务去滥调套语；不用典；不讲对仗；不避俗字俗语。此文一出，即被称为"文学革命发难的信号"，陈独秀称之为"今日中国文界之雷音"。从此，胡适力排众议，坚信"白话征服这个诗国"，用全力去试作白话诗，"要作先锋去打这座未投降的

《尝试集》书影（亚东图书馆1920年版）

壁垒"。除前面提到的几首白话诗外，这里再录一首胡适离开哥伦比亚大学 22 年故地重游的诗：

> 四百里的赫贞江，
> 从容地流下纽约湾，
> 恰像我的少年岁月，
> 一去了永不回还。
> 这江上曾有我的诗，
> 我的梦，我的工作，我的爱。
> 毁灭了的似绿水长流，
> 留住了的似青山还在。

经过近一百年，毋庸争辩，白话文确已代替了文言文。胡适提倡白话诗快一百年了，坊间对其诗作还在遗忘中流传。有人说这本身就是一种生命力，哪怕只是平常而世俗的。他的新诗固然有很多争论，但提倡白话、率先尝试新诗，还是自胡适始。胡适在 20 世纪 50 年代说：新诗只不过"尝试"了一番，至今没有大成功。今有学者甚至说，到现在"这个'尝试'阶段显然并没有结束"。当年"胡适之体"的新诗一出，阅读人往往在百万千万，但现今的"新诗"却只在自己的沙龙里孤芳自赏，互相赞叹。当然我认为这样的评论有点过，现在的新诗也非囿于小圈子，它也随着时代而跃进。

对胡适白话诗一直都有各种议论。胡适说"吾诗清顺达意而已"。他的诗给人以雅洁之感。评论认为"胡适的诗较好的一面是文字流利，清浅而时露智慧。最好的几首往往有逸趣或韵致。一部分佳作能于浅显平常的语言里表达一些悠远的意味。这是继承了中国过去小诗一些较优秀的传统"。但有人认为他不是一位出色的诗人，还不能达到传统那一类好的短诗幽深微妙无尽意味的境界。他是"提倡有心，创造无力"。他立志要写明白清楚的诗，这走入了诗的魔道，妨碍了好诗的发展。他缺少禅宗信仰的虔诚，以致诗不免缺少深度，不够幽深，不能达到陶潜、王维、苏东坡的境界。他还欠缺热情和挚情。但从另一角度看，"胡适之体"的诗自有它的独特之处。有人将其贬得一文不值，也过于一笔抹杀。胡适说：所谓"胡适之体"，只是自己尝试了 20 年的一点点小玩意儿。他作诗的戒约是：说话要明白清楚，"言近而旨远"；材料要剪裁，删除一切浮词凑句；意境要平实。见解是因，风格是果，风格从意境中出来。不说"浓的化不开"的话。他说："我自己走我的路，不管别人叫它新旧，更不敢冒充'创造'。"胡适在一封信里说："作诗先要文理通顺，将来总有进步。""工具用的熟了，方法练得细密了，有天才的人自然会熟能生巧。"

不要以为胡适只会作白话新诗，他对古诗还是下过功夫的，也写过不少古体诗。他从小就读父亲编的《学为人诗》，后读《原学》《律诗六钞》。在学堂里，背读了大量古诗词。与同学、教员和作的诗有十几首之多。上代数课，他在底下翻《诗韵合璧》，练习簿上不写算式，却是一首未完的纪游诗。他在回忆自述里说：初学作诗，不敢作律诗，因为不曾学过对对子，觉得那是很难的事。那时读杜甫的五言律诗最多，颇受他的影响。后来偶然试着作一两首五言律诗来送朋友，觉得并不很难。胡适提倡白话诗以后，对别人结社作旧诗不赞成，但也不反对，认为这是训练一个人"批评"，甚至"欣赏中国古典文学的必要阶梯"。胡适偶然也喜用《满庭芳》《好事近》《鹊桥仙》《生查子》《如梦令》等词调写诗，认为是作诗的最好训练，用其格局作小诗组织的架子。调子简短，说话自然，句子长短、平仄也不拘，韵脚可换可不换，比勉强凑成一首十四行的"商籁体"要自由的多了。他说：现在的人用古人的语言作诗，是文字游戏。"游戏得好，是要几十年工夫！"胡适晚年已不作新诗，也游戏起来。他曾痛骂律诗、骈文，以之与八股文、小脚、纳妾、太监、鸦片等并列，但他写律诗却中规中矩，章法对仗浑成流转，用典格局也不错。如他在美国留学日记中有一首赠别诗："旧雨半零落，犹余郑子珍。灌夫宜忤俗，鲍叔自怜贫。往事都陈迹，新图妙入神。无因一惆怅，送汝大江滨。"还有一首借为人题照抒发忧时爱国之情的诗："人物江山皆入画，万花丛里见群贤。销魂无语思宗国，执手相看尽少年。尚有此中能啸傲，已无片土不腥膻。哀时词客知何益，几度诗成一泫然。"由此可知，胡适是能写很好的旧体诗。

胡适对于白话文学推崇备至，提出"弃古从新"，但他对"给史家做材料，给文学开生路"的传记文学，在演讲中也例举古代经典文献，让人感到他从"破旧立新"到"古今一体"的贯通之变。

有意思的是，胡适提倡白话诗后，章士钊发表文章猛烈抨击，称白话文"流于艰窘，不成文理，味同嚼蜡"，"欲进而反退，求文而得野，陷青年于大阱，颓国本于无形……"胡适当面对章士钊说，其文不值一驳。两年后胡适与章士钊相遇，一起喝酒照相，在照片背后两人"反串"题诗。当年办《甲寅》杂志宣布"文字须求雅驯，白话恕不刊布"的章士钊作起了白话诗："你姓胡，／我姓章，／你讲什么新文学，／我开口还是我的老腔。／你不攻来我不驳，／双双并坐各有各的心肠。／将来三五十年后，／这个相片好作文学纪念看。／哈，哈，／我写白话歪诗送把你，／总算是老章投了降。"胡适读诗后回了一首文言诗："但开风气不为师，龚生此言吾最喜。同是曾开风气人，愿长相亲不相鄙。"论敌之间反串反思，纵有很多分歧，彼此尊重，还是朋友。

胡适是安徽绩溪人，生在上海。原名嗣穈，学名胡洪骍，北上留美考试时改名胡适，字适之（有说取自"物竞天择，适者生存"的典故）。幼年随父在台湾住过，后回家乡私塾读书。在上海浪荡一段后，在执教中国公学的英文老师王云五的劝说和帮助下，考取美国留学。在康奈尔大学农转文，又入哥伦比亚大学哲学系，师从于约翰·杜威。回国后受聘为北京大学教授，加入《新青年》编辑部，提倡白话文，率先创作发表白话新诗，宣传个性解放、思想自由，大力提倡"新文化"或"新思潮"，与陈独秀、李大钊、鲁迅等同为新文化运动的领袖人物。

《新青年》时期的胡适，鲁迅持肯定、赞美态度。他说："其时最惹我注意的是陈独秀和胡适之。""我佩服陈胡。"他们一起讨论问题，商定稿件，又书信往来，互借图书资料，关系颇为亲密。鲁迅在《无声的中国》《怎么写》等杂文中，称胡适是文学革新的最先"尝试"者，胡适的日记"一定该好得多"。读了胡适关于白话文的论著后，鲁迅赞其"警辟之至，大快人心！我很希望早日印成，因为这种历史的提示，胜于许多空理论"。

后来因为胡适主张青年学生埋头读书，少参与政治，加之与新月派文人陈源、梁实秋等的争执，以及胡适宣扬"好政府"主义，又受到逊位的皇帝溥仪和蒋介石的"垂询"，鲁迅遂与胡适分道扬镳。鲁迅对胡适成见日深，对胡适由褒而贬，由扬而抑，由赞誉而至讽刺、排斥，连原先捧作"警辟之至"的《白话文学史》，后来都指为"也不见得好"了。

胡适认为鲁迅五四白话文学的成绩最大，迄今为止未见胡适回骂鲁迅的文字。他在信中说："凡论一人，总须持平。爱而知其恶，恶而知其美，方是持平。鲁迅自有他的长处。如他的早年文学作品，如他的小说史研究，皆是上等工作。"

后来胡适当过驻美大使，最终离开北京大学，流亡海外，在美国当寓公，在普林斯顿大学图书馆作研究，间或在美国和中国台湾短期讲学。回台定居后，执掌"中央研究院"。尽管台湾当局对胡适多有照拂，但他对国民党"威权体制"仍诸多批评。他引范仲淹的话："宁鸣而死，不默而生。"主张知识分子言论谏诤是"自天"的责任，肯说"忧于未行，恐于未炽"的正论危言。他反对蒋介石"总统"连任，批评"修改临时条款并非修宪"的说法荒谬绝伦。坚持自由主义的理念，同情狱中拟组反对党的雷震。但在一次讲演中，颂扬西方的现代文明，苛责中国固有文化，受到了热议和抨击。胡适去世后，蒋介石尽管祭吊褒扬，称他是"新文化中旧道德的楷模，旧伦理中新思想的师表"，但骨子里不喜欢胡适，大骂胡适人格。他在日记中写："胡适之死，在革命事业与民族复兴的建国思想言，乃除了障碍也。"

胡适兴趣广泛，著述丰富，在文学、哲学、史学、考据学、教育学、伦理学、红学等诸多领域都有深入的研究。著有《白话文学史》《胡适文存》《尝试集》《中国哲学史大纲》等书。胡适写出《诗三百篇言字解》《尔汝篇》《吾我篇》这三篇文章，将中外文法作了比较研究，对中国近三百年来的学术研究作了总结。胡适说，"做学问要在不疑处有疑，待人要在有疑处不疑。"李敖引朱熹诗："旧学商量加邃密，新知培养转深沉。"说胡适一生，可谓身体力行。季羡林认为"大胆的假设，小心的求证"这十个字，是胡适对思想和治学方法的最大贡献。他那"重新评估一切价值"的名言，影响了整个世界。胡适平生三大喜好：读书，写作，交友。

他取李白诗"至人贵藏晖"之意，用"藏晖"做室名，欲以自警。他说，我们唱天行有常，唱致知穷理。怕什么真理无穷，进一寸有一寸的欢喜。他谈治学经验，强调要"小题大做，不要大题小做"。他对毕业学生开出三味"药方"："问题丹""兴趣散""信心汤"。他说："在不健全的中国，如何不堕落，只是这三句话：要寻问题，要培养业余兴趣。要有信心。天下没有白费的努力，成功不必在我，而功力必不唐捐。"他以"不苟且"三字自省。谈到交友处世，他说："要从容忍和宽恕两方面去修养。"他给学生上课，要求四条："富贵不能淫，贫贱不能移，威武不能屈，时髦不能跟。"他在一封信中说：祖国百事待举，须人人尽力始克有济。"位不在卑，禄不在薄"，过去"执事者各司其事"，此七字救过金丹也。他手书顾炎武诗句"远路不须愁日暮，老年终自望河清"，坚持自己的理想和立场。最近在微信上见到他的行书七言联："要知处世似临阵，终想做人如作诗。"此联让人费琢磨，不知是何深意。

胡适题诗

晚年他想起以前数次看望监狱里的陈独秀的情景，亦有"进监狱"的梦想，摆脱尘世所累、身不由己的窘境，能够专心读书写作，还清文债。可惜只是空想，他的几部史著，最终只能以"半部"传世。台湾台北南港胡适居屋我没有去过，据说他的墓碑上镌刻的文字最后有这样几句：我们相信形骸终要化灭，陵谷也会变易，但现在墓中这位哲人所给予世界的光明，将永远存在。

需要说明的是，本文只谈胡适白话诗尝试的相关内容，至于其他事件和思想的多重意涵及家庭情人逸事等，自有两岸的学界大量研究论述。关于胡适的书，也出了不少了，我的读诗札记就不涉及了。

徐志摩的诗采

2014 年春,我们分隔了 49 年的大学同班同学相约在浙江嘉兴聚会,又一起到海宁参观。在海宁,旅行车停在了位于硖石镇干河街 40 号的徐志摩的故居。徐志摩出生的老宅已在争议声中拆掉了,这幢西式两层楼是他与陆小曼返回故乡隐居著书的地方,徐志摩称此地为他的"爱巢"。故居台门上方是表弟金庸手书"诗人徐志摩故居",正厅有匾"安雅堂",是启功补书。进门的雕像后墙上,是他那首写给林徽因的《偶然》:"我是天空里的一片云,偶尔投影在你的波心——"流沙河的题联也别具韵致:"天空一片白云高,先生你在;海上几声清韵远,后学我思。"参观后,我在故居里买了一本《徐志摩诗》,在略显寂寞的旅途中翻阅消遣。

徐志摩是"新月派"的主要诗人,有人形容他像一只天生教歌唱的黄鹂鸟,扑腾着翅膀,上天入地,唱着歌,"不到呕血不住口"。可惜,写过《想飞》的徐志摩年仅 36 岁乘机遇难,消失在缥缈的碧落间。嫦娥露玉颜,钦慕他的风韵;织女停机杼,惊憾他的诗采。"飞出这圈子,到云端里去",成为绝响。后人撰文称他为"飞去的诗人。"

徐志摩,名章垿,笔名南湖、云中鹤等。毕业于杭州一中,后到沪江大学的前身上海浸信会学院学习,未读完又到北洋大学读法科,并入北京大学后,涉猎中外文学,曾拜梁启超为师,在北大两年后赴美留学。父亲望子成龙,在他赴美前,根据其小时候被一个叫志恢的和尚摩过头,替他更名徐志摩。受罗素影响,他赴英国,最终进剑桥大学皇家学院学习,接触了大量的英国文学艺术,拜伦、雪莱、济慈、哈代等的作品令他入迷。受其影响,他吟诗倾向分行的抒写。借助诗的形式,追求和抒发其自由、

浪漫、理想主义的思想感情。我们读诗界推崇的《雪花的快乐》，可体会
徐志摩诗轻快舒展的节奏和优美明朗的意境：

假如我是一朵雪花，
翩翩的在半空里潇洒，
　　我一定认清我的方向——
　　　飞飏，飞飏，飞飏，——
这地面上有我的方向。

不去那冷寞的幽谷，
不去那凄清的山麓，
　　也不上荒街去惆怅——
　　　飞飏，飞飏，飞飏，——
你看，我有我的方向！

在半空里娟娟的飞舞，
认明了那清幽的住处，
　　等着她来花园里探望——
　　　飞飏，飞飏，飞飏，——
啊，她身上有朱砂梅的清香！

那时我凭借我的身轻，
盈盈的，沾住了她的衣襟，
　　贴近她柔波似的心胸——
　　　消溶，消溶，消溶——
溶入了她柔波似的心胸！

这首唯美的诗飞动飘逸，赋予自由、纯洁、美与快乐的内涵，也隐含
张扬自我、追求自由、冲破束缚的精神。他的《再别康桥》也以清新的

徐志摩

情愫，娓娓述来，给人以怀梦般的美感。

徐志摩的诗和他所处的西风东渐的时代有关，和他自身与女人情感的缠绵交融有关。徐志摩说，在他人生的前 20 年里，从未想过与诗歌结缘，他之所以写诗，是因为遇见了使他坠入爱河的林徽因，为了表达无尽的爱意，他把诗歌当作玫瑰，向心上人致意。林徽因结婚后，他诗意开始凋零，有人说，爱情成就了一代诗人，也葬送了一代才子。无论是包办的与张幼仪的婚姻、与才女林徽因的两情相投，还是与陆小曼的情爱结缘，都从其无拘无束的诗歌里寻找自己的寄托。三位红粉佳人也都仰慕徐君的诗采，把过去的恩怨都随伊人的西归而化为云烟，留下无尽的追思。在彼此的感情纠葛中，还是旁观者清，冰心当时有一首《我劝你》："你莫相信诗人的话语 / 他洒下漫天的花雨……"劝诫林徽因不要继续与徐志摩交往。冰心说他对女人"是蝴蝶，而不是蜜蜂"，还说："志摩的诗，魄力甚好，而情调则处处趋向一个毁灭的结局。"梁启超虽出席了徐志摩和陆小曼的婚礼，却痛骂二人，祝他们此生最后一次结婚，也是一番苦心。在海宁，查家和徐家早就结成姻亲，查良镛（金庸）称徐志摩为表哥，他的妈妈是徐志摩的姑母，查家送去的挽联是"司勋绮语焚难尽，仆射余情忏较多"，用唐代诗人杜牧（司勋员外郎）、徐州守将张建封（检校右仆射）与歌伎关盼盼的典故，明显对徐志摩的婚变不满。

徐志摩自由自在，在北大河边的小树林里上课，师生盘腿而坐，谈论诗歌，讨论人生。他游走世界，在激滟风光和田园山水中，生发出无穷的意想，驰骋在走南闯北的内心感受和体验里。无论是康桥的柔波月色，还是翡冷翠的一夜；无论是西湖的塔影晚霞，还是北戴河的山风海浪，都是他本追求的"心灵所需要的闲暇"。但现实社会生活的纷扰，扰乱了他内心的平衡，劫去了他浪漫的思绪。经历人世情海沉浮，饱尝红尘男女悲欢，多种情绪的交织，在一弯新月下，流淌出滚滚的诗河。

不要以为徐志摩只是风流才子，他有政治抱负，对中国社会问题有独立的思考，曾在报刊上发表时政评论。他还很仗义，蒋百里出兵南京，逼蒋介石退位而入狱，他扛着铺盖，要陪"福叔"（徐志摩、蒋百里是亲戚，徐尊称蒋为"福叔"）一块儿坐牢。于是新月社同人纷纷声援蒋百里，"陪百里先生坐牢"一时成为一件时髦的事。他最后一次去狱中看蒋，第二天即坠机身亡。蒋百里闻知，含泪写道："他的诗是不自欺的生命换来的。"但徐志摩在"革命"问题上却是无知的，陈毅曾称他是"一个不可教训的个人主义者"，在《答徐志摩先生》一文里说：一个人当然可以沉默了事，或者抱着女人老于山林。但是为了一般民众，就完全不能沉默，尤其要完成革命工作，自己就不能不起来奋斗。

不要认为徐志摩的诗只是受西方影响，他也从中国古典文化中寻得了意境和灵感。徐志摩曾和林徽因交流对中国文学的体会，他认为古文中，各家都有所长，在人之慧心领会。如《醉翁亭记》是一篇流传千古的美文，通篇读来铿锵和鸣，抑扬顿挫，富有节奏感，有一种反复咏叹的韵律美。他主张写诗要将思想和情绪彻底地"音乐化"。徐志摩说："音乐美是诗的血脉。明白了诗的生命是在它的内在的音节的道理，才能领会到诗的真趣味。"徐志摩留下的几十首宋词译成的白话新体诗被发现后，也使世人从中体悟到中西古今文化交汇融通的美境。

请读他的一首诗作：

池边青草，
院里绿阴，
　　向窗外一望，
　　晚晴真好啊！
帘也打起来，
门也打开来，
　　有客来么，

正好。

我一个人吃酒正觉得寂寞，

又想起行人未归，

好不难过，

坐下吃一杯酒吧，

荼蘼是开过了，

还有梨花可赏呢。

不要谈到从前赏花的盛会，

打扮起来，

高朋满座，

看着外面的王孙公子，

车水马龙，

虽然遇到风雨，

依然觉得痛快，

如今没有这种兴会了，

这样的好时节也是空的。

这是徐志摩写的诗吗？味道像是，风格像是。但这首诗不是徐志摩的原创，而是他的译作。是李清照的词《转调满庭芳·芳草池塘》的自由诗版。李清照原词是：

芳草池塘，绿阴庭院，晚晴寒透窗纱。玉钩金锁，管是客来吵。寂寞尊前席上，惟愁海角天涯。能留否？酴醿落尽，犹赖有梨花。　　当年曾胜赏，生香熏袖，活火分茶。极目犹龙骄马，流水轻车。不怕风狂雨骤，恰才称，煮酒笺花。如今也，不成怀抱，得似旧时那？

说到新月诗派的新诗运动，可以说徐志摩是新月派的灵魂。新月社起因是文人的聚餐会，徐志摩借用泰戈尔诗集《新月》的名字为社名。徐志摩当年奔走开办新月书店，出版《新月》月刊，曾集中了闻一多、梁实秋、陈西滢、叶公超、林徽因、凌叔华、沈从文、孙大雨、陈梦家、卞之琳等人，开创了新月诗派。除作诗外，他还组织新月社演出戏剧，办《诗刊》。那时闻一多的家是一群新诗人的乐窝。他们互相批评作品，探讨中国新格律诗的创作，讨论诗艺和学理，"使诗的内容及形式双方表现出美的力量，成为一种完美的艺术"。《新月》月刊也发表如郁达夫、巴金、丁玲、胡也频等作家的作品。但总的来说，后期的新月诗派发生变化，在胡适、梁实秋的把持下，政治倾向反动，脱离了文学的本体。正如鲁迅所说："'新月'的冷落，是老社员都'爬'了上去，和月亮距离远起来了。"

除人人都不可免的历史局限性外，作为一个文学流派，还应有得失的借鉴。新月派有自己的风格特色，他们注重"灵感"，注重"情感的表现"，追求诗的表现技巧，要求有"完美的形体"，要具有内在的节奏感和韵律美。闻一多主张诗歌要有音乐美、绘画美、建筑美。有人主张"本质的醇正，技巧的周密，格律的谨严"。

法国诗人说："说出是破坏，暗示才是创造。"诗不宜说得太透彻，应婉曲回怀，留有余地。但评论家认为，唯美主义、形式主义，以至于颓唐的情调，是不能溢美的。资料记载，当年有理想追求的 25 岁的陈毅曾与徐志摩有过"笔墨交锋"。鲁迅也不喜欢他的诗。在关于写实主义和现代主义的艺术观上，徐悲鸿与徐志摩也有过激烈的争论。

不管怎样，徐志摩大量的诗作，在情感的宣泄、意境的营造、节奏的追求和形式的探索方面，都体现其特殊的美学价值，对我国新诗的发展提供了开拓和启迪。曾受到徐志摩鼓励和帮助的沈

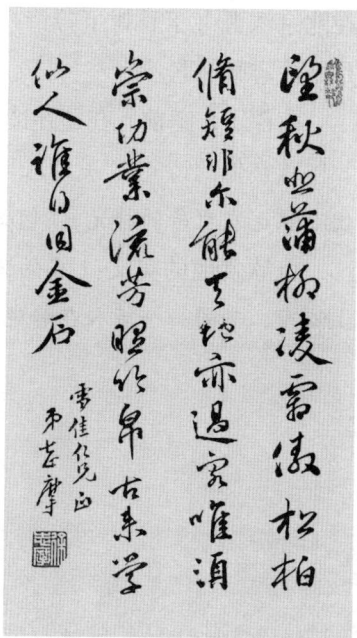

徐志摩手迹

从文后来编辑《文艺副刊》时，善待每个投稿的作者，唯恐冷了年轻人的心。他说："我不过是在徐志摩先生那里接了一个火，你得到的温暖，原是他的！"他还说："纪念志摩的唯一的方法，应当扩大我们个人的人格，对世界多一分宽容，多一分爱。"

最近才知道，杭州上塘路 97 号大院内也建有徐志摩纪念馆。馆内展出有徐志摩的老师梁启超书赠的集宋人词的长联：

　　临流可奈清癯，第四桥边，呼棹过环碧；（吴梦窗《高阳台》；姜白石《点绛唇》；陈西麓《秋霁》）

　　此意平生飞动，海棠影下，吹笛到天明。（辛稼轩《西江月》；洪平斋《眼儿媚》；陈简斋《临江仙》）

联后梁启超注明："集宋词制楹帖，此颇隽逸，写似志摩，想见陪竺震旦泛西湖及法源寺丁香树下一夜也。"此联不仅表现出徐志摩的性格，还记着他的故事。"今典"出处即 1924 年与徐志摩陪泰戈尔游览西湖和曾在北京法源寺丁香树下吟诗一夜。为此，梁启超曾说："我所集最得意的是赠徐志摩一联。"

夜深了，睡前，我还在读《徐志摩诗》，慢慢入梦……

欣赏他的诗句："美是人间不死的光芒"，/ 不论是生命，或是希望；/ 便冷骸也发生命的神光，/ 何必问秋林红叶去埋葬？

也欣赏他的美文：（我的猫）——火的光在她眼里闪动，热在她的身上流布，如同一个诗人在静观一个秋林的晚照。

胸中海岳梦中飞

——读冰心的《繁星》《春水》

　　"百年百种优秀中国文学图书"选印了冰心的诗集《繁星》，里面附录了《春水》及其他诗。这本书在 15 年前我就购到，浏览后一直静静地躺在书橱里，直到最近才用心读它。

　　据介绍，这本书是冰心受到泰戈尔《飞鸟集》的影响写作的无标题自由体小诗。这些晶莹清丽、轻柔隽逸的诗句，是她记下的"随时随地的感想和回忆"，冰心称之为"零碎的思想"，后结集为《繁星》和《春水》出版，被人称为"繁星格""春水体"。该书内容主要以爱的哲学为核心，通过隽永的文字来赞美母爱、赞美童心、赞美自然，探索人生。它是中国小诗最初，也是影响最大之作。

　　翻开书，再读《繁星》164 首，可谓天幕荧荧，碎金点点；片片云影飘过，灵光闪烁。《春水》182 首，亦感春水涟漪，小雨如酥；微波翻澜之后，林溪淙淙。诗人用字清新，使人感到美妙柔婉的情绪，即使在含有愁绪惆怅的几句小诗里也能很纤巧地用别一种艺术的方法叙述出来。表现出内心的深思和灵感的顿悟，是瞬间的感觉、情绪的珍珠，有浓郁的诗意又有浅近的哲理。香港一个诗人这样描写："小纸船永远那么巧，那么轻，却装满了爱，盛满了情，追逐活蹦乱跳的春水，蹦啊，跳啊，迎来一世纪繁星。"

　　冰心是谢婉莹的笔名。她祖籍福建长乐，出生于福州一个具有爱国、维新思想的海军军官家庭。父亲谢葆璋被严复招入海军，在天津水师学堂学习驾驶，上"威远"舰实习，赴英、德接收巡洋舰，由中国人自己驾

冰 心

驶，穿越大西洋，过好望角，经印度洋，抵达福建厦门。谢葆璋被任命为北洋海军右翼左营守备、"来远"舰驾驶二副，参加了甲午海战，重创日"赤城"舰，迫使其逃离作战海域。战斗中敌舰挂英国旗，驶近才挂日本旗。我舰长炮毫无准备，仓促应战。"来远"舰中弹 200 余发，尾炮失灵，弹药舱爆炸。谢葆璋率领士兵奋力救火，保住了军舰。"来远"舰官兵伤亡惨重，战斗中谢葆璋妻子的堂侄阵亡，他被炮弹打穿腹部，肠子炸了出来，飞溅到烟筒上。谢葆璋含泪把烧焦的肠子从烟筒

上撕下来，放回到他的遗体。第二年日军偷袭港口，受伤的"来远"舰被鱼雷击中，沉入海底，舰上官兵 30 多人遇难。谢葆璋在军舰爆炸的刹那间，纵身跳入海中，泅水到刘公岛上岸，得以死里逃生。几天后，北洋舰队在刘公岛全军覆没。恢复海军后，萨镇冰和他分任"海圻"舰正、副舰长，巡洋舰多在上海驻泊。35 岁的谢葆璋有了女儿谢婉莹后，从福州老家迁往上海。他出任烟台海军练营管带，在新建立的烟台海军学堂任监督（校长），又奉命到北京出任海军部军学司司长，最后任中将、海军次长。现在福建闽侯南屿镇的一个戏台上，还留有海军宿将谢葆璋撰写的楹联："登台富贵下台空，世事都如做戏；昔日功名今日辱，人生须看收场。"

冰心从小受父亲影响——爱海，与浩瀚的海洋结下不解之缘。海的女神陶冶了她丰富灵慧的想象力，赋予她华美奇丽的诗情画意。她幻想海的女神就"住在灯塔的岛上，海霞是她的扇旗，海岛是她的侍从；夜里她曳着白衣蓝裳，头上插着新月的梳子，胸前挂着明星的璎珞；翩翩地飞行于海波之上"。她说："大海呵！哪一次我的思潮里没有你波涛的清响？"

> 故乡的海波呵！／你那飞溅的浪花，／从前怎样一滴一滴的敲我的盘石，／现在也怎样一滴一滴的敲我的心弦。（繁星二八）

她写过《海恋》，形容过清晨和黄昏的大海。她说大海"这个舞台，绝顶静寂，无边辽阔，我既是演员，又是剧作者。我虽然单身独自，我却感到无限的欢畅与自由"。

万顷的颤动——／深黑的岛边，／月儿上来了。／生之源，／死之所！（繁星三）

碧波万顷的大海，波翻涛涌；迷蒙的月夜，皎洁如水，引发人感慨万千。神秘的海是万物的母亲，这是人类繁衍的乳汁，生来死去的命运之神都和你在一起。

在《繁星》和《春水》里，我还读到了这样的诗句：

父亲呵！／出来坐在月明里，／我要听你说你的海。（繁星七五）

父亲呵！／我愿意我的心，／像你的佩刀，／这般的寒生秋水！（繁星八五）

父亲呵！／我怎样的爱你，／也怎样爱你的海。（繁星一一三）

澎湃的海涛，／沉黑的山影——／夜已深了，／不出去罢。／看呵！／一星灯火里，／军人的父亲，／独立在旗台上。（繁星一二八）

坐久了，／推窗看海罢！／将无边感慨，／都付与天际微波。（繁星九〇）

先驱者！／你要为众生开辟前途呵，／束紧了你的心带罢！（春水二二）

马蹄过处，／蹴起如云的尘土；／据鞍顾盼，／平野青青——／只留下无穷的怅惘罢了，／英雄梦那许诗人做？（春水一七一）

冰心随父迁至烟台，居住了八年，度过了她看海的童年生活。海，播下了爱国思想的种子；海，是她耳鬓厮磨的友伴，更是赋予她诗人气质的保姆。冰心从小着男装，不扎耳朵眼，会打走队的鼓，会吹召集的喇叭。她终日在海隅山陬奔游，和水兵们做朋友。游踪所及是旗台、炮台、海军码头、火药库。听到的是山风、海涛和嘹亮的口号。军号吹起时，四山回响，凄壮悠长，对这亲切的"伟大"，常莫名其妙的要下泪。父亲常带她骑马打枪，带她参观军舰。她也听到父亲与其他海军将领作诗唱和，被人称为"裘带歌壶，翩翩儒将"。她听父亲讲过甲午海战，印象非常深刻。后来，她案头上放着厚厚的好几部中国海军史，收集了大量海军资料，一直想写一部甲午海战的大书。甲午海战100周年的时候，她悄悄动笔了，但只开了个头，一动笔就哭得不能自已，写不下去。她写道："提起中日甲午战争，我的心头就热血沸腾……"后发现她的《甲午战争》遗稿写在信封上，上半页是密密麻麻的文章开头，下半页空着，落满了泪痕。她对海的情结一直萦绕心头，父亲铁血卫疆的英雄梦，是她挥笔未成的最大遗憾。她乘轮船渡海赴美，耳边一直萦绕着父亲的话："这番横渡太平洋，你若晕船，不配做我的女儿！"她在《乡愁》里写道："前途只闪烁着不定的星光，后顾却望见了飘扬的爱帜。"上面的几首对父亲的小诗，完全不同于对母爱童真的女性纤柔歌吟，它是对父亲海的抱负的诉说，是先驱者蓝色长城的梦想。在诗中，母亲是躺在怀里的爱的温柔心船，而父亲却驾驶着威武的铁甲战舰。当读到"看呵！一星灯火里，军人的父亲，独立在旗台上"，我被深深地感染了。这是多么令人激动的画面！

晚年冰心仍有大海的情结，她一直记得福州厅堂的对联："海阔天高气象，风光月霁襟怀。"她说："我愿大家都像海，既虚怀又广博。"她早写好了遗嘱——海葬。她家的客厅里始终挂着梁启超书写的、她自己1924年集龚自珍的诗句："世事沧桑心事定，胸中海岳梦中飞。"她逝世后，灵堂正面布置了一片浅蓝色和蔚蓝色的背景，她最喜爱的外孙从美国带来音乐：是大海的波涛声、海鸥翱翔的欢叫声，管风琴与小号的旋律从天际飘来……他要让姥姥在梦中回味大海的胸怀和境界。

福州的三坊七巷我多次去过，冰心就是出生在那里的谢家大宅，该宅院也是林觉民故居，是冰心祖父谢銮恩从林觉民家属处购得。冰心随父到烟台后，开始读书。家塾启蒙学习期间，已接触中国古典文学名著，7岁即读过《三国演义》《水浒》等。11岁时由博学的舅父教授古诗，打下了坚实的文学基础。与此同时，还读了商务印书馆出版的"说部丛书"，包括英国狄更斯等一些名著。

在北京，冰心进贝满女中，考入协和女子大学理科，受新文化运动和五四运动影响，转文学系学习。曾被选为学生会文书，投身学生运动，并参加文学研究会，《繁星》《春水》就是那时写成的。她曾风趣地说："五四运动的一声惊雷，把我'震'上了写作道路。"后入燕京大学学习，毕业后赴美国波士顿威尔斯利学院攻读英国文学，专事文学研究，在研究院的毕业论文是论李清照的词，获得文学硕士学位。回国后在几所大学国文系任教。与吴文藻结婚后，随丈夫到欧美游学。抗战期间，在昆明、重庆等地从事创作和文化救亡活动。抗战胜利后，曾在东京大学新中国文学系执教，讲授中国新文学史。这样一个蜚声中外的作家，"文革"中也被抄家、批斗，下放"五七"干校。因尼克松访华，她和丈夫接受翻译任务，才调回北京。晚年冰心坚持写了一系列小说和散文，其文学成就达到了一个新的境界。

冰心的《繁星》《春水》是她早期的作品，通过抒发自己的感想和回忆，歌颂母爱、童真、自然、人类爱。短小精悍，含蓄温婉，不追求韵律，淡远而不乏深沉。冰心自己谈及她追求的艺术风格，其"诗的女神"："看呵！/是这般的/满蕴着温柔，/微带着忧愁，/欲语又停留。"这些"无心插柳"的小诗，开风气之先，是诗国的探险家。读它如饮清凉芬冽的泉水，令人陶醉。宗白华读后"拨动了久已沉默的心弦"，催发了诗集《流云》。胡愈之说《繁星》诗里有大量的暗示性。小诗颇流行一时，使文坛

冰心与丈夫吴文藻

收获了无数粒情绪的珍珠。……使心灵得到一时间的感通，正如在广漠无垠的大洋中忽然望见扁舟驶过一般。叶圣陶称冰心的诗"以智慧和情感的珠缀成"。称她的著作"以诗人的眼光观看一切，又用诗的技巧驱遣文字"。朱自清曾著文评论："短诗底效用原在'描写一地的景色，一时的情调'，或说'表现一刹那的感兴'；所以贵凝炼而忌曼衍。……在艺术上，短诗是重暗示、重弹性的表现；叫人读了仿佛有许多影像跃跃欲出底样子。"但梁实秋对这种"春水体"持批评态度，认为诗缺乏想象力，只是一个"冷峻的说理者"，"在诗的花园里恐怕难于长成葳蕤的花丛，难于结出硕大的果实"。后来他和冰心同乘邮轮赴美留学，经许地山介绍相识后，觉得自己的批评失之偏颇。从此他们诗信交往，结下了深厚的友谊。

我现在读《繁星》和《春水》，十分欣赏其文笔素缟淡雅、清韵悠长，将古今语汇辞章、情韵诗画糅合一体，使人在女性纤柔温婉和深沉思绪中，感受到寻真、向善、求美的情怀。冰心自己对这两部书并不看重，别人提起，她就摆摆手，说那不是诗，是小杂感一类的东西，是随笔、随感，至少那时的她，不在立意作诗。她认为，诗是应该有格律的——不管它是新是旧——音乐性应该是比较强的，同时情感上也应该有抑扬顿挫。她说，要捉住"灵感"，写散文比诗容易多了。"散文可以写得铿锵得像诗，雄壮得像军歌，生动曲折得像小说，尖锐活泼得像戏剧的对话。"冰心在美国攻读英国文学，毕业论文却是写李清照。她的诗词观念，可能更多偏重于传统的、古典的有韵、有对仗这样一些诗词格式。抗战时期，冰心在云南呈贡教学，为当地简易师范写过校歌。后举家迁往重庆，临别为学生题卢前《读剑南诗稿》词："一发青山愁万种，干戈尚满南东。几时才见九州同？纵教空世事，世事岂成空。　胡马窥江陈组练，有人虎帐从容。王师江上镇相逢。九原翁应恨，世上少豪雄。"在重庆，文人间有一次广泛的诗词唱和，首吟者就是冰心写的一阕《浣溪沙》。抗日名将孙立人与吴文藻是清华同班同学，与冰心同船赴美留学。孙立人病逝后，冰心集龚自珍句哀悼："风云才略已消磨，其奈尊前百感何。吟到恩仇心事涌，侧身天地我蹉跎。"

现在一般都认为《繁星》《春水》是对母爱与童真的歌颂、对大自然

冰心与小读者在一起

的崇拜和赞颂、对人生的思考与感悟。但细读还有更丰富的内涵，上面引述"父亲和海"的内容，是我从冰心家庭经历和心路历程中掘出的解读。如果说小诗里"母亲"代表着爱、依恋和感恩，是诗人"灵魂的安顿"，那么，"父亲"就是"寒生秋水"的佩刀，代表着先驱者勇往直前的担当和使命。这一点同样不应忽视。

冰心一生也都在为孩子们写作，曾把旅途和异邦的见闻写成散文颂《寄小读者》。茅盾为此写下"一片冰心安在，千秋童稚永存"。冰心把母爱视为最崇高的东西，歌颂《母爱》，歌颂《自然》，是她作品的思想内核。"世界上爱是最可贵的""有了爱就有了一切"是她的名言。"有你在，灯亮着。"巴金说，"灯亮着，我不会感到孤独。""读到冰心的书，懂得了爱：爱星星、爱大海、爱祖国，爱一切美好的事物。我希望年轻人都读一点冰心的书，都有一颗真诚的爱心。"冰心晚年还主张让孩子们多读古今中外的好诗，她写道："学会用抑扬顿挫的音节写出他们心中真挚的感想，使人看过后，能背得下来，就是一首好诗，这是我在《繁星》《春水》中所没有做到的，希望小朋友的语文老师们，在这方面多教导他们，不要让一个可以成为诗人的孩子，从你手下滑过。"

冰心的情感世界和婚姻也是人们称道的。在燕京大学读书时，就以"静如止水，穆若秋风"而惹人驻足。结婚时，冯友兰送了一副对联："文藻传春水，冰心归玉壶。"她与吴文藻比翼双飞，相濡以沫，99岁逝世后两人合葬，骨灰盒上并行写着"江阴吴文藻，长乐谢婉莹"，应了冰心"死同穴"的遗愿。这大抵就是世间美丽且无可复制的爱情传奇了。他们之间琴瑟和鸣、扶掖而行的诗信故事足可以另写一篇文章了。

零碎的诗句，/是学海中的一点浪花罢；/然而它们是光明闪烁的，/繁星般嵌在心灵的天空里。（繁星四九）

满天繁星，一池春水，是冰心1923年留下的心灵的潮汐。"早晨的波浪，已经过去了；晚来的潮水，又是一般的声音。"（繁星七九）90多年风雨沧桑过后，冰心的诗读起来仍能闪现海的画面，仍能拨动我的心弦。从《繁星》《春水》里，仍可感触到大海琴心，耐人寻味，思咏再三。

冯至与十四行诗

我从未接触过冯至先生，也没有读过他的诗。

但我的老师杜文棠和同学李士勋都从事德语专业，都与冯至先生有过学习和交往。士勋那里有冯至赠送的两卷本《冯至选集》，老师也送了我一本《冯至传》和冯至夫人姚可崑写的《我与冯至》，读后我才了解了他的简历和诗，走近了他的诗的天地。

冯至，原名冯承植，生于河北涿县。中学开始读古文，写新诗。考入北京大学后，若干诗在创造社发表，参加文学团体浅草社、沉钟社，写出幽婉诗集《昨日之歌》。北大德文系毕业后，在哈尔滨一中教国文，写长诗《北游》，编《骆驼草》周刊。1930 年到德国柏林和海岱山学习，获哲学博士学位，其间受到德语诗人里尔克 ① 的影响，翻译了他的《给青年诗人的信》。回国后，先后在上海同济大学附设高中任教，抗战期间辗转到昆明西南联大外文系教德文。出版了《十四行集》和历史小说《伍子胥》。1946 年回到北平，一直到 1964 年都在北大西方语言文学系任教。后调到社科院外国文学研究所工作，翻译了海涅的长诗等。

冯至先生在昆明时期，写过十四行诗，出版了《十四行集》，以其哲理和深思独步诗坛。冯至回忆说，1941 年他住在昆明附近一座山里，每周进城，在走去走回的十五里路的山径和田埂上，想着古人的鹏鸟梦，随着脚步的节奏，吟出有韵的诗。其夫人回忆，几首关于道路的诗，是他一人或他们二人在松林里散步时的收获；《别离》是写给她互相鼓励的；《我

① 里尔克，原名莱纳·玛利亚·里尔克。奥地利诗人。除创作德语诗歌外，还创作小说、剧本、杂文和法语诗歌，其书信集也是里尔克文学作品的组成部分。代表作品《杜伊诺哀歌》。

冯 至

们听着狂风里的暴雨》是共同的体会；《我们有时度过一个亲密的夜》是回忆过去旅途的经历；《几只出生的小狗》是奶妈亲眼所见，认为有趣，跑来告诉冯至的。这一年，冯至像开了闸的湖水，写出27首十四行诗。

Sonnet 是一种抒情短诗，在汉语中早期被音译作"商籁"或"商籁体"，后来被意译成"十四行诗"所代替。这个欧洲格律严谨的抒情古典诗体，可以上溯到中世纪的骑士抒情诗。一般来说有十四行，每行有特定的韵律，且行与行之间，有固定的押韵格式。莎士比亚的十四行诗形式整齐，音韵优美，以歌颂爱情，表现人文主义思想为主要内容。在他笔下的十四行诗，每首分成两部分：前一部分由两段四行诗组成，后一部分由两段三行诗组成，即按四、四、三、三编排。自欧洲进入文艺复兴时代之后，这种诗体得到广泛的运用。十四行诗传入德国较晚。歌德和浪漫派诗人对这一形式也很重视。冯至早年在德国学习和研究，他把西方文学介绍传播到国内。虽然十四行诗的形式格律有许多严格的规定和限制，但冯至善于驾驭，他认为："它不曾限制了我活动的思想，只是把我的思想接过来，给一个适当的安排。"一般认为，中国写十四行诗取得最大成就的应该是冯至。

不妨将冯至27首十四行诗都通读一下。我们选一首《我们站立在高高的山巅》，读后大致可了解这种诗体：

> 我们站立在高高的山巅，
> 化身为一望无边的远景，
> 化成面前的广漠的平原，
> 化成平原上交错的蹊径。

哪条路、哪道水，没有关联，
哪阵风、哪片云，没有呼应：
我们走过的城市、山川，
都化成了我们的生命。

我们的生长、我们的忧愁
是某某山坡的一棵松树，
是某某城上的一片浓雾；

我们随着风吹，随着水流，
化成平原上交错的蹊径，
化成蹊径上行人的生命。

昆明的山水，唤醒了诗人的灵性。这首诗道出了人的生命与世上自然万物共生共长的真谛。

冯至的十四行诗，思考人与自然的渗透关联，引发对生命的哲学思索，是哲理诗，是"生命沉思者的歌"。风格上保持语调的自然，善于进行艺术的节制，不露"锋芒"。闻一多曾说新诗好像尽是些青年，而朱自清称他的《十四行集》是新诗的中年，说冯至是"从敏锐的感觉出发，在日常的境界里体味出精微的哲理的诗人"。中国古代传统的山水田园诗里，自然只是营造抒情的氛围或象征诗人风雅志趣和忧国忧民的情怀。所不同的是，冯至作品中的现代性，以及深沉、凝重、沉思的风格，得益于存在主义的影响，但他并没有陷入存在主义的泥淖。他摆脱了浪漫主义的伤感、忧郁，克服了对人生的逃避与抗争，而是从容、深邃地理解人生和宇宙的变化，理解人在现实面前应该作出自己的选择。

我十分喜欢读他的十四行诗《深夜又是深山》，"给我狭窄的心，/一个大的宇宙！"是被引用最多的名句。或许他的十四行诗，我们现代年轻人读起来不是一览无余，不全是直接的意象，但细品味，却能"奔向无穷的心意"（绿原语），带来大时代人生的思考。正如冯至诗中所言："向何处安排我们的思想？/ 但愿这些诗像一面风旗 / 把住一些把不住的事体。"冯至十四行诗直接写人的如《蔡元培》《鲁迅》《杜甫》《歌德》《画家梵诃》更有这种现实人品感召的精神自觉。冯至说："我写十四行，并没有严格遵守这种诗体的传统格律，而是在里尔克的影响下采用变体，利用十四行结构上的特点保持语调的自然。"

除十四行诗外，冯至先生还向中国读者介绍歌德、海涅等西方文学大师的作品，沟通中西方文化，这无疑是他最重要的贡献之一。冯至写过《杜甫传》，他非常喜欢杜甫的四句诗："江城含变态，一上一回新。天欲今朝雨，山归万古春。"他说这四句诗深入浅出，写出了宇宙间变与不变的辩证关系。他将杜甫的诗题赠给学生。

除十四行诗外，冯至先生还写过许多其他风格的诗，被评为"形神俱臻绝妙"，被鲁迅誉为当时"中国最为杰出的抒情诗人"。我们选他的《我是一条小河》读一下：

我是一条小河，
我无心从你身边流过，
你无心把你彩霞般的影儿
投入了河水的柔波。

我流过一座森林，
柔波便荡荡地
把那些碧绿的叶影儿
裁剪成你的衣裳。

我流过一座花丛，
柔波便粼粼地
把那些彩色的花影儿
编织成你的花冠。

最后我终于

流入无情的大海，

海上的风又厉，浪又狂，

吹折了花冠，击碎了衣裳！

我也随着海潮漂漾，

漂漾到无边的地方；

你那彩霞般的影儿，

也和幻散了的彩霞一样！

1986年2月，冯至曾在《冯至诗选》
扉页上题了这样一句诗："工力此生多浪
费，何曾一语创新声？"这是他的文学自
省。他的《自传》诗将一生做了精练的
实录，最后讲"人生最难得到的是'自
知之明'"。他认为人的友情，衡量深浅
厚薄高下最重要的标准是批评。低调自
省，坦诚直言，是他的品格。其实，他
在新诗发展和文学翻译上，都曾发出了
自己的独特声音。

据说，顾随与冯至是终身挚友，两
人之间有个"约定"：把旧体诗和新诗分

《冯至诗选》书影

划领域，各守一体，冯至不写旧诗，顾随也不去写新体诗。确实在冯至的
诗选里，我们找不到多少旧体诗，但这并不等于他完全不写。冯至本身一
直主张"洋为中用"，追求严谨、求真的学风，他把创作中使用的方法叫
作"吸收外来养分"，写论文要"言之成理，持之有故"。很难想象，一个
在外喝过洋墨水的人，还潜心研究中国古代诗词，写出过《杜甫传》这样
的著作。应该说他是根植于中国文化，在中西文化的相互影响和交融下，
创造出新的理解和独特的声音。

冯至写的旧体诗不多。他自己说写旧体诗多半是在新诗停顿的时期。抗战在浙赣，"文革"后访北欧写过一些。我读后觉得他早期的旧体诗更有味道，如《赣中绝句》《定风波·雨意》《读〈郁达夫诗词钞〉》等。当年一首冯至在德国海岱山散步时与心爱的人共同哼出的诗，不知为何没有收入诗选。他们难忘的诗是这样写的：

他年重话旧游时，难忘春城花满枝。
三月巷中吃午饭，二群集上写新诗。
峰名宝座临荒殿，街号鸣潭倚涧池。
绮丽河山收眼底，哲人路上最多姿。

冯至和夫人姚可崑曾同在德国海岱山一起学习，一起散步。他们相恋，决定在巴黎结婚，在离开海岱山时，他们背诵一起散步时共同的诗。诗中"三月巷"是他们共同吃午饭的地方，《二群集》是他们共同抄写戏作的稿本。冯至乳名立群，姚可崑别号玉群，合称二群。鸣潭街、宝座峰、哲人路皆是他们难忘的居住和散步的地方。这首诗是人生路上的美好回眸，两心相印的见证，好在诗风朴素，真情合抱，相敬如一。冯至主张，诗要写得朴素，不要装模作样，反对用过多的形容词。

历次政治运动也冲击了诗人。在极左的年代，冯至"过多地否定自己"，他说1941年写的27首十四行诗受西方资产阶级文艺影响很深，内容与形式都矫揉造作，所以1955年出版的《冯至诗文选集》一首都没有选。事过多年以后，冯至后悔，认为"矫揉造作"四个字

冯至与夫人姚可崑

不应加在《十四行集》上，有违他当年写十四行时所作的努力。同时对"大跃进"年代，40天突击编写《德国文学简史》引以为憾，写批判艾青的文章一直是他的"心病"，总觉得有愧于自己的学术良心。我们今天读十四行诗时，也多少应该了解一个认识的曲折过程。冯至在去世前曾去医院看望艾青，艾青感动得伸出大拇指向冯至致敬，冯至也伸出大拇指以示回敬，两位老诗人，前嫌顿释，把历史造成的恩怨还给了历史。

有学者回忆，冯至是研究德语诗人里克尔的权威，他曾应允写里克尔的约稿文章，但终未写出。他说："说实话，里克尔的后期作品我并没有搞懂。"他也不愿意参考别人对现代派作品的看法，说："诗这东西主要靠个人理解，别人写的是别人的看法，不知为不知，人云亦云那是问心有愧的！"在浮躁风弥漫的时候，冯至却仍坚持求真求实和一丝不苟的严谨学风。接触过他的人都说，他既有诗人的才情，又有学者的风范，更有虚怀若谷的大家气度。

诗人终身殉美。诗是精神人格的表达，人的高度，就是诗的高度。王国维说："一切景语皆情语。"情怀赋予世界以意义、色彩和美。冯至先生自己也说："诗人之可贵，不在于写几首好诗，而在于用诗证明了他真诚的为人的态度。"

我们读诗写诗，这实在是老一辈诗人的金玉良言，可谓一语中的。

臧克家：不薄新诗爱旧诗

臧克家的诗，我最早读到的还是脍炙人口的《有的人——纪念鲁迅有感》，原诗七段，至今记在脑子里的是第一段：

> 有的人活着，
> 他已经死了；
> 有的人死了，
> 他还活着。

这首短诗被选入小学六年级课本。《臧克家诗选》新编版收录了他230多首新诗。"眼前飘来一道鞭影，它抬起头望望前面"是《老马》里的诗句，是他的代表作之一。"放下又拾起的，是你的信件；拾起放不下的，是我的忆念。"这是他《致友人》诗中的名句。晚年他写的诗："老友老友，心中老有，意志契合，如足如手。"我至今不忘。

臧克家曾名臧瑗望，笔名少全、何嘉。山东诸城人。曾任《诗刊》主编、中国诗歌学会会长，文学活动长达70余年。是具有中国风格的现实主义诗人，评论认为他推进了新诗对中国农民和农村的抒写与吟唱；他的叙事诗是诗人内心世界与外在世界的交融，推进了现代叙事诗的成长。他的名字一直是和新诗联系在一起的。

读他的回忆录《我的诗生活》知道，他写新诗自然是受五四新文化运动的影响。他14岁以前没有离开过乡村一步，自言是泥里土里风里雨里的野孩子的一员，脉管里流入农民的血。与爱诗的农村穷孩子和泥土人一起生活，"心的小船在诗潮中摇曳着"，将诗的苗子插在了自己的心田上。

高小三年后，他考入济南省立第一师范，沉浸在新文艺的热潮中，数理化功课都不好，但国文数一数二。作文《游大明湖》滔滔二三千言，抒发了在黑暗社会里的悲凉之感。老师批道：清秀如冰心女士，悱恻似郁达夫。同学笑称他是"雌雄同体"。他开始学习写白话诗。

生活——诗的土壤。他青年时代的生活跌宕起伏，苦难奋斗中生发了诗果。他投身大时代，曾从山东奔赴武汉，考入武汉中央军事政治学校，一身戎装，参加了讨伐反动军阀夏斗寅的战役。大革命失败后，逃亡东北。后考入闻一多主持的青岛大学文学院，入学考试他以《杂感》"人生永远追逐着幻光，但谁把幻光看作幻光，谁便沉入了无底的苦海！"打动了闻一多，竟给了高分，虽数学零分，仍被破格录取。他如饥似渴地学习，并时常在闻先生书斋里讨论诗，闻先生是他的诗的第一个读者。闻一多走后还给他写信道："得一知己，可以无憾。"他读了闻一多的《死水》，便放弃了以前读过的许多诗，也放弃了以前对诗的看法；觉得找到了适合自己创作诗歌的途径。他把自己的《神女》寄给老师，寄回来时，自己喜欢的句子已有了红的双圈。

在青岛，他发表了《默静在晚林中》。在山东大学中文系，他含愤苦吟，得到闻一多、王统照的鼓励，创作诗集《烙印》《罪恶的黑手》。朱自清评论："从臧克家开始，我们才有了有血有肉的以农村为题材的诗。"毕业后他到山东临清中学任教，从事新诗创作，写下了长诗《自己的写照》和短诗集《运河》。

抗战全面爆发后，他从军奔赴前线，"我甘心掷上这条身子／掷上一切／去赢最后的／那一份光荣"。他加入第五战区抗敌青年军团，冒着敌机轰炸，三赴台儿庄前线进行战地采访，并率第五战区战时文化工作团深入河南、湖北、安徽农村及大别山区，行程几千里，穿梭在炮火连天的前沿阵地，开展抗日文艺宣传和创作活动。他组织"文艺人从军部队"（亦称"笔部队"），参加随枣战役。这期间，创作和出版了《从军行》《淮上吟》等诗集及散文集。他从河南徒步千里走到重庆，出版了诗集《泥土的歌》和《十年诗选》。历经上海编刊、香港逃亡，最终到北平。新中国成

臧克家

立后，他自然诗思不断，勤于笔耕，成为新诗界公认的大家。臧克家回忆说，无数蓄积的生活宝贵经验，是诗最有价值的材料。学习写诗不仅是技巧的磨炼，还应钻进人生的深海里去！技巧不过是诗的外衣，生活才是诗的骨肉。写诗也要想象，他说："没有插着翅膀的想象，会永远把你的诗拖累在平庸的地上。"

让我极感兴趣的是，他早年以新诗驰名，晚年却转写旧体诗，倡导新、旧体诗同步发展。有《臧克家旧体诗稿》行世。何以会有这种转变？读了《臧克家回忆录》，觉得还是有脉络可循。

臧克家祖父好诗，常高声朗诵并教他古诗。他记得当他苦恋一个乡村姑娘而痛苦时，祖父不言，却递他写有诗的纸片："青蚕栖绿叶，起眠总相宜。一任情丝吐，却忘自缚时！"父亲长年抱病，与四叔结诗社。四叔诗才高。笔力雄健，也颇自许，有句："读古十年乏领悟，论诗一瓣获心香。"也有过佳句："背城树色留残照，平楚秋痕入野烧。"臧克家八九岁时上私塾，学习《古文释义》，能背60多篇古文。每年春节，他负责按纸，祖父写春联，堂屋里的门联大多是古人的佳句，像"花如解笑还多事，石不能言最可人""水能澹性为吾友，竹附虚心是我师""万卷藏书宜子弟，十年种木长风烟"等。臧克家12岁时入本村初小，直入二年级。五四运动爆发时，上县城高小。那时语文教材全是古文和古典诗歌，如《观刈麦》《凌霄花》，浅显而适应农村孩子程度。他也经常游览，说自己北俯潍水，南瞻"马耳"，东望卢山，西眺穆棱，口吟"大江东去"，默思诗人情怀。县城有古迹"超然台"，苏东坡做知州时，雪后留下过"试扫北台看马耳，未随埋没有双尖"的诗句。在大学，闻一多除教他写新诗外，还讲历代诗选，增强了对古典诗词的欣赏理解能力。

让我感动的是，在臧克家的回忆录中记述了他战地采访的几个爱诗的国民党军队将领的形象。随枣战役时，他和姚雪垠到了广西部队八十四军。一七三师师长钟毅，风度儒雅，上马杀敌是猛将，下马写诗是诗人，有诗："思从马上平天下，爱上城头看月明。""虎帐春宵人半醉，故迟明月送归人。"他有一首七律抒怀："汉家火德未全衰，崛起平林旷代才。观斗山前将星合，朝王庙上霸图开。千秋帝业留陈迹，万里风云作壮怀。放眼乾坤纷扰日，登临我亦戎衣来。"钟师长为国捐躯了，他的诗留下了。三十军的黄樵松师长写河北战役："陈兵娘子关，壮志薄云天。笑斩鲤登头，放歌大板山。"后来起义被出卖，也牺牲了。军部秘书们也好旧诗，有"青阳逼除岁无声"的句子，也写出"何必纵横惊四座，惯从霹雳听天真"。这些国民党将士军中的旧诗，过去很少读到。

可以说，臧克家虽然一生主写新诗，但旧体诗也在生活的磨炼中夯实了基础。对新诗的表现形式问题，有人倾向于散文化，但他还是拥护闻一多的格律说。新旧诗体在形式的外衣上不同，但在诗的本源和感情的生发上是相通的。"诗，可以兴。可以怨。诗是冲破郁塞的一道激流，诗是心头火焰的一个喷射口。"这是老诗人的体会。

晚年的臧克家，年老多病，因此"老来意兴忽颠倒，多写散文少写诗"。他说散文"抒发我的诗的情趣"。过去他的诗，很少散文化的倾向；但他的散文却内中蕴含着诗魂，甚至有人有"文胜于诗"的说法。与此同时，他说："对古典诗词热爱之忧与年俱增。""由于年龄关系，接触沸腾的现实生活可能性少了，写新诗的劲头小了……反之，对旧体诗的兴趣越来越浓，灵感袭来时，就诗句如水流了。"他说："我有两个旧体诗句，足以表现我的心情：'年景虽云暮，霞光犹灿然。'""身老而心青，所以还有激情，还能写诗。"他时刻抓住瞬间涌动的心浪和思绪的火花，采用的表现形式绝句为多。他认为绝句概括含炼，抒情性强。大体按旧的格律，但有时破格，不以平仄自缚而致艺术失真。在其旧体诗稿的百多首诗里，有反映在干校劳动的，有抒写晚年豪情的，其中怀念旧情、赠寄老友的诗占了大部分。试录几首：

横行如线竖行匀，巧手争相试腰身。

袅娜翠苗塘半满，斜风细雨助精神。

（《细雨插秧》）

问我年来竟若何？韶华未敢任蹉跎。

耽书静案融通少，信步清庭意趣多。

座上高朋抒壮志，窗前小朵缀青柯。

听凭岁月随流水，依旧豪情似大河。

（《答友人问》）

北国风光，无风无雨近重阳。

不去西山看红叶，来对丛黄。

人依疏篱，花傍宫墙，

浥英红幛，门楼仰天望。

惜芬芳只独尝，念天涯分飞雁行。

不须持螯把酒，默诵佳句"分外香"。

人影瘦，神清扬，昂首向东、天一方。

（《自度曲·题菊畔小照》）

臧克家说："我喜爱的好诗：有生活气息，有时代风雷，使人读了精神振奋向上，得到教育，受到启发，同时还得到美感享受。"臧克家"一生献给了诗的王国"，数十年来致力于新诗创作，有意识地向中国古典诗歌吸取养分，予以现代化改造，铸造自己作品的中国风格。他的诗具有含蓄蕴藉的抒情方式，重"藏"，诗在诗外，笔有藏锋；他的诗运用素朴精练的言说方式，精练而又大巧若朴；他的诗追求谐和悦耳的音乐方式，"敲声音"，是臧克家炼字的标准之一，他寻觅着音节和谐，铿锵动人，增加读者听觉上的美感。闻一多曾说，"克家的诗，没有一首不具有一种极其顶真的生活的意义"。这"极顶真"正是来自诗人观照生活本质，把握生活本质的哲理性总结。"西部歌王"王洛宾晚年还拜访过臧克家，称当

年在北京师范大学念书时，就读到
《老马》《春鸟》。他为臧克家的名
篇《反抗的手》谱曲，成为他最后
的创作。

臧克家后来写旧体诗，也讲究
诗的形式的凝练、整齐，讲究诗的
节奏、韵律，以格律诗的形式反映
社会现实。他擅长比喻，把感情和
倾向性凝聚、隐蔽在诗的形象里，
化思想、概念为具体形象，并善于
摄取人生图景，抒情形象生动、丰
富、含蓄。其诗风质朴清劲、本色
自然。臧克家撰文说："诗，不论新
旧体，可以述志，可以叙事，可以
吊古，可以状山川之美，也可以抒
男女之情。但，诗之灵魂是一个情
字。不论写任何题材，用什么表现

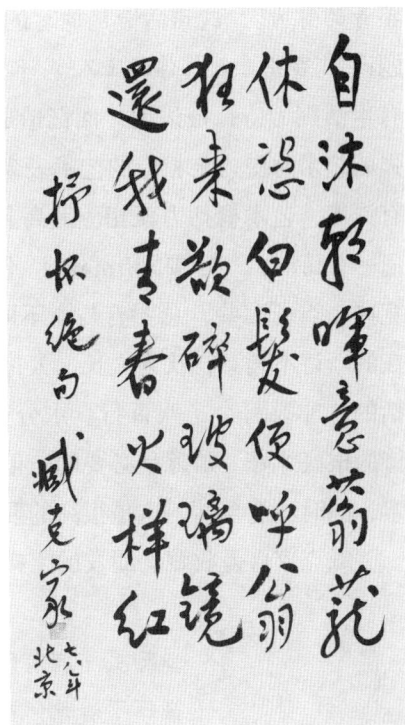

臧克家手迹

手法，如果离开诗人的感情，篇中无我，绝不会动人而引起共鸣的。"

事实上，能尝试用两种或多种诗体的诗人也确实不多。臧克家说：我
爱新诗，更爱古典诗歌，我写新诗，也写旧体诗。"我是一个两面派，新
诗旧诗我都爱。"他还说过："不薄新诗爱旧诗。"他主张要辩证地看新诗
和旧诗的长处和短处："新诗，是潮流所趋，而旧体诗则是潜流，若断若
续。"面对假大空的更兼大批量的新诗作品，他的阅读趋向便日益倾向于
旧体诗。他在给朋友的信中，提到了学写旧体诗时遇到的难题："铁定的
格律与主观情思的冲撞。"他的观点是"注重抒真情"，"情潮一来，难求
合律"，便不"勉强合之"。他说自己是个"中间派"（即"改革派"），既
不喜欢只顾典雅工整而欠情味的，也不愿作"解放派"（即"新古诗"）。
他是"情动绳墨外，笔端起波澜"。

臧克家经常鼓励年轻人，80岁时对青年说："大时代的弓弦，正等待

年青的臂力。"这句话恰是他写的一句诗。他应年轻人请求，在诗集扉页题词："唱泥土歌，作泥土人。"他对年轻的诗人说："生活是很重要的，没有生活则无诗，俗语说'回忆造成诗人'，但光有生活还不够，还应有较强的艺术感受力与相应的艺术表现力。一个诗人一旦生活有深度，思想也有深度，艺术概括力就相应地高起来，这是成正比的。"他还说："构思任何一首诗时，一定要别出心裁！不要贪走捷径而落入别人套中，想的路子宽些，点子多些，总要有与众不同的构思方才罢休，方才动手。"他对现在的新诗不满意，认为太长，太拖沓，而且铺张激扬，几句话能说明和概括的，非要写个千八百行。水分过多，坏了新诗的名誉。他主张要有古诗的根底才好。雕琢是必要的，但不能苛求。不要太纤细，该朴素时则朴素，同时注意含蓄，这是很高的要求，每个写诗的人都应追求这种意境。

臧克家喜爱收藏老朋友的字幅，最喜欢郑板桥的三副对联：

> 二三星斗胸前落，十万峰峦脚底青。
> 搔痒不着赞何益，入木三分骂亦精。
> 书从疑处翻成悟，文到穷时自有神。

他有时为年轻人将其中一联题在册页上。

画家李延声为他画肖像，他在画像上题："老牛亦解韶光贵，不待扬鞭自奋蹄。"臧克家去世后，住所的桌子上遗像旁，一侧是他作的古体诗《灯花》："窗外潇潇聆雨声，朦胧榻上睡难成。诗情不似潮有信，夜半灯花几度红。"另一侧就是他常为年轻人题写的诗："万类人间重与轻，难凭高下作权衡。凌霄羽毛原无力，坠地金石自有声。"据媒体报道，遗像旁摆放的"都是臧老的最爱"。

新旧文体的诗歌讨论历来就有。往往偏爱一体的诗人各执一词，强调自己的长处和优势。客观地讲，诗的本质是一样的：诗者释也——白居易谓之"泄导人情"。汉儒说："诗者，志之所之也。在心为志，发言为诗。"艾青说："假如是诗，无论用什么形式写出来都是诗。假如不是诗，无论用什么形式写出来都不是诗。"至于形式问题，百年的历史已证明，谁也取代不了谁。各有相对的优点和短处，各有熟悉偏爱的作者和受众，各有传诵悠久的名篇佳作。臧克家是写新诗的，但他说：以前，新诗人对旧体诗看法有点偏执，认为新诗人写旧体诗是一种倒退。后来革命前辈的旧体诗作成就大，影响深，风气为之转变。他还说：我觉得，新诗在表现时代与现实生活方面，容量大，开拓力强，但失之散漫，不耐咀嚼。古典诗歌，精美含蕴，字少而味多。他以自己的诗句"诗情不似潮有信，夜半灯花几度红"为例，译成新诗就平无特色了。关于这个问题，郁达夫也表示，诗词之意境如沉着，如冲澹，如古雅，如含蓄，如疏野，如清奇，如飘逸，等等神趣，新诗里要少得多。但流沙河认为，新诗迅速普及，制胜之因，全在自由——抛掉旧体诗词的格律，获得形式的自由；舍弃典雅陈古的文辞，获得语言的自由；放逐曲达宛喻的传统，获得意趣的自由。这一大成果，当代诗词何能忽之！

臧克家的"不薄新诗爱旧诗"有其积极的意义。诗人要追求一种开拓创造与传统继承的均衡。新诗人不读、不懂、不爱传统诗词，只能局限自己；而习惯用旧体的人也应敬畏、欣赏新诗。新诗，中国诗歌大家族诞生的文体赤子，不能排斥"旧体诗词"，在单一情境中孤立生长，但要避免娇惯纵容，放任自流。旧体诗，也应包容文体多元竞争，新旧共存，彼此砥砺，互动互渗。两者应自由成长，交互演进，"历史性发生，共时性存在"。能驾驭者，可以文体杂糅，新体旧诗，旧体新诗，跨文体写作，如闻一多所追求的——做新旧中西文体融合的宁馨儿！

在北京臧克家的墓地上，立着一座火把造型的墓碑，刻着他手书作为墓志铭的诗：

> 我，一团火。灼人，也将自焚。

燃烧自己，照亮别人的大爱之火，是诗人臧克家的追求：

> 由此，日夜燃烧，受大苦，得大乐。

走近雨巷诗人

——戴望舒与现代诗

余光中说:"在中国新诗史上,崛起于30年代的戴望舒,上承中国古典的余泽,旁采法国象征派的残芬,不但领袖当时象征派的作者,抑且遥启现代派的诗风,确乎是一位引人注目的诗人。"

撑着油纸伞,独自
彷徨在悠长,悠长
又寂寥的雨巷,
我希望逢着
一个丁香一样地
结着愁怨的姑娘

戴望舒的《雨巷》给人留下了唯美的画面和印象外,表达了他对前路的迷茫,似乎也包蕴着无法排遣的忧郁和幽梦。有象征派诗艺的特点。"丁香"是古典诗歌常用的喻体,李商隐有"芭蕉不展丁香结,同向春风各自愁",李璟有"丁香空结雨中愁"等诗句,戴望舒作了点化,将丁香和姑娘两个意象重叠交融,含蕴幽远。诗的起始、结尾两段几乎相同,开始"我希望逢着",诗尾成了"我希望飘着",只一字之差,创造了意蕴内涵的朦胧美,带给人无限遐想。施蛰存说:"戴望舒在新月诗风疲敝之际,李金发诗才枯涩之余,从法国初期象征诗人那里得来了很大的影响,写出了他的新鲜的自由诗,在他个人是相当的成功,在中国诗坛是造成了一

种新的风格。"可以说戴望舒的作品是最
早以西方文学特色融入中国元素的典型，
他也是最具主观意识与生命感悟的代表
诗人。

戴望舒

望舒这个名字，据说出自《离骚》：
"前望舒使先驱兮，后飞廉使奔属。"望
舒是古代神话传说中为月亮驾车的天神，
美丽温柔纯洁，后世用作月亮的代称。
你看，为了追寻光明，漫游求索，乘坐
龙马拉的车子，前面由月神望舒代为开
路，后面有风神飞廉跟随，多么浪漫！
对这位"雨巷诗人"和他的现代诗，我
承认知之甚少，我借了一本《读懂戴望舒》，企图走近他的世界。

戴望舒原名戴朝来，出生在西子湖畔的一个小康之家。父亲是杭州中
国银行的职员，母亲出身于书香门第，能成本讲述《水浒传》和《西游
记》，是他小时的启蒙老师。他小时候害过一场天花，病愈后脸上留下瘢
痕，常受人讥嗤。小学毕业后，考进宗文中学。该校守旧，教科书都是文
言文。戴望舒及学友热爱文学，成立"兰社"，倾慕鸳鸯蝴蝶派，同时也
受到了五四带来的新思潮的浸润，耽读邵力子主办的《民国日报·觉悟》
副刊，眼界逐步开阔。后与施蛰存一同进入上海大学文学系。该校宣传进
步和革命的思想，校风活泼民主，戴望舒从此开始新诗创作。转到法国教
会办的震旦大学后，他和施蛰存办了《璎珞》杂志，发表了自己的译作，
并撰文指出翻译前辈的错误和漏洞。他由冯雪峰的介绍参加了左联，发表
了讴歌革命的诗篇。

戴望舒去法国留学，是与施绛年爱情的附加条件。他在巴黎大学旁
听，在另一学校学习西班牙语。为了生活费用，他翻译了数量惊人的西方
文学作品和文论，闲时就逛塞纳河左岸的书摊。出于经济的考虑，他转到
学费便宜的里昂中法大学，但经常逃课，坐拥书城，阅读和翻译依然是他
生活的重心。他喜爱西班牙文学，做了一次三个月的旅行。后因参加游

行，没有学分，被开除遣返。

回国后他主编过施蛰存策划的《现代诗风》，后不满足，办起《新诗》杂志，发表了南北两派诗歌 400 余首。他打破了传统格律诗的樊笼，将中国古典诗学和西方象征主义诗学融汇起来，坚持自己的个性和诗观，写了一些无韵的爱情自由诗。以清新自然的口语和疏密有致的意象排列，使诗句形成千回百转的情愫，让人感受到其情绪的流动旋律。他曾批评诗人林庚的创作，认为他写的自由诗渐趋成熟，又转过头捡起"旧诗"，是"新瓶装旧酒"开倒车。为了佐证，他将林庚的《古城》翻译成旧诗。《古城》原诗是："西北风吹散了秋深一片云 / 古城中的梦寐一散更难寻 / 屋背上蓝天时悠悠无限意 / 黄昏来的冻意惆怅已无穷。"戴望舒翻译成："西风吹得秋云散 / 断梦荒城不易寻 / 瓦上青天无限意 / 宵来寒意恨当深。"对"虚荣的青年"将古体诗改头换面成新诗，他也认为是不良趋势。例如，李商隐的《日日》："日日春光斗日光 / 山城斜路杏花香 / 几时心绪浑无事 / 及得游丝百尺长。"他翻译成林庚的"四行诗"："春光与日光争斗着每一天 / 杏花吐香在山城的斜坡间 / 什么时候闲着闲着的心绪 / 得及上百尺千尺的游丝线。"通过古诗和"四行诗"相互改写，戴望舒试图说明"现代诗歌之所以与旧诗词不同者，是在于它们的形式，更在于它们的内容"。让诗人"把握住它的现在"。戴望舒还不认同左翼作家提出的"国防诗歌"。他看重的是诗歌的质量，但也多次发表左翼阵营诗人艾青等的诗作。

抗战全面爆发后，日军占领上海。戴望舒带着妻儿，与叶凌凤、徐迟一家赴香港。他在《星岛日报》任副刊"星座"编辑，和许地山负责中华文协香港分会的工作，在副刊编发宣传抗日的诗文。在他的文召下，海内外的进步作家，如郭沫若、茅盾、艾青、郁达夫、徐迟、卞之琳、楼适夷、萧乾、萧军、沈从文等都成了"星座"的专栏作家和撰稿人。他还联系萧红夫妇，关照和运筹他们在香港的文学活动。他与后来结婚的穆丽娟发生矛盾，又返回上海欲挽留朝思暮想的爱人。这时，汪伪政府趁机派人拉拢他，许诺保证穆丽娟回到他身边，但戴一口回绝："我还是不能那样做。"日军击退英军占领香港后，大部分文化名人在东江纵队营救下撤回内地。戴望舒选择留下，但不久被日本人安上宣传抗日罪名抓进监狱。他忍受了酷刑的折磨，宁死不屈。在狱中他写了《狱中题壁》："如果我死在这里，朋友啊，不要悲伤……用你们胜利的欢呼，把他的灵魂高高扬起……"出狱后他写出了不朽的诗篇《我用残损的手掌》。我曾大声朗读这首优秀的诗，为之感动。萧红去世后，他不顾病痛，在朔风中步行六七个小时，到浅水湾凭吊，写下那首《萧红墓畔口占》。

1949 年 3 月，戴望舒似乎看到了新的时代拉开序幕，尽管犯有哮喘病，毅然北上。中华人民共和国成立后，他被安排在国家新闻出版总署从事编译工作。但不久病逝，享年未满 45 岁，葬于万安公墓。

戴望舒留下了 90 余首诗作，先后出版了四个诗集：《我的记忆》、《望舒草》、《望舒诗稿》（基本上是前两个诗集的合编）和《灾难的岁月》。记录了他一生追求的足迹。他的诗歌大致可以分为三个阶段。第一阶段以《雨巷》为代表以对我国古典诗歌意象和意境的成功化用、优美的音乐旋律及整体的象征意味，在整合中西诗歌精神上作出努力。第二阶段以《我的记忆》为代表，他放弃了早期对诗歌韵脚的拼凑和音乐化的追求，宣称："诗歌不能借重音乐"，用内在的情绪的节奏来取代字句的节奏，是具有散文美的自由体现代诗，表现现代人的生活中所感受的情绪。摆脱了新月诗派陷入格律化泥沼，去除了初期象征派怪异"神秘"气息，为自己找到了"最合脚的鞋子"，这一段是戴望舒诗歌创作的丰收期。第三阶段是抗日战争开始后，他开始为民族的解放战争呐喊鼓呼，创作与民族命运、时代情绪紧密结合，诗风积极明朗，情调较为高昂。徐迟比较了解他，曾撰文评价他《灾难的岁月》，认为《我用残损的手掌》一首是最好的，并引用他的诗句："因为我苦涩的诗节，/ 只为灾难树里程碑。"徐迟说他的《偶成》强烈地告诉我们希望的可贵：

> 这些好东西都决不会消失，
> 因为一切好东西都永远存在，
> 它们只是像冰一样凝结，
> 而有一天会像花一样重开。

戴望舒也翻译了法国的大量诗作。有意思的是，他早期翻译了法国象征主义诗人魏尔伦的《瓦上长天》，为了保留住诗歌的音韵，用古典小令的形式翻译，有别样的风情：

> 瓦上长天
> 　　柔复青！
> 瓦上高树
> 　　摇娉婷。
>
> 天上鸣铃
> 　　幽复清。
> 树间小鸟
> 　　啼怨声。
>
> 帝啊，上界生涯
> 　　温复淳。
> 低城飘下
> 　　太平音。
>
> ——你来何事
> 　　泪飘零，
> 如何消尽
> 　　好青春？

他认为，说"诗不能翻译"是一个通常的错误。只有坏诗一经翻译才失去一切。真正的诗在任何语言的翻译中都永远保持着它的价值。翻译可以说是诗的试金石、诗的滤箩。

戴望舒对新诗有他自己的见解。他认为，诗是由真实经过想象而出来的，不单是真实，亦不单是想象。诗应将自己的情绪表现出来，而使人感到一种东西，诗本身就像是一个生物，不是无生物。不应该有只是炫奇的装饰癖。单是美的字眼的组合不是诗的特点。新诗最重要的是诗情上的 nuance（法文：变异）而不是字句上的 nuance。新的诗应该有新的情绪和表现这种情绪的形式。所谓形式，绝非表面上的字的排列，也绝非新的字眼的堆积。韵和整齐的字句会妨碍诗情，或使诗情成为畸形的。他对《新诗》作者要求：不要模仿任何人，显出你们自己来。

戴望舒写过一个《诗论零札》，有两段比喻的话挺有意思：一、竹头木屑，牛溲马勃，运用得法，可成为诗，否则仍是一堆弃之不足惜的废物。罗绮锦绣，贝玉金珠，运用得法，亦可成为诗，否则还是一些徒炫眼目的不成器的杂碎。诗的存在在于它的组织。在这里，竹头木屑、牛溲马勃和罗绮锦绣、贝玉金珠，其价值是同等的。批评别人的诗说"如七宝楼台，炫人眼目，拆碎下来，不成片段"，是一种不成理之论。问题不是在于拆碎下来成不成片段，而是在于搭起来是不是一座七宝楼台。二、西子捧心，人皆曰美，东施效颦，见者掩面。西子之所以美，东施之所以丑，并不是捧心或颦眉，而是她们本质上美丑。本质上美的，荆钗布裙不能掩；本质上丑的，珠衫翠袖不能饰。诗也是如此，它的佳劣不在形式而在内容。有"诗"的诗，虽以佶屈聱牙的文字写来也是诗，没有"诗"的诗，虽韵律整齐音节铿锵，仍然不是诗。

戴望舒生活在历史大动荡的时代，他诚实、正直，向往革命，热爱祖国，渴望美好的生活，但又耽于个人爱恋的小天地，曾蹉跎、孤独和忧郁，创作上与象征诗派及后裔结下不解之缘。抗战以后，他从

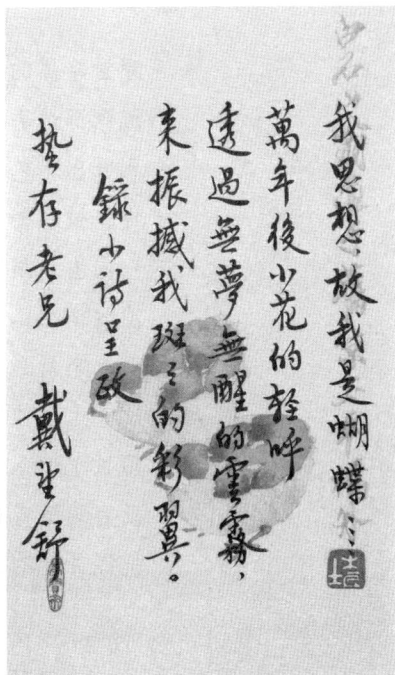

戴望舒手迹

幻梦中惊醒，走到苦难的战斗的人间，使思想和艺术有了新的飞跃。艾青和他有较多诗的交往，两人风格迥异，诗人相惜，互相欣赏、信赖、默契。战火中他们两地通信，共办刊物。但在北京相逢不到一年，戴望舒告别了人间。艾青亲为《戴望舒诗选》写序说，作为他的一个朋友，我常常为他过早地去世而感到惋惜，觉得是中国人民的一个损失。望舒是一个具有丰富才能的诗人。他从纯粹属于个人的低声的哀叹开始，几经变革，终于发出战斗的呼号。胡乔木曾撰文悼念他，称他为"一个决心为人民服务的有才能的抒情诗人"。对戴望舒诗的水准高下，看法颇不一致，文前所述余光中肯定他的一段话后，接着说："就诗论诗，成就仍然是有限的。真正圆融可读的实在不多。"

戴望舒有一首诗叫《流水》，不知为何一般编他的诗选都未选入。在诗中，他以无法遏制的奔腾流水象征蓬勃发展的革命运动，有人认为这首诗可以看作是他毕生思想和艺术的追求及其归宿的诗意概括。在本文最后，我愿意再次朗诵这首诗：

> 穿过暗黑的，暗黑的林，
> 流到那边去！
> 到升出赤色的太阳的海去！
> 你，被践踏的草和背弃的花，
> 一同去，跟着我们的流一同去。
> 冲过横在路边的顽强的石，
> 溅起来，溅起浪花来，
> 从它上面冲过去！
> 泻过草地，泻过绿色的草地，
> 没有踌躇或是休止，
> 把握住你的意志。

烂入农民的记忆

——从苏金伞的《蒲公英》谈起

偶尔读到 2015 年第 2 期的《名人传记》里一篇介绍诗人苏金伞的文章，深感知人太晚、读诗恨迟。早在 20 年代就独步诗坛的中原诗人苏金伞，与农民和土地有深厚的体验。他的诗，乡土情深，质朴自然，一首《蒲公英》写出了作者与农民的深厚感情：

伴着农民的脚步，
哪一条土路上，
没长着蒲公英？

当天空响起一串一串春雷，
蒲公英在蜗牛身边，
生出小小的蓓蕾。

当一轮红日，
从丛林中窸窣钻出，
蒲公英开出耀眼的黄花。

夜间繁密的星星，
大颗大颗的露珠，
蒲公英在暗暗繁殖。

沉重的牛蹄和马蹄，

一再把它们踏碎，

不久在蹄窝里又绽出绿意。

冬天盖上一层厚厚的白雪，

雪化了又结成冰，

它们的根在下面微微翕动。

蒲公英植根在农民的心上，

烂入农民的记忆，

又在农民的坟地上生生不息。

诗中弥漫着田野的气息，蒲公英一如生生不息的农民，和土地融为一体，也承载了诗人的寄托。古人吟咏百花，万紫千红；但鲜少吟咏田野上不起眼的蒲公英。不久前，恰巧一个朋友在微信上给我发来一首《喔，蒲公英》，且不分行录如下：

生命前开放的黄花／生命后凝聚的落英／有人叫你婆婆丁／有人称你华花郎／你，不在乎风／你，不在乎雨／却将生命理想圆满／珠丝状的白色柔毛／不再无理智的冲动／月给你初夜的浪漫／吟着幽扬的小夜曲／撑着头状似的花序／勃起卵状披针花葶／为离别缤纷的春季／为度过曼妙的今宵／任人们戏弄般吹走裸体／任鸟儿衔着飞向陌生地／去漂泊／或出世／或入世／再远行／生，不过是涅槃的开始／死，不过是轮回的重生

这首诗华丽细腻，凄美浪漫，是一种现代的风格，写得也很好。但放在一起比较一下，苏金伞的《蒲公英》显然是乡土味，朴素自然，返璞归真。他自己说："诗贵朴素，我终身追求的就是这两个字。因为我土生土长，身上和灵魂都浸透了泥土的气息。一切华丽的外衣对我都是不

相称的。"

诗，除了不同的风格，也有不同的表现形式。我与同学之间也以格律诗吟过蒲公英。毛卓亮写了一首《蒲公英》："地丁开罢结绒球，凭借好风飘四周。降落河川与湿地，又还春色到田头。"我也写了一首："野径无人随性草，溪边寂寞绽花黄。从来追月乘风好，诗伞万千落梦乡。"

我将不同风格、不同形式的诗放在一起，除了衬托欣赏，也想以此走近乡土诗人苏金伞，进一步了解他的经历、品格、诗风、境界。

苏金伞，原名苏鹤田，出生在豫东睢县的一个农民家庭。在小学校里仍有私塾先生教《唐诗三百首》《千家诗》《古文观止》和"四书五经"。后入省城开封第一师范，国文老师讲授新文学，讲鲁迅、胡适、陈独秀的文章，受其启蒙影响，投入了学生运动。后入河南体育专科学校。爱好踢球、绘画和写诗。20岁时《洪水》杂志发表了他第一篇作品。在他教书时期，曾因参加进步活动被捕入狱。后一直在中学、专科、大学任教，业余时间坚持新诗创作。1948年，苏金伞进入解放区，辗转至正定华北大学，进北平文管会。1949年调回河南，筹备省文联，创办《翻身文艺》文学杂志。曾任河南大学讲师，河南文联第一届主席。苏金伞因在胡风的《七月》上发表过作品，被停职，后又划为右派，下放农村劳动。尽管如此，人生的炼狱给他的生活培了土，农村生活成为他创作的源泉。

苏金伞以诗为业，以诗自命，自言"三生修来是诗人"。诗是他的寄托和价值所在，诗给他带来了欢愉和荣誉，也给他带来了痛苦与灾难，但他无怨无悔，相伴终生。"故乡即诗"，苏

苏金伞

633

金伞用诗营造了浓浓的乡土精神家园。

苏金伞从小生长在农村，深深了解农民对土地的挚爱。他的《稻草担子》《雨后》《摘棉花》《村女》《农人的脊背》《破草帽》《老牛回家》《扯秧》《春宵伴着细雨》等诗篇直接活入农民劳作的场景，散发农民质朴的情感。

他写土地："地翻好／又耙了几遍／耙得又平又顺溜／看起来／好像娘儿们刚梳的头／这么松散的地／简直是一张软床……"（《三黑和土地》）

他写农民："农人的脊背，经过烈日的烤炼和冷雨的浇淋，变成火成岩一般的坚固。"（《农人的脊背》）

他写劳动："人们成排地坐在秧田里，秧马不停地向前移动。扯出来的秧束成行地飘在身边，须根上还带出一窝星星。"（《扯秧》）

他写春雨和农民的梦："寂寂的春宵伴着细雨，没有停止也没有声息，却又滴滴透入人们的耳膜，就像枕边的微语。……野外响着蚯蚓的长吟，还是蝼蛄擦着翅羽？是蛙足蹬着池水，还是树根吸着新泥？——这是土地的声音，土地咂着亿万张嘴唇，吸吮着甘甜的濡沫。滋润着深深的肠肺。雨声织成农民们的梦，在梦中有时时清醒；感到夜长不能马上起身，又怕夜短不够塮深。"（《春宵伴着细雨》）

苏金伞在全国军民抗战救亡的高潮中，写出《我们不能逃走——写给农民》，抒写农民对土地的深挚感情。此诗通俗上口，耐人咀嚼回味，在《七月》发表后，西安报纸转载，读者广泛传播。

我们读苏金伞的诗，不能脱离他生活的时代背景。20世纪40年代，抗日的爱国心、对反共卖国投降的愤慨及对共产党的倾慕始终在他心中鼓荡、胸中翻涌。这个时期他写了许多政治讽刺诗。《地层下》《窗外》《雷》《控诉太阳——哀闻一多先生》等诗篇，充满了燃烧的怒火。这是他最丰富多产也最贴近时代的诗创时期。可惜的是，在战乱流离中，他失去了许多珍贵的诗稿。

在生活中捕捉具体的形象、意象，是苏金伞的诗感人的"秘密"。他赋予沉默的大自然以人格化的表现手法，与贴切的比喻，将农村生活和风俗画面，给人以飘动的立体感。臧克家最早将他的《窗外》收入诗集。他

说：他的句子看上去很素净，没有斧凿
的印痕，可是，味道却极醇……情感颇
为浓烈。台湾诗人余光中将他的《头发》
编入《新诗三百首》，认为是"踏实有力、
捣人胸臆的好诗"，"此诗虽短，撼人的
强烈却不输鲁迅的小说"。北京大学教授
谢冕评价苏金伞的诗，"在他的浑朴天成
之中凝聚了诗人毕生的艺术经验"，"古
今第一等文字……是无遮拦、不做假，
率性而为、发自童心"。牛汉说苏金伞的
诗所开拓的创作境域，"正如一片古老的
中原大地，稳定、宽广、厚实、永恒"。

《苏金伞诗文集》书影

姚雪垠称他旧日外号大铁锥，为他赋诗："中原老友晨星少，人格文品有
典型。铁锥舞罢诗千首，日照嵩峰色更青。"

　　苏金伞说，五四以后，诗的门禁打开了，诗的视野宽阔多了，诗的营
养丰富多了。外国的诗，如英国的商籁体（十四行）、日本的俳句等各种
派别（浪漫派、印象派、现代派）的诗，也介绍过来。对中国的新诗都有
影响，他也不例外。但他认为新诗在中国是有群众基础的，应从口语、民
歌中，学习它植根于生活和人民血肉相连的传统，以及语言和表现手法。
但他反对指使农民编民歌、立赛诗台那些违反艺术创作规律的做法，其结
果必然败坏了读者的胃口。他主张诗要含蓄，有嚼头，有余味。直露空
泛、一览无余，不能算好诗。在古诗中他喜欢李商隐，在新诗中喜欢卞之
琳。对诗的形式，苏金伞用的是比较自由的形式，字句不要求整齐，诗不
押韵（不凑句凑韵）。随着感情的起伏，语气的轻重，运用自然的节奏，
以白描手法，写出颇具象征意味的诗句。他追求朴素，清新，口语化，不
雕琢，甚至主张不用形容词，但有鲜明的形象和浓郁的诗意。他认为，押
韵属于歌。古代诗与歌不分，现在，新诗已与歌分家了，诗应靠自身的内
韵赢得读者，尽量不去借音乐的光。

　　苏金伞自己总结了写诗的过程和三次变化，即始终保持着朴素无华的

风格，争取做到深厚含蕴中透出清新；始终保持着生活中的语言写诗，不矫揉造作，不故作深奥，使人感到晦涩难懂。坚持现实主义。生活是诗的基础，诗是生活的升华。至于表现手法，则不妨博采众长，借鉴古今；形式多样化，要不断地探索和创新，不能固滞僵化，自造框框。

我个人很喜欢苏金伞的《雪夜》《春宵伴着细雨》《蒲公英》等诗。新诗有个最大的好处，就是适于朗诵，通过听觉享受诗境的心感。但现在能找到苏金伞的诗选诗评和有关资料太少且分散。我盼望能出版一部较全的苏金伞诗集，让更多的人了解他的诗。

苏金伞擅写自由诗，对旧体诗也不排斥。他推崇鲁迅的旧体诗，认为既深刻感情又炽烈。对旧体诗，他也偶尔为之。进入古稀之年他感慨万端，曾吟成律诗一首："学诗无成已七十，抚摩双鬓欲何之？俯首新贵觉气短，坐待焚尸嫌日迟。出门常恐遇冷眼，闭窗唯有读古诗。相信东方终会来，树老犹能开几枝！"苏金伞的书法颇见功力，他用行草题写自己的诗："漠漠冬夜里，凝望北斗星。楚汉荒城下，黄河静无声。"

晚年，他笔耕不辍，诗泉喷涌，仍保持一颗纯净稚拙的赤子之心，众多诗篇仍保持自己的风格。近 80 岁写出了新诗《胎芽》，这首被誉为"大巧之朴，浓后之淡"的作品，已跻身为他的代表作之一：

> ……这是春天的第一个声音，/ 是生命的第一次撞击，/ 就像婴儿的第一颗乳牙，/ 就像戳破纸窗 / 企图向外探视的小手拇指。……

新诗的道路如何走？无疑应学习、继承老一辈的探索精神和传统，在已有的基础上向前发展。苏金伞的诗应引起诗坛的重视和传播。苏金伞活了 91 岁，他没有看到 21 世纪，但他在临终前留下了最美好的祝福：

> 二十一世纪 / 新诗将从幽谷中 / 走上新的境地。

因为我对这土地爱得深沉

——艾青抗战时期的自由诗

假如我是一只鸟，
我也应该用嘶哑的喉咙歌唱：
这被暴风雨所打击着的土地，
这永远汹涌着我们的悲愤的河流，
这无止息地吹刮着的激怒的风，
和那来自林间的无比温柔的黎明……
——然后我死了，
连羽毛也腐烂在土地里面。

为什么我的眼里常含泪水？
因为我对这土地爱得深沉……

《我爱这土地》写于 1938 年，发表于桂林出版的《十日文萃》。武汉失守后，日本侵略者的铁蹄猖狂地践踏中国大地。艾青和当时许多文艺界人士一同撤出武汉，汇集于桂林。作者满怀对祖国的挚爱和对侵略者的仇恨便写下了这首诗。诗人把个人浓烈的情感和民族命运紧密联结起来，以"一只鸟"之小，来讴歌土地、河流、风和黎明等永恒博大之物，以及死后也要将身躯融进泥土的决绝，表达出诗人对这片土地最真挚感人的赤诚之爱。境界广阔，感情强烈而忧郁。相对于艾青的《大堰河——我的保姆》和《雪落在中国的土地上》两首杰出的代表作，这首《我爱这土地》

短而简洁，以"鸟"对土地执着的爱，表达生于斯、歌于斯、葬于斯，念兹在兹，至死不渝的情怀。拟物的"鸟"，生以歌喉，死以羽毛；对"大地"的情，悲愤中炽烈，深沉而厚重。结尾两句，喷涌出诗人对祖国的深情大爱，读之共鸣，令人落泪，至今脍炙人口。这两句诗后来被刻在他家乡田地的石碑上。

艾青，名蒋正涵，号海澄，浙江金华人，老家在山区。幼时由一位贫苦农妇大堰河（当地方言叫她"大叶荷"）养育。1928 年入杭州国立西湖艺术院学画，翌年赴法国勤工俭学。回国后在上海加入中国左翼美术家联盟，组织"春地画会"，在上世界语课时被捕，在狱中以养育他的农妇为原型创作了《大堰河——我的保姆》，发表后引起轰动。抗战期间，他从上海辗转到桂林、重庆，皖南事变后到延安，毛泽东多次接见晤谈，征求文艺方针诸问题的意见。解放战争期间，在华北联合大学文艺学院搞行政工作。后进北平，接管国立北平艺术专科学校，参加第一次文代会，参加政协第一届全体会议。新中国成立后任《人民文学》副主编。

艾青从美术向文学移动，先后出版了《大堰河》《北方》《春天》等诗集。他的诗大多表现了诗人热爱祖国的深挚感情，富有强烈的时代感，诗风沉雄，情调忧郁而感伤，推动了一代诗风，1957 年被划为右派，王震安排他当北大荒示范林场副场长，和工人们一起伐过木头。在农耕中他仍写出《踏破荒原千里雪》《蛤蟆通河上的朝霞》等诗篇。艾青后来又在新疆垦区度过了 16 年。"文革"遭到批判，1976 年重返诗坛，写出新的诗作。

"文革"期间，我的母校国际关系学院解散，无书可读，同学四处漂泊。在河北冀县，我在杜文棠老师的影响下，开始接触艾青的诗，除《大堰河——我的保姆》外，我那时还非常爱读《黎明》《吹号者》《给太阳》等诗。喜欢这样的句子："黑夜收敛起她那神秘的帷幔，/ 群星倦了，一颗颗地散去…… / 黎明——这时间的新嫁娘啊 / 乘上有金色轮子的车辆 / 从天的那边到来…… / 我们的世界为了迎接她，/ 已在东方挂了万丈的曙光…… / 看，/ 天地间在举行着最隆重的典礼……"每当读到这里，我会热血沸腾。这些诗句都是艾青在 20 世纪三四十年代写的，字里行间充盈

着在黑暗里呼唤太阳、迎
接黎明的悸动和渴望。我
曾在另一篇文章里说："在
中国，太需要以激情澎湃
来覆盖无病呻吟，以群起
的呐喊来冲击看客的麻木，
以火热的人性光辉来温暖
人尊严的心。太阳，辉煌
的天灯，是大自然的明眸，
大千世界的眼睛和心灵。
艾青的《太阳》《向太阳》

艾　青（邓伟摄）

《给太阳》《太阳的话》《光的赞歌》等一系列诗，揭示了精神的向往，启
迪我们昂扬向上。"这些诗，是激情的火焰，是涌动的春潮，艾青袒露的
心，让我们看见了诗人的赤子之心和使命。

　　艾青与聂鲁达①、西特梅克②一同被誉为"20世纪三大人民诗人"。
应该说，艾青的重要诗歌创作，是在烽火连天的抗战时期完成的。在民族
的危难时刻，他汇入民族解放斗争的洪流，挺身而出，英勇放歌。他以强
烈的爱国主义精神和忧患意识，以对自由和光明的热切呼唤，用精湛启人
的诗艺，实现了民族精神的诗化，成为时代的号角和鼓手。卢沟桥事变前
一天，他就写出了《复活的土地》："我们已经死了的大地／在明朗的天空
下／已复活了！／——苦难也已成为记忆／在它温热的胸膛里／重新漩流着
的／将是战斗者的血液。"《向太阳》《吹号者》《火把》等诗，写出了在血
与火的考验面前，一代人的觉醒；塑造出我们民族在战争中的各种人物群

---

　　① 巴勃罗·聂鲁达，智利诗人，诺贝尔文学奖获得者。曾在外交界供职，参加过西班牙保
卫共和国内战，拯救集中营战士，演讲呼吁援助苏联卫国战争，曾遭通缉，晚年回国。他的第一
部诗集是《晚霞》，成名作是《二十首情诗和一支绝望的歌》。他三次来到中国，当他得知中文繁
写"聂"由三只耳组成，他说，第三只耳朵专门用来倾听大海的声音。
　　② 西特梅克，即纳齐姆·西克梅特，土耳其诗人，被认为是土耳其现代诗歌的奠基者。曾
入海军学习。因从事进步文学活动，多次被捕、监禁。他曾在莫斯科东方大学学习，结识马雅可
夫斯基，获列宁国际和平奖。1952年到过中国。他的诗歌高亢激奋，充满了革命激情。

像；讴歌了在苦难、死亡面前，人民的英勇牺牲精神和必胜信念。他在三年间，写了近百首短诗。《我爱这土地》就是一首最富激情的作品。艾青的抗战诗歌也充满了对自由的呼唤，他意识到自己的使命："普罗米修斯盗取了火，交给人间；诗人盗取了那些使宙斯震怒的语言。"他说："诗的声音，就是自由的声音；诗的笑，就是自由的笑。"他的抗战诗歌，不受既有格律和程式的拘囿，借鉴惠特曼①为代表的自由诗和比利时诗人凡尔哈伦为代表的象征主义诗歌，在意象的选择、意境的营造和诗的写作形式等方面表现了极大的自由，在其沉郁顿挫的诗风里，呈现了一种崇高之美和苦难之美，他的诗歌有清晰的画面感，以一种清新、质朴、纯净的语言，让人为之耳目一新。他和他的诗歌见证了所处的动荡的、苦难的、忧伤的、辉煌的时代，代表了中国自由诗创作的成就。胡乔木曾写信说："艾青在艺术上的成就和他在国际文艺界的声誉决不逊于巴金，其被接受的可能甚至还略多些。"

　　艾青积一生写诗的体验，主张诗人说真话，诗人只能以他的由衷之言去摇撼人们的心。他反对有人看天气预报在写"诗"，以所谓"政治敏感"当"不倒翁"。诗人要忠于自己的感受。"灵感"不是唯心主义，是诗人的朋友。所谓"灵感"，是诗人的主观世界与客观世界最愉快的邂逅，是诗人对事物发生新的激动、突然感到的兴奋、瞬即消逝的心灵的闪耀。并不是每首诗都在写自己，但每首诗都由自己去写——就是通过自己的心去写。"不仅使人从那里感触了它所包含的，同时还可以由它而想起一些更深更远的东西。"他认为，诗只有通过形象思维的方法才能产生持久的魅力。它可以把抽象的东西转化为具体的东西——可感触的东西；可使滞重的物质长上翅膀，也可使流动的物质凝固起来；可以使相距万里的携起手来，也可使原来在一起的挥手告别。形象思维的方法是抽象与具体之间"互相补充"，是诗，也是一切文学创作的基本方法。艾青以自己的

---

　　① 沃尔特·惠特曼，美国诗人，有"自由诗之父"的美誉。他创造了诗歌的"自由体"，代表作《草叶集》。他自由散漫，随意游荡，做过多种职业，喜欢结交社会底层朋友。他的诗以口语化的节奏，打破了传统的诗歌格律，以断句作为韵律的基础，节奏自由奔放，汪洋恣肆，舒卷自如，具有一泻千里的气势和无所不包的容量。他的《在自由和力量中飞翔》被编入中学语文课本。

经历来说，美术和诗歌都是表现形象思维的，美术用线条，诗歌用文字。绘画应该是彩色的诗，诗应该是文字的绘画。他说："画家和诗人／有共同的眼睛／通过灵魂的窗户／向世界寻求意境。"写诗最忌发议论，诗人忠实地写出他的感触，就达到了绘画的效果。艾青提倡"诗的散文美"，是自由诗一个极高的境界。艾青说："诗的语言是最美的语言。诗的美决定于它的内容。诗的价值在于同人民和生活联系起来；要是写出来谁也不懂，让读者去猜谜，那就起不了诗的作用。"他在一次座谈会上说："我所努力的对诗的要求是四个

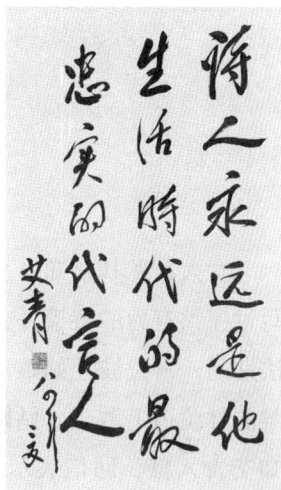

艾青手迹

方面：朴素，有意识地避免用华丽的词藻来掩盖空虚；单纯，以一个意象来表明一个感觉和观念；集中，以全部力量去完成自己所选择的主题；明快，不含糊其词，不写为人费解的思想。决不让读者误解或堕入五里雾中。"艾青说："我所爱的诗，是最有个性的诗，有各人不同的风格，不同的手法，不同的构思方式所写的诗。"

"诗是一个心灵的活的雕塑。"艾青和他的诗，始终生息在一个悲壮而动荡的伟大时代，与民族的土地的忧患和欢欣血肉相连。是时代的洪流把他卷带到或风雨或阳光的港口，在汽笛的长鸣声中，在生命的远航里，写下了众多不朽的诗篇。《我爱这土地》里的一问一答，让人感受到萦绕心底、使人震颤的激情。抗战期间艾青曾经说：反抗天然地产生于受迫害的人。他的《礁石》诗反映了民族坚强不屈的精神，这首诗也是我喜欢的：

> 一个波，一个浪
>
> 无休止地扑过来
>
> 每一个浪都在它脚下
>
> 被打成碎沫，散开……

它的脸上和身上

像刀砍过的一样

但它依然站在那里

含着微笑，看着海洋……

女人，尤其是知己女人，似乎也是诗人动情的引子。除抗战期间艾青写过铿锵有力的诗篇外，艾青还写过三首诗纪念红粉知己。其一是艾青留法期间，一位波兰姑娘免费教他法语，他们一起谈诗论画，深夜时分在巴黎的林荫道上散步。姑娘回国时，艾青留下中国的通信地址。后来姑娘得知艾青入狱，回信表示深深的同情和不平。艾青在狱中写了《古宅的造访》一诗，回叙了他们难忘的交往。其二是他曾与《救亡日报》女记者高灏相识在诗歌朗诵会上，后步入恋爱的门槛。他们一起去桂林农场参观，看望老朋友，畅谈到深夜。当两人走到楼梯拐弯处，走在前面的高灏突然回首看了艾青一眼。这一眼攫住了诗人的心，他写了《关于眼睛》这首诗，来纪念当时的心情。其三是捷克汉学家丹娜曾在外语学院任教，并翻译中国文学作品，常与艾青见面交谈。丹娜回国后得知艾青被打成右派，多次给艾青写信，一直翻译艾青的诗。她离婚后孤苦无依，曾写一首《忆友人》，传达对艾青的思念之情。她曾申请访问中国未准，后因车祸身亡。艾青从丹娜姐姐给友人的信中得知噩耗，写下了近80行的《致亡友丹娜之灵》。艾青结过三次婚，没有给妻子留下只言片语，却为三个时期三位动心的女人留下了三首诗。有人问，为何要写这些? 我想，爱土地、爱光明和爱友情并不矛盾吧。

艾青，这位当年茅盾和胡风推介、赞颂的东方"吹芦笛的诗人"，至今仍在吸引着我们这一代。他曾给年轻人书法题赠："上帝和魔鬼都是人造的。"人有真善美，即"上帝的灵魂"；也有丑恶的一面，即"魔鬼的阴影"。培养、挖掘、恢复自己善良的一面，拒绝、遏制、消灭丑恶的一面，让"上帝"战胜"魔鬼"，才能走向高尚。我也希望更多的年轻人能走进他的诗，从中感受他拨动的大爱情愫，去纵览他带来的温暖的美好的生活画影。

如歌的行板

——寻找徐迟舅舅的诗魂

1978 年,《人民文学》1 月号首发报告文学《哥德巴赫猜想》,这篇被认为结束动乱、重视知识分子、繁荣文学和科学的报春鸟,使整个文坛和读书界沸腾起来。诗人点起的这支数学火把,照得华夏大地一片亮堂。当时我在石家庄工作,读到后激动不已。作者徐迟,给我留下最初的深刻印象。

1978 年 7 月,我调到了北京。年底结婚后才知道岳母之弟就是我敬仰的作家徐迟。这样,我应该叫他舅舅了。徐迟舅舅经常是笑眯眯的,思绪飞扬,他送给我们一本大相册作为我和伍延力结婚的礼物。他有时在我们住的院子的平房里,构思新的文章;有时谁都不打招呼,神秘地独自外出采访。《哥德巴赫猜想》发表之时,他正在云南西双版纳热带密林里,采访植物学家蔡希陶,写出了《生命之树常绿》。

但作为诗人徐迟,我却一无所知,甚至没有读过他的一首诗。只知道早在 1945 年重庆谈判时,毛主席会见了他和马思聪,在他的册页上题字"诗言志"。1962 年,作为《诗刊》副主编的徐迟收到毛主席的词六首,答应发表。印象深的还是他的报告文学。徐迟舅舅的晚年,我们不大见到他。只收到他写的回忆性的长篇《江南小镇》。他去世后,我又读到湖北作家写的《徐迟的第二次青春》。直到要写这篇文章时,发现被誉为现代浪漫主义诗人的徐迟舅舅的诗歌却知之甚少。于是,我到首都图书馆的书架上,找寻到十卷本《徐迟文集》、一本《永远的徐迟》。在海淀的旧书摊上也意外购得一本徐迟写的《我的文学生涯》。我慢慢地读他,企图也能

徐 迟

慢慢捕捉到他无羁而宇翔的诗魂。

徐迟，原名徐商寿。排行老四，上面有三个姐姐，父母叫他"迟宝"，后用"徐迟"笔名发表文章。年轻时攻读的是外国文学。九一八事变后弃学北上，为声援抗日将领马占山到北平，后借读于燕京大学，在冰心的授教启发下开始文学创作。最早译诗《圣达飞之旅程》，写出《诗人维琪·林德赛》，介绍意象派诗人，并推崇现代派诗人艾特略，翻译了海明威的《永别了，战争》。定居重庆后，潜心研究欧美文学。译过雪莱诗选《明天》《托尔斯泰传》和散文集、安娜·西格斯的《第七个十字架》。他还译过司汤达的《巴尔玛修道院》和梭罗的《瓦尔登湖》。徐迟和袁水拍被称为译诗的"双璧"。他们合译过《巴黎的陷落》，如加上冯亦代，称为"三剑客"。1942 年，徐迟用希腊"六步体长短格"形式翻译荷马史诗《依利亚特》，还曾翻译过雪莱的抒情诗。通过翻译，学习了原著的思想和技法。他认为，文学译文，尤贵乎要"雅"。"信、达、雅"改为"雅、达、信"更好一些（鲁迅认为次序应该是达、信、雅）。能够雅的，必能很达，并很可信。翻译是一种求索的手段。

由于徐迟的文学生涯是从翻译和评介外国文学开始的，在大量地阅读中，受欧美现代派文学的影响。他早年的诗集《二十岁人》《明丽之歌》里的诗，浸润了这个特征。他与施蛰存、戴望舒交往，对新感觉派很有兴趣，追求意象的蕴蓄，"文字和心灵十分自由"。打破传统或外来的韵法、律法和格式，放弃文字的音乐性。他以意识流的跳跃手法，以自己的个性，感受周围的人群和世界。从他写于 1932 年最早的处女诗《小月亮》，可以感受其诗的风韵：

这是一个小月亮的夜，一千个诗人写不出一句诗。却有几个大星星，在水面舞着灼灼的影。淡的银灰，自天空洒在水之东岸。你坐下了，我坐在你的右边。

徐迟自己比较喜欢他在北京写的《轻的季节》，天高气爽，心情轻松愉快：

> 我站到磅秤上去。窥视磅秤上的刻度，为什么那样轻了？菊花肥了的时候：雏菊，野菊，修长的爪形菊，洋菊。青，黄，红的枫叶之树，坐在圆的天体中间。后面的山，吐着一张威胁的脸色。可是恬静的枫叶，但风中荡漾、荡漾，所以是那样轻了吗？我是疏疏落落的一颗郁郁的艺术品之心。站到磅秤上来吧！轻的季节登场了。

他的两首短诗，似乎入了人的通感：

> 秋夜，雨滴着，仿佛是，是春夜雪溶泻的时候的滴水，我的年龄的思想。（《秋夜》）
>
> 村里的蝉，啼了起来，日曜日之风。她，幻感中的花，垂在幻感中。在思恋的小径上，把落叶积满了胸。（《幻感之径》）

他在《明丽之歌》里，把几个词牌名，如《念奴娇》《金缕曲》《蝶恋花》吟得微妙生动。他也作诗人的哲学沉思："命运用猎刀开我的心的玩笑，/一个弄火的孩子，/终至于灼伤了自己的手。"有一个时候，他对诗是失望了："今日才知道，/辛辛苦苦灌大来的/理想树/是产苦果的。"他认为，诗人是最高贵的称号。

徐迟自己回顾，早期写诗时，人很年轻，血气方刚，虽很浅薄幼稚，但都无羁束，没有套子，直抒胸臆。那时的诗文字清新，意象生动，并不颓废没落。他与戴望舒交往甚深，喜欢他的诗，但他更加推崇徐志摩的诗，或许在诗人的气质上两人在某些方面更接近。

徐迟的诗歌卷里，早年的如诗题为《故乡》《水风车》《市河》《家呵》

《江南人》《苕溪的溪水上》等，有许多他深爱的家乡的影子和初心。他在家乡教学、恋爱、迎接解放，情思绵绵。他乘火车在春雨中，透过车窗的画框，看到油菜花延伸变换，曾兴奋地吟道："江南旋转着身子，让我们从后影看到前身。"晚年他的《江南小镇》里说到家乡湖州南浔，他将水天日月星辰、朝云暮雨、寺院宝塔教堂、水田野池塘稻田、水网风车倒影、荇藻春草垂柳、荷叶珠子油菜花紫云英、竹径桑园蚕虫、稻香村积谷仓、纺车织梭、野鸭白鹭鸶、藤萝架九曲桥、歌榭酒肆、炊烟灯火、铁环陀螺、童年心梦、少女老婴等，一律在前面冠以"水晶晶"的形容词，这个水晶晶的小镇的倒影，映出了水晶晶的世界。我想，这大概就是诗人取之不尽的情怀沃土！

抗战爆发后，徐迟写了《抒情的放逐》，发表了《和现代派告别》，放弃了朦胧晦涩的"纯诗"倾向。他亲赴前线采访，写出一系列战地通讯。出版了第三部诗集《最强音》，为自由民族解放而歌，期盼人类幸福的火炬大放光明。写出《人民颂》《毛泽东颂》等长诗。新中国成立后，他讴歌《共和国之歌》的系列诗，他的《美丽·神奇·丰富》的西南边陲行诗，他踏遍各建设工地行吟光荣劳动的诗，都充满了激情，唱出了新的激动人心的恋歌。

徐迟诗的形式，可说是属新诗的范畴。他说：新诗多半无格律，无音韵，只能说是散文诗，它是新诗树系上的一株巨大的、重要的分枝。徐迟说：对于他来说，小说、报告文学、游记、美文、评论和杂文，都是属于诗的散文，或散文诗。他写的散文是有诗味的，诗也只是散文诗。徐迟的《苕溪溪水》一诗有这样的句子："……因为养成了这样的性格，对于美的贪婪，定睛凝视的习惯。"所以艾青言，他是考究"诗的散文美"的人。徐迟认为，自己的诗不必分行。他说：我国古诗是从不分行的。不要求把自己的诗放进较大的空间去，宁可肩挨肩地挤在一起，有很高的密度，反而光芒四射。分行好看不好看，仁者见仁，智者见智。连书无损于诗意和诗情，并不影响读者对它们的欣赏。但后来他承认，反对的人不少，有的诗似乎味道出不来，或需要分一分段落。

徐迟写过诗论。早期就写过许多介绍外国诗人的专著。无论是古人

"郁陶乎予心",还是外国人"抒情的放逐",都要求把奔放的感情表达出来。在重庆蒙子树乡村,他写出 10 万字的《诗的诞生——一个美学的尝试》。他说,诗有两个意义:诗的元素和诗的形式。诗的元素,就是诗意、意境、境界,诗中有画,画中有诗。诗有广泛的内容、范围。他旁征博引,说"诗是在一切科学外貌上激动的表情""是一切智慧的呼吸"。欢乐和苦痛的感情都蕴藏着诗的胚胎、诗的前身。至于诗的形式,即是说诗是应用了诗的规律、格律写出来的,但认识不大一致,李白曾讲"宪章久已沦",自由诗、散文诗只具有了诗的元素,但并非三千年被公认为诗的诗。写诗就如建筑巨大宫殿的匠人,"精密巧妙地顾到了整体,更顾到了每一个细微的部分"。徐迟后来谈诗,强调诗要有"情""景""志"(述志、议论和思想),有时是交织交融在一起。徐迟认为朗诵诗是很好的文化习惯。诗本来就是有节奏的人声的艺术。朗诵诗,是诗诉诸听觉。经过朗诵,是诗的再次创造和燃烧,使听众心上唤起更深刻的印象。诗人在创作时,要朗读给自己听,以检查是否完美。徐迟自己写自由体诗,但他也认为应该提倡诗歌的格律,讲究顿和韵,他说,他也没有攻克过诗的格律这一关。徐迟还曾为《诗丛》复刊写出"从希腊歌谣到中国歌谣"的万字长文。徐迟在最后半年中,仍计划仿照《文心雕龙》五十篇章,写一本文论。第一组五篇:自然第一,地球第二,人类第三,语文第四,诗学第五……第二、第三组写诗人和诗篇,包括荷马、屈原、但丁、李杜、莎翁……

《哥德巴赫猜想》书影

徐迟的诗不是很有名,但他的散文(报告文学)却作品结构宏大,语言华美而警策,独步文坛、名下无虚。尤其是他将文学和科学联姻,熔政论、诗和散文于一炉,创出许多独树一帜、扣人心弦的作品。《哥德巴赫猜想》《地质之光》《生命之树常绿》《在湍流的涡旋中》等作品脍炙人口。他最后写下的

《谈夸克》《宇宙赋》也引人关注高新科技。我认为，瞩目倾心科技专业领域，是诗人、作家永远不断学习、丰富自己、探索前行的品格使然。永不落后于时代，使徐迟兴趣广泛，热衷自然科学，热衷旅行。臧克家有一首诗写他行迹四方："西登峨眉尖，东去崇明岛，黄洋界上度长夏，西子湖边秋风早。南北东西千万里，海阔天空像飞鸟，想寄个信没处投，拼着心思跟你跑！"徐迟是最早使用电脑的老作家，认为是"开启人生智慧的钥匙"，由此生发，"心事浩茫连广宇"，人类的历史，地球的未来，宇宙和永生之谜，都使他困惑而忧思。他用浪漫主义和诗一般的语言，将枯燥无味的科技专业变得生动，让"赛先生"在中华大地上光彩夺目。

徐迟的文学细胞总是与音乐交织在一起。他一面写作，一面放着贝多芬的交响乐。我绝对相信，中外的音律给徐迟舅舅的诗插上了飞翔的翅膀，使他的创作云破日出，萌发出激情拍岸的潮涌。对一系列文学创作，他说：我正在唱一支"天鹅之歌"。他能吹小号，会弹奏吉他。他经常在诗歌朗诵会上，以潇洒的姿态作徐缓如歌的朗诵。就如他最属意的精彩乐章 Andante Cantabile——如歌的行板，他曾以 Andante 做他的笔名（暗喻"徐"意）。他给自己的大女儿取名"律"，小女儿取名"音"，小女儿后来果真学习了音乐。他找乔冠华，敲门三下，都是贝多芬"英雄交响曲"的开始音符。他有时和着节拍轻轻挥舞，又轻轻念叨：你听，命运之神在叩门……他编译过《歌剧素描》《世界之名音乐家》《乐曲及音乐家的故事》。1936年起，他写出《歌剧院及其它》《贝多芬之恋》《理想树》等。他最早将西洋歌剧介绍进来，使中国音乐爱好者了解《阿依达》《弄臣》等。他说：一部歌剧里面一定要有一个非常精彩的音乐主题作为"酵母"，然后全剧的音乐都由此发展而成。他和马思聪是莫逆之交，有音乐，必有他的身影。不管是在马思聪的家里还是在音乐厅，他是常客。他每次到访，都让马思聪的女儿在钢琴上弹一个曲子，陶醉其中。1941年九龙失陷，在对岸日军炮声隆隆中，马思聪夫妇为徐迟全家演奏了许多名曲片段，为他们增添精神上的慰藉和勇气。在重庆，他几乎每天穿过被敌机炸成的废墟，到乐团去，倾听他们的排练《命运》《英雄》，乃至《列宁格勒交响曲》。夫人陈松去世后，马思聪将在美国写的双小提琴协奏曲中的一个悼亡的乐章，用录音带寄徐迟，徐迟遵嘱在陈松灵前播放。马思聪逝世，他作文奠祭：

> 逝者如斯，从兹离分。恨别经年，梦睹英灵。
> 你是珍珠，晶莹蒙尘。你是国宝，横遭蹂躏。
> 黄钟坠地，瓦釜雷鸣。美人离宫，骚客出境。
> 梦思沸腾，莫此为甚。魂逐飞蓬，爱国有心。
> 孀闱泪尽，永安幽冥。欢怨非贞，中和可经。
> 幽幽琴声，一往情深。民族之音，冬夏常青。
> 百世芬芳，千秋永恒。

最终，徐迟舅舅的躯干和诗魂一起飞了，羽化成仙，乘风归去。他曾说，将军死于战场，学者死于书斋，他要走了，他不认识回书斋的路线。他幻想"逍遥潇洒，然后飘去太空"。他的《挽陈松》长诗的末句吟出："彼岸有什么可怕呢，有最有情义的你在等着我啊。"他要解脱现实带来的精神痛苦，他要远游，去探索他热衷的宇宙的奥秘。他说："死亡是一种幸福、解脱，对生命的凯旋，未来正如日月之升。"

在本文结束的时候，我要引用徐迟舅舅在飞机场写的一首诗（为更加醒目，请原谅晚辈还是将诗分行），这首诗可直视他的心，这首诗使我想起了他的一文《诗人们已经远行》：

> 我的抱负只是如此，
> 插上翅膀飞腾，
> 飞过原野，飞过湖泊，
> 飞上高山，飞上彩云，
> 飞去一些美丽的地方，
> 会见一些心灵美丽的人，
> 为了唱一些美丽的歌，
> 带回来一些美丽的见闻。

生活在诗的灵光里

——读印尼华侨蔡其矫的诗

蔡其矫是什么人？

有人说：诗坛独行侠。

又说：一个终生为美而歌的缪斯，为爱写诗、为诗而爱的情痴，拥抱大自然的生命意识、不惜生命为自由而歌的诗神。

有人评：他的诗飘逸，是难以形状的灵性或风骨。

亦有人赞：在中国当代诗歌史上，在每个年代，都留有传世之作的人，没有一个能与蔡其矫匹比！纵然是艾青。

说来也巧，我有一个华侨朋友叫蔡其庭，原在北京教书，后定居香港。我在北京和香港工作期间，经常与他淘书、听音乐。他知道我喜欢诗，拿出一套八本《蔡其矫诗歌回廊》和《少女万岁》给我看，这才知道蔡其矫是蔡其庭的堂哥。读书后我惊叹蔡其矫的传奇生涯，并细细品读这个诗坛独行侠在每一个年代所写的诗。

蔡其矫出生在福建晋江，8岁时为避战乱，全家迁往印尼泗水。11岁回到厦门、泉州上学。在上海入暨南大学附中时参加救亡学生运动，发表习作，高中毕业回印尼。1938年只身离开泗水，辗转回国奔向延安，在"鲁艺"学习文学。后经过三千里路行军进入晋察冀，在阜平华北联合大学教书，其间写的《乡土》《哀葬》两诗，分获"鲁迅奖"第一、第二名。他从事过新闻报道工作，写过活报剧，当过随军记者、作战处参谋、画报社文字编辑。在参加绥远战役的途中，写下《兵车在急雨里前进》《湖光照眼的苏木海边》等诗篇。

蔡其矫的诗在战火纷飞中生长，他的《肉搏》《兵车在急雨里前进》都是抗日战争、解放战争的成名诗。从这里出发，他踏过的大江大河，他经历的风雨雷霆，他钟爱的热土，都有他壮行的诗篇。在延安，蔡其矫研读美国诗人惠特曼的《草叶集》，受其影响，他喜欢上了自由体诗。不押韵的自由体诗，也有音调，它连接所有诗句，且有思维本身的韵律。以思想代替音乐，思想也就成为音乐。

蔡其矫说："爱和恨都不掩饰，这就是我的诗。"他把"甜蜜的痛楚"化为诗，又将"梦境的快乐"与人分享。

他的《肉搏》写战士与日本兵拼刺刀，同时插入对方，因战士刺刀比日本兵刺刀短一截，战士的胸膛最后一挺，"勇士的刺刀同时深深地刺入敌人的胸膛，/敌人倒下，勇士站立着，山谷顿时寂静！"读后动人心魄。《兵车在急雨里前进》似一首雄壮的交响出征曲，徐迟称颂这首诗是解放战争的代表作：

> 兵车在急雨中前进/飘扬起士兵的歌声，/这歌声是勇敢的战约，神圣的誓言，/这歌声是人民的呼唤，家乡的祝福，/是自由与正义的声音！/为人民去战斗，一切人都成大勇者！/兵车在急驰，带着歌声向前去，/头上是低垂的云雾，/脚下是怒潮似的轮声，/汽笛便是万众的欢呼，/草舍、山丘、牧野一齐回应，/轮声、笛声、歌声笼盖四野，/人民的军队在前进！

新中国成立后，蔡其矫极力从中国古典诗歌中汲取营养，用了很大功夫将古典诗词译成现代诗。受其影响，他的诗先状景物，后抒发感情。在诗的结构上，可以找到起承转合的踪迹。他两次深入海军部队，走遍东海与南海，呼唤"蔚蓝文化"，写下了许多以海洋为题材的诗作。《夜泊》曾被音乐家协会当作优秀歌词向全国推荐。《鼓浪屿》里"一个永不归去的春天，/一位在睡眠中的美人"的诗句被读者传诵，使旅者向往。《雾中汉水》《川江号子》让爱荷华的聂华苓倾倒，她与丈夫安格尔合译成英文《汉水谣》。

蔡其矫

蔡其矫在坎坷的道路上，一生两条腿总是在大地上行走。他我行我素，不同流俗，疏远权位，不迎合颂歌口号的华彩。他宿雨栖风，怡情山水，置一切尘嚣于度外，在名山大川间壮游，尽情享受自然人间的美景美情。论其行踪广袤，远远超过徐霞客旅程的数倍。他的诗永远是在动中完成，他是敢说能爱的诗坛独行侠。囿于篇幅，我不能一一详列他远足的大地行吟。从龙门到敦煌到新疆，从平山到延安，从苏杭到桂黔，他的海洋之爱，他的闽北游历，他的西藏之寻，他踏寻昭君故里、李白的足迹，晚年七次大的旅行都留下了摄人心魄的诗。

蔡其矫诗的背后总有女人的影子。在极左的年代，他在《红豆》诗里呼喊："少女万岁！/爱情和青春万岁！"他写浪花飞溅，有两句生命格言的神来之笔："为了一次快乐的亲吻，/不惜跌得粉身碎骨。"因为女人，他受到不公正的批判和对待。他说，不后悔。相反，他的诗却因爱和女人而有激情。他的诗许多都有对女性洛神般的赞美，寄寓审美理想。蔡其矫是被当代文学史冷落轻慢的诗人，有相当一段，他的诗被视为"异端"，只能在海外发表。而拨乱反正后，在诗坛上，却在讨论研究他诗里的精神自由和女性崇拜等话题。蔡其矫宣称："爱即是快乐！"当今诗人中能像他这种极富浪漫气质自由精神与对女性大胆崇尚的亦不多见。他不主张压制对美和情的感受，他有一颗永不衰老的不为世俗所囿的心，"我仿佛回到少年时，眼风因深情而柔软"。心灵中对美的追求，对情感生活的礼赞，表现在他飘忽不定的草履生涯的人生章节上，表现在他对自然感觉、情感表现和哲理思考三者统一的自由抒发上，表现在他对女性心照神交、一往情深的执着热爱上。他写给女友的《水仙花辞》《泪珠》《曲巷》《赠别》

《玉兰花树》《也许》《悬崖上的百合花》，成为他生活和精神的港湾，今天读起来仍是款款情真、清新隽永。

蔡其矫受惠特曼、聂鲁达的影响，曾翻译他们的作品，也从祖国传统的诗歌以及民歌中吸取营养，接受中外诗歌的多种表现方法，注意题材和形式的多样化。他推崇郭沫若、艾青将自由体诗在中国的开拓，他与艾青、徐迟、严辰、木公都有来往，他的周围有一大群年轻的崇拜者。北岛、舒婷、江河、杨炼等视他为前辈，他推介提携这些新人，介绍他们的作品到《诗刊》发表，为他们讲课，有时一起诗旅，相互交流，行囊里都装着惠特曼的《草叶集》。高龄时期的蔡其矫，依然激情如昨，青春焕发，自己笔耕不辍，且长年热心提携培养诗歌新人，对社会性的文学活动热情鼓励，积极参与，其诗歌精神影响了几代诗人。

除了大量的诗作，蔡其矫对诗有深刻的体会。生活是由愤怒和对人的热情构成，诗人对理想、自由、爱情和生命的追求，在心灵与时代的相撞击中，激溅出诗的火花。他在生活中捕捉回声，他的诗是自然的回声，生命和爱情的回声。

他说：人生一段经验或一时感受加上全人类的文化成果，便是诗。经过眼泪与痛苦的挣扎，将光明与欢乐带到世上，这就是诗人的任务。

他说：诗歌具有音乐性和绘画性，它既是听觉艺术也是视觉艺术，是语言和意象的结合。

他说：诗歌的灵魂是爱与美。艺术是人生的浓缩，意象的描绘。美都是瞬间到来，瞬间消失。

他说：读者是诗人的合作者。诗不告诉人走哪条路，而只是唤起他心底的渴求。他认为，除了在冥冥中与一切生命力相配合以外，文学并不应受某些目标所驱使。作品的说教性愈浓，便愈不是好文学。这是花费了大半辈子时间，才终于明白的一个真理。他告诫，名利是诗人最要当心的窃贼。

蔡其矫为人改诗，将拖沓的诗句利斧砍削。他说：诗的好处就在简约。国外现代派认为，诗就是有意味的形式，达到这目的的手段，就是压缩、跳跃、短小。

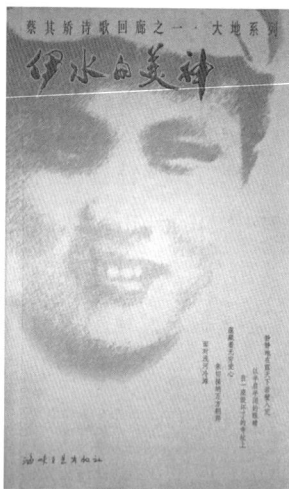

《伊水的美神》书影

蔡其矫对郭沫若的"裸体美人"和艾青的"散文美"也有自己的思考,他说,过于忽略形式可能引向负面。他认为,诗人是创造内容而不制作形式,一切捶打凝练,都是为了内容清晰明了,而不是为形式精巧发亮。诗家评论,他大多数诗中的遣词造句"珠圆玉润""舒卷自如";他学习中国古典诗词,尝试以旧体诗的句式入新诗,用律绝的结构写过四句八句的短诗,并博采旁收,做到相互协调;他不囿于所谓"诗贵具象"的教条,不忌以文入诗,他的诗使人体会到超越了芜杂拖沓"散文化"的"散文美"。

我有时也学写这种不押韵的自由体诗,觉得很难。其内在的音律要求语言的参差、对比、呼应、和谐,没有浪漫的激情和生活的积淀,没有广纳博采的意象语言储藏,是不容易写出震慑人心的好诗的。蔡其矫的诗走过了漫长的人生跨度,既处理好了继承传统和创新的关系,又摒弃了浮夸的一哄而起的旧诗和民歌倾向,对我理解和学习这类诗很有启发和帮助。

我读《少女万岁》一书,慢慢喜欢上蔡其矫的诗,他翻译的《诗品》,他的《夜泊》《祈求》《波浪》,我都很喜欢。他好像写过好几首重名《波浪》的诗,他称波浪:"一切都因你而生动,/波浪啊!没有你,天空和大海多么单调,/没有你,海上的道路就可怕地寂寞;/你是航海者最亲密的伙伴,/波浪啊!你抚爱船只,照耀白帆,/飞溅的水花是你露出雪白的牙齿/微笑着,伴随船上的水手/走遍天涯海角。"他总结:"波浪啊!/对水藻是细语,/对巨风是抗争,/生活正应像你这样爱憎分明。"

让我们最后完整地听另外一首《波浪》:

> 高举彻夜不熄的光明,
> 照临四周深不可测的阴影,
> 使荒漠的海域不再死寂,

在黑暗中心激起海之恋情。
那幽光从波浪与巉岩远射出去，
无视于大海汹涌咆哮的警告，
像飞流一般倾泻出狂喜的爱，
感染每一个夜航中海员的心。
仿佛是作为自由的报信者，
闯进这萧索的时代，
为了播送欢乐，
忍受暴风骤雨的袭击，
挺身和苦难斗争。

屠岸的诗和诗论

　　我从国家图书馆借来了《屠岸诗文集》。第一卷收录了屠岸的《萱荫阁诗抄》《屠岸十四行诗》《哑歌人的自白》三部诗集。读后知道，屠岸80年的诗歌多样性创作中，有新诗、旧体诗、散文诗，而新诗中又有不受固定形式和格律约束的自由体诗和严谨的新格律诗，特别是十四行诗。他是极少数探索现代格律诗并有所成就的作者之一。

　　屠岸是文学翻译家、诗人、作家、编辑。1923年生于江苏常州，原名蒋壁厚。母亲叫屠时，是一位杰出的才女，写诗、作曲、绘画、弹琴样样都行。他学鲁迅用母亲的姓做笔名的姓，以屠岸做笔名。在他很小的时候，他便在母亲屠时的常州吟诵中感受中国古典诗词的韵律美、意境美、语言美。屈原、陶渊明、李白、杜甫，尤其是杜甫，永远是他灵魂遨游的精神家园。上高中的时候，他的诗歌兴趣又受到来自西方文学的浸润。他从大学英文系的表哥那里，迷恋起英诗的教材和选本。他自己说，他学英文是从学英诗开始的。莎士比亚、济慈、弥尔顿、华兹华斯……这些英国大诗人的作品成为他的挚爱，伴他终生。他将济慈引为知己，坚守"真即是美，美即是真"的信仰。一方面

屠　岸

是中国古典诗歌传统风熏陶，另一方面是西方诗歌的浸润，他的诗歌多样化创作沿着这两条道路引领的方向前行。其中有变异，有转向，有时代的变迁带来的磨砺、击打与滋养，也有生发内心的感悟与之的交汇和碰撞。他写诗、译诗、评诗，对多向路、多形式的诗性和诗风，不断尝试、探索、融会，无论怎么幻梦飞逝，抑或又回归现实和理性，却始终都充满着生命的搏动和华彩。

人们对他的新诗肯定得最多的是他创作的十四行诗了。他写十四行诗是与他翻译莎士比亚分不开的（他将莎士比亚154首十四行诗全部翻译出来），同时又受冯至的《十四行集》的影响，至今已写200多首。有人说，写十四行诗是"戴着镣铐跳舞"，但他认同歌德所言"规范里面才有自由"，笑言"有本事的诗人，可以在这个小框框里面上天入地"。20世纪80年代以来，他的十四行诗，自由抒情，日显自然流畅。这种诗体形式源自欧洲，他就用这一诗体写访欧的随想，自然流露出情景交汇的美的意蕴。

我们选一首他的十四行诗《爱汶河》来品读：

澄澈的爱汶河呵，静静地流淌，
流过班克洛夫花园里伟岸的雕像，
流过皇家剧院和三一教堂，
静静地流向绿茵如烟的远方……

爱汶河呵，你那甘美的浆液
哺育了旷世的睿智，不朽的盛业！
你那丰腴的画图，清冽的音乐
激起了一整个宇宙的哲理和美学！

爱汶河呵，我来到你的身旁，
在你所怀抱的岸边疏林里徜徉，
我扑向你所滋润的泥土，草场，

仿佛听到那伟大心脏的跳荡。

我站在岸沿，俯视着你的清波，
见一双深邃的眼睛在水中思索。

诗中爱汶河（Avon）是流经莎士比亚故乡斯特拉福德镇（Stratford）的一条小河，镇中心班克洛夫花园里有莎翁的全身铜像，河畔圣三一教堂的圣坛脚下是他自己选的墓地。

他有一首十四行体诗《使者》，以一个美丽而洋溢着青春朝气的女性出现，用意象语言写出了时代的春天已经来临、生命的青春终于复苏。但不知为何，这首诗并没有被选入自己的诗集：

披一身红罗，撒几朵白花，
生命的芬芳，青春的光华，
放逐了一切冶艳和妖媚，
超越了端详和雍容华贵。

一头乌发，天然地闪亮；
眼中含笑，笑中含幻想。
轻盈而沉稳，沉稳却敏捷，
敏捷于周旋，与好梦纠结。

你端平，使你的事业崇高，
你永远不懂得鄙夷与骄傲；
你轻轻说一句春风满面，
顷刻间葱绿布满在心间。

复活的申江，再生的茜草，
殷勤的使者叩响了春晓。

屠岸谦虚地称自己是业余作者，时代的风雨雷电在诗的肢体上留下了抚痕和伤痕，诗歌在崎岖中昂首前进。他说，诗的使命是以诗美纯化一个民族以至人类的灵魂，这是缪斯赋予诗人的崇高天职。他渐对这个使命和责任有了粗浅的认识。"我的歌声不动听，但并不喑哑；我的七弦琴不美妙，但我不让它再断弦。"可以说，十四行诗是屠岸一辈子的钟爱。在诗中，无不是他对永恒的至真至善至美的崇尚和追寻。《莎士比亚十四行诗》中第 105 首中的诗句是屠岸翻译的，他告诉了人们诗歌主题的精髓：

真、善、美，就是我全部的主题，
真、善、美，变化成不同的辞章；
我的创造力就用在这种变化里，
三题合一，产生瑰丽的景象。

译诗凭悟性，写诗凭灵感。屠岸写诗与译诗齐头并进。有人说他像冯至和穆旦，创作和翻译齐头并进，翻译为他的诗歌创作带来精神养料和风格上的影响，而创作又为诗歌翻译训练积累了艺术表达技巧，两者相得益彰。他认为，有人说只有诗人才能译诗，这话有一定的道理。要深入原作的精神感觉中去，只有写诗的人才能理解原作者的创作情绪，感受其中细微的变化，只有理解创作情绪才能真正理解原作的精神。译诗应该是两个灵魂的拥抱，实现译者与原作者的合一，实现两种语言的撞击与交融。济慈的美学观点叫 "negative capability"，可翻译成 "客体感受力"。就是把原来的定式思维都抛开，跟你所歌咏的对象拥抱起来，融合起来，心灵合一，才能写出（或翻译出）好诗。他在《济慈墓畔的沉思》中说："你所铸造的 / 所有的不朽之诗 / 存留在'真'的心扉，'美'的灵府，/ 使人间有一座圣坛，/ 一片净土，/ 夜莺的鸣啭在这里永不消逝。"

屠岸的旧体诗都编入了《萱荫阁诗抄》。这些诗遵循严格的平仄律，押韵则宽，不拘泥于平水韵，但在表现上有新诗的自在清新和洒脱。如他在福州西湖荷亭写《林则徐读书处》：

> 水榭临池轩敞开，青栏红柱绿泥苔。
>
> 一塘荷叶清风里，犹送书声入耳来。

他的一首写于北戴河的《海悼》，把人带入心潮难平的境界：

> 苍波三面至，落日惊涛中。
>
> 瘦石从天降，孤亭拔地空。
>
> 疏星摇碧落，万木啸金风。
>
> 吾意悲难抑，乾坤意亦同。

　　屠岸认为，写诗填词，必须严格平仄。就诗而论，在一定条件下的"一三五不论"可以。"孤平"为诗家大忌，应尽量避免，但个别似亦可通融。至于韵脚，既然时代已前进，读音已变化，只要今天听起来是押韵的，就不必拘泥于古人修订的韵书。即使李杜作诗，虽宗诗骚，也并不以周韵楚音为依归。杜甫还创立了"拗体律诗"。毛泽东、鲁迅、郭沫若、赵朴初的诗都有通押和用邻韵的例子。今人学写旧体诗，《声律启蒙》比较陈旧，可作参考，可以把《诗韵新编》作为依据。对入声字的急促如击鼓般的发音，仍要保留，自己仍然固守入声字的原有壁垒，但对古时亦平亦仄的字，不必拘泥于今音，可继续"两栖"下去。

　　屠岸总是习惯在床头放着纸笔，只要有灵感，就会随手记下来，"说不定，第二天兴致来了，就能写出一首好的作品"。他还保持一个习惯：吟诵着诗歌入睡，在诗韵的安慰下入眠，将其称为"诗疗"。在他看来，中外诗人的作品都是自己生命的慰藉。

　　受母亲吟诵的影响，屠岸创作旧体诗的时候，不是先写，而是先在心中默吟，这样可以调整平仄，选用合于格律而又能表达一定情韵的字。吟毕，再用笔移写到纸上。在修改的过程中，默吟仍然在起作用。因此诗的初稿就是腹稿，是在默吟中诞生的。屠岸说，他尊重"新古诗"的诗人，自己不写。"新古诗"虽摒弃了平仄规范，似乎容易了，但其实这样"一空倚傍"，更难写好。他认为，写旧体诗应尽可能合律，尽可能做到"形

式和内容合全其美", 万一做不到, "破格
之弊轻于削减真情之弊", 那只有让诗情突
破格律, 而不能让格律捆住诗情。旧体诗
有不宜出现同一个字之说, 重复字易显累
赘, 修辞有损诗美, 但不能一概而论, 古
人诗情思巧妙运用, 并无叠床架屋之虞。
屠岸在大学里学的是铁道管理, 写诗自称
是业余爱好, 母亲暮年仍说他的诗"功力
不够"。他自己把写新诗和翻译介绍外国
诗放在写旧体诗之上。在我看来, 能用三
种形式(诗体)写诗, 诗论深刻, 且有成
就者, 屈指可数。屠岸有难得的中西诗学

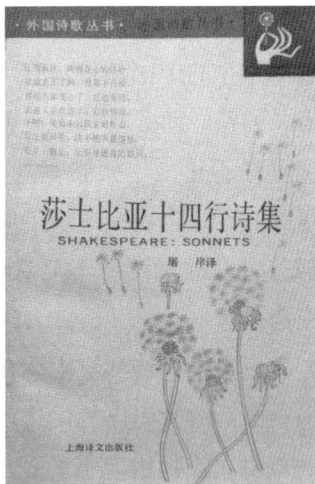

屠岸译《莎士比亚十四行诗集》书影

汇通的追求, 应是百年诗坛优秀诗人之一。屠岸的夫人章妙英也爱诗, 她
曾这样写道:"早岁识君诗, 清新如其人。嫁人还嫁诗? 白首犹未明。"

评论认为, 屠岸是一位心灵向世界开放的诗人。对诗, 屠岸有自己的
看法。我从他写的诗评和通信中, 归纳了这样几点。

一是诗不能离开音乐美。诗, 离开音乐是没有生命力的。格律, 正是
诗歌音乐性的一种体现。好的格律诗以其节律和音韵的安排, 读来铿锵悦
耳, 打动读者心灵。流传至今的旧体诗词仍能使人得到一种特殊的听觉
愉悦, 音乐性很差, 会降低内容的效果。古典诗歌的节律表现在平仄的
谐调, 而现代的新格律诗以闻一多发现的"音尺", 即后来诗人所倡导的
"音组"或"音顿"作为节律的依据。惠特曼的诗、艾青的诗都有内在的
节奏。"顿"是汉语中自然存在的, 散文、演讲、谈话中都有"顿", 只是
有心的诗人提炼出来, 有意识地加以规范和运用。需要探讨实验的还是节
奏问题, 希望诗评家集思广益, 博采众长, 进一步研究它运用的得失。

二是中国诗歌进入多元化时代。多元实际上只有两元, 即现实主义诗
歌和现代主义诗歌。二者都会变化、发展, 会并存, 或融合、交替。新诗
正在适应变化的时代, 但万变不离其宗, 诗歌不能离开真善美, 不能离
开人民群众的审美要求。新诗在艰苦挣扎, 真诗和伪诗在相互搏斗。如

"左"风不止，瞒骗继续，假大空不绝，则新诗必亡。"现代诗歌"应指五四至今的中国新诗，它与西方"现代主义"有牵涉，有交锋，但也有各走各的路。西方现代主义可以借鉴，但不能成为中国新诗的发展方向。长期食洋不化，生搬硬套，必定此路不通。如果故弄玄虚，以此自炫，那更等而下之。我们应一手伸向古代，一手伸向外国，在此基础上创新。对孤芳自赏的东西既不反对也不提倡，希望诗人写出有与读者心灵沟通的东西。

三是格律诗和自由诗在当今诗坛上是两条并行的线，将来也是并行不悖。白话散文可以替代文言散文，新诗却无法替代旧体诗词。旧体诗革新的首要之点是内容上的"出新"。写旧体诗不要使人感到是古人写的，要有新气，无陈腐气。旧体诗词的音乐美具有顽强的生命力，今人写旧体诗，应深谙诗律词律，尽可能遵守格律（"失粘""破格"允许，但频率必须很低），要进得去出得来。写新诗的人写旧体诗要熟而不俗，生而不嫩。"新诗"和"旧诗"所区别的只是形式或体式，或说用的语言文字，而非关内容。对于新形式，应是散文化的"自由诗"的加工，五、七、九言诗的突破，更进而为两者的统一与结合，成为全新的东西。这种新形式不止一种，而是丰富多样的。有人主张不用"中国新诗"，而改用"中国现代诗"。他主张可叫"汉语诗"。对闻一多的《死水》、冯至的十四行等，为区别文言格律诗，可称"汉语格律诗"。

屠岸的诗论很值得重视。他还热情地为诸多诗人的诗集写序和诗评，提出许多中肯的见地。他还写过许多剧论、文论，就不在这里涉及了。

屠岸说过，"诗歌是我的宗教"，"诗，是毕生的追求"。他肄业于上海交通大学。历任上海市军事管制委员会文艺处干部，华东地区文化部副科长，《戏剧报》编辑、编辑部主任，中国戏剧家协会研究室副主任，人民文学出版社现代文学编辑室副主任、主任及副总编、总编、专家委员会副主任。这些头衔都不能阻挡他成为一个把诗作为庄严事业的人，用诗美纯化一个民族以至人类的灵魂。诗是人类的精神家园，他说，"如果忘记了这些职责，那就应该悄然向诗坛告别"。女儿问他来生想做什么，他说，来生还是当个"诗爱者，诗作者，诗译者"。

贺敬之与新古体诗

中学时代，我整段地从报纸上抄写贺敬之、郭小川、严阵的诗。母亲给的零花钱舍不得用，去买贺敬之的《放歌集》、严阵的《竹矛》和《郭小川诗选》。中学毕业的晚会上，我朗诵了贺敬之的《雷锋之歌》。那时候，他们的诗有英雄气，与时代同步，昂扬向上，感情热烈，催人奋进。

贺敬之采用陕北信天游形式的《回延安》，我们再熟悉不过了。事隔多年，白发同学见面，你一句，我一句，还能背诵《回延安》开头两段：

> 心口呀莫要这么厉害地跳，
> 灰尘呀莫把我眼睛挡住了……
> 手抓黄土我不放，
> 紧紧儿贴在心窝上。
> 几回回梦里回延安，
> 双手搂定宝塔山。
> 千声万声呼唤你
> ——母亲延安就在这里！
> 杜甫川唱来柳林铺笑，
> 红旗飘飘把手招。
> 白羊肚手巾红腰带，
> 亲人们迎过延河来。
> 满心话登时说不出来，
> 一头扑进亲人怀。

贺敬之

贺敬之，山东枣庄市峄城人。贺家祖辈在苏州，后代沿运河北上来到台儿庄贺窑村。大祖父告他，贺家出过大诗人贺知章，你的名字为避长者讳，没用"知"，而用"之"字，这是长辈的用意和家族的期待。贺敬之13岁考入兖州简师。台儿庄大战结束后，母校搬到湖北，他扒火车辗转苦觅到鄂西北，在湖北中学读书，参加抗日救国运动，听臧克家演讲和读他的诗。武汉失守后，再次流亡。艰难跋涉一个多月，到达四川梓潼的第一分校，从那时起，他开始用"艾漠"的笔名写诗。15岁发表散文处女作。16岁到延安破格入鲁迅艺术学院文学系。17岁入党。在延安六年，边学习边创作，写出《十月》《小兰姑娘》《我走在早晨的大路上》等一批新诗，人称"小马雅可夫斯基"。胡风写信称赞他写的反映农村的诗，说"这使我想起普希金和涅克拉索夫"。毛泽东提出到人民中间去、到火热的斗争中去的"大鲁艺"讲话后，让贺敬之醍醐灌顶。他下乡深入生活，随战士垦荒，写出《南泥湾》《胜利歌舞》《翻身道情》歌词，执笔新歌剧《白毛女》，上演后反响热烈。贺敬之还深入部队，参加了解放沧州的战役，后到华北联合大学任教，做青年团的工作。任中央戏剧学院创作室副主任。贺敬之后来与柯岩相识相爱，两人性格不同，志趣相投，成为彼此互补的文坛双璧，一对神仙眷侣。

在这里，我不想再回顾贺敬之牵连进"胡风案"及"文革"的被批斗，也不赘言他后来任文化部、中宣部领导时的经历和作为的是是非非。他给我们这一代人留下最深刻的还是他的诗。

说到诗，此文开头写到的《回延安》，是贺敬之随胡耀邦回到阔别十年的延安参加青年造林大会，他决定把几天的感受和喜悦之情用陕北信天游的曲调唱出来。当天夜里在住地，他倒上一杯延安的白酒，借酒吟诗，一边流泪一边写，整整写了一夜，产生了这首饱含深情、脍炙人口的诗。这首诗语言质朴，感情热烈，电台一播出，大家竞相传诵。

从延安回北京的途中，他随胡耀邦去了黄河三门峡水利枢纽工程，写出了《三门峡歌》："望三门，三门开，黄河之水天上来……"此诗至今读起来，仍有排山倒海的气势。

桂林山水让人如痴如醉，也让贺敬之有了写诗的冲动。可以说经过近一年的反复打磨、推敲，他完成了语言优美、韵律生动的《桂林山水歌》："云中的神啊，雾中的仙，神姿仙态桂林的山！情一样深啊，梦一样美，如情似梦漓江的水！……"这首诗编入初中课本，被桂林市刻在巨石上，成为城市的名片。

1963年，我在上中学的时候，《中国青年报》发表了贺敬之的《雷锋之歌》。这首诗朗诵起来慷慨激昂，让人沉浸其中，顿生凌云之志，被评为"开一代诗风之作"。这首诗是王震在医院里看到有关雷锋的长篇通讯后，特意给郭小川、贺敬之夫妇布置的任务。贺敬之完稿后，王震在上海让作者读给他听：

> 面对今天：/血管中的脉搏/该怎样跳动？/什么是/真正的/幸福啊？/什么是/青春的/生命？/……
>
> 快摆开/你们新的雁阵呵/把这大写的/"人"字——/写向那/万里长空……

王震听到这里，大声叫好，认为写得很有力量，说："我就要组织新的雁阵，飞赴新疆，这就叫'征蓬出汉塞，归雁入胡天'。"评论认为，《雷锋之歌》在我国社会主义的困难年月，点燃了熊熊火炬！贺敬之在新疆阿克苏又写了《西去列车的窗口》，《人民日报》发表后，他自己也被调入该报文艺部。

可以说那个时候，贺敬之的自由体新诗基本归于政治抒情诗的范畴。最主要的特点是关注社会生活的政治层面，与时代同步对话，有面向大众的宣传鼓动效果。其艺术结构，往往表现为观念演绎的形态，借助感情内容及生活具象，来阐述一种抽象的有逻辑的理性的政治思想，以增强诗歌的感染力、鼓动性，从而衍生感情效应。他在思想情绪的表达上使用反复渲染、铺陈的手段，反对含蓄、隐蔽，寻求明快、直接、彻底。因此这类诗读起来自由奔放，纵马驰骋，洋洋洒洒，一泻千里。贺敬之与郭小川是公认的这类诗人的代表。"文化大革命"结束后，贺敬之从石景山下放劳动中回到了文化战线，又满腔热情地投入工作中，他写道："崎岖忆蜀道，风涛说夜郎。时殊酒味似，慷慨赋新章。"在建军50周年的时候，写出了600余句的长诗《八一之歌》。

贺敬之到了晚年又热衷于借鉴古风的新古体诗。

何谓新古体诗？一般指介于新诗和旧体诗之间，采用七言、五言诗和词曲的基本样式，不拘泥于严格的平仄格式的一种比较宽松自由的诗体。有人甚至把它看成是一种近体诗在当代文坛的解放运动。

可能贺敬之是因为生活经历的磨砺和沉淀，现实的感悟和触发，为可以更好地简单明快地表达自己的思想感情，他后来写的较多的是类似绝句的新古体诗。他的新古体诗，吸收旧体诗词的"特殊的语感、节奏、气氛和情势"，但不受格律束缚，灵魂自由飞翔。从他晚年的诗中，可以看出他积极的创作追求。试举几首他的诗。

《登延安清凉山》写出了回延安的新的感悟：

> 我心久印月，万里千回肠。
> 劫后定痂水，一饮更清凉。

《皇甫村怀柳青》一诗，是贺敬之重返延安特意去皇甫村柳青墓前追思在病床前与柳青诀别的情景。诗中王家斌是柳青《创业史》中梁生宝的原型。全诗点出：家乡父老不会忘记他，柳青永在！

> 床前墓前恍若梦，家斌泪眼指影踪。
> 父老心中根千尺，春风到处说柳青。

《夜读省志有思》一诗，作者拉开了历史纵深，由威海荣成的天尽头，想到了李斯悲鸣；由密州苏轼，想到了乌台诗案。从历史上奸人弄权、忠良受屈，想到好友郭小川"文革"受迫害，后失火丧生，令人惋惜。从郭小川当年写的《团泊洼的秋天》，引出"入梦问今秋"，留给人们无尽的遐思：

> 何处李斯天尽头？几时苏轼守密州？
> 黄犬乌台洄逝水，小川入梦问今秋。

再读一首《望石老人礁岩》：

> 观海喜见潮，听松乐闻涛。
> 风雨寻常事，石老解逍遥。

作者写石老人历经沧桑，观海听潮，有了"水击三千里，抟扶摇而上者九万里"的逍遥游的感悟，虽是一个静的状态，却有了飞翔的动感。有人评论：诗人典从境出，信手拈来，"解逍遥三字，把一个静静的意象写出了精骛八极的逍遥气度"。

贺敬之除了从友人、史鉴、山水等篇吟咏外，他的新古体诗还笔触亲情。尽人皆知，他与柯岩鹣鲽情深，家里始终挂着两人的照片和"迷糊大智慧，明月小他乡"的书法。他曾为爱侣写了一首《贺小柯八十华诞》：

> 柯生岩石上，情燃风雨中。
> 赤诚德才女，何幸偕同行！
> 赴难共肝胆，文筑独秀峰。
> 巍巍八十寿，夕返朝霞红。
> 终生植我心，不老美人松！

从以上举例的几首贺敬之新古体诗来看，他希望在这一诗体中开辟出新境界。正如他《赠诗友》中所写："历难更开新诗境，黄河九曲诗讯来。"由于篇幅短小，易于捕捉灵感，贺敬之已写了 390 首各类形式的新古体诗。他说这些新古体诗基本属于古体歌行的体式，不是近体的律诗或绝句。他认为对于某些特定题材或特定的写作条件来说，有其优越的一面，较易凝聚诗情并较快地出句成章。他主张创作要来自现实生活撞击心灵的触动，明白晓畅，不无病呻吟。可借鉴旧体诗的长处，但不严守旧体诗的格律。他引述毛泽东所说："关于诗，有三条，精练；有韵；一定要整齐，但不是绝对的整齐。"新古体诗"实行宽律"，即节拍（字）整齐，严格押韵（用现代汉语标准语音），有部分律句、律联，平仄声律上，绝大多数韵脚押平声韵（不避三平）。新古体诗不因形损意，自由度较大，句式灵活，追求整齐但并不偏废参差，易于造成某种特殊的语感、节奏、气氛和情势。新古体诗的"宽律"不是"无律"，可在民歌和古典之间架起双向互通的桥梁。

对新古体诗也是有争议的。不可否认，新古体诗扬长避短，是容易掌握的诗体。五四运动后，按老规则运用现代汉语（白话）写的诗称为新古体诗，它是从古体诗发展而来的，是否叫相对独立的"第三诗坛"，可以讨论。中国古代就是诗乐同流、新旧体并存。相对整齐押韵，不严守平仄格律的古风，古已有之。唐朝以前魏晋南北朝时期的诗歌不讲究平仄的变化但押韵，被称为古体诗，和唐朝形成的近体诗、宋词相比，较为宽松。五四后，整齐的白话诗也大量出现。现代如陈毅的诗（他提出不按近体律诗，按古诗的写法写五古七古、四言五言六言）以及天安门事件中广大群众悼念周总理的诗都运用了新古体诗的基本形式。

当然，对百年自由体诗怎么看，也有不同意见。季羡林说：自由体新诗是一场失败的尝试。据夏承焘的日记记载，陈毅副总理来看他，说到毛主席诗词，说："主席自谓少年时不为新诗，老矣无兴学，觉旧诗词感情较亲切，新诗于民族感情不甚合腔，且形式无定，不易记，不易诵。"陈毅认为，两种诗体可以"互相学习补充"，这样"对中国新体诗的创造必大有帮助"。一些人认为，百年自由体新诗有成绩，但问题也是存在的。时代要求创建中国特色新诗体，应该鼓励讨论。

任何一种诗体要创造经典，都必须走继承与发展的道路。新古体诗同样也须赓续传统，守正容变；不应忽视继承，而只强调发展。旧体诗的赋比兴、风骨、意境、节奏等，是艺术积累的产物，其情感和哲理都融寄在景象之中，是能够体会和想象的。"乐为诗之本"，中国古代的重要诗体，来自流行音乐。创作新古体诗，要继承这些艺术积累和规律，才可以汲古纳洋，推陈出新，情趣理趣盎然。新古体诗往往是短平快，容易粗疏和随意，事后的打磨、推敲、炼字也是不可缺少的。对旧体诗，过去只强调"束缚青年思想""不宜提倡"，以至于很多人写的新古体诗（押韵但不合格律），都冠以"七绝""七律"（甚至不懂填词格律，凑够长短句字数，就冠以词牌名）。这足以说明，对于广大群众来说，恰恰缺少这种诗体知识的继承、传播和普及。旧体诗词的写作也要回归到教育中，一些擅写新古体诗的人，稍加进修，也能写出适于吟诵的、有音乐性的、典雅优美的格律诗来。事实上，既写新诗又同时写旧体诗的大有人在。就如开车一样，有人既会开自动挡又会开手动挡，既能开大货又能开小车，掌握多种技能。贺敬之说："我用过信天游体，用过马雅可夫斯基的阶梯式，用过其他民歌体，也用过完全自由诗的形式，都没有在写作之前就预先设定要创造什么诗体。"所以，新古体诗并不排斥其他诗体，可以自由选择。"诗味在骨子里，在质不在文。"

贺敬之在漫长的实践积累基础上，对新古体诗作了有益的探索。当然，这些诗也并非"所谓圆熟简练，静穆幽远之作"，但在他的探索中，坚持摒弃低俗，总是闪耀出别样的心灵光芒。他强调，新古体诗并非与"遵律"之作割裂与对立，二者并存是中国旧体诗词发展改革进程中的自然，也是诗歌繁荣的需要。"信有猛士在，登高唱大风。"我们有理由相信，这个诗体适于大众，也易于大众的接受、参与和普及。在中国万紫千红的诗路花雨里，应有其广阔灿烂的前途。

《雷锋之歌》书影

从余光中的《乡愁》诗说开去

在祖国大陆，余光中的《乡愁》家喻户晓，众口交诵。以至于很多人对这位台湾诗人的认识，只留下"乡愁诗人"这简单的记痕和符号。你可知道，大陆报刊称他为"望乡的牧神"，台湾学者称之为中国现代"诗坛祭酒"。他的《车过枋寮》《翠玉白菜》被选入台湾语文课本，他的一些诗作被谱成歌曲。他已出版了18本诗集、上千首诗（还有11本散文集、6本评论集、13本译书），题材甚广，内容颇丰。他对采访者说："诗之于文化传统，正如旗之于风。诗虽然在台湾飘起，但使它飘扬不断的，是五千年吹拂的长风。风若不动，旗怎能飘？"所以余光中说自己当然也是最广义、最高义的中国诗人。

余光中的现代诗多半较长，感时忧国，史思回荡，诗情激越。他的诗适合朗诵，但不易记住。尽管如此，我还是很喜欢他的某些诗或某些长诗的片段。例如，他的一首《菊颂》写得很有气度，我录其后半段：

> 桃之夭夭尽逃之夭夭
>
> 凡迎风红妆的都红过了
>
> 唯压你不倒，压不倒
>
> 逆风赫赫你标举的灿烂
>
> 列黄旗簇金剑耀眼的长瓣
>
> 昂向秋来肃杀的风霜
>
> 绽不尽重阳高贵的徽号
>
> 落英纵纷纷，也落在英雄的冢上

更冷酷的季节，受你感召

有梅花千树竞发对冰雪

你身后，余音袅袅更不绝

煮茶或酿酒，那纯洁

久久流芳在饮者的唇上

　　诗不押韵，句无标点，但每句都落在仄声上，有内在的节奏和气韵，更有诗的豪放的具象，给人以激情和交感。余光中喜欢看海，"波光在望，潮声在耳，所以灵思不绝"。他的《与海为邻》诗句很美："我不敢久看他／怕蛊魅的蓝眸／真的把灵魂勾去／化成一只海鸥绕着他飞。"若说个人喜好，我欣赏他的《乡愁四韵》《等你，在雨中》《民歌》《夜读》《唐马》《水乡宛然》《风声》等诗。

　　台湾从20世纪50年代初期发端，到60年代中期达到高潮的现代诗运动中，余光中是个不可缺少的特殊人物，他是现代诗"蓝星"诗社的创始人，他从现代诗的艺术实践和历次论争中，完成了自己的艺术观念。一方面，他顶住守旧者的围攻，维护了现代诗的地位；另一方面，他著文批评"幼稚的'现代病'"，毅然宣称和"虚无""晦涩"再见，重新省认传统，寻找诗和文学的民族归属。他明确地说："西方不是我们的最终目的，我们最终的目的是中国的现代诗。这种诗是中国的，但不是古董，我们志在役古，不在复古；同时它是现代的，我们志在现代化，不是西化。""中国文化的伟大，就在它能兼容并包，不断作新的综合。"余光中强调传统要保持活力，需要接受不断的挑战。传统要变，还要靠浪子，如果全是一些孝子，恐怕只有为传统送终的份。余光中就是一个"回头的浪子"，他的诗在传统和现代之间互相调整、吸取、融化和更新。他曾借用德国作家的一句话："凡我在处就是中国。"认为一个中国的读书人，安身立命的地方不必是故乡，只要心中有中国的历史和文化，无论他在天涯海角，都能在欧风美雨中立定脚跟，那个地方就是中国。要有这样的抱负和自信。

　　我快速搜索了余光中众多的诗篇，他笔触中西意象，醉心九州文脉，

余光中

尤其在一些中国文化符号和元素的诗题里，写出了不一样的感觉。

如《宜兴茶壶》："……一壶在握，/ 恍惚隔海和故人相对 / 又何必拘泥怎样的泉水 / 用怎样的烹法烹怎样的好茶 / ——最清的泉水是君子之交 / 最香的茶叶是旧土之情 / 就这么举起空空的小壶 / 隔一道海峡犹如隔几 / 让我们斟酌两岸，品味今古"

如《黄河》："……从河源到海口，奔放八千里的长流 / 为何一滴，仅仅是一滴黄浆 / 沾也沾不到我的唇上 / 怔对水禾田壮阔的镜头 / 一刹那剧烈地感受 / 白发上头的海外遗孤 / 半辈子断奶的痛梦"

他写《寻李白》中有三句气势非凡："……酒入豪肠，七分酿成了月光 / 余下的三分啸成了剑气 / 绣口一吐就半个盛唐"

他吟《漂给屈原》："……亦何须招魂招亡魂归去 / 你流浪的诗族诗裔 / 涉沅济湘，渡更远的海峡 / 有水的地方就有人想家 / 有岸的地方楚歌就四起 / 你就在歌里，风里，水里"

他吊杜甫："……野猿啼晚了枫岸，看洪波森漫 / 今夜又泊向那一渚荒洲？……惟有诗句，纵经胡马的乱蹄 / 乘风，乘浪，乘络绎归客的背囊"

他读东坡："……最远的贬谪，远过贾谊 / 只当作乘兴的壮游，深入洪荒……九百年的雪泥，都化尽了 / 留下最美丽的鸿爪，令人低回"

余光中借历史和现实的交错，构成自己的艺术语言空间，来俯览人生、寄托当下的感悟。他的诗，有时间跨度的风格转换，早年刻意锤字炼句、经营意象、峭峻怒张的情况，渐为追求恬淡、圆融平和的美学趣味，从西方的摇滚到东方的民歌，作者都在尝试中悄悄转移自己的艺术兴味。

余光中祖籍福建永春，在南京出生，母亲是江苏武进人，江南对他有深刻影响。他没有兄弟姐妹，小时孤独。抗战时期流亡逃难到四川重庆乡下，就读于渝北悦来青年会寄宿中学，七年后回南京，毕业于南京青年会中学，考入金陵大学，又转入厦门大学。1949 年因战事到香港，失学一年，到台湾大学续读。台湾大学外文系毕业后，除教学外，写诗越来越多。后赴美获爱荷华大学艺术硕士。回台湾先后在几所大学任教，其间两度赴美任大学客座教授。1972 年任台湾政治大学西语系教授兼主任。又在香港中文大学中文系任教授近 10 年。1985 年至今在台湾中山大学任教，其中有六年兼任文学院院长及外文研究所所长。

余光中一生好入名山游，喜欢在各地租车自驾独游，他说最想做的事，是用中文在这世界地图上驰骋。一帘烟雨，一程山水，跫音知交，望乡之叹，亲友之情，咏天象写花鸟，都由笔锋绘成佳构。"大陆是母亲，台湾是妻子，香港是情人，欧洲是外遇。"但他说，我的汉魂唐魄仍然萦绕着那一片后土。"掉头一去是风吹黑发，回首再来已雪满白头。""我所以在诗中狂呼着、低咛着中国，无非是一念耿耿为自己喊魂。"

余光中早年在厦门大学就发表诗歌，20 岁就出了第一本诗集，但青涩少作，自称不能算朝霞，只能算熹微。他庆幸自己在 21 岁告别大陆前就受到了古典文学的教育，读了许多文学前辈的诗作，古典文学的"大传统"和五四以来新文学的"小传统"已蟠蜿在心，令人流连。他自言如太小离走，"对后土的感受就不够深，对华夏文化的孺慕也不够厚，来日的欧风美雨，势必无力承受"。余光中大量的诗作写于中国台湾、香港和美国。他写作风格复杂多变，其轨迹基本上可以说是中国整个诗坛 30 多年来的一个走向，即先西化后回归。在台湾早期的诗歌论战和 70 年代中期的乡土文学论战中，余光中的诗论和作品都相当强烈地显示了主张西化、无视读者和脱离现实的倾向。他自述，"少年时代，笔尖所染，不是希顿克灵的余波，便是泰晤士的河水。所酿业无非 1842 年的葡萄酒"。余光中作品风格极不统一，有意朝不同的方向探索：脚踏历史地域文化又超越这个层面，关注社会也切入人性，走向西方又回归传统，感情狂狷浪漫又约束于古典的清远均衡中。他善于运用古人的诗境意象来描写自己的现代诗句，诗风因题材而异，表达意志和理想的诗，壮阔铿锵；描写乡愁和爱情的作品，则显得细腻而柔绵。诗的手法上文白相浮雕，单轨和双轨句相对比，工整分段和不规则分行相变化。他强调诗歌结构的作用，不少一气呵成难以句摘的杰作，好处往往在结构，亦即前人所谓布局。他擅长锤炼动词，能以富于动态美感的语言刻画事物动态之象。他还在有限的文字中尽力包孕可能的意涵，语言伸缩自如，引发丰富多样的美感。

余光中一生与诗为友：写诗、评诗、译诗、教诗、编诗，卓有贡献。他自称"右手为诗，左手为文"，诗为正宗，文为副产。不仅如此，一生从事诗歌、散文、评论、翻译，自称为自己写作的"四度空间"，是"艺术的多妻（栖）主义者"。

余光中对诗歌写作的体会和看法（自称是创作之余的检讨和思考）值得参考。他认为，要能用古典文学的大传统来衡量、鉴定新诗。新诗的局限主要在用什么体裁和语言来写。艺术手法有两个基本条件：一个是整齐，一个是变化。"变化不能无度，整齐要有常态"，这两个坐标怎么调配是对新诗艺术的一大考验。新月诗整齐但不知变化，写出来是四行一段的方块诗。写自由诗的人写格律诗时，误把音乐性代替诗的形式，这就是韵文化。而一旦写自由诗就容易散文化。过分散文化是不幸的，散文化是新诗的一大特点，也是新诗的一大公害。韵文化和散文化是诗歌的两极，新诗应该学习中国的古风、乐府诗、歌兴体的诗。中国人一定要写中国诗，要向中国古典文学寻宝，大胆地向宋词美学撷取精华，在古典的节奏与韵律中徜徉。新的道路不是复古，而是将传统加以改造。他说自己的诗是无韵体和古风的结合。在现代主义风行的时候，要思考怎样面对传统和西方诗歌的影响问题。"古典的影响是继承，但必须脱胎换骨；西洋的影响是观摩，但必须取舍有方。株守传统最多成为孝子，一味西化必然沦为浪子。"

他认为对台湾20多年诗坛流行"诗非歌，歌非诗，两者必须分离"的观念必须重新认识。他说："诗经，乐府，唐绝，宋词，元曲，无一不在指证：许许多多好诗，都产生在诗和音乐结婚的蜜月。"面对年青一代诗人在文化传统上的断流，余光中说："屈原、李白、杜甫等大诗人都是我们传统文化的源头，上流清，下流畅。诗人们的情操是我们的胎记，不可磨灭。"他还说，传统至大至深，中国的古典传统尤其如此。对于一个作者而言，它简直就是土壤加气候。传统如河水，是活的。浪子和孝子共同错误在于，都以为传统是死的堆积。死守传统，非但不能超越，抑且会致于死命；彻底抛弃传统，无异自绝于民族想象的背景，割断同情的媒介。现代诗无论怎样变化，恐怕都跳不出古典和浪漫两种气质。

他认为混乱为自由的诗歌时段，台湾有相似的历程，浪子们走到反理性、反价值、反美感的道路上，这样的作者是自虐，兼而虐待读者。古典诗歌的美德，新诗还没有达到，新诗应修炼自己的语言，使其干净、简练、流畅。晦涩可以，但必须美。晦涩但百读不厌还是成功，李贺、李商隐、黄庭坚、苏东坡也一样。但晦涩不是评价诗歌好坏的标准。我国传统肯定杜甫、白居易社会写实的诗歌精神，这是文学的大道，但也不否定李白、李贺、李商隐、苏东坡。写社会、写自然、写个人小宇宙的我们同样喜欢，但无论写什么，都不能牺牲艺术。诗可以兴可以观可以群可以怨，孔夫子之说是相当开阔的大道。"不是无端悲怨深，直将阅历写成吟"，是诗人成功的重要因素。对大众文化和诗歌（小众艺术）的鸿沟问题，余光中认为可以寻求两者之间的融合。对大众而言，流行歌曲就是他们的诗了。但他讲过，几千年的小众化胜过几十年的大众化。有人只领一时风骚，没维持多久，李商隐、李贺没有被抛弃，已经流行 1000 年了。余光中写过一篇《粉丝与知音》的美文，"不惜歌者苦，但伤知音稀"。自己粉丝已经够多了，且待更多的知音。

余光中自 1992 年赴大陆的"破冰之旅"，又多次来大陆进行学术交流、讲学和访问，屐痕处处，隽言侃侃。在交流中，大陆读者反映当前有的诗歌太晦涩看不懂，他也表示忧虑和关注，认为这是"从心所欲很逾矩"，写得很随便，至少有一半是作者自己造成的。"假如一个诗人真正能够做到深入浅出，诗还是有读者的。'深入'就是言之有理，'浅出'就是让人理解并进入你的境界。"余光中以自身的感受提倡诗朗诵，他认为，"一首诗要读出来，生命才算完成，朗诵者要像演奏家一样，把诗歌的潜在生命激发出来，这样才能吸引人。"在东北师大演讲时，他朗诵了在故土的新作《只为一首歌》："……只为了一首歌槌打着童年 / 槌在童年最深的痛处 / 召魂一般把我召回来 / 来梦游歌里的辽河、松花江 / 让关外的长风吹海外的白发 / 萧萧，如吹动路边的白杨"。台下爆发了雷鸣般的掌声。他又朗诵了自己的《民歌》："传说北方有一首民歌 / 只有黄河的肺活量能歌唱 / 从青海到黄海"，这时台下的青年学子齐声应和："风 也听见 / 沙 也听见"。诗情气象浩瀚，全场共鸣鼎沸，这少有的场景，怎不令人激动?! 不可否认，余光中的《乡愁》在大陆甚为流传和共鸣，以至于后来他对西安学子现场续下第五节："在未来，乡愁是一座长长的桥梁，我去那头，你来这头。"

以《乡愁》知名的余光中最早是流沙河、李元洛在 20 世纪 80 年代初评介到大陆，直到 80 年代末才出版诗选。《余光中诗选》现已被大陆列为"百年百种优秀中国文学图书"。但在台湾，有人诟病他是"诗高于品"的软骨文人，写过拍马屁和反共的诗，其诗有颓废意识和色情主义，写过《狼来了》告密"乡土文学"等。这些争鸣今天看起来，当然有其起因原委。有人曾拿出一份他的作品年表，余光中快速翻阅后，皱着眉头说："这个可以删掉吗？事情都过去了。"删去的正是写《狼来了》一文的记录，可见这是他心中的痛。我读《余光中评说五十年》一书，已较客观，书中尽将争鸣双方原文录入，抑扬研究者自可参考。时过境迁，面对人生毁誉，余光中本人也写过《向历史自首》答问。在两岸可以大交流的时代，也不必对余光中求全，或许将目光归向两岸隔绝的历史悲剧和敌对的意识形态更为合适。流沙河曾说："政治立场各踞分野，并不妨碍我对一个大诗人的尊敬。"风云时有变幻，两岸同属一个国家，历史文化的根脉却是割不断的。余光中在《炼石补天蔚晚霞》一文中说："我俯仰一生，竟然以诗为文，以文为论，以论佐译。……写来写去，文体纵有变化，有一样东西是不变的，那便是我对中文的赤忱热爱。如果中华文化是一个大圆，宏美的中文正是其半径，但愿我能将它伸展得更长。"他回大陆已经 60 次以上。他和一批学者发起"抢救国文教育运动"，呼吁中文必是结合所有中国人心灵的长城。认为华夏的山河、人民、文化、历史是与生俱来的"家当"，中国的祸福荣辱是身上鲜明的"胎记"，是当不掉也除不掉的。中国人是他最自豪的称号。他相信中华文化的魅力会把所有的中国人召唤回来。

余光中没有看到 2018 年，他活到 90 岁。在他临终前一个多月，台湾中山大学还为他举办庆生会。他借欧阳修的一首绝句《再至汝阴》抒发自己的心境："黄栗留鸣桑葚美，紫樱桃熟麦风凉。朱轮昔愧无遗爱，白首重来似故乡。"

余光中就是一个"回头的浪子"，海山阻隔，两心相通，诗意尽在汉魂唐魄的自豪和眷恋中。晚年他说自己像蒲公英，而此刻随风而逝，终于回家。

读他的诗，就是和他最好的告别：

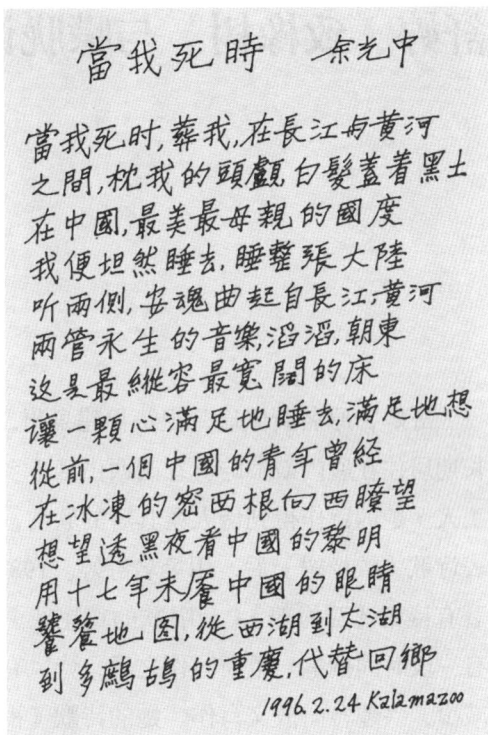

余光中手稿

当我死时，葬我，在长江与黄河

之间，枕我的头颅，白发盖着黑土

在中国，最美最母亲的国度

我便坦然睡去，睡整张大陆

听两侧，安魂曲起自长江，黄河

舒婷《致橡树》与朦胧诗

　　舒婷，原名龚佩瑜，祖籍福建泉州，1952 年出生于福建漳州石塘镇，长期居住在厦门鼓浪屿。在闽西山区下乡插队落户时开始写诗，后返城当工人。她的诗作得到诗人蔡其矫的欣赏，介绍许多著名诗作给她参考。发表诗歌《致橡树》后，用笔名舒婷。1981 年到福建省文联从事专业创作。著有诗集《双桅船》《会唱歌的鸢尾花》《始祖鸟》等。1982 年以后，曾有一段时间搁笔。重新写作之后，诗风有了趋于沉稳的变化，但作品数量减少，兴趣转向散文写作。她的诗歌《祖国啊，我亲爱的祖国》《双桅船》诗集，曾获新诗优秀奖。

　　被大家公认的《致橡树》，是舒婷的代表作：

　　　　　　我如果爱你——
　　　　　　绝不像攀援的凌霄花
　　　　　　借你的高枝炫耀自己；
　　　　　　我如果爱你——
　　　　　　绝不学痴情的鸟儿
　　　　　　为绿荫重复单调的歌曲；
　　　　　　也不止像泉源
　　　　　　常年送来清凉的慰藉；
　　　　　　也不止像险峰
　　　　　　增加你的高度，衬托你的威仪。
　　　　　　甚至日光，

甚至春雨。

不，这些都还不够！

我必须是你近旁的一株木棉，

作为树的形象和你站在一起。

根，紧握在地下，

叶，相触在云里。

每一阵风过，

我们都互相致意，

但没有人

听得懂我们的言语。

你有你的铜枝铁干，

像刀，像剑，

也像戟；

我有我红硕的花朵，

像沉重的叹息，

又像英勇的火炬。

我们分担寒潮、风雷、霹雳，

我们共享雾霭、流岚、虹霓。

仿佛永远分离，

却又终身相依。

这才是伟大的爱情，

坚贞就在这里：

爱——

不仅爱你伟岸的身躯，

也爱你坚持的位置，足下的土地。

　　这首诗采用了内心独白的抒情方式，坦诚、开朗地直抒诗人的心灵世界。"铜枝铁干"的"橡树"象征着刚强的男性之美，而有着"红硕的花朵"的木棉则体现着具有新的审美气质的女性人格。全诗以橡树、木棉的

舒 婷

整体形象对应地象征爱情双方的独立人格和真挚爱情。

据舒婷自己讲，1977 年鼓浪屿没有多少游客，她陪蔡其矫老师散步闲聊。蔡一生有过很多坎坷经历，他聊到女性，说有的女性漂亮，但没有头脑；有的有头脑，但不漂亮；有些既漂亮又有才华，可是不温柔。她听了觉得男人看女人的眼光怎么那么挑剔。女人也对理想的伴侣有所希冀。她回到家发着高烧一口气写成了《致橡树》。第二天，舒婷将这首诗送给了蔡其矫，蔡抄在一张废纸上，塞进书包，后来到北京将诗给艾青看，艾青也将诗抄在本子上。那时艾青还没有平反，北岛天天陪着他，偶尔间看到了《致橡树》，开始和舒婷通信。到了 1978 年，这首诗才在北岛和芒克创办的《今天》和民间刊物上发表，第二年《诗刊》刊发。诗本名《橡树》，北岛说艾青的意见改成《致橡树》，作者起名龚舒婷，北岛建议把"龚"字去掉，只留下"舒婷"二字。

舒婷的《致橡树》，热情而坦诚地歌唱了向往的人格理想。比肩而立、深情相对的橡树和木棉，成为我国爱情诗中一组品格崭新的象征形象。诗歌脱弃了旧式女性纤柔、妩媚和依赖攀附他人的秉性，而富于其丰盈、刚健的生命气息。它们各自以独立的姿态展现在世人面前，歌咏了女性独立自重的人格理想。这首富于理性气质的诗却使人感觉不到说教意味，使读者被其中丰美动人的形象所征服。

《致橡树》被说成是朦胧诗潮的代表作之一。朦胧诗具有现代主义的特征。但学者认为不能简单地归为 20 世纪 40 年代现代主义诗派的回归。

舒婷也被说成是朦胧诗派的代表，在"朦胧诗"的争论中，经常被作为褒、贬"朦胧诗"的引例。她的作品并不"朦胧"。舒婷的诗，延续、"复活"了新诗在当代中断的委婉、忧伤的流脉，受到当时读者的欢迎。她的多数诗触及的方面，很少直抒告白，常采用抒情和对话式的倾诉方式，语言清新，也常用假设、转折等句式，表达曲折心理。她的诗，有明丽隽美的意象，缜密流畅的思维逻辑，只是其手法采用象征、隐喻、通感、暗示、视角变幻等技巧，注重诗歌意象的组合，有一定的多义性。在把捉复杂细腻、幽微曲折的情感上，以女性独有的敏感，表达女性尊严和个体价值。在表达内心深处的情绪碰撞、折射一代人心灵伤痕的同时，也赞美理想的美好，呼吁未来的光明，并追求对真善美的人性回归。舒婷的诗，不拘一格，以自我情感的内省抒怀，表达现实情感和内心世界，应该符合浪漫主义传统。浪漫主义的情感思维，并非不能产生理性和哲学意蕴。舒婷的诗歌更接近上一代载道意味较浓的传统诗人，诗人能在常常被人们漠视的常规现象中发现尖锐深刻的诗化哲理。她的《致橡树》写得既富有思辨力量，又自然而楚楚动人。

读一读舒婷的《神女峰》《惠安女子》《船》《雨别》《致大海》等诗，也许更能体会这些特点。更多的年轻朗读者喜欢她的《献给我的同代人》，那里面似乎蕴含着对开拓者无声牺牲的尊重和继承。舒婷曾说，10年来写了不少散文随笔，总量已远远超过诗歌。可是大多数读者只记得我写诗，常常把我的名字等同于《致橡树》。在各种朗诵会上人们总是要问起这首诗。她说，从某种程度上说，《神女峰》是对《致橡树》的纠正，或者说是一种弥补。

舒婷自己说，"写诗出自本能，被称为诗人是一种机遇。"她多次表达：人啊，理解我吧。我从未想到我是诗人。我知道我永远也成不了思想家（哪怕我多么愿意）。我通过我自己深深意识到：今天，人们迫切需要尊重、信任和温暖。我愿意尽可能地用诗来表现我对"人"的一种关切。障碍必须拆除，面具应当解下。我相信：人和人是能够互相理解的，因为通往心灵的道路总可以找到。舒婷不愿出头露面、不写应景诗，不善于写命题诗、"社会订货"诗。她认为："写诗的人摒弃了功利主义和实用主义，诗人是出于真正爱诗，非诗歌不能抒发胸中之块垒。"对于有人说她是朦胧诗的代表人物，舒婷本人嗤之以鼻，说是"被朦胧"，且认为顾城、北岛也是这种看法。

　　三联书店出了一套《百年新诗选》，其下册《为美而想》基本上是1949年以后出生的诗人的诗。坦白地说，除舒婷、北岛等少数人的诗外，我很难读懂和意会这些前卫的诗。这些就是朦胧诗吗？我已经不知道用什么方法来填充我这个年纪的人与他们之间的鸿沟。

　　说到"朦胧诗"。过去我在写诗话散文选《乘物游心》一书时，专门写过一节：

　　人们习惯把顾城、舒婷、北岛甚至海子称为朦胧诗的代表人。他们的诗在青年人中广为流传，我也很喜欢："黑夜给了我黑色的眼睛／我却用它来寻找光明"（顾城），"卑鄙是卑鄙者的通行证／高尚是高尚者的墓志铭"（北岛），"从明天起，做一个幸福的人／喂马、劈柴、周游世界／从明天起，关心粮食和蔬菜／我有一所房子，面朝大海，春暖花开"（海子），"我必须是你近旁的一株木棉／作为树的形象和你站在一起／根，紧握在地下／叶，相触在云里……坚贞就在这里／爱——／不仅爱你伟岸的身躯／也爱你坚持的位置／足下的土地"，"与其在悬崖上展览千年／不如在爱人肩头痛哭一晚"（舒婷）。有一次到深圳，我在宾馆与农村来的服务员交谈，她们居然能大段地背诵上述引的诗，大概共同的遭遇和追求，使年轻的心在遥远的地方共振。但我必须说，这些代表作并非"朦胧诗"。他们并没有摒弃客观和时代，他们的诗并不晦涩，他们是"文革"中成长思考的一代年轻诗人，有人性复归的渴望，有本土的理想，有童心的呼唤，有醒后的忧伤，但还是寻找光明，相信未来。

　　而在这之后的所谓"朦胧诗"及其作品，主张消灭意象，高扬主体意识，坚持语词的不及物性，强调人的自由心灵奥秘的探索，捕捉直觉和印象。有人说，他们的诗是上述朦胧诗人的赝品。于是，关于朦胧诗有了争论。支持的人认为朦胧诗是新的崛起，是对以前诗歌单纯描摹现实与图解政策等传统模式的反叛，是中国现代主义诗歌探索的再出发，意味着与西方现代诗坛恢复了某些联系。持疑义的人认为朦胧诗过于追求个人化的意象与词汇，含义显得隐约朦胧甚至歧义晦涩，显示某些荒诞而诡异的色彩，还有某些灰暗低沉的情绪，抛弃了价值高昂的理想。

　　顾城在接受采访时说，朦胧诗的提法本身就朦胧，按老说法是指近于

"雾中看花""月迷津渡"的感受。按新理论是指诗的象征性、暗示性、幽深的理念、叠加的印象、对潜意识的意识等。新诗的主要特征是真实，诗的内涵是多样性的，玫瑰和剑并不对立。他们敬慕古代的诗星，却没有重复过去的耕耘方式。诗的幻想天性决定了它永远要开拓新的领域，建筑新的精神世界。顾城认为，从根本上说它不是朦胧，而是一种审美意识的苏醒。美将不再是囚犯和奴隶，它将像日月一样，富有光辉；它将升上高空，去驱逐邪恶的阴影；它将通过艺术、诗的窗扇，去照亮苏醒的或沉睡的人们的心灵。

《舒婷的诗》书影

以上就是几年前我写的看法。

诗坛上，围绕所谓"朦胧诗"，在1980年《诗刊》曾召开定福庄辩论会，曾有一场空前的交锋。贬之者曰"异端"，褒之者曰"崛起"。一时唇枪舌剑，文墨交锋，争论得甚为激烈。据说《福建文艺》和《厦门文艺》也曾展开辩论。最近我读冯至先生的诗，从杜文棠老师那里借到一本《冯至传》，里面有一段叙述，觉得颇有心得，也大段记录如下。

对朦胧诗，冯至不便正面表示倾向，他在笔记本中写了四句"戏作"：

有人说是"崛起"，有人说是"朦胧"，
请原谅，我都不能苟同。
奇丽的山峰总有个来龙去脉，
历代的名篇不都是一看就懂。

冯至不同意把懂与不懂作为评诗好坏的标准。他说："一首诗读者难以接受，固然会减弱失去它的社会功能，但本来是一首好诗，由于立意新颖，表达的方法略有曲折或隐喻，而读者囿于因袭的陈规，或限于个人的

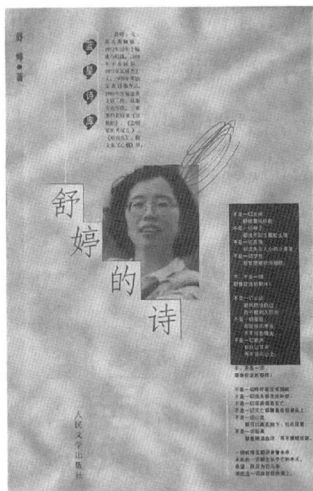

兴趣和体验，又不肯下点功夫，力求理解，以致难以接受，也是常有的事。当然我更喜欢语调自然、深入浅出的诗，字面上一看就懂，但含义无穷，有如汲取不竭的一股清泉，可是其中包含的深意又往往不被粗心大意的读者所能领会。"冯至诗的第三句指的是有的评论家为了颂扬新兴诗人的"崛起"，过甚其辞，从而否定五四以来新诗的传统，大有立身绝顶"一览众山小"的气概。他毫不客气地否定了历史虚无主义。冯至的"冷静"，是难能可贵的明智，他认为对"骂杀"和"捧杀"都会导致新生事物的夭折。他这样肯定"朦胧"诗人：

人们渐渐认识到当年一度被争议过的几个新诗人。态度是严肃的，真诚的，他们经过十年浩劫，对生活有较为敏锐的感触，对本民族有较为深入的反思，他们认为因袭的形式不足以表达他们的思想感情和内心境界，他们摒弃用得烂熟了的辞句，捕捉一些新的形象，复苏自我意识，写出耐人吟咏的诗篇。他们弥补了中国现代诗歌史的断裂，对于中国新诗的发展是一个贡献。他们的读者范围逐渐扩大……

至于后来所谓"第三代""新生代"等，客气地说是创新创得过了头，走向新的反面，其结果是怪诞与庸俗携手，立异与"国骂"相结合。他们也有其历史和社会根源，希望"符箓咒语的形式和虚无主义玩世不恭的内容，对于这一类诗的作者在他们成长的过程中只不过是一条弯路、一段痛苦的插曲，像西方有个别著名的作家在青年时经历过短时期的达达主义或未来主义那样"。

上面我读到的内容，应该说这是长者谆谆的指引，是导师难得的经验之谈。

如果我们再来读舒婷等人的诗，可能有助于更好地理解。

选择远方，风雨兼程

——读汪国真的诗

　　　　　　　　　　我不去想是否能够成功，

　　　　　　　　　　既然选择了远方，

　　　　　　　　　　便只顾风雨兼程。

　　这是汪国真的诗《热爱生命》中的一段，被无数年轻人录在诗抄本上。诗人走后，悼念他的人又用这温暖的诗句为他送行。

　　如今我已生华发，早已远离了校园，"从星星成了夕阳"，很遗憾一直没有关注这个比我小近10岁的、曾经打动了一代年轻人心扉的诗人。坦白地说，我是看了有关报道和评论，才接触到汪国真的诗。

　　　　　　　　　　没有比脚更长的路

　　　　　　　　　　没有比人更高的山

　　当然，2013年习近平主席引用了汪国真的诗句，也使更多的人对他投向了专注的目光。

　　汪国真祖籍厦门，生于北京。就读于二龙路小学、北京实验中学，初中毕业后，在北京第三光学仪器厂当了六年铣工，两次高考入暨南大学中文系。生前为中国艺术研究院《中国文艺年鉴》编辑部副主任。其诗集《年轻的潮》《年轻的思绪》《年轻的风》，曾创了新诗发行量之最，诗作和散文都入选中学《语文》课本和课外阅读本。三次获全国图书"金钥

685

汪国真

匙"奖，被聘为大学客座教授、博士生导师。在 20 世纪 90 年代初期，汪国真诗集以青春、成长、爱情等为主题，先于出版社的书籍，以手抄本形式广为流传，在校园掀起"汪国真热"。有评论说：有青春的年代，就有汪国真的诗行。汪国真自己说："诗属于青年的。"他最大的贡献是让更多的年轻人关注诗歌，包括当年的以及今天的年轻人。他的一首《热爱生命》经两次退稿后，终于在青年刊物《追求》上发表，从此一发而不可收。

汪国真 59 岁就走了，天堂多了一个"青春诗人"。作家张宝瑞写嵌名联："国有奇才撼四方，真为诗俊惊天下。"他生前好友吴欢认为，汪国真是"中国诗史绕不开的人物"，作协和诗歌界这些年对汪国真的诗没有足够重视。吴欢撰写的挽联别具一格："有人说汪国真不算好诗人，但好诗人不如汪国真。"

汪国真从小就背诗词，喜欢读书、下棋，在工厂学会朴素地生活。他不修边幅，对物质享受不感兴趣，颇有陶渊明"倚南窗以寄傲，审容膝之易安"的遗风。在大学他博闻强记，曾打赌每天背唐诗十首。他欣赏喜爱李商隐的机智警策、李清照的含蓄清丽、普希金的浪漫抒情和狄金森的细致凝练，渐渐在创作中效仿，形成了自己精妙、平易和委婉的诗风。

"世上有不绝的风景，我有不老的心情。"汪国真的诗，达观、励志、自信、进取、奋发向上。富有哲思，有信念的山，有智慧的海。他的诗，劝善，鼓励人志存高远，诵者铿锵，引人共鸣。他的诗，恬淡、深沉、清新隽永，自然而不晦涩，时尚而不媚俗。汪国真说，他学诗的时候，朦胧诗和一些新潮诗还在红，他不想盲目跟跑，力求有自己的风格，那就是：短小，只写 20 行左右的诗；凝练，字斟句酌；深刻，富于哲理的韵味；平易，贴近青年的生活。他空灵的诗篇，如一缕清风，吹进了年轻心灵的窗扇，吹开了多少青春的花朵。

他曾娓娓而谈：

忧愁时，就写一首诗／快乐时，就唱一支歌／无论天上掉下来的是什么／生命总是美丽的。

一首《嫁给幸福》彰显了他歌吟的风格：

有一个未来的目标／总能让我们欢欣鼓舞／就像飞向火光的灰蛾／甘愿做烈火的俘虏／／摆动着的是你不停的脚步／飞旋着的是你美丽的流苏／／在一往情深的日子里／谁能说得清／什么是甜什么是苦／只知道确定了就义无反顾／／要输就输给追求／要嫁就嫁给幸福

汪国真的诗，在年轻人的读者群里有如此大的魅力和反响，也脱离不开时代的背景。十年动乱的岁月，人的尊严被践踏，人格被扭曲，人心被污染，假大空的风气充斥着文坛。伤痕文学兴起，是对上述情况的控诉，也引发了对未来课题的思考和探索。进入 20 世纪 80 年代，改革开放，中外交流，时代大潮转向新的审视和追求。在各种思潮蜂起的情势下，标新立异，出现对朦胧诗的喝彩与争论，诗坛的多元化格局令人眼花缭乱，所谓现代派与传统的诗歌理论分庭抗礼，一时间写感觉、玩意象的东西成为时髦，但很快倒了胃口，受到出版市场的冷落和惩罚。汪国真的诗走进大众视野，正是出现在朦胧诗等走向荒原、人们呼唤诗的抒情艺术回归的时候。现代人需要诗人赋予人生更美的色彩、更多的意义；需要重建被践踏的友谊与真情、体现生命的价值。而这个迫切需求与汪国真的诗歌完美地吻合了。

汪国真成为青年的知音，是因为他贴近青年，忧乐与共，冷暖相知，有似曾相识的心灵体验。而他的诗，不媚流俗，质朴自然，清丽秀美，明白如话，能驱散心中的乌云和阴霾。正如读者说的"你来，清风就来"，"你的诗走入我的世界"，"使人懂得生命，热爱生命"。我也很喜欢汪诗恬淡、清新的格调："淡淡的雾／淡淡的雨／淡淡的云彩悠悠地游"，"打开

尘封的门窗 / 让阳光雨露洒遍每个角落 / 走向生命的原野 / 让风儿烫平前额","给我一个微笑就够了 / 如薄酒一杯,像柔风一缕"。这样的诗心与青年读者亲密无间的交流,能不打动人吗?

汪国真可以与同学们无拘束地双向交流。一次同学问:"等你老了的时候,你还能写出我们的心声吗?""可以的,一点儿问题也没有,因为等我老了的时候,你们也老了。"留下了一片响亮的掌声和笑声。"月圆是画,月缺是诗",汪国真正是这样平视、平等、平心静气地与人娓娓而谈,把握了青年人的心态、旨趣、向往和抱负,他的诗才获得了这样的欢迎和肯定。他来到上海,蒙蒙春雨中,读者在新华书店排成长蛇队。三小时内,他签售了 4000 册"汪诗"。青年人喜欢,刮起了"汪旋风"。

文艺作品,受众、偏好、风格形式的不同,总是伴随着争论。有人认为汪国真的诗哲理肤浅单薄,抒情方式较为简单,艺术手法单一,在结构和立意上不断自我重复,缺少足够的深度和厚度,未能进入较高的文学层次。《百年新诗选》选了众多朦胧诗派的青年人的诗,但唯独未收汪国真。有人给他的诗贴上"格言体""警句集成""心灵鸡汤""贺卡语文"的标签。认为汪诗语言很苍白,有句无篇,并无长久生命力。有人说,他的诗都是轻快的小调,缺少当时深刻变革的时代特征。不能认同以销售量作为评判诗歌好与坏的唯一标准。20 世纪 90 年代汪诗的流行,是一种书商包装的流行文化,某种程度是扭曲、误导和降低了中国青少年的审美品位,以及他们对当代诗歌的鉴赏能力。有的诗人甚至说汪诗走红是一副麻醉剂,如此等等。看了这些评论,我总觉得有点羡慕嫉妒恨的味道。诗歌和其他文艺形式一样,应允许不同的风格存在,流行小曲和歌剧,网络微小说和史诗长篇,都有人喜欢。汪国真的诗,注重灵魂的对话,短小励志,渗透普及到那么多战士、工人、文学青年、学生、商人等,年轻人喜读,甚至手抄,自有它的道理。汪国真认为,写诗和为人一样,贵在自然。他说如果有这种风格的诗先出来,就轮不到我汪国真了。他反问,按你们说的那种方法去写诗,还有"汪国真现象"吗?汪国真还写过一篇《关于"纯诗"》的文章,引用瓦莱里先生的话:任何诗歌只是一种企图接近这一纯理想境界的尝试。"创作一部完全排除非诗情成分的作品……这个目标是达不到的。"

事实上，汪国真不仅能写新诗，而且创作了许多旧体诗。比起他早期婉约缠绵的抒情诗和理性的哲思短语来说，其词作更显恢宏大气，豪气干云。如应安徽庐江县之请，他为周瑜墓写就一词《摊破浣溪沙·周瑜》：

> 赤壁硝烟过眼云，将军一战傲古今。社稷江山赖君护，虎龙吟。　从来襟怀宽似海，非为翻案事本真。长叹名花何早谢，雨纷纷。

他的词作也不忘写给青年：

> 年轻真好，望去如春晓。不必精心多塑造，已是幽兰曲调。　蓬勃宛若山林，也曾飘过浮云。毕竟终成过去，依然冰雪精神。

对汪国真的词作风格探讨一番，有研究者认为"文章渐老渐熟"，有的认为汪国真后来喜旅游，词作多是登山观海，自然豪放一路。也有的认为汪国真后来练习书法影响了心境，豪迈的翰墨和恢宏的词互为渗透补充，或许可以诠释其变化的风格。

让人想不到的是，诗人汪国真在书法、绘画、音乐方面也下过功夫。且不说触类旁通，互相促进，单就他给400首古诗词谱曲，推出自己作词作曲的几百首音乐作品，在音乐领域演绎出另一番天地，就让人刮目相看。

汪国真为读者签名

汪国真的诗，出现最多的意象是"路"。"当你从寂寞中走来／道路便在你眼前展开。"总希望青年勇敢地出发，寻求新的景色。"远方"代表着前进奋斗的目标，他大声呼唤"到远方去　到远方去／熟悉的地方没有景色"。"山高路远"是行程的艰难，"向上的路／总是坎坷又崎岖"，"为什么要别人承认我／只要路没有错"，"当我们跨越了一座高山／也就跨越了一个真实的自己"。汪国真认为，人生就是风雨兼程，就是在走不断克服困难的"旅程"。"我们要去浪迹天涯／跌倒是一次纪念／纪念是一朵温馨的花"，"欢乐是人生的驿站／痛苦是生命的航程"，"寻找　管什么日月星辰／跋涉　分什么春夏秋冬／我们就这样携着手／走呵　走呵"。在行进的路上，有时要有"选择"，不要失去了"风帆"和"罗盘"："如果你是鱼　不要迷恋天空／如果你是鸟　不要痴情海洋"，"你若有一个不屈的灵魂／脚下，就会有一片坚实的土地"。这些诗如青春之火，对初上路的年轻人来说，驱散荫翳，拨开迷茫，照亮航程。这里没有哀怨，没有忧伤，有的是鼓劲加油，有的是义无反顾、脚踏实地前行的力量。只要上路，就不会中途停下脚步，因为我们相信："为者常成，行者常至。"

我们的一代一代青年，需要这样的情怀和力量。

不要忘了，汪国真还有《我喜欢出发》的散文诗：

> 我喜欢出发。凡是到达了的地方，都属于昨天。哪怕那山再青，那水再秀，那风再温柔。太深的流连便成了一种羁绊，绊住的不仅有双脚，还有未来。怎么能不喜欢出发呢？……世界上有不绝的风景，我有不老的心情。

2015年初，他的《青春在路上》新诗精选集还在出版，《汪国真全集》也要出版，但书的作者、年轻人的偶像走了。他这次出发，是天堂，是不归路，但带不走的是他的诗情，是永远不老的心："前面的路上还有许多风景，不要耽搁，快迈出生活的步伐。"他说："如果你要想念我，就望一下天上闪烁的繁星。"

最后，我们再来一起欣赏习近平主席引用过的汪国真《山高路远》的

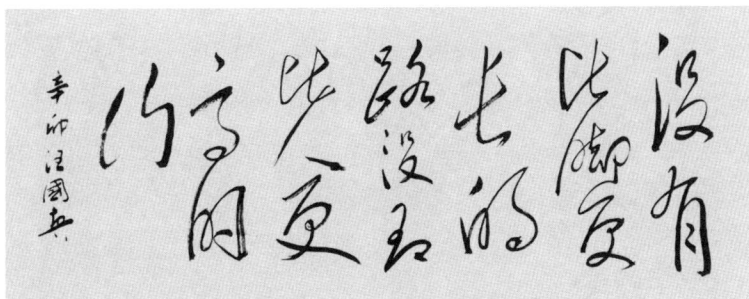

汪国真手迹

原诗。这首诗已经被无数人抄在诗本上，也镌刻在他们的心底。

> 呼喊是爆发的沉默
>
> 沉默是无声的召唤
>
> 不论激越
>
> 还是宁静
>
> 我祈求
>
> 只要不是平淡
>
> 如果远方呼喊我
>
> 我就走向远方
>
> 如果大山召唤我
>
> 我就走向大山
>
> 双脚磨破
>
> 干脆再让夕阳涂抹小路
>
> 双手划烂
>
> 索性就让荆棘变成杜鹃
>
> 没有比脚更长的路
>
> 没有比人更高的山